尚继武 著

《聊斋志异》叙事艺术研究

南京大学出版社

目 录

序 / 001

第一章　绪　论 / 001
第一节　《聊斋志异》叙事艺术新创 / 004
第二节　《聊斋志异》叙事研究回溯 / 025

第二章　时空叙事：变幻中的奇正相生 / 046
第一节　叙事时空与时空叙事 / 047
第二节　回溯显意的追叙艺术 / 080
第三节　先期言说的预叙艺术 / 094
第四节　虚实交织的空间叙事 / 111
第五节　《聊斋志异》的第三叙事空间 / 125

第三章　叙事序列：与文体形态的肌理共存 / 135
第一节　《聊斋志异》文体类型的历史关注 / 137
第二节　叙事序列：审视文体形态的新视角 / 142
第三节　复合序列：《聊斋志异》的叙事拓展 / 158

第四章　叙事修辞：体丰意腴的独特生成 / 186

第一节　言约意幽的隐喻辞格 / 188

第二节　疑波迭起的悬念辞格 / 200

第三节　寓庄于谐的反讽辞格 / 209

第四节　复现强化的反复辞格 / 218

第五章　人物中心移位与群体特征 / 225

第一节　《聊斋志异》人物考察取向 / 226

第二节　《聊斋志异》的人物中心转移 / 229

第三节　《聊斋志异》文士人格的移位 / 237

第四节　《聊斋志异》女性形象的新变 / 247

第五节　《聊斋志异》、《镜花缘》文士形象比较 / 261

第六节　《聊斋志异》、《镜花缘》女性形象异同 / 272

第六章　叙事情境：多重视角与叙事介入 / 288

第一节　《聊斋志异》叙事情境简析 / 289

第二节　《聊斋志异》的叙事转换 / 320

第三节　《聊斋志异》的叙事介入 / 350

参考文献 / 376

后　记 / 389

序

  不同的文体有不同的表现方式和特征，因此必须对每一种文体的本质特点有所把握。小说这种文体最本质的特点便是讲述一个故事，于是，叙事便成为其主要的表现方式。《聊斋志异》是中国古代文言短篇小说的集大成之作，无论是思想内容抑或艺术表现都取得了最高成就，其在叙事方面的艺术特征也就理所当然地进入人们的研究视野之中。

  蒲松龄曾说："文章之法，开合、流水、顺逆、虚实、浅深、横竖、离合而已。……文贵反，反得要透；文贵转，转得要圆；文贵宕，宕得要灵；文贵起，起得要警策；文贵煞，煞得要稳合。"看来，这位卓越的小说家对叙事谋略确实有着独到的见解，因此他才那么会讲故事。同样的事情，到了他的笔下，便那么一波三折，曲尽其妙，感人至深。清代学者高珩、唐梦赉、余集、冯镇峦、何守奇、但明伦等都曾对《聊斋志异》的文本体例、章法句法、写法技巧展开过评论，有些见解已经涉及叙事模式等问题。

  自 20 世纪以来，人们更加关注《聊斋志异》的叙事技巧，尤其是鲁迅先生对《聊斋志异》的创作艺术做了多方面的概括与评价："用传奇法，而以志怪。""描写详细而委曲，用笔变幻而熟达。""独于详尽之外，示以平常，使花妖狐魅，多具人情。"此后，对《聊斋志异》叙事艺术的研究，基本上延续了鲁迅先生的思路，并加以拓展、延伸。20 世纪 50 年代之后的很长一段时间里，学界对《聊斋志异》的思想内容更为偏爱，但对包括叙事在内的艺术成就方面的研究则显得比较薄弱。

20世纪80年代以后,《聊斋志异》的艺术成就再次引起了人们的关注,激发了学者们的研究兴趣,出现了一批水平较高的论著。这些论著对《聊斋志异》的人物形象、情节结构、文体分类、语言风格和美学特征做了系统的探讨。其中不乏对《聊斋志异》叙事艺术的深入剖析,表明对《聊斋志异》叙事艺术的研究正向纵深发展。

自20世纪末至今,《聊斋志异》叙事艺术研究有一个显著变化,即随着西方叙事理论的介绍传入,学界的研究视野得以拓展,研究者开始借鉴和尝试运用西方叙事理论,以崭新的理论视角和方法对《聊斋志异》的叙事艺术做更加深入而细致的分析探讨。叙事学以小说文本作为研究对象,提出了一系列关于小说文本分析的批评视角和批评维度,包括叙事模式、叙事视角、角色功能、时序空间、叙事修辞等。这些批评视角和批评维度采取形而下的批评取向,指向小说文体的本质——叙事,有助于科学地概括小说的文体特征与结构规律。

西方叙事学是建立在西方叙事作品基础之上的,能否拿来研究中国古代小说的叙事特征呢?认真想来,这种担心是完全没有必要的。因为只要是叙事作品,就存在如何讲述的问题,叙事学理论恰恰就是研究如何讲述的一种理论。就像运用西方的语言学理论来研究古代汉语,运用西方的美学理论来研究中国的古典文学作品一样,并不存在生搬硬套的问题,学者们的研究实绩也很好地证明了这一点。如李永祥先生借鉴俄国普罗普的有关民间文学研究的理论分析《聊斋志异》情爱故事的结构模式,不仅视角新颖,且对爱情故事类型的划分极为细致,前所未有。安国梁先生指出《聊斋志异》的"难题求婚型"叙事模式,广泛采用和改造了民间故事的叙事模式以构建自己的文学天地,实际是一种把精英文化和通俗文化结合起来的成功尝试,表现出蒲松龄超越自身局限的艺术追求。许振东先生以"契约"的语义关系,依据文本内容将《聊斋志异》的结构模式分为追求型、考验型、隐忍型、反抗型、梦报型、讽恶型、赞善型,比较切合《聊斋志异》作品的实际情况。刘绍信将《聊斋志异》的叙事模式分为孤愤讽喻类、遇合邂逅类、劝善因果类、琐语杂记类等四类。至于《聊斋志异》的叙事修辞、叙事时间、叙事空间、叙事序列等,都有学者做出了很好的分析论述。令人感到欣慰的是,这些研究者能够牢牢把握住中国古代小说自身的特点,而不是生搬硬套西方叙事学理论。

正是基于上述研究历史和现状，尚继武教授花费数年心血，完成了他的这部力作《〈聊斋志异〉叙事艺术研究》。尚继武教授的研究思路十分清晰：一是植根于我国古代小说艺术的民族特质和《聊斋志异》本土研究传统。二是借鉴西方叙事学有关批评理论和分析方法。三是尝试对《聊斋志异》的叙事艺术进行相对全面的、深入的分析与总结，以深化对《聊斋志异》叙事艺术的认识。读者可以看出，尚继武教授的这部大作完全符合他的既定思路。本书除绪论之外，分别探讨了《聊斋志异》的时空叙事、叙事序列、叙事修辞、人物角色和叙事情境五个方面的问题，基本上涵盖了叙事学理论所涉及的范畴，并且与《聊斋志异》的实际内容相吻合。

首先，《聊斋志异》大量使用了倒叙、追叙、补叙、不对称错时等叙事策略。将现实世界的自然时间、虚构人物的心理时间和仙界鬼域的变异时间等性质不同的时间形态交织在一起，把事件叙述得扑朔迷离。突破了史学的叙事情境模式，将全知全能叙事与限知叙事等多种叙事视角结合起来。利用限知叙事视角、人物视角等叙事策略，收放自如地控制自己的叙述行为。《聊斋志异》具有多层次、交互性的叙事空间结构，梦境、仙境、妖境、画境、鬼域等虚幻空间都是作者着意描绘的空间，与拟实空间有着复杂的续接关系和互动关系，不再简单地作为后者的附庸、陪衬、点缀而存在。

其次，众体兼备，新在"传奇"。所谓"新在传奇"，一是《聊斋志异》中的传奇体作品蕴含着更丰富的叙事艺术、更强烈的感染力。二是《聊斋志异》中传奇体作品有了新的超越，进一步延展了叙事时间，故事情节更加起伏多变，叙事线条更加错综复杂。蒲松龄将故事中拟实空间的时间和仙界鬼域等虚幻空间的时间置于不对等的状态中，即拟实空间的一定的时间长度，短于或超过仙界、鬼域或梦境等虚幻空间的时间长度，形成一种时间上的疏离与错位，不仅令小说中的人物惊讶不已，也使读者感受到难以言说的况味。

再次，《聊斋志异》对隐喻、悬念、反讽、反复等叙事修辞运用得十分成功，构成《聊斋志异》的作品主体是写意小说，不是写实小说。《聊斋志异》借助于喻体系统，调动读者已有的社会、人生经验，引领读者由表入理地理解接受虚幻世界。《聊斋志异》使用的隐喻叙事辞格主要有语句隐喻、意象隐喻、行动隐喻和整体隐喻四种。《聊斋志异》的悬念不仅类型丰富，解悬的手法亦趋于多样化，而且设置悬念的机制更加完备，形成了独特的修辞艺术。《聊斋志异》构成反讽及反复修辞格的方式也多种多样。

第四，人物中心转移，叙事切近民间。《聊斋志异》实现了唐传奇以来文言小说人物中心的第三次整体转移，人物中心进一步向社会底层趋近，绝大多数人物的身份是贫寒书生、商人、农民、乡医、僧人、市井无赖以至于无业可操、无地可种、无家可归的人。尤其是众多的女子形象给人留下了深刻印象。随着人物中心的转移，人物生存活动的内容与方式也发生了重要转变，从而实现了叙事的民俗化。

第五，融情志入叙事，提升小说品格。《聊斋志异》蕴含的思想情感具有鲜明的自我特性，字里行间激荡着一腔热情，流溢出一脉愤慨。《聊斋志异》不仅以叙事的波折起伏、情节的奇异醒目吸引读者，更以开阔的视野、深邃的目光、理想的魅力、批判的力量震撼读者。因为有作者的主观情志在场，故时而激越愤慨，时而凄凉满怀，时而热烈烂漫，时而幽静闲淡，时而幽默睿智，不一而足。加上作者雅净峻洁、典重繁富的文笔，成就了《聊斋志异》作品的多样化形态：有些作品贴近现实，注重常态，是为写实小说；有的作品兼具意境美、情感美和节奏美，成为诗意小说；有的作品意味隽永，发人深思，成为写意小说乃至寓意小说。

尚继武教授现供职于连云港师范高等专科学校，教学与科研任务肯定十分繁重。但自 2006 年开始，短短十年便先后在《明清小说研究》、《江汉论坛》、《文艺评论》、《广西社会科学》、《蒲松龄研究》等刊物上发表论文 40 余篇。现在又完成了这部力作，可见其勤奋与执着。我虽与继武教授尚未谋面，但都对蒲松龄及《聊斋志异》有着深厚的感情和研究兴趣。在这部大作即将付梓之际，继武教授希望我能够谈谈自己的读后感受，我便参考继武教授的大作，写下了以上数语，聊为之序。

王 平

2017 年 5 月于山东大学

第一章 绪 论

我国古代小说诞生于何时、哪篇（部）作品能称得上第一篇（部）小说，各家对此说法不一，迄今难以达成共识。鲁迅先生认为，现存所谓汉人小说都是魏晋及以后伪托之作①，隐含有小说诞生于魏晋六朝之意。侯忠义认为，小说兴起于春秋、战国时期，而盛行于汉魏六朝②。杨义认为，古代小说发端于战国时期，《晏子春秋》是我国古代第一部短篇小说集，其中许多篇章堪称短篇小说的精品③。林辰认为应当以《穆天子传》为中国现存的第一部小说④，据此说法，则我国小说诞生于战国时期。刘勇强将先秦两汉视为小说文体的孕育期，称汉魏六朝时期出现的大量小说为"小说的原初形态"⑤。董乃斌从细节化描述、自觉虚构、叙述视角的多样化、叙述语言的丰富色调与语境、戏剧性冲突机制的引进和人物形象为中心六个角度加以考察，认为唐代传奇是中国古典小说史上初次获得文体独立的小说形态⑥。

无论认定何时为我国古代小说的诞生期，也无论将"第一篇（部）小说"的

---

① 鲁迅. 中国小说史略 [M] //鲁迅. 鲁迅全集：第九卷. 北京：人民文学出版社，1996：32.
② 侯忠义. 中国文言小说史稿 [M]. 北京：北京大学出版社，1990：1.
③ 杨义. 中国古典小说史论 [M]. 北京：中国社会科学出版社，1996：10.
④ 林辰. 中国小说的发展源流 [M]. 沈阳：辽宁教育出版社，2000：15-16.
⑤ 刘勇强. 中国古代小说史论 [M]. 北京：北京大学出版社，2007：34-66.
⑥ 董乃斌. 中国古典小说的文体独立 [M]. 北京：中国社会科学出版社，1991：5.

称号冠在哪一篇（部）作品上，都改变不了一个基本的事实：早期小说创作深受史书的叙事原则——实录原则的影响。魏晋时期，文言小说或者记录传闻，或者转录他书；篇幅简短，情节粗陈梗概，文字简约质朴，初步具备了小说的叙事技法，但尚显粗疏。至唐代，传奇萌生渐至兴盛，其丰富深刻的题材内容、生动曲折的故事情节和华美细腻的语言带给小说领域崭新的美学特色和独特的审美价值，受到当世乃至后人的称赏。正如清代莲塘居士引宋人洪迈的话说："唐人小说不可不熟，小小情事，凄婉欲绝，洵有神遇而不自知者，与诗律可称一代之奇。"① 宋元时期，受社会生活、文化思想、作家观念、接受心理、审美观念等多重因素的影响，文言小说叙事艺术发展相对缓慢，甚至出现了某种程度的倒退。明代胡应麟将唐宋时期的小说作了比较，认为小说"唐人以前纪述多虚而藻绘可观；宋人以后论次多实而彩艳殊绝。盖唐以前出文人才士之手，而宋以后率俚儒野老之谈故也"②，指出了宋代文言小说在虚构想象、文辞华彩方面的退步。鲁迅先生吸收了胡应麟的观点并有所发展，评徐铉《稽神录》说："其文平实简率，既失六朝志怪之古质，复无唐人传奇之缠绵，当宋之初，志怪又欲以'可信'见长，而此道于是不复振也。"③ 此话用来描述宋代文言小说创作总体上走向衰微的趋势，也无不可。鲁迅先生对宋代志怪的创作取向略有微词，对宋代传奇作品的评价也不高，认为宋代传奇"多托往事而避近闻，拟古且远不逮，更无独创之可言"④。鲁迅先生还对宋代文言小说衰微的原因做了简要分析，"传奇小说，到唐亡时就绝了……因为唐人大抵描写时事；而宋人则极多讲古事。唐人小说少教训；而宋则多教训。大概唐时讲话自由些，虽写时事，不至于得祸；而宋时则讳忌渐多，所以文人便设法回避，去讲古事。加以宋时理学极盛一时，因之把小说也多理学化了，以为小说非含有教训，便不足道"⑤。文言小说的这种状

---

① [清]莲塘.唐人说荟例言[M]//丁锡根.中国历代小说序跋集：下.北京：人民文学出版社，1996：1793.
② [明]胡应麟.少室山房笔丛[M].上海：上海书店出版社，2001：283.
③ 鲁迅.中国小说史略[M]//鲁迅.鲁迅全集：第九卷.北京：人民文学出版社，1996：100.
④ 鲁迅.中国小说史略[M]//鲁迅.鲁迅全集：第九卷.北京：人民文学出版社，1996：110.
⑤ 鲁迅.中国小说的历史的变迁[M]//鲁迅.鲁迅全集：第九卷.北京：人民文学出版社，1996：319.

况在明清时期得到了改观,瞿佑的《剪灯新话》、李祯的《剪灯余话》、邵景詹的《觅灯因话》等文言小说集的问世,标志着传奇这一文言小说文体的复兴。这些小说集收录的作品虽然良莠不齐,整体成就不及唐人小说,但是已经胜过宋代小说许多。

  历代文言小说作家艺术创作经验的积淀和小说文体走向成熟的曲折经历表明,要想实现文言小说在艺术上的不断突破,作家就必须考虑这样一些问题:题材须要贴近社会现实、当代生活和风俗人情,不能仅在搜奇求异或炫人耳目的空间里兜圈子;情节须要有波澜、有抑扬、有曲折,不能满足于平实叙事,更不能热衷于说理议论或拘囿于实录准则讲述故事;文辞须要雅俗兼备,富有个性化,不能总是一副道学家的教训口吻或者一味追求幽邃典奥。在清初文网控制尚不严酷的社会文化土壤中,蒲松龄满怀对小说创作的不衰热情,沿着上述道路执着前行,在汲取前代小说创作艺术经验、吸收民间文学营养的基础上,投入大量精力创作小说,其笔下诞生了古代文言小说的巅峰之作《聊斋志异》。蒲松龄一方面继承了汉唐以来"发愤著述"的优秀传统,一方面勇于向自汉魏以来形成的"鄙陋浅薄"、"补史之阙"等歧视小说的文学观念提出挑战,打破了封建社会将小说视为"小道"的狭隘思想观念的樊篱,一改文言小说比附史传以提高自身地位的创作惯性,把文言小说提升到抒写理想抱负、感慨命运际遇、寄托主体情志的高度。更为重要的是,《聊斋志异》以娴熟的写作技巧、曲折的故事情节、厚重的思想情感、鲜明的艺术个性,扭转了宋代以来文言小说日趋式微的局面,艺术上跨越宋明文言小说,直追唐代传奇,部分作品的艺术性甚至超越了唐代传奇,成为后世文言小说的楷模。有清一代,有的作家创作了仿《聊斋志异》之作,如沈起凤的《谐铎》、和邦额的《夜谭随录》、长白浩歌子的《萤窗异草》、宣鼎的《夜雨秋灯录》、王韬的《遁窟谰言》等[1];有的作家出于对蒲松龄的崇拜,"其居恒读书之处,尝自颜其斋曰'女聊斋',盖所以志慕也"[2];有的作家直接使用"聊斋志异"命名其作品,如清代古吴靓芬女史贾茗所辑的《女聊斋志异》、王韬

---

[1] 陈文新. 文言小说审美发展史[M]. 武汉:武汉大学出版社,2007:566.
[2] [清]贾茗. 女聊斋志异[M]. 济南:齐鲁书社,1984:叙.

的《后聊斋志异》。《聊斋志异》影响之大，由此可见一斑。

第一节 《聊斋志异》叙事艺术新创

《聊斋志异》中，有些作品在创作方法上以纪实为宗，属于取材于社会现实或得之于传闻的笔记体，如《地震》、《狼》等；有些作品在文本形式上较多地保留了史书列传体的结构痕迹，比如，借鉴了史书叙事的"史官论赞"这一文本形式，在小说末尾以"异史氏曰"的方式评价故事、人物，或者抒写作者对相关的社会现象的感慨与认识，有《二商》、《冤狱》等；有些作品效法唐传奇，或者借小说揭示社会现实，或者"作意好奇"喜谈奇人奇事，或者显扬才情、幽怀自珍，有《席方平》、《娇娜》、《绛妃》等。在汲取前代小说艺术营养的基础上，蒲松龄更重视叙事创新。他把自己在独特的人生经历和生活处境中凝结郁积的激切情怀注入作品，实现了文言小说叙事艺术的突破性进展。

一、师法史传模式，大胆突破创新

学界认为，我国古代小说与史传、史学之间存有渊源久长、割扯不断的血缘关系。林辰将史传文学、古代神话、诸子寓言视为我国古代小说的三个源头。[①]杨义说："与文体发生学存在着深刻的内在关系，又深刻地影响着其后历代小说的发展形态的另一个重要命题，乃是中国小说的'多祖现象'。小说根源于现实生活和人性人智，但它在发生发展的过程中，又和经、史、子、集各种文体有过千丝万缕的依附、渗透和交叉。……从小说文体自身发展的角度来看，它早期和文体'史前期'与其他文体没有分离、独立的状态，就是多祖现象。"而"多祖现象"主要表现为小说与其他文体存在三个方面的接触点：小说与子书、小说与神话、小说与史书。[②]"如果不嫌过于简单化，'小说文体三祖'的关系好有一比，神话和子书是小说得以发生的车之两轮，史书则是驾着这部车子奔跑的骏

[①] 林辰. 中国小说的发展源流 [M]. 沈阳：辽宁教育出版社，2000：16.
[②] 杨义. 中国古典小说史论 [M]. 北京：中国社会科学出版社，2004：13.

马。"① 史传不仅带给小说崇尚实录、纪实的史学创作观，还带给小说丰富的叙事技法，使得众多小说家和小说评论家站在纪实、实录的写实层面而不是站在想象虚构的层面创作、评价小说。小说家、小说评论家视小说为"正史之余"、"史家之分流"，尚未意识到或者不承认它有独立的艺术形态、独特的艺术价值，致使"史家外乘"的小说本体观和"补史之阙"、"裨益政教"的小说功能观在相当长的时期内占据主导地位。即便在小说虚构叙事相对自觉的唐代，小说家仍免不了借史学、史传以自重。如郑綮《开天传信记》讲述了叶法善符篆、罗公远隐形、梦游月宫等神奇怪异的故事，大多属于虚幻之语、虚构之事，非现实生活中所能实有，郑氏在《自序》中却声称，自己"服膺简策，管窥王业，参于闻听，或有阙焉"，"辄因簿领之暇，搜求遗逸，传于必信，名曰《开天传信记》"。②"服膺简策，管窥王业，参于闻听"意味着《开天传信记》采录的均为事关社会政治、王业兴废的重大题材；"或有阙焉"言下之意是自己的作品内容上虽然有所遗漏，但是所记之事都不违真实，没有虚假讹错，所以郑綮自信地声称"传于必信"。

随着小说品类不断走向繁盛，小说观念也逐渐有所改变。宋代，"依据史书、注重信实的做法受到讲史艺术的重视，而虚构、想象则在小说、公案、烟粉、灵怪等说话艺术中发挥着更重要的作用。众多话本小说不再受史学写实观念的约束，在虚构手段上有了更多的自由度和选择性"③。小说家创作上不再声称严格遵守史传的实录、纪实原则，也不再讳言作品中与史传有违的内容；小说评论者、欣赏者不再将"信实"、"实录"作为束缚小说创作的绳索和衡量小说价值高低的唯一尺度。刘斧的《青琐高议》将杂史杂传与鬼神怪异事情掺杂一炉，孙副枢为这部小说作跋，不称道刘斧的史才，也不以史传叙事的实录原则权衡此书的价值，反而大谈鬼神怪奇之事。孙副枢说："万物何尝不同，亦何尝不异。同焉，人也；异焉，鬼也。……凡异物萃乎山泽，气之聚散为鬼，又何足怪哉？……刘

---

① 杨义. 中国古典小说史论 [M]. 北京：中国社会科学出版社，2004：20.
② [唐] 郑綮.《开天传信记》自序 [M] // 丁锡根. 中国历代小说序跋集：上. 北京：人民文学出版社，1996：294.
③ 尚继武. 唐宋时期小说虚实观论析 [J]. 广西社会科学，2010 (2)：115 - 119.

斧秀才……复出异事数百篇，予爱其文，求序于予。子之文自可以动于高目，何必待予而后为光价？予嘉其志，勉为道百余字，叙其所以。夫虽小道，亦有可观，非圣人不能无异云耳。"① 这番话将人事、鬼道并置一处加以比较，指出"异物萃乎山泽，气之聚散为鬼，又何足怪"。在此，孙副枢对《青琐高议》涉及鬼怪的奇幻故事所持的宽容态度，反映了当时文言小说评价标准的微妙变化。然而，这一新变并未受到广泛认可，更未能从根本上扭转小说特别是文言小说传统的创作观念与批评观念的强大惯性。明代瞿佑为自己叙述了大量神怪虚幻故事的《剪灯新话》进行辩护时，仍然援引经史作为佐证：

余既编辑古今怪奇之事……自以为涉于语怪，近于诲淫，藏之书笥，不欲传出。客闻而求观者众，不能尽却之，则又自解曰："《诗》、《书》、《易》、《春秋》，皆圣笔之所述作，以为万世之大经大法者也；然而《易》言'龙战于野'，《书》载'雊雉于鼎'，'国风'取淫奔之诗，《春秋》纪乱贼之事，是又不可执一论也。今余此编，虽于世教民彝，莫之或补，而劝善惩恶，哀穷悼屈，其亦庶乎言者无罪，闻者足以戒之一义云尔。"②

不仅如此，文言小说还保留了许多与史传血缘相通的表征。比如：小说题目大多带有"志"、"记"、"传"、"史"、"录"等史传叙事的命名标志；小说情节大多为线性结构，按照主人公的行状安排叙事内容，重视时间与空间的标识；叙述者具有超越时空的全知能力，运用的叙述模式、叙事策略与历史著作小异而大同。

在史传观念浓郁的文化背景下和文言小说的创作传统下问世的《聊斋志异》，自然带有明晰的、割舍不掉的史传叙事"遗传特征"。《聊斋志异》中那些以人物为叙事核心的作品，往往在开篇介绍核心人物的字号、籍贯、身世等信息，与史

---

① ［宋］孙副枢.《青琐高议》序［M］//丁锡根.中国历代小说序跋集：中.北京：人民文学出版社，1996：574-575.
② ［明］瞿佑.《剪灯新话》序［M］//丁锡根.中国历代小说序跋集：中.北京：人民文学出版社，1996：599-600.

书人物传记的开篇方式相同。作者（叙述者）[①]常常客观冷静地讲述故事，一般不直接介入小说之中表明自己的立场，而以"异史氏曰"的方式讲述与主要故事相类的另一个故事，揭示作品蕴含的意义，或者表达对人物、事件的评价。这种做法与《左传》中的"君子曰"、《史记》中的"太史公曰"以及班固《汉书》中的"赞曰"有一看即知的承继与仿效关系。作品号称"志异"，蒲松龄却设法将人物的籍贯与居处、事件的讲述者与见证人、故事发生的时间与地点等叙事要素交代得清楚而详实，也是沿袭了史家重视时空要素的叙事惯例，正如何彤文所说，《聊斋志异》"胎息《史》、《汉》，浸淫魏晋六朝，下及唐宋，无不熏其香而摘其艳。其运笔可谓古峭矣，序事可谓简洁矣，铸语可谓典赡矣。……至其每篇后'异史氏曰'一段，则直与太史公《列传》神与古会，登其堂而入其室"[②]。正因《聊斋志异》讲述的大多是现实生活的奇事、仙道释佛的异事和妖狐鬼怪的谲事，甚至是纯属虚构的无稽之事，作者可以驰骋文笔、自由撰构，借用金圣叹的话说，属于"因文生事"，作者创作时就可以"只是顺着笔性去，削高补低都由我"[③]。这就给了作者打破史家叙事的清规戒律的空间和机会，便于发挥裁剪素材、虚构故事、叙事写人的艺术才干，使《聊斋志异》在众多方面突破了史传的叙事观念，叙事技法有了新的变化。

其一，《聊斋志异》大量使用倒叙、追叙、补叙、不对称错时等叙事策略。蒲松龄时而预言先机，使读者知未来而心惊魄动；时而追述往事，催读者思往昔

[①] 西方叙事理论认为，作者与叙述者有明显的差别，不能将讲故事的叙述者与生活中真实的作者视为同一个人。米克·巴尔说："叙述本文是用语言所讲述的故事；也就是说，它被转换成为语言符号。正像关于叙述本文的界定所表明的，这些符号由一个讲述的行为者创造出来。这个行为者不能等同于作者。相反，作者抽身出来，指派一个虚构的发言人，一个在术语上称为叙述者的行为者。"（［荷］米克·巴尔. 叙述学：叙事理论导论［M］. 谭君强，译. 北京：中国社会科学出版社，1995：6.）为简洁起见，除必须特别指明讲述故事的人的叙事功能外，下文一般不区别使用"作者"、"叙述者"两个概念，由文章语境赋予"作者"何处指写作者、何处指叙述者、何处兼指写作者和叙述者的内涵。只在第六章里，为了行文切合语境，一般使用"叙述者"这一概念，只有在必要时才使用"作者"这一概念。

[②] ［清］何彤文. 注《聊斋志异》序［M］//丁锡根. 中国历代小说序跋集：上. 北京：人民文学出版社，1996：142-143.

[③] ［清］金圣叹. 读第五才子书法［M］//［清］金圣叹. 贯华堂第五才子书《水浒传》：上. 南京：江苏古籍出版社，1985：18.

而感慨无限。特别是在那些求仙访道题材、人界鬼域交混的作品里，蒲松龄将现实世界的自然时间、故事人物的心理时间和仙界鬼域的变异时间等性质不同的时间形态交织在一起，把故事叙述得扑朔迷离。清代余集称赞其写法为"恍惚幻妄，光怪陆离"[1]。清代何彤文也赞叹说："其志异也，大而雷龙湖海，细而虫鸟花卉，无不镜其原而点缀之，曲绘之。且言狐鬼，言仙佛，言贪淫，言盗邪，言豪侠节烈，重见叠出，愈出愈奇，此其才又岂在耐庵之下哉！"[2]

其二，《聊斋志异》突破了史学的叙事情境模式，将全知叙事与限知叙事、内视角与外视角等多种叙事策略结合起来。全知叙事视角是史学叙事常用的叙事视角，这一视角使蒲松龄拥有了居高临下、洞知故事一切的视野，以及凌驾于小说人物之上的优势。由于掌握小说中所有人物的一切情况，蒲松龄不仅可以自由地透露事件、人物的信息，可以规划故事的发展、决定人物的遭遇，还可以洞烛秋毫、预言命运。而借助限知叙事视角、戏剧化叙事视角等，蒲松龄可以收放自如地控制叙述行为，有时将观察的眼光和叙述的权力交给小说中的人物，有意回避对某些场景与事件的描写与叙述，用以激发读者对叙事空白的追问与思索，以实现特殊的叙事意图。《聊斋志异》常有这样的作品：故事的开端简要叙述某个男子或者流落于乡野山村，或者独居在书斋野寺；或者偶然邂逅一位女子，或者有女子主动投怀送抱。在描绘男女初次相见的场景时，作者截留了女子的身份、来历等信息，借助男子的眼睛"看到"该女子的音容笑貌，并描绘下来；或者将讲述女子身份、来历的权力交给作品中的人物（更多时候将讲述权力交给该女子），形成男女角色之间信息传递的不对称。这一叙事策略拉远了人物与人物、女子与读者的距离，渲染了紧张神秘的气氛，使读者产生新奇感、神秘感。诚然，作者可以行使全知叙事的特权，将女子身为妖狐·鬼怪、仙女异人的底细直接

---

[1] ［清］余集.《聊斋志异》序［M］//［清］蒲松龄.聊斋志异：会校会注会评本.张友鹤，辑校.上海：上海古籍出版社，1986.［按：本书引述的《聊斋志异》作品的原文、点评、注释等均来自张友鹤辑校的《聊斋志异》（会校会注会评本）.］下文为简洁起见，一般只对引自该版本的序、例言等注明完整的文献信息；对引自该版本的各家点评，只加注版本、版权、页码等信息；对所引《聊斋志异》作品原文，不另外加注。

[2] ［清］何彤文.注《聊斋志异》序［M］//丁锡根.中国历代小说序跋集：上.北京：人民文学出版社，1996：142-143.

披露出来，既能解除小说中人物（男子）的紧张与疑惑，又能满足读者对人物来历的探求愿望。然而，这样的写法不仅将削弱作者调配叙事视角带来的艺术魅力，导致叙事平淡无奇，而且将泯灭变幻丰富的故事与历史叙事之间的个性差异，使原本奇异多变的故事僵死在全知叙事的视角之下。

其三，《聊斋志异》具有多层次、交互性的叙事空间结构，突破了史传仅在现实空间至多延伸到梦境讲述故事的叙事空间格局，也打破了一般文言小说侧重描述拟实空间或者将拟实空间与虚幻空间二者简单衔接为一体的叙事惯例。小说建构的叙事空间大致可以分为两种：一种是作者模仿现实世界、社会生活虚构而成的，为故事人物以及其他存在物建构的空间，其存在形态、运行规律与现实世界没有本质的差异，可以称为拟实空间；另一种是作者以现实世界为基础，按照自己理解的非现实世界的规律描绘、构建的虚幻怪妄、形态变异的叙事空间，如仙界、阴间、梦境等，可以称为虚幻空间。前者是作者对现实世界加工、改造、提炼的结果，后者是作者对现实世界夸张、变形、幻化的结果。虚幻空间的产生与宗教思想有密切关系，比如"仙界"与原始宗教信仰、道教思想观念有关，"地狱"与佛教思想有关。从本源上讲，无论拟实空间还是虚幻空间，都是叙述者操纵话语符号创造的真实存在的"虚拟空间"，只是在不同性质的小说中，二者的地位与作用略有不同而已。[①] 史家著作叙述的事件大部分发生在现实空间，偶尔发生在梦境中，如《左传》所载的晋文公梦见楚王伏在自己身上吸食脑髓的情形（僖公二十八年），郑文公之妾燕姞梦见天使送给自己兰草之事（宣公三年）。《左传》的虚幻空间（梦境）及相关事件对现实事件起到印证、诠释和补充的作用，或者成为后续事件的征兆、预叙，或者作为主要事件的烘托、反衬，尚未成为渗透史家特殊叙事意图的、处于叙事核心的空间（事件）。而《聊斋志异》中的梦境、仙境、妖境、画境、鬼域等虚幻空间，都是蒲松龄着意描绘的空间，与拟实空间有复杂的续接关系、互动关系，不再是后者的附庸、陪衬或点缀。《聊斋志异》中，以梦境为主要叙事空间的作品有《凤阳士人》、《狐梦》、《绛妃》等，以仙境为主要叙事空间的作品有《仙人岛》、《翩翩》、《晚霞》等，以妖境、

---

① 尚继武.《聊斋志异》空间叙事艺术论析 [J]. 江汉论坛，2009 (7)：114 - 117.

鬼域为主要叙事空间的作品有《巧娘》、《考城隍》等。这些作品中的虚幻空间具有独立的存在形态和叙事功能，其间发生的故事具备叙事功能与思想倾向的自足性，即不依赖拟实空间事件的支撑、衬托或隐喻，也能够反映社会生活、刻画人物性格、传达作者的思想情感和价值观念。《聊斋志异》还将虚幻空间与拟实空间交织、对举或接续起来，形态丰富，引人入胜。

《聊斋志异》的空间叙事技巧也有独特之处。一般文言小说同样有拟实空间与虚幻空间并存的现象，但其虚幻空间里的事件对拟实空间里的事件很少产生直接的影响。《搜神记》所载"刘晨、阮肇入天台"的故事中，刘、阮二人自仙家洞府归来后，看到"乡邑零落"，得知人间"已十世"。① 引发这一人间巨变的不是刘、阮二人滞留仙境这一事件，而是人间与仙境的时间频率之间的差异。《聊斋志异》拟实空间与虚幻空间里的事件既可以相互影响，又可以感应式地齐头并进，还可以交织错综而不再泾渭分明。比如，只需要等待夜晚来临而不需要经历生死，人物便可从阳间（拟实空间）进入阴间（虚幻空间），《伍秋月》、《陈锡九》中的王鼎、陈锡九均有此类行为。在"刘晨、阮肇入天台"故事中，刘、阮回到人间之后，再也没有重返仙界洞府的机缘。而在《聊斋志异》中，人物可以凭借某种坚毅的情志（如席方平心中郁结的发誓为父申冤的强烈不平之气），或者受赤诚情怀的激发（如乔生满怀挚爱、为连城之死痛心不已以至气绝而亡），以"死"或"复生"的方式出入阴阳两界，行走在拟实空间和虚幻空间之间。显然，《聊斋志异》对空间要素的调度比史传和一般文言小说具备更灵活的自由度，真正达到了"驰想天外，幻迹人世"②、"出于幻域，顿入人间"③ 的灵动跳脱的艺术境界。

二、众体兼备，新在"传奇"

对《聊斋志异》存在的文体兼收并蓄的现象，纪晓岚有过这样一段议论：

---

① [东晋]干宝. 搜神记 [M]. 北京：中华书局，1978：250.
② [清]高珩.《聊斋志异》序 [M] // [清]蒲松龄. 聊斋志异：会校会注会评本. 张友鹤，辑校. 上海：上海古籍出版社，1986.
③ 鲁迅. 中国小说史略 [M] //鲁迅. 鲁迅全集：第九卷. 北京：人民文学出版社，1996：209.

《聊斋志异》盛行一时，然才子之笔，非著书者之笔也。虞初以下，干宝以上，古书多佚矣。其今可见完帙者，刘敬叔《异苑》、陶潜《续搜神记》，小说类也；《飞燕外传》、《会真记》，传记类也。《太平广记》，事以类聚，故可并收。今一书而兼二体，所未解也。小说既述见闻，即属叙事，不比戏场关目，随意装点。……今燕昵之辞，媟狎之态，细微曲折，摹绘如生。使出自言，似无此理；使出作者代言，则何从而闻见之？又所未解也。①

纪氏将叙事作品分为两类：一类为记录他人见闻（据实而录）的小说，一类为记录亲身见闻（记述事实）的传记。以今天的眼光看，前者为志怪，后者为传奇。纪晓岚主张这两类作品创作上应该以"信实"、"纪实"为尚，要么转录他人的记述，要么叙述自己眼见耳闻之事，不能随意虚构，即"不比戏场关目"可以"随意装点"。然而，《聊斋志异》超越了作者耳目见闻的范围，叙述别人未曾见闻的人物及其言行，且叙事详尽，描写细腻，在写法上既不同于第一类，也不同于第二类，却兼具两类作品的特点，纪晓岚觉得殊不可解。纪晓岚批评《聊斋志异》"一书而兼二体"，指出它文体混杂的不足。应该说，从强化小说文体功能、划清类型界线的角度看，纪晓岚的批评是有道理的。但是，仅从创作方法入手而忽视结构、语言等因素划分《聊斋志异》文体类型并评价其优劣得失，难免以偏概全。

《聊斋志异》中有一部分以实录、纪实为基本创作方法的作品，如《地震》、《钱流》等；也有一部分得自传说、见闻，由蒲松龄记录或加工改写而成的作品，如《考城隍》、《李象先》等；还有一些叙述作者亲身经历或者"叙述者"为当事人的作品，如《绛妃》、《狐梦》等。但大部分作品直接以第三人称叙述出来，既没有交代故事来源，也没有交代显而易辨的讲述者或观察者，读者无法甄别究竟是据实而录的作品还是记述真实见闻的作品。这类作品以虚构为

---

① ［清］盛时彦.《姑妄听之》跋［M］//［清］纪晓岚.阅微草堂笔记.南京：凤凰出版社，2007：375.

宗，人物形象鲜明，情节复杂多变，描写生动传神，情感内蕴丰富，代表了《聊斋志异》最高艺术水准。可以说，蒲松龄不单使用了如实而录、记录见闻这两种创作方法，更凭借其不凡的艺术才华以高超的虚构技巧创作小说。纪晓岚站在与蒲松龄不同的小说观念立场上，指责《聊斋志异》"一书而兼二体"。实际上，正是这些被纪晓岚批评的所谓文体混杂的作品，蕴含着更高妙的艺术性，成为蒲松龄叙事艺术创新的最佳实证。

如果跳出纪晓岚划定的辨析文体类型的圈子，将《聊斋志异》放在整个清代以前文言小说文体演变的历史长河中加以考察，我们就会发现，《聊斋志异》不仅包含了文言小说的各种文体类型，而且借鉴运用了白话小说——话本小说的文体形态。《聊斋志异》中有篇幅短小、记述异闻、著录风物的博物体杂记，如《鹿衔草》、《海大鱼》；有笔记杂录体的短制，如《地震》、《水灾》；有谈鬼说怪、张皇鬼神的志怪体，如《喷水》、《莜中怪》；有情致婉转、文辞细腻的传奇体，如《莲香》、《婴宁》。还有一些作品一篇之内讲述情节类似或相反的两个或两个以上的故事，这些故事有的属于并列关系，有的有主次之分。有主次之分的则类似话本的"头回"与"正话"，结构体制上接近话本（拟话本），如《伏狐》、《念秧》等。不夸张地说，《聊斋志异》完全可以称得上"文备众体"，其中占主体的、最富有创造性和革新意义的还是那些传奇体作品，即"新在传奇"。

所谓"新在传奇"有两层含义。一层含义是，与其他文体类型的作品相比，《聊斋志异》的传奇体作品叙事艺术更丰富、感染力更强烈。蒲松龄一生处于偃蹇困顿之中，教谕弟子之余，将一腔热情倾注于小说创作。而文艺创作的一般规律是，思想感情的抒写与文本形式的创造存在辩证统一的关系：深厚而强烈的思想感情召唤与之相应的有表现力的文本形式，适宜的文体形式则常常助推思想感情的抒写。《聊斋志异》中的博物体、杂录体、志怪体作品，由于篇幅简短、文字简单、节奏明快，很难承载厚重的思想感情；而传奇体作品因其篇幅稍长、内容丰富，足以承担起这一重任，可供作者自由驰笔、尽情书写。蒲松龄将自己对家庭的殷殷之情、对人生的无限感慨、对社会的满腔激愤交织在这类作品里，赋予传奇体作品感发人心、触动情志的力量。清代何彤文称赞《聊斋志异》"言狐鬼，言仙佛，言贪淫，言盗邪，言豪侠节烈，重见迭出，愈出愈奇"①，鲁迅先生评价《聊斋志异》"描写委曲，序次井然，用传奇法，而以志怪，变幻之状。如在目前"，塑造的"花妖狐魅，多具人情，和易可亲，忘为异类"，②这些论断用于《聊斋志异》中的传奇体作品更为合适。由于艺术容量远远超过博物体、杂录体、志怪体的作品，《聊斋志异》的传奇体作品往往运用丰富的叙事模式、多变的叙事谋略、富有深意的叙事修辞和变化万千的叙事时空，将故事敷演得情节曲折生动，将人物形象塑造得血肉丰满。

"新在传奇"的另一层含义是，《聊斋志异》中的传奇体作品在汲取前代传奇创作艺术经验的基础上有了新的超越。无论是清代纪晓岚所说的"一书而兼二体"，还是鲁迅先生所说的"用传奇法，而以志怪"，都隐含了《聊斋志异》与传奇小说在创作技法上存在共通之处的前提判断。《聊斋志异》还具有与唐明传奇相同的核心故事题材，如文士科考、男女婚恋、家庭生活、歌舞艺伎、鬼怪妖异等，有时还直接取材于唐明传奇。朱一玄《〈聊斋志异〉资料汇编》辑录了《聊斋志异》故事的本事二百五十余则，其中《续黄粱》的本事《枕中记》、《莲花公主》的本事《南柯太守传》、《叶生》的本事《离魂记》、《凤阳人士》的本事《三梦记》、《柳生》的本事《定婚店》，均为唐代传奇；《考城隍》的本事《修文舍人传》、《双灯》的本事《牡丹灯记》、《胡四娘》的本事《鹅笼夫人传》，均为明代传奇。《聊斋志异》传奇体小说与唐明传奇还有一些共同的艺术特点，如故事情节曲折生动，人物形象鲜活丰满，叙事技法灵活多变。在叙事策略、情节结构等方面，《聊斋志异》则超越了唐明传奇，有较大创新，主要体现在两个方面。

其一，《聊斋志异》进一步延展了叙事时间，故事情节更加起伏多变，叙事线条更加错综复杂。绝大多数唐明传奇将故事时间处理为自然形态的时间，即故事发生的时间长度不超过人物一生所经验的时间长度，故事时间形态与自然时间形态相对应。而《聊斋志异》中人物可以从人世延续到死后的阴间，甚至可以历

---

① ［清］何彤文. 注《聊斋志异》序［M］//丁锡根. 中国历代小说序跋集：上. 北京：人民文学出版社，1996：142-143.

② 鲁迅. 中国小说史略［M］//鲁迅. 鲁迅全集：第九卷. 北京：人民文学出版社，1996：209.

经三生三世，且故事时间经常被加工改造为非自然时间形态。例如，在《三生》中，故事与人物经历的时间跨度涉及刘孝廉人死转生为马、马死转生为犬、犬死转生为蛇、蛇死复转生为人的"四世"，叙事时间长度远远超越生命个体的寿命长度。《聊斋志异》还将故事中拟实空间的时间与仙界鬼域等虚幻空间的时间置于不对等的状态中，即拟实空间的时间长度相比于自然形态的时间发生了巨大变异，短于或长于仙界、鬼域、梦境等虚幻空间的时间长度，形成时间的疏离与错位。这不仅能使故事中的人物惊讶不已，而且带给读者难以言说的况味。这样的时长错位在唐传奇中偶尔一见，如沈既济《枕中记》的自然时长为做一顿饭的工夫，而从卢生入睡到醒来的这段时间，梦境中的卢生却经历了娶清河崔氏女、高中进士、官终中书令、爵封燕国公等人生快意之事，直至年逾八十而薨，走完了整整一生。而《聊斋志异》的时长错位屡见不鲜，有的人物经历了虚幻与真实交织更替的空间，尝尽人生喜怒哀乐的百般滋味，如《画壁》中的朱孝廉、《续黄粱》中的曾生、《西湖主》中的陈弼教；有的人物在虚幻空间短暂停留之后重回人世间，看到的是城郭改易、物是人非和沧桑巨变，如《贾奉雉》中的贾奉雉、《丐仙》中的高玉成。这种将与现实世界相对的异域空间的时间拉长或缩短的叙事方法，构建了小说幻丽幽奇的时空世界，透露出作家对不同性质事件的叙事"过滤"，隐含着特有的价值倾向。

其二，《聊斋志异》的叙事空间更为自由与开阔。绝大部分唐传奇的叙事空间为拟实空间，仙界、梦境、幻境等虚幻空间并不占据重要分量，只有少数作品用了较多笔墨描绘虚幻空间。而《聊斋志异》描绘虚幻空间的精彩程度、对其叙事功能的重视程度丝毫不亚于对拟实空间的描绘与重视程度。《聊斋志异》的阴间不仅包括阎罗、鬼吏居住之所，还包括坟墓幻化而成的空间。前者只有人死亡之后或灵魂出窍之后才能到达，后者为鬼魂居住的处所。然而，只要机缘得当，生活在阳世的人也可以自由进出阴间鬼域。《聊斋志异》的仙境虽然处于荒远幽僻之地，但是俗世中的普通人可以借助偶然而至的契机或者命中注定的缘分进入其中，如《西湖主》、《仙人岛》中的仙境。这些虚幻空间是《聊斋志异》重要的叙事手段，为蒲松龄调控故事情节、多角度展示人物和实现隐喻叙事提供了方便，使小说的空间叙事手段比以往文言小说具有更多的灵活性。《聊斋志异》的一些人物可以突破拟实空间种种的局限，在凡界与仙界、人世与阴间之间自由往来、无拘无束。最令人惊奇的是《聊斋志异》人物可以由作者营造的拟实世界进入虚幻之境，还可以由虚幻之境再次进入第二层虚幻之境，而所有叙事空间未必都是现存的真实，对人物来说却是真切的现存，由此形成了独特的空间套叠艺术，这是唐传奇所未能有的空间叙事形态。沈既济《枕中记》只有两重叙事空间，分别是卢生寓居的旅店和卢生进入的梦境。蒲松龄《续黄粱》的叙事空间延伸得更为开阔深远：一是曾孝廉与友人游赏的僧舍，这是拟实空间；二是曾孝廉进入的梦境，这是虚幻空间；三是曾孝廉在梦中因为作恶而死进入的阴间，这是虚幻空间中的另一重虚幻空间；四是被判转生为女子投胎的人间，这是虚幻空间中的拟实空间。其他作品如《贾奉雉》、《席方平》等均有类似的空间套叠。空间套叠的叙事策略既拓展了小说反映社会生活的广度，也开掘了小说反映社会生活的深度。

三、人物中心转移，叙事切近民间

小说选择何种身份的人物为塑造主体，这些人物被描写成具有怎样的性格特征，往往是作家在不同的社会思潮、文学观念的影响下，基于自身的审美情趣、思想观念及对社会与人生的理解感悟加以过滤筛选的结果。最初的选择也许是个别的，带有随机性、偶然性，随着创作经验的积累、审美惯性的积聚，一个作家容易养成其独特的人物偏好，情趣相同相近的一群作家容易养成一群作家特有的人物偏好，甚至一个时代的作家养成一个时代作家特有的人物偏好。由此，建构起小说的"人物中心"。

小说人物中心往往随着时代变迁与创作风尚的变化不断转移，甚至同一时期的小说作品，由于产生的地域与文化背景的不同，其人物中心的构成情况也会有所差异。魏晋时期，志怪小说中的人物大多是纯粹的行动符号，缺乏鲜明的个性、丰富的性情和现实的可感性，没有形成人物中心。志人小说如《世说新语》中的人物大多是具有较高社会地位的贵族人士，其生活情趣、人生追求均有别于普通民众，贵族、官吏、士人构成了作品的人物中心。至唐传奇，小说人物中心发生了一次转移，由帝王将相、出身名门世家的人物为主要群体，转向以文士、奇人等人物为叙事中心，文士、奇人的现实遭遇尤其是仕途逆顺、婚姻爱情成为小说的主要内容。这一现象直到宋明时期才有所改变。宋明时期的小说特别是话本、拟话本转向以市井细民为描绘的主要人物，叙述他们的家长里短和变泰发迹之事，抒写他们的喜怒哀乐、悲欢离合。其间虽有《三国演义》以宏大叙事描绘了战乱时期的帝王将相、谋臣文士的形象，有《水浒传》以百川汇海之势叙述108名传奇英雄的故事，但也有《金瓶梅》写唯利是图的商人、平庸颓废的市民，向日常生活的纵深与细微处发掘。这一时期大部分文言小说回归了笔记体小说的老路，撰者要么以实录纪实的笔法记载见闻、掌故、逸事，要么以简朴质实的语言志怪，人物形象塑造趋于平淡，叙事写人的技巧前进步伐趋于迟缓。但总的来看，人物中心向社会较低层人物转移的趋势已经不可逆转。

《聊斋志异》实现了自唐传奇以来文言小说人物中心的第三次整体性转移，所展现的人物活动内容与行动主题也有了重要的转向，从而完成了文言小说由文人案头之作向大众喜闻乐见的作品的大转变。首先，随着小说描绘的社会环境和自然环境的转变，人物中心进一步向社会底层趋近。除了少数官员、乡绅，《聊斋志异》中绝大多数人物身份是中下层小地主、贫寒书生、商人、农民、乡医、僧人、市井无赖，甚至是无业可操、无地可种、无家可归的人。他们没有显赫的家世、丰厚的财产和尊崇的名望，远离经济繁华的都市，也远离教化发达的主流文化圈，生活在乡野山村或偏远小镇。虽然《聊斋志异》也塑造了一些世家子弟的形象，但他们往往身处家道破落、运势衰微的境地。这种人物中心选择表明蒲松龄力图把文言小说带出象牙之塔，走向通俗化，使之能为普通民众所接受，实现雅俗共赏。其次，以家庭环境为舞台、以日常生活为人生重心的女子成为重要的人物群体。唐传奇中，女子已经成为小说的重要角色，单从《李娃传》、《霍小玉传》、《莺莺传》这些作品的名称，就能看出唐代文人对女子故事和女性角色的偏好。然而，这批女子大多是情感细腻、心灵丰富的歌姬、才女，小说用较多篇幅写她们欣赏富有才情又风度翩翩的青年文士，带着高于一般世俗的情趣追求爱情、捍卫真情，却很少展现她们在普通家庭生活中勤劳持家、相夫教子的情形。相比之下，《聊斋志异》中的女子属于民众，属于日常生活。据不完全统计，《聊斋志异》中的494篇（另有附录6篇）作品①，剔除了那些有事无人、有人无性格的作品，塑造了比较丰满的人物形象的作品为300篇左右，而以女子为主要人物的就超过90篇，女子为次要人物但是具有强大叙事功能的作品近30篇。《聊斋志异》中的这些女子要么对所钟情的男子怀有无限坚贞赤诚的深情，甘心为对方付出一切；要么呕心沥血操劳家务，经营家庭生活；要么对长辈尽人伦之礼，对晚辈关爱有加，一心一意相夫教子。对这些女子形象隐含的作者的文化心态，人们尽可以做出多种解读，但不可否认，《聊斋志异》的人物中心已经有了质的转移，"回归日常生活"成为小说塑造人物形象富有特色的创作取向。

　　随着人物中心的转移，人物生存活动的内容与方式也发生了重要转变，主要表现在两个方面。一是叙事日常化。占据小说内容中心的不是远离人世和尘俗的奇方异域、仙境鬼界发生的令人诧异惊叹的怪异故事，也不是闯荡江湖的英雄颂歌、运筹帷幄的智谋华章、贵族男女的春怨秋恨、男才女貌的团圆喜剧，而是披着怪异外衣的芸芸众生的生活琐事、家庭俗事、普通遭际，以及背后渗透的种种世俗男女的浓情蜜意、平凡生活的酸甜苦辣、普通民众的喜怒哀乐。二是叙事民俗化。"蒲松龄利用民俗进行创作是非常自觉的。中国古代小说大多充满市民色彩，而《聊斋志异》却有浓厚的民俗气息。"② 宗教观念、民间信仰、方术幻术、节俗风情等成了小说叙事的重要手段，"为故事设置一个个倍感亲切的民俗文化背景，将一些狐鬼花妖的形象根植于节日习俗土壤中，衍生出离奇怪异的故事，此类故事读者读来似曾相识，却又新鲜怪奇"③。因为运用了丰富的民俗化叙事手段，《聊斋志异》比《搜神记》等作品少了玄冷怪异的气息，多了亲切自然的生命活力；比《阅微草堂笔记》等作品少了典雅深奥的道学倾向，多了雅俗皆宜的民间滋味。《聊斋志异》将主要角色民间化、世俗化，拓宽了文言小说保持自身生命力的路径，对文言小说的革新自有积极意义和存在价值。

----

　　① 章培恒《聊斋志异·新序》将张友鹤辑校的《聊斋志异》（会校会注会评本）中的"又篇"和附则都列属于正文，不作单独篇目计算，共得文491篇，此外还有附录9篇。笔者根据此版本的目录进行统计，只要目录中单独列出即单独计篇，共得正文494篇，附录6篇。与前者统计的正文、附录篇数略有差异，但总篇数相同。
　　② 崔磊.《聊斋志异》中的信仰民俗描写 [J]. 内蒙古民族大学学报，2011 (3)：5-7.
　　③ 张爱莲. 管窥《聊斋志异》节日描写的艺术功效 [J]. 蒲松龄研究，2013 (3)：50-58.

四、融情志入叙事，提升小说品格

东汉班固谈论小说源起及文体价值说："小说家者流，盖出于稗官。街谈巷议、道听途说者之所造也。孔子曰：'虽小道，必有可观者焉。但致远恐泥，是以君子不为'。"① 与他同时期的桓谭说："小说家合丛残小语，近取譬论，以作短书，治身理家，有可观之辞。"② 班固、桓谭所说的"小说"与后世的"小说"文体差异较大，与现代文学意义上的小说更不是一回事，他们的观点却深刻地影响了我国古代小说文体观及价值观，致使在相当长的历史时期内，人们要么将小说视为史传附庸，要么以史家叙事规范为标准衡量小说的价值。在这样的小说观念的支配下，小说作家崇尚纪实、实录的创作方法，纷纷效法史书客观冷静地讲述故事，很少融入作家的主观情志。王平先生将这样的叙述者称为"史官式叙述者"。史官式叙述者"只是真实客观地把某人某事讲述出来，有时偶尔对某些问题做极为简洁的解释"，在叙述过程中不直接"对所叙述的人或事作出评价仅仅在结尾处偶尔发些议论或做出解释"，③ 这种客观冷静的叙事态度内在地决定了作者根本无法在作品中融入强烈而鲜明的主观情志。

随着自觉虚构的创作意识日趋清晰，唐代作家开始在创作中融入才情，抒写对社会、人生的感慨，表明对故事、人物的观点、立场，所谓"揉变化之理，察神人之际，著文章之美，传要妙之情，不止于赏玩风态而已"④。与志怪小说相比，唐代传奇的思想性、教谕性明显增强，作家通过小说批判现实、警醒世人的叙事意图也比前代小说作家更加显明。有的作家将思想情志融汇在小说叙事话语之中，借助叙事写人形象而含蓄地表现出来；有的作家直接介入作品评价故事中的事件、人物，作为发挥小说德谕教化功能的告白式表达。无论哪一种形式，都有一个共同的特点，那就是作家常常以封建伦理、社会道德代言人的身份说话，而非站在"我"的立场上以个体的身份说话。《李娃传》中，李娃与荥阳郑生重

---

① [东汉]班固. 汉书[M]. [唐]颜师古, 注. 北京：中华书局, 1964：1746.
② [梁]萧统. 昭明文选[M]. [唐]李善, 注. 长春：吉林人民出版社, 1998：603.
③ 王平. 中国古代小说叙事研究[M]. 石家庄：河北人民出版社, 2001：14-18.
④ [唐]沈既济. 任氏传[M] //卞孝萱, 周群. 唐宋传奇经典. 北京：人民文学出版社, 1999：23.

逢，拿出积蓄为自己赎身，赁屋和郑生同居。自此，李娃闭门谢客、尽心持家，全力支持郑生研读诗书。在她的激励与运筹下，郑生学问日益精进，一举中第。李娃的行为不仅得到了郑生父亲的认可，而且得到了作家的赞许。白行简赞叹说：“嗟乎，倡荡之姬，节行如是，虽古先烈女，不能逾也。焉得不为之叹息哉！”① 这一赞誉代表了当时社会主流文化、伦理道德对李娃的认可与接受。陈鸿谈创作《长恨歌传》时说，自己"意者不但感其事，亦欲惩尤物，窒乱阶，垂于将来者也"②，可见其创作宗旨是总结历史教训、传达政治情怀。

  《聊斋志异》蕴含的思想情感具有鲜明的自我特性，刻有独特的蒲氏印记。蒲松龄远追屈原、韩非子，称自己的作品为"披萝戴荔，三闾氏感而为骚"，"浮白载笔，仅成孤愤之篇"，将之与屈原的《离骚》、韩非子的《孤愤》篇相类比，既透露出对屈原身处幽昧而坚持美政理想人格的仰慕，也折射出蒲松龄继承发愤著述传统的自觉性。李贽说："太史公曰：'《说难》、《孤愤》，贤圣发愤之所作也。'由此观之，古之贤圣，不愤则不作矣。不愤而作，譬如不寒而颤，不病而呻吟也，虽作何观乎？《水浒传》者，发愤之所作也。……施、罗二公身在元，心在宋；虽生元日，实愤宋事。是故愤二帝之北狩，则称大破辽以泄其愤；愤南渡之苟安，则称灭方腊以泄其愤。"③ 李贽称《水浒传》为"发愤之作"，实则为借司马太史之酒杯浇心中之块垒，目的在于倾泻自己对世事的激愤不平、对社会现实的强烈不满。然而，将创作心态上溯到司马迁的"发愤著述"，凭依史传的权威与崇高，在客观上能够提高小说的品位，启发小说家以强烈的爱憎情感、鲜明的主观情意投入小说创作，也启发小说理论家站在寻求与作者思想情感共鸣的立场上展开小说批评。冯梦龙提出了关于小说思想主旨的"情理说"、"情教论"，金圣叹提出了关于小说创作的"动心说"，这些观点的内在精神与李贽的"发愤说"一脉相承。因此，蒲松龄称《聊斋志异》为"孤愤之书"，把自己的创作观提高到与司马迁、李贽、金圣叹的创作观念与理论认识的同等高度，隐然有推尊小说文体的意味，比起明初瞿佑"哀穷悼屈"的小说价值观、功能观要深刻得

---

① [唐]白行简. 李娃传[M]//卞孝萱，周群. 唐宋传奇经典. 北京：人民文学出版社，1999：82.
② [唐]陈鸿. 长恨歌传[M]//卞孝萱，周群. 唐宋传奇经典. 北京：人民文学出版社，1999：95.
③ [明]李贽.《忠义水浒传》序[M]//马蹄疾. 水浒资料汇编. 北京：中华书局，2005：3-4.

多。尽管各家对蒲松龄所说的"孤愤"的具体内涵解读各异,《聊斋志异》字里行间激荡着一腔热情,流溢出一脉愤慨,蕴藏着几分热望,时时撼动着读者的心灵,却是不争的事实。与蒲松龄同时或稍后的一些人,已经从《聊斋志异》中读出了作者的郁愤幽思。高凤瀚说:"今(青本无'今'字)乃知先生生抱奇才不见用,雕空镂影摧心肝。不堪悲愤向人说,呵壁自问灵均天。"[1] 鲍廷博为《聊斋志异》题辞说:"聊假寓言列老庄,姑置高论周程张。嬉笑怒骂成文章,丰城夜夜牛斗光。"[2] 余集对蒲松龄的遭际与著作更是满怀同情与感慨,"同在光天化日之中,而胡乃沉冥抑塞,托志幽遐,至于此极!余盖卒读之而悄然有以悲先生之志矣。按县志称先生少负异才,以气节自矜,落落不偶,卒困于经生以终。平生奇气,无所宣泄,悉寄之于书"[3]。清代二知道人将《聊斋志异》与《水浒传》《红楼梦》并举,认为这些作品蕴含着作者对人生、社会的无限感慨和抑郁不平之气,所谓"蒲聊斋之孤愤,假鬼狐以发之;曹雪芹之孤愤,假儿女以发之;施耐庵之孤愤,假盗贼以发之:同是一把辛酸泪也"[4]。

诚然,我们不能认为《聊斋志异》中的每一篇作品,甚至不能认为其中大部分作品都带有蒲松龄对社会现实的感慨、对仕途不达的郁愤。我们如果将"孤愤"的内涵理解得宽泛一些,把它视为与政治批判有所区别的、属于蒲松龄对人生与社会的独特的情感体验和思想倾向(这种思想倾向因长期郁积而显得深沉厚重)的话,就可以理解《聊斋志异》的众多篇章为什么没有将重心放在离奇的故事、荒诞的事件上,而是放在故事展现出来的人物命运上以及事件折射的人物品格上。王定天认为,小说形式是一种属人的情节结构形式,是形象与材料组织原

---

[1] [清]高凤瀚.《聊斋志异》题辞 [M] // [清]蒲松龄. 聊斋志异:会校会注会评本. 张友鹤,辑校. 上海:上海古籍出版社,1986.

[2] [清]鲍廷博.《聊斋志异》题辞 [M] // [清]蒲松龄. 聊斋志异:会校会注会评本. 张友鹤,辑校. 上海:上海古籍出版社,1986.

[3] [清]余集.《聊斋志异》序 [M] // [清]蒲松龄. 聊斋志异:会校会注会评本. 张友鹤,辑校. 上海:上海古籍出版社,1986.

[4] [清]二知道人.《红楼梦》说梦 [M] //朱一玄.《聊斋志异》资料汇编. 天津:南开大学出版社,2002:501.

则的统一，可以说它已经还原为"人格结构"①。将小说形式与作者人格关联起来，可谓眼光独到且敏锐深刻，但小说形式成为"人格结构"应该有一个前提，那就是作者唯有自觉地将主观情志熔铸到小说中，创造出来的艺术形式才能称得上"人格结构"。蒲松龄做到了这一点。《聊斋志异》不仅以叙事的波折起伏、情节的奇异醒目吸引读者，更以开阔的视野、深邃的目光、理想的魅力、批判的力量震撼读者。由于这"孤愤"源自社会现实，植根于蒲松龄的人生际遇，一旦融入作品，就赋予了奇域幻境、鬼怪仙狐以厚重的现实感，从而使作品成为对现实世界的象征与隐喻系统，为小说增添了鲜明的诗化色彩和深刻的思想内涵。正如王平先生指出的，《聊斋志异》中的"神仙狐鬼精魅故事是一种全新的小说创作，从叙事方法上来看，如果说有所借鉴的话，则主要是借鉴了寓言式传记的方法"②。这一深刻的变化反映了文言小说摆脱了以往比附经史以自重的价值取向，从系统内部提升了自身的品位和价值，有力地廓清了视小说为"小道"的传统观念对小说创作的负面影响。

融孤愤入小说还扭转了文言小说的写作重心。《聊斋志异》由关注"人奇事奇"转向既重视写"人奇事奇"，又追求"述情之真"。传奇之"奇"，主要指奇特的人物经历、奇异的生活事件，这些人物、事件流传开来，触及人的心灵，被作家记录下来成为小说题材。沈既济谈《任氏传》创作缘起时说："浮颍涉淮，方舟沿流，昼宴夜话，各征其异说。众君子闻任氏之事，共深叹骇，因请既济传之，以志异云。"③白行简谈《李娃传》创作缘起时说："贞元中，予与陇西公佐，话妇人操烈之品格，因遂述汧国之事。公佐拊掌竦听，命予为传。乃握管濡翰，疏而存之。"④这些自述表明，唐代作家创作关注的重心在于奇异的人所做的奇异的事，而不在于自己对社会与人生的独特认识和体验。明代顾元庆对唐代作家这一特点有精当的认识。他说："唐人小史中，多造奇艳事为传志，自是一

---

① 王定天.中国小说形式系统[M].上海：学林出版社，1988：7.
② 王平."用传奇法而以志怪"质疑——兼论《聊斋志异》叙事的基本特征[J].蒲松龄研究，2000(C1)：98-109.
③ [唐]沈既济.任氏传[M]//卞孝萱，周群.唐宋传奇经典.北京：人民文学出版社，1999：23.
④ [唐]白行简.李娃传[M]//卞孝萱，周群.唐宋传奇经典.北京：人民文学出版社，1999：82.

代才情，非后世可及。"① 在虚构"奇艳事"的创作喜好的驱动下，一些富有自觉意识的传奇作家重视人物描写，塑造了光彩四溢的人物形象。蒲松龄也讲述了大量恍惚怪诞、超越生活常态的奇异之事，却将大量笔墨集中在奇异事件里那些带有浓郁的人间烟火气息的人物身上。这些人物可能是现实世界的人，也可能是仙妖鬼怪，无不面容鲜活、独具性情。因此，鲁迅先生称赞《聊斋志异》"独于详尽之外，示以平常，使花妖狐魅，多具人情，和易可亲"②。蒲松龄之所以能使笔下的人物"多具人情"且感人至深，有一个重要的原因，那就是"述情之真"。所谓"述情之真"，指蒲松龄将家庭生活、人生际遇、社会生活的真切感受和丰富体验融入作品，故能毫不掩饰地赞美理想、旌表良善、惩戒丑恶、抨击黑暗。蒲松龄对真善美理想的赞叹与追求、对假丑恶现象的抨击与指摘，往往通过对社会现象真实而深刻的描摹、对人物遭际真切而具体的描述传达出来，而不是简单地以图解的方式、议论的方式直接阐发出来，故而其作品回荡着一股真情，能使读者动情动意、感神励志。而唐传奇作家往往受一定场景、氛围的激发，在作品中抒写一时一地的感慨；一旦离开这一特定场景、氛围，其感慨便逐渐淡化乃至消逝。陈鸿受唐玄宗、杨贵妃故事的触动而创作《长恨歌传》，他介绍自己的创作过程说：

    元和元年冬十二月，太原白乐天……鸿与琅琊王质夫……暇日相携游仙游寺，话及此事，相与感叹。质夫举酒于乐天前曰："夫希代之事，非遇出世之才润色之，则与时消没，不闻于世。乐天深于诗，多于情者也。试为歌之。如何？"乐天因为《长恨歌》。意者不但感其事，亦欲惩尤物，窒乱阶，垂于将来者也。歌既成，使鸿传焉。③

  这段话与上文提到的沈既济、白行简的话语含有同样的意思，即"我"在他

---

① [明]顾元庆.《博异志》跋[M]//丁锡根.中国历代小说序跋集：上.北京：人民文学出版社，1996：551.
② 鲁迅.中国小说史略[M]//鲁迅.鲁迅全集：第九卷.北京：人民文学出版社，1996：209.
③ [唐]陈鸿.长恨歌传[M]//卞孝萱，周群.唐宋传奇经典.北京：人民文学出版社，1999：95.

人的鼓动、驱使下创作了这些作品，并非出于主动请缨、自觉撰构。其中蕴含的心态是微妙的："别人请我"创作属于文人相重，足见众人之中唯独"我"有创构之才，一股文人才情自赏的得意溢于言表。带着这种心态创作的传奇小说，与带着"披萝带荔，三闾氏感而为骚；牛鬼蛇神，长爪郎吟而成癖"，"集腋成裘，妄续幽冥之录；浮白载笔，仅成孤愤之书"①的心态创作的《聊斋志异》，二者在情感风貌方面的差异可想而知也可感而得。后者对人格、人情、人性倾注了更多的艺术心血，一派真情充溢在整个作品集中。

这一点还反映在蒲松龄对《聊斋志异》故事本事的改编上。《聊斋志异》中的《惠芳》取材于干宝《搜神记》中的《白水素女》、《弦超》。在干宝的作品中，白水素女、神女按照上帝的意旨、命运的安排来到人间与凡间男子生活在一起，其所作所为带有很大的承担义务、服从宿命的成分，故而她们头脑冷静而理性居多，缺少对世间男女情怀、家庭生活的热情。而《惠芳》中的惠芳为马二混的诚朴厚道所感动，主动从天界降临下嫁给他。在与马二混一起生活的日子里，惠芳不仅表现出女性特有的温婉性情，还表现出世俗妇女所特有的对家庭事务的热心和对家人的关爱。经过蒲松龄的加工改造，惠芳比原型——白水素女、神女追求爱情的主动性大为增强，身上的生活气息、人间色彩也更加浓郁。

唐代皇甫氏《原化记》中有"南阳士人"一则，讲述一个寓居在南阳山的男子受天牒命驱使化身成虎的故事。此人化为老虎之后，仍然具有人的意识与理智，仅以老虎的习性捕食，先后吃掉蝌蚪、野兔、采桑妇人，直至捕杀王评事后才还原本形。后来，该男子讲述化身后的奇异经历，泄露了捕杀王评事的消息，被前来复仇的王评事的儿子所杀。这篇作品情节突兀，诸如此人为什么化身为虎、为什么不能捕杀樵人、为什么吃掉王评事才能够还原人形等问题，小说都未做交代。故事的一切显得那么怪异诞妄，难以凭情理推知，正符合志怪叙事的重心在于讲述超乎人们耳目之外的奇异之事的特点。而以它为本事的《聊斋志异·向杲》则大不相同。《向杲》中向杲在恶人行凶打死哥哥、抢走嫂子，自身衔冤

---

① [清]蒲松龄. 聊斋自志 [M] // [清]蒲松龄. 聊斋志异：会校会注会评本. 张友鹤，辑校. 上海：上海古籍出版社，1986.

负屈难以申诉的处境下,带着强烈的复仇意识化身成虎,咬死了仇人。《聊斋志异》赋予了向杲化虎杀仇行动以伸张正义、捍卫亲情、批判强暴势力、惩治贪官污吏的内涵,为小说笼罩了一层《南阳士人》所不具备的关注人性、扬善抑恶的伦理光彩。

蒲松龄独创的作品同样具有浓郁的情愫、深沉的情志。在《香玉》中,耐冬精绛雪与牡丹精香玉具备的美的特质形成了对比。但明伦点评说:"香玉之热,绛雪之冷,一则情浓,一则情淡;浓者必多欲而散,散而可使复聚,情之所以不死也;淡者能寡欲而多疏,疏则可以守常,情之所以有节也。"① 对蒲松龄这些渗透着主观情志的书写,有人认为这是落拓书生的白日梦,有人则通过同类作品象征意蕴的发掘,认为蒲松龄这部小说突破了一般的遇仙母题或思凡母题的格套,表现出对人生根本问题的独特思考,"在蒲松龄的笔下,短篇文言小说不再是有闲文人无关大体的游戏笔墨,也不再是失意文人宣泄内心郁结的'白日梦',而是作家对社会、人生问题表达自己独立见解的一种严肃的写作方式"②。无论如何,我们都可以说,蒲松龄的主观情志不仅使《聊斋志异》成为他感慨万端、歌哭无途的心灵倾吐不平之气的艺术载体,而且使这部小说臻于情溢于言表、力透于纸背的艺术境界。

蒲松龄选择了满怀真情诚意展现人物心灵世界作为创作的重要取向,实际上是选择了一条以独特的审美眼光看待人生、社会的艺术创作之路。当仅凭叙事难以传递对人物的臧否陟黜时,蒲松龄便主动介入文本,或者在叙事进程中插入议论性文本,或者在小说结尾以"异史氏"的口吻展开评述。无论哪一种方式,均渗透了作者强烈的思想情感。同时,追求"述情之真",必然带动作家在创作上从注重编织引人入胜的故事转向重视塑造感人至深的人物形象,自然形成了以人物形象塑造为重心,进而影响作品运用写人技巧和叙事策略的艺术追求,从而使《聊斋志异》"由注重情节之奇到追求人物之真"。这一创作取向主要表现为以下

---

① [清]蒲松龄. 聊斋志异:会校会注会评本 [M]. 张友鹤,辑校. 上海:上海古籍出版社,1986:1551.

② 郭皓政.《聊斋志异》中的海南——历史记忆与象征叙事 [J]. 海南大学学报(人文社会科学版),2014(3):50-55.

诸方面：一是在总体创意上，蒲松龄特别注重人物性格的刻画，以人物性格推动情节的发展；二是出于服务以人物为核心的创作需要，作者在结构形态上打破了唐传奇常用的"直缀"这一较为单一的方式，而发展为用"横切"直至"融合"的方式组织其故事；三是不但打破了以往以讲故事为中心的小说结构模式，实现了以人物为核心来结撰小说的艺术新变……人物面貌也为之焕然一新[①]。

要言之，作者主观情志的在场为《聊斋志异》增添了别样的情韵格调：时而激越愤慨，时而凄凉满怀，时而热烈烂漫，时而幽静闲淡，时而幽默睿智，不一而足。再辅以作者雅净峻洁、典重繁富的文笔，成就了《聊斋志异》多样的作品形态：有些作品贴近现实，注重常态，是为写实小说；有的作品兼具意境美、情感美和节奏美，成为诗意小说；有的作品意味隽永，发人深思，成为写意小说乃至寓意小说。

第二节 《聊斋志异》叙事研究回溯

蒲松龄生于明代末年（崇祯十三年，1640），殁于清代前期（康熙五十四年，1715），从事小说创作历经四十年[②]。在此前后，我国小说评点理论发展到了鼎盛时期，形成了富有民族特色的小说批评形式与理论体系。

在蒲松龄创作《聊斋志异》之前，李贽评点了《水浒传》，现存容与堂刻本、

---

① 潘峰，张伟. 由注重情节之奇到追求人物之真——《聊斋志异》对唐传奇叙事重心的切换 [J]. 临沂师范学院学报，2003（2）：86-89.

② 关于《聊斋志异》的创作时间跨度，学者们看法不一。章培恒认为蒲松龄从康熙十一、二年起或稍后就开始了《聊斋志异》的创作，"暮年不辍，前后凡数十年"。（章培恒. 《聊斋志异》写作年代考 [M] //山东大学蒲松龄研究室. 蒲松龄研究集刊：第一辑. 济南：齐鲁书社，1980：183-197.）马瑞芳依据蒲松龄写于康熙十八年的《聊斋自志》断定，在蒲松龄南游江苏宝应归家后的七年内，《聊斋志异》已经初具规模，此后蒲松龄笔耕不辍，直至康熙四十六年还在继续增订、修改，并增写了《夏雪》一篇。（马瑞芳. 蒲松龄评传 [M]. 北京：人民文学出版社，1986：146-148.）林辰认为蒲松龄的创作前后历时三十九年，即从1668年至1707年。（林辰. 神怪小说史 [M]. 杭州：浙江古籍出版社，1998：345.）袁世硕认为蒲松龄自青年时代结撰狐鬼故事，中年初步结集，直到年逾花甲才逐渐辍笔，倾注了大半生的心血。（袁世硕，徐仲伟. 蒲松龄评传 [M]. 南京：南京大学出版社，2000：176.）据此，蒲松龄的创作也应历经数十年。本书参照各家观点，取其整数，称"四十年"。

袁无涯刻本,分别刊刻于万历三十八年(1610)和万历四十至四十二年间(1612 – 1614)。叶昼托名李贽评点了《西游记》,以《李卓吾先生批评西游记》为书名刊于天启、崇祯年间。金圣叹大约于崇祯十四年(1641)完成了对《水浒传》的评点。在蒲松龄创作、补充、完善《聊斋志异》的过程中,直到定稿这一段时期内,毛纶、毛宗岗父子于康熙五年(1666)完成了对《三国志通俗演义》的评点,康熙十八年(1679)有醉耕堂刻本问世;张竹坡评点《金瓶梅》完成于康熙三十四年(1695)。这些小说评点家包括为《李卓吾先生批评西游记》作《题辞》的袁于令(幔亭过客),提出了许多关于古典小说叙事艺术的重要命题。袁于令摆脱了传统的从实录创作原则出发批评小说的拘囿,着眼小说的艺术真实问题,透辟地揭示了叙事"真"与"幻"的辩证关系,主张"文不幻不文,幻不极不幻。是知天下极幻之事,乃是极真之事;极幻之理,乃是极真之理"[①]。叶昼的评点多次谈到情节布局,并针对故事情节的奇妙突转、设悬与解悬等做出精彩的论断,触及了小说的叙事谋略、叙事技巧等问题。金圣叹评点《水浒传》,概括了它的安排情节技巧,其中"鸾胶续弦"、"移云接月"、"舒气杀势"等论及的是叙事序列问题;"犯与避"、"正犯法"、"略犯法"等探讨的是"反复"叙事修辞格问题;"写急事用缓笔"则论及了叙事节奏和情节悬置问题。金圣叹还关注到《水浒传》的叙事视角转换问题,认为巧妙地运用叙事视角,"可以把纷繁复杂的事件准确地表现出来;可以生动地再现故事情景和刻画人物;可以有助于行文的转折和衔接"[②]。毛氏父子点评《三国志通俗演义》,富有创见性地提出了"叙法变换",用来批评小说的叙事视角(聚焦)问题。张竹坡则专门针对《金瓶梅》的人物形象塑造艺术总结出了一系列所谓的"笔法"。金圣叹、毛氏父子、张竹坡等人批点小说取得的成就,代表了明清之际小说叙事研究甚至可以说是整个古典小说叙事研究的最高水平,反映了当时小说叙事艺术的水平。经叶、李、金、张、毛等小说理论家评点的四部奇书广为流传。虽然目前尚未发现有文献可以证明蒲松龄研读过上述小说评论家对这四部奇书所做的评点,但是蒲松龄生活在这

---

① [明]幔亭过客.李卓吾评本《西游记》题词[M]//丁锡根.中国历代小说序跋集:下.北京:人民文学出版社,1996:1358.

② 钟锡南.金圣叹文学批评理论研究[M].上海:上海古籍出版社,2006:164 – 169.

样一个小说评点及小说理论发展的高峰期,《聊斋志异》的创作、汇编成书也处乎其间,要说《聊斋志异》的叙事技巧、叙事谋略绝未受到章回小说的叙述艺术或有关小说评点理论的影响或启发,似乎令人难以置信。从《聊斋志异》中涉及《三国演义》、《西游记》有关人与事的作品,如《考城隍》、《桓侯》、《曹操》、《关帝》、《齐天大圣》来看,蒲松龄不仅读过这两部小说,熟悉这两部小说的内容,而且熟悉与这两部小说相关的民间传说。可以说,在叙事技巧、叙事谋略方面,《聊斋志异》即使没受过叶、金、张、毛评点理论的直接影响,至少也受了四大奇书叙事艺术的影响。

冯镇峦敏锐地看出《聊斋志异》在叙事谋略上与《水浒传》的相似之处。他评价《仇大娘》说:"此篇仇大娘传,而首两页数百言若无有仇大娘事者,比如《水浒》传宋江,而前数卷并不出宋江字面,与此通。"① 冯镇峦的评语实则受了金圣叹对《水浒传》安排宋江这一人物出场的叙事技巧评点的启发。金圣叹指出,《水浒传》"不是轻易下笔,只看宋江出名,直在第十七回,便知他胸中已算过百十来遍。若使轻易下笔,必要第一回就写宋江,文字便一直帐,无擒放"②。金圣叹欣赏《水浒传》对"宋江出场"这一关键情节的安排,认为这样的叙事策略避免了平铺直叙,可使叙事安排得当而收放自如。《仇大娘》对主要人物仇大娘出场的安排与《水浒传》对宋江出场的安排类似:先以近三分之一的篇幅讲述仇仲(仇大娘父亲)一家兄弟阋墙、屡遭盗寇掠夺与宵小陷害的事情(这些事件使仇仲家境日益衰微败落,几近家破人亡),然后叙述在娘家贫困与危难交加之际,曾经受过娘家误解与歧视的仇大娘挺身而出,来到娘家帮助整顿家业,教养弟弟与子侄,惩治了一心谋害娘家的小人,挽救了陷入重重危机的仇氏家庭。小说从令人关注的家庭颓势写起,营造出紧张的气氛,然后推出主要人物仇大娘,叙述她毅然承受重责、力挽狂澜的经过。这样的情节安排不仅能引发读者对仇家命运的同情与感慨,而且能凸显仇大娘临危受难的过人才干和光彩品格,蕴含了

---

① [清]蒲松龄. 聊斋志异:会校会注会评本 [M]. 张友鹤,辑校. 上海:上海古籍出版社,1986:1793.

② [清]金圣叹. 读第五才子书法 [M] // [清]金圣叹. 贯华堂第五才子书《水浒传》:上. 南京:江苏古籍出版社,1985:18.

蒲松龄精心安排情节结构的自觉意识，以及对创作技法、叙事技巧的主动追求。蒲松龄说："文章之法，开合、流水、顺逆、虚实、浅深、横竖、离合而已。……文贵反，反得要透；文贵转，转得要圆；文贵宕，宕得要灵；文贵起，起得要警策；文贵煞，煞得要稳合。"① 他谈的是作文问题，也就是提高八股制艺的技巧问题，但是其中关于文章文脉应有起伏忌平直的主张，如"文贵转，转得要圆；文贵宕，宕得要灵；文贵起，起得要警策；文贵煞，煞得要稳合"等，可以移植作为对小说情节安排的起伏跌宕、转折收尾的要求；关于文章章法安排、结构布局的主张，如"开合、流水、顺逆、虚实、浅深、横竖、离合"等，则可以移植作为对小说情节延伸、叙事修辞、创作技法的要求。蒲松龄对小说创作有清醒的理性自觉、执着的追求热情、出色的艺术才华，将这些作文技法运用于《聊斋志异》创作也在情理之中。而将文章写作方法与小说创作方法融汇一体，实现跨文体创作技法的沟通，也许正是蒲松龄在文言小说叙事艺术上实现多重创新，给人们带来耳目一新的审美魅力的关键所在。

自《聊斋志异》问世起，人们便关注并欣赏它的叙事艺术，开始了相关研究。迄今为止，对《聊斋志异》叙事艺术的研究大致可以分为三个阶段。

第一阶段为古典研究阶段，自《聊斋志异》问世起至 20 世纪初。此间对《聊斋志异》的叙事研究，无论形式上还是方法上均属于传统的小说评点范畴。这一时期有关《聊斋志异》叙事艺术的理论观点主要散见于冯镇峦、何守奇、但明伦等各家所做的评点中，以及见于高珩、唐梦赉、余集、张笃庆、练塘老渔等人为《聊斋志异》所做的序跋、题辞中。这些评论延续了古代小说史学视界批评②和文章学批评的传统范式，针对作品的文本体例、章法句法、写法技巧展开

---

① ［清］蒲松龄. 作文管见［M］//［清］蒲松龄. 蒲松龄全集. 上海：学林出版社，1998：1398.
② 学者们使用不同的概念指称史学、史传影响下的古代小说批评。陈洪将刘辰翁针对小说与史书笔法的差异来评点《世说新语》的方法称为"史论式的是非判断"，指出其"史论式的思维方式也成为后人的模仿对象"（陈洪. 中国小说理论史［M］. 合肥：安徽文艺出版社，1992：35.），含有将其提升到方法论高度的意味。林岗称之为"传统小说话语"，这种话语认为"小说的价值在于它能补史乘的不足，可以观民情风俗厚薄，小补于君子的治道"（林岗. 明清之际小说评点学研究［M］. 北京：北京大学出版社，1999：78.）。杨义则用"拟史批评"这一概念指称这种批评方法（杨义. 中国古典小说史论［M］. 北京：中国社会科学出版社，1995：19.），反映该批评方法与史学密不可分的关系以及它与历史批评的（见下页）

评论，重点发掘《聊斋志异》承自史书的叙事艺术。他们的见解虽然不成体系，却不乏见地的、中肯的论断。

冯镇峦、但明伦等人认为《聊斋志异》有些作品的体例源自史书的列传体，"此书即史家列传体也，以班、马之笔，降格而通其体例于小说。……盖虽海市蜃楼，而描写刻画，似幻似真，实一一如乎人人意中所欲出。诸法具备，无妙不真。写景则如在目前，叙事则节次分明，铺排安放，变化不测"①。这段话不仅点明《聊斋志异》在叙事模式上受到了史传著述影响事实，称赞《聊斋志异》具有的"描写刻画，似幻似真，实一一如乎人人意中所欲出"的艺术效果，还对《聊斋志异》的叙事技巧技法给予了高度评价。王之春则关注作品的叙事语言，认为《聊斋志异》在语言风格上与经史诸家有颇深的渊源，并引曾耕楼所说的"《聊斋》一书，效《左氏》则《左氏》，效《檀弓》则《檀弓》，效《史》、《汉》则《史》、《汉》。出语必古，命意必新"②为佐证。王之春认定《聊斋志异》语言风格来自对《礼记》、《史记》、《汉书》等史传语言的仿效未必确当，但是《聊斋志异》的叙事话语确实具备多样的风格特色，曾耕楼以"出语必古，命意必新"八字加以评价概括力强，尤其精准。"出语必古"是针对《聊斋志异》典雅简峻、工丽明静的语言特色而言的，"最能体现这种特点的就是把诗词骈文间插在散文叙事之间，以骈散或韵散交织来宣发才子逸兴"，"具有浓郁的诗意色彩"；③"命意必新"是针对《聊斋志异》善于熔铸古语而出以己意、形成新鲜活泼的富有生活气息的语言特点而言的，"《聊斋志异》除文言这一外壳外，其内容与形式均已通俗化了"④。南村则深入一步，赞扬蒲松龄有史家一样典重深邃的

（接上页）差异。笔者主张使用"史学视界批评"，其内涵为：我国古代以史学观念、史传叙事为观念基础和参照体系，以史学原则和规范为借鉴尺度，针对小说领域内与史学、史传具有相关性的现象（包括题材内容、体裁形式、创作方法、艺术构思等）分析与评价小说的一种批评方法。[尚继武. 史学视界批评的内涵特征及原旨探求［J］. 文艺批评 2012（6）：120－125.］

① ［清］冯镇峦. 读《聊斋》杂说［M］//［清］蒲松龄. 聊斋志异：会校会注会评本. 张友鹤，辑校. 上海：上海古籍出版社，1986.

② ［清］王之春. 椒生随笔：卷二［M］//朱一玄. 聊斋志异资料汇编. 天津：南开大学出版社，2002：506.

③ 张守荣. 解析《聊斋志异》的叙事语言艺术［J］. 六盘水师范高等专科学校学报，2008（5）：5－8.

④ 林辰. 神怪小说史［M］. 杭州：浙江古籍出版社，1998：355.

手笔,"向使聊斋早脱铦去,奋笔石渠、天禄间,为一代史局大作手,岂暇作此郁郁语,托街谈巷议,以自写其胸中磊块诙奇"①。这与宋代赵彦卫评价唐人传奇的"史才、议论、文笔"②的看法,表述不同而命意相通。

我国古代史学视界批评有一些固定的思维模式,包括"以史学观小说"的统领式思维、"以小说攀史学"的比附式思维、"借史学观小说"的对照式思维、"借史学辨真伪"的考辨式思维等③,其本质在于以史学观念、史传叙事审察古代小说观念及小说创作,发掘后者在价值观念、创作观念、艺术技法、文本形态等方面的史学、史传印迹,使小说批评的原旨、标准、方法、思维等都隐含着史学的元素或史家的影子。显然,冯镇峦等人也吸收了史学视界批评的思维方式和批评方法,用以评点《聊斋志异》。冯镇峦说:"作文有前暗后明之法,先不说出,至后方露,此与伏笔相似不同,左氏多此种,聊斋亦往往用之。"④ 但明伦评《胡四相公》说:"开首便大书特书曰,学使张道一之仲兄;即放下,叙入谒狐、交狐一事,几乎上下分成两撅,令人将以此一句为赘疣矣。乃读至终篇,而知通幅精神,皆从此一句生出,古史之笔也。"⑤ 这种比附史传的批评方式不无道理。冯镇峦所说的"前暗后明"当指作者最初将叙事意图隐伏在冷静的叙事之中,直到小说末尾才逐渐显露真正用意所在。《左传》"郑伯克段于鄢"中,史家对庄公这一人物的态度就是以"先暗后明"的方式传递出来的。《胡四相公》中,张虚一生活清贫,前往四川看望身为学使的弟弟张道一,希望能得到馈赠纾解困境,然而"月余而归,甚违初意"。与他交好的狐妖胡四相公派仆人送来一小箱白银。但明伦对此连下评语,"兄弟之外,有此一人","兄弟之情,何遂不如朋

---

① [清]南村.《聊斋志异》跋[M]//[清]蒲松龄.聊斋志异:会校会注会评本.张友鹤,辑校.上海:上海古籍出版社,1986.
② [宋]赵彦卫.云麓漫钞[M]//侯忠义.中国文言小说参考资料.北京:北京大学出版社,1985:20.
③ 尚继武.古代小说史学视界批评的思维模式[J].江西科技师范大学学报,2014(2):114-119.
④ [清]冯镇峦.读《聊斋》杂说[M]//[清]蒲松龄.聊斋志异:会校会注会评本.张友鹤,辑校.上海:上海古籍出版社,1986.
⑤ [清]蒲松龄.聊斋志异:会校会注会评本[M].张友鹤,辑校.上海:上海古籍出版社,1986:563.

友。况学使不及一狐哉!"① 在但明伦看来,小说讽刺手足情薄、世态炎凉的主旨是以委婉含蓄的方式传递出来的,"学使张道一之仲兄"这一句,已经为下文的情淡情浓的对比做了张本,所以他说"通幅精神,皆从此一句生出"。这种含蓄叙事、温婉多讽的技法,与春秋笔法相类,但明伦称之为"古史之笔"。从文章学的视角看,这种叙事章法可以约略称为"卒章显志"。当然,将《聊斋志异》与史传相比照,根据文本的一些蛛丝马迹寻绎二者之间的叙事共性,并做出富有见地的评价,不仅需要批评者对小说叙事艺术有独到的见识,而且需要批评者对史学叙事有深刻的见解。否则只是仗气使才,图一时挥洒翰墨之畅快,得出的结论容易流于主观臆断。相比之下,还是那些在细致分析作品的句法、章法、写法和叙事技巧的基础上得出的结论更令人信服,在这方面,但明伦用力颇多。但明伦评点《葛巾》、《王桂庵》,概括出了"转字诀"、"蓄字诀",并揭示二者的技法特点及它们之间的区别:

> 此篇纯用迷离闪烁,夭矫变幻之笔,不惟笔笔转,直句句转,且字字转也。文忌直,转则曲;文忌弱,转则健;文忌腐,转则新;文忌平,转则峭……文忌闷,转则醒。求转笔于此文,思过半矣。②
>
> 文夭矫变化,如生龙活虎,不可捉摸。然以法求之,只是一蓄字诀。前于《葛巾传》论文之贵用转字诀矣;蓄字诀与转笔相类,而实不同,愈蓄则文势愈紧,愈伸,愈矫,愈陡,愈纵,愈捷;盖转以句法言之,蓄则统篇法言也。③

自"文忌直,转则曲"至"文忌闷,转则醒",但明伦连用十四个"转"以

---

① [清]蒲松龄. 聊斋志异:会校会注会评本[M]. 张友鹤,辑校. 上海:上海古籍出版社,1986:563.
② [清]蒲松龄. 聊斋志异:会校会注会评本[M]. 张友鹤,辑校. 上海:上海古籍出版社,1986:1443.
③ [清]蒲松龄. 聊斋志异:会校会注会评本[M]. 张友鹤,辑校. 上海:上海古籍出版社,1986:1636-1637.

揭明《葛巾》故事情节的曲折离奇、叙事笔法的纵横诡变等特点。"转"是作者善于调控故事情节的走向，在事件衔接与转换中丰富故事情节内容，使叙事不断翻新出奇、抑扬多姿。但明伦认为，"观书者即此而推求之，无有不深入之文思，无有不矫健之文笔矣"①。但明伦还特别点出，《聊斋志异》善于设置悬念、欲抑先扬，带给读者波澜起伏、惊奇与轻松相间的艺术享受。他评《西湖主》说："其妙处尤在层层布设疑阵，极力反振，至于再至于三；然后落于正面，不肯使一直笔。……处处为惊魂骇魄之文，却笔笔作流风回云之势。"② "层层布设疑阵，极力反振"指的是《西湖主》反复设置悬念的一些情节，主要包括以下几处：(1)陈弼教遇难来到陌生村落，路遇二位女子告知"此西湖主猎首山"，警告他"宜急远避，犯驾当死"。带来的悬念是：谁是西湖主？为何如此威严？(2)陈弼教听从劝告快步下山，误入贵家的后花园，再次见到前次路上遇到的两个女子，其中一人被称为"公主"。引发读者的追问是：这是谁家庭院？是哪家的公主？(3)陈弼教拾得公主的红巾题诗其上，婢女发现后恐吓他说："汝死无所矣！"将红巾拿给公主看后，婢女说："子有生望矣！"日暮时，婢女告知有人将此事禀告了王妃，王妃大骂"狂伧，祸不远矣"。这样的情节使读者因陈弼教脱难有望而长舒一口气，又因情势急转再次为人物的命运担心。(4)王妃见过陈弼教后，不仅不赐罪惩处，反而将公主许配给他。读者不由心生疑问：王妃和陈弼教有什么渊源？为何赦免陈弼教？由此可见，但明伦以"转字诀"概括《西湖主》的情节安排技巧确实允当。

但明伦所说的"蓄字诀"近于金圣叹所说的"叙事养题"，指作者善于调控叙事节奏，使故事发展张弛有致、有险有夷，保持吸引读者的艺术张力，所谓"愈蓄则文势愈紧，愈伸，愈矫，愈陡，愈纵，愈捷"。但明伦还关注到《聊斋志异》叙事采用的"欲抑先扬"的章法，称之为"反逼法"，即先以大量笔墨叙述彰显人物品性的种种事件，通过不断蓄势抬高读者的期待心理，然后突然逆转而

---

① [清]蒲松龄. 聊斋志异：会校会注会评本[M]. 张友鹤，辑校. 上海：上海古籍出版社，1986：1444.

② [清]蒲松龄. 聊斋志异：会校会注会评本[M]. 张友鹤，辑校. 上海：上海古籍出版社，1986：654.

下,将先前以庄严的口吻描述的人物品性的荒诞处、滑稽处反衬出来,巧妙地实现辛辣的讽刺、冷峻的批判的叙事意图。正如他评《嘉平公子》说:"此篇纯用反逼法,入手只说公子风仪秀美……在女一边真写到十二分快足。忽然转落正面,作万分扫兴语,真足令人喷饭。"①

值得注意的是,有的评论者对《聊斋志异》的批评,已经触及内容与类型不同的作品背后隐含的结构模式乃至叙事模式等问题。何守奇认为,蒲松龄的根本意图不在求奇求幻、以奇诡惊人耳目,而在于借奇幻世界写出人间百态。他评《画壁》说:"此篇多宗门语,至'幻由人生'一语,提撕殆尽。《志》内之幻境皆当如是观。"②冯镇峦点评《续黄粱》大多从叙事技法、人物的悲剧性、写景叙事的文笔变化等入手,何守奇却重在点破《续黄粱》的深刻寓意,指出"梦幻之中,何所不有?倏忽已历再生,即不必现诸果报,已令人废然返矣"③。这些点评总结了《聊斋志异》以小幻境写大世界、以幻境隐喻人生的特点,隐然带有揭橥《聊斋志异》以奇幻叙事隐喻人世的叙事模式的意味。余集等人从文本的表层结构直探其深层意蕴,发掘出作者在这些作品里寄寓的幽愤情思乃至政治情怀。余集称《聊斋志异》"光怪陆离,皆其微旨所存,殆以三闾侘傺之思,寓化人解脱之意"④,直接将屈原对政治境况、宗国命运的思虑感慨移来类比《聊斋志异》的创作思想。这一看法源自蒲松龄《聊斋自志》称自己效仿屈原以作《离骚》的说法,但比蒲氏更激进一些。余集概括的《聊斋志异》的思想内容与其蕴含的思想内涵未尽相合,但用于考查部分作品的思想主旨,还是比较合适的。但明伦的评价比余集更切近小说实情。他评《考城隍》的"寓言也。自公卿以至牧

---

① [清]蒲松龄. 聊斋志异:会校会注会评本 [M]. 张友鹤,辑校. 上海:上海古籍出版社,1986:1591.
② [清]蒲松龄. 聊斋志异:会校会注会评本 [M]. 张友鹤,辑校. 上海:上海古籍出版社,1986:17.
③ [清]蒲松龄. 聊斋志异:会校会注会评本 [M]. 张友鹤,辑校. 上海:上海古籍出版社,1986:527.
④ [清]余集. 余序 [M] // [清]蒲松龄. 聊斋志异:会校会注会评本. 张友鹤,辑校. 上海:上海古籍出版社,1986.

令，皆当考之。考之何？以仁孝之德，赏罚之公而已"①，将《聊斋志异》的虚幻叙事看作对人间世界的社会现实的隐喻，比较切合蒲松龄的创作原意。沿着何守奇、但明伦的路子再向前延伸一步，对此类作品的叙事结构做进一步概括提升，就能把握《聊斋志异》"寓言叙事"模式的一些本质属性（今人关注到《聊斋志异》建构的虚幻空间与社会现实具有同质异构关系，并围绕它深入剖析了《聊斋志异》寓言叙事的内在意蕴和象征意义，从而发现了"寓言叙事"模式的一些"共项"与"通式"，正是沿承这条思路加以发掘的结果）。

何守奇、冯镇峦、但明伦等人还关注到《聊斋志异》中因果报应这一叙事手段的运用。何守奇评《小翠》说："德无不报，虞之报王公也至矣，其能免于雷霆之劫也固宜。"② 评《九山王》说："诚为福倡，祸与妄随。使李妄念不生，狐何从报？故昔人谓灾及其身，只是一妄念所致，信然。"③ 如果能摆脱故事具体情节的束缚，发现因果报应叙事手段背后隐含的故事模式，何守奇就能实现古典小说批评的新突破，遗憾的是他仅仅将眼光聚焦在这一叙事模式隐含的宗教观念上。这完全可以理解，因为对因果报应思想观念的认同比对其背后隐含的叙事技巧与模式的认同要容易得多，前者有非常厚实的社会现实和文化思想基础——在宗教信仰、迷信思想盛行的古代社会，因果报应的观念流行甚广而且深入人心。虽然何守奇、但明伦、余集等人并未概括出虚幻叙事模式、寓言叙事模式、因果报应叙事模式这些范畴，但是他们对《聊斋志异》的评价及有关结论、观点可以视为研究《聊斋志异》叙事策略、故事类型的滥觞。

第二阶段为扩展与深化期，这一时期自20世纪初至20世纪80年代末。人们围绕《聊斋志异》的创作技巧、艺术成就、语言特色等开展了深入研究，出现了一些新变化。这些变化是：对《聊斋志异》文本体例的研究已经少见踪迹；对

---

① [清]蒲松龄. 聊斋志异：会校会注会评本[M]. 张友鹤，辑校. 上海：上海古籍出版社，1986：3.

② [清]蒲松龄. 聊斋志异：会校会注会评本[M]. 张友鹤，辑校. 上海：上海古籍出版社，1986：1008.

③ [清]蒲松龄. 聊斋志异：会校会注会评本[M]. 张友鹤，辑校. 上海：上海古籍出版社，1986：243.

字法句法的分析已经被写作技巧、创作方法研究所替代；结构方式、故事情节的分析评价受到重视。

早在20世纪20年代，鲁迅先生就对《聊斋志异》的创作艺术做了评价，独具慧眼、高屋建瓴地对其叙事技巧作出了简练精当、具有本体性的高度概括——"用传奇法，而以志怪"，为学术界广泛接受。他指出，《聊斋志异》善于组织情节、讲述故事，"描写详细而委曲，用笔变幻而熟达"[1]。鲁迅先生非常欣赏《聊斋志异》叙事写人尺寸拿捏之准确、情理把握之细致，认为"其叙人间事，亦尚不过为形容，致失常度"[2]，"独于详尽之外，示以平常，使花妖狐魅，多具人情"[3]。鲁迅先生对《聊斋志异》作了"具有高度历史感和科学性的总结"，指出这部小说的叙事艺术是对"唐人传奇叙事手法的继承和发展"，从而明确而科学地界定了《聊斋志异》在中国小说史上的地位[4]。此后，对《聊斋志异》叙事艺术的研究，学者们基本上延续了鲁迅先生的思路，或在此基础上加以拓展、延伸。如李厚基的《"用传奇法，而以志怪"——中国文言短篇小说的发展和〈聊斋志异〉的继承创新》、王永生的《人情·可亲·劝惩·设教——学习鲁迅关于〈聊斋志异〉〈阅微草堂笔记〉的评论札记》等均属此类。一些小说史著作论及《聊斋志异》的创作特色，往往直接引述鲁迅先生的观点为总纲。

中华人民共和国成立后，在当时的政治环境、文艺思潮以及小说评论的主流价值取向的影响下，《聊斋志异》研究焦点集中在思想主题方面，主要涉及人民性与民族性、进步性与局限性等问题。在主题思想方面，《聊斋志异》蕴含的对黑暗现实的强烈不满和犀利抨击、对清官吏治的赞扬和人民疾苦的同情、对科举弊端的揭露以及自由爱情的歌颂等思想内容得到了学界的肯定。在艺术成就方面，《聊斋志异》具有的现实主义和浪漫主义相结合的特点、在文言短篇小说领域的高峰地位、小说受到古代文言小说和民间文学的双重滋养，也得到了学界关注和公认。但是，正如王平先生所指出的，这一时期虽然"也有一些论著从创作

---

[1] 鲁迅. 中国小说的历史的变迁 [M] //鲁迅. 鲁迅全集：第九卷. 北京：人民文学出版社，1996：333.
[2] 鲁迅. 中国小说史略 [M] //鲁迅. 鲁迅全集：第九卷. 北京：人民文学出版社，1996：211.
[3] 鲁迅. 中国小说史略 [M] //鲁迅. 鲁迅全集：第九卷. 北京：人民文学出版社，1996：209.
[4] 段启明，汪龙麟. 清代文学研究 [M]. 北京：北京出版社，2003：556.

方法、人物刻画、语言特色等方面作了分析。但总起来看,与思想内容的研究相比,艺术成就的研究还显得比较薄弱"[1]。

20 世纪 80 年代以后,学者们对《聊斋志异》的叙事艺术进行了深入研究,公开发表了许多有深度、有影响的学术论文,还出版了一批学术水平很高的专著,如李厚基、韩海明的《人鬼狐妖的艺术世界》(天津人民出版社,1982),马振方的《〈聊斋〉艺术论》(上海文艺出版社,1986),雷群明的《〈聊斋〉艺术通论》(三联书店,1990)和《〈聊斋〉人物塑造艺术研究》(武汉出版社,1991),张稔穰的《〈聊斋志异〉艺术研究》(山东教育出版社,1995),林植峰的《〈聊斋〉艺术的魅力》(学林出版社,1995)等。这些论著围绕《聊斋志异》的人物形象、情节结构、文体分类、语言风格和美学特征作了系统探讨。而作为对"文革"期间过分强调政治性、思想性的文学批评的背反,学界涌现了一股研究《聊斋志异》故事情节、结构模式的热流,异彩纷呈,成果颇丰。李厚基、韩海明指出,《聊斋志异》具有故事性强、首尾比较完整、交代相当清楚的叙事特点和结构严谨、叙议结合、先叙后议的文本特点。[2] 马振方不仅概括出《聊斋志异》在结构上具有的构思立意精巧、大篇结构寓意分明、人情小说寓意性强等特点,还分析了其中寓意小说的复调叙事结构及其结构上存在的艺术缺陷[3],进入了作品叙事分析的深层。张晋总结出《聊斋志异》作品具有的连锁式、横展式、藤蔓式、双线式、连缀式等情节结构类型,分析了蒲松龄强化情节波澜起伏手段,包括巧妙地组织生活事件、布置迷雾疑云、用陡笔突笔、抑扬、叙次忽断忽续、虚实相间、先暗后明、设置悬念等[4]。张稔穰透过《聊斋志异》故事情节的表层概括出其三种内在逻辑:性格逻辑、幻想逻辑、理念逻辑。[5] 刘欣中着重分析了《聊斋志异》的讽刺艺术,认为《聊斋志异》塑造了一批富有美学价值的讽刺形象,揭露和抨击黑暗现实之尖锐,是蒲松龄"孤愤"之情的表露,并概括出《聊

---

[1] 王平. 二十世纪《聊斋志异》研究述评 [J]. 文学遗产, 2001 (3): 127 - 135.
[2] 李厚基, 韩海明. 人鬼狐妖的艺术世界 [M]. 天津: 天津人民出版社, 1982: 226.
[3] 马振方.《聊斋》艺术论 [M]. 上海: 上海文艺出版社, 1986: 2 - 35.
[4] 张晋.《聊斋志异》的情节结构 [J]. 齐鲁学刊, 1983 (3): 77 - 81.
[5] 张稔穰. 论《聊斋志异》情节的内在逻辑 [J]. 蒲松龄研究, 1986: 143 - 158.

斋志异》讽刺艺术的特点：一是善于把高度的夸张与本质真实巧妙地结合起来，使作品具有很强的战斗性；二是尽情地对讽刺形象嘲讪戏谑，给作品涂上了浓重的喜剧色彩；三是善于抓住社会现象中的名实不符之处，塑造畸形之象，启发人们深刻思考当时一些重大的社会问题[①]。还有研究者深入作品局部，研究《聊斋志异》文末的"异史氏曰"的写作技巧。何仁于1985年发表了系列文章，对《聊斋志异》中的"异史氏曰"进行了细致分析，总结出了文似看山喜不平、因兴命笔无兴即止、用典精当质朴自然、形象说理寓理于事、有的放矢针砭时弊等诸多写作技巧。

与前一阶段相比，这一阶段的研究既能站在一定的理论高度概括出宏观的规律性结论，又能深入文本展开细致入微的分析论述，革除了序跋式批评存在的粗疏、零星之弊端，也超越了传统评点对小说文本局部与细节的依赖。这表明，对《聊斋志异》叙事艺术的研究正走向纵深。

第三阶段为新变与转向期，自20世纪80年代末直至当下，属于叙事学理论介入期。这一时期，《聊斋志异》叙事艺术研究有一个显著的变化，也可以说是具有转折意义的研究取向，那就是随着西方叙事理论的传入，学界开始借鉴、运用西方叙事理论，以崭新的理论视角、批评方法对《聊斋志异》的叙事艺术作更加深入而细腻的分析。

"叙事"的内涵并不复杂，简单地说，就是讲述故事、事情。作为一门研究叙事行为以及叙事文本的学科，"叙事学"的诞生比人类叙述故事的行为要晚得多。在结构主义理论的影响下，法国文艺理论家茨维坦·托多罗夫在20世纪60年代提出了"叙事学"这一概念，标志着现代叙事学的诞生。发展至今日，新叙事学、后叙事学等新学科、新概念相继出现，叙事学仍然未能有效地解决内部分歧问题，"未能就这门学科的性质、对象和范围等这样一些最根本的问题达成一个较为统一的意见"[②]。概要地说，该学科领域存在着两种对立的理论主张：一派以托多罗夫为代表，将叙事活动的普遍性作为叙事学研究对象，主要研究叙事

---

① 刘欣中. 略谈《聊斋志异》的讽刺艺术 [J]. 河北师范大学学报（哲学社会科学版），1982 (2): 88-92.

② 罗钢. 叙事学导论 [M]. 昆明：云南人民出版社，1999：1.

的本质属性和故事的普遍结构,力求从不同的叙事中发现通项般的普适性的功能和形态,以及从文本故事中发现具有高度概括性的语法模式;另一派以法国著名叙述学家热奈特为代表,将研究的焦点集中在叙事文学上,强调对叙事话语的研究,包括对时序、语势、语态的研究,对叙事行为、叙事内容(故事)不感兴趣。经过法国的罗兰·巴特、布雷蒙、格雷马斯以及荷兰的米克·巴尔等叙事理论家的研究推动,叙事学以小说文本作为研究对象,提出了一系列关于小说文本分析的批评视角、批评维度,包括叙事模式、叙事视角、角色功能、时序空间、叙事修辞等。这些批评视角、批评维度采取形而下的批评取向,指向小说文体的本质——叙事,从某种意义上说,有助于科学地认识概括小说的文体特征与结构规律。

叙事学理论引入我国后,曾经引发一些质疑:用产生于西方文化土壤之上的针对西方叙事文本的叙事学理论,批评与西方叙事文本形态、叙事观念迥然相异的我国小说特别是古代小说,能得出科学的、令人信服的结论吗?是移植而来的理论体系最终会因水土不服退出古代小说批评领域,还是评论者将削足适履,仅仅借叙事学理论为传统小说理论改换新的话语形式?其实,叙事学虽然诞生在西方,但是叙事、小说叙事研究和有关叙事的理论并非西方所独有。西方叙事理论研究的一些主要问题,如叙事序列、叙事节奏、叙事修辞、情节悬置等问题,我国古代小说理论家如明清之际的金圣叹对此早已有所关注和研究。只因长期以来我国小说批评一味强调主题思想、人物形象等内容与维度的研究,导致关注小说叙事话语、指向文本自身的研究反倒被漠视、被忽略了。正因为如此,西方叙事学理论著作被翻译介绍到国内后,便以其新颖的批评视角、细致可操作的分析方法以及对小说文本的高度重视吸引了学者的目光。

较早借用西方叙事理论研究《聊斋志异》的是李永祥、吴九成等人。李永祥借鉴俄国普罗普的民间文学理论分析《聊斋志异》情爱故事的结构模式,按照女性主角人、神、妖、鬼的四种不同身份,将其中的爱情小说划分为神女下嫁型、河伯招婿型、异境遇仙型、死而复生型、痴情幻化型、仙人相助型、蛊惑为害型、幻化报恩型、婚外恋型、人妖婚配型、生人入冥型、鬼女游世型[①]。这一成

---

① 李永祥. 论《聊斋志异》情爱小说的结构模式 [J]. 蒲松龄研究,1989 (1):24-39.

果视角新颖，对爱情故事类型划分之细致为以前所未有。此后，研究者对《聊斋志异》的故事类型及其叙事模式的研究兴趣渐浓，纷纷借鉴西方叙事理论对此做多角度、多层面的论述与分析。安国梁、王晶红等借助叙事学理论与荣格的原型理论，撰写了研究《聊斋志异》故事原型的系列文章，将探析的触角深入到蒲松龄心灵的深处。安国梁认为《聊斋志异》的"难题求婚型"叙事模式广泛采用和改造了民间故事的叙事模式构建自己的文学天地，实际是一种把精英文化与通俗文化结合起来的成功尝试，表现出蒲松龄超越自身局限的艺术追求①。这是从崭新的视角对蒲松龄的艺术创新进行阐释，得出的结论新鲜而信实。王平先生借鉴布雷蒙情节序列、叙事功能等理论观点，从叙事逻辑角度考察《聊斋志异》，总结出了报恩式、复仇式、误会式、觉悟式、兼容式以及劝惩式等多种叙事模式，并以《马介甫》、《林四娘》为范例，深入发掘了《聊斋志异》在循环叙事模式、双向叙事模式方面的创新之处，认为这是"对文言小说的发展和完善"，其"双向叙事逻辑更具感人力量"。② 有的学者则从"契约"的语义关系入手深化对结构模式的探讨，如许振东、金生奎等人。许振东依据文本内容将《聊斋志异》的结构模式分为追求型、考验型、隐忍型、反抗型、梦报型、讽恶型、赞善型③，与重视作品主题的传统批评取向融合起来，比较切合《聊斋志异》作品的实际。刘绍信将《聊斋志异》的叙事模式分为四类，分别是孤愤讽喻类、遇合邂逅类、劝善因果类、琐语杂记类。④ 这些研究有的依据叙事序列，有的依据情节结构方式，有的着眼于故事原型，故而划分而成的叙事类型难免有交错相融之处，却是迄今为止对《聊斋志异》故事最精细、最繁复的分析与研究。

研究《聊斋志异》的叙事角度，是借鉴西方叙事学理论观点和分析方法进行研究的另一个重要主题。叙事角度涉及两个互相关联而又有差异的话题：一个是谁在观察，观察的眼光聚焦在何处，如何聚焦；一个是谁在讲话，即叙述者是什

---

① 安国梁.《聊斋志异》的"难题求婚型"叙事模式 [J]. 十堰大学学报（社科版），1994（2）：27 - 31.
② 王平. 中国古代小说叙事研究 [M]. 石家庄：河北人民出版社，2001：230 - 232.
③ 许振东.《聊斋志异》的契约型结构及意义分析 [J]. 蒲松龄研究，1996（4）：55 - 71.
④ 刘绍信.《聊斋志异》叙事模式研究刍议 [J]. 黑龙江社会科学，2006（2）：104 - 107.

么身份、角色。前一个是关于叙事视角的问题,后一个是关于叙事角色的问题。王平先生的《论〈聊斋志异〉的叙事角度》一文,以叙事视角为切入点,对《聊斋志异》中的作品做了细致考察,将其叙事角度划分为中立型叙事角度、第一人称叙事角度、戏剧式叙事角度、全知叙事角度和限知叙事角度,[①]高度评价了蒲松龄在创作过程中对上述叙事角度纯熟、精妙的运用及取得的艺术效果。杨海波则围绕叙事角色分析了《聊斋志异》有关作品,借鉴王平先生将古代小说叙述者分为"史官式"叙述者、"传奇式"叙述者、"说话式"叙述者、"个性化"叙述者[②]的观点,认为《聊斋志异》是"传奇式"的叙述者,而"传奇式叙事角色的主要特征是'作意好奇,假小说以寄笔端',也就是鲁迅所说'用传奇法而以志怪',即用写传奇的方法来编织奇闻逸事。……叙述者并没有完全按照现实生活的逻辑,按照现实生活的本来面目去编织故事情节,而是有意将一些现实世界不可能出现的幻异境界和怪异事件与现实社会联结在一起,使很多在人间社会不可能发生的事件却发生了,充满了驰骋天外的神奇、怪异色彩,以此来寄托自己的孤愤和追求"[③]。李延贺发现,像《青凤》一类的作品具有以下特征:"男性主人公承担小说的叙述者;每一个较大的情节单元所包含的诸场景都在男性的视野中呈现;故事的推进演展有赖于男性的行动连缀所有的情节单元;而连缀情节单元的文字采用全知视点,并且短到只有几句概括性语言的地步。有时,场景的缀接处呈现空白而只能诉诸故事的内在逻辑和读者的想象力。"李延贺将上述文体特征称为"男性叙事视点"[④]。还有研究者探讨了《聊斋志异》的叙事干预,从多个层面揭示叙述者声音在作品中的多重的传达渠道和多样的传达方式,如杨海波的《论〈聊斋志异〉的叙事角色和叙事视角》、王世元的《〈聊斋志异〉中的第一人称叙述视角作品研究》等文章。刘绍信总结了《聊斋志异》评论干预的三种主要方式:异史氏曰、感叹词为开篇、作者显身,认为这些方式表明《聊斋志异》

---

① 王平. 论《聊斋志异》的叙事角度 [J]. 淄博学院学报, 1999 (4): 67-71.
② 王平. 中国古代小说叙事研究 [M]. 石家庄: 河北人民出版社, 2001: 10-49.
③ 杨海波. 论《聊斋志异》的叙事角色和叙事视角 [J]. 陇东学院学报(社会科学版), 2006 (3): 6-10.
④ 李延贺. 论《聊斋志异》中的"男性叙事视点" [J]. 社会科学辑刊, 1997 (2): 136-138.

的叙述者是由"传奇式叙述者"向"个人化叙述者"转向的过渡形态,叙述声音的传达具有不同价值层面共存的多重性特点[①]。冀运鲁、王政以《婴宁》为中心分析了《聊斋志异》的叙事干预及其反映的主体意识,把《聊斋志异》的叙事干预分为叙事形式干预、叙事内容干预,"叙事形式干预主要包括引语、小序等叙述话语程式和指点干预;叙事内容干预主要指评论干预,是对故事成分的要旨或意义的公开阐述以及道德判断和价值提炼",而无论对叙事进行哪种干预,都凸显了叙述者的主体意识,是蒲松龄"继承前人又超越前人的结果"。[②]

对《聊斋志异》叙事修辞的研究也值得关注。有些研究者从广义修辞即把文学创作看作是一种系统的、独特的修辞活动的角度研究《聊斋志异》的修辞手段、特征和效果。张永华立足于"任何文学大师毫无例外地都是运用语言的巨匠,都有自己独具的语言特色,都有引人注目的艺术魅力",概括出《聊斋志异》"写鬼写妖活灵活现,栩栩如生","叙述情节简洁离奇,扣人心弦"[③] 的神奇魅力。王修志从小说借助语言文字建构的形象性符号系统中的形象与寓意关系入手,探求《聊斋志异》以隐喻或象征的修辞手段表达的叙述者的叙事意图或叙事主题。[④] 有些研究者则从叙事辞格即文本所运用的某种典型的、具有稳定的话语结构模式和潜在的启发读者阅读感应心理机制效能的修辞格的角度,概括《聊斋志异》叙事修辞的一般特征,揭示其多样的叙事功能和独特的艺术魅力。蒋玉斌着重研究《聊斋志异》"通过变换事件主体来叙述同一事件、通过变换叙事视角来叙述同一事件"这两种复叙辞格,指出它们具有立体凸现的叙事功能、强化突出的叙事功能和悬念制造的叙事功能。[⑤] 安国梁、刘尚云、尚继武等人研究了《聊斋志异》使用的"反讽"修辞。安国梁认为,"反讽"既是一种思想表达的形式,又是一种审美范畴或思想情感评价。作为前者,它要揭示的是"语词或意见

[①] 刘绍信.《聊斋志异》评论干预的方式考察 [J]. 北方论丛,2006 (3):20 - 24.
[②] 冀运鲁,王政.《聊斋志异》的干预叙事与主体意识:以《婴宁》为中心的分析 [J]. 北京工业大学学报(社会科学版),2010 (5):71 - 76.
[③] 张永华.《聊斋志异》的修辞艺术初探 [J]. 蒲松龄研究,1994 (2):52 - 58.
[④] 王修志.《聊斋志异》叙事修辞解构 [J]. 文学教育(上),2007 (10):84 - 88.
[⑤] 蒋玉斌.《聊斋志异》的反复叙事策略简论 [J]. 西南民族大学学报(人文社科版),2004 (6):152 - 155.

在讲话语境中获得了与字面含义相反或否定字面含义的意义"这一矛盾现象；作为后者，它要表达的是"对在一本正经的肯定或赞美的幌子下所描绘的一切采取怀疑或批评嘲笑的态度"这一相互乖违的倾向。① 刘尚云则深入剖析了《聊斋志异》使用的大量反讽叙事修辞，指出其目的是达到幽默诙谐、含蓄深沉的讽刺效果，进而丰富叙事的寓意并强化叙事的意图，总结出《聊斋志异》构成反讽修辞的三种方式：表里对比构成的反讽、名实对比构成的反讽、是非对比构成的反讽，其艺术功能是"使人们在阅读过程中自然获得一种对于世态人情的深刻认识和理解，不但丰富了小说的叙事功能，而且使作者的'孤愤之情'抒写得更加深沉厚重"②。

还有一些文章分析了《聊斋志异》的叙事时间、叙事空间和叙事序列等，如吴九成的《论〈聊斋志异〉的时空描写》、王慧的《〈聊斋志异〉的叙事时间》、张守荣的《情有独钟 矫夭多变——〈聊斋志异〉的叙事时间艺术探》、姜克滨的《论〈聊斋志异〉预叙叙事》等，均提出一些令人耳目一新的见解，有些观点甚至可称得上深密精严。吴九成认为《聊斋志异》的时空环境描写既可以表现雕塑所难以表现的时间流程，也可以铺陈音乐所难以铺陈的五色天地，还可以剖析绘画所难以剖析的心灵世界。③ 姜克滨分析了《聊斋志异》的预叙手法，指出预叙"对《聊斋志异》故事建构、悬念重构、阅读接受等方面有重要作用"，具体表现在"消解故事悬念的同时推动情节发展，设置更深层次的悬念，增强了故事可读性。预叙还唤起了读者的期待视野，使读者在期待中完成对小说的阅读与接受"。④ 尚继武在分析《聊斋志异》连续式、镶嵌式、并列式、串珠式等复合叙事序列的基础上指出，蒲松龄的叙事序列和结构模式的运用独具匠心，体现了他在文言小说艺术空间上的开拓与创新。⑤ 尚继武还从《聊斋志异》叙事序列与文体形态关系的角度指出，《聊斋志异》文体形态类属至今尚无定论，但从叙事序

---

① 安国梁.《聊斋志异》反讽艺术谈 [J]. 郑州大学学报（哲学社会科学版），1990（3）：32-37.
② 刘尚云.《聊斋志异》对比叙事的反讽修辞 [J]. 当代修辞学，2009（4）：80-82.
③ 吴九成. 论《聊斋志异》的时空描写 [J]. 蒲松龄研究，1986：168-184.
④ 姜克滨. 论《聊斋志异》预叙叙事 [J]. 聊斋志异研究，2014（2）：60-69.
⑤ 尚继武.《聊斋志异》复合叙事序列论析 [J]. 海南大学学报（人文社会科学版），2006（3）：334-335.

列理论角度对其作品进行考察，可以发现《聊斋志异》包含了众多小说文体形态。①

有些学者借鉴原型批评的有关理论，剖析并提炼出《聊斋志异》叙事的深层意蕴和文化内涵。安国梁针对《聊斋志异》的精神再生型故事，指出它们以人物"豁然一悟、立证菩提"的精神突变为描写中心，揭示了人物在突变前后判若两人的现象，留给读者人物涤故更新、昨死今生的强烈印象；精神再生型人物内心有强烈的无法抗拒的小农意识，其人生理想始终走不出家庭的范围。据此，安国梁认为这些人物与蒲松龄自身的精神状态是相互呼应的。②杨瑞借鉴"阿尼玛"原型有关理论，分析了《巧娘》中三位女性对主人公傅生成长的催生作用，认为故事旨在告诉读者，"主人公将得到三位母亲的帮助，她们都不是他的生母，却胜似他的生母，给他生命给他爱，使他搁浅的人生之舟再度扬起风帆"③。这些结论是否合乎蒲松龄的文化心态，还有待于通过更多的史实材料发掘和令人信服的文本阐释加以印证，但是，这些研究是有价值的、探索性的尝试，有助于深化人们对蒲松龄文化心态的认识。

还有学者着眼于作品叙事的全局安排和整体策略，摆脱西方叙事学理论分析作品的形式化倾向，将叙事手段与作品内容视为浑融一体的话语系统，概括出《聊斋志异》叙事的系列基本特征，包括：真幻错综，以幻写真，在幻想的狐鬼世界背后隐藏着焦灼而犀利的人间省视；以五彩纷呈的幻象写下了对人间价值的重新理解，即灵魂幻想的新颖感和丰富性，把我国志怪小说对鬼魂、生人魂和魂体错位的描写，推向一个开阔而绚丽的境界；选取的意象非常新鲜、灵秀而且精妙，在怪异的联想中交融着人情物理；无论在叙事的文体、角度或意兴方面，都务求匠心独运，从而形成了为以往的街谈巷语、残丛琐语所无法比拟的叙事特征。④杨义吸收了我国古代诗学理论中有关"意象"的观点，有创见地提出了"意象叙事"这一概念。杨义认为，"意象"在"文章机制中发挥着贯通、伏脉和

---

① 尚继武.《聊斋志异》叙事序列与文体形态简析[J]. 湖南科技师范学院学报，2008 (1)：33-35.
② 安国梁. 论《聊斋志异》精神再生型故事[J]. 中国文学研究，1993 (4)：46-50.
③ [美] 杨瑞.《聊斋志异》中的母亲原型[J]. 文史哲，1997 (1)：88-93.
④ 杨义.《聊斋志异》的叙事特征[J]. 江淮论坛，1992 (3)：89-99.

结穴一类功能","借助于某个独特的表象蕴含着独到的意义成为形象叙事过程中的闪光的质点。但它对意义的表达,又不是借助议论,而是借助有意味的表象的选择,在暗示和联想中把意义蕴含于其间"。① 受其启发,一些研究者开始关注《聊斋志异》的"意象叙事"。袁凤琴、文春凤将《聊斋志异》的"叙事意象"分为植物意象、动物意象和人文意象三类,详细分析了其中的代表性意象及其叙事功能、内涵意蕴。② 伍双林指出,《聊斋志异》的叙事意象具有凝聚精神意义的审美功能、充当叙事线索的审美功能和保存审美情趣的功能。③

应该说,《聊斋志异》叙事艺术的创新,不仅是我们研究它的坚实基础,而且为我们借鉴西方叙事理论对它进行研究提供了可能。传统研究为笔者提供的批评借鉴和思维导向,可以使笔者的研究扎根在古代小说批评理论的土壤里,不至于忽视了《聊斋志异》叙事独有的民族文化特色;而运用西方叙事理论研究《聊斋志异》叙事艺术的有关成果,既为笔者的研究开启了一扇富有启迪意义的大门,也为笔者提供了良好的可资借鉴的学术范本。

基于这些体会和认识,本书研究《聊斋志异》叙事艺术的思路是:一是植根我国古代小说艺术的民族特质和《聊斋志异》本土研究传统。中国古代小说与西方叙事理论赖以滋生的现代小说在叙事艺术上有共同之处,也有明显的差别;我国古代小说批评与叙事学批评在思维模式、操作方式上有共性,也有鲜明的个性;这些决定了对《聊斋志异》叙事价值的判断不能简单地以现代西方小说的艺术价值取向为标杆,对《聊斋志异》叙事艺术的研究也不能照搬照抄现代小说叙事研究的模式和方法。二是借鉴西方叙事学有关批评理论和分析方法。所谓借鉴,就是吸收西方叙事学理论中有助于我们深化对《聊斋志异》叙事艺术认识的营养成分,甚至在某些时候仅把叙事学理论及批评方法作为认识工具、批评工具,而不是用西方叙事理论的框架束缚对《聊斋志异》叙事艺术作具体论析,力求避免简单生硬地为《聊斋志异》戴上一顶西方叙事学的帽子,或在研究中堆砌

---

① 杨义. 中国叙事学 [M]. 北京:人民文学出版社,1997:276.
② 袁凤琴,文春凤. 叙事意象及其在《聊斋志异》中的运用 [J]. 枣庄学院学报,2007 (6):63 - 66.
③ 伍双林. 看《聊斋志异》叙事意象的艺术魅力 [J]. 语文建设,2015 (14):45 - 46.

一些名词术语。三是尝试对《聊斋志异》的叙事艺术进行相对全面与深入的分析与总结。所谓"相对全面、相对深入",意味着笔者既无全面系统地运用叙事学的理论和方法研究《聊斋志异》的意图,也无创立新叙事理论体系的想法,只是想在西方叙事理论的支持下,针对《聊斋志异》中有代表性的作品或作品中有代表性的叙事文本进行分析与总结,力求得出较为全面的、较为系统的结论。当然,由于受理论水平与研究视野的限制,上述研究思路或未能很好地落实,研究意图或未能很好地实现,缺漏浅薄之处,尚待方家雅正。

第二章 时空叙事：变幻中的奇正相生

西方叙事理论认为，人类无论以何种形式、何种媒介组织素材、建构叙事，必然运用一些基本的叙事元素，遵循某些共通的叙事规则，所以叙事理论家们坚信可以找寻到普遍的、适用于分析一切叙事行为的通项模式。借鉴这一观点审视小说与史传，我们同样能发现二者的相通之处。然而，我国古代小说尤其是文言小说的叙事与史传的叙事之所以相通，关键原因不是它们同属人类的叙事行为而必须遵循一般的叙事规则，而是前者有肇源后者且主动师法后者的成分。当然，小说叙事不可能仅仅满足于简单地从史传获取叙事规范，小说要想摆脱史传叙事影响，获得独立的文体地位，就必须确立属于自己的叙事时空观念与情节剪辑技巧。《聊斋志异》的某些叙事时空与史传的叙事时空并无二致，比如二者都按照事件发生的自然时间顺序叙述故事，重视故事空间的转换与情节衔接的技巧，倾向于点明关键情节的时间节点、场景地点。如果蒲松龄仅仅止步于以史传叙事的时空策略与展示手段讲述故事，安享史传叙事传统带来的讲述者的荣耀，而不善于在继承史传叙事时空的基础上创造出崭新的时空存现形态和转换方式，《聊斋志异》就很难达到"恍惚幻妄，光怪陆离"[①]，"雕镂物情、曲尽世态；冥探幽

---

① ［清］余集. 余序［M］//［清］蒲松龄. 聊斋志异：会校会注会评本. 张友鹤，辑校. 上海：上海古籍出版社，1986.

会，思入风云"①的美学境界。蒲松龄已经意识到时空是影响叙事美学效果的一种重要手段，开始思考"如何将一个'故事'（简单地按时间排列的事件），制作成有组织的情节形式"②，从而形成了自己独特的时空叙事策略。

第一节 叙事时空与时空叙事

空间、时间被视为小说叙事也包括其他领域的叙事必不可少的结构要素和故事的存在形式。美国比较诗学学者厄尔·迈纳指出，故事情节与时间、空间具有不可分割性，"情节就是运用发展、因果关系和偶然事件，在一定时间和地点里面持续的一群人的连续活动的序列"。在所有的叙事核心要素中，厄尔·迈纳将时空要素放在人物要素之前，"叙事的三个基本（但不是足够的）要素，按照重要性排列，依次是时间、空间（地点）和人物"③。伊丽莎白·鲍温则说："时间是小说的一个重要组成部分，我认为时间同故事和人物具有同等重要的价值。凡是我所能想到的真正懂得或本能地懂得小说技巧的作家，很少有人不对时间因素加以戏剧性的利用。"④克朗说："小说具有内在的地理学属性。小说的世界由位置和背景、场所与边界、视野与地平线组成。小说里的角色、叙述者以及朗读时的听众占据着不同的地理和空间。"⑤西方文学理论对空间要素的叙事功能的研究还催生了空间叙事学，反映了时空要素的叙事功能与价值所受的推重。

无论古代还是现在、西方还是东方的叙事作品对时空都具有深层的依赖性，因为时空要素是定位历史事件或虚构故事的重要标尺和特定背景。就历史领域而言，史传叙事的理想状态是按照自然时间的单线性、一维性展开，做到时间坐标准确、空间地理明晰，以帮助史书读者找寻事件、人物经历的历史节点。例如，

---

① [清]蒲立德.《聊斋志异》跋[M]//[清]蒲松龄.聊斋志异：会校会注会评本.张友鹤，辑校.上海：上海古籍出版社，1986.
② [美]阿拉伯姆.简明外国文学辞典[M].长沙：湖南人民出版社，1987：118.
③ [美]厄尔·迈纳.比较诗学[M].北京：中央编译出版社，2004：215-216.
④ [英]伊丽莎白·鲍温.小说家的技巧[M]//伍蠡甫，胡经之.西方文艺理论名著选编：下.北京：北京大学出版社，1987：212.
⑤ [英]迈克·克朗.文化地理学[M].杨淑华，译.南京：南京大学出版社，2003：55.

《春秋》按照鲁国各代国君承继君位的次序,以历史事件发生的自然时间为纲编排文本,"以事系日,以日系月,以月系时,以时系年"[1]。《史记》中的人物传记对时间坐标注得并不精准,甚至有时根本没有明确标注时间,有人却称"纪者,理也,统理众事,系之年月,名之曰纪"[2]。这种叙事的条理安排有其便利之处,史书读者可以据此确定历史事件的时空归属,获得井然有序的历时感、序列感,从而将未曾经历的事件"感觉"、"认识"为一种真实的、持续的存在,确信历史事件"真实地发生过"。然而,如果历史事件跨越的时间长度超越了史书划分的时段长度,著史者就会面临进退两难的选择:要么严格遵守预定的时间划分规则,将延续持久的历史事件打成碎片,将每一碎片编织进相应的时空分档之中,这种做法的后果是事件不再表现为前后连贯、因果相续的整体,读者需要将不同时间段内的相关史实连缀在一起,才能把握历史事件的整体面貌;要么维持事件的整体性、连贯性,将它整合进相对集中完整的时空体系之中,这也许会导致著史者无暇顾及事件发生历程的复杂性、多头绪和交错性,不得不改变预期的、理想的叙事时间格局。显然,无论哪一种选择,打破时空的连贯性对事件进行重组拼接已经不可避免,而著史者的时空剪接技巧将决定叙事线条是否明晰、交错陈述的事件的头绪交代得是否清楚,进而影响读者的接受状态和接受效果。

所以,无论以接近自然时空的形态还是以变异重组时空形态的方式叙述故事,都有可能把时空要素从叙事背景的位置上拉下来,使之成为小说的叙事手段,这时我们可以称之为"时空叙事"。从言语形式上看,"叙事时空"与"时空叙事"用词相同,仅仅语序有所颠倒,它们的内涵与外延却差异迥然。

一、叙事时空:故事的生存形式

西方叙事理论将空间(包括"故事空间"和"叙事空间")与时间切割分离开来加以分析,而在我国古代的叙事观念中,空间意识绝不孤立存在,总是与时间意识密切相关。古人不仅认识到空间与时间之间存在密切的联系和辩证的关

---

[1] [晋]杜预.《春秋左传》集解序 [M] //十三经注疏. [清]阮元,校刻. 北京:中华书局,1982:1703.

[2] [西汉]司马迁. 史记 [M]. [唐]张守节,正义. 北京:中华书局,1962:1.

系,"还将时间循环与空间变换联系起来,提出了时空一体化的理论学说"①。实际上,在一切的叙事及事件中,空间与时间确实难以割裂开来,只是不同文本对时间、空间的展现各取所需、各有侧重而已。

叙事时空可以是叙事活动的基础背景或存在方式。任何叙事活动都处于一定的时空环境中,并受到一定时空要素的制约。即便叙事行为、叙事文本尚在筹划之中,时空因素也会潜在地发挥应有的作用。叙述者筹划叙事必须考虑在什么时间、什么环境下实施叙事行为,以强化叙事行为的针对性、目的性。有时为了达到特殊的衍生效果,还需要找准叙事的最佳时机和最佳空间,比如:在听众(读者)期待最为强烈之际讲述故事(提供文本),可以留给他们更为深刻的印象;而利用环境的暗示作用,比如在春秋季节里讲述忧伤的故事,也许会比在夏冬季节里讲述更容易感染听众。

叙事时空还有另一层含义,即"通过叙事文本所建构的想象性空间,它具有现实空间的所有属性(自然也包括时间属性——笔者注)"②,人物在其中展开一切活动,包括从出场到退场,从出生到死亡;事件随着时空的变化而发生、演变、终结。作家以想象虚构而成的事件会因为所处时空的差异带来不同的叙事效果:梦境中发生的事件经常被用来作为对未来的预言与暗示,如蒲松龄笔下《王桂庵》、《考城隍》等作品所叙述的梦中事件;有时传达出人物的愿望与期待,或折射出人物潜在的心理意识,如《续黄粱》中的人物在梦境中高中进士、在朝为官。这些旨在调控读者的叙事技巧使我们意识到,叙事文本中的故事(事件)的性质、意义以及存在价值需要在文本建构的想象时空里得以实现。

为了与小说文本描述的叙事时空相区别,我们将作者创作时所处的时空——按照属性可以分为自然环境和社会环境——称为作品创作的背景时空。毋庸多辩,任何文学创作活动,从完成作品的全部创作活动到每一个具体的写作行为(动作),都受到自然环境的显性影响或隐性暗示,最终在作品中留下或明或暗的印记。诗歌在这方面是一个典型:时令物候、阴晴风雨等自然现象显现在诗歌内

---

① 黄霖,李桂奎,韩晓,等. 古代小说叙事三维论 [M]. 上海:上海书店出版社,2009:190-191.
② 陈德志. 隐喻与悖论:空间、空间形式与空间叙事学 [J]. 江西社会科学,2009 (9):63-67.

容之中，情态丰富而特征鲜明。绝大部分抒写"伤春悲秋"主题的诗歌，应该是在春秋两季中构思并创作而成的；寒冬季节西北边塞的飞沙走石、飞雪漫天的自然环境，是岑参创作边塞诗的自然背景，在这样的环境下写夜战强敌、雪山送别、军中奏乐、凯旋庆功，别有一番慷慨豪迈、乐观沉雄的格调。叙事作品情况有所不同，由于绝大部分作者没有将自己创作时所处的自然环境描述下来，我们很难找到有关文献资料去探究自然景观以怎样的方式走进作品，并对作品的思想情感、艺术风貌产生了影响。但是，我们可以作一番合乎逻辑或情理的推测：当作者构思撰写某一情节片段时，自然景观也许会被直接写进作品，也许能启发作者运用自然环境描写强化叙事效果。有一种可以确定的情形是，作品中的自然环境显然是以作者对现实的（未必是即时的、直接感知的）自然环境的观察与体验为基础的。换言之，作品中的自然风景是作者的经验积累与想象虚构的产物，其源头是作者生存的现实世界。

　　社会环境对作家创作的影响相对显豁一些。作家往往通过一定的方式告知读者（包括期待读者）有关作品创作的背景信息，比如：使用序跋、笔记等独立文本传递时代的信息；作者主动介入作品，以干涉叙事的方式讲述创作的缘起、动机、处境等。冯梦龙托名龙子犹为《情史》作序，称自己"少负情痴，遇朋侪必倾赤相与，吉凶同患。闻人有奇穷奇枉，虽不相识，求为之也。或力所不及，则咨嗟累日，中夜展转不寐。……又尝欲取古今情事之美者，各著小传，使人知情之可久。于是乎无情化有，私情化公，庶乡国天下，蔼然以情相与，于浇俗冀有更焉"[①]，借此讲述自己的心灵历程。李汝珍谈自己创作《镜花缘》，"于灯前月夕，长夏余冬，濡毫戏墨，汇为一编……所叙虽近琐细，而曲终之奏，要归于正，淫词秽语，概所不录"[②]。蒲松龄在《聊斋自志》中向世人倾诉自己身处"门庭之凄寂，则冷淡如僧；笔墨之耕耘，则萧条似钵"的境况中，在"子夜荧荧，灯昏欲蕊；萧斋瑟瑟，案冷凝冰"时，深怀"才非干宝，雅爱搜神；情类黄州，喜人谈鬼"的癖好，以"闻则命笔，遂以成编。久之，四方同人，又以邮筒

---

　　① [明]龙子犹.《情史》序[M]//[明]冯梦龙.情史.南京：凤凰出版社，2001.
　　② [清]李汝珍.镜花缘[M].上海：上海古籍出版社，2005：1.

相寄，因而物以好聚，所积益夥"①的方式创作了《聊斋志异》。在蒲松龄有意识的"暗示"、"启发"下，读者可以体会、理解乃至接受他在作品中渗透的思想意图和情感体验，遥想他的人生具象：一生功名蹭蹬，为了生计长期坐馆，孤寂的书斋是他生活、创作、独处的主要空间，《聊斋志异》中频繁出现的、占据主角位置的身无功名的落拓书生，那是蒲松龄清晰或模糊的影像；落拓书生独居的书斋、暂借存身的荒凉寺院、远离闹市的萧远山村，那景象与蒲松龄的生活状态、人生境况何其相似！

即便作家没有向读者透露相关信息，读者也会遵循"知人论世"的思路把握作家所处的时代背景与作品蕴含的思想情感、文化因素之间的关系。元明之际社会动荡，民族矛盾尖锐，民众盼望平息战乱、过上安稳生活的心理日渐兴盛。在这样的社会心理召唤下，《三国演义》、《水浒传》等宣扬正统、维护一尊、歌颂英雄的长篇力作应时而出。《聊斋志异》以怪奇叙事为宗，但小说中种种善恶是非、官贪吏暴、生死悲欢，均有蒲松龄所处时代的社会生活或淡或浓的影子：那些直接取材于社会现实的作品，常常以实录的方式或以间接叙事的手段写出社会状貌，如《胭脂》、《林四娘》、《公孙九娘》等；那些以隐曲含蓄的方式反映现实社会的某种特质的作品，往往以虚构的空间象征、隐喻社会现实，如《于去恶》、《席方平》等。可以说，社会时空在小说中涌动着强劲的脉搏，并给予它浑厚博大、绵亘持久的支撑力量。当站在宏观的角度考察小说与社会现实、历史文化等因素的关系时，对作者创作时所处的社会时空进行考证辨认、分析探究是必要的，"社会—文化"批评理论对此有明确的主张，批评家也用功甚勤。然而，当深入作品内部考察制约故事情节发展的走向与状态的环境因素时，作为源泉与基础的背景时空的意义就显得不是那么明显和重要，小说文本的时空叙事功能与价值就凸现出来。

有些作家不重视叙事时空的展现，比如在一些情节性不强、文字简短的作品中，读者几乎找不到可以指称或暗示时空因素的文字，人物就像是活动在纯净透

---

① [清]蒲松龄. 聊斋自志 [M] // [清]蒲松龄. 聊斋志异：会校会注会评本. 张友鹤，辑校. 上海：上海古籍出版社，1986.

明的世界里。《世说新语》中的那些以古雅简淡的笔调描写人物玄远神韵、高迈风范的作品，就具有这样的特点。刘应登评《世说新语》叙事写人"清微简远，居然玄胜。概举如卫虎渡江，安石教儿，机锋似沉，滑稽又冷，类入人梦思，有味有情，咽之愈多，嚼之不见"[①]，应该与作者减省了时空因素及相关信息有一定的关系。如果将《世说新语》中故事、人物所处的时间、地点以及所有相关的情景因素都补充完备，那股充盈在字里行间、飘逸于话语之外的含蓄而有余韵的悠然灵气就会淡化乃至消逝。《世说新语》不涉及具体时空因素的叙事效果，竟然胜过以大量篇幅描述时空的叙事效果，这也许就是"因其无，有器之用"[②] 的玄妙之处。当然，绝大部分叙事作品很重视描绘故事中的时空要素，因为，故事时空也许对故事意义、叙事意图、艺术效果没有什么特殊的价值，但它们是人物生存的场所、故事情节得以展开与延伸的必要背景，也是故事发展进程中时空转换的必要成分，不可能将它们视为完全冗余的信息从作品中彻底清理出去。即便是《世说新语》中那些几乎不描写具体时空环境的作品，其事件、人物也不会绝对化地"空悬"在作家用文字建构的艺术空间内，相关的环境因素（如魏晋尚清谈、崇玄韵的文化思想）作为不言而喻的背景要素而存在。

不同时代、不同性质的小说叙事时空的具体形态各有不同。写实性作品的叙事时空在物理属性及诸构成要素关系等方面与现实的自然时空没有什么本质差异。万物兴衰、生命轮回都在一年四季更迭交换的一维时间里被描绘出来，人物、事件和风景都扎根在坚实的大地上。《聊斋志异》写实故事中的时间流向与自然时间流向重合，沿着线性向前不可逆转；当叙述以往时空发生的事件时，必须以某种标志话语告知读者对往昔的回溯，以避免造成时序的错乱；故事的时间节奏大多保持与自然时间同步，虽然作者可以加快叙述速度，在简短的文本中叙述较长时段内发生的事情，也可以放慢叙述速度，在较长的文本中叙述较短时段内发生的事情，甚至可以将事件暂时悬置起来精雕细琢静态的空间环境，给人以时间静止不前的感觉，但是，计时单位仍然是现实生活中的年月日时，而不是刻

---

① [唐]刘应登.《世说新语》序[M]//丁锡根.中国历代小说序跋集：上.北京：人民文学出版社，1996：264.

② 老子.道德经[M].[魏]王弼，注.楼宇烈，校释.北京：中华书局，2008：26.

度拉长或缩短了的年月日时。

　　非写实性小说或者写实性小说的非写实成分的叙事时空则超乎人类的感知范围。作家以自然时空为基础创造出形态万千、结构超常、景象奇异的时空形态，安排人物以某种特定的方式进入虚幻世界。陆机所说的"笼天地于形内，挫万物于笔端"①，与其说是畅谈创作内容的丰富广博、创作思维的活跃深广，不如说是欢呼心灵与表达的自由。典型的虚幻空间是仙界与鬼域，前者以天界为最高统领，象征高贵神圣、至高无上、超凡脱俗等；后者以冥界为建构基础，象征黑暗死亡、污浊罪恶、阴冷邪僻等。在虚幻时空里，作者可以过滤掉现实世界的一切清规戒律，把凡尘俗世的文化思想从仙界鬼域等异境中剔除出去，把人物写得不食人间烟火，把故事安排得超乎现实情理和事理逻辑；也可以将现实世界的人情物理、伦理规范带进其中。如《聊斋志异》中《仙人岛》、《翩翩》、《晚霞》等作品中的仙境，除了空间景观、物品摆设和衣着服色等方面与人间有较大差异之外，其他方面如风俗礼仪、伦理规矩、饮食起居都没有退去人世的印迹。还有一种空间形态没能跻身宗教文化定义的三界之列，但在《聊斋志异》中依然获得了相对独立的地位，那就是妖境。妖境是神话思维、道教观念混融的产物，是鸟兽鱼虫、花草树木以及一些非生命的事物历经沧桑修炼而成的，或者秉天地之间的邪气孽生的妖怪精魅居住的地方。妖境可能在远离人寰的荒山野岭，也可能混融在村庄偏僻的角落。

二、时空叙事：讲述故事的手段

　　与自然时空性质相同或相近属于小说叙事时空"正"的一面，即恒常、稳定、真实的一面。它为读者在艺术表象和经验表象之间架起一座沟通的桥梁，使读者面对文字虚拟的叙事时空产生"真切可信"的艺术感受。如果没有这"正"的一面，作品会陷入荒诞怪妄的境地，奇异当然奇异，然而不足以触动读者，激起其心灵的共鸣。如果仅有"正"的一面，小说的叙事空间与生活的自然时空距离太近，一成不变的时空形态不仅有可能束缚情节沿着多向维度发展变化，而且

---

① 张少康.《文赋》集释[M].北京：人民文学出版社，2002：60.

容易使读者陷入审美疲劳。于是，力争摆脱惯常的生活经验留给人们的时空印象，超越久已熟知的现实经验创造出别样的叙事时空，就成了作家自觉的、不倦的追求。米克·巴尔说："空间在故事中以两种方式起作用。一方面它只是一个结构，一个行动的地点。……不过，在很多情况下，空间常被'主题化'，自身就成为描述的对象本身。这样，空间就成为一个'行动着的地点'（acting place），而非'行为的地点'（the place of action）。"① 在作家的艺术加工下，隐含在事件背后的时空因素不再是单纯的天然背景，而是一种叙事手段，用以实现独特的叙事效果和特定的叙事意图，"叙事时空"此时转变成了"时空叙事"。

一般来说，将故事的发生、发展、结局安排在这一时间、地点，而不安排在那一时间、地点，本身就是一种有意味的选择。因此，即便按照生活本来面貌描述的叙事时空，也应该视为作者特意安排的叙事策略。《三国演义》从社会动荡的汉末时期写起，《水浒传》从灾异频发的北宋末年写起，反映了作者对历史与现实的深沉思索、深远忧虑，顺应了身处动荡不安的人们呼唤英雄的心理诉求。《红楼梦》、《镜花缘》均从仙界幻境写起：前者饱含浓郁的诗意，为贾宝玉、林黛玉二人缔结了爱泪交织的前世因缘，在对纯洁真挚爱情的荡气回肠的颂歌中融汇了一股哀婉凄怆的悲剧旋律；后者则以天界神女斗气为缘起，借助仙人被贬下凡的故事模式，预言着一个女性才智大放异彩时代的到来。而蒲松龄乐于将爱情故事置于野寺山村、孤斋荒宅中，以几乎与外界隔绝的相对封闭的私密场所轻松地规避了封建礼教对男女情爱的压抑与禁锢，借助道德监视的空白与缺位"纵容"了青年男女热烈奔放甚至狂野不羁的情爱行为。

西方叙事理论家意识到时空因素对叙事以及叙事效果具有重要的影响。米克·巴尔将人物活动的具体空间称为"场所"。在他看来，不同的场所蕴含不同的叙事意味与倾向，"城市与乡村在许多浪漫主义与现实主义小说中也互为对照，有时作为藏垢纳污的罪恶之所对立于田园诗般的净土，或作为魔术般致富的可能

---

① ［荷］米克·巴尔. 叙事学：叙事理论导论［M］. 谭君强，译. 北京：中国社会科学出版社，2003：27.

性对立于农夫的辛勤劳作,或作为权势之所在对立于乡村人民的无权无势"①。而对叙事时间,西方叙事理论家分析得更加细致入微。在他们看来,作为素材的故事有其发生发展的时间规则,故事的每一环节按照自然时间的顺序以先后有致、不可错位的方式排列延伸着,而经过作者加工转化为情节时,时间形态将不可避免地被改变。因为文本的一维性与自然时间的一维性是一致的,但是作品必然会叙述一些共时发生、交错发生的事件,与作品文字排列与事件时间的一维性产生冲突。"一部叙事作品必然涉及两种时间,即故事时间与文本时间,后者又称叙事时间。……所谓故事时间是指故事发生的自然时间状态,而所谓叙事时间,则是它们在叙事文本中具体呈现出来的时间状态。"② 罗兰·巴特、米克·巴尔等西方叙事学家对故事时间和叙事时间之间的差异具有浓郁的兴趣。在他们看来,这种时间的双重性,"不仅使一切时间畸变成为可能……更为根本的是,它要求我们确认叙事的功能之一是把一种时间兑现为另一种时间"③。因此,他们把文本时间作为作家的一种重要的叙事话语和叙事策略,不厌繁琐地将文本时间与故事时间加以比对,围绕三个方面研究叙事时间:一是考察故事时间与叙事时间的顺序关系,确定叙事时间的错位现象,揭示叙事时间对故事时间的逻辑重组而形成的各种叙事技巧,如补叙、插叙、倒叙等;二是探讨故事时间幅度与文本长度的关系,通过统计的方法判定小说叙事节奏,考察小说使用的省略、概要、停顿、场景等时间手段;三是由热奈特提出的关于叙事频率的问题,即一个事件在故事中出现的次数与文本中出现的次数之间的关系,热奈特将之概括为四种类型,即讲述一次发生过一次的事件、讲述若干次发生过若干次的事件、讲述几次发生过一次的事件、讲述一次发生过几次的事件。④

　　西方叙事理论家分析作品叙事时空运用的理论视角和方法技巧,可以帮助我们站在叙事理论的高度去认识作家调配时空的艺术技巧,进而反观叙事学诞生之

---

① [荷]米克·巴尔. 叙事学:叙事理论导论 [M]. 谭君强,译. 北京:中国社会科学出版社,2003:49.
② 罗钢. 叙事学导论 [M]. 昆明:云南人民出版社,1994:131-132.
③ [法]克里斯蒂安·麦茨. 电影涵义论文集 [M]. 北京:中国社会科学出版社,1990:12.
④ 罗钢. 叙事学导论 [M]. 昆明:云南人民出版社,1994:154-156.

前古代作家对时空叙事手段的运用。我国古代小说文体地位卑下，作家、作品常常受到史学的创作观念和叙事谋略的控制。当然，打破因循守旧的史学叙事框架、不断寻求艺术新变的作家历代不乏其人，而变换时空形态以佐叙事正是他们艺术创新的具体表现。在古代小说作家的笔下，时间标识词除了具有定位事件时间坐标的功能之外，还能在与空间、作家、背景等因素的联系中，衍生出其他一些功能。比如：小说叙述新旧两朝更替的历史变化，如果在新朝确立后坚持使用旧朝的年号纪历，就能含蓄地传达出怀恋旧朝、抗拒新朝的思想情感；如果新朝确立后立即改用新朝年号，就显示了对新旧王朝的另一种态度。

按照叙事需要对故事时间的顺序作调整，也是作家通过改造自然时间实现特殊的叙事意图的一种叙事手段。原本处于时间链靠前位置的事件或事件片段，在文本中可能被安置在相对靠后位置上叙述出来，另一些事件或事件片段可能在它发生的时间点之前被叙述出来，时间顺序的调整能带来复杂的、耐人寻味的艺术效果。《叶生》中构成故事的诸事件的自然顺序是：（1）叶生文章冠绝一时，但屡次参加科考均名落孙山，积郁成疾，一病而逝；（2）死后的叶生灵魂不灭，执着于科试，终于高中举人，拥有了考进士的资格；（3）叶生满怀欣喜，衣锦还乡；（4）叶生被妻子点破，露出"鬼"的身份。如果按照这样的次序讲述故事，该篇至多讲述了一个书生的奇异经历的故事。蒲松龄叙述这一故事时，对情节顺序做了一个小小的改动，将叶生病死的事件挪到衣锦还乡之后借他妻子之口转述出来。这一改动在保留原有故事情节怪奇神秘色彩的同时，把叶生置于"当局者迷、旁观者清"的情境中，不仅为故事渲染了难以排遣的悲剧气氛，而且很容易唤起读者"世间富贵皆为烟云"的幻灭感，以及对至死未能从科举考试的功名利禄幻相中清醒过来的叶生的深切同情。

自然时间一直保持着稳定均衡的节奏与速率，所谓"日月如梭"、"白驹过隙"不过是人们的主观感受，因为心理体验到的生命进程的张与弛不是用时间标尺衡量的，而是以单位时间内的生命容量加以衡量的。如果作者有意凸显虚幻空间的特质，就可以凭借想象自由地改变时间的节奏与速率，使自然时间演变为虚拟化的形态，为讲述超人生状态的事件挣脱天然的束缚。在这种情况下，故事时间的节奏、幅度甚至作为标尺的时间单位都可能变得面目全非。作家可以把漫长的写成短暂的，将千年历史凝聚在弹指一挥间；可以把短暂的写成漫长的，让短暂瞬间获得永恒的存在价值。任昉《述异记》中的王质在山中稍作停留、观棋听歌，重回村中发现自己的同世人竟然早已故去。原来，王质进入的那座貌似平常的山，实际上是与人间错综穿插的仙境，彰显这一反差的标尺是时间的节奏与速率。人间的百年光阴在一瞬间悄然而过，貌似漫漫的人世时长在仙界迅捷的时间节奏面前显得如此渺然；在与人间自然时间的对照中，仙界成为超越生死轮回、保持长生不老的时空存在。作家将时间异化的手段还有颠覆自然时间的一维性，把叙事时间的流向逆转过来，安排人物回到荒远的过去；或者让人物跃进遥远的未来，在不同的时空中自由穿梭。

空间因素属于能被直接感知的对象，作家在描绘空间物象形态、构建各空间要素组合关系时，容易突破以往作品的叙事空间形态。而一旦这种突破带有自觉的意识、强烈的愿望，作家就会施展才智为读者描绘从现实生活场景中提炼出来的、却比它更加精彩的空间形态，使作品不断散发鲜活的艺术魅力。作家既可以按照现实世界的存在规律、组合模式来讲述故事，让读者确信此类事件"真实地"发生过；可以运用如梦境、仙境、地狱等虚幻空间讲述故事，让读者真切感受到异域空间的奇幻怪异；还可以将小说人物的某种欲望、念想、思绪幻化成具体的空间形态，在真与幻的融混中敷衍令人叹绝的故事。在《曾孝廉》及唐代传奇《焦湖庙祝》《枕中记》这些同题材的作品中，人物的人生追求、现实欲望扩张为梦境的"现实"。"丰赡多姿，恍忽善幻，奇突之处，时足惊人"[1] 的《西游补》借助孙悟空一点妄念所生的万相，为我们展示了一个幻中有幻、惝恍迷离的复杂世界。《西游补》中的孙悟空为得到具有特异功能的驱山铎，先后进入青青世界、头风世界、古人世界、未来世界和朦瞳世界五个幻境，其空间转换线路可以概括为"心生妄念—进入虚幻世界—历经虚幻世界—打破虚幻世界"，时间上则腾挪变化，"乃大颠倒，或见过去，或求未来"。[2] 这些在现实中不可能存在的、没有实形的虚幻空间、文化空间，赋予了叙事主体（作家或叙述者）极大的

---

[1] 鲁迅. 中国小说史略 [M] //鲁迅. 鲁迅全集：第九卷. 北京：人民文学出版社，1996：176.
[2] 鲁迅. 中国小说史略 [M] //鲁迅. 鲁迅全集：第九卷. 北京：人民文学出版社，1996：175.

自由度，将作者的笔触牵引至人境之外，焕发着创作灵性得以自由施展的异彩。在《聊斋志异》中，天庭、龙宫、地狱、阴间、妖境、人间构成了小说叙事特殊的空间体系，作者借助这些空间结构把仙性、鬼性、妖性与人性揉成一团，把仙事、鬼事、妖事与人事错综一体，形成了光怪陆离、变幻无穷的美学特色。《聊斋志异》这种变异的时空形态属于叙事"奇"的一面，即神异、变化与虚幻的一面。它与小说叙事时空的"正"的一面，时而交融一体，使叙事真真假假、实实虚虚；时而泾渭分明，形成奇与正、常与变、实与虚的艺术张力。在很多情况下，最能吸引读者注意力的不是小说叙事"正"的一面，而是"奇"的一面。由此可以理解，《聊斋志异》何以在按照自然时间与现实空间的属性创造叙事时空的同时，还穿插了追叙、预叙、补叙等错时手段，并积极描绘不同寻常的空间环境。

三、文言小说的时空叙事

在史家叙事观念的影响下，作家按照自然时间的延伸顺序和物理空间的转换顺序讲述故事，逐渐形成了文言小说一贯的时空叙事传统，主要体现在以下几个方面。

（一）形态丰富的空间叙事

时间和空间是客观事物存在形式的两个相互交织的向度，你中有我，我中有你。叙事作品中的时间流逝往往以空间现象的变化为参照，而且只能借助空间现象的变化使自己成为清晰的、可直接感知的对象，一如徐岱所说，"时间或者直接体现在岁月的流逝上，或者存在于空间的迁移中"[①]。浦安迪说："在中国文学的主流中……空间感往往优先于时间感。从上古的神话到明清章回小说，大都如此。"[②] 因此，空间因素能够获得相对独立的地位，成为作家着力书写的对象，再加上我国向来有"立象以尽意"的注重物象描绘和意境创造的文学观念，为小说发挥空间叙事功能准备了先天的、条件适合的文化土壤。早期的一些文言小说

[①] 徐岱. 小说叙事学 [M]. 北京：中国社会科学出版社，1992：169.
[②] 周海波. 传媒时代的文学 [M]. 北京：人民文学出版社，2007：262.

作家对荒远空间流露出浓郁的兴趣，在"内别五方之山，外分八方之海"① 的《山海经》中，在《穆天子传》和魏晋时期一些文言小说中，空间因素处处显露出其强势的叙事功能。时间因素的叙事作用则相对微弱。

《山海经》由"五藏山经"、"海外经"、"海内经"、"大荒经"等部分构成，反映了以五方观念为统领、以地理方位为中心的结构框架，而以地理方位和空间顺序作为连缀小说内容的重要手段、核心手段，因此被部分史籍著录并归入史部地理类。《山海经》作品的一般结构模式是："山经"各段先点明首经、次二经、次三经等各经首山的名称，然后以"又……里为某某山"的话语形式描述其他各山风物景观，最后以"凡……之首"引领作为总结；"海经"以"海外＋方位＋至＋方位者"为起始，"海内经"以"海内＋方位＋至＋方位＋者"为起始，揭示"海外"、"海内"的地理范围，然后按国名或地理位置依次叙述；"大荒经"部分则直接以地理位置为序展开叙述。有些作品偶尔涉及时间，如《海外北经》"锺山之神"条、《海内南经》"巴蛇食象"条，前一则涉及"昼、夜、冬、夏"，但是其目的不在于标明时辰、季节，而在于以神话思维诠释昼夜、冬夏的形成原因；后一则中的"三年"则以时间的漫长衬托了巴蛇身体的修长。

《穆天子传》中的时间因素在一定程度上发挥了较强的叙事作用。小说以天干地支记日的顺序连缀情节，叙述了周穆王率师南征北巡的盛况，形成了近似史书编年体的结构体例。然而，这种时间安排方式没有给叙事带来更多新颖的内容，小说在标明周穆王巡游的重要时间节点之后，随即对行进路线、地理位置、山川名物进行描述，空间及其构成要素成为作品的核心内容。《穆天子传》写穆王从宗周出发，越过漳水，经由阳纡之山、群玉山等地，向西直至神仙所居之地西王母之邦，然后按较原路略北的一条路线回至成周。这次巡游行动所及，地域广袤，空间辽远，"天子东归"、"天子北征"、"天子西征"、"天子北征，东还"等话语揭示巡游的方向，一派"溥天之下，莫非王土；率土之滨，莫非王臣"②

---

① ［西汉］刘秀. 上《山海经》表［M］//袁珂. 山海经校注. 上海：上海古籍出版社，1980.
② 毛诗·小雅·北山：卷十三［A］.［东汉］毛亨，传.［汉］郑玄，笺. 庆长中古活字本. 东京大学东洋文化研究所藏.

的恢宏气势，空间因素焕发的异样光彩遮掩了时间标识带来的信实感。而周穆王进入西王母所居之地、与西王母酬和应答的情节将人神世界连贯杂糅起来，更为作品增添了神秘荒古、瑰丽奇幻的色彩。

  在广阔的空间范围内描绘恢宏的历史场景、叙述波澜壮阔的历史事件的叙事策略，隐含着拓展空间领域、重视空间叙事的艺术取向。魏晋时期，许多作品把神话、宗教观念影响下的神异空间观念具体化、形象化，描绘了超乎人世的广阔世界，丰富了文言小说的空间形态。旧题汉东方朔撰的《十洲记》模仿《山海经》，以绍洲、瀛洲、玄洲等十洲为顺序介绍各洲风物，陈文新将它与《山海经》、《博物志》等一并归为"博物体"①。张华自序《博物志》说："出所不见，粗言远方，陈山川位象，吉因有微。诸国境界，犬牙相入。春秋之后，并相侵伐。其土地不可具详，其山川地泽，略而言之，正国十二。"② 可见，这类小说以描述山川地理的风物为主要内容，时间因素往往附着在空间事物的展示上。陈文新认为，博物体小说的创作目的是"旨在满足读者对无垠的空间世界的神往之情"③，一语而言中了该类小说对空间的排列组合与内容的横向展示的重视。如《海内十洲记》中的"祖洲近在东海之中"一则描述鸟衔不死之草救活秦始皇大苑中枉死者的景象，以及秦始皇派遣的使者与北郭、鬼谷先生之间的对问。其中，只有"始皇"可以帮助读者判断故事的时间坐标，其他人物和鸟兽草木等景物都不具备揭示时间的节点、速率、长度的功能，而空间环境、地理位置等信息交代得十分清楚，便于读者形成清晰的空间表象。与《十洲记》相前后的《列异传》、《述异记》、《搜神记》等大批作品，既叙述了人世间发生的种种故事，也叙述了大量神怪世界发生的故事。一些作品存在的迹象表明，作家更倾向于考虑如何讲述清楚故事在什么样的情境下发生、发生的过程与结果如何，以及"人、事、物"经过一番曲折后状态有什么变化等诸如此类的问题。

  将故事置于非现实的虚幻空间里，以虚幻空间和故事的整体变置折射、隐喻

---

  ① 陈文新. 文言小说审美发展史 [M]. 武汉：武汉大学出版社，2002：78.

  ② [晋]张华.《博物志》序 [M] //丁锡根. 中国历代小说序跋集：上. 北京：人民文学出版社，1996：37.

  ③ 陈文新. 文言小说审美发展史 [M]. 武汉：武汉大学出版社，2002：101.

社会生活、世间万象，是文言小说空间叙事的重要方式。《柳毅传》中柳毅为龙女寄送一封家书，因此受到洞庭龙君、钱塘君的隆重礼遇，并得以结交仙缘娶了出身望族的美妻。柳毅慷慨好义的人格反映了唐朝士子的群体人格中勇于承担道义、不畏艰难的一面；他发家致富、与大姓通婚的生活轨迹，则反映了唐代多数落第举子普遍的人生理想和在婚姻上希望攀结名门的心态。瞿佑《水宫庆会录》中的潮州士人余善文因善于撰写诗文受到海神礼遇的故事，《修文舍人传》中的夏颜在人间功名不顺、死后得到冥王重用的经历，蒲松龄《绛妃》中的"我"因为文思敏捷、文采斐然而受到绛妃礼遇的荣耀，都在幻想的空间里留给封建文人一点无奈而渺茫的期望，也使作者得到些许的安慰。在这些作品中，尊重才智之士的虚幻空间与人才受到压抑的现实世界形成的反差，传递出作家对现实的愤懑与不满。当道德规则对世间为非作歹的人毫无约束力或惩处乏力时，作家就借助对地狱阴森恐怖景象的描绘，让作恶多端死而成鬼的人接受上刀山、下火海、进油锅、被斧锯等一系列处罚，以非现实的幻想方式赋予道德伦理不可违背的权威性，让一切为非作歹的人意识到，恶贯满盈将难以逃脱悲惨的下场。

作为无意识的心理活动的幻象梦境也具有虚实交映、扑朔迷离的叙事功能，这一叙事传统与古代梦文化有渊源关系。先秦诸子著作、史传中多有对梦境的描述以及梦境对现实生活影响的记载。《孔子家语》卷九"终记解"载孔子梦见自己坐在两楹之间祭奠，因为"殷人殡于两楹之间，则与宾主夹之"，故而认为这是自己生命即将终结的征兆。此后孔子果真生病而且病情日益加重，到第七日便撒手人寰[①]。《列子》将梦与人的生理状态联系起来，认为梦象是由人的阴阳饥饱、体质虚实决定的，"阴气壮，则梦涉大水而恐惧；阳气壮，则梦涉大火而燔焫；阴阳俱壮，则梦生杀。甚饱则梦与，甚饥则梦取。是以以浮虚为疾者，则梦扬；以沉实为疾者，则梦溺"[②]。古人还认为，梦境与人的道德品性具有映射关系，品性善良的人做好梦，道德卑劣的人做恶梦，于是观梦境可知人品的善恶高

---

① 孔子家语[M].王国轩，王秀梅，译注.北京：中华书局，2009.
② 杨伯峻.《列子》集释[M].北京：中华书局，1985：102-103.

下。《新序·杂事》记载的晋文公"寡人闻之，诸侯梦恶则修德，大夫梦恶则修官，士梦恶则修身，如是而祸不至矣。今寡人有过，天以戒寡人，还车而反"[①]的话，将梦境与为政之德、吉凶祸福联系起来，视梦中之事是对人事的神理感应。受这些梦幻观念的影响，小说家将梦写入作品，把梦处理成对现实生活、人物命运的预言、隐喻或象征。《广异记》"刘长史女"条中，刘长史的女儿死后托梦给家人，说自己命中注定要复生。家人按期开棺，她果真苏醒过来。梦境在此成了预叙的手段，而且与她前番对高广的儿子所说的一番话形成呼应关系，完成了小说"生—死—生"循环式的故事结构。

上述文言小说使用的现实空间、异域空间（仙界、鬼域、妖境）和梦幻空间三种空间叙事手段，是按照小说描绘的空间性质划分的。三种性质相异的空间形态与各种不同的叙事地点交织在一起，构成了形态丰富的文言小说空间叙事艺术。当然，与章回小说相比，受篇幅容量的限制，文言小说的情节线比较短，缺少章回小说的波澜壮阔，空间叙事的视野比较狭窄。但是，它有自身的优势。如果说章回小说的空间叙事像是给读者展示了一幅社会生活的长卷，而文言小说恰好给读者描绘了一幅幅精致的斗方，作家借这小小的窗口表现社会生活，力图使读者窥一斑而知全豹。

（二）多变的时间叙事

文言小说揭示时间的方式灵活多变，大略可以归纳为四种基本形式。

1. 不使用时间标识语

时间看不见、摸不着，没有形象可感的形态，但是人们可以借助两个条件从文本中获得时间信息。其一，空间环境特别是自然景观的变化能折射时间的变化。一些标示时间的词语肇源于对空间要素的描绘，比如："旦"的"天亮、早晨"的意义源自"太阳升出地平线"；"暮"的古字为"莫"，其造字机理为"太阳隐没在草中"。因此，作者可以凭借具体空间因素传递或暗示时间信息，如通过对自然风景、气候物态的发展变化的描写揭示时序的变迁、季节的更替，透露出时间流逝的种种消息。薛思渔《申屠澄》、白行简《李娃传》中的"大雪"等

[①] 李华年.《新序》全译[M]. 贵阳：贵州人民出版社，1990：51.

严冬景物不仅具有点明故事发生季节的作用，而且成为引发后续事件的契机。李祯《芙蓉屏记》写王氏趁贼人疏忽之际脱身而逃，在芦苇水荡中疾走一夜，作品以"东方渐白，遥望林中有屋宇"揭示王氏逃亡经历的时长。其二，构成事件的各环节要素发生、发展的先后顺序，以及事件与事件之间的情理关系、因果关系、条件关系，都可以反映时间的变化，提供判断时间的依据。比如，只要依据生活情理，读者就可以判断出在《世说新语》"成帝在石头"一则中，任让违抗帝命杀害大臣和任让被诛这两件事发生的先后顺序。

有些小说家喜欢将历史人物写入文言小说，使虚构人物与历史人物"同台演出"，历史人物就成了虚构事件的时间性标志。如《列仙传·容成公》中谈及"黄帝"、"周穆王"、"老子"三人，则可以确定小说为容成公的故事虚设的时间范围：容成公至迟在黄帝时就已得道成仙，至周朝时仍游于世间。这篇作品将仙人与黄帝等联系起来，把仙人推向荒远的上古，让世人确信仙人能跨越时空、超越生死，从而使修炼成仙的梦想扎根在他们的心海。

有些小说家在作品中提供某种外部信息，提醒读者借以推知故事发生的时间。《夷坚志·甲志》卷五"赵善文"一则中，有"宗室善文过庙"的话语，以洪迈的身份称赵善文为"宗室"，则虚设的故事时间为宋代。《世说新语》大部分作品只交代了人物言行、事件经过和话语情景，并没给出时间标识，但是因为其中描绘的人物与历史上真实人物构成了呼应关系，根据史书对人物行状的记载，读者完全可以判定事件发生的时间。梁代刘孝标引述群书为《世说新语》作注甚详，足以作为读者依据史实推知故事时间的实证材料。《青琐高议》中也有很多类似的暗示时间的作品，如《御爱桧：御桧因风雨转枝》、《玉源道君：罗浮山道君后身》。

2. 使用时间标识语标记故事节点

绝大部分文言小说使用的时间标识语反映了相对宽泛的时间信息，能将叙事时间精确到时日且按序排列的，恐怕非《穆天子传》莫属。一般来说，时间节点标记可以分为不同的层级，最大的节点层级是泛时代、朝代，其次是以帝王年号、庙号、谥号为计时标志的，再次是年、月，最后是日、时、刻。如：

> 广成子者，古之仙人也。居崆峒山石室之中。(《神仙传》卷一"广成子")①
>
> 大业七年五月，度自御史罢归河东，适遇侯生卒，而得此镜。至其年六月，度归长安。(《古镜记》)②
>
> 俞一郎者，荆南人。虽为市井小民，而专好放生及装塑神佛像。绍熙三年五月，被病危困，为二鬼卒拽出，行荒野间。(《夷坚志·甲志》卷六"俞一郎放生")③
>
> 宁不能寐。近一更许，窗外隐隐有人影。……又坐，默然，二更向尽，不言去。(《聊斋志异·聂小倩》)

泛时代、朝代背景中的事件大多以概述的形式叙述出来，时间标识语仅仅给出一个模糊而不确定的时间范围，时间要素的叙事功能较弱，目的是让故事拥有一定的现实背景，避免因时空缺失导致读者怀疑叙事的真实性。帝王的年号、庙号、谥号标示的时间范围相对狭小一些，意在使读者将小说人物与现实人物联系起来，比如，有人认定《霍小玉传》中的"李益"影射了大历十才子之一的"文章李益"，便是这种时间标示的叙事效果。具体到年月的时间标记能相对准确地反映事件发生的时间范围，增强故事的真实感。最为精确的"日、时、刻"等时间标识，往往用于具体的场景描绘或细节描写，例如，《聂隐娘》以聂隐娘前往魏帅官衙送信示警"四更即返"写出她法术之高明、行动之神速；以聂隐娘预言的事件在"半宵时分"准时发生，写出她的见识过人、料事如神。再如，《聂小倩》按照一更、二更的顺序细致叙事，时间的流逝与"窗外隐隐有人影。俄而近窗来窥，目光睒闪"呼应，营造了紧张恐怖的氛围。刘书成认为，"浩如烟海的古代小说，形态有别，源流各异……各态各型各式小说的时空构架无不具有模糊

---

① [东晋]葛洪. 神仙传 [M]. 呼和浩特：内蒙古人民出版社，2003：7.
② [唐]王度. 古镜记 [M] //卞孝萱，周群. 唐宋传奇经典. 上海：上海书店出版社，2000：1.
③ [南宋]洪迈. 夷坚志 [M]. 何卓，点校. 北京：中华书局，1981：46.

性特征"①。就上面文例看来,恐怕不能一概而论,因为,时间交代得精确与否在很大程度上取决于叙事需要,以及作者希望叙事文本留给读者怎样的时间体验。

3. 使用时间标识语揭示叙事时间与自然时间的相关性

某些作品的叙事时间长度可能与自然时间的长度接近。如《博物志》"天河与海通"条②有两个"十余日"作为时间标识语,第一个"十余日"是人世时间的长度,第二个"十余日"是仙界时间的长度,二者在长短上并无二致(文中另有"因还如期"提醒读者,人世时间与仙界时间有同样的长度与速率)。小说中的"某年月日"与"计年月,正是此人到天河时也"相呼应,强调了人世时间与仙界时间的高度吻合。这种时间对应关系的设置将人间与天界流畅地连贯起来,借助现实世界的真实性印证虚幻世界的真实性。唐李冗《独异志》转载这一故事时删落两个"十余日"的时间标识语,使故事的时空框架变得模糊无趣。

有些作品的时间标识看似非常精确,实则是作者对素材加工与改造的结果,而非故事经历的"真实"的时间长度。如《西京杂记》中秋胡的故事:

> 昔鲁人秋胡,娶妻三月而游宦三年,休,还家。其妇采桑于郊。胡至郊而不识其妻也,见而悦之,乃遗重金一镒。妻曰:"妾有夫,游宦不返,幽闺独处,三年于兹,未有被辱如今日也。"采不顾。③

故事里所说的"三月"、"三年"并非指秋胡新婚恰巧满"三月"、妻子等了他整整"三年",其中蕴含着作者的主观情意。"三月"写出了秋胡夫妻新婚燕尔美好生活的短暂易逝;"三年"既为夫妻二人见面不相识做了充分的时间铺垫,又作为秋胡妻子对丈夫一片坚贞情意的见证,蕴含着聚少离多的无限辛酸。文言小说、民间故事往往将故事延续的时间长度表述为"三年"、"三月"、"三日",

---

① 刘书成. 论中国古代小说的时空模糊叙事构架 [J]. 西北师范大学学报(社科版), 1995 (5): 24-30.
② 祝鸿杰.《博物志》全译 [M]. 贵阳: 贵州人民出版社, 1992: 229.
③ [东晋] 葛洪. 西京杂记 [M]. 周天游, 校注. 西安: 三秦出版社, 2006: 271-272.

致使数字"三"成为叙事时间的惯例标志,比如:梁山伯与祝英台同窗读书"三年";孟姜女哭长城整整哭了"三天三夜";《搜神记》中盘瓠与妻子在山上居住了"三年";《世说新语》记周伯仁曾经醉酒"三日"。

若故事发生在不同性质的空间里,如凡人入仙境、生人进地狱,不同性质空间的时间形态往往存在很大的差异。如《搜神记》"刘晨、阮肇入天台"条:

> 刘晨、阮肇入天台取谷皮,远不得返,经十三日,饥。……出一大溪,溪边有二女子,色甚美。见二人持杯,便笑曰:"刘、阮二郎捉向杯来。"……至十日,求还,苦留半年。气候草木是春时,百鸟啼鸣,更怀乡,归思甚苦。女遂相送,指示还路。既还,乡邑零落,已十世矣。①

《幽冥录》也载有同一题材的故事,在时间标记上与《搜神记》所载的故事多有相同之处,但叙述更为详细,描写更为婉转生动。在两篇作品中,刘、阮在山中都行走了"十三日",均与仙女共居"十日"后请求回家,都在仙界逗留了大约半年时间。二者结尾的时间表述略有区别,在《幽冥录》中,刘、阮回到人间时发现已经过去了"七世",而非"十世"。这两篇作品中的人物在山中经历了半年多,但其间人世已经有几代人诞生、成长、衰老而至陨落。按照二十年一代人计算,则仙界半年的时长约等于人间一个半世纪的时长。

4. 使用时间标识语以标记叙述顺序

有些文言小说家不满足按照自然时序讲述故事,尝试运用时序颠倒如追叙、预叙等错时叙事手段,变刻板的一维单向的故事时间为交错倒置的叙事时间,为故事增添了新奇的艺术活力。

文言小说传达时序交错信息的基本方法有两个:一是预叙,二是追叙。构成预叙的手段非常丰富,比如,可以借助相命、占卦、测字、梦占、谶应等方术构成预叙。在传统观念中,命运、时数等是神秘的现象,作为与人对立的存在,左右着人的祸福吉凶,而探寻命运和时数在何时、何地、何种情境下对人的境遇能

---

① [东晋]干宝. 搜神记 [M]. 北京:中华书局,1978:249-250.

产生怎样的调控作用,并采取相应的措施避凶趋吉、化凶为吉,是自先秦至现代经久不衰的社会文化心态。在商代的甲骨卜辞、先秦的《左传》等史传和推崇为正史的二十四史中,记载了大量以占卜预言命运的事件。占卜命运、预言吉凶的文化现象、生活事件也被文言小说家吸收利用,成为作品颠倒时序的特色手法。如卢肇《逸史》"万年县捕贼官李公"一则中,客人预言主人李公吃不到酒宴上的鱼,李公发怒道:如果言中,则赠钱五千;如果有差,将受到惩罚。于是,故事就在预言设置的悬念中展开,其后发生的事件让人惊叹不已:烹饪好的鱼刚刚端上酒桌,适逢京兆尹召见,李公来不及吃鱼;李公吩咐留下鱼待回来再吃,不巧官亭的泥顶剥落,泥土落进餐盘,鱼肉已无法食用。一句"唯足下不得吃"的预言最终应验,呼应了读者渴望知道预言者受奖还是受惩的心理,也让读者见识到了客人超乎常人的预见力。

一般来说,使用预叙基本不需要悬置当前的所叙事件而专门描述将来事件,因而可以不使用时间词,但为了使预言对应验或无效达到令人吃惊的精准程度,作家也使用时间标识语。如:

唐贞观中,张宝藏为金吾长史,尝因下直归栎阳,路逢少年畋猎,割鲜野食。倚树长叹曰:"张宝藏身年七十,未尝得一食酒肉如此者,可悲哉!"傍有一僧,指曰:"六十日内,官登三品,何足叹也。"言讫不见。①

僧人对张宝藏官运的占断与张宝藏的叹息一呼一应,衔接紧凑。"六十日内"是僧人预言事情发生的时限,令人惊讶的是,该预言极其灵验。张宝藏献上偏方治愈了唐太宗的痢疾,太宗原拟授官五品,因魏征延误而生怒,直接授予张宝藏三品鸿胪寺卿之职,时间正在第六十日。除了借助占命术预言未来发生的事件之外,有些预叙可以通过梦境预兆、申明愿望实现叙事意图。如《太平广记》卷二百七十八"何致雍者"一则中,何致雍叔叔梦中听到的"何仆射在此,勿惊之"的话成为对何致雍命运的预言。

---

① [唐]李亢. 独异志[M]. 北京:中华书局,1983:13.

回忆往事的追叙经常使用"初"、"昔者"等时间标识语,提醒读者将当前叙事与对往昔的追忆区别开来。如《江湖异人录》中"聂师道"一则:

> 后吴朝遣师道至龙虎山设醮,道遇群盗劫之,将加害,其中一人熟视师道,谓同党曰:"勿犯先生。"令尽取所得还之,群盗亦皆从其言。因谓师道曰:"某即昔年扬洲紫极宫中为盗者,感先生至仁之心,今以奉报。"
> ……师道侄孙绍元,少入道,风貌和雅,善属文,年二十余卒。初,绍元既病剧,有四鹤集于绍元所处屋上。乃其卒,人见五鹤冲天而去。①

此段有两处追叙,分别以"昔年"、"初"将往昔发生的事件在当前的话语情境中叙述出来。第一次借人物之口道出对往昔经历的回忆,作为对强盗叮嘱同党"勿犯先生"的行为做出合理的解释,蕴含着"盗亦有道(情义)"的意味;第二次以作者口吻追叙,将聂绍元病时的异象与死时的异象联系起来,暗示他命运之神异,富有道教仙术的"化为异物、飞升成仙"的怪奇色彩。有的追叙详细叙述往事,延缓了当前事件的进程。《剪灯新话·绿衣人传》中,赵源听绿衣女子说与自己是旧相识,便追问缘由,绿衣女子讲述了前世的悲惨遭际。原来二人前生为宋秋壑平章的侍女、童仆,因彼此相爱被宋秋壑赐死。绿衣女子对这一事件铭记在心,甚至对细枝末节也记忆犹新,可见女子用情之深,也透出姻缘前世注定的宿命色彩。随着绿衣女不断地讲述往事,侍姬因为赞美少年而被宋秋壑残忍杀死、太学生作诗批评时政而被宋秋壑逮捕入狱、民众不堪其残忍被迫背井离乡等惨绝人寰的事件逐一呈现之后,读者才领会到追叙的另一意图所在:揭露宋秋壑嗜血成性、暴政侵民的非人本性。

从上述标明时间形态的方式可以看出,叙事时间的精确度与它的叙事功能存在正比关系:越是模糊的叙事时间,其标示功能就越明显;越是精确的时间,其隐伏的意蕴就越丰富。叙事时间的变化形态与它的叙事功能呈正比关系:与自然

---

① [北宋]吴淑. 江淮异人录 [M] //上海古籍出版社. 宋元笔记小说大观. 上海:上海古籍出版社,2007:249-250.

时间形态的差异越大，叙事功能就越趋于多样化。《杨太真外传》主要以自然时间的顺序建构叙事时间，近于编年体，虽然时序清晰，但是情节零散，未能浑然一体。张华《博物志》、干宝《搜神记》收录的"千日酒"故事中，刘玄石饮了千日酒一醉三年，三年后众人开挖坟墓救刘玄石时，竟然被散发的酒气熏醉了三个月。这里的"三年"、"三月"属于自然时长，与美酒威猛的余气相应照，渲染了"千日酒"不同凡响的神异色彩。与自然时间形态差异较大的叙事时间，能带给读者更加丰富的感受与体验。《幽冥录》、《冥祥记》均载有赵泰死后还阳讲述阴间见闻的故事。在死去赴阴间的"十天"内，赵泰先任水官监的小吏，后转为水官都督，参观了泥犁地狱、佛殿除罪、变形城等地方，亲眼看到佛法解脱恶道、众生灵为恶受罚等场景。可以断定的是，赵泰停留在阴间的"十天"比人世的"十天"漫长得多，为人物细致观察阴间惩善扬恶的一幕幕场景提供了机会。这些场景经人物转述后生发出逼真的现场感，警醒现世的人们要行善积德、崇信佛法。

不可否认，大多数文言小说作家缺乏以追叙、预叙改变故事时间与自然时间的单一平行状态的自觉意识。萧时和《杜鹏举传》中，杜鹏举被误勾进阴间，有机会看到了阴间掌人贵贱、生死的簿籍，得知相王（睿宗）三年后将为天子，而自己的儿子将官至相位。杜鹏举还阳三年之后，他梦中所见所知的事情一一发生。该作品完全以预叙手法结构故事，利用梦境、神灵导言、阴间预兆等方式对人物命运、君主政事、国运兴衰进行预言，还融入了占命术、君权神授、贵人受命于天等相关的文化观念，旨在披露决定人物命运神秘的力量，带有明显的夸耀神异、神道设教的用意。因而，这是在多重文化观念支配下的对故事素材的神异改造，而不是作者对"将来发生的事件提前告知读者"的特殊叙事功能有了清晰的认识之后自觉采取的叙事策略。

（三）从空间展现到空间隐喻

早期文言小说对叙事空间的描绘具有以"展现"为主导的美学倾向。《汉武故事》的一些文段以细腻的笔触描绘了宫殿楼阁的壮丽辉煌、仙人降凡的瑰奇景象。《汉武内传》对汉武帝与西王母会面的场景作了扩充描写，如描述了墉宫女子王子登传王母令、侍女奏乐歌唱、上元夫人来降、论说服食养生、仙人授书等场景。这些描述文辞夸张繁丽，物象密实繁多。《汉武帝洞冥记》以更为神幻奇特的想象之笔，描述了殊方异域的奇花异草、珍禽奇兽。其他如《神异经》、《十洲记》、《穆天子传》、《博物志》等，均有表现异域空间奇幻色彩的内容。

魏晋时期以阴间、仙界、幻境作为主体叙事空间的作品，按其创作心态大致分为三类。一类是迎合世人求仙问道心态的，或者宣扬迷信、导引民众的作品，有《冥祥记》、《拾遗记》等。鲁迅先生认为这类作品"大抵记经像之显效，明应验之实有，以震耸世俗，使生敬信之心，顾后世则或视为小说"①。二是炫才学、示博识的作品，其目的在于新人耳目、增长见识，如题东方朔撰的《十洲记》、张华的《博物志》等。三是搜奇记异、博得众人惊讶的作品，主要叙述一些奇诡怪异之事，或者叙述预言、梦境、果报应验等故事，如《述异记》、《搜神记》等。

唐代以降，文言小说展现的空间有了新的属性和内涵。小说家在通过展现虚幻空间实现幻奇怪异艺术效果的基础上，逐渐增强了"表现"意识，即通过空间组合、要素呈现和双关表达等手段，将虚幻空间改造成社会现实、人间世界的镜像，使虚幻空间具备了暗示、象征、隐喻等修辞功能。如《游仙窟》中描写的神仙府邸：

> 于时金台银阙，蔽日干云。或似铜雀之新开，乍如灵光之且敞。梅梁桂栋，疑饮涧之长虹；反宇雕薨，若排天之矫凤。水精浮柱，的皪含星；云母饰窗，玲珑映日。长廊四柱，争施玳瑁之椽；高阁三重，悉用琉璃之瓦。白银为壁，照耀于鱼鳞；碧玉缘阶，参差于雁齿。②

就小说描写的景象看，"仙窟"是超乎尘俗的仙境。但是，"我"与十娘、五嫂以骈辞俪句、诗歌对答互相表露心迹，带有唐代文人炫耀才情、推重诗赋的痕迹；"我"与十娘、五嫂暧昧调情、鱼水相欢的情节，则与唐代文人流连歌坊曲巷与歌伎朝云暮雨的生活并无二致。据此可以断定，此"仙窟"实为青楼歌馆的

---

① 鲁迅. 中国小说史略 [M] //鲁迅. 鲁迅全集：第九卷. 北京：人民文学出版社，1996：54.
② [唐] 张文成. 游仙窟 [M] //汪辟疆. 唐人小说. 上海：上海古籍出版社，1978：22.

镜像。《枕中记》中卢生的梦境、《南柯太守传》中淳于棼的梦境,已经超脱出作为客观现象的一般梦境的性质和价值,成为表现唐代文人士子文化心态的形象系统。他们在梦境经历的一切不再是一般意义上的"梦见"的内容,而是他们的人生追求在非自觉的潜意识状态下的"模拟化表演"。

明清时期,文言小说以虚幻空间隐喻、象征现实社会的作品更是层出不穷。袁枚《新齐谐》中《两神相殴》讲述常州孝廉钟悟(谐音双关"终悟")因为自己一生行善却老年无子、衣食不全,愤而赴阴间告屈。来到阴间后,钟悟目睹了世间遭受冤屈的人们来到阴间诉冤的种种情形,才知道衔冤受屈的现象比比皆是;看到玉帝调解理王(谐音双关"道理"之"理")与素王(谐音双关"命数"之"数")争执时,竟然以酒量大小为决定胜负的标准,最终理王不胜素王。钟悟对此大有所悟。此篇不仅人物的姓名使用双关,蕴有特殊含义,而且通篇近于寓言,是对人生命运、世间规则的隐喻与象征。可以说,随着文言小说的艺术发展,空间隐喻越来越受到文言小说家的偏好。

四、《聊斋志异》时空叙事的新变

《聊斋志异》空间叙事艺术的开拓创新,前文已有所涉及,此处再论及两点,包括对自然景物细腻真切的描写和叙事错时的巧妙运用,以求窥一斑而知全豹。

(一) 真而有致的自然景物描绘

古代小说的空间构成要素包括地域内容、社会内容、景物内容和人物内容[①],文言小说对这四个方面内容的描写与展现并不均衡。社会内容是指"小说里特定地域的时代风貌、世态民俗、人际关系等诸多社会因素",人物内容主要指"作品中人物的外貌、装束、表情、动作等"[②],而人物的外貌、装束、表情、动作等往往受一定的时代风尚、世态民俗、人际关系的制约,二者常常交织一起,互动生成,成为具有一定社会意义的故事的背景,也是历代文言小说表现的核心内容。地域内容是"承载人物活动的处所,它规定了人物活动和故事发生的

---

① 黄霖,李桂奎,韩晓,等. 古代小说叙事三维论[M]. 上海:上海书店出版社,2009:202.
② 黄霖,李桂奎,韩晓,等. 古代小说叙事三维论[M]. 上海:上海书店出版社,2009:204-207.

空间范围，是小说中一切矛盾和事件的地理落脚点"[1]。文言小说对地域空间的处理一般有两种基本策略：一是将地域空间视为故事天然的存在背景，在延伸故事情节的叙述中自然而然地变换地域空间，在这种策略下，地域空间与作者的叙事意图、故事的社会内涵仅有一般的存现关系；二是将地域空间视为具有特殊功能的网络或纽带，借以连接特殊的事件或展现特异的人物，比如，选择一个地域，将人物聚拢一处，既便于写出人物之间的特殊关系，又能为故事的生发变化、暂停终结提供空间节点。在部分作家笔下，地域空间甚至可以成为小说表现的核心对象，以博物体、志怪体小说最为典型。博物体小说汇集远方异域种种怪奇的事物、不同于一般世间的奇异景象和有别于日常所见的自然风貌，所谓"天地之高厚，日月之晦明，四方人物之不同，昆虫草木之舒妙者，无不备载"[2]。志怪小说"以时空的遥远和变幻，使幻想的真虚无从究诘，共同造成审美上的陌生感、神秘感和惊奇感。在空间形态上，它除了幽明杂陈这种真实空间和虚幻空间的交错之外，还别开生面地寻找非人们所能亲身经历的殊域空间和洞穴空间"[3]。

相比之下，文言小说对自然空间的内容关注较少，作家对自然景物往往仅作碎片式的点染，很少进行具体详细的描绘。蒲松龄却能独辟蹊径，将自然景物的描绘与故事情节的展开、人物性格的塑造融汇一处，使景、事、人各显其妙，相得益彰。《聊斋志异》对自然景物的描绘，有时作简约的勾勒，有时作繁复的皴染。无论以何种方式描绘自然景物，蒲松龄均将一股深情渗透其中，"设身处境"地为人物着想，而不是仅以置身景外的方式客观冷静地罗列景物。如：

约三十余里，乱山合沓，空翠爽肌，寂无人行，止有鸟道。遥望谷底丛花乱树中，隐隐有小里落。下山入村，见舍宇无多，皆茅屋，而意甚修雅。北向一家，门前皆丝柳，墙内桃杏尤繁，间以修竹，野鸟格磔其中。（《婴宁》）

及抵南郊，日势已晚，息树下，趋诣丛葬所。但见坟兆万接，迷目榛

---

[1] 黄霖，李桂奎，韩晓，等. 古代小说叙事三维论 [M]. 上海：上海书店出版社，2009：202.
[2] [明]崔世节. 《博物志》跋 [M] //丁锡根. 中国历代小说序跋集：上. 北京：人民文学出版社，1996：38.
[3] 杨义. 中国古典小说史论 [M]. 北京：中国社会科学出版社，1995：160.

荒，鬼火狐鸣，骇人心目。（《公孙九娘》）

果见阴云昼暝，昏黑如磐。回视旧居，无复闬闳，惟见高冢岿然，巨穴无底。方错愕间，霹雳一声，摆簸山岳，急雨狂风，老树为拔。（《娇娜》）

作为一个笑靥如花、天真烂漫、诚挚深情的女子，婴宁的居住之所应该是朴素自然、闲静清新的。《婴宁》中这一段由远而近的点缀光景式的描写，不仅烘托了婴宁坦诚率真、天然淳朴的性格，而且与压抑婴宁美好天性、使之由"笑"而"不笑"的世俗社会形成了鲜明对比。公孙九娘在青春韶华时受牵累自刭而亡，死后"千里柔魂，蓬游无底；母子零孤，言之怆恻"。小说开端"碧血满地，白骨撑天。上官慈悲，捐给棺木，济城工肆，材木一空"的环境描写，是她不幸遭际的大铺垫。而结尾的自然环境描绘则在公孙九娘被杀时寂寥凄惨的氛围之上，渲染了一股死后为人世所遗忘的孤独与悲戚，渗透着对令人压抑郁愤的社会现状的不满，以及对无故受牵连而死的女子的深切同情。无怪乎蒲松龄借"异史氏"之口为她一抒悲愤情怀："香草沉罗，血满胸臆；东山配䄂，泪渍泥沙。"而《娇娜》中的景物描写显得凝重劲健，渲染了危机如泰山压顶而来的紧张气氛，衬托了临危受命、锐身纾难的孔生的无畏勇气，折射出孔生为钟爱之人奋不顾身、重情重义的刚毅人品。

蒲松龄对仙境、幻境中的自然风景的描绘往往脱离俗套，不以奇幻怪异的景象惊骇读者耳目，而以鲜明的形象、流畅的文脉和涌动的情意感染读者。如他笔下的仙境、幻境：

周章逾时，夕瞰渐坠；山谷甚杂，又不可以极望。乃与仆分上山头，以瞻里落；而山径崎岖，苦不可复骑，跋履而上，昧色笼烟矣。踟躇四望，更无村落。方将下山，而归路已迷。心中燥火如烧。荒窜间，冥堕绝壁。幸数尺下有一线荒台，坠卧其上，阔仅容身，下视黑不见底。惧极不敢少动。又幸崖边皆生小树，约体如栏。移时，见足傍有小洞口；心窃喜，以背着石，蟪行而入。意稍稳，冀天明可以呼救。少顷，深处有光如星点。渐近之，约三四里许，忽睹廊舍，并无釭烛，而光明若昼。（《青娥》）

推窗眺瞩，果见弥望菁葱，间以菡萏。转瞬间，万枝千朵，一齐都开，朔风吹来，荷香沁脑。群以为异。遣吏人荡舟采莲，遥见吏人入花深处，少间返棹，白手来见。官诘之，吏曰："小人乘舟去，见花在远际，渐至北岸，又转遥遥在南荡中。"道人笑曰："此幻梦之空花耳。"（《寒月芙蕖》）

《青娥》中所描绘的"仙境"，实则为人迹罕至、偏远荒僻的自然之境，霍桓进入仙境的经历与一般人夜间行进在荒山野岭的经历相类。这一段描写属于人物视角的流动聚焦，景物随着人物的行踪、时间的流逝而变换，动感强烈，丝毫不影响故事的延伸。同时，霍桓的心情也经历了由艰难而倍感苦楚、由苦楚而心生焦躁、由焦躁而变为恐怖绝望，继而柳暗花明、轻松而喜的变化过程。人物心情的曲折变化牵动着读者的心。《寒月芙蕖》以人物聚焦的方式描绘道人运用方术幻化而成的严冬荷花图景，继而叙述了吏人采荷空手而返自陈所见，从而将眼见之真切与感触之虚幻结合起来描写，奇幻妙绝。尤其是采荷一段描述的景象，颇有江南采莲的风情神韵，令人神往。

蒲松龄对梦境的描写更是独具特色。一般来说，梦境中的景象常常是清晰与模糊交替呈现，似真似幻，甚至恍恍惚惚、一片迷蒙。故而，文言小说重视叙述梦中发生的故事，对梦中的景象尤其是自然景象的描绘不甚用力。蒲松龄却常以细腻的笔墨将梦境描绘得明晰细致、真切可感。如《王桂庵》中的梦境：

一夜梦至江村，过数门，见一家柴扉南向，门内疏竹为篱，意是亭园，径入。有夜合一株，红丝满树。隐念：诗中"门前一树马缨花"，此其是矣。过数武，苇笆光洁。又入之，见北舍三楹，双扉阖焉。南有小舍，红蕉蔽窗。探身一窥，则榻架当门，罥画裙其上，知为女子闺闼，愕然却退；而内亦觉之，有奔出瞰客者，粉黛微呈，则舟中人也。

冯镇峦对此评点说："点缀景色绝好。"[①] 联系小说情节看，这段梦境自然景

[①] [清]蒲松龄. 聊斋志异：会校会注会评本 [M]. 张友鹤，辑校. 上海：上海古籍出版社，1986：1633.

物描写的妙处不只表现在景象的优美雅致上，还表现在它对故事情节发展变化的推动上。一方面，这个梦境是在王桂庵多方打探芸娘的消息而不得、经受"行思坐想，不能少置"的相思之苦煎熬的情况下出现的，大有梦中相见以慰相思的"柳暗花明又一村"的惊喜感；另一方面，这个梦境是现实中芸娘住处的"镜像"，对后续故事起到了预叙的作用。在故事情节中插入这样梦境景物描写，不仅有"思之切情至深则梦见愈真"的情致，而且衍生出冥冥之中自有因缘的神奇效应。但明伦称"此借梦中而又做一伸，又做一缩"，并形象地点出其叙事效果为"平江恬静之际，复起惊涛；远山迤逦而来，突成绝壁"①。

（二）别有深意的非对称错时

自然时间的一维性、不可逆性决定了生活事件一般按照起因、经过、结果的自然顺序依次展开，构成生活事件的各环节的先后次序不能被打乱后再安置。即便不同的事件之间存在某些环节错综缠绕的情况，但就某一事件而言，其进程次序仍然不可逆转或倒错。然而，当事件进入小说叙事领域，自然时间被加工为"叙事时间"，构成生活事件的各环节的顺序就有可能被作者改变。因为，文本文字只能以单向线性的方式排列，对简单事件，作者可以遵照自然时间的顺序以线性文字将其来龙去脉交代得清楚；对复杂事件或者交织错综的复合事件，作者难以完全按照自然时间的顺序将千头万绪的事件诸环节叙述得有条不紊。假如作者希望达到特殊的叙事效果，比如穿插叙述多个共时发展、交错进行的事件，叙述行为就会受到文本单向线性的制约，就不得不特意改换所叙事件的自然顺序，或者改变自然时间的形态。由此，文本的叙事时间与事件发生的自然时间之间的错位就不可避免，形成了叙事错时。

叙事错时既是小说叙述复杂事件、复合事件的客观需要，也是作家主观选择的结果。对叙事错时的选择则意味着对叙事艺术追求的自觉，因为"叙事顺序之妙，在于它按照对世界的独特理解，重新安排了现实世界中的时空顺序，从而制造了叙事顺序与现实顺序的有意味的差异"②。而"死板地按年代的顺序铺展开

---

① [清]蒲松龄. 聊斋志异：会校会注会评本[M]. 张友鹤，辑校. 上海：上海古籍出版社，1986：1637.

② 杨义. 中国叙事学[M]. 北京：人民文学出版社，1997：61.

故事，严禁回忆过去，会给人带来瞠目结舌的结果：无法对世界历史作任何的引证，无法回忆遇见过的人，无法使用记忆，因而一切内心的活动都不能写了"①。

叙事错时主要有三种基本形态。（1）事件发生的频率、节奏与叙事的频率、节奏形成错位。比如：一次发生的事件在故事中被多次陈述；在较短（长）时间段内或发生后过程短暂（漫长）的事件，被以较长（简短）的文本篇幅或以缓慢（迅捷）的节奏讲述出来；事件的某些环节被减省，或者被悬置起来而代之以静态场景的描绘。（2）构成故事的诸事件或构成事件的各环节的顺序被改变，发生在前（后）的事件或事件的某个环节有可能被放置在发生在后（前）的事件或事件的另一环节之后（前）讲述出来，形成具有独特艺术效果的时序安排，如追叙、预叙等错时手段。（3）所述事件或事件诸环节的次序不变，但是时间的尺度、节奏、频率发生变化，使事件的延续过程在时间幅度上存在错位，我们称之为非对称性错时。第一种错时形态不在笔者讨论的范围之内；第二种错时形态中的追叙、预叙，下文有专门章节加以论述。这里重点谈谈《聊斋志异》的非对称性错时。

非对称性错时在本质上属于一种自然时间的变形，即将自然时间改造成一种虚幻的然而又是可感知的存在。换句话说，自然时间成为一种幻化时间。杨义说："时间幻化，是与神仙思想或佛教观念的流行有关的，它们以时间幻化来改造、伸缩和反讽人间存在的时间状态。"② 所以，非对称性错时有着久远的艺术渊源，其观念源头可以上溯到宗教观念。佛经描述人间、地狱和天国的时间分别采用不同的尺度，为小说运用非对称性错时提供了思想观念的基础。《撰集百缘经》称"世间六十亿万岁，在泥犁中为一日"。东汉安世高所译《十八泥犁经》载，十八层泥犁（地狱）的主要差别不在于空间分层的上下，而在于时间和容纳的不同。若将其时间与人间的时间作比较，第一狱是以人间的三千七百五十年为一年，此后地狱每增加一层，其时间幅度就递增二十倍。"如二十厚云地狱寿与一无云地狱寿等；如二十无云地狱寿与一呵呵地狱寿等；如二十呵呵地狱寿与一

---

① ［法］米歇尔·布歇尔. 对小说技巧的探讨［M］//吕同六. 20 世纪世界小说理论经典：上. 北京. 华夏出版社，1995：529.

② 杨义. 中国叙事学［M］. 北京：人民文学出版社，1997：157.

奈何地狱寿等……如二十钵头摩地狱寿，名一中劫；如二十中劫，名一大劫。"[①] 佛经所讲的错时是一种宗教叙事手段，借此彰显佛家慧眼的宏远或精微，揭示佛教所称的大千世界的玄奥所在。它成为小说叙事的艺术手段，应该是我国古代神怪小说叙事观念与宗教观念融汇结合的产物。我国古代小说使用非对称性错时的主要表现是：当凡尘中的人物从人间进入仙境、阴间、梦境或者幻化之境后再次回到人间（现实）时，该人物经历的不同性质的空间内时间频率、幅度存在令人惊讶的差异，而这差异往往通过该人物先后所见的人间景象的巨大反差表现出来，从而让读者感受到虚幻空间的时间节奏远远慢于人间的时间节奏，或者恰恰相反——远远快于人间的时间节奏。如上文所述的"刘晨、阮肇入天台"故事中，刘晨、阮肇自仙府重回家中，发现"亲旧零落，邑屋改异，无复相识。问讯得七世孙，传闻上世入山，迷不得归"[②]。二人在仙界停留的短短半年时间，人世竟然已经过了七世，小说在仙凡时间幅度与节奏的巨大差异中将浓郁的瞬间沧桑巨变的感慨与意味渗透进字里行间。刘晨、阮肇从人间进入仙境并停留在仙境时，没有觉察到仙境时间与人世时间有何不同；待从仙境返回人间后，他们才感受到二者之间的巨大反差。

蒲松龄借鉴并运用了非对称性错时的叙事艺术手段，创造性地构建了崭新的叙事序列，使情节翻转折进或横起波澜，使叙事线条变化万千。在《聊斋志异》中，神仙、鬼魂、花妖、狐怪等由仙界、阴间或幻化之境进入人间，完全按照人世的时间节奏行动着、生活着，蒲松龄一般不会使用非对称性错时手段叙述他们的故事。也许对这些超乎凡人的人物来说，无论时间具备何种属性，都不会影响他们的生存状态。若是凡人进入仙界、阴间或幻化之境后，再次回到人间，则人物经历时间的幅度常常有巨大跨越，折射出时间节奏的变异。也就是说，时间幅度与节奏的差异只有对于凡人而言才有意义。《聊斋志异》中绝大多数使用了非对称性错时的作品，叙述的核心故事是凡人进入不同于人世的空间后再回人间。

[①] 房艳艳. 从佛经的时间观看《聊斋志异》叙事时间构建 [J]. 浙江海洋学院学报（人文科学版），2009（3）：43-46.

[②] [刘宋]刘义庆. 幽冥录 [M]. 郑晚晴，辑注. 北京：文化艺术出版社，1988：2.

唯有《云萝公主》属于特异的一篇，该作品以仙人云萝公主进入人间生活一段时间，然后重返仙界再到人间作为故事的结构主线，却绕开仙人描绘凡人对时间的特殊感受。

《聊斋志异》使用非对称性错时的惯常方法是加快人间的时间节奏、放慢其他空间的时间节奏，所谓"天上方一日，人间已千年"。《贾奉雉》中，贾奉雉才名冠绝一时，屡次参加科试都名落孙山。出人意料的是，他拼凑了一篇"不可告人"的文章，竟然高中经魁。贾奉雉自念"此文一出，何以见天下士"，由是厌倦功名，归隐访道，跟随朗生进入仙府。进入仙府的当晚，贾奉雉没能经受住仙人对他情感意志的考验，被遣送回乡。重返家乡的贾奉雉发现"房垣零落，旧景全非"，"村中老幼，竟无一相识者"。原来，仙府短短一夜间，人间已过百余年，而他妻子在梦中也睡了一百多年。据此可知梦境与仙界具有同样的时长，不同的是人世的时间节奏大大加快。小说以空间变化为线索，将人间、仙界、梦境的时间交错叙写，可以说是幻中生奇、奇幻相融。《丐仙》叙述了高玉成两次进入仙界的故事。第一次是高玉成随丐仙陈九到了天上，回到家中看到一切与出行前迥然相异。虽然小说没有点明人间的具体时长，但是可以推知，人间必然度过了较长的时间。高玉成第二次进入仙境的故事构思源自"烂柯山"：高玉成按照陈九的嘱咐到西山中避难，路遇三位老人下棋；观棋过后回家，才知道人间已经过了三年。

上述作品中的非对称性错时，是人类生活体验积淀而成的文化心理的外化。人类对时间的长度与刻度的认识过程，实际上是人类逐渐与大自然分离走向独立并超越自然的过程。"原始人类是以其氏族的历史来作为自然时间的长度的，所以他们并不认为日月星体经历了比她（他）们氏族的历史更长的时间。"[①] 一旦人类清醒地意识到个体生命的时间长度和刻度，个体与天地间日月的寿命差异就清晰地显现出来，人类就能真切而深沉地感受到人生的劳苦艰难。渴望与天地日月同寿的愿望与理想促使人们幻想天界、仙境的时间频率、节奏比人间的时间缓慢，折射着人类对人生磨难的精神超越。而"宗教思潮传入和泛起，人的生命和

---

① 王钟陵. 中国前期文化—心理研究 [M]. 重庆：重庆出版社，1991：16.

生死意识浓郁……对山野仙境的幻想，以白日梦的方式，宣泄和疏导内心的焦虑。……对于文学而言，它也在某种意义上提供了对世界的特殊感觉，提供了一个具有陌生感的另一世界的想象框架"①。随着佛教文化的传播，阴间（地狱）观念对世人的影响越来越大。对人类来说，阴间（地狱）是对人世间犯下恶迹的人进行判决与惩罚的处所。为了加剧人们对因果报应的畏惧心理，地狱时间在叙事文学中常常被处理成比人间时间更加缓慢而持久，正如《太平广记》（卷三四三）所载《酉阳杂俎·李和子》中的"鬼言三年，人间三日"的说法。《聊斋志异·续黄粱》中，曾孝廉在梦境中经历的时间跨度非常大，从权势熏天的宰相至财产被籍没入官、充军路上被人追杀的囚徒，从人间到遭受上刀山、下油锅、饮铜汁刑罚的阴间，再到转生为女子受尽折磨、被诬杀夫受凌迟之刑的人间，前后经历了三世。与《枕中记》相比，《续黄粱》人物梦中经历的时间之漫长与人世时间之短暂，其间的差异更加鲜明突出，作者借此可以游刃有余地将梦境、梦中人世、梦中阴间、现实人间交替回环起来加以描述，以突出曾孝廉所受惨烈的惩罚，使人们清醒地认识到，一旦为非作歹、作奸犯科，命运和人生就会受到神秘的宗教力量的操控，并承受其审判与惩处。

对仙界时间、阴间时间、人世的时间长度的变异性体验背后隐含着微妙的文化心态，钱钟书先生对此有独到的分析。他说："盖人间日月与天堂日月则相形见多，而与地狱日月复相形见少，良以人间乐不如天堂而地狱苦又逾人间也，常语称欢乐曰'快活'，已直探心源；快，速也，速，为时短促也，人欢乐则觉时光短而逾迈速，即'活'得'快'。……乐而时光见短易度，故天堂一夕、半日、一昼夜足抵人世五日、半载乃至百岁、四千年；苦而时光见长难过，故地狱一年只抵折人世一日。"② 小说中描绘人物对文化时间的感受的目的之一是"以高速的时间流转及其携带的文化密码，引发人们对永恒和瞬间的生命体验"③。当然，这是就一般情境而言的，蒲松龄有时别出心裁，将欢乐国度里的时间拉长，反其道而写之。《画壁》中朱孝廉在幻境中追随垂髫女子而去，经历了与垂髫女子结

---

① 杨义. 中国叙事学 [M]. 北京：人民文学出版社，1997：160.
② 钱钟书. 管锥编：第二卷 [M]. 北京：生活·读书·新知三联书店，2007：1030.
③ 杨义. 中国叙事学 [M]. 北京：人民文学出版社，1997：132.

婚、女伴祝贺新婚、金甲使者巡访等事。蒲松龄对朱孝廉在幻境中度过的快乐时光的叙写详尽具体,所发生的一切在虚幻空间里延续的时长是两天,而在拟实空间中只是"少时",可见,也有希望快乐的时光过得缓慢的人。《画壁》的本事为《太平广记》卷三三四所载戴孚《广异记》中的"朱敖"一则,讲述朱敖路遇一女子的故事。这则故事的主要内容是:朱敖进入少林寺后,看到壁上有一女子的画像;画中女子在路途中曾经与自己相遇;女子夜间来与朱敖梦中欢会,朱敖请了道士多次魔禳而没有效果;朱敖后来与程道士同居一室,女子不再前来惊扰。比较二者可以发现,《画壁》将拟实之境与幻化之境相交错,能使读者产生一股以一般自然经验为基础的真实顺畅的生活感和超越一般时间经验的奇异新颖的神秘感,而《广异记》"朱敖"条纯粹使用时间自然流程展开叙事,故事情节直白平淡,缺乏奇幻色彩,难以带给读者惊奇不已、浮想联翩的新奇体验。

第二节 回溯显意的追叙艺术

追叙也称倒叙、回叙。修辞学领域中的"倒叙"指"把人物或事件的结局或发生过程中最精彩、最感人的片断提到前边叙述"[①]。而叙事学领域中的"追叙"指小说在叙述当前发生的事件时暂时中断叙述,转而叙述另一个发生在当前事件之前的事件。二者异名而同实,所叙述的事件都发生在当前所叙述的核心事件之前,与自然时间的流向相比,带有向前回溯的意味。换句话说,追叙将叙述的焦点拉回到过去的某一个时间点或时间段发生的故事情节上。

一、《聊斋志异》追叙艺术的传承

在西方现代叙事理论的倡导、启发下,"追叙"才成为小说叙事研究的重要论题之一,但是"追叙"这一叙事手段并非西方小说的独门绝技或西方叙事理论的原创发明。我国先秦时期包括史书在内的叙事作品已经大量使用追叙,《尚书·盘庚》"'上篇'开头就说明:'盘庚迁于殷,民不适有居。'时间是商代的第

[①] 成伟钧,唐仲扬,向宏业. 修辞通鉴 [M]. 北京:中国青年出版社,1991:774.

二十二位君王盘庚为避水患，率领臣民从奄迁都于殷以后的事了。……然而到了'中篇'，时间却倒退到迁都于殷以前：'盘庚作，惟涉河以民迁。'盘庚在这里发表了劝诫臣民渡过黄河迁都的动员令。……'下篇'又回到盘庚迁殷以后，'盘庚既迁'，定好居处，安排了宗庙朝廷的位置之后，告诉众人：之所以'震动万民'地迁都，既是为了顺从上帝意志复兴祖德，又是为了'恭承民命'，怜恤民众"[1]。《左传》使用原叙、以"初"字引起的事件倒叙、以时间为标志的倒叙、以"于"字引起的倒叙四种方式[2]追述往事，或补充叙述对核心事件有影响的附属事件。宋元之后特别是在清代，古典文章学理论已经将包括追叙、顺叙、补叙、分叙在内的种种叙事顺序总结出来。清人李绂的《秋山论文》所总结的"叙事十法"中就有"倒叙"——"苏子瞻《方山子传》，倒叙之法也"，并解释"倒叙"为"事已过而复述于后"[3]。《左传》（文公二年）记载了秦国孟明视为洗雪"殽之战"被打败的耻辱，率军伐晋再次败北之事。在叙述孟明视再次战败之后，作者随即叙述了此前"殽之战"中狼瞫取戈斩杀囚虏的事情和"箕之役"中狼瞫被黜却英勇作战而被赞为君子的事情。对此种叙事安排，李绂点明为"追叙之法"[4]。细品文意，李绂所说的"倒叙"、"追叙"并无实质性的差异。清代王源指出，"叙事之法，切不可前者前，中者中，后者后。若前者前之，中者中之，后者后之，印板耳"，必须善于运用"中者前之，后者前之，前者中之后之"的时序交错，才能"使人观其首，乃身乃尾，观其身与尾，乃首乃身，如灵蛇腾雾，首尾都无定处，然后方能活泼泼"[5]。其中，"前者中之后之"就是将发生在前的事件或事情的某环节置于此后的某个时间节点上加以叙述，就是"追叙"。清人刘熙载对叙事极为重视，认为"叙事之学，须贯六经九流之旨；叙事之笔，需备五行四时之气"[6]。他的《艺概·文概》总结的叙事笔法包括顺叙、倒叙、

---

[1] 杨义. 中国叙事学 [M]. 北京：人民文学出版社，1997：149.
[2] 刘希庆. 论《左传》中的顺叙和倒叙 [J]. 北京城市学院学报，2003（3）：71-75.
[3] [清] 李绂. 秋山论文//王水照. 历代文话：第四册 [M]. 上海：复旦大学出版社，2007：4004.
[4] [清] 李绂. 秋山论文//王水照. 历代文话：第四册 [M]. 上海：复旦大学出版社，2007：4004.
[5] 王凯符. 古代文章学概论 [M]. 武汉：武汉大学出版社，1983：164.
[6] [清] 刘熙载. 艺概 [M]. 上海：上海古籍出版社，1978：41.

连叙、截叙、补叙等，竟达十八种之多①，虽然略显琐碎，但是刘氏对叙事方法的辨析用心之深是显而易见的。

小说作家也意识到，依凭单向线性的叙事文本很难按照自然时间的顺序完整有序地讲述故事，因此常常自觉选择追叙手段。《世说新语》、《搜神记》深受史家实录观念的影响，往往追述已经发生的事情，形成了一种特定的叙事模式。唐传奇作者也喜欢以事后追记的口吻点明故事的来源，以增强故事的可靠性、可信度。如沈既济在《任氏传》中说："众君子闻任氏之事，共深叹骇，因请既济传之，以志异云。"② 李公佐在《南柯太守传》中称自己"贞元十八年秋八月，自吴之洛，暂泊淮浦，偶觐淳于生焚，寻访遗迹，翻复再三，事皆摭实，辄编录成传，以资好事"③。这种转述见闻、事后追记故事来源的方式，在清代纪昀手中转变为绝少由作者走进文本讲述，而更多直接在作品开端使用"某某曰"的话语形式。上述基于纪实观念所谓的追述，从本质上讲，是作者无意中混淆了作者、他人和人物种种不同讲述者的身份和功能带来的结果，因此《阅微草堂笔记》使用的"某某曰"的叙事方式，并非真正的追叙。上述叙事手段的主要功能是标识回溯的事件在本次记录或叙述之前发生过，或者补充一些作者认为的必须让读者了解的信息，以保证事件拥有为自身提供合理解释的因果链，且维持情节内容的连贯性、完整性，避免因叙述不周密而导致事件前后抵牾、叙事线条断裂。《柳毅传》中龙女向柳毅陈述自己不幸的婚史和悲苦的生活，《汉武故事》中巨灵向西王母讲述东方朔被贬凡间的缘由，均属于此种情形。

作家对追叙艺术功能的深入发掘主要表现在有意识地安排以人物视角回述往事，实现叙述者由作者向小说中人物的转移，借此强化虚构叙事的可信度与真实感，避免因为单一的作者叙述视角引发读者对故事真实性的怀疑。如《搜神记》卷十六"汉九江何敞"条、"陇西辛道度者"条，内容均涉及女子鬼魂现身前来与男主角相会、女子追溯自己的前生经历等事情。小说安排由女主角自述悲惨遭

---

① [清] 刘熙载. 艺概 [M]. 上海：上海古籍出版社，1978：42.
② [唐] 沈既济. 任氏传 [M] //汪辟疆. 唐人小说. 上海：上海古籍出版社，1978：48.
③ [唐] 李公佐. 南柯太守传 [M] //汪辟疆. 唐人小说. 上海：上海古籍出版社，1978：90.

遇和身世来历，不仅合乎情理，而且保持了"搜奇记异"的特色。如果改为由作者出面叙述或者安排其他人物（记录者）讲述女子的生前遭际，那么，则将引发读者关于"作者、其他人物（记录者）如何得知女子前生经历"的追问，进而稀释了人物遭际的奇特性、神秘性。有时追叙还被用来印证事件的真实性或突出事件的奇异性，如《搜神记》卷二"戚夫人侍儿贾佩兰"条中贾佩兰对宫内风俗与生活的回忆，《汉武洞冥记》中东方朔向母亲诉说自己的游历经过，都属于这种追叙。这些宫廷风尚、游历奇遇均是人物亲眼所见、亲身所历，小说借助人物之口将往事叙述得越详尽，越能增强叙事的可靠性。

传统使用追叙的情境在《聊斋志异》继续发挥着久已具备的叙事功能。为了揭明当前叙事与追叙往事之间的明晰界限，《聊斋志异》借鉴史传的惯用话语形式，告知读者从文本的何处起叙事的时间开始错位。最常见的是使用"初"、"先是"等标识语，保持情节线索的明晰。如：

初，公子欲以素秋论婚于世家，恂九不欲。（《素秋》）
初，甘翁在时，蓄一鹦鹉甚慧，常自投饵。时珏四五岁，问："饲鸟何为？"父戏曰："将以为汝妇。"（《阿英》）
先是，绅归，请于上官捕杨。杨预遁，不知所之，遂籍其家，发牒追朱。（《邢子仪》）
先是，其父李洪都，与同乡某甲行贾，死于沂，某因瘗诸丛葬处。（《薛慰娘》）

《聊斋志异》中使用此类标识语的追叙大多属于外追叙，即被追叙的事件发生在核心事件的起点之外，起到补充信息、远溯因果的作用，以保证核心事件的来龙去脉具有明晰的连贯性。如果没有这些追叙内容，则当前核心事件就缺少一定的生活逻辑或客观情理，叙事缺乏周密性，部分情节也显得突兀。有时，这种追叙对往事的描述具体而细致，小说就会暂时中断对当前核心事件的讲述，将主要情节悬置起来，使当前事件的进程处于停滞状态，影响了情节发展。当然，上面所引的《聊斋志异》数例追叙大多属于概要性追叙，不妨碍对当前故事的叙述。

《聊斋志异》的有些作品或者在叙述情节发展过程中自然无痕地交代必要的事件信息，或者由作品中的人物充当叙述者讲述先前发生的事情，而不使用标识语以揭明追叙。这样的追叙手段运用得巧妙自然，不露痕迹。《刘姓》中刘姓男子因为恃强凌弱、恶贯满盈被捉至阴间，即将接受下油锅的处罚时，鬼吏禀告阎罗，善恶簿载"此人有一善事"，于是阎罗赦免了对他的处罚，送他复生返回阳间。小说让人物说出"因何事勾我来？又因何事遣我去？还祈明示"的话，顺手设置了一个悬念。鬼吏将善恶簿拿给刘姓男子看，上面简要记录着若干年前他慷慨出钱救助一对夫妇的善事。这一追叙在情节发展中补充有关信息，将回溯往事与当前叙事化雪无痕地融为一体。《阿绣》中刘子固在兵乱之中来到海州地界，与自己一向倾心爱慕的女子阿绣不期而遇。小说在追叙二人先前的坎坷遭遇时，鉴于此前刘子固处于叙事中心，对他经历之事的回溯仅用"刘述所遇"概要提过，而对阿绣经历之事的回溯则以阿绣为叙述者较为详细地陈述一番。这样的叙述安排各有所侧重，避免了重复与遗漏。《素秋》中素秋在被卖给他人做妾的途中遇到蟒蛇，"至前，则巨蟒两目如灯。众大骇，人马俱窜，委舆路侧；将曙复集，则空舆存焉"，素秋不知去向。一日，素秋忽然归来，俞慎惊问："妹固无恙耶？"接着素秋讲述了自己失踪后的经历，告知俞慎蟒蛇乃是自己用以帮助脱身的幻术。此外，还有《梅女》一篇，安排店主追叙梅女受典吏诬陷而死之事以及借老妪之口追叙典吏贪赃墨法之事。这些作品中的追叙手段都借助小说人物之口完成对往事的回顾，有时叙述得具体而详细，有时叙述得简明扼要，都能与当前核心故事情节紧密相合，并不宕开一笔专门追述往事，故而叙事节奏明快，情节发展不受阻滞。

二、《聊斋志异》追叙艺术的拓展

蒲松龄并未机械地拘泥于前代文言小说追叙手段的使用情境，在艺术探索的路上止步不前。相反，他进行了大量的创新性尝试，丰富了追叙的表现方式和使用情境，不仅增加了追叙的使用频次，而且拓展了追叙的叙事功能。

首先，当故事包含多个同时发生的事件，叙事重心由某一人物转向另一人物却又不能割裂两个人物的行为关系时，为突破线性文本只能按文字排列顺序"讲述"一件事而难以兼顾两头的局限，蒲松龄往往使用追叙。《庚娘》中金生溺水后，叙事重心集中在庚娘身上；当庚娘为亲人报仇自杀后，叙事重心转向了金生。此时，作品追叙了金生落水后的经历，交代他幸免于难的缘由。当金生再一次见到原以为已经亡故的庚娘时，小说又追述了庚娘死而复活的经历，解除了读者"庚娘何以能够重生"的疑惑。作品以交错追叙的方式，不仅保持了人物活动线索的明晰与完整，而且将当前核心情节叙述得集中而紧凑。如果作者不使用追叙交代清楚二人经历的来龙去脉，其结果是要么叙事杂乱无章，要么叙述金生和庚娘经历的文本各自疏离，难以成为有机整体。可见，对于哪些事件需要直叙、哪些事件需要追叙，蒲松龄是做了深入斟酌、精心选择的。《凤阳士人》鲜明地反映了蒲松龄对追叙艺术的思考实践成效。《凤阳士人》的本事源自两篇作品，分别是《河东记·独孤遐叔》、《纂异记·张生》[①]，其主要人物分别是独孤遐叔、张生。这两篇小说将独孤遐叔、张生在还乡途中的所闻所见、所感所为作为当前叙事的主体内容，叙述具体，描写详尽；而对他们妻子在梦境中的经历，则安排她们以追叙的方式简要叙述。这样的叙事安排将独孤遐叔、张生置于故事的中心，能够充分表现独孤遐叔、张生的内心世界；追述部分的内容也有一定的叙事价值：以夫妻双方走进同一梦境的奇事，印证了分居两地的夫妻能产生异乎寻常的心灵感应。这两则故事均讲述了人物经历的神奇灵异之事，却难以使读者产生复杂的审美感受。蒲松龄对这两篇小说进行加工改造撰成的《凤阳士人》，将凤阳士人的妻子梦中的所见所闻、所感所想作为当前叙事的核心内容，将士人及其内弟的梦中经历处理为追叙内容。这一变换突出了士人妻子这一角色，便于以繁复的笔墨描绘她细腻复杂的情感变化。于是，故事渗透了浓郁的世俗情味：士人妻子因思念丈夫至切而走入梦境，因丈夫调笑丽人而生难堪，因丈夫与丽人猥亵无状而生愤然之情，因弟弟三郎巨石击伤丈夫而迁怒于三郎。与两篇原型故事相比，《凤阳士人》侧重展示士人妻子的五味杂陈的深幽情怀，并辅以士人、内弟与她之间的心意相通、情深意厚的内容，描写更加曲尽人情。在处理直叙与追叙

[①] 朱一玄.《聊斋志异》资料汇编[M].天津：南开大学出版社，2002：49-51.

的交错方面，蒲松龄还有意识地将平淡与奇异交织呈现，使追叙事件产生变幻奇异、出人意料的效果。《成仙》中周生在仙境的生活平淡无奇，与此同时，他的家人在尘世中的经历则显得神秘诡异，小说直叙周生经历的种种事情，而借其家人的口追叙告知周生家中发生的事情，带给读者仙凡空间看似相隔实为共生一体的奇幻感。

其次，在叙述故事核心事件序列时，为实现辅助性的叙事功能，或追求特殊的叙事效果，比如为了增强事件的逼真性或者依凭人物的性情调整情节发展方向，蒲松龄常常使用追叙交代相关事件。《种梨》中道士为了惩戒卖梨人的吝啬无礼，施展异术种了一棵梨树，并在梨树开花结果后将梨子分给众人品尝，其本相是道士借法术将卖梨人的一车梨分给了众人。当叙事焦点从道士种梨、分梨转向种梨人时，小说使用了追叙："初，道士作法时，乡人亦杂众中，引领注目，竟忘其业。"这一追述补全了故事可能产生的叙事缺漏，使道士施展种梨、分梨的幻术才显得合情合理，否则卖梨人专心致志照看自己的一车梨，道士幻术引发的变化就会被卖梨人及时发现；若小说在此情境下仍然坚持叙述道士的法术得以奏效，故事的真实性就容易引起读者的怀疑。相比之下，《种梨》的故事原型《搜神记》卷一"吴时有徐光"条以顺叙的方式交代卖梨人的行为，情节粗疏草率，故事平淡无奇。《辛十四娘》中广平冯生遭人诬陷锒铛入狱后，作者描述其妻辛十四娘开始"坦然若不介意"，继而"皇皇躁动，昼去夕来，不停履"，终则"出则笑容满面，料理门户如平时"。小说是将辛十四娘隐秘筹划营救丈夫的办法，安排在冯生获救后以追叙的方式点明的。该篇的叙事策略具有多重功效：叙事线条紧凑，不枝不蔓；构成了悬念，引发读者关注和担心冯生的命运；营救丈夫的紧急氛围与辛十四娘的淡然神色相映照，彰显了辛十四娘不凡的才智胆识和运筹帷幄的谋士风范。

再次，由于特殊叙事目的的需要或受叙事视角的局限而使用追叙。为了使读者真切感受到世态炎凉、人情浇薄，看清"贫穷则亲友不屑与交"的丑恶世相，《宫梦弼》由作者出面直接追叙柳家与黄家的婚姻之约，"先是，柳生时，为和论婚于无极黄氏。后闻柳贫，阴有悔心"。这一追叙向读者提供了具有私密性的信息，将黄家与那些在柳家陷入贫困时不肯使以援手的酒肉之交并为一类，强化了批判世态炎凉的叙事主旨。《聊斋志异》中一些使用了限知叙事视角的作品，有时需要交待人物眼见耳闻以外的事件，追叙便成为补充叙述已发生事件的最好手段。《西湖主》中陈弼教坐船遇险流落到西湖主的猎首山上，在捡到的一方红巾上题诗一首。没想到这红巾是公主随身之物，侍女扬言陈弼教红巾题诗犯了死罪。陈弼教心中惶恐不安，在花园中等待侍女的消息。自此处起，小说使用了限知叙事视角：凡是陈弼教能见能闻能想到的，小说就直接叙写；在陈弼教耳目之外发生的事情，全凭侍女往来告知，侍女的叙述就是追叙。小说采用借侍女之口追述刚刚发生的事情的方式，将陈弼教关心的情况有节制地告诉阅读者，不仅使故事情节"一起一落，如蝴蝶穿花，蜻蜓点水，妙甚"，而且渲染了紧张的情势，"陡起一波"，"真说到十二分无望处"。① 作为该故事本事裴铏的《传奇·张无颇》叙述张无颇用灵药救治广利王女儿并最终与之成婚的故事，采用了平铺直叙的方式，虽然情节线条简洁直畅，但是缺少《西湖主》那样跌宕起伏、张弛有致的叙事效果。

最后，当作品描述异域空间发生的、普通人无法耳闻目见的事件时，或者经历难以为他人所知晓时，为了形成惊奇幻怪、惊心动魄的冲击力，蒲松龄往往安排当事人亲口追叙往事。这种使用追叙的情境以《聊斋志异》中涉及阴间题材的作品为代表。这些作品受佛教前世、今生和来世的三生观念以及因缘相生、惩善扬恶、生死轮回等观念的影响，经常叙述人死而复生的故事。故事的基本情节结构常常是：作恶的人死后（鬼魂）来至阴间受到惩罚，或者生人的魂魄在阴间目睹了作恶的人（鬼魂）在阴间受到惩处、为善的人（鬼魂）顺利进入轮回得到福报的情景，转生（重生）后向世人讲述了阴间经历和见闻。这些作品的思想主旨大多为导善戒恶、教化世风，偶尔为了"神道设教"。显然，由在阴间受惩的当事人（鬼魂）或由目睹他人（鬼魂）受惩的旁观者讲述阴间发生的一切，远比由作者直接讲述更具震撼力，也容易使听众（读者）产生惊惧感。《三生》中刘孝廉偷偷泼掉了阎王呈上的迷魂汤，因此有机会清晰地铭记自己历经三生轮回的种

---

① [清]蒲松龄. 聊斋志异：会校会注会评本[M]. 张友鹤, 辑校. 上海：上海古籍出版社, 1986: 649.

种事情。他向人们讲述了自己前世作恶被判由人转生马、马死后转生为犬、犬死而转生为蛇,受尽千般苦难与折磨,才得以投胎为人的四世生活(存)经历。这样的叙事安排不仅揭示了刘孝廉复生后自悔自省、谨慎为善的深层原因,还可以使听其讲述的人确信有神灵明察秋毫,对阳间的人执行善恶果报的审判与处决。《刘姓》中刘姓人士因欺负良善、夺人物产被拘执至阴间,原以为自己必受严惩,岂料阎罗却饶恕了自己。小说借鬼吏之口讲述了刘姓免受惩处的原因所在:刘姓曾有以三百钱救助落难夫妇的善举。冯镇峦敏锐地把握了这一追叙传递的意图,认为作者意在提醒人们"三百,小钱也;完人夫妇,大善也。苟具慈心,小钱足以行大善,凡百君子,敬而听之"①。何守奇评点说:"罪恶不悛,合置鼎铛,可惧也。一事之善,可赎贯盈,可勉也。"② 与《聊斋志异》中同类作品相比,魏晋、明清时期的一些文言小说也叙述阳世人入阴间又复生的故事,但目的在于突显鬼界的阴森恐怖,虽然能够震撼人心,却难以表现出人性的复杂性。

三、《聊斋志异》的追叙功能

蒲松龄喜欢在情节结构较为复杂、所含叙事序列较为丰富的作品中使用追叙手段;有时还在同一篇作品中(如《张诚》、《王六郎》等)多次使用错时手段。因此我们有理由断定,在《聊斋志异》这部书里追叙不仅具有补充必要信息、保持作者全知叙事的优势,而且具有更加丰富多样的叙事功能。择其要而言,《聊斋志异》追叙的叙事功能主要包含以下几方面。

(一)实现全知叙事乃至解除悬念

追叙的基本功能是把与主要事件相关的、在此事件之前或者这一事件的某一环节以前发生的事件叙述出来,以补全有关信息,或者远溯前因,使叙事周备完善,不留无法填补的叙事"空白"。《陈云栖》中,真毓生返回黄州寻找心上人陈

---

① [清]蒲松龄. 聊斋志异:会校会注会评本 [M]. 张友鹤,辑校. 上海:上海古籍出版社,1986:880.

② [清]蒲松龄. 聊斋志异:会校会注会评本 [M]. 张友鹤,辑校. 上海:上海古籍出版社,1986:882.

云栖，留观老尼将此前发生的一系列变故告诉了他，填补了真毓生的"感知空白"，也使读者获悉陈云栖的曲折经历。《辛十四娘》中，由婢女自叙援救主人的经过，既补充说明了冯生得救的原因，还反映了婢女聪明机智、富有侠义心肠的性格特点，为这个次要人物增添了动人的光彩。其他如《张诚》中由张诚失散多年的弟弟讲述自己被老虎衔走遇救的经历，《王六郎》中由王六郎向渔人讲述放过落水母子、不忍心让他们替代自己为鬼的想法，《红玉》中由红玉讲述冯相如之子被自己救下加以抚养的经过……均将叙事的空缺处补充完整，告知读者难以借助顺叙直接呈现的事件，保持叙事完整性，透露出作者全知全能的优越性。

为实现全知叙事而使用的追叙还具有另一种重要功能，那就是与设置悬念环节相呼应，将截留信息公之于众解除悬念，以满足读者的期待心理。《菱角》通过截留的老太太的身份信息制造了两个悬念：一是老媪究竟是何人，一定要自鬻为人母；二是老媪为何不顾胡大成申明已有妻室而执意为他娶妻，娶来的女子竟然是与他定有婚约的菱角。为了解除这两个悬念，小说安排菱角追述了逢乱漂流、近乎梦幻的与胡大成相逢的经过，将老媪身份来历、劝胡大成娶妻的先期谋划等信息巧妙透露出来，使读者和当事人意识到老媪乃是神人。若非以此种方式叙事，不仅难以实现奇幻神秘的效果，作品宣扬的信佛笃诚将受善报的主旨也难以得到充分的表达。《申氏》中，丈夫受妻子"汝既不能为盗，我无宁娼"的侵逼投缳自尽，为父亲的阴魂所救。在父亲阴魂指点下，丈夫果真去做盗匪，袭击了一名"盗贼"。小说以限知叙事设置了"为何被丈夫袭击的人化成了巨龟"的悬念之后，紧接着以"先是"为标识语，追叙此前发生的事情，点明了老龟的形迹，解除了悬念。

（二）印证故事的真实性，实现幻奇叙事

无论志怪小说还是传奇小说都叙述了大量虚幻、虚构的故事，作者也完全知道自己笔下的故事原本就是杜撰的，却"揣着明白装糊涂"，在转抄、改写、虚构时力图使读者相信，自己叙述的故事为"真"为"实"。这就需要采取特殊的艺术手段，强化故事情节的逻辑性、人物形象的存在感和时空情境的逼真感，用以印证故事的真实性，是为"证实"。明清以前，文言小说对虚构想象故事的"证实"主要使用"外证实"，即借助于作品以外的要素来确证其事实有。比如：或者明确交代讲述人的身份，言称自己完全"直录其事"，并非凭空杜撰；或者以社会现实中的人物作为行动者，造成晕轮效应，导引读者因为人物的"实有"而接受故事为"真"；或者以小说对现实生活产生的"影响"使读者误以为故事曾经"真实地"发生过。蒲松龄继承了传统的"外证实"方式，还创造性地使用了"内证实"的方式，即运用一定的叙事技巧和手段，使读者在情理上、情感上接受故事的真实性。比如：加强情节要素的埋伏与呼应、铺垫与承接；精心敷演事件内在逻辑联系；按生活规律安排事件序列与生活的真实事件"平行前进"。尤其值得注意的是蒲松龄运用的以追叙事件与当前核心事件彼此呼应的技法，使虚幻事件自身有了"证实"自身的自足性功能。如《鬼哭》写"城破兵入，扫荡群丑，尸填墀，血至充门而流"的惨烈现实，以至于王学使宅内冤鬼丛集，白日可见。为了证实冤魂之多，小说先叙述王学使、王皥迪听见鬼的呼叫"我死得冤"（这是外证实，王学使、王皥迪为其时现实生活中实有之人），紧接着以阍人苏醒后自叙昏睡中（阍人并未意识到自己刚才处于"昏睡"状态）所见所闻为内证实。此篇中人世与鬼域发生的事情两相映照，颇有相互印证的意味，带给读者真切的体验——"谢迁之变后确实发生了如此奇诡的事情"。

再如《小二》中，小二从白莲教首领徐鸿儒处学得异术，在赵旺的劝说下逃离教众，来到山阳居住。因家境贫困，向邻居借贷不果，小二只得施展法术摄取金银，转眼间"布囊中巨金累累充溢"。小说通过翌日来访的邻居家妇人追叙昨晚家中发生的事情，以印证小二法术之奇诡而有效：

> 主人初归，篝灯夜坐，地忽暴裂，深不可底。一判官自内出，言："我地府司隶也。太山帝君会诸冥曹，造暴客恶录，需银灯千架，架计重十两，施百架，则消灭罪愆。"主人骇惧，焚香叩祷，奉以千金。判官荏苒而入，地亦遂合。

冯镇峦对这一内证实的方法颇为欣赏，评断为"补叙无痕"①。但明伦说："此等处，左道亦可以救急，否则柔弱女子，其奈之何？"② 这一评语更有意思，简直就是承认小二的法术确实可以招至千金。可见，恰当运用内证实手段，可以达到所叙之事为世间所无但足以令人信以为真的境地。

（三）远溯起因或铺垫将来

任何事件都由其前在的事件引发催生而成，因此严格来说，《聊斋志异》作品的故事开头并非其所叙事件的真正起点，在此以前一定有一个引发当前事件的事件，作者所需考虑的是选择合适的切入点讲述当前事件。对于引发当前事件的前在事件，蒲松龄会以合适的方式追叙出来，表明当前事件发生的可能性或起因。此时蒲松龄使用的追叙不单是为了补足事件前因，还具备在远溯前因的同时为当前事件做铺叙或发挥引子的功能。

《伍秋月》中，王鼎夜间入眠，频频梦见一女子前来与自己幽会，醒来后该女子早已远逝。王鼎设法留住了这个自称叫伍秋月的女子，从她这儿得知了一段往事：

> （妾）十五岁果夭殁，即攒瘗阁东，令与地平，亦无冢志，惟立片石于棺侧，曰："女秋月，葬无冢，三十年，嫁王鼎。"今已三十年，君适至，亟欲自荐；寸心羞怯，故假之梦寐耳。

这一追叙解释了女子何以主动前来与王鼎幽会。王鼎和伍秋月对发生于三十年前的预叙事件的认可、接受，在情节结构上还有更大的作用，那就是引发了此后的一系列事件。如此的追叙就不再是静态信息的呈现，而是动态功能性事件，起到了铺垫后续事件的作用。

以追叙事件引发后续事件的作品还有《小梅》。小说叙述了王慕贞慷慨好义、

---

① ［清］蒲松龄. 聊斋志异：会校会注会评本［M］. 张友鹤，辑校. 上海：上海古籍出版社，1986：380.

② ［清］蒲松龄. 聊斋志异：会校会注会评本［M］. 张友鹤，辑校. 上海：上海古籍出版社，1986：380.

仗义施金救人之后，突然插入其妻子信佛礼拜观音之事。这一事件与前叙事件没有因果关系，却与后面发生的事件有至为密切的关系。正因为信佛，所以才有王慕贞妻子以观音的名义留侍女服侍自己的说法，也才有她死前央求小梅为继室、小梅受命掌管家事等事情的发生。对观音留下小梅一事，王慕贞及家人信以为真，小梅也借助这颇具神秘色彩的事情得以镇服全家。但明伦点评说："以神道设教，假便宜行事……是以人知敬畏，力挽颓风。"[1] 文中还有一次追叙，讲述小梅奉母命前来报答恩人。此次追叙纯是为了点明小梅来历，破解悬念。第一次追叙的功能显然比第二次追叙对情节的展开具有更强的催生力。但明伦注意到了这次追叙，但有点看轻了它的功能。他说："至其假托菩萨，事涉荒唐。然安知非菩萨使之来耶？盖一念之善，天必报之。向使狐无此女，亦必有为王生子，为之抚孤者也。"[2] 在但明伦看来，其妻礼佛乃至假托观音之名义，对情节的作用是微乎其微的，甚至可以忽略不计，即使没有这一追叙事件，小梅持家、生子、抚孤等事件也会"必然"发生。其实不然，如果没有王妻礼佛之事的交代，那么不单王慕贞娶小梅为继室的情节显得突兀、不合情理，就是下文叙述狐女报恩也显得虚假，最终将使故事情节趋向平直而无余韵，所有的悬念和神秘感消失殆尽。

（四）铺设故事背景，评骘人情世态

受儒家裨益教化、有补世风的文学思想观念的影响，古代小说常以某种伦理道德要求为标准尺度，借助叙事或者由作者介入小说对事件或人物的是非善恶做出评价，以强化小说的道德教谕功能，《聊斋志异》也不例外。康熙年间，唐梦赉为《聊斋志异》作序说："今观留仙所著，其论断大义，皆本于赏善罚淫与安义命之旨，足以开物而成务，正如扬雄法言，桓谭谓其必传矣。"[3] 为了完善小说的教化功能，蒲松龄也利用追叙提供当前事件发生的背景，以此来表现自己对

---

[1] [清]蒲松龄. 聊斋志异：会校会注会评本 [M]. 张友鹤，辑校. 上海：上海古籍出版社，1986：1212.

[2] [清]蒲松龄. 聊斋志异：会校会注会评本 [M]. 张友鹤，辑校. 上海：上海古籍出版社，1986：1210.

[3] [清]唐梦赉. 唐序 [M] // [清]蒲松龄. 聊斋志异：会校会注会评本. 张友鹤，辑校. 上海：上海古籍出版社，1986.

世态人情、伦理风尚的立场，或者传达自己对人物品格性情、为人处事的态度。

《宫梦弼》中，柳氏父子因喜爱疏财结交朋友导致"贫不自给"，无以为生。在叙述柳和家道败落、陷入贫困的过程中，作者追叙了柳氏跟黄家约定婚姻的往事。这一议婚事件对当前核心事件不具备催生作用，也不是对当前核心事件不可或缺的补充叙事。作者追叙议婚事件的目的很明确，要为柳家的遭际提供更为广阔的背景，折射出为财而聚、财尽情淡的恶劣世风，因为婚姻之约尚且如此薄情，其他凭钱财而交的朋友更无须说了。如果将议婚事件处理为当下叙事情景中的事件，就必须解决好这一"往事"与后续事件的时序关系问题。由于当下叙事情境中的事件，往往具有单向性、即时性，受到时空条件的约束和叙述者视角的限制，作者一旦未能选择合适的策略与方式切入叙事，不仅有可能削弱故事的魅力，还会磨平作品对世风人情批判的深刻性与强烈性。所以，相比之下，还是以追叙的方式展现人情更具表达优势。《梅女》的当前叙事情景为梅女死后十年，此时梅女以鬼魂方式出现，与封云亭产生了一段奇缘。蒲松龄安排"寓屋主人"这一人物以追叙的方式道出梅女悲惨遭际的原因。原来，十年前有一典吏收受了小偷的贿赂，诬陷梅女与人私通，致使梅女受侮自缢身亡而成冤魂野鬼。以小说中的人物为追叙主体，留给读者的印象是作者站在疏远往日悲剧的角度冷静地叙述陈年旧事，然而在客观冷静的文笔中，读者能够感触到作品蕴含的令人难以排遣的沉重情绪：仅仅为了那区区五百钱，典史竟让梅女付出了沉重的生命代价，以至沉冤十年未得消解；梅女受诬而死已达十年之久，一腔冤情延绵至今，竟无清正的官吏为她洗雪冤情。在不动声色之中，蒲松龄已经犀利地揭露了官员愦庸失察、小吏贪墨残忍、百姓无处诉冤的社会现实的黑暗本质。如果把梅女受诬而死处理为当前事件，小说就必须从十年前写起，梅女成为冤魂的缘由随着叙事线条的展开自然显现出来。如此一来，小说因为平铺叙事而趋向平淡，其强烈的悬疑感、浓郁的悲苦氛围被破坏，少了一份震撼人心的力量。

以追叙的方式描写人物性格，可以将同一人物在往昔情境中的行为与当前叙事情境中的行为并置，形成具有鲜明反差的对比关系，或者形成强化（弱化）某一行为的映衬关系，以此揭示行动者性格的发展变化，凸显行动者在当前事件或以往事件中的性格特征。《仇大娘》的主旨是赞扬仇大娘"健妇持门户，亦胜一丈夫"①的人格，故事没有从正面叙述仇大娘的作为拉开帷幕，而是先讲述了仇大娘与父母、仇大娘兄弟之间的矛盾以及仇家与乡人魏禄之间的恩怨，有关仇大娘的事情则以追叙的方式，从她"性格刚猛"、"斤斤计较"以及与娘家的矛盾入手写起。这样的叙事安排反映了蒲松龄处理情节结构的匠心所在：一是主要人物一出场就置身纷繁芜杂的矛盾冲突之中，蕴含着一股强劲的暗示力量——有才干、有作为的人总是临危受命，且能力挽狂澜；二是往昔的刚强好盛、为财物而争的仇大娘与现在的刚强果敢、复兴家业而不居功自傲的仇大娘形成了性格对照，借此凸显仇大娘光明磊落的人格特征。

《聊斋志异》的追叙艺术使我们看到，即便在文言短篇小说有限的艺术空间内，追叙手段的使用也绝不仅仅是一个将过往事件置于后起事件之后叙述的叙事时序的调整问题，其中蕴含着作者独特的叙事意图和匠心独具的艺术创造。关于追叙使用的必要性，法国的米歇尔·布歇尔概括得非常精到。他说："（小说）死板地按年代的顺序铺展开故事，严禁回忆过去，会给人带来瞠目结舌的结果：无法对世界历史作任何的引证，无法回忆遇见过的人，无法使用记忆，因而一切内心的活动都不能写了。"②作为一位有卓异才华的作家，蒲松龄对小说艺术的认识虽没达到米歇尔·布歇尔那样的理论高度，其创作实践却自觉遵循了小说叙事艺术规律，在故事情节铺展、人物塑造与美学追求的自然流程中使用追叙手法，将篇制相对短小、情节相对简单、艺术空间相对狭小的文言小说尺幅作品演绎得奇正相济、风生水起。

第三节　先期言说的预叙艺术

预叙是指在当前叙述中把将来发生的事件提前叙述出来。里蒙-凯南将"预

---

① [清]蒲松龄. 聊斋志异：会校会注会评本 [M]. 张友鹤，辑校. 上海：上海古籍出版社，1986：1401.
② [法]米歇尔·布歇尔. 对小说技巧的探讨 [M] // 吕同六. 20世纪世界小说理论经典：上. 北京：华夏出版社，1995：529.

叙"定义为"在提及先发生的事件之前叙述一个故事事件,可以说,叙述提前进入了故事的未来"①。构成预叙的基本方式是"如果事件还没有发生,叙述者就预先叙述事件及其发生过程,则构成'预叙'(prolepsis,即传统小说批评和电影理论形容的'flash forward'[闪前])"②。我国古代称"预叙"为"暗叙","暗叙者,事未至而逆叙于前……蹇叔哭师曰:'晋人必御师于殽'云云,暗叙法也"③。据热奈特所言,西方叙事作品并不热衷使用预叙,因为小说"从广义上讲,其重心主要在19世纪的构思特点是叙述的悬念,因此,不适合于作预叙。此外,传统式虚构体中的叙述者必须装作是在讲故事的同时发现故事。因此,在巴尔扎克或托尔斯泰的作品中,我们很少见到预叙"④。与西方叙事传统相反,我国古代小说则大量使用预叙。《聊斋志异》中凡涉及仙妖狐怪题材的作品或者讲述奇人奇事的作品,均能见到预叙的踪迹,而且预叙的建构方式及其功能也趋于多样化。

一、《聊斋志异》预叙艺术的渊源

最早的预叙应该不是萌生在形诸文字的叙事文本中,而是诞生于口耳传递讯息的言语交往活动中。使用预叙的心理渊源可以大致从以下诸方面加以把握。(1)人类渴望掌握自然和社会的神秘编码、力图掌控自身命运的群体心理,如巫师、卜者等根据占卜征兆推断即将发生的事情,属于这种群体心理的外化行为。(2)话语主体的自我强化意识。通过准确地"预言"未来,可以凸显话语主体的睿智与权威,如富于阅历与经验的年长者在涉世未深的年轻人面前,依据生活情理或某种神秘逻辑对未来的事情做出预判,便隐含着这种心理。(3)对"听话者"(接受者)的调控意愿。叙述者利用预叙激发"听话者"的欣赏欲求和心态变化,这一点在叙事成为一种娱乐、欣赏方式后尤为显明,如说书人讲述未来发

---

① [以]里蒙-凯南. 叙事虚构作品[M]. 姚锦清,黄虹伟,傅浩,等,译. 北京:生活·读书·新知三联书店,1989:83.
② 申丹,王丽亚. 西方叙事学:经典与后经典[M]. 北京:北京大学出版社,2010:116.
③ [清]李绂. 秋山论文[M]//王水照. 历代文话:第四册. 上海:复旦大学出版社,2007:4004.
④ [法]热拉尔·热奈特. 叙事话语·新叙事话语[M]. 王文融,译. 北京:中国社会科学出版社,1990:38-39.

生之事，可以唤醒读者的期待心理或设置悬念吊其胃口。（4）宗教信仰的影响。宗教被视为可以左右人命运的神秘力量之源，宗教信仰可以延伸人的智慧以洞察未来，比如，汉魏六朝时期神怪小说多用预叙直言或者暗示吉凶，要么出于如鲁迅先生所说"大抵纪经像之显效，明应验之实有"[①] 的崇佛尊神心理，要么与"道家的广为传播与道教的自神其教息息相关"[②]。热奈特甚至将预言、启示录、神谕、占星术、手相术、纸牌占卜、占梦等各种形式的预叙渊源均推至蒙昧时代的宗教思维[③]。

我国预叙的文本源头可以上溯至殷商时期。当时的殷王朝每遇重大事件就通过占卜以探问顺逆吉凶，占卜的结果刻写在龟甲兽骨上，是为甲骨文。《甲骨文合集》收录的第六○五七版[④]叙述了一个完整的三段式占卜事件：（1）占卜内容：未来一旬内是否有灾祸发生；（2）占卜预言：占卜者根据征兆十分肯定说会发生灾祸；（3）应验结果：第五日国家边境受到侵犯，百姓受到祸害。在这一占卜事件中，第二段是作为第三段的预叙而存在的，且第三段发生的事件印证了第二段对未来事件预叙的准确性。

除了上述心理源头和文本源头外，我国古代小说预叙艺术还受到史传叙事的影响。"史传对占卜等神秘文化的叙写是造成古典小说预叙发达的根本原因之一。远古时期，巫史不分。……举凡卜筮星历及灾异感应等事自然都属于史官叙述的范围。而他们记述这些神秘之事的目的很明确，即'为卜筮以考其吉凶，占百事以观于未来，观形法以辨其贵贱'。如此，这些带有预言性质的神秘现象便以预叙的形式出现，并成为史传突出的叙述传统之一。"[⑤] 先秦时期的史书如《左传》、《战国策》等以及后世的正史如《史记》、《汉书》、《三国志》等，史传作者借助预叙将原生态的历史素材加工改造为带有一定是非善恶的伦理评价和价值判

---

① 鲁迅. 中国小说史略 [M] //鲁迅. 鲁迅全集：第九卷. 北京：人民文学出版社，1996：54.
② 林辰. 神怪小说史 [M]. 杭州：浙江古籍出版社，1998：109.
③ [法] 热拉尔·热奈特. 叙事话语·新叙事话语 [M]. 王文融，译. 北京：中国社会科学出版社，1990：149.
④ 李圃. 甲骨文选注 [M]. 上海：上海古籍出版社，1989：175.
⑤ 陈才训，时世平. 古典小说预叙发达的文化解读 [J]. 西华师范大学学报（哲学社会科学版），2006（2）：26-30.

断立场的叙事历史。《左传》使用的预叙方式非常丰富，有以占卜星相等预言吉凶的方式构成预叙的，如"僖公十五年"秦军征讨晋国前占卜胜负，徒父根据卦象预言，秦国将俘获晋国国君，结果正如占卜所示；有以当事人或相关者预判事态发展走向及结果构成预叙的，如"庄公八年"鲍叔牙目睹齐襄公的施政乱象，所说的"君使民慢，乱将作矣"①的话，隐含着对国君施政的委婉批评，也成为对此后齐国公孙无知犯上作乱的预言；有以描绘梦境、叙述梦情为手段构成预叙的，"史传中《左传》叙梦最多，且有梦必占，二十九处叙梦只有五处没有应验，也就是说《左传》叙梦有二十四处起着预叙作用。而且，它还开创了'梦—梦验'的叙梦模式。《史记》中预叙之梦也很多，它沿袭了《左传》的叙梦模式"②。

受史传叙事的影响，无论是志怪小说、唐传奇还是宋元话本、明代拟话本、章回小说，都把预叙当作一种有效的叙事手段。占卜、梦示、神谕或普通人直接下断语是文言小说常见的预叙方式。话本、拟话本在得胜回头与正话之间常常以叙述者的口吻说"方才说的某某事，如今再说某某事"，紧接着以概要话语告知读者（听众）正话内容，在正话中还会以叙述者插入议论的方式或借助诗歌韵语构成预叙手段③。章回小说则经常使用"花开两朵，各表一枝"、"放下……不提，且说……人（事）"这类套语预叙此后的故事情节。故而，在比较了中西方叙事传统后，杨义认为在中国古典小说中"预叙也就不是其弱项而是其强项"④。古代小说的叙事经验积累成为《聊斋志异》预叙手法得以枝叶繁茂的坚实土壤和艺术渊源。

二、《聊斋志异》预叙建构的方式

预叙不仅是蒲松龄在小说中预言人物命运、组织故事情节的手段，也是他调节叙事节奏、调控读者阅读心理的话语方式。《聊斋志异》使用的预叙方法，有

---

① 《春秋左氏传》注疏[M]//[晋]杜预，注.[唐]唐孔颖达，等，正义.十三经注疏.[清]阮元，校刻.北京：中华书局，1982：1765.
② 陈才训，时世平.古典小说预叙发达的文化解读[J].西华师范大学学报（哲学社会科学版），2006（2）：26-30.
③ 罗小东.话本小说叙事研究[M].北京：学苑出版社，2002：71.
④ 杨义.中国叙事学[M].北京：人民出版社，1997：152.

的属于对前代史传、小说预叙技法的继承与借鉴，有的则属于蒲松龄的独创。

（一）卜筮式预叙

以打卦、占卜、星相、相面等方术、巫术断言人物的命运走势，或者预言事件的发生、发展或结局，可称为卜筮式预叙。卜筮式预叙的建构方式与原始巫术、宗教信仰有深厚的渊源关系。殷商时期，国家每有重大举措都要占卜以问吉凶泰否。至秦汉间，方术卜筮之风盛行。《汉书·艺文志》"数术略"中著录与卜筮有关的图书，其下列出了用来预测吉凶、成败、善恶的种种方法，包括观天文、查历谱、推五行、用蓍龟、运杂占、相形法等。[①] 随着佛教的传入、道教的兴起和宗教观念逐渐衍化蔓延，预测吉凶、阐释征兆事理的卜筮方法进一步趋于多样化。这些预测吉凶的卜筮之术从两个方面渗透到小说领域。一是借卜筮预言吉凶成为小说家使用的故事素材，卜筮内容成为人物活动和情节发展的重要组成部分；二是作家将卜筮预言吉凶作为不同于平实叙事的特殊叙事技巧，借此吸引读者的注意力或渲染神秘的气氛。

《聊斋志异》运用卜筮法预言将来之事作为构建预叙的手段，以两种方式作用于故事情节的发展。一种是在故事开端就安排占卜算卦的情节，预言此后将要发生的事件，而这些事件往往决定故事情节的基本走向，影响整个故事的结构框架和情节发展的大趋势，《钟生》、《董生》、《妖术》等均属于这样的作品。《妖术》中能占人生死且十分灵验的卜算者一见于公就声言，于公的仆人虽然生了病，但并无大碍；真正值得忧虑的反倒是于公，在旦夕之间将遭逢血光之灾。卜算者的断语作为对人物生命结局的预叙构成了悬念，不仅引起读者对"为什么生病的人无性命之忧，而于公却遭受死亡的威胁"之类的追问，还引发了当晚于公与妖怪三次交锋的后续事件。如果没有于公为仆人占卜吉凶的行为，就不会有卜算者对于公说的那番话；如果没有对于公说的那番话，自然就不会发生于公拒不接受卜算者破财禳凶的建议，也就不会发生怪物前来伤害于公的事情。

还有一种方式是在故事发展过程中嵌入卜筮式预叙。这时，预叙事件往往是故事情节发展的关键点、转折点。《促织》中，成名千方百计地搜寻蟋蟀以完成

---

① [东汉] 班固. 汉书 [M]. [唐] 颜师古, 注. 北京：中华书局，1964：1765-1775.

官府的催征，却一直未能如愿。万般无奈之下，他妻子向一位号称"神卜"的驼背巫婆祈求神示。驼背巫婆通过一幅图暗示了捕捉蟋蟀的处所，成名按图搜寻，果然在村东佛寺里抓到一只上品的蟋蟀。祈求神示这一预叙事件是在主要事件（成名捕捉蟋蟀以完成官差）到了山穷水尽的境况下出现的，促使主要事件发生了转向，成名也由不幸开始走向幸运。《续黄粱》中意气昂扬的曾孝廉在古寺游玩，向老僧问卦占卜自己的前程。老僧预言他有"二十年太平宰相"的福分。令人惊奇的是，这一预叙事件是在曾孝廉的梦境中实现的。在短短一梦中，曾孝廉享尽了官至宰相的无限风光、无上尊荣，也受尽了失宠之后的屈辱折磨，更经历了由人间到地狱再到人间的惨烈报应。预叙事件"二十年太平宰相"的实现方式并未让曾孝廉感到欣喜振奋，反而使他生出一股仕途坎坷、宦海无常的沮丧之气。曾孝廉醒来后，看淡了功名利禄，"台阁之想，由此淡焉"。从这两篇作品来看，《聊斋志异》在故事中间嵌入的卜筮式预叙往往标志着人物命运、观念等发生转折，改变了故事的发展走向和人物的生活轨迹，使叙事"山重水复、柳暗花明"。

（二）梦示式预叙

以梦中发生的事件预告将来事件称为梦示式预叙。梦作为一种特殊的心理活动，是人的潜意识在意识和理性控制力减弱时后活跃起来产生的一种心理现象，主要表现为人在睡着的状态下，大脑中发生表象以动态的、变形的方式不自觉地进行剪接、组合的虚幻现象。由于对梦产生的心理机制缺乏科学的认识，古人往往认为梦境发生的一切是真实的而非虚幻的，将梦视为生活的"预演"、暗示或预言。"在未开发的部落社会里，往往把梦看做是神的指示或魔鬼作怪祟。即使在现代化的文明社会里，仍然流行着对梦的诸多迷信。"[1] 而一旦"把梦看作是真实的存在时，梦也就会介入到实际生活之中了"[2]，故而占梦以测吉凶成为方术的一种。

根据人们对梦境与现实生活关系的理解和认知，梦可以分为两种：一种是神

---

[1] 张春兴. 现代心理学 [M]. 上海：上海人民出版社，1994：187.
[2] 王钟陵. 中国前期文化—心理研究 [M]. 重庆：重庆出版社，1991：516.

话式的意象梦，梦像具有象征隐喻作用；一种是直梦，所梦之事为将来发生的事件。① 前者与现实生活有同质异构的内在关联性，后者直接表现为梦中事件发生在现实空间里。《聊斋志异》常常以这两种类型的梦来构建预叙。《聊斋志异》中以神话式的意象梦作为预叙手段的代表作品是《梦狼》。此篇叙述了白翁梦入儿子白甲的官衙所见的种种事情，这一切都成为围绕白甲发生的一系列事件的预言与隐喻：白翁所见的衙门中贪婪残忍、以死人为食的狼，隐喻着现实中贪赃枉法、鱼肉百姓的衙役；白翁看见儿子白甲与衙役同食死人，以及被神将索拿时化为吃人猛虎，隐喻着现实中的白甲与衙役沆瀣一气、藐视法纪、贪污受贿、鱼肉百姓；白翁看见儿子化身的猛虎被金甲神将打落牙齿，神将预言他儿子将于"明年四月毙命"，隐喻了白甲在现实中将要遭受的惩罚。这些隐喻为白翁次子的见闻所证实。白翁的次子去看望兄长，亲眼看见了衙役们巧取豪夺的贪婪嘴脸以及白甲坠马跌落牙齿、次年途中遭遇盗寇被杀的种种情况。《梦狼》的预叙将人的本性与"虎"、"狼"的本性关联起来、使梦境成为对现实生活的隐喻与象征的写法，比直接叙述白甲贪赃枉法、为官不仁的种种恶行更有利于深化小说的思想内涵，强化作品的社会批判性。《诗谳》中，吴蜚卿被诬为杀人凶手含冤入狱，自以为必死无疑。一天夜里，他梦见神人说："子勿死，曩日'外边凶'，目下'里面吉'矣。"神人的话暗示了吴蜚卿得以昭雪冤屈的线索。果然，主审官员周元亮为他平反昭雪，而"里面吉"正是"周"的拆字谜。《牛飞》中有人梦见自己的牛生两翅飞走，结果损失了卖牛的钱。这两篇作品均使用了意象梦作为预叙。

《聊斋志异》还使用了大量的直梦式预叙手段，如：《小棺》开篇讲述天津船夫梦见有人告知自己，"明日有载竹筒赁舟者"，第二天发生的事情果如梦中人所言；《皂隶》中历城县令梦见城隍索要差人服役，于是在文牒上写了八名皂隶的姓名，并将牒文焚烧在城隍庙里，当夜八个人全部死去；《云萝公主》中安大业母亲梦见有人预言自己的儿子将娶公主为妻，此后便有云萝公主下嫁家中。运用直梦式最为出色的当属《王桂庵》。《王桂庵》中王桂庵在南游途中对邻船上风姿绰约的女子一见倾心，女子对他似乎也情有所钟，然而二人好事未谐便匆匆相

---

① 王钟陵. 中国前期文化—心理研究 [M]. 重庆：重庆出版社，1991：528.

别。王桂庵日思夜想，因思成梦，梦中来到江村一户人家。在梦中，他惊喜地发现这儿就是女子的住处。后来，王桂庵再次回到镇江寻访友人，误入了一个小村庄，所经历的一切与当年梦中情形完全吻合。《王桂庵》以梦境直接讲述将来发生的"真实事件"，渗透着一股思念之深切可以引发真切的梦境，梦境的真切可以生成现实的真实的神思，使读者感受到相恋男女之间存在的心意相通的力量。该篇中的预叙还起到了调控叙事节奏、曲折叙事的作用，但明伦对此评点说："佳梦初成……相逢在今，老父何来，此借梦中而又做一伸，又做一缩……再至江村，马缨之树依然，舟中之人宛在，妖梦可见……极力一伸矣。"所谓"伸"是事情按照人物的期望向前发展，"缩"是人物愿望暂时受到挫折。一伸一缩之间，叙事有起伏，情节有迂回，消除了叙事"平庸、直率、生硬、软弱之病"[①]。

（三）角色化预叙

角色化预叙指作品中的人物（专指《聊斋志异》中的狐妖仙怪、普通人等，不包括占卜者）预言即将发生的事件。仙妖鬼怪能够预言吉凶、预知未来的观念由来已久，而普通人物准确预言将要发生的事情，也并非完全出于小说家的臆想。一个人能够根据一定的现象、条件和情境因素对事态发展、人生遭际和社会趋势做出预判，是他深刻的洞察力和出色的智慧的反映。人们对这样的人往往满怀赞美之情、钦佩之意和追慕之心，常以夸张的方法和理想化的方式传播其事迹、描述其为人，故而如诸葛亮、刘伯温等人，不仅在现实中享有崇高的声望，而且在小说领域大放异彩。

仙妖鬼怪故事是《聊斋志异》主要的题材内容，其中的人物自然不乏仙人方士、鬼狐精怪，遍及仙界、人间、阴间三界，有的还身处幻化之境。蒲松龄非常注重展现这些人物具有的超乎常人的能力，表现他们洞烛先机、预知吉凶的特异见识。《王成》中狐妖老妪授意王成外出经商，叮嘱他"宜勤勿惰，宜急勿缓；迟之一日，则悔之晚矣"。而王成在贩卖途中因为畏惧路途泥泞耽误了一日，原本供不应求、市价昂贵的葛因四方贩葛的商旅云集一处，导致供过于求而价格暴跌，此次贩卖以亏负告终。《白秋练》中的鱼精白秋练、《刘夫人》中的鬼魄刘夫

---

① [清]蒲松龄. 聊斋志异：会校会注会评本 [M]. 张友鹤, 辑校. 上海：上海古籍出版社, 1986：1637.

人与狐妖老妪具备同样的本事，都能预知经营何种货物、在何地贩卖、在何时购进或出手能获得最佳的利润回报。有些精怪不仅能预言祸福，而且能预知如何化解灾难。如《小梅》中狐女小梅预言丈夫王慕贞晦运将至，自己准备携子归宁以解厄运，并告知王慕贞解除厄运的时机和办法，"君记取家有死口时，当于晨鸡初唱，诣西河柳堤上，见有挑葵花灯来者，遮道苦求，可免灾难"。

即便小说中的普通人物，有的也具有远见卓识，能够识风雨于云起之际，观命相于殆危之时。蒲松龄充分调用这类人物异于常人的、能够预言世态人情变迁、人物命运波折和事件发展趋势的功能，为作品增添奇幻的叙事色彩，引发读者的无限遐想与深沉感慨。《张鸿渐》中，张鸿渐妻子对丈夫参与控告县令赵某一事很不以为然。她说："大凡秀才作事，可以共胜，而不可以共败：胜则人人贪天功，一败则纷然瓦解。"《田七郎》中田七郎的母亲认为武承修必罹奇祸，预言儿子田七郎与武承休交往的结果是"富人报人以财，穷人报人以义。无故而得重赂，不祥，恐将取死报于子"。故事结局证明了她们对事态判断的准确性。这使读者认识到，她们虽然身为女子，却具有男子所缺乏的深邃见识和敏锐眼光。这些女性人物颠覆了传统女性"头发长见识短"等歧视性观念，为小说领域带来一股清新的弘扬女性才智的文化气息。

（四）直叙式预叙

所谓直叙式预叙指的是作者介入小说，直接在某一事件发生之前提前告知或暗示读者该事件将在某种情境、某一时刻发生。这种预叙广泛地用于话本、拟话本和章回小说，应该是说话表演艺术中说书人与听众交流、对话的遗留。文言小说运用直叙式预叙的情形与古白话小说有所不同。唐宋时期，"严格以'实录'或'信实'为标准评价小说，凡言有虚幻错讹的，一律斥为不经加以贬斥"[1]。明清时期，小说尚虚观念渐次深入人心，确立了"虚构"在小说中的地位和价值，认识并深入发掘了虚构的艺术效果，辩证地把握了生活真实、艺术虚构、艺术真实之间的关系。[2] 这些创作观念促使小说作者奉行客观中立的叙事宗旨，作

---

[1] 尚继武. 唐宋时期小说虚实观论析 [J]. 广西社会科学，2010 (2)：115-119.
[2] 尚继武. 明清时期小说尚虚观念的新变 [J]. 名作欣赏，2011 (23)：76-79.

忠实的讲述者、转述者、记录者，而不愿意自由驰骋文笔，行使直接预叙的权力。

蒲松龄在一些作品中使用了作者直叙式预叙，以叙述者的口吻设置预叙，在文言小说领域尝试探索一条沟通"作者—读者"的对话渠道，表现出了难能可贵的开拓意识和促进叙事手段走向丰富的艺术自觉，这类作品有《水莽草》、《青蛙神》、《司札吏》、《殷天官》、《促织》、《念秧》等。《水莽草》开头叙述楚中桃花江一带惯常发生的事情，暗示下文发生的祝生遭遇水莽鬼、误服水莽毒而身亡的故事。《殷天官》开头描绘了一座荒废的故家宅地，这座荒宅经常出现怪异的、令人恐怖的现象，以致蓬蒿满宅、白昼无人敢入。其中蕴含着"一旦走入将遇到怪异恐怖之事"的预叙信息。而颇有胆略的少年殷天官与诸生打赌进入荒宅，为下文遭逢狐妖嫁女的场面做了铺垫，并借殷天官所见所闻印证了荒宅的奇异之处，回应了作品开头作者设置的预叙。《促织》开篇概要叙述了宣德年间皇上喜好斗蟋蟀、华阴官员为了取宠媚上而进贡蟋蟀，导致蟋蟀纳贡成为当地惯例的事情。一些狡黠的里正受命征缴蟋蟀，借此名目收敛民财，"每责一头，辄倾数家之产"。作者巧妙地提醒读者，善良的人一旦被指定缴纳蟋蟀，定会惨遭不幸。作者以此为预言，继而叙述成名被报充里正役、因此倾家荡产和受尽责打的遭际。从《聊斋志异》中为数不多的使用直叙式预叙的作品看，蒲松龄对这一叙事错时手段的运用尚不纯熟。在他笔下，预叙事件是概述式、一般性的，后续事件是具体的、个别性的，二者不具备对等关系，使预叙事件具有明显的作为后续事件的背景要素的意味。这正说明，蒲松龄对直叙式预叙的使用还处在摸索之中，假如他能再前进一步，深入发掘作者预叙事件与后续事件的精准呼应关系，预叙就能在他笔下具备更强的叙事功能。

当然，《聊斋志异》的预叙不限于上面所论的几种。有些作品还以诗文构成预叙，比如：《莲花公主》中以对联"才人登桂府，君子爱莲花"作为窦旭娶莲花公主的征兆之辞；《伍秋月》以"伍秋月，葬无塚，三十年，嫁王鼎"的韵语预言三十年后发生的事件。

三、《聊斋志异》预叙的功能

西方叙事学研究者认为预叙功能比较单一，仅使读者产生"事情是怎样发生进展到所预言的那样结果的"心理反应①。蒲松龄笔下预叙的功能远远超出了西方叙事学研究者论及的范围，不仅能重置事件的顺序或故事情节各环节的顺序以构成悬念，调控读者的阅读心理，还可以引发后续事件，突出命运力量，彰显人物性格，反映人情世态，揭示社会变迁。

（一）以预叙设置悬念

不可否认，预叙在一定程度上削弱了读者对故事结果的期待，容易把读者通过阅读曲折多变的故事获得新奇感的过程，蜕变为一种平淡无奇的程序性"知道"的过程，不利于形成营造紧张氛围的悬念。但是，"不利于形成"不意味着"没有形成"或"不能形成"，更不意味着预叙能够完全祛除作品调动读者预读期待心理的功能。因为，"故事结果的悬念感虽然没有了，但是又生出另一种悬念感，即过程的悬念感"②。

在《聊斋志异》中，有些预叙事件注定会发生，即便当事人知道事情原委（比如知晓祸福的根由所在），也难以躲过预叙的"定数"。《董生》中医人给王九思、董遐思号太素脉后，说二人"贵脉而有贱兆，寿脉而有促征……然而董生实甚"。此后，董生知道自己身体日渐羸瘦是受狐妖情色的诱惑所致，也曾试图摆脱狐妖的纠缠，但最终没能逃过狐妖的祸害，吐血身亡。在故事发生之初，医人就预言了董生的命数，读者不会因此放弃对他命运的关注。读者虽然无须关注董生的人生结局，但是会生出新的追问。比如：董生的命运是否真如医人所预言的那样，他能否逃离不幸的遭际；在董生、王九思二人怪异的脉象背后隐含着怎样的神秘力量竟能致二人命数同中有异。《促织》中，成名妻子向巫婆求助，得到一张绘有殿阁兰若、小山怪石、蛤蟆蟋蟀的画图。这一情节构成了多解性的预叙，读者难以据此确定成名妻子的猜测是否合乎巫婆的意图，也无法确定成名在

---

① ［荷］米克·巴尔. 叙事学：叙事理论导论［M］. 谭君强，译. 北京：中国社会科学出版社，1995：71.

② 倪爱珍. 中国叙事传统中预叙的发生及流变［J］. 文艺评论，2013（7）：27-31.

巫婆暗示的地方能否捕获他期待的蟋蟀。因此，读者不会因为这张图画的出现就平息对将来事件的探寻欲望，也不会不再关心迂讷老实的成名能否摆脱悲惨的遭际。

　　有些预叙事件未能如作品所预言的那样如期而至，原因在于要么有外部力量的介入打破了故事的自然进程，要么人物的意志变得更加坚强或者德行修养更具影响力，从而改变了决定命运走向的合力。《辛十四娘》借辛十四娘这一人物预言了冯生将遭牢狱之灾，且难以昭雪。果真，冯生受诬入狱后在地方上有冤难诉。幸运的是，辛十四娘派出的婢女以妓女身份接近游荡勾栏的皇帝，并设法得他的赦免谕旨，才使冯生免受绞刑，平安出狱。皇帝的介入非常关键，成为冯生得救的决定性因素。《妖术》中，于公与前来祸害自己的怪物打斗三次，成功地破除了卜者"三日必死"的预言，其勇毅无畏的精神发挥了重要作用。这类作品在提前告知的事件没有出现或结果没有改变之前，与人物命运紧密相关的紧张氛围不仅没有受到破坏，而且因为提前告知而导致悬念愈发朴朔迷离。正如有研究者所说，我国古代"自魏晋南北朝的志怪小说到唐传奇，自宋元话本到明清长篇章回小说，预叙的使用都极为普遍。而且，非但不像热奈特所言预叙不利于悬念的产生，有些成功的预叙还在一定程度上增强了悬念"[①]。

　　（二）以预叙推进情节进展

　　仅仅将预叙事件看作"将来要发生的事"还不够，应该把它与后续事件置于事件序列中去考察，才能充分揭明预叙手段的多重作用。优秀的小说作家往往巧妙运思，前后勾连，善于处理预叙事件和后续事件的前后联系，借助预叙事件推进情节发展。

　　《青凤》中耿生与青凤的恋情最初遭到青凤叔叔的阻挠和反对，二人被迫分手。在一次机缘巧合中，耿生搭救了青凤，于是二人一起过上了恩爱甜蜜的日子。故事若就此结束，结局当然是美满的，故事情节却平淡无奇，缺少意趣。作者安排孝儿（青凤的堂弟）前来告知耿生"家君有难，非君莫拯"，并恳请耿生援救。狐狸能预知自己有难却无法躲避，这一情节的合理性值得怀疑。笔者相信

[①] 吴建勤. 中国古典小说的预叙叙事 [J]. 江淮论坛，2004 (6)：135 - 139.

这是作者刻意运用的叙事谋略，目的在于引发耿生的救援行动，不仅为消除耿生与青凤叔叔之间的隔阂与冲突、使二人婚姻受到家庭的认可提供转机，还可以充分展现耿生豪放不羁、不计前嫌的性格特点。

同样写男女之情的《娇娜》可以使我们更明楚地认识到，重真情、感知音的蒲松龄乐于使用预叙安排人物行动，在男女的相知相思之中融入丰富的情感成分，使恋爱的男女在一见钟情之"情"的基础上，平添了在患难与共之中渐生渐浓的亲情与恩义。孔生胸口生出恶疮，娇娜不顾男女授受不亲的礼教，用内丹为他医治疾病。孔生为她的美丽所吸引，深深爱上了这位美丽温柔的姑娘，以致"悬想容辉，苦不自已。自是废卷痴坐，无复聊赖"。在求偶不成的无奈中，孔生娶了娇娜的表姐松姨。为了传递"异史氏"对孔生"不羡其得艳妻，而羡其得腻友"的心声，表达对"得此良友，时一谈宴，则'色授魂与'，尤胜于'颠倒衣裳'"的异性友谊的赞美，作者安排了皇甫公子预告全家（娇娜家）将遭雷霆之劫的消息、希望孔生能施以援手这一情节。这一预叙考验着孔生对娇娜的感情。孔生锐身承担起了救难的责任，继而引发了一系列的后续事件：孔生奋力从怪物手中救下了娇娜，自己也遭受雷击昏死倒地；娇娜再次以内丹救活了孔生。作品通过写孔生、娇娜二人的情谊在彼此敬重、相互救难之中得到深化与升华，谱写了一曲异性超越自然欲望而以恩义结为生死知己的赞歌，正如但明伦评点的那样，"真能好色者，不必其果为我所有也"[①]。

（三）以预叙突显命运力量

传统的善恶果报观念之所以能深入人心，不仅因为它属于佛教因缘相生的思想观念，而且因为有适合其生长的深层文化根源——中国自古以来就盛行的崇德文化。人们真诚地期待，当世俗的力量难以遍察世间的一切恶人丑行并及时地、无遗漏地给予处罚时，无所不知、无所不能的神明便挺身而出，承担起惩恶扬善的终极审判的职责。蒲松龄深受传统崇德文化思想以及果报观念的影响，常在作品中对人物的命运遭际做出预言，用以彰显命运操纵人生的神秘之处，或者借以

---

① [清]蒲松龄. 聊斋志异：会校会注会评本 [M]. 张友鹤, 辑校. 上海：上海古籍出版社，1986：64.

实现扬善惩恶的叙事意图。

《崔猛》中崔猛"性刚毅"、"喜雪不平",道士预言他"多凶横之气,恐难得其善终",并为他指出一条救厄之路——结交赵僧哥。后来,道士预言的一系列事件一一成为现实。崔猛虽然遇事极力设法控制自己的冲动情绪,但是激于义愤、抱打不平,因为杀人而入狱受刑。幸好当年结交的赵僧哥鼎力相救,解脱了崔猛的牢狱之灾。实际上,崔猛的挣扎在命运面前是软弱的:杀人入狱是对他性情暴烈的报应性处罚;能够逃脱牢狱之灾是因为命中注定有赵僧哥施以援手。对崔猛来说,命运可知而不可变,定数难以逃脱。《牛飞》蕴含着更为曲折的隐喻。一位农民梦见自己的牛生出双翅飞去,心中感到惊悸。为了避免梦境的预言成为现实,农民将牛卖掉以保住自己的财产。但是很不幸,裹钱的布巾被老鹰带着飞走了,失去了卖牛的钱就等于丢掉了牛,梦境中的预叙事件成为现实中真实发生的事情。这篇作品在构思上很像古希腊俄狄浦斯的悲剧故事,都反映了人物对抗命运反而落入了命运的掌控之中。

当然,怀着一股讽喻劝世、教化善德的热切情怀,蒲松龄不忍心把人的作为、人的力量看得这么卑微,也不愿意看到人在命运面前毫无反抗之力。有时候,他着力凸显人物抗争命运操控的坚强意志和赤诚之心,并赋予人物改变命数、扭转命运的能力。如《钟生》有三处使用了预叙:(1)道士预言钟生有希望高中乡举获得功名,但其母亲病危,科试完毕钟生再也见不到母亲;(2)道士称钟生前世投石打狗,误打死青蛙,论定数应当横死,不得善终;(3)道士预言钟生妻子年后将死,继室在中州,今年已经十四岁。在这三个预叙事件中,只有第三个预言成为现实。这一预言的实现不是钟生守株待兔的结果,而是他自觉顺应命运理性选择的结果,因为在妻子病逝后,钟生遵照母亲的嘱咐前往江西省亲,特意转道中州以应当年道士的谶语。在第一个预叙事件中,钟生的母亲虽然身染沉疴,不仅未撒手人寰,反倒获得了新生。这一预叙事件没有成为现实,原因是钟生生性大孝,科试没有结束就急着回乡奉养母亲,一片纯孝之情感天地、动鬼神,于是命运为他母亲的寿命重新作了安排,阴间给她赐寿一纪。第二个预叙事件也没发生,那是因为第三个预叙事件提前发生了:钟生在妻子的帮助下,凭自己的坚韧执着感动了会法术的岳父,岳父出手相救使他免于刑罚。在这儿,钟生的主观情志参与到命运与人生所玩的游戏里，改变了自己的生活遭际。由此可见，预叙事件没有成为现实，不是命运对人的控制力减弱了，而是人摆脱命运的主观愿望和主体力量得到强化了。蒲松龄借此表明，只要不甘于做受摆布的玩偶，人就能主宰自己的命运。

可见，蒲松龄在小说中宣扬了因果报应、善恶轮回的宗教观念，并没有把命运抬高到无以复加的地位，反而写出了命运在人的主观情志影响下发生的变化。从这个意义上说，蒲松龄是一个宿命论者，却是一个"积极的"宿命论者。在他看来，上天给定的运数、阴间的善恶果报是可以改变的，改变的决定性力量是人实施善德美行的决心、孝悌节义的真心或者敬神礼佛的诚心。故而，他笔下的很多人物命运的转机都贯穿着人物坚毅持恒的不懈追求，弥漫着一股人间道德伦理的正义力量。

（四）以预叙书写世态人情

如果仅从叙事结构与策略层面分析、判定预叙的功能，单纯将之视为作者（叙述者）设置故事情节、安排叙事序列以实现或掩饰真实叙事意图的手段，就容易忽略预叙的某些特殊功能，那就是表现社会习俗、书写人情世态。尽管西方叙事理论在某种意味上排斥将叙事文本与社会文化扯上关系，主张叙事文本足以证明自身是一件完整的艺术品，但并不否认叙事蕴含着一定的意识形态。"我们并不是将叙事体验为种种范畴的概略，而是把它体验为总体的运动，这一运动的组成部分的特征也许最好是用最普通意义上的'视点'——构成一个人对待世界之方式的一组态度、见解和个人关注——一词来描述。……语言，以及它们所蕴含的价值标准和态度，与我们认为是独立于语言的事物其实是不可分的；语言就在事物之中，对于事物，我们始终是从这一或那一视点来体验的。"[①] 换言之，作者讲述故事、描写人物，根本无法摆脱属于自己的独特视点，叙事文本必然传递或蕴含作者对事件与人物的价值判断、道德评价或情感倾向。《聊斋志异》的预叙往往渗透了蒲松龄对世事人情的评价，或者书写出他眼中的世间万象。

《胡四娘》一篇中，胡四娘尚未出嫁时，被善于识人贵贱的神巫断为"真贵

---

① [美]华莱士·马丁. 当代叙事学[M]. 伍晓明, 译. 北京：北京大学出版社, 1990：183-184.

人"，这成为众姊妹（婿）甚至奴婢讽刺她的话柄。因为，胡四娘的丈夫程孝思是招赘入门的穷书生，且生活在贫困之中。神巫的断语没能立竿见影地给胡四娘带来荣华富贵，但作为一面镜子足以折射出世俗的势利和亲情的淡薄。特别是胡四娘因夫贵而妻荣后，众人对她的态度由倨傲简慢变为火热亲昵。"雪中不送炭，锦上乐添花"，这样的反差更能刻写出"贫穷则父母不子，富贵则亲戚畏惧"①的众生相。《邵临淄》篇幅较短，故事情节也很简单。作者以术士对太学李生妻子必受官刑的推断设置了预叙，并以李生妻子因为詈骂丈夫受到官府的杖责以致臀肉尽脱为呼应，其用意显然不在简单地讲述一个离奇的故事，而是借这一稀奇事件描绘出李生妻子的凶悍个性。其他如《席方平》中席方平入阴间为父申冤的预叙、《田七郎》中田母关于儿子以死报恩的预言、《辛十四娘》中辛十四娘关于丈夫祸福的断语，均有折射人物深远见识的叙事功能。

较有特色的是《王六郎》中使用的预叙。淹死鬼王六郎对渔夫说，自己"明日业满，当有代者，将往投生"，并告诉渔夫翌日中午将有一个女子做自己的替身，渡河溺亡。王六郎身为"鬼"，可以拥有未卜先知的特异能力，而"鬼替身"的说法又符合民间"水鬼三年一替代"的迷信观念，因此，这一预叙的"可信度"极高。第二天，一名妇女怀抱婴儿落水却未淹死，预叙事件如期发生了，王六郎期盼的替代投生的结果没有出现。造成结果突转的正是王六郎自己：他怜悯女子怀抱中的孩子，不忍心让女子替代自己殃及无辜。其实，王六郎与渔夫交往的过程已经让读者看到，王六郎是鬼怪，却不像一般鬼怪天生具有害人伤人的冰冷无情的本性，反倒重情重义且富有怜悯之心，释放妇人的决定合乎他一贯的性格。在精心安排的预叙事件与后续事件的差异中，蒲松龄为我们塑造了一个宅心仁厚的鬼形象，为怪异的作品增添了人间的温情，淡化了"鬼替"题材带来的阴冷恐怖感。

（五）以预叙揭示社会变迁

《聊斋志异》虽然内容"大要多为鬼狐怪异之事"②，但寄托遥深，其命意往

---

① 战国策[M]. 何建章，注释. 北京：中华书局，1990：76.
② [清]唐梦赉. 唐序[M] // [清]蒲松龄. 聊斋志异：会校会注会评本. 张友鹤，辑校. 上海：上海古籍出版社，1986.

往在于人事。清代舒其锳跋《聊斋志异》称"大半假鬼狐讽喻世俗"[①]，南村称《聊斋志异》为"一代史局大手笔"[②]，都是针对《聊斋志异》反映社会与时代变迁的思想内容而言的。蒲松龄对时事的感慨和对历史事件的反映往往以隐曲的方法融汇在作品中，借助预叙是他反映社会现实动态的手段之一。蒲松龄使用预叙手段揭示社会历史现状及其变迁，可以分为两种基本情况。

一是凡涉及重大事件如社会变迁、兵灾战乱、朝代更替等，蒲松龄往往借鬼狐等怪异角色之口直接讲述预叙事件。《灵官》中朝天观道士与一老狐结为玄友，老狐离开朝天观另寻栖身之处时对道士说："君亦宜引身他去，大劫将来，此非福地也。"在此预叙之前，小说已经叙述了老狐具备凡人所不能的预知时数的奇异法力，故而无论从故事情理上看还是从人物性格逻辑上看，这次预叙都是可靠的。小说结尾以"未几有甲申之变"与之呼应，构成了完整的叙事圈。全篇涌动着一股大变将临，异物闻风而动、避难而迁的恐慌感与深沉感。《鬼隶》以城隍鬼隶报送济南大劫杀人数为预言，再接以"未几，北兵大至，屠济南，扛尸百万"，写出易代之际战火之惨烈，令人气结于胸。

二是委婉曲折地反映社会黑暗、官场丑恶，寄寓蒲氏所说的"孤愤"，以《何仙》最为突出。《何仙》中，乩神何仙评应举士子李卞相的文章为"一等"，紧接着说了一番很有深意的话："然此生运数大晦，应犯夏楚。异哉！文与数适不相符，岂文宗不论文耶？""异哉！文与数适不相符"，作为李生应举之作不得评为"一等"的婉转预叙，末一句"文宗不论文"暗示落榜的原因，大有影射现实的深意。果然，放榜后李卞相的文章竟然仅列四等。小说通过预叙暗示了李生的穷达不取决于文章而取决于文宗选任的房师，而这些房师在乩神何仙看来，"曾在黑暗狱中八百年，损其目之精气"，昏聩糊涂，难辨文章的优劣。小说称何仙与其他以算卦、占卜、神示等方式预言吉凶的人物不同，"每为人决疑难事，多凭理，不甚言休咎"。可见作者真实的用意全在"文宗不论文"一句上，旨在

---

① [清]舒其锳. 注《聊斋志异》跋 [M] // 丁锡根. 中国历代小说序跋集：上. 北京：人民文学出版社，1996：144.

② [清]南村. 跋二 [M] // [清]蒲松龄. 聊斋志异：会校会注会评本. 张友鹤，辑校. 上海：上海古籍出版社，1986.

提醒读者不要把何仙的乩语看作是对人物吉凶的神示，而应看作是对"事理"和"世情"的深刻揭露。

第四节 虚实交织的空间叙事

利用空间进行叙事的观念，我国早已有之。杨义从语义学的角度探明，"叙"与"序"、"绪"相通，"叙事"不仅在字面上有讲述的意思，而且暗含了时间、空间的顺序以及故事线索的头绪等意思。① 故而，小说内容的分布组合自然被某种具体形态的空间包蕴于其中，小说的结构布局也必须借助空间及其要素的结构关系呈现出来。《山海经》将视野远放到荒乎怪远、远离人居的海山大荒，在简短的篇幅中融入苍茫混莽的气息。两汉时期的杂史小说《汉武故事》、《汉武内传》，均叙述了西王母与汉武帝人神交往的故事，包含仙境与人世的叙事空间转换，为历史人物增添了神圣的传奇色彩。可以说，秉承这一传统，借助神异诡秘的空间渲染神幻瑰丽或阴森可怖的氛围，是志怪小说重要的叙事策略、叙事手段。《聊斋志异》正是因为其叙事空间纵横捭阖，变化丰富，在丰富而有层次的叙事空间转换中实现了惊人耳目、动人心志的叙事意图，具备了"驰想天外，幻迹人区"② 的恢宏的空间结构和跳荡的撰构神思。著名诗人王士禛看出了《聊斋志异》通过特异的叙事空间反映作者独特的感受与体验的特点，为《聊斋志异》题辞称蒲松龄"料应厌作人间语，爱听秋坟鬼唱诗"③。

一、《聊斋志异》叙事空间类型

拟实空间在拟实小说中占有重要地位，人物的生存活动、相互关系、事件的现实意义都需要在拟实空间得到合理的确证。而虚幻空间则在寓意小说（即借荒

---

① 杨义. 中国叙事学 [M]. 北京：人民出版社，1997：11.
② [清]高珩. 高序 [M] // [清]蒲松龄. 聊斋志异：会校会注会评本. 张友鹤，辑校. 上海：上海古籍出版社，1986.
③ [清]王士禛. 题辞 [M] // [清]蒲松龄. 聊斋志异：会校会注会评本. 张友鹤，辑校. 上海：上海古籍出版社，1986.

乎怪诞的情节、人世间所无有或者按照人世间的规律里不可能有的境界来隐喻折射现实的小说①）等类型的小说中占据重要地位。

(一)《聊斋志异》的拟实空间

《聊斋自志》说："人非化外，事或奇于断发之乡；睫在眉前，怪有过于飞头之国。"② 可见，从蒲松龄的主观用意看，《聊斋志异》仍以写身边之事为主，力求在平常生活场景中写出新奇、奇异的新鲜内容，属于"知耳目之内日用起居，其为谲诡幻怪，非可以常理测者固多也"③的作品。《聊斋志异》作品的开篇往往从现实世界中的人物写起，人物的生活经历和社会活动的主要场所都在人世间，大多数事件发生并完结于人物生活的现实世界；花妖鬼狐、仙家术士大多也由虚幻空间进入拟实空间，生活方式、社会来往、性情个性与平常人并无二致；多数作品叙述的是平常人身边发生的不寻常的事，与鬼怪仙妖无关，也不涉及虚幻空间（鲁迅先生所说的《聊斋志异》"出于幻域，顿入人间"④，也仅就其中叙述"畸人异行"的作品包含了人间与异域的叙事空间转换而言，并非指所有作品均涉及虚幻空间）。

从整体上看，《聊斋志异》善于通过精心建构叙事空间并加以细致描绘来辅助刻画人物性格。比如，讲述人与异物婚恋故事的《青凤》，其涉及的拟实空间主要有三个：(1) 太原耿氏老宅；(2) 耿去病搭救青凤的野外；(3) 耿去病为青凤另置的住所——另舍。在空间 (1) 内，小说着力渲染了耿去病豪放不羁的性格，把青凤的温婉娇柔和青凤叔父的开朗健谈、对子女管教严厉表现得非常到位。空间 (2) 是耿生营救青凤的环境，"野外"这一非限定场合和"偶遇"这一事件很好地协调起来，表明二人情感发生转机具有一定的偶然性。空间 (3) 属于私密的二人世界，耿生和青凤在这一空间里的对话张弛有致，极富调笑情趣。蒲松龄的高明之处就表现在这儿：在不同的拟实空间里表现不同的情境氛围，灵

---

① 马振方. 小说艺术论 [M]. 北京：北京大学出版社，1999：205.
② [清]蒲松龄. 聊斋自志 [M] // [清]蒲松龄. 聊斋志异：会校会注会评本. 张友鹤, 辑校. 上海：上海古籍出版社，1986.
③ [明]即空观主人. 拍案惊奇自序 [M] //丁锡根. 中国历代小说序跋集：中. 北京：人民文学出版社，1996：785.
④ 鲁迅. 中国小说史略 [M] //鲁迅. 鲁迅全集：第九卷. 北京：人民文学出版社，1996：209.

活而有致地调节着叙事的情感基调。在空间（1）、空间（3）里，作者将奇异之事与生活之理、人情之复杂结合在一起，描写细腻生动。作品中的拟实空间不单纯是人物活动的舞台，而是塑造人物形象的手段方法，正如米克·巴尔所说，空间被"主题化"了[1]。

（二）《聊斋志异》的虚幻空间

《聊斋志异》"多载诙诡恍惚不经之事"，仿佛能够达到屈原"彷徨山泽，经历陵庙，呵壁问天"[2]的叙事效果，主要原因是蒲松龄在作品中倾注了对社会和人生的复杂体验、无限感慨，而次要的却不可或缺的原因是小说构建了形态异常丰富的虚幻空间。具体来说，《聊斋志异》的虚幻空间有四种存在形态。

一是仙境，即神仙居住的地方。《聊斋志异》中，只有少数仙境不在天覆地载之内，是与人间壁垒分明的天宫或者仙界；绝大多数仙境与凡尘一样，位于广袤的大地上，只不过远离尘嚣、人迹罕至而已，如幽深老林、山中洞府或海外异域。凡人必须以不同寻常的方式才有机会进入仙境：有的仙境凡人在死后才可以前往，如《晚霞》中阿端溺水死后到达的龙宫；有的仙境凡人需要仙人或异士法术的帮助才能到达，如《仙人岛》中王冕进入的仙人岛。仙家洞府往往有一番人间难以企及的奇异瑰丽景象，如《晚霞》中龙宫的歌舞场景：

  明日龙窝君按部，诸部毕集。首按夜叉部，鬼面鱼服，鸣大钲，围四尺许，鼓可四人合抱之，声如巨霆，叫噪不复可闻。舞起，则巨涛汹涌，横流空际，时堕一点星光，及着地消灭。龙窝君急止之，命进乳莺部，皆二八姝丽，笙乐细作，一时清风习习，波声俱静，水渐凝如水晶世界，上下通明。……次按燕子部，皆垂髫人。内一女郎，年十四五以来，振袖倾鬟，作散花舞；翩翩翔起，衿袖袜履间，皆出五色花朵，随风飏下，飘泊满庭。

---

[1] ［荷］米克·巴尔. 叙事学：叙事理论导论［M］. 谭君强，译. 北京：中国社会科学出版社，1995：108.

[2] ［清］余集：余序［M］// ［清］蒲松龄. 聊斋志异：会校会注会评本. 张友鹤，辑校. 上海：上海古籍出版社，1986.

有些仙境与人间的差异仅表现为仙人具有异术法力，其自然环境乃至社会环境则与人间相类，如《仙人岛》：

> 少间，一丈夫出，是四十许人，揖王升阶，命侍者取冠袍袜履，为王更衣。既，询邦族。王曰："某非相欺，才名略可听闻。崔真人切切眷恋，招升天阙。自分功名反掌，以故不愿栖隐。"丈夫起敬曰："此名仙人岛，远绝人世。文若，姓桓，世居幽僻，何幸得近名流。"因而殷勤置酒。又从容而言曰："仆有二女，长者芳云，年十六矣，只今未遭良匹。欲以奉侍高人，如何？"王意必采莲人，离席称谢。桓命于邻党中，招二三齿德来。

其中，仙人的服饰无外乎"冠袍袜履"，与人间的日常服饰没有本质差异；宾主相见时的自我介绍、互致寒暄的礼节也同世俗一样；由家长直接表明与对方结为婚姻的愿望，并且请年高德劭的邻居做见证人，正是人间婚姻风俗的写影。

二是阴间，是鬼魂停留的处所、冥司官吏所在之处。《聊斋志异》绝少对阴间展开详细具体的描绘，只有《席方平》、《续黄粱》等少数作品展示的阴间具有相对的独立性、典型性和完整性，大多数涉及阴间的篇章仅仅截取了一个场景、片断展示鬼魂所在阴间的某个侧面。如《考弊司》中的阴间：

> 至一府署，廨宇不甚弘敞，惟一堂高广，堂下两碣东西立，绿书大于栲栳，一云"孝弟忠信"，一云"礼义廉耻"。蹑阶而进，见堂上一扁，大书"考弊司"。楹间，板雕翠字一联云："曰校、曰序、曰庠，两字德行阴教化；上士、中士、下士，一堂礼乐鬼门生。"

许多作品将阴间环境的描绘与叙事紧密结合一起。晏仲在途中遇到故友梁生，被殷勤邀请到梁生家里。其实梁生已死，晏仲所遇实为鬼魂，"入其门"之时就是晏仲进入阴间之时。以下的文字即将阴间环境描写与故事情节交织一体：

> 仲出立门外以俟之。见一妇人控驴而过，有童子随之，年可八九岁，面

目神色，绝类其兄。心恻然动，急委缀之，便问童子何姓。答言："姓晏。"仲益惊，又问："汝父何名？"言："不知。"言次，已至其门，妇人下驴入。仲执童子曰："汝父在家否？"童入问。少顷一媪出窥，真其嫂也。讶叔何来。仲大悲，随之而入。见庐落亦复整顿……坐久，酒渐解，始悟所见皆鬼。（《湘裙》）

有些篇目中人、鬼活动的场所貌似阴间，其实兼具幻化境的性质，如《公孙九娘》中莱阳生进入的莱阳里，就是鬼魂的集中居住之所。严格来说，这不是纯粹的阴间，而是与人间交织互通的复合空间。

三是幻化之境，即鬼、狐等异物或者异人、仙人运用法术在凡人面前创设的幻象空间。有的以坟墓为底幻化而成，如《巧娘》中傅廉夜间看到的高门大宅，《婴宁》中王子服看到的婴宁在山野中的住所，都是鬼魂妖狐居所幻化出的虚像。有的以狐怪花妖生活的环境如荒林洞穴等为底变幻而成，如《娇娜》中孔雪笠看到的娇娜家的府第。有的是仙人运用法术变幻而成，如《寒月芙蕖》中济南道士在寒冬腊月幻化出满湖荷花的景象。有的则为"刹那一念"催生的幻化之境，如《画壁》中朱孝廉进入的幻境。朱孝廉看见"东壁画散花天女，内一垂髫者，拈花微笑，樱唇欲动，眼波将流"，"不觉神摇意夺，恍然凝思"，竟然"身忽飘飘如驾云雾，已到壁上。见殿阁重重，非复人世。一老僧说法座上，偏袒绕视者甚众，朱亦杂立其中。少间似有人暗牵其裾。回顾，则垂髫儿冁然竟去，履即从之，过曲栏，入一小舍，朱次且不敢前。女回首，摇手中花遥遥作招状，乃趋之"。朱孝廉在壁上经历了一番与女子结为夫妇的奇遇后回到现实世界，"共视拈花人，螺髻翘然，不复垂髫矣"。显然，朱孝廉进入的空间乃是凭依一幅壁画经臆想催化而成的空间。蒲松龄不仅借小说中的老僧所说的"幻由人生，贫道何能解"点明这一空间的性质，而且以异史氏的口吻指出，"人有淫心，是生亵境；人有亵心，是生怖境。菩萨点化愚蒙，千幻并作，皆人心所自动耳"。

这些幻化之境只在特定的条件下呈现出其奇异风貌，或者只在某一特定对象的眼前浮现出幻象。一旦特定条件逝去，或者在非特定对象的眼中，幻化之境便会恢复或呈现自然原貌。《狐女》中伊衮因遭遇叛寇骚乱而离村窜逃，傍晚时分路遇与自己有过一段私情的狐女，狐女为他搭建屋舍以避虎狼。当伊衮跟随狐女走近屋舍时，看到"大木千章，绕一高亭，铜墙铁柱，顶类金箔；近视，则墙可及肩，四围并无门户，而墙上密排坎窗"；天亮后，伊衮"逾垣而出。回视卧处并无亭屋，惟四针插指环内，覆脂合其上；大树，则丛荆老棘也"。其中决定幻境存在的关键因素是"夜晚"，这是一个特殊的时间条件，幻化之境唯在此时呈现出其异于日常的形态（以阳光为标志的白昼则能让幻化之境失去原有的瑰丽奇异景象）。《巧娘》中当傅廉为三娘寄家书来到海南，夜间在荒野里奔波，走投无路，只好爬到树上栖身，看到道路旁有一座坟墓。就在听到树下有人说话而向下窥视的刹那间，他眼前的荒塚转瞬间"庭院宛然；一丽人坐石上，双鬟挑画烛，分侍左右"，庭院中的丽人是狐女巧娘。这一幻境的维持条件是"夜间"以及有他人窥看"荒塚"。傅廉受邀进入庭院（荒塚）与巧娘共度了一段时光，庭院一直保持着幻相（坟墓的幻化之像）；傅廉在白昼走出门外，眼前则"屋宇无存，但见荒塚"，幻境恢复了原貌。身居其中就是幻化之境存在的必要条件，颇有点"当局者迷，旁观者清"的意味。

四是梦境，是人在睡眠中产生的幻觉。梦境也不是现实中的人所能生存的空间，仅仅作为人的潜意识幻生的表象体系而存在，故而将之也归入虚幻之境。《聊斋志异》描绘的梦境功能是多种多样的。有的构成了预叙，用来暗示将来的结局或人物的遭际，如《梓潼令》中的梦境；有的作为对人物生活的拟实世界直接映像，如《梦狼》、《僧孽》中的梦境；有的是人物心理衍生出的幻象，如《绛妃》中的梦境；有的则是真幻交织、扑朔迷离，借以呵醒梦中人，如《成仙》中周生的梦境。蒲松龄将梦境的表现与故事发展的进程交织在一起写，而不是专门耗费笔墨详尽描绘，如《四十千》所写的梦境，"忽梦一人奔入，曰：'汝欠四十千，今宜还矣'"，寥寥两句已经制造了悬念，为情节发展埋下了伏笔。再如《成仙》中的梦境：

甫交睫，闻成呼曰："行装已具矣。"遂起从之。所行殊非旧途。觉无几时，里居已在望中。成坐候路侧，俾自归。周强之不得，因踽踽至家门。叩不能应，思欲越墙，觉身飘似叶，一跃已过。凡逾数重垣，始抵卧室，灯烛荧然，内人未寝，哝哝与人语。舐窗一窥，则妻与一厮仆同杯饮，状甚狎亵。于是怒火如焚，计将掩执，又恐孤力难胜。遂潜身脱扃而出，奔告成，且乞为助。成慨然从之，直抵内寝。周举石挝门，内张皇甚。擂愈急，内闭益坚。成拨以剑，划然顿辟。周奔入，仆冲户而走。成在门外，以剑击之，断其肩臂。周执妻拷讯，乃知被收时即与仆私。周借剑决其首，胃肠庭树间。乃从成出，寻途而返。

这段文字将描绘与叙述融汇一体，文笔细腻，但对静态梦境空间、场景加以描写的文字极少，仅有"灯烛荧然，内人未寝，哝哝与人语。舐窗一窥，则妻与一厮仆同杯饮，状甚狎亵"等数句，以及"里居已望"、"路侧"、"家门"、"内寝"、"庭树间"等词语透露出空间变换的消息，大部分笔墨集中在人物行动的描写上，用笔紧凑而流畅。

上述诸种空间在《聊斋志异》的作品里错综交叉，似分实合。故事在各种空间中曲折演绎，不断翻新出奇。比如，蒲松龄常将仙境与人间、梦境交织在一起，利用叙事空间的迅疾变化，起到亦幻亦真、相映生奇的叙事效果。《成仙》中周生梦见成仙裸伏在自己身上，应该是梦境；可是醒来后发现自己竟然与成仙颠倒了身躯，这是成仙以幻术招他归隐，虚幻之梦境与幻化之境融为一体。周生寻成仙至仙境，与成仙并坐，恍然间二人又相互颠倒了身躯，仙境与幻化之境融会一处；身处仙境的周生梦中发现妻子与厮仆人私通，愤然杀死这二人，后来回到家乡得知，妻子就在那天晚上被杀，梦境和现实（拟实空间）交替变换。《成仙》不停变换空间叙事方式产生的叙事效果，化用小说中的话来说，是"梦者以为真，真者乃以为梦"。冯镇峦评这种展开叙事情节的艺术是"针尖眼里走得出来，芥菜子中寻条路去"①，很是欣赏蒲松龄运思叙事的本领。

二、《聊斋志异》叙事空间关系

"唐宋传奇与话本小说已经突破了事件片段的实录与连缀的叙事思维，并力

---

① [清]蒲松龄.聊斋志异：会校会注会评本［M］.张友鹤，辑校.上海：上海古籍出版社，1986：92.

求用叙事时间的延续性弥补叙事空间的单一性。这种努力虽然解决了人物性格与情节延伸的同步问题与人物性格发展的因果问题，但时间延续的不可逆转性与空间维度的单向性决定明清小说家还必须在叙事空间的拓展上继续努力。"[1] 蒲松龄正沿着这条艺术之路深耕细作，在虚幻空间与拟实空间的复杂关系中强化了空间的叙事功能。大致来说，《聊斋志异》拟实空间与虚幻空间存在四种基本关系。

（一）接续关系

人物行动或者事件进程发生在两种或两种以上不同性质的空间里，这些空间按时间顺序或依循某种事理逻辑依次相接，构成了接续关系。在《白于玉》中，吴筠与白于玉的频繁来往发生在拟实空间。二人分别后，吴筠非常想念白于玉。于是白于玉派家童邀请他到广寒宫相聚，吴筠得以进入仙境这一虚幻空间。吴筠在仙乡与白于玉欢聚过后，童子奉命送他回家。吴筠醒来仍睡在卧榻之上，回到了拟实空间。该作品中空间转换的主要线索是时间顺序。而果报型故事中涉及的空间转换的主要线索是善恶果报的情理逻辑，一个人作了孽或者行了善，依照宗教思想观念必须到阴间接受惩处或在阳间享受善报，强调的是因缘与结果的必然联系。《聊斋志异》中有两篇题为《三生》的作品，其要旨是宣扬"善有善报，恶有恶报"因果轮回的观念，故而作者将故事安排在不同的空间加以叙述。其中一篇先写刘孝廉死后进入阴间，阎王查稽其生前恶迹，罚他作马，转眼间他便托生为马，备受苦难折磨，这是通过叙述同一人（魂魄）在不同的世界间转生轮回将阴间（虚幻空间）与人世（拟实空间）连接起来。还有一种接续是同一人进入阴间，重返人间后仍是"这一个"人，并没有转生为他人或者异化为他物。《刘夫人》中廉生受邀进入由坟墓幻化成的刘夫人家中（实为阴间，是为虚幻空间），受刘夫人指点又回到阳间（拟实空间）行商，牟利后又回到阴间（虚幻空间）与刘夫人交割。在两种性质不同的空间来来往往，廉生都保持同一身份。

空间的接续不仅意味时间的流逝、世事的变迁，而且预示故事情节的曲折发展，甚至折射了人物命运与生活境遇的变化。《翩翩》中罗子浮最初在人间受到他人的诱惑，一贯游手好闲，耗尽家业之后陷入了贫困，最终遍身生满疮疖，受

---

[1] 臧国书：《聊斋志异》死亡叙事的价值追求与审美理想 [J]. 曲靖师范学院学报，2008（5）：49-53.

到人们的厌弃。一个偶然机会，罗子浮进入仙境，其生存境况大为改观。不仅身上疮疡被翩翩施以仙术治疗痊愈，他还娶了翩翩这位美貌善良的仙女，过上了衣食无忧、儿女绕膝的幸福生活。后来因为思乡离开仙境回归故里，不得不与仙妻离别，孰料一别竟成永诀。当罗子浮携孩子再往仙山寻找翩翩时，"则黄叶满径，洞口路迷，零涕而返"。

（二）并行关系

无论是拟实空间还是幻化空间，都可以按照一定的条件或依据一定的界线划分为相对独立的较小范围的空间，比如：按照国度、地域划分而成的空间，按照地貌形态划分的山地、森林、平原、海洋等空间，以天庭、地狱之门为界划分出的天宫、人间、阴间等空间。在虚构的小说艺术空间里，这些空间可以共时存在。然而，仅仅共时存在的不同空间，它们之间未必存在并行关系。只有当不同的地点、场合同时发生性质相同、相近事件，且这些事件之间有着必然的、内在的联系时，事件涉及的两个或两个以上的空间才能认定具有并行关系。例如，《梦狼》中白翁的梦境与其长子的官衙就是具有并行关系的不同性质的空间：白翁在梦中（虚幻空间）看见鱼肉百姓、贪狠暴戾的儿子受到神灵惩处，被金甲猛士敲落了牙齿；就在同一时刻，他身处拟实空间的儿子醉酒落马，摔折了牙齿。《阎王》中李久长进入阴间，见到嫂子手足被钉在门上，而此刻阳间的嫂子则经受着臂生恶疽的痛苦折磨，这儿的阴间与阳间也是并行关系。这两篇小说都以虚幻空间中的事件和拟实空间中的事件两相映照，揭示出"现世报"的存在，以教化人心、导人向善。《成仙》中的周生在梦境中杀妻与他妻子在拟实空间被杀，事件发生的两重空间也是并行关系。与《梦狼》、《阎王》相比，《成仙》的空间并行少了宗教因果报应的成分，但多了"人生如梦、梦如人生"的大觉大悟的幻奇色彩。

（三）交融关系

在《聊斋志异》部分作品中，拟实空间和虚幻空间之间并没有鲜明的物理属性差异或区域界限，而是你中有我，我中有你。《巩仙》中道人以幻术用细葛将"中贵人"悬挂在楼外，在"中贵人"及他人眼中，此时"中贵人"的处境是"高深眩目，葛隐隐作断声"，鲁王甚至让人在楼下"藉茅铺絮"，以防"中贵人"

掉下来。实际上,"中贵人"离地面"乃不盈尺"。这儿的拟实空间与虚幻空间不分彼此,相互交融,一体而异像。构建交融的空间关系是蒲松龄擅长使用的引读者入幻境、达到似幻似真叙事效果的艺术手段。蒲松龄常常根据故事情节发展和人物形象塑造的需要,为拟实空间设置一些必要的错觉要素、时间条件或情境因素,不露痕迹地将之改造为虚幻空间,渲染出一幅幅虚实相映、真假莫辨的奇幻图景。《花姑子》中蛇精穴窝与安幼舆眼中的高门府第、《娇娜》中狐妖居住的坟冢与孔生看到的壮丽屋宇、《公孙九娘》中遍布坟墓的乱葬岗与莱阳生进入的村落宅邸,均属于与拟实空间错综分布或同体异像的虚幻空间。

(四)象征隐喻关系

对空间并行关系的把握是为了考察不同性质空间中的事件之间的对应关系,借此诠释蕴含于文本之中的情感倾向与思想内涵。而对空间的象征隐喻关系的把握,则是为了考察不同性质的叙事空间在建构作品的意义、价值和思想系统方面发挥的作用。《聊斋志异》的虚幻空间特别是阴间经常被蒲松龄处理成为拟实空间的同质异构,具有深刻的象征与隐喻意义。《席方平》中席方平为父亲申冤的愿望因官官相护而不得实现,于是到阴间诉冤,没料想阴司同样官贪吏虐,上下沉瀣一气欺压良善。作品中"阴间"这一虚幻空间其实就是人间这一拟实空间的写照。阴间官吏贪赃枉法、残害无辜的行径正是人间官吏谄媚权势财富、欺压善良百姓行为的镜像。其他如《考弊司》中虚肚鬼王接受贿赂录取秀才的阴间,是人间科考试场的象征;《考城隍》中的阴间场景与事件,则是作者心中理想的人间选拔人才的隐喻。

三、《聊斋志异》空间叙事的功能

叙事空间是事件、人物得以展开、生存的要素,叙事空间的设置、转换、衔接的基本动力是事件推进、人物活动的地点发生转换或者事件中心人物转变。但是,一旦作者(叙述者)不满足于叙事空间的自然转换,有意识地调动空间手段实现特殊的叙事意图时,此时的叙事空间不再是单纯的人物活动的场所、背景,其功能也发生了转换。蒲松龄意识到空间的属性、转换在塑造人物形象、推进故事情节和丰富作品的思想内容等方面具备的潜在功能,自觉运用空间手段强化叙事效果。

(一) 借助空间特性实现特定意图

蒲松龄在《聊斋自志》中称自己的作品为"孤愤之作",对蒲氏所云"孤愤"的具体内涵,研究者解读纷纭,尚未达成一致看法。但是,《聊斋志异》有许多作品渗透了蒲松龄对人生、社会的思考与感受,寄寓了蒲松龄的主观情志,却是不争的事实。在寓有"孤愤"的作品中,事件发生的空间不是纯粹的仅具物理属性的空间,而是具有深刻的现实意义和文化内涵的人文空间。作者要么在一篇作品中着力刻画某一空间的特性,要么通过多篇作品描绘性质相同的叙事空间,多侧面、多维度地描绘人间世相,反映社会本质。《张鸿渐》、《窦氏》中豪强权贵欺民霸世的社会现实,《续黄粱》、《刘姓》中为恶者遭受报应的三世,蒲松龄都集中笔墨作了充分的描述,最为出色的当属于采用套迭式空间叙事的《续黄粱》。《续黄粱》中曾孝廉一梦之际进入了幻境,实现了自己"二十年太平宰相"的幻想,也达成了任人唯亲、报恩复仇的心愿,这是在拟实空间后面续接虚幻空间。因为作恶多端,多行不义,曾孝廉被强盗杀死,魂魄进入阴间受罚,这是在梦境中套入虚幻空间——阴间;而在阴间受罚后,曾孝廉又再一次进入梦中人间受罚。小说就是这样环环相套,延伸叙事长度,表达对为官不仁行径的深恶痛绝,借以警示世人。当再次回到现实人世(拟实空间)时,曾孝廉已经参透了名利,幡然醒悟。这篇小说叙事转折多变,却又极有层次感,将一人追求权势与荣华的心迹演绎为种种复杂的社会事件,很有深意。

(二) 借助空间转换推进情节

一般来说,叙事线条的延伸是人物之间的矛盾或者事件内部矛盾推动的结果。蒲松龄却能够在这些力量之外,别寻到一种力量,使叙事波澜迭起,情节不断变化更生,把原本属于事件之外的空间通过转换衔接融进事件进程之中。《张鸿渐》中张鸿渐经历的主要空间有三个:现实生活空间、逃难中与张舜华生活在一起的居所、张舜华仿张鸿渐的家变化出的幻境。这三个空间分别是:揭露官吏残暴、正义难以伸张的黑暗现实;表现张鸿渐逃离现实矛盾、与张舜华缠绵情意的遇仙世界;检验张鸿渐情感对张舜华情感的真伪深浅的幻化空间。三个空间的转换与衔接将正义与邪恶的斗争、邻里之间的纠纷和男女情爱的纠葛交织在一起，使故事形态向更为繁复的层面发展，避免了叙事的单一性和片面性。《王桂庵》中空间转换则另有一番作用：王桂庵对江边偶遇的美丽女子心生爱慕，因为相思之热切而进入梦境，梦中与姑娘在一江村相会。这个梦境（虚幻空间）隐喻着二人爱情的转折历程。正是受梦境的暗示与激发，王桂庵寻踪来到了姑娘生活的村落，二人得以相会。如果没有这个梦境，那么二人在镇江将再次失之交臂，无法重续情缘。空间一旦成为引发后叙事件的线索，其转变还会造成悬念，制约着叙事节奏和故事发展的速度。如《西湖主》中陈弼教在洞庭湖上搭救了猪龙婆，为他的人生遭际做了铺垫。后来，陈弼教遭受风暴落难岛上，进入了西湖主的后花园，被公主身边的婢女发现。婢女对他在公主失落的红巾上题诗的行为大为惊恐，让他待在后花园听候消息。从后花园园门关闭的那一刻起，陈弼教便从相对开放的空间进入了一个相对封闭的空间，这一封闭空间成了设悬的最佳场所：陈弼教对自己的生死祸福无从得知，一切外界消息均由婢女转告，故而时而大惊失色，时而彷徨自危，时而忧虑欲死。直到走出花园这一封闭空间、王妃婢女认出他就是搭救王妃（猪龙婆）的人之后，前后空间的联系才得以明朗化，人物的命运发生了转折，悬念解除。

（三）借助空间映衬，凸显人物特征

在借助空间叙事凸显人物性格特征方面，《聊斋志异》主要使用了三种方式：利用对比性空间、利用相似性空间和利用接续性空间。利用对比性空间是指将人物置身于性质截然相反的环境中，使人物面临尖锐的冲突，从而刻画出人物鲜明的性格。仇大娘在娘家境况较佳时，常常因为归宁时父母馈赠不满所愿而忤逆父母（《仇大娘》）。作者略叙这类事件，详细叙述了当娘家陷入绝境时，仇大娘毅然挺身而出，勇担重任，为振兴娘家的家业呕心沥血，甚至在别人的猜忌中忍辱负重，最后一举复兴娘家家业而又功成不居（一再辞让不接受娘家赠予的家产）。仇大娘在顺境和逆境中的不同行为形成了对比，其知大义、明大理的刚强个性被刻画得异常鲜明。何守奇热情地赞扬说："陇西行云：'健妇持门户，亦胜一丈夫。'读仇大娘事，信然。"[①]《武孝廉》通过石某在贫病交加、穷困潦倒处境中

---

① [清]蒲松龄. 聊斋志异：会校会注会评本[M]. 张友鹤, 辑校. 上海：上海古籍出版社，1986：1401.

与选官到任后对妇人的前倨后恭的态度对比，描摹出他薄情寡义、忘恩负义的嘴脸。《仙人岛》中王勉在现实中以嘲笑讥讽他人为乐，而在仙人岛上则受尽了云芳等人的奚落。将人物置于性质相同或相似的空间以强化人物的性格特征的作品，比较典型的是那些具有三复叙事结构的作品。《妖术》以于公占卜为引子，将于公三次主要行动均安排在夜间，通过描述于公连续三次战胜轮番出场的一次比一次强悍的妖物，突出了于公刚勇任侠、胆识过人的性格。《小翠》则让小翠在不断介入王侍御和王给谏的矛盾冲突中显露她的聪明才智。而利用空间接续关系在一系列有区别而又前后相连的环境中叙述人物的行为和选择，不仅有利于充分表现人物的思想情志和个性特点，强化其一以贯之的核心性格特征或主导性格特征，还有利于写出人物性格的发展与变化。如《叶生》、《褚生》等作品安排对功名近于痴狂的叶生、褚生死后从阴间返回阳世，继续参加科举考试，反映了他们皓首穷经、迷途不知返的悲剧人格。《鸦头》借空间的连续变化烘托鸦头对爱情的坚贞执着和顽强的反抗精神。

（四）借助空间特质实现诗意叙事

余集称《聊斋志异》"恍惚幻妄，光怪陆离……殆以三闾侘傺之思，寓化人解脱之意"[①]。蒲松龄《聊斋自志》也将自己的作品比作屈原、李贺感慨时事和抒写郁愤的诗篇。当蒲松龄将直面现实的深沉情思和对人生热切的期待催生的无限的感慨寄寓在小说中时，作品就会笼罩浓郁的诗意，焕发诗一般的动人光彩，形成了隽永灵动的意境。《聊斋志异》中将小说诗意化的技巧多种多样，有的以诗作为小说情节发展、人物塑造的经纬，有的将诗人的人生态度、精神气质、内涵精髓、风格特征熔铸成小说的主旨和风格，有的从形象塑造中抽象出人生哲理、追寻诗性真情，有的以小说的整体情节线索和结构安排突出文化品位，有的用诗的思维流程来营造极为情绪化、极为优美的诗的意境[②]。但是，这些艺术技巧若是缺少富有诗意的叙事空间与之和谐共振，则小说至多蕴含诗的情感，却难

---

① ［清］余集. 余序［M］// ［清］蒲松龄. 聊斋志异：会校会注会评本. 张友鹤，辑校. 上海：上海古籍出版社，1986.

② 丁峰山. 诗情·诗韵·诗骨——《聊斋志异》立意诗化作品探析［J］. 宁夏大学学报（人文社会科学版），2002（3）：69-72.

以闪耀着诗境的光彩。

如《聊斋志异》中富有特色的篇什《婴宁》,杜贵晨称此篇"浅尝如珍馐佳馔,爽口悦目;深味则觉有丝丝悲凉,起于字里行间"①,点出该篇蕴含的优美隽永的诗意和浓郁的哲理意味。有些研究者在探讨该篇的诗意叙事时,关注的焦点往往集中在婴宁天真烂漫、情态丰富的笑靥上。其实,小说为人物生存而创设的空间,在营造"表层的喜剧色彩和内在的悲剧情味"②相交织的诗的氛围上,也发挥了巨大的叙事功能。婴宁生活在荒山野谷,远离尘嚣。她的家四周空山合翠,庭院中"桃杏尤繁",石径有"夹道红花",后园"花木四合其所"。生活在这样一个环境中的婴宁,其行为举止莫不和花有关:初见书生借花传情,行走时手执杏花,微笑时轻撚杏花,掩饰时问"视碧桃开未"。这美丽的山村弥漫的画意与婴宁的"笑"所传达的诗意映衬烘托,使艳丽夺目的鲜花与婴宁璀璨动人的"笑"构成了小说最为鲜明的两种意象,经过作者不断的渲染强化,具有了诗的韵律、诗的意蕴。待从山村来到人间后,面对讲究礼教、推重世情的理性至上的社会现实,婴宁时时处处禁受到人伦教化的约束,最终竟"不复笑,虽故逗,亦终不笑"。不受世俗清规约束的山村不再,富有浓郁诗意的个性也随之消失。可以说,两个特质迥然相异的空间转接,不仅带来了婴宁性情之变化,而且使故事前后两段呈现出质朴烂漫、乐观轻扬与凝重沉郁、哀婉感伤的美学风格差异,作品那股深沉悲慨的哲理意味正来于此。

与《婴宁》类似的通过具有某种特质的空间渲染诗情、深化意蕴的作品还有《白秋练》、《绛妃》等。白秋练和慕生都追求诗意的生活,沉醉在诗歌构成的文化空间里。慕生在经商途中吟哦诗歌,引发了白秋练对他的一腔真情,二人因为诗歌而结缘相恋。当二人受相思之苦的煎熬先后病魔缠身时,他们互为对方吟诵诗歌驱散了相思病魔。二人结为夫妻之后,白秋练因为湖水未能按时而至焦渴致死,慕生按约定的时辰吟诵杜甫梦李白的诗篇,竟然保全了其性命。在这篇处处洋溢着诗情、弥漫着诗意的作品中,诗歌既是营构文化空间的手段,也是建构诗

---

① 杜贵晨. 人类困境的永久象征——《婴宁》的文化解读 [J]. 文学评论,1999(5):125-128.
② 杜贵晨. 人类困境的永久象征——《婴宁》的文化解读 [J]. 文学评论,1999(5):125-128.

意人生的过程。在富有象征和隐喻意义的空间内，人物获得了诗的灵动和意蕴，性情心志得到了升华。如果没有借助诗歌建构起来的文化空间及人物对诗意生活的执着追求，该作品的诗意会大为减弱。《绛妃》则幻构了一梦境。在梦境中，花神绛妃因敬重"余"的文才，欲请"余"撰写檄文讨伐封氏，故而礼数周备，殷勤劝酒。在受到如此恩宠礼遇的环境中，"素迟钝"的"余"、"此时若文思若涌"，援笔立就。绛妃左右争相传阅，"余"的荣宠之心得到了极大满足。此篇具有淡化情节的鲜明倾向，梦境的创设是为了酣畅淋漓地抒发心中的郁积之情。篇中"余"怀才受到隆重礼遇的梦境与作者抱玉而泣的现实形成了对比和象征。从"余"梦醒后补录的檄文来看，这纯粹是借梦境的荣耀浇自己心中之块垒的诗篇。

　　总之，蒲松龄运用传神之笔把空间要素变为小说叙事的有机组成部分，增强了文言小说延伸事件的功能，反映了作家在有限的篇幅内（文言小说大多为短篇）对文言小说艺术表现力的发掘与拓展。后来的文言小说，要么无视叙事空间的作用，把事件发生的空间仅仅视为静止的背景（如纪晓岚的系列小说）；要么单纯模仿描绘《聊斋志异》对怪奇空间的展现，未能将叙事空间与叙事意图、人物塑造、情节推进融为一体（如许多仿《聊斋志异》的作品）。与《聊斋志异》相比，它们均缺乏空间叙事翻新折进的创造力，在空间叙事艺术上逊色不少。

第五节　《聊斋志异》的第三叙事空间

　　对《聊斋志异》中那些以爱情婚姻为题材的作品的主题，无论解读为"反映了当时社会上广大青年男女在重重压抑和摧残下所产生的冲破樊笼、打碎桎梏的愿望和行动"[1]，还是解读为"狂生、美女就是为了填充故事时空而幻设的，美女夜临荒斋带来的情韵起到了拯救作者心头凄寂的作用，狂生夜居弃宅的故事则有利于消除作者心头的恐惧"[2]，都不能忽视这些作品中蕴含的一种特殊现象，那就是蒲松龄讲述这些故事时使用的空间叙事手段。蒲松龄往往将爱恋中的男女

---

[1] 张炯，邓绍基，樊骏. 中华文学通史 [M]. 北京：华艺出版社，1997：119.
[2] 李桂奎. 论《聊斋志异》的灯前月下时空 [J]. 蒲松龄研究，1998 (3)：55-65.

主人公的活动安排在远离闹市的书斋旧宅、仙妖幻化的洞府冢丘等相对私密与封闭的地点，在其中演绎一场场情浓意蜜、温馨旖旎的爱情故事，写尽青年男女情爱的悲欢离合、人生的缘深缘浅。蒲松龄笔下创设的这种空间，我们称为"第三叙事空间"。

严格来说，使用"第三叙事空间"这一概念并不准确。从叙事空间与现实世界的关系来看，《聊斋志异》的叙事空间只有"拟实空间"、"虚幻空间"两种形态。一个故事可能只发生在拟实空间里，可能只发生在虚幻空间里，也可能贯穿上述两种性质的空间形态，但绝不会发生在除此之外的任何空间里。因此就本质而言，第三叙事空间仍然属于拟实空间或虚幻空间，或者是拟实空间与虚幻空间交织浑融的产物。使用"第三叙事空间"这一概念，只是为了称呼的方便，以便分析把握《聊斋志异》中某些具有特殊性质的拟实空间或虚幻空间，故而，我们只结合男女情爱的存续状态描绘第三叙事空间的具体情状及其特点。

一、第三叙事空间是男女情感的自足世界

黑格尔说："作为主体，人固然是从这外在的客观存在分离开来而独立自在……人还是要和外在世界发生关系。人要有现实客观存在，就必须有一个周围的世界，正如神像不能没有一座庙宇来安顿一样。"[①] 蒲松龄对人的周围世界的认识虽然没有达到黑格尔的高度，但作为小说家，他了解自己笔下人物的思想情感、行为方式和性格特点，用心为人物选择适宜的行动空间，把一场场哀婉缠绵、热情如火、悲喜交加或坚贞不渝的爱恋故事安排在与世俗生活空间相对疏远与隔绝的场所里。在这样的空间里，男女双方情感的自足性不仅是维持二人爱恋关系的重要条件，也是男女二人所处第三叙事空间状态的重要条件。换句话说，在第三叙事空间里，恋情是男女双方生活的核心所在，社会关系隐退到幕后，成为被淡化、忽略甚至漠视的对象；不需要第三方力量，也鲜受世俗的道德伦理与礼法观念的约束，只要二人情感存在，第三叙事空间就会延续下去。故而，我们认为第三叙事空间是男女情感的自足世界。

---

① [德]黑格尔. 美学：卷一[M]. 朱光潜，译. 北京：商务印书馆，1979：12.

《聊斋志异》中以男女情爱为题材的作品有相对固定的结构模式，往往在开篇以简明的话语介绍主人公的背景信息之后，就按照以下人物行动（组合）模式叙述故事：（1）青年男子独自在书斋苦读，或者独居，或者孤身进入几近废弃的老宅，或者一人行走在荒山野岭；（2）有女子（大多为"异物"，如仙女、鬼女、妖女）主动前来与男子幽会，或者男子在路途中邂逅一位女子；（3）男子与女子彼此相恋或喜欢，度过了一段两情相悦、极其缠绵的日子，或者经历了一段曲折坎坷的岁月；（4）相恋的男女结为夫妻，生儿育女，或者双方情缘已尽，分道扬镳。如《连琐》的核心故事情节是：（1）杨于畏独居位于旷野的书斋，与夜间吟诗的女鬼连琐相识；（2）二人夜间在书斋谈诗论文，剪烛西窗，欢如鱼水；（3）薛生、王某等人得知此事前来哄闹，因为杨于畏招来外人介入二人世界，连琐负气而去；（4）阴间恶吏逼迫连琐做他的姬妾；（5）杨于畏、王某等帮助连琐赶走恶吏；（6）连琐感受生人气息有还阳复生的机会，杨于畏以精血相助，使连琐白骨生肉、复生人间。在情节（1）与情节（2）中，杨于畏、连琐二人之间由相遇到相识再到相恋是"旷野中的萧斋"这一第三叙事空间存续的力量之源。在情节（3）与情节（4）中，在阳间由于薛生、王某的介入，在阴间由于恶吏的介入，杨于畏、连琐二人情感自足的平衡被打破，"书斋"这一第三叙事空间被破坏。因为男女双方之外的因素或人物，都有可能成为解构第三叙事空间的力量。而在《连琐》中，杨、连二人私密世界的情感平衡之所以没有被外部介入的力量彻底打破，是因为故事情节（5）化解了连琐的埋怨之气，巩固了杨于畏、连琐的恋情，从而使第三叙事空间得以延续。小说虽然没有涉及杨于畏、连琐结婚生子的情节，但二人结为夫妻应该是故事发展的必然。从这篇作品可以看出，蒲松龄紧紧围绕恋情为人物选定了特定的核心行动，男女交往过程中发生的种种事件以及二人缠绕纠葛的关系构成了人物行动的主体内容，也构成了故事的主体内容。那些与交往的男女双方毫无瓜葛的或者有负面干扰作用（影响二人情感深化）的外部事件或第三方人士被忽略不叙，或者被作者做了有意识截留，形成了叙事"空白"或"漏洞"，从而为男女双方打造了纯粹的爱恋天地。

《翩翩》讲述了浪子罗子浮来到仙境与仙女翩翩结为夫妻的故事。在远离人世的深山仙洞里，罗子浮与翩翩相爱甚欢，过着衣食无忧、不问甲子的逍遥日子。罗子浮与翩翩生了儿子，为儿子娶了媳妇，享受着美满和谐的天伦之乐。小说除了叙述与罗子浮一家来往较为密切的花城娘子一家的事情，既不涉及其他仙人，也不讲述其他凡人的事情，仿佛过滤了二人的生活与情感之外的任何内容。如果不是按照人间娶妻生子、子又娶妻生子的生活情理叙事，那么，花城娘子一家都是多余的。一些叙事线索比较复杂的篇章，活动在第三叙事空间里的不是男女二人，而是三人（往往是一男二女），如《莲香》、《小谢》。《莲香》中的第三叙事空间构成有一个发展变化的过程。最初，书斋中只有桑生与莲香男欢女爱，无人知晓，是为一重男女情感的自足空间。此后，女鬼李氏介入与书生欢好，不仅不为外界所知，就连莲香也被瞒过，又形成另一重男女情感的自足空间。桑生因为沉浸在与女鬼的床笫之欢中以致病魔缠身，莲香知情后连妒带怒离他而去，这时，桑生与莲香共处的第三叙事空间被打破。后来，莲香采来草药治愈了桑生的病，并开导女鬼李氏不要沉湎于情色，以免伤了桑生性命。于是二人效仿娥皇、女英之事共侍一夫，形成了三人共处的情感自足世界，是为本篇又一重男女情感的自足空间。《小谢》中书生与小谢、秋容两个女鬼读书添香、和乐共处，食的是人间烟火，却不沾染世俗的痕迹，度过了一段类似妻妾和睦、人间难遇的温馨而美好的时光。

《聊斋志异》大部分情爱小说特别是以异物恋为题材的小说的叙事模式与《连琐》等作品大同小异。在这些作品中，男女之间的爱恋只要由私密转向公开、由自我化走向世俗化，比如女鬼复生为人与男子结为夫妇、妖女按照普通人的方式（如婴宁）生活，就会将双方的交往置于复杂的社会关系之中。如此一来，不仅男女之间的情感自足状态被打破，第三叙事空间不复存在，小说叙事（故事）也往往到了尽头。

二、第三叙事空间是情感平衡的世界

情感平衡同样是第三叙事空间存续的重要基础。所谓情感平衡指的是身处第三叙事空间的男子和女子，满足于现时的情恋状态和彼此的情感需求。从故事内容看，蒲松龄为男女构建的第三叙事空间有多种指向性。有的第三叙事空间指向同样为孤身一人的男女双方，为了使他们孤独寂寞的心灵彼此得到慰藉，作者就安排他们走进第三叙事空间。《林四娘》中，林四娘主动来到陈宝钥面前，一见面就说："清夜兀坐，得勿寂耶？"这是一句看似寒暄的招呼语，实则是披着解除寂寞外衣的暗示与挑逗。陈宝钥与林四娘度过一段耳厮鬓摩的日子，最终并未结为夫妻而厮守终生。有的第三叙事空间指向命中注定聚首乃至长相厮守的男女，是作者为了彰显命运的力量而为男女双方建构的。如《伍秋月》以预叙事件"三十年，嫁王鼎"为前因，叙述伍秋月前来与王鼎幽会，二人共同承担磨难，最终结成夫妻。有的则为偶尔邂逅的男女提供一方庇护的空间，如《巩仙》、《公孙九娘》、《胡四姐》等作品。无论何种情形，只要男女双方满足当下的情爱欲望和生活状态，作者叙事就会剔除二人之外的社会、家庭等因素，将叙事聚焦在第三叙事空间里。

　　一旦男女双方对当下的生存状态产生不满足感，有了新欲求、新方向，或者有外界力量介入爱恋男女之间，其强度足以打破二人的情感平衡，第三叙事空间的封闭状态就不复存在。林四娘与陈宝钥"两人燕昵，过于琴瑟"，二人对话吟诗的小天地里时而洋溢着浓郁的诗意，时而笼罩着一股悲凉气息。陈宝钥的妻子劝他与林四娘断绝往来，但这劝告的力量不足以改变陈、林二人的交往状态，所以第三叙事空间持续存在。林四娘最终之所以离开陈宝钥，是因为她萌生了托生人世的愿望，并且这心愿得以顺利实现（冥王判她投生王姓人家），于是第三叙事空间的情感平衡被打破，陈宝钥重回其日常生活的旧轨迹。《伍秋月》中王鼎与伍秋月在客馆幽会，原本欢爱无限、欢乐至极，然而，王鼎突然询问阴间情形，并希望能去阴间看看。王鼎产生这一愿望是非常重要的功能性事件，蕴含着王鼎对当前所处空间的不满足感，为后续发生的系列事件提供了可能性。伍秋月带领王鼎来到阴间，王鼎因事杀死了阴间皂隶。为了逃避阴间的惩罚，他们只好回到家乡闭门不出。这样一来，王鼎与伍秋月的情感平衡在外在力量的逼迫下走向破裂，他们所处的第三叙事空间也迅速消失。

　　值得注意的是，《聊斋志异》第三叙事空间的男女情感平衡是建立在"情欲"基础之上的，这与以往宣扬以男才女貌为前提的"一见钟情"的爱情小说不同，也与宣扬以谨遵礼教为基础的"纯情至上"的爱情小说不同。在第三叙事空间之内，身陷情爱的男女非常看重自然欲望的实现与满足，外在因素包括他人的看法、世俗的礼数很难影响他们的相恋相守。而一旦走出第三叙事空间，他们就必须顾忌外在力量的干涉和约束。比如，《连城》中乔生与连城生活在人世（拟实空间）时，他们的恋爱受到连城父亲的反对和连城原有婚约的限制，二人无法享受爱情的甜蜜；连城病逝后，乔生进入阴间找到了已成鬼魂的连城，在友人帮助下携带连城仓促逃离阴间，二人来不及享受爱情的甜蜜；在即将返回阳间之前，连城在侧厢（第三叙事空间）中以身相许，达成了二人捍卫爱情的愿望。可见，他们虽然心意相通，彼此引为知音，但是仍需要借助第三叙事空间先行夫妻之实，才能让这份珍贵的爱情变为现实的婚姻。类似《连城》这样写男女欲望实现的作品在《聊斋志异》中为数不少，尽管个别篇章写得有些猥亵，但从整体来看，蒲松龄对欲望的描写还是有节制的。蒲松龄恰当运用了第三叙事空间在讲述男女幽会故事、实现诗意叙事方面的长处：在这一片天地中，他尽情驰骋笔墨；在第三叙事空间以外的场合，便严肃地叙述青年男女的家庭婚姻生活、社会行为，绝不放纵地描绘男女自然欲望。

三、第三叙事空间是礼教隔绝的世界

空间除了具备物理特性、自然特性之外，还具备一种值得关注的特性，即文化特性。换句话说，空间是社会关系赖以存在的空间，本身就具备文化属性。所以，空间既可以作为作者建构故事格局的内在依据，也可以作为对人物塑造、事件意义有制约作用的文化要素。特定范围的空间包含着反映了某种思想观念的文化内容，这种思想观念会左右生存在这一空间的人的文化选择。而已经谙熟某一空间文化特性的人往往自觉不自觉地拒绝其他文化的介入与影响。在蒲松龄创设的拟实空间中，普通人物以及花妖鬼狐都要受拟实空间的封建礼教、道德伦理的约束与规范；在蒲松龄创设的虚幻空间中，人物往往受虚幻空间、拟实空间的伦理道德与社会秩序的双重约束与规范。相形之下，《聊斋志异》第三叙事空间中的恋爱男女虽然与外界有信息交流、物质来往，但是由于他们所处的空间与日常生活空间相对隔绝，现实社会的伦理道德、思想观念和社会关系对他们的约束力

大大减弱，甚至毫无影响。曾丽容指出，《聊斋志异》的异质空间"本质上是一种封闭型空间，屏蔽了人物与社会、历史语境的对话与沟通，人物关系单一"[①]。将这句话移植用来揭示《聊斋志异》中第三叙事空间的特点，更为妥当。

当然，无论就文化隔绝还是就物质隔绝而言，第三叙事空间都不可能完全与外部世界隔绝，"隔绝"只是相对的。所谓"相对隔绝"指的是男女双方在第三叙事空间的行为很少顾及封建伦理道德"男女授受不亲"的教训，也不像拟实空间中的男女那样面对情爱满怀羞涩心理，或者对封建礼教充满敬畏之心。在第三叙事空间中，与封建礼教相关的伦理道德被边缘化，甚至被爱恋中的男女悬置一旁，其道德监控力大大弱化，甚至对恋爱男女不再有任何约束作用。《聊斋志异》第三叙事空间中常常发生这样的故事：男女相会不久，便会有一方主动求欢，另一方或欣然接受，或经历一番羞赧矜持的对话最终成就好事。《胡四姐》中尚生独居在清斋之中，胡三姐前来投怀送抱，尚生"就视，容华若仙，惊喜拥入，穷极狎昵"。其后，尚生还请胡三姐将妹妹胡四姐请来，以享鱼水之欢。尚生的行为完全抛弃了封建伦理道德的约束，有悖封建文士的人格操守。这样的事情如果发生在现实生活中，尚生肯定会受到胡三姐的指责，还有可能受到社会道德舆论的谴责。蒲松龄在这篇作品中刻意隔离了社会现实与第三叙事空间在文化上的联系，以便集中笔墨叙述尚生与胡氏姐妹的两性往来。有时候，蒲松龄为了顺利建构第三叙事空间，甚至让男子的家人处于隐身或缺席状态，于是"自由的爱情并没有与既定的礼教道德发生正面冲突，作为正统婚姻表征的嫡妻并不在场，无论是'亡故'还是'病重'，实际都是一种虚设的存在，正妻实际等于是'存在着的无'，这既为自由爱情敞开通途，又避免了爱情与礼教婚姻的冲突"[②]，完成了蒲松龄独特的叙事意图。

若有道德力量横阻在男女之间，则不受社会礼教控制的"真空状态"难以形成，蒲松龄就难为男女双方创设第三叙事空间。《聂小倩》中鬼女聂小倩受妖物的胁迫，以色相诱惑宁采臣，企图吸食他的精血。然而，道德修养达到了"廉隅

[①] 曾丽容.《聊斋志异》的空间建构与情爱叙事 [J]. 学术交流, 2014 (1): 157-160.
[②] 王桂妹. 于"抵抗处"求"和解"——《聊斋志异》的分裂性情爱叙事 [J]. 西南大学学报（社会科学版）, 2008 (4): 171-174.

自重"境界的宁采臣正容告诫聂小倩说:"卿防物议,我畏人言;略一失足,廉耻道丧。"色诱不成,聂小倩又拿出银锭加以利诱,宁采臣严词拒绝说:"非义之物,污我囊橐。"在二人初遇及交往的过程中,社会道德始终发挥着对宁采臣的调控作用,围绕二人的第三叙事空间始终没有形成。后来,宁采臣为聂小倩迁葬骸骨,聂小倩追随宁采臣来到他家中,二人以兄妹相称,更加自觉地接受道德伦理的约束,也未能走进与礼教隔绝的第三叙事空间。《胡四姐》中,胡三姐蛊惑并害死了一个陕西人,无论从法律还是从道义的角度,都要受到谴责乃至惩罚。于是,陕西人的哥哥立志为弟弟报仇,寻踪而来捉获了胡氏姐妹。这一复仇力量的介入是决定性的,打破了尚生与胡氏姐妹、鬼女李氏所处的第三叙事空间的宁静。

　　米克·巴尔认为,空间也是描摹人物、叙述事件的有效手段,"如果空间想象确实是人类的特性,那么,在素材中空间因素起着重要作用也就不足为奇了"[①]。第三叙事空间正是蒲松龄拓展艺术空间、提高其叙事功能的创新产物。从空间形式上看,《聊斋志异》的第三叙事空间与明清之际的才子佳人小说建构的男女独处的空间有相似之处,都是将恋爱男女安排在相对独立的空间环境中,但二者隐含的空间情感特质有鲜明的差异。才子佳人小说中男女二人独处的空间也洋溢着浓郁的真挚的情爱,但这情爱随时承受封建社会伦理的"礼"与"理"的规范,男女双方的对话与行动绝不掺入调笑、亲昵的成分,更不会涉及男女情事。《好逑传》中铁中玉和水冰心相互爱慕,但当独处一室、隔帘对酌时,他们彬彬有礼(理),庄重而严肃,没有一言一语涉及儿女私情。后来,二人遵照父母之命成婚,为了避免他人非议,水冰心请皇后验明自己是处女之身,才肯与铁中玉圆房。《平山冷燕》、《玉娇梨》等作品中的男女恋人,大多采取这样的方式相处、相恋,直至结为夫妇。而《聊斋志异》第三叙事空间中的男女双方情感奔放,大胆直露,很少受封建社会"礼"与"理"的压抑与禁锢。因此,才子佳人小说中男女的言谈举止均"发乎情,止乎礼",极力将自己纳入社会道德伦理规

[①] [荷]米克·巴尔. 叙事学:叙事理论导论[M]. 谭君强,译. 北京:中国社会科学出版社,1995:50-51.

范框架之下，二人世界是理性的、严肃的、冷静的；而《聊斋志异》第三叙事空间中的爱恋双方两情相悦，喜好缠绵温存，二人世界是感性的、旖旎的、热烈的。这样的差异促成了才子佳人小说与《聊斋志异》在美学特色上的差异：前者将男女情感写得庄重理智，深具雅静的气质；后者将男女情感写得浓烈野放，具有世俗的倾向。才子佳人小说为主人公追求"真情至上"的爱恋行动找寻能为封建正统文化所接受容纳的空间，在现实的一方角落里为青年男女从封建礼教对爱恋婚姻的绝对控制权力那儿争得一点微弱的自主权；而《聊斋志异》中爱情婚姻小说则更多为主人公营造幻设一方封建正统文化"鞭长莫及"的空间，在超越现实的世界里让青年男女不受封建礼教的拘禁而享受自由情爱。才子佳人小说的作者也许在主观创作意图上有与封建文化抗争的因子，但最终安排青年男女与后者达成妥协，其反抗封建礼教的力量是微弱的。蒲松龄也许主观上并不反对封建文化，但最终往往安排青年男女不与后者妥协，甚至为他们提供消解或颠覆封建文化的可能性，因而对封建礼教的冲击力更强。

　　让恋爱男女在第三叙事空间中绽放情爱之火焰，未必意味着蒲松龄有宣淫诲淫的主观意图。小说既然是作家心血的结晶，其叙事空间的特性就未必一定要合乎现实世界的思想观念、道德伦理的规范。作家完全可以在艺术理想和情感寄托的基础上，营建出异乎现实世界的独特的叙事空间，让笔下的人物焕发出动人的光彩。第三叙事空间为青年男女抒发对生命的满腔热爱、实现爱情理想提供了在封建社会中难以获得的人生舞台。封建社会中的女子往往难以摆脱如"男女授受不亲"、"男女不杂坐……不同巾栉不亲授……男女非有行媒，不相知名"[①]等封建社会妇道伦理训导的影响，即便面对能给自己带来幸福生活的爱情，也常常因为"父母之命，媒妁之言"的戒律而畏缩不前。而蒲松龄笔下的第三叙事空间则在一定程度上"还原"了女子的情感世界，让我们看到了中国几千年来受到封建礼教沉重压抑的中国女子的心灵，仍然顽强地跳动着炽热的情感火焰。从这个意义上说，第三叙事空间是蒲松龄表现男女真诚朴质、毫不伪饰的情怀的独特手段，蕴含着作者对青年男女的爱情理想与情爱观念的认同。这样的叙事安排将青

---

① 礼记正义 [M]. [东汉] 郑玄，注. [唐] 孔颖达，疏. 上海：上海古籍出版社，1990：36.

年男女爱恋与情欲的实现空间与封建礼教的存在空间对立起来，弥合了作者主观的叙事意图与客观的叙事效果之间的缝隙，给读者的多样性解读预留了多重可能性。应该说，没有第三叙事空间作为展示故事情节、塑造人物形象的艺术手段，就没有时而惊心动魄、时而轻松愉悦、时而庄重肃雅、时而温馨旖旎的故事格调；没有"花妖狐鬼，多具人情"的女子形象，也就难有"雕镂物情，曲尽世态；冥探幽会，思入风云"[①]的叙事美学效果。正如有人所说的那样，"小说中独特的空间范围，是表现人物性格的极为重要的手段……有时甚至可以说，离开了这些独特的空间设计，小说中的人物故事，将寸步难行"[②]。

---

① [清]蒲立德.《聊斋志异》跋[M]//[清]蒲松龄.聊斋志异：会校会注会评本.张友鹤，辑校.上海：上海古籍出版社，1986.

② 傅腾霄.小说技巧[M].北京：中国青年出版社，1992：165-166.

第三章　叙事序列：与文体形态的肌理共存

　　小说的文体特征与分类一向是小说家、研究者和批评者关注的重要主题。唐代刘知几称"偏记小说，自成一家"，且"能与正史参行"。他将小说分为十类："一曰偏记，二曰小录，三曰逸事，四曰琐言，五曰郡书，六曰家史，七曰别传，八曰杂记，九曰地理书，十曰都邑簿。"[①] 其中，郡书、家史、地理书、都邑簿与古代小说的文体风貌差异较大，其他六类在古代小说领域均可找到与之相应的文本形态。刘知几所谈论的"小说"，其总体特点是篇制短小、多谈知识掌故、虚构少而实录多，反映了他的小说观念与班、桓二人一样，均崇尚纪实、实录原则。不仅如此，刘知几将文学体裁与非文学体裁混为一谈，抹煞了小说具有的独特文体价值，使小说分类更为繁杂。宋明以来，小说文体观念发生重大变化，对小说文体形态的分析与把握逐渐趋于自觉，小说文体分类依据的合理性日益增强。明代胡应麟将文言小说"自分数种"，"一曰志怪，《搜神》、《述异》、《宣室》、《酉阳》之类是也；一曰传奇，《飞燕》、《太真》、《崔莺》、《霍玉》之类是也；一曰杂录，《世说》、《语林》、《琐言》、《因话》之类是也；一曰丛谈，《容斋》、《梦溪》、《东谷》、《道山》之类是也；一曰辨订，《鼠璞》、《鸡肋》、《资

---

① ［唐］刘知几. 史通［M］. 北京：中国戏剧出版社，1999：48.

暇》、《辨疑》之类是也；一曰箴规，《家训》、《世范》、《劝善》、《省心》之类是也"。① 其中，"志怪、传奇、杂录、丛谈"四家与"小说"这一文体的血缘最近，"辨订、箴规"则与"小说"文体相去甚远。迄至清代，纪昀编撰《四库全书总目》分小说为杂事、异闻、琐语三类，将大凡不便归入经史子集类的作品，都划入小说，不惟前代史书归入小说类的作品被收入小说类，就是"地理"、"实录"、"杂史"、"乐类"中的不少作品如《教坊记》等，也被列入小说类中，反映了清代对小说文体认同范围的扩大。

　　上述各家划分出的小说文体类别纷繁交错，与我国古代文言小说错综复杂的发展历程有内在的呼应关系。文言小说文体不断革新，新的小说文体渐次兴起，但旧的小说文体还在延续，并且还有较大的生存空间，这一奇特的现象影响了人们对文言小说的文体体认与类型划分。有人将我国古代小说"分为笔记体、传奇体、话本体、章回体等四种文体，而不同文体的小说，可按照题材分成若干类型……笔记体分为志怪类、志人类、博物类等"②，相对清楚地划出了四种小说类型之间界限，但仍然难以解决一些具体篇目的文体归属问题。比如，唐代传奇有些作品就身兼传奇（文体）和志怪（题材）两职，或者虽然号称传奇，但体制与笔记小说极为相近。薛用弱《集异记》号称传奇作品集，其中《王涣之》等篇，近人汪辟疆称："此书虽为小说家言……其中如《徐佐卿》、《蔡少霞》、《王右丞》、《王涣之》诸条，词人援引，遂成典实，固唐人小说中之魁垒也。"③ 这种创作倾向纪实、近乎汇集典故的作品，虽然不乏细腻生动的文笔，但是与唐传奇尚虚构、重藻饰的文体风貌相距甚远，将它归入笔记小说也不为过。《聊斋志异》文体形态的类属划分面临同样的复杂困境。从目前来看，如果要准确地把握《聊斋志异》的作品形态，合理划分它的作品类型，只沿袭历代走过的小说文体划分道路向前探寻，或者在传统的小说领域内转圈子，很难走出当前面临的困境，必须探寻新的路径。

---

　　① ［明］胡应麟. 少室山房笔丛 [M]. 上海：上海书店，2001：282.
　　② 孙逊，潘建国. 唐传奇文体考 [J]. 文学遗产，1996（6）：34-49.
　　③ 汪辟疆. 唐人小说 [M]. 上海：上海古籍出版社，1978：246.

第一节 《聊斋志异》文体类型的历史关注

影响小说文本形态与风貌的因素很多，结构模式、语言形式、题材类型、创作风格等各种因素，在小说文体塑造方面发挥不同的作用，甚至地域、文化等因素也能影响小说文体，使它形成令人惊讶的文体特点。自《聊斋志异》问世之日起，人们关注、谈论其文体形态时，往往将关注的眼光指向它与前代小说体制相通、题材相类、语言相近、风格相似等方面。

蒲松龄自称自己"才非干宝，雅爱搜神；情类黄州，喜人谈鬼"，"集腋为裘，妄续幽冥之录"。[1]"幽冥之录"即《幽冥录》（又名《幽明录》，题南朝刘义庆撰），《隋书·经籍志》、《旧唐书·经籍志》收入史部杂传类；《新唐书·艺文志》将它从史部移出来，收录在子部小说类中。《幽冥录》原书久已失传，鲁迅《古小说钩沉》辑集佚文260多条，所记都是神鬼怪异之事。蒲松龄认为自己的作品与《幽冥录》、《搜神记》属于同类，因为它们的主要内容都是"搜神"、"谈鬼"。康熙年间的高珩、唐梦赉等人为《聊斋志异》作序，指出它幻构为奇、记述怪异的形态特点，涉及了文体属性的问题。王士禛称《聊斋志异》中《张诚》一篇为"一本绝妙传奇，叙次文笔亦工"[2]。高、唐等人谈论《聊斋志异》的文体，很大程度上属于一时兴致之所致，并非深思熟虑的结果。

乾隆年间，纪昀对《聊斋志异》的作品文体形态也发表了自己的意见，认为《聊斋志异》"一书而兼二体"，即兼具志怪和传奇两种小说的文体特点。纪晓岚所说的"才子之笔"，其核心内涵是创作上以虚构想象为主要方法，叙事描写细腻生动，渗透着作者的才情；"著述者之笔"的核心内涵是忠于事实、严守信实的创作原则，作者保持客观中立的书写态度。纪晓岚关于作品文体形态"一书而兼二体"的断语是否合乎《聊斋志异》实情姑且不论，但他从创作方法的差异审视《聊斋志异》文体，却具有较强的自觉意识和理性色彩。这是最早对《聊斋志

---

[1] [清]蒲松龄.聊斋自志 [M] // [清]蒲松龄.聊斋志异：会校会注会评本. 张友鹤，辑校. 上海：上海古籍出版社，1986.

[2] 朱一玄.《聊斋志异》资料汇编 [M]. 天津：南开大学出版社，2002：391.

异》的文体归属作了明确的宏观判断。当然,《聊斋志异》中有大量故事既非作者记录他人的传言或转录他人的作品,也非作者亲眼看见、亲耳听闻,是艺术虚构的结晶。而纪晓岚秉持传统史家小说观念,崇尚实录的创作方法、创作原则,主张事纪其实,因此对蒲松龄笔下的虚构故事贬斥多于赞誉。

清代关注《聊斋志异》文体及其特征的批评者很多,值得注意的是冯镇峦的有关论述。冯镇峦不认同纪氏对《聊斋志异》文体所做的评价,认为纪昀所说的"才子之笔,而非著述之体"是"訾言"(毁人名誉的话)。冯镇峦说:"先生此书,议论纯正,笔端变化,一生精力所聚,有意作文,非徒纪事。"① 所谓"有意作文",与胡应麟所说的"有意为小说"、鲁迅先生所说的"自觉为小说"含义大略相同,点出了《聊斋志异》具有"幻设语"的虚构成分;"非徒纪事"则是意味着《聊斋志异》有纪实成分,即"多叙山左右及淄川县事,纪见闻也"②。确实,《聊斋志异》有的作品记录实事、记述见闻;有的作品所写的人物、地点为实有,而具体故事为虚构;有的作品完全出于虚构想象。冯镇峦按照题材特点划出《聊斋志异》纪实与虚构两种叙事成分,还是比较合理的。冯镇峦还认为,《聊斋志异》在体例上与史书相通,其叙事与结构上都不亚于史书。他说:"此书即史家列传体也,以班、马之笔,降格而通其例于小说。可惜《聊斋》不当一代之制作,若以其才修一代之史,如辽、金、元、明诸家,握管编排,必驾乎其上。……诸法具备,无妙不臻。写景则如在目前,叙事则节次分明,铺排安放,变化不测。字法句法,典雅古峭,而议论纯正,实不谬于圣贤一代杰作也。"③ 这番话用的是我国古代小说批评中占有较强话语优势的史学视界批评的路数,孙锡嘏等人也运用这一批评方法评论《聊斋志异》的文体属性。孙锡嘏认为《聊斋志异》"文理从《左》、《国》、《史》、《汉》、《庄》、《列》、《荀》、《扬》得来。而窥其大旨要皆本《春秋》彰善瘅恶,期有功于名教而正,并非抱不羁之才,而第

---

① [清]冯镇峦. 读《聊斋》杂说 [M] // [清]蒲松龄. 聊斋志异:会校会注会评本. 张友鹤,辑校. 上海:上海古籍出版社,1986.

② [清]冯镇峦. 读《聊斋》杂说 [M] // [清]蒲松龄. 聊斋志异:会校会注会评本. 张友鹤,辑校. 上海:上海古籍出版社,1986.

③ [清]冯镇峦. 读《聊斋》杂说 [M] // [清]蒲松龄. 聊斋志异:会校会注会评本. 张友鹤,辑校. 上海:上海古籍出版社,1986.

以鬼狐仙怪，自抒其悲愤而已也"①。赵起杲称"先生是书，概仿干宝《搜神》、任昉《述异》之例而作。其事则鬼狐仙怪，其文则庄列马班，而其义则窃取《春秋》微显志晦之旨，笔削予夺之权"②。受史传创作观念的影响，蒲松龄笔下绝大部分作品的文体形态在结构模式、叙述方法上与史书中的人物传记有太多的共性，冯镇峦等人的话可谓一语中的。然而，他们的论述要么过于宽泛，要么只合乎《聊斋志异》部分作品的实情，很难从根本上解决《聊斋志异》的文体分类以及具体篇目的文体归属等问题。还有人将《聊斋志异》与唐代小说联系起来，从新的视角把握《聊斋志异》的文体特色。清代陈廷机称《聊斋志异》"诸小说正编既出，必有续作随其后，虽不能媲美前人，亦袭貌而窃其似；而蒲聊斋之《志异》独无。非不欲续也，亦以空前绝后之作，使唐人见之，自当把臂入林，后来作者，宜其搁笔耳"③。刘瀛珍说："《聊斋》……殆浸浸乎登唐人之堂而哜其胾，使观者终日啸歌，如置玉壶风露中。"④ 他们均点出了《聊斋志异》与唐传奇在艺术形态上的内在联系，可惜的是仅停留在直感式的即兴评价的层面，没有做具体的深入的分析。

现代时期，鲁迅先生首次以"用传奇法，而以志怪"揭橥《聊斋志异》与唐传奇在文体上的内在联系。他说："《聊斋志异》虽亦如当时同类之书，不外记神仙狐鬼精魅故事，然描写委曲，叙次井然，用传奇法，而以志怪，变幻之状，如在目前；又或易调改弦，别叙畸人异行，出于幻域，顿入人间；偶述琐闻，亦多简洁，故读者耳目，为之一新。"⑤ 从"不外记"、"又或"、"偶述"等言辞仔细品味其语意，可以看出鲁迅先生实则将《聊斋志异》的作品分为讲述神仙鬼狐的

---

① [清]孙锡嘏. 读《聊斋志异》后跋 [M] //朱一玄.《聊斋志异》资料汇编. 天津：南开大学出版社，2002：495.

② [清]赵起杲. 青本刻《聊斋志异》例言 [M] // [清]蒲松龄. 聊斋志异：会校会注会评本. 张友鹤，辑校. 上海：上海古籍出版社，1986.

③ [清]陈廷机. 陈序 [M] // [清]蒲松龄. 聊斋志异：会校会注会评本. 张友鹤，辑校. 上海：上海古籍出版社，1986.

④ [清]刘瀛珍. 刘序 [M] // [清]蒲松龄. 聊斋志异：会校会注会评本. 张友鹤，辑校. 上海：上海古籍出版社，1986.

⑤ 鲁迅. 中国小说史略 [M] //鲁迅. 鲁迅全集：第九卷. 北京：人民文学出版社，1996：209.

故事、记述畸人异行、记录琐闻三种类型，这是依据小说题材所做的类别划分。此后，研究者对《聊斋志异》的文体类别问题一直争论不休，有关《聊斋志异》小说文体形态及其类属的说法层出不穷，基本上可以分为五种观点。（1）《聊斋志异》为"笔记小说"。早在20世纪30年代，郭箴一就称《聊斋志异》"笔记小说以《聊斋志异》为代表"①，然而他对《聊斋志异》的文体认定存在矛盾之处。在《中国小说史》一书《绪论》中，郭箴一先是称清代"笔记小说以《聊斋志异》为代表"，后又在该书第七章第一节《清代的拟晋唐小说及其支流》中说"清代作传奇及志怪书的风气又大盛，赫然占有社会势力者凡三大家：一为《聊斋志异》，以遣词胜；一为《新齐谐》，以叙事胜；一为《阅微草堂笔记》，以说理胜"②。审其意，则《聊斋志异》又可兼称"传奇"、"志怪"。20世纪90年代，张载轩就这一观点做了阐发和演绎，指出《聊斋志异》中有二百多篇作品不是小说而是散文，创作上以民间故事及有关传闻为素材记录加工，因而应该属于"笔记小说"③。丁锡根也赞同将《聊斋志异》归为"笔记小说"这一说法，他的《中国历代小说序跋集》将有关《聊斋志异》的序跋列入笔记部的"志怪类"④。吴礼权认为，"蒲松龄的《聊斋志异》首用传奇文笔写志怪内容，给中国笔记小说创作带来了一股清新的空气，也引起了一场笔记小说的革命，由此清代出现了以《聊斋志异》为代表的蒲派笔记小说的创作高潮，且一直贯穿了有清一代，创下了中国笔记小说史上的奇迹"⑤，将《聊斋志异》视为"由近500个短篇汇成一部的笔记小说集，其中所塑造的艺术形象，相对于其他长篇小说或短篇小说集就显得更加丰富多彩，且个性鲜明"⑥。（2）《聊斋志异》作品主要属于传奇体。宁稼雨将古代文言小说列为志怪、传奇、杂俎、志人、谐谑五类，于清代至民初的"传奇类"下著录《聊斋志异》。⑦（3）《聊斋志异》属于"志怪"或"神怪"小

---

① 郭箴一. 中国小说略 [M]. 上海：上海书店, 1984：42.
② 郭箴一. 中国小说略 [M]. 上海：上海书店, 1984：445.
③ 张载轩. 谈《聊斋志异》的文体 [J]. 蒲松龄研究, 1993 (Z2)：46-50.
④ 丁锡根. 中国历代小说序跋集 [M]. 北京：人民文学出版社, 1996.
⑤ 吴礼权. 中国笔记小说史 [M]. 北京：商务印书馆国际有限公司, 1997：10.
⑥ 吴礼权. 中国笔记小说史 [M]. 北京：商务印书馆国际有限公司, 1997：227.
⑦ 宁稼雨. 中国文言小说总目提要 [M]. 济南：齐鲁书社, 1996：351.

说。欧阳健使用"神怪小说"这一概念,并将《聊斋志异》归于其名下[①];林辰主张以"神怪小说"代替传统的"神魔小说"这一概念,并称《聊斋志异》为"文言神怪小说"[②]:这样的归类避免了将《聊斋志异》归入"志怪"还是归入"传奇"的争议。(4)《聊斋志异》属于寓言小说。王平先生对此阐述甚深,结论也有一定的说服力。他对《聊斋志异》属于传奇的观点提出异议,指出唐传奇具备的三个基本特点是"尽设幻语"、"作意好奇"和富有文采,而《聊斋志异》并不具备唐传奇上述文体特点,其寓意却远比唐传奇深刻。据此,他判定《聊斋志异》作品不是传奇体,而是寓言体,其特征是"用传记法而作寓言"[③]。(5)兼容并蓄式的观点,认为《聊斋志异》兼具两种文体特点或包含了多种形态的文体。这种做法有利于回避将《聊斋志异》归入"笔记"、"志怪"或者"传奇"的困境,表现为一种圆融兼取的表述立场。解弢的《小说话》有这样的几句话,"神话寓言小说,有造意极新颖可爱者,如《聊斋·汤公》写人死气散之状,《阅微草堂》之照心台,《右台仙馆》之自写履历,意同而笔异,俱详切有致"[④],并提出了《聊斋志异》兼具"神怪"与"寓言"的观点。齐裕焜的《中国古代小说流变史》"志怪传奇类"一节内介绍了《聊斋志异》,[⑤] 则可以认为他是默认《聊斋志异》兼具"志怪"与"传奇"两类文体特征的,与纪晓岚评《聊斋志异》"一书而兼二体"的思维模式相似。石昌渝将《聊斋志异》归入"笔记体传奇小说"章节下,"与其说《聊斋志异》用传奇小说的方法,不如说使用笔记小说文体写传奇小说",所以不妨称《聊斋志异》是"笔记体传奇小说"。[⑥] 任访秋的看法更加灵活,他肯定《聊斋志异》"几乎是无体不备",而"基本上,则是以传奇志怪

---

① 欧阳健. 中国神怪小说通史 [M]. 南京:江苏教育出版社,1997:478.
② 林辰. 神怪小说史 [M]. 杭州:浙江古籍出版社,1998:345.
③ 王平. "用传奇法而以志怪"质疑:兼论《聊斋志异》叙事的基本特征 [J]. 蒲松龄研究,2000(21):98-109.
④ 解弢. 小说话 [M] //朱一玄.《聊斋志异》资料汇编. 天津:南开大学出版社,2002:517.
⑤ 齐裕焜. 中国古代小说流变史 [M]. 兰州:敦煌文艺出版社,1999.
⑥ 石昌渝. 中国小说源流论 [M]. 北京:生活·读书·新知三联书店,1994:215.

为主，而附之以笔记杂俎"。①

从上述观点看，在古代小说类型中为《聊斋志异》寻找到没有争议的、合乎作品实情的文体形态位置还比较困难，有关《聊斋志异》文体形态及类别归属的争议在相当长的一段时间内还会持续下去。

第二节 叙事序列：审视文体形态的新视角

小说文体形态部分地取决于题材内容，比如寓言体小说的核心特征体现在它的文本表层结构意蕴下隐含着更为深层结构的意义所指，离开文本表层结构，固然不成为寓言小说，但如果没有深层结构的意义所指，亦无法成为寓言小说。小说文体形态风貌的绝大部分是在文本结构、情节线条、表达方式和叙事技巧等要素的影响下形成的。话本的文体外在主体特征为"葫芦形结构"，这种结构取决于故事与故事之间的连接方式，即在先的一个与叙事意图的相关故事，与在后的一个寓有叙事意图的主体故事，形成了一辅一主、一小一大的文本格局。而章回小说的文体外显特征为按照叙事需要分章分回，将漫长的情节切分成彼此相对独立而又贯穿了内在主线的情节片段。在话本小说、章回小说两种文体中，有些非小说文本形式如诗歌，对小说文体形态的风貌构成也起到一定的作用：话本一般在开篇使用诗歌作为入话的道具，而章回小说的诗歌则承担描写的职责。有些表达方式如"列位看官"、"听话的"诸如此类的说话人的话语遗留，则难以成为区别话本小说、章回小说的文体特征要素。可见，作者叙述的故事与故事、事件与事件之间的不同关系，催生了形态各异、精彩纷呈的情节结构，进而深刻地影响了小说的文本形态。这为我们吸收有关小说文本分析的理论成果以把握《聊斋志异》的文体形态提供了一条新思路。就笔者个人所见，法国叙事理论家布雷蒙基于对功能性事件研究提出的叙事序列理论，既可以用来分析《聊斋志异》作品的叙事序列类型，又对我们把握其文体形态有所启发。

---

① 任访秋.《聊斋志异》的思想和艺术［M］//盛源，北婴. 名家解读《聊斋志异》. 济南：山东人民出版社，1999：32.

一、叙事序列中的"事件"

研究《聊斋志异》叙事序列涉及的第一个问题是对事件的认定与选择。小说情节结构的最小单位是一个个独立的事件,这些事件按照时空顺序或内在逻辑前后相接、齐行并进或彼此交互。一般来说,自然事件(如人物生存的自然空间状态的变化)和社会事件(如人物与他人产生关联的行动、由一种生存状态转入另一生存状态),都是构成小说情节不可或缺的因素。但在西方叙事理论家看来,事件与行动具有等义关系,没有动作的、仅仅用于呈现状态的叙事单位不是事件。布雷蒙、米克·巴尔等人认为,事件是由"行为者引起或者经历的从一种状态到另一种状态的转变。'转变'一词强调了事件是一个过程、一个变更这一事实"①,而不是静止的或者已存的状态、背景信息等。在米克·巴尔看来,说"某个人病了"仅仅描述了一种现存的状态,说"某个人病倒了"则讲述了一个"事件"。《聊斋志异》中很多作品的开篇陈述这样的内容:

  陈生教,字允明,燕人也。家贫,从副将军贾绾作记室。(《西湖主》)
  文登霍生,与严生少相狎,长相谑也。(《霍生》)
  文登周生,与成生少共笔砚,遂订为杵臼交。(《成仙》)

"陈弼教从副将军贾绾作记室"看似是一个事件,正是它给了陈弼教跟随贾绾泊舟洞庭、恳求贾绾放生猪龙婆的机会,继而使他在接踵而来的事件中面临一系列不同寻常的遭际;"霍生与严生少相狎,长相谑"貌似也是事件,没有它则霍生与严生成年后的交往未必成为必然;周生与成生结成至交,更像是一个事件,是周生历经曲折弃世修仙的一个契机。然而,按照米克·巴尔对事件的判定标准,这些肯定不是事件,因为它们不标志某种状态的改变,而是故事进程中人物行动的先在背景和静态信息。这样一来,《聊斋志异》中许多作品的开端对人

---

① [荷]米克·巴尔. 叙事学:叙事理论导论[M]. 谭君强,译. 北京:中国社会科学出版社,1995:4.

物的介绍，甚至有些全篇叙述的故事，都不属于事件，仅仅属于描述、介绍的成分。如《口技》：

> 女在内曰："九姑来耶？"一女子答云："来矣。"又曰："腊梅从九姑来耶？"似一婢答云："来矣。"三人絮语间杂，刺刺不休。俄闻帘钩复动，女曰："六姑至矣。"乱言曰："春梅亦抱小郎子来耶？"一女曰："拗哥子！呜呜不睡，定要从娘子来。身如百钧重，负累煞人！"旋闻女子殷勤声，九姑问讯声，六姑寒暄声，二婢慰劳声，小儿喜笑声，一齐嘈杂。即闻女子笑曰："小郎君亦大好耍，远迢迢抱猫儿来。"既而声渐疏，帘又响，满室俱哗，曰："四姑来何迟也？"有一小女子细声答曰："路有千里且溢，与阿姑走尔许时始至。阿姑行且缓。"遂各各道温凉声，并移坐声，唤添坐声，参差并作，喧繁满室，食顷始定。即闻女子问病。九姑以为宜得参，六姑以为宜得芪，四姑以为宜得术。参酌移时，即闻九姑唤笔砚。无何，折纸戢戢然，拔笔掷帽丁丁然，磨墨隆隆然；既而投笔触几，震笔作响，便闻撮药包裹苏苏然。顷之，女子推帘，呼病者授药并方。

如此细致生动的文字将场景描绘得声情并茂、热闹非凡，历历如在读者目前。作品中各色人物的语言、行动虽然也能用"一个动词或动名词加以概括"[①]，但这些人物并不存在作品虚构的艺术空间里，只是行医女子一人的口技表演带给旁听者的逼真感。按西方叙事理论的说法，这段文字大部分属于描写文字，仅有"顷之，女子推帘，呼病者授药并方"表明了一种状态的变更，改变了屋内人与屋外人的交流状态，属于"事件"。

西方叙事理论对事件的判定标准对把握诸事件在情节中的关系、分析叙事序列是有价值的。小说属于叙述文体，讲述"事件"是其核心功能，静态信息的介绍、场景的描述也许会成为区别小说与散文文体形态的标志之一，却不是决定小

[①] [以] 里蒙-凯南. 叙事虚构作品 [M]. 姚锦清, 黄虹伟, 傅浩, 等, 译. 北京: 生活·读书·新知三联书店, 1989: 4.

说文体形态的核心要素，考察《聊斋志异》的文体形态自然不能以这样的叙述内容为主要分析对象。

研究《聊斋志异》叙事序列涉及的第二个问题，是事件的状态和性质问题。米克·巴尔认为，"只有在一个序列中，事件对素材的进一步发展才有意义"①。并不是所有的事件都能构成事件序列，只有功能性事件②才能成为叙事序列的要素，因为"功能性事件在两种可能性中开启一种选择。使这一选择得以实现，或揭示出这一选择的结果。一旦做出选择，它就决定了随后的素材发展中事件的进程"③。如《郭安》的核心事件有以下几个：

(1) 孙五粒的仆人被摄去阴间；
(2) 阎王说"误矣"，遣送仆人还阳；
(3) 仆人搬到其他房间住下；
(4) 有傢仆郭安见床榻闲着，搬来居住；
(5) 郭安被阴间摄去而死。

事件(1)与事件(2)之间存在引发与被引发的关系：没有仆人被阴间勾魂而死，就没有阎王判为"误摄"并遣送仆人还阳这一事件；而"误摄"一事使人物对自己的命运产生了恐惧，仆人经历了"误摄"事件之后，搬到别处居住，因此事件(3)是事件(2)引发的结果性事件，同时为郭安的入住提供了机会；于是，事件(3)引发了后续事件(4)：郭安的入住帮助阴间实现了对一个人的判决，于是郭安死去。至此，读者才恍然大悟，原来郭安才是应该被阴间摄去的

---

① [荷]米克·巴尔. 叙事学：叙事理论导论[M]. 谭君强，译. 北京：中国社会科学出版社，1995：14.
② 普罗普通过对民间故事的叙事基本要素的分析指出，角色功能是故事构成的不变的、基本的要素，而功能是由角色与角色行动构成的。(罗钢. 叙事学导论[M]. 昆明：云南人民出版社，1994：24-26.)据此可以认为，所谓功能就是具有人物做出的对叙事产生一定的作用、能够推动情节发展的行动，其实质是人物、行动的统一体，故而可以称为"功能性事件"。
③ [荷]米克·巴尔. 叙事学：叙事理论导论[M]. 谭君强，译. 北京：中国社会科学出版社，1995：15.

人。这五个核心事件中，前四个都是功能性事件，最后一个为功能性事件引发的结果。

研究《聊斋志异》叙事序列涉及的第三个问题是，需要将事件在故事中的顺序还原为素材顺序。《聊斋志异》有许多作品按照事件发生的自然顺序来安排故事进程，即从叙事的时间形态来看，素材的进程和故事的进程基本是平行的。但也有许多作品使用了错时手段，素材中的事件经过作者加工、调整，以不同于自然时间中的顺序出现。研究这些作品，需要将故事中错时叙述的事件从故事进程还原为素材进程，按照故事发生的自然时间顺序重新排列各事件，才能准确识别出事件之间的时序关系。如《伍秋月》开端发生的几件事：

（1）王鼎不听兄长的劝阻，执意赴镇江访友；
（2）友人不在镇江，王定只得税居旅店，居住在阁楼上；
（3）夜间，王鼎梦见有女子前来与自己幽欢；
（4）王鼎设法留住了梦中女子，得知她叫伍秋月；
（5）伍秋月告诉王鼎，三十年前自己病逝，父亲留下了"三十年，嫁王鼎"的话；
（6）正值三十年，王鼎来至。

上述事件中，（5）和（6）是伍秋月对以前发生事件的追溯，（5）发生在（1）之前，（6）发生在（3）之前，（5）是（6）前因，又和一起构成了（3）发生的起因。其发生顺序图示如下：

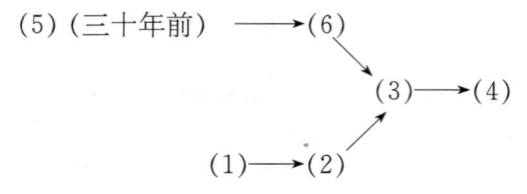

（5）（三十年前）⟶（6）
　　　　　　　　　↘
　　　　　　　　　（3）⟶（4）
　　　　　　　　　↗
　　　　（1）⟶（2）

在此基础上，我们可以分析功能性事件及其序列。功能性事件的叙事功能取决于与其他事件之间的关系，而不取决于功能事件本身。法国叙事学家布雷蒙在俄国叙事学家普罗普研究的基础上，将他提出的"叙事功能"理论推进一步，将功能和功能（功能是功能性事件的功能）之间的逻辑关系称为"叙事序列"，以此作为叙事的基本单位，以区别于叙事的最小单位——事件。布雷蒙认为一个最基本的序列由三个功能（功能性事件）构成，这三个功能关系密切，构成一个相对完整的叙事单元：

（1）第一个功能件形成一种情况，或者传达出一种可能性；

（2）第二个功能以正在进行的事件或行为者实施的行动去实现这种可能性；

（3）第三个功能以取得结果为形式，完成这一变化过程。①

如《考城隍》的一部分功能性事件：

（1）宋焘生病卧床不起，有一个吏人召唤他去应考；（情况形成，引起后续事件发生的可能性：要么去应考，要么不去应考。宋生选择的结果是前去应试）

（2）宋焘赴府廨参加考试，所撰文章受到考官赞扬；（通过具体的应试行为，完成了实现某一愿望的可能性）

（3）经考核，因为文章、人品俱佳，宋焘被录用为河南某地城隍。（前两个功能性事件引发的结果）

这三个功能性事件前后关联，推进故事发展，构成了意义完整的情节段落。《聊斋志异》有些作品不乏事件，但是缺少功能性事件，没有形成叙事序列。如以下两则：

俗传龙取江河之水以为雨，此疑似之说耳。徐东痴南游，泊舟江岸，见

---

① 罗钢. 叙事学导论 [M]. 昆明：云南人民出版社，1994：92.

一苍龙自云中垂下，以尾搅江水，波浪涌起，随龙身而上。遥望水光眈闪，阔于三匹练。移时，龙尾收去，水亦顿息。俄而大雨倾注，渠道皆平。（《龙取水》）

博邑有乡民王茂才，早赴田，田畔拾一小儿，四五岁，貌丰美而言笑巧妙。归家子之，灵通非常。至四五年后，有一僧至其家，儿见之，惊避无踪。僧告乡民曰："此儿乃华山池中五百小龙之一，窃逃于此。"遂出一钵，注水其中，宛一小白蛇游衍于内，袖钵而去。（《龙》）

龙原是民间传说中的灵异神物，后因佛道文化的影响，演化出以四海龙王为首的神龙家族。他们的主要职能就是行云布雨，故而民间多有求雨的习俗，求雨故事也广为流传。"求雨"母题故事的核心序列一般是：（1）由于人为的因素或天灾，某处遭逢大旱；（2）民众纷纷祈求龙王降雨，起初求雨不成，受到挫折，往往是因为存在症结没能化解或关键人物未出现；（3）经过关键人物的点化，解除了症结，求雨成功。这样形成的序列可以传达出单一具体事件所不能传达的意味和主张，比如对善行的褒奖（降雨解除旱灾）、对恶行的惩处（旱灾或者否决求雨的意愿）。相比之下，《龙取水》仅仅对神异自然现象做了描述，缺少前后连贯、有内在目的性的事件序列，未能构成有意味的小说形态。《龙》中的事件与事件之间关系松散，比如农家拾得一小儿与僧人收走这一小儿之间缺乏一定的情理、生活或情节逻辑，也没有构成叙事序列。

二、《聊斋志异》叙事序列与文体形态

（一）《聊斋志异》的叙事序列

讨论《聊斋志异》作品的叙事序列，涉及两个方面的问题：一是什么样的故事包含叙事序列，什么样的故事不包含叙事序列；二是《聊斋志异》叙事序列的具体类型有哪些。

根据小说中是否存在叙事序列，我们可以将《聊斋志异》中的作品分成两种类型。一种是无叙事序列的作品。这样的作品没有功能性事件，或者虽然有功能性事件但事件与事件之间仅仅具有时间顺序和空间顺序上的关系，缺乏内在的生

活情理或发展逻辑。除了上文提到的《龙取水》、《龙》之外,《猪婆龙》、《杨千总》、《戏术》(有桶戏者)、《山市》也属于这样的作品。

有些无叙事序列篇目,严格来说没有任何事件。作品主体并未叙事,而是在记录信息或者在描摹情状、刻画景观。如《赤字》全文只有25个字:

顺治乙未冬夜,天上赤字如火。其文云:白茗代靖否复议朝冶驰。

这则极短的作品,有研究者认为是极为幽深的隐喻,隐含着"蒲氏问天:'明代平安否?'上天启示:'清朝议定覆亡。'"[1] 的深意。从修辞角度看,或许这篇短制颇有异趣。从叙事角度看,它只是单纯描绘情状,未讲述任何故事,其中没有功能性事件,自然也就没有叙事序列。

即便小说中讲述了功能性事件,能够引发一种选择的可能性,但若没有实现这种可能性的事件出现,叙事序列也不会形成。布雷蒙对叙事序列的两种延续情况作了区分[2]:

$$
A\text{ 可能性出现(采取行动)} \begin{cases} A_1 \text{ 变为现实} \begin{cases} A_1a \text{ 达到目的,获得成功} \\ A_1b \text{ 未达到目的,行动失败} \end{cases} \\ A_2 \text{ 没有变为现实(没有或没能采取行动)} \end{cases}
$$

(如:目标出现、情况形成)

如果故事按照"A—A_1—A_1a(或A_1b)"的方向进展衔接,就能称得上有序列;按照"A—A_2"方向前进,则是无序列。如《真定女》的主要事件可以概括如下:

(1)小女孩以为自己生病了,把情况告诉了婆婆;
(2)婆婆怀疑孩子怀孕,但是不敢确定;

---

[1] 朱纪敦.《聊斋志异》名篇索隐[M]. 郑州:中州出版社,1993:184.
[2] 罗钢. 叙事学导论[M]. 昆明:云南人民出版社,1994:93.

(3) 不久，女孩生下一个男孩。

事件（1）能够催生选择的可能性：如果真的病了，则求医问药，设法治疗；如果没病，则探明真相，采取其他应对措施。事件（2）也能催生选择的可能性：如果认为怀孕生子是件喜事，就精心照料，改善饮食，最后如愿以偿地得到了孙子（也许生个女孩，婆婆大失所望）；或者婆婆认为这是不正常的事情，而采取措施让女孩流产。这两种可能性引发的一系列事件都有某种内在联系，从而构成性质不同的叙事序列。事实是小说抛弃了这两种使故事情节在一定生活逻辑的基础上延伸连接的可能性，选择了将上述三个事件置于一种关系离散的叙事状态中，未能形成叙事序列。《聊斋志异》还有许多与《真定女》类似的作品，研究者认为，这些作品严格来说并非真正意义上的小说，理由是它们缺乏前后连贯、服从某一主题的情节。在笔者看来，问题的实质在于这些作品的事件缺乏内在联系，丧失了紧密有致的结构形式，致使自身缺乏叙事序列。

《聊斋志异》中这类无叙事序列的作品往往篇幅短小，结构简单，叙事大多粗陈梗概，文笔简洁，基本上属于志怪、杂记、逸事等笔记体小说的范畴。有些有景观无事件或者有场景无情节的作品，难以归入小说之列，至多属于可资笑谈、增广见闻的杂记、散文，例如：以虚实相交的灵动之笔描绘了海市蜃楼这一神奇景观的《山市》，实际上是一篇写景散文；《龙无目》记载双目皆无的龙降临人间的情形，则属于琐记文字。

另一种是有叙事序列的作品，又可以分为两种类型：一是包含基本序列作品；二是包含复合序列作品。如果一篇之中仅仅有一个叙事序列，我们称之为基本序列小说或者单一序列小说。有些作品的叙述完全涵盖了叙事序列的三个阶段，如《牛飞》中的功能性事件：

(1) 邑人梦见牛生双翅飞走；（情况形成，产生引发新事件的可能性）
(2) 卖牛得钱以裹钱布巾缚鹰；（受前一事件触发，人物开始行动，卖牛以规避"牛飞"）
(3) 鹰飞带走卖牛钱。（结果出现，牛果真"飞走"了）

这几个事件有紧密的内在联系：梦境具有预言、暗示作用，邑人担心梦境成真，所以将牛卖掉；因为邑人用布巾裹了卖牛钱，将包裹系在鹰腿上，所以才有鹰带着钱飞走事件的发生。这一系列的事件衔接成一条线，构成了宿命式的叙事谋略，让读者看到，邑人在命运定数面前的挣扎与反抗只会加速向命运规定的结局行进，而难以帮助自己逃脱命运的摆布。小说在简单情节解构之中蕴含悲凉无奈的情绪，带有鲜明的寓言特征。当然，并非所有单一序列的小说都完整地叙出构成序列三个环节的功能性事件，有些作品会省略叙述其中的一件或者两件功能性事件，构成省略了的叙事序列。如《某甲》：

某甲私其仆妇，因杀仆纳妇，生二子一女。阅十九年，巨寇破城，劫掠一空。一少年贼，持刀入甲家。甲视之，酷类死仆。自叹曰："吾今休矣！"倾囊赎命。迄不顾，亦不一言，但搜人而杀，共杀一家二十七口而去。甲头未断，寇去少苏，犹能言之。三日寻毙。呜呼！果报不爽，可畏也哉！

其中有两个核心的功能性事件：

（1）某甲杀死仆人娶其妻子，生有二儿一女；（情况形成）
（2）巨寇破城，一酷似仆人的少年贼人杀死某甲全家。（结果出现，受到惩罚）

事件（1）在某甲和仆人之间结下了夺妻之仇、杀身之恨，无论从法律还是道德的层面，这一违反人道与伦常的事件都应该引发后续的一系列事件，比如某甲受到了处罚（法律的、道德的），或者过着幸福的（受良心谴责的）生活。作者省略了人物采取行动（行动者或者为某种权利或意志的代言者，或者为某个主持正义的人）实现可能性这一阶段的事件，直接讲述事件（2），读者可以根据事件的内在逻辑为这一阶段想像补充合情合理的事件：要么仆人死后复仇之火不灭，所以托生为贼，矢志杀死某甲而后快；要么上天或者阴间安排仆人转世为贼，以惩处某甲。省略事件从文本中消失，留下的叙事空白增强了故事情节的神秘感。对具有因果报应得思想观念、坚信犯有恶行必然受到神灵鬼怪惩处的人来说，恶行受到报应的具体方式、具体时间的不确定性，比预先得知受到确定的报应方式、准确的报应到来时间相比，更容易引起莫名的恐惧。所以，作者介入小说抒写感慨说："果报不爽，可畏也哉！"分明是有意指引读者自觉联想被省略的事件。

基本序列是最简单的序列模式。若构成故事的事件比较繁复，作者就要采取叠加、镶嵌或接续等不同的方式在基本序列的基础上增加叙事序列，从而构成复合序列。如脍炙人口的《胭脂》之所以受到人们的喜爱，不仅因为故事顺应了古代人们的一般文化心理需要，即渴望有明达睿智、执法公正的清官为民做主，使无辜受害者昭雪沉冤，保护善良者、弱者而惩罚恶人；而且因为故事情节曲折多变、环环相扣、疑窦迭出，真相既出人意料又在情理之中。小说在开头介绍了胭脂父女相关信息后，至鄂秋隼被逮屈打成招，叙事序列图式如下：

序列 A $\begin{cases} a_1 \text{ 鄂秋隼路过胭脂家门，胭脂对他一见倾心；（情况形成）} \\ a_2 \text{ 王氏自荐作冰人；（采取行动）} \\ a_3 \text{ 数日没有消息，胭脂相思成疾；（结果不如愿，产生新情况 } b_1\text{）} \end{cases}$

↓

序列 B $\begin{cases} b_1 \text{ 王氏从中牵线，鄂秋隼、胭脂相会有了契机；} \\ b_2 \text{ 王氏献计，请鄂秋隼夜间前来相会；（采取行动）} \\ b_3 \text{ 鄂秋隼未至，相会不成；（结果形成，产生新情况 } c_1\text{）} \end{cases}$

↓

序列 C $\begin{cases} c_1 \text{ 鄂秋隼未至，为宿介冒名提供了契机；} \\ c_2 \text{ 宿介冒名前往见胭脂，求欢被拒；（采取行动）} \\ c_3 \text{ 宿介索取绣鞋为信物，路上丢失绣鞋；（结果形成，产生新情况 } d_1\text{）} \end{cases}$

↓

序列 D $\begin{cases} d_1 \text{ 毛大捡拾到绣鞋，萌生歹意；} \\ d_2 \text{ 毛大持绣鞋去见胭脂，误入其父房间；（采取行动）} \\ d_3 \text{ 毛大杀死卞牛医，遗落绣鞋。（结果形成）} \end{cases}$

故事情节开端是胭脂对鄂秋隼心生恋情,其后如果不插入序列 C、序列 D,而是承续王氏的计策直接叙述鄂秋隼前来赴约,小说就成了非常老套的"女子相思—中间人撮合—如愿以偿结为夫妻"(基本序列)的故事模式。这样的平铺直叙必然导致故事平淡无奇,稀释其引人入胜的曲折回转的美感和紧张氛围下的环环相生的魅力。插入了宿介、毛大二人的行为后,叙事就打破了单一序列的构成,带来了强烈的不平衡感,蕴含着事件发展走向更为复杂局面的可能性,为小说叙事线条的延伸提供了巨大空间,从而将一桩爱恋婚姻故事敷衍成为爱恋婚姻和公案交织的故事。

综上,《聊斋志异》作品叙事可以分为四种形态:(1)有内容无事件,自然缺乏叙事序列;(2)有事件,只有单一事件,或者事件与事件的关系松散,没有形成叙事序列;(3)只包含一个叙事序列,即基本叙事序列;(4)包含多个基本叙事序列,这些序列按照一定的接续关系构成复合序列。以此为标准,对张友鹤辑校的《聊斋志异》(会校会主会评本)中的作品进行概略统计,各类作品占比如下表所示。

序列构成	无叙事序列		有叙事序列	
	无事件	有事件	单一序列	复合序列
篇数	9	112	64	315
占比	1.8%	22.4%	12.8%	63%

从整体上看,《聊斋志异》中有叙事序列的作品所占比例较大,为 75.8%;而在包含叙事序列的作品中,有复合序列的作品占了主体,占比为 63%。

(二)叙事序列制约下的文体形态

无事件小说在形态上与《山海经》的作品体制相近。如《龙无目》:

> 沂水大雨,忽堕一龙,双睛俱无,奄有馀息。邑令公以八十席覆之,未能周身。为设野祭,犹反覆以尾击地,其声堛然。

再看《山海经·大荒东经》中"东海中有流波山"条:

东海中有流波山，入海七千里。其上有兽，状如牛，苍身而无角，一足，出入水则必风雨，其光如日月，其声如雷，其名曰夔。黄帝得之，以其皮为鼓，橛以雷兽之骨，声闻五百里，以威天下。①

这两篇作品在结构模式上非常相似。此外，如《蛤》、《瓜异》、《元宝》、《赤字》等作品，都是片言只语，内容上以静态信息记载或事物情状描摹为主，叙事成分很少，也属于这种类型。

有事件无序列的小说，有的是实录琐记，或者类似博物体，如《地震》、《水灾》、《红毛毯》等；有的搜奇述异、志人写物，文体形态接近《搜神》、《世说》中的作品，如《黑鬼》、《死僧》、《负尸》、《曹操冢》等，可以视为志怪体；有的接近谐谑的笑话，如《杨千总》等，可以视为俳谐体（语林体）。这些作品叙述了一些事件，但是事件与事件之间处于随机关联的状态，基本上构成空间的横向分布，而非时间上的纵向接续。如《地震》：

康熙七年六月十七日戌时，地大震。……有邑人妇夜起溲溺，回则狼衔其子。妇急与狼争。狼一缓颊，妇夺儿出，携抱中，狼蹲不去。妇大号，邻人奔集，狼乃去。妇惊定作喜，指天画地，述狼衔儿状，己夺儿状。良久，忽悟一身未着寸缕，乃奔。此当与地震时男妇两忘者，同一情状也。人之惶急无谋，一何可笑！

作品以描绘地震发生时的环境变化和众人情状为主要内容，其中妇人与狼争夺孩子的故事蕴含着一个基本叙事序列：

序列 A $\begin{cases} a_1\ \text{妇人夜起遇狼，狼将衔走她的孩子；（情况形成，引发新的可能)} \\ a_2\ \text{妇人与狼抢夺孩子；（妇人开始行动，寻求解决)} \\ a_3\ \text{妇人夺儿在手，大号引来众人赶走狼。（孩子被保住，结果出现)} \end{cases}$

---

① 袁珂.《山海经》校注 [M]. 上海：上海古籍出版社，1980：361.

然而,《地震》的叙事焦点显然不在妇人与狼抢夺孩子这一事件上,而在妇人的着装上。蒲松龄将两则故事并置一处,既未设法吸引读者关注地震这一天灾破坏了人们的生活,以及给生命带来的威胁和伤害,也未有意让读者充分感受妇人与狼争夺孩子事件的惊心动魄,进而对妇人与孩子最终脱难的命运感到庆幸,而是将读者的眼光导引向故事中的"裸身",使这两则反映灾难的故事成为滑稽而低俗的场景展示。这篇小说缺乏应有的叙事序列,致使作品的格调不高。

单一序列的作品,有的叙事简单,篇幅短小,侧重于"事奇",形态上接近魏晋志怪小说,如《牛飞》、《鸿》等;有的叙事稍显详尽,描摹人情物态用笔细腻,富有感染力,形态上接近于唐代传奇,如《放蝶》、《绛妃》、《阎王》等;有的有一定的讽喻寓意,借写虚幻世界、奇异之事以隐喻人世,类似寓言,如《夏雪》、《鸮鸟》等。

复合序列的作品大多情节结构复杂,叙事委婉多变,在叙事时空的调度、叙事手段的应用,以及叙事序列的组合、镶嵌、接续等方面均步武唐传奇,甚至超越了唐传奇。有的则借鉴话本形式,在一个题目之下讲述两三个相同题材或同类主题的故事,如《狼》、《折狱》、《念秧》等。使用复合序列的作品在《聊斋志异》中所占比例最大,是《聊斋志异》的主体部分。这些作品绝大部分艺术性高,叙事技巧丰富,代表着《聊斋志异》的最高成就(下文将专门就这类作品进行分析)。如果将它们看作与唐传奇等量齐观的话,按照对唐人小说集的文体类属划分的一般惯例,无论其中是否杂有其他小说形态,只从构成主体上和艺术性最强的那部分作品着眼将小说集归类,那么《聊斋志异》应该归于传奇类。

因此,从广义的小说(中国古代最宽泛意义上的"小说")角度看,《聊斋志异》并非仅仅是"一书兼二体",而是"一书兼众体"。对叙事序列的创造运用和对复杂叙事序列的独特建构,既反映了蒲松龄独特的运思匠心和深厚的艺术功底,也让我们看到了他在多种小说样式上的创新尝试。在此,将《续黄粱》和《枕中记》的叙事序列结构略加对比,感受一下蒲松龄在丰富叙事序列、革新叙事艺术等方面的自觉探索。

《续黄粱》和《枕中记》核心故事序列构成没有质的差别,结构模式是相同的：

《枕中记》 $\begin{cases}(1) 卢生有叹\\\quad 仕途不顺\\(2) 卢生经历\\\quad 荣华富贵\\(3) 卢生看透\\\quad 功名利禄\end{cases}$ （可能性形成） （采取行动） （结果出现） $\begin{cases}曾孝廉渴望\\位至卿相\\曾孝廉历卿相\\之尊、二世报应\\曾孝廉感到\\心灰意冷\end{cases}$ 《续黄粱》

  在两篇小说的核心叙事序列中，卢生和曾孝廉在"可能性形成"阶段中的言语、思想对梦境的功能作用一弱一强。卢生心怀建功立业之大志，故而叹息自己仕途不顺，未能平步青云。由是小说就叙述卢生在梦境中一生身尊妻荣子贵，仕途得意至极。这样的叙事安排带有明显的作者调控痕迹，即卢生的人生之路不是由于他的性格特点决定的，而是作者有意安排的，用以实现警醒包括卢生在内的文人士子"官宦生涯原是梦"的叙事意图。而曾孝廉则是满怀得意进入梦乡的，他入睡前说的"某为宰相时，推张年丈作南抚，家中表为参、游，我家老苍头亦得小千把，于愿足矣"，其中蕴含着任人唯亲、极端自私的人生观。这样的人生观深刻地影响了他在梦境中为官时的所作所为。曾孝廉的人生理想比卢生的人生理想卑微得多，故而一旦得意便无以复加地张扬"私志"：顺己者提携、逆己者排挤，广结裙带关系，欺压百姓，纵奴行凶，恶事做绝，因此受到阴间惩处，两世转生为人而遭尽惨烈报应。曾孝廉梦中的一切经历与他个人的思想性格有一致性，经作者精心剪裁实现了人物性格和行动的和谐统一。相比之下，《续黄粱》的"可能性形成"阶段对后来事件发展的推动功能比较强大。

  就"采取行动"阶段而言，两篇小说也有很大差异。卢生梦中经历、承担的行动和事件之间是接续式的，即作品大多按照自然时间的顺序叙述故事，如：

  （1）娶望族女为妻，高中进士；
  （2）为民凿河，以济不通，得以升迁；

(3) 退敌破房，开疆固土，极受皇恩；

(4) 被谗受贬，转而启用；

……

这些事件全为直缀，叙事线条单一；事件之间甚至不需要什么内在的逻辑联系，只需要时序关系就能顺利连接、毫无阻碍。其间即使有同僚嫉妒向皇帝进谗言，皆无损卢生的熏天权势，也没有改变叙事线条走向。小说对人物命运带有理想化的、视官宦生涯如大道的叙述，反映了唐代文人的自信和豪迈，但是缺乏可信度，有极度的夸张意味。

而《续黄粱》叙述曾孝廉梦中经历的事件，采用的叙事序列的组合方式比《枕中记》复杂得多，图式如下：

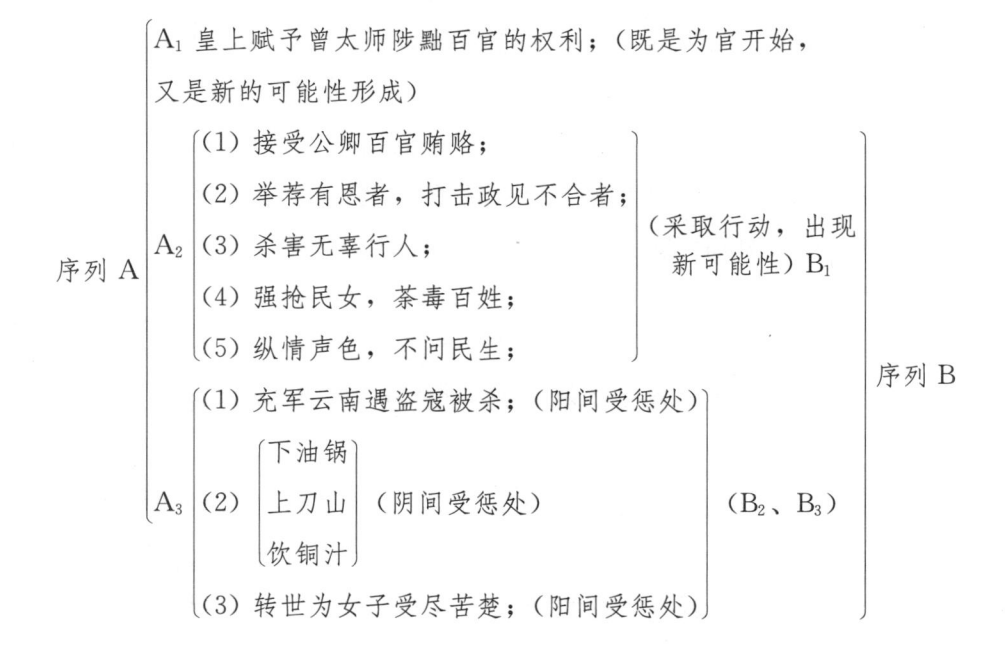

$$
\text{序列 A} \begin{cases} A_1 \text{ 皇上赋予曾太师陟黜百官的权利；（既是为官开始，又是新的可能性形成）} \\ A_2 \begin{cases} (1) \text{ 接受公卿百官贿赂；} \\ (2) \text{ 举荐有恩者，打击政见不合者；} \\ (3) \text{ 杀害无辜行人；} \\ (4) \text{ 强抢民女，荼毒百姓；} \\ (5) \text{ 纵情声色，不问民生；} \end{cases} \text{（采取行动，出现新可能性）} B_1 \\ A_3 \begin{cases} (1) \text{ 充军云南遇盗寇被杀；（阳间受惩处）} \\ (2) \begin{cases} \text{下油锅} \\ \text{上刀山} \\ \text{饮铜汁} \end{cases} \text{（阴间受惩处）} \\ (3) \text{ 转世为女子受尽苦楚；（阳间受惩处）} \end{cases} (B_2 \text{、} B_3) \end{cases} \text{序列 B}
$$

显然，《续黄粱》的叙事线条更加复杂多变，事件之间因果相生，错综交织而衔接紧凑，使得叙事有波折、有起伏，避免了平铺直叙。特别是曾孝廉在阴阳两界、反复两世受到惩处，惨烈至极，蕴含一股威慑力量，这样的叙事效果是

《枕中记》简单接续的叙事序列难以达到的。《续黄粱》仅仅是《聊斋志异》超越唐传奇的代表性篇章之一。由此可见，文言小说在深化叙事结构、丰富叙事序列类型等方面有值得深入拓展的广阔空间，蒲松龄对此做了有益的探索与尝试，显示了文言小说文体形态兼收并蓄的开放视界。

总的来说，《聊斋志异》一方面将各种叙事序列形态兼收并蓄，一方面以复合叙事序列为主要叙事序列。就单篇作品而言，使用复合叙事序列与作品具有较高的文学价值之间不能画等号，但从小说艺术发展的历程来看，复合序列的使用最起码体现了作家在艺术构思上的自觉追求和艺术形式上的创新意识。使用复合叙事序列的作品数量不断增加，在某一时段内所占的比重越来越大，符合小说艺术形式不断趋于复杂、呼唤强大叙事功能的一般规律。林辰发现一种有意思的现象，干宝尝试"采访近世之事"撰著小说，精神可嘉，但是写出的作品大多为记事录闻式的短篇，艺术水平较差。干宝这种"改写增饰他人的作品能写好，自己采来的却写不好"[①] 的现象，正反映出创造独立的叙事序列、叙事结构比在已有核心事件和叙事序列的基础上修饰增衍难度要大得多。虽然蒲松龄称《聊斋志异》是通过"闻则命笔"、"四方之人，又以邮筒相寄"[②] 等方式汇集而成，但是他的很多作品特别是那些使用复合叙事序列的作品明显脱去了转录见闻的痕迹，成为蒲松龄的艺术独创，反映出他已经具有很高的"掌握作品复线发展和交叉的艺术技巧"[③]。

第三节　复合序列：《聊斋志异》的叙事拓展

利用一个基本序列，小说就可以叙述一个相对完整的、有头有尾的故事。那些只运用基本序列建构故事的作品，由于篇幅短小、结构简单，即便作者着力描写细致繁复的场景和人物心理的细腻变化，也只能扩展作品的篇幅，很难丰富作

---

① 林辰. 神怪小说史 [M]. 杭州：浙江古籍出版社，1998：141-142.
② [清] 蒲松龄. 聊斋自志 [M] // [清] 蒲松龄. 聊斋志异：会校会注会评本. 张友鹤，辑校. 上海：上海古籍出版社，1986.
③ 林辰. 神怪小说史 [M]. 杭州：浙江古籍出版社，1998：140.

品的内容。如果想突破这一局限，构建多层面的、多头绪的叙事框架，作者就要采取叠加、镶嵌、接续、并置等不同的方式，在基本序列的基础上增加新的叙事序列，用以扩展作品的叙事容量。如此一来，小说就会包含两个或两个以上的基本序列。这些序列凭依某种情节逻辑连缀起来，形成复合序列。

一、《聊斋志异》复合序列的基本类型

根据序列与序列之间的衔接关系，法国叙事学家布雷蒙将复合序列分为首尾接续式、中间包含式、左右并联式三种基本类型。所谓"左右并联式"，是指"同一个事件用施动者 A 的眼光看具有功能 a，而转用施动者 B 的眼光看，则具有功能 b"[①]。罗钢认为这"实际上是由两种不同的眼光来观察同一事件造成的"，也可以称为"两面式序列"，比如《水浒传》"智取生辰纲"一段，在晁盖、吴用、阮氏兄弟等人看来是节节胜利，最终达到目的，而在杨志眼中却是步步失算，最后彻底失败[②]。也就是说，"两面式序列"叙述的是同一件事，据此，"两面式序列"仅仅是基本序列的一种，与其他两种复合序列并不在同一个层面上。米克·巴尔对序列与序列的多种相接形式中的两种情形作了描述性定义：一种是"这些过程可以一个接一个发生。在这种情况下，第一个过程的结果也是一个新的过程的开端（有效性）"；另一种是"这些过程也可嵌入另一过程中，比如，当一个可能性向另一个开放时，或当一种实现过程导致另一个可能性时"[③]。前一种实际上为连续式，后一种实际上为镶嵌式。米克·巴尔没有就"两面式序列"的构成情况进行分析，总结出一般的接续模式，因为在他眼中，"两面式序列"并非独立的复合叙事序列类型。

有一个隐蔽但现实的问题被布雷蒙、米克·巴尔等人忽略了。作家既然可以凭借时间、空间或人物为纽带与中介建立事件与事件之间的关联，就可以根据事

---

① [法]克洛德·布雷蒙. 叙述可能之逻辑 [M] //张寅德. 叙述学研究. 北京：中国社会科学出版社，1989：155 - 156.

② 罗钢. 叙事学导论 [M]. 昆明：云南人民出版社，1994：98.

③ [荷]米克·巴尔. 叙事学：叙事理论导论 [M]. 谭君强，译. 北京：中国社会科学出版社，1995：21.

件相同、相似或相反的要素、属性、情节模式等建立事件与事件的关联。读者欣赏作品时也会有这样的倾向，即将不同事件中的关联起来，从中思索、感悟出单一事件所不能蕴藏的种种复杂意味。如《妖术》中，术士预言于公三日后当死，但是于公相信生死有命，拒绝了术士索金代为禳解的邀约，由此引发的核心事件可以概括为三个基本序列：

序列 A $\begin{cases} a_1 \text{ 一小人荷戈变形前来害于公；（可能性形成）} \\ a_2 \text{ 于公捉剑斫之，小人逃遁；（实施阻止性行动）} \\ a_3 \text{ 害于公不成，小人恢复原形。（出现结果，于公无恙）} \end{cases}$

序列 B $\begin{cases} b_1 \text{ 一狞如鬼的怪物穿窗而入前来害于公；（可能性形成）} \\ b_2 \text{ 于公急忙出击，剑剑皆中；（实施阻止性行动）} \\ b_3 \text{ 怪鬼害于公不成，还原为土偶。（出现结果，于公无恙）} \end{cases}$

序列 C $\begin{cases} c_1 \text{ 一巨鬼手执弓而腰带矢推房壁震摇欲倾；（可能性形成）} \\ c_2 \text{ 于公拔剑与之搏斗，猛斫，鬼仆而僵；（实施阻止性行动）} \\ c_3 \text{ 巨鬼害于公不成，恢复木偶原形。（出现结果，于公无恙）} \end{cases}$

读者不仅能清楚地看出这三个基本序列之间的相似性，关注各个序列中事件与事件之间的相同连接方式，而且会进一步思考这三个基本序列之间的关系。从事件发生的时间顺序看，序列 A 发生于序列 B 之前，序列 B 发生于序列 C 之前，但三个叙事序列的时间顺序属于随着时间的自然延伸而获得的天然关系；从序列性质与内在逻辑结构看，三者实质上是并列关系。在故事中，小人、怪物、巨鬼三个人物是施与者（攻击者或谋害者），其行动目的只有一个——伤害于公；于公是承受者，同时也作为三个事件的关联要素而存在。如果将这三个事件序列分离开来单独审视，就会限制了单独的叙事序列的叙事效能，作品仅能表明于公是一个有武艺、不胆怯的人。但是，将三个单独的叙事序列并置（这也是作者的意图），就会衍生出更多的表达指向：操纵害人怪物的是术士，怪物一次比一次强大，足见术士必置于公于死地而后快；于公在与怪物的搏斗中越来越镇定，对事情真相的猜测也越来越接近事实；于公以无畏无惧的精神和善于搏击的武艺保护了生命，术士的害人邪术在人的主体力量面前碰了壁。这一结果对崇信命运、巫术的人来说是一个反讽。于是，三个序列的并置组合让读者意识到，作者的意图不仅仅在于揭示妖术的有效与失败、反映于公是一个怎样的人，还在于揭示人与命运、与神秘力量的较量与消长，对所谓的命运控制与操纵人的观念提出质疑。在篇尾，作者以"异史氏"的口吻说："尝谓买卜为一痴。世之讲此道而不爽于生死者几人？卜之而爽，犹不卜也。且即明明告我以死期之至，将复如何？况有借人命以神其术者，其可畏尤甚耶！"冯镇峦评点说："余生平亦不问星卜，明明告我，又复何如！此语打破，卜人无立身地也。"[1] 无论"异史氏"的感慨还是冯镇峦的评论，均与事件序列传达出的意蕴相合。

这三个序列之间的关系，既不属于米克·巴尔说的"第一个过程的结果也是一个新的过程的开端"，也不属于"这些过程也可嵌入另一过程中"，即既非连续式也非镶嵌式，只能属于第三种类型。根据三个序列的性质与结构，我们将之称为并列式。冯镇峦评点所说的"凡作三层写，都用写真之笔"[2]，就是将这三个事件序列放在并行层面上加以认识，并点出了它们之间的并列关系的。与布雷蒙、米克·巴尔无视并列式复合序列的存在不同，我们认为《聊斋志异》不仅使用了并列式复合叙事序列，而且赋予并列式复合叙事序列特殊的艺术功能。

《聊斋志异》中还有一些作品如《董生》、《三生》、《霍女》等，使用的复合叙事序列与连续式、镶嵌式和并列式都有差异。例如，《董生》核心事件的叙事序列图示如下：

序列 A
a_1 一个神秘女子突然来到董生书斋；（可能性形成：形成交往的契机）
a_2 女子往来与董生幽会，有床笫之欢；（实施行动：交往行为产生）
a_3 女子逼董生纵欲，致使他吐血而亡；（出现结果：人死，交往遂断）

---

[1] [清]蒲松龄. 聊斋志异：会校会注会评本 [M]. 张友鹤, 辑校. 上海：上海古籍出版社，1986：67.

[2] [清]蒲松龄. 聊斋志异：会校会注会评本 [M]. 张友鹤, 辑校. 上海：上海古籍出版社，1986：69.

序列 B $\begin{cases} b_1 \text{ 女子自称董生邻居，主动来投王生；（可能性形成：形成交往的契机）} \\ b_2 \text{ 该女子与王生往来幽会，有床笫之欢；（实施行动：交往行为产生）} \\ b_3 \text{ 女子显狐狸原形，被剥皮而死，王生存活。（出现结果：狐死，交} \\ \quad \text{ 往遂断）} \end{cases}$

比较一下这两个序列可以看出，该女子与董生、王生的交往有相似的形成、持续与结束方式：以女子主动为开始，以床笫之欢为维持，以一方的死亡而终结。像这样叙述了同一个行为者的两次或两次以上的性质相同或相似行动的作品，在《聊斋志异》还有许多。在这些作品中，几个事件序列的构成要素（如情节展开的方式、人物与人物之间的关系、构成叙事序列三个阶段的功能性事件的性质）基本相同，只是与核心事件相关的行动者（人物）在不断变化，如阻止董生与女子交往的是擅长号太素脉的人、董生家人，阻止王生与女子交往的是董生魂魄、王生家人。表面上看，篇中叙事序列的衔接方式与并列式叙事序列的衔接方式有些相似，实则不同。在《妖术》中，行动实施者是三个人物：小人、怪物、巨鬼，行动对象只有一个于公；但在《董生》中，行动实施者是一个人物，而行动对象先后有董生、王生。前者的三个叙事序列是聚拢型的、封闭性的，都围绕一个中心角色"于公"，属于典型的民间文学"三复"故事结构模式；后者的两个叙事序列是延伸型的、开放型的，类似民间文学中游历故事的结构模式。在某种意味上，后者的叙事序列连接方式是以行动者的行动作为线索的，两个事件序列好比贯穿在这条主线上的珠子，不妨称为"串珠式"叙事序列。

综上，《聊斋志异》中的复合叙事序列可以归结为四种，分别是连续式复合序列、镶嵌式复合序列、并列式复合序列和串珠式复合序列。

二、环环相生：连续式复合序列

根据布雷蒙对连续式所下的描述性定义可以推断，如果将连续式复合序列中的各个基本序列的功能性事件排列出来，就会形成首尾衔接、环环相扣的结构模式。因而，将连续式复合叙事序列称为连锁式、链接式也许能更好地揭示出它的特征。托多罗夫认为，连续式复合叙事序列是侦探小说的典型模式，比如，"犯罪"与"侦破"是侦探小说两个基本构成部分，由此构成两个前后衔接的基本序列。而"犯罪"序列的结果"犯罪行动得逞"引发了"侦破"序列。[①]

其实，为了使情节环环相生，扣人心弦，与侦探小说有题材交错关系的我国古代公案小说，也经常使用连续式复合序列。如《聊斋志异》中有一篇颇为简短的公案小说：

青州民某五旬余，继娶少妇。二子恐其复育，乘父醉，潜割睾丸而药糁之。父觉，托病不言，久之创渐平。忽入室，刀缝绽裂，血溢不止，寻毙。妻知其故，讼于官。官械其子，果伏。骇曰："余今为'单父宰'矣！"并诛之。

在这篇作品中，有两个核心的事件序列，一个是儿子担心父亲娶的年轻继母生养子女（实则担心继母生养的孩子长大后将分割家产），伤害父亲致死；二是继母到官府控告，官家审理处决了儿子，由此形成如下序列结构：

序列 A $\begin{cases} a_1 \text{ 父亲娶少妻，两个儿子担心继母生养子女；} \\ \text{（矛盾形成，可能性形成）} \\ a_2 \text{ 两个儿子将父亲灌醉，割去其睾丸；（采取行动，消除矛盾）} \\ a_3 \text{ 父亲死亡；（结果形成，引发新的可能性 } B_1\text{）} \end{cases}$

序列 B $\begin{cases} b_1 \text{ 继母讼至官府，官府接受这一诉讼；（新的可能性形成）} \\ b_2 \text{ 官府审理案件，儿子供出真相；（采取行动，为判决做准备）} \\ b_3 \text{ 判决处死儿子。（形成结果）} \end{cases}$

其中 a_3 与 b_1 处于前后事件的尾与首的位置上：a_3 的功能在于终结上一个基本叙事序列，b_1 的功能在于引发下一个基本叙事序列。以"a_3—b_1"为桥梁，将

[①] 罗钢. 叙事学导论 [M]. 昆明：云南人民出版社，1994：95.

两个基本叙事序列连贯一体，使故事的两个核心情节也得以联缀为整体。稍微复杂一点的作品，则在此基础上继续叠加基本叙事序列，把故事情节拉伸，增加作品的艺术容量。如《太原狱》的叙事序列图式如下：

序列 A $\begin{cases} a_1 \text{ 婆媳守寡；（可能性出现：偷情或不偷情）} \\ a_2 \text{ 婆婆与无赖偷情；（采取行动，沿着"偷情"一线发展）} \\ a_3 \text{ 媳妇对婆婆心怀不满；（结果形成，引发新的矛盾 } b_1\text{）} \end{cases}$

↓

序列 B $\begin{cases} b_1 \text{ 婆媳不和；（矛盾形成，可能性出现）} \\ b_2 \text{ 婆婆借故要赶走媳妇，诬陷儿媳与无赖私通；} \\ \text{（采取行动，消除矛盾）} \\ b_3 \text{ 媳妇不从，讼至官府；（结果形成，引发新的可能性 } c_1\text{）} \end{cases}$

↓

序列 C $\begin{cases} c_1 \text{ 官府接纳这一诉讼；（新的可能性形成）} \\ c_2 \text{ 官府审理案件，婆媳相持不下；（采取行动，欲明真相）} \\ c_3 \text{ 媳妇受罚，上诉至宪院；（形成结果，引发新的可能性 } d_1\text{）} \end{cases}$

↓

序列 D $\begin{cases} d_1 \text{ 临晋令孙柳下受命审理此案；（新的可能性形成）} \\ d_2 \text{ 孙柳下命婆媳以碓石击杀无赖；（采取行动，重新审理）} \\ d_3 \text{ 断明真相，媳妇洗冤。（最终结果）} \end{cases}$

序列 A、序列 B、序列 C 的最后一个阶段（结果形成）分别构成了后一个序列的第一阶段，引发了新事件，继而带动新叙事序列的展开。如果媳妇对婆婆采取容忍的态度，既没有诉讼至官府，也不到宪院上诉，那么故事很可能在 a_3、b_3 或 c_3 任何一个环节上终止。若在 a_3 终止，则小说仅仅叙述了一个家庭矛盾小事，婆媳性格未能得到充分的描绘，显得平淡；若在 b_3 终止，则可看出婆婆为了满足自己的私欲，带有扫除媳妇这一障碍的强大决心，媳妇则为了遵守守寡礼俗，表现出性格刚毅不屈的一面①；若在 c_3 终止，则属于冤案型故事，人们对官员因为失察致使媳妇受冤而愤恨不平，为无辜者鸣不平、批判昏庸官吏的主题。而现在终止于 d_3，前此审案的庸官与孙柳下形成了鲜明对比，凸显了孙柳下的聪明机智。作品运用的连续式叙事序列不仅满足了人们希望违反伦理道德必须受到惩处、维护伦理道德理应受到旌扬的期待心理，而且暗合了人们呼唤清官治民的社会政治诉求。

连续式叙事序列功能性事件衔接的基本图式可以提炼如下：

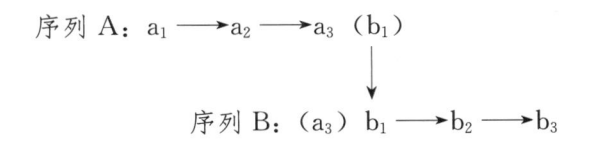

$$序列\ A：a_1 \longrightarrow a_2 \longrightarrow a_3\ (b_1)$$
$$\downarrow$$
$$序列\ B：(a_3)\ b_1 \longrightarrow b_2 \longrightarrow b_3$$

从图式可以看出，连续式复合序列在每一个叙事序列的三个阶段，均没有任何延伸开去的事件线条，一般采用直线推进的叙事结构，各环节衔接紧凑简要，进展节奏明快。连续式复合序列也会给读者带来一些疑问或悬念，如《太原狱》包含着下列悬念：婆婆串通村中无赖诬赖媳妇与人通奸，无赖假作讨饶供出与媳妇通奸，儿媳妇却没有证据证实自己的清白，是否会含冤受刑；媳妇如果经受不住严刑拷打，是否就被屈打成招；有作者叙述交代的信息提示，读者知道冤案的真相，而官吏却不明真相，官吏怎样才能鉴别出谁是谁非。作者没有采取旁枝侧出的叙事来刻意强化这种疑问与悬念，因此，小说情节没有发生较大的起伏变化。

非公案故事使用连续式复合序列可以使情节结构简明紧凑，故事主线集中而突出。如《细侯》的部分叙事序列：

---

① 守寡礼俗对人性的压抑与废除这一礼俗，其间人文关怀的对立是显而易见的。然而，在这一作品中，人物生活的社会文化决定了人物必须遵守这一礼俗。何况，即便现代社会也要求人的生命欲望的实现必须遵从一定的社会道德或法律规范，反对无原则地提倡纵欲。因此，在此仅讨论故事在何处终结、终结给叙事写人带来什么样的影响，而不讨论人物挑战守寡礼俗的积极意义，也不讨论固守这一礼俗的悲剧性。

序列 A $\begin{cases} a_1 \text{ 满生散步偶见细侯,辗转反思难以忘怀;(可能性出现)} \\ a_2 \text{ 满生凑钱去会细侯,二人"款洽臻至";(采取行动)} \\ a_3 \text{ 二人相约为婚姻终生厮守;(结果形成;引发新情况 } b_1) \end{cases}$

↓

序列 B $\begin{cases} b_1 \text{ 结为夫妻必须为细侯赎身;(新事件发生的可能性出现)} \\ b_2 \text{ 二人商量赎金,凑钱赎身;(采取措施,解决矛盾)} \\ b_3 \text{ 满生钱财匮乏,赎身暂不能成;(结果形成;引发后来} \\ \text{ "借钱"事件 } c_1) \end{cases}$

↓

序列 C $\begin{cases} c_1 \text{ 满生决定向朋友借钱;(可能性出现)} \\ c_2 \text{ 满生赴湖南借钱,才知朋友被免官;(采取行动)} \\ c_3 \text{ 满生落魄在湖南授馆,因故被羁押入狱;(结果形成;} \\ \text{ 引发新情况 } d_1) \end{cases}$

↓

序列 D $\begin{cases} d_1 \text{ 细侯等待满生,巨贾知细侯而慕名;(可能性出现)} \\ d_2 \text{ 巨贾托媒人求婚;(采取行动)} \\ d_3 \text{ 巨贾求婚被拒;(结果形成;引发新情况 } e_1) \end{cases}$

↓

序列 E $\begin{cases} e_1 \text{ 巨贾赴湖南探知满生消息;(可能性出现)} \\ e_2 \text{ 巨贾设计害满生,骗细侯;(采取行动)} \\ e_3 \text{ 巨贾迎娶细侯。(结果形成;引发新情况)} \end{cases}$

　　这些事件之间多具有前因后果式的关系,形成了小说节节相生、前后勾连的情节结构。作者除了偶尔适时地作了一些场景描写(如对满生与细侯谈论情感归宿的场景描写)之外,主要使用概叙的方式叙述核心事件,文笔简洁雅静,毫不拖泥带水,线索清晰而连缀绵密。《聊斋志异》中那些以因果相报、冤屈难申、完成夙愿为题材的作品如《席方平》、《阿宝》、《青娥》、《宦娘》等都使用了这样的叙事序列。

三、交织错综：镶嵌式复合序列

"镶嵌式"序列是指一个基本序列作为一个整体插入到另一个基本序列之中，成为后一序列的组成部分，成为它的一个发展阶段。镶嵌式序列的基本结构图式如下：

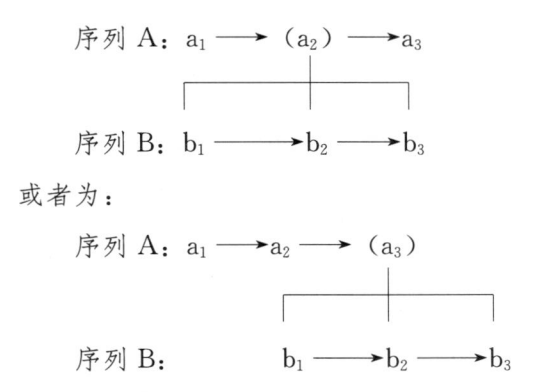

序列 A：$a_1 \longrightarrow (a_2) \longrightarrow a_3$

序列 B：$b_1 \longrightarrow b_2 \longrightarrow b_3$

或者为：

序列 A：$a_1 \longrightarrow a_2 \longrightarrow (a_3)$

序列 B：$\quad\quad\quad\quad\quad b_1 \longrightarrow b_2 \longrightarrow b_3$

按照米克·巴尔的观点，被镶嵌的基本序列称为"首序"，如序列 A；用来镶嵌的基本序列称为"嵌入序列"，如序列 B[①]。若嵌入序列作为首序的第一阶段即"可能性产生"而存在，按照事件发生的顺序，就形成了这样一个序列图式：

序列 A：$\quad\quad (a_1) \longrightarrow a_2 \longrightarrow a_3$

序列 B：$b_1 \longrightarrow b_2 \longrightarrow b_3$

简化下来成为：

$b_1 \longrightarrow b_2 \longrightarrow b_3 \ (a_1) \longrightarrow a_2 \longrightarrow a_3$

---

① [荷]米克·巴尔. 叙事学：叙事理论导论 [M]. 谭君强，译. 北京：中国社会科学出版社，1995：22.

这是一个连续式的叙事序列结构。因此，叙事逻辑的三阶段结构的特殊性，决定了嵌入序列只能作为首序的第二阶段、第三阶段而存在，即在采取行动或获得解决的阶段中发生了新的序列进程。当然，根据需要，嵌入序列之中还可以继续插入次一级的嵌入序列。

一般认为，小说采用镶嵌式序列，是由于"一个变化过程要得到完成，必须包含作为其手段的另一个变化过程，这另一个过程还可以包含另外一个过程"[①]。这是按照一般的叙事逻辑和生活情理做出的断语。从叙事虚构需要的角度看，促使作者使用镶嵌式序列的决定性因素有两个。一是素材中事件关系具有复杂性。事件与事件不但存在时间顺序上的首尾接续关系，也存在环环相套、交织错综的关系，就像漩涡中还有漩涡一样。这决定了作品不可能仅仅以简单的叙事序列相接的方式叙述清楚任何一个头绪繁多的故事。要想将交织错综的事件的头绪梳理得清清楚楚，作者必须选择符合事件发生与进展特点的镶嵌叙事序列。二是来自作家的主观因素。艺术创新的驱动力使作家乐于创造更为复杂的叙事序列，而不会满足于简单讲述故事。一个简单的叙事序列嵌入另一个简单的叙事序列，就会产生出人意想的艺术效果。如《画壁》一篇，朱一玄认为戴孚《广异记》中的"杭州别驾朱敖"条是它的本事。后者的核心事件关系可以表达为以下图式：

序列 A
$\begin{cases} a_1 \text{朱敖路上遇一绿袍女子；（交往的可能性形成）} \\ a_2 \text{朱敖询问女子，女子笑而不言；（交往行动）} \\ a_3 \text{无缘相识；（形成结果）} \end{cases}$

序列 B
$\begin{cases} b_1 \text{朱敖梦见女子前来；（交往的可能性形成）} \\ b_2 \text{把被欢悦，累夕如此；（交往行动）} \\ b_3 \text{（……）} \end{cases}$

关系 C
$\begin{cases} c_1 \text{朱敖路遇天女数十人歌舞；（可能性形成，提供交往机缘）} \\ c_2 \text{天女舞罢离开。（没有交往行动，只有未交往的结果）} \end{cases}$

---

① [法]克洛德·布雷蒙. 叙述可能之逻辑[M]//张寅德. 叙述学研究. 北京：中国社会科学出版社，1989：155.

序列 A 是一个完整的叙事序列；序列 B 则不是一个完整的叙事序列，因为朱敖和梦中的女子分手既不是交往行为发展的自然结果，也不是因为二人的交往遇到了外界的障碍或阻力，更不是因为交往带来了危害促使朱敖醒悟过来。作者似乎仅仅为了让这女子离开朱敖而生硬地安排她离开。诸事件内在关系也被随意安排着：序列 A 与序列 B 处于零散的关系，因为朱敖仅仅笑着问女子，没有流露出任何与对方交往的意向，女子却突然来到朱敖梦中；朱敖两次在路上偶遇神异女性，第一次与第二次之间没有倾向性、内在意蕴、作者意图等作为关联。也许作者受实录、纪实创作原则的引导，仅仅把听闻而来的故事记录下来而已，对情节之间的断裂、无关联性没有着意加以修补。这种随意的、不加修饰的叙事导致了故事结构的松散。关系 C 甚至不能称为序列：路遇天女为凡人与仙人的对话提供了机缘，朱敖意识到这是一次神奇的相遇，却没有主动把握这个引发生活轨迹转换的机缘。朱敖既然没有改变生存状态的主观愿望，就不会做出新的行动，自然也就没有行动的结果，未能为 c_1 与 c_2 搭建起意蕴贯通的桥梁。这篇作品通过朱敖的"眼睛"将看到的奇异景象转述出来，似乎没有什么深意，两个松散连缀的序列和一组无内在性联系的剪接事件造成叙事文本更接近随意书写的纪实性笔记。相比之下，《画壁》则在其中插入了两个基本序列，故事顿时变得丰富多彩：

序列 A
$\begin{cases} a_1 \text{ 朱孝廉看见画壁上一垂髫散花天女拈花微笑，樱唇欲动，} \\ \quad \text{眼波将流，不觉神摇意夺，恍然凝思；（交往的可能性形成）} \\ a_2 \text{（序列 B）朱孝廉来到画中，与女子往来，成就遂与狎好；一段姻缘；（采取行动）} \begin{cases} b_1 \text{ 朱听老僧说法，垂髫少女牵其裾；（可能性出现）} \\ b_2 \text{（序列 C）随女子去，（采取行动）} \begin{cases} c_1 \text{ 被女伴发现；} \\ c_2 \text{ 强拥改装；} \\ c_3 \text{ 乐方未艾；} \end{cases} \\ b_3 \text{（序列 D）结成夫妻；（结果）} \begin{cases} d_1 \text{ 金甲使者巡视；} \\ d_2 \text{ 藏匿床底；} \\ d_3 \text{ 久候女子不至，被老僧叫醒；（}a_3\text{）} \end{cases} \end{cases} \\ a_3 \text{ 朱孝廉回到现实之中，画中女子变为少妇装束；（结果）} \end{cases}

经过蒲松龄的艺术改造，《画壁》故事的各种头绪被笼罩在首序 A 之中，使原本松散的情节结构变得浑然一体。嵌入的三个序列 B、C、D 使原本按照单一时间线索连贯的情节变得复杂与错综；虚幻世界美好温柔的场景氛围与带有冒险受罚色彩的紧张交织，形成了故事情节的波折起伏。如此一来，故事的曲折性、复杂性明显增强。不仅如此，故事还衍生出可以多样解读的内蕴：画壁上女子"拈花微笑"、"樱唇欲动"、"眼波将流"，是朱孝廉动心的诱因，也是朱孝廉心动的产物，现实与幻境都是人心变幻而成，其中蕴含着"心生万物"、"万法皆空、心自为空"的玄奥佛理，所以稿本无名氏乙评说："只缘凝想，变幻出多少奇境。"[①] 冯镇峦也评说："因私结想，因幻成真，实境非梦境。"[②] 而在朱孝廉看来，画壁不是幻境，而是他人生真实的情爱经历与生活场景。由此，故事中的虚幻世界与现实世界实现了自然融汇交接，其间发生的种种事件汇成了意蕴完整而结构严谨的叙事序列，虚构的艺术世界与真实的现实世界在对照之中融汇了隐喻的深意。

如果《画壁》故事本事确实是《广异记》中"杭州别驾朱敖"条，那么，蒲松龄"有意为小说"的自觉意识要比唐代戴孚清醒且强烈得多；如果蒲松龄从未读过《太平广记》"杭州别驾朱敖"条，则《画壁》完全是他精妙绝伦的艺术才思的产物。无论哪种情况，都反映了蒲松龄具有深厚的小说创作艺术功底。但明伦对蒲松龄处理情节关联的艺术非常欣赏，称该篇"有眼界，遂有意识；有意识，即有挂碍；而恐怖远离，颠倒梦想，相因而生。我心自动，我不自解，而谓他人能解乎？然'幻由人生'一语，已是不解之解"[③]。我们借此可以认识到，创设蕴含各种复杂特定关系的叙事序列，建构起和谐一致的组合关系，对篇幅短小的文言小说来说至关重要，甚至在一定程度上可以决定作品的质量。如果《画壁》中没有了序列 A，整个故事仍然是散沙一盘；如果没有嵌入序列，故事也许

---

① [清]蒲松龄. 聊斋志异：会校会注会评本 [M]. 张友鹤，辑校. 上海：上海古籍出版社，1986：14.

② [清]蒲松龄. 聊斋志异：会校会注会评本 [M]. 张友鹤，辑校. 上海：上海古籍出版社，1986：14.

③ [清]蒲松龄. 聊斋志异：会校会注会评本 [M]. 张友鹤，辑校. 上海：上海古籍出版社，1986：17.

缺乏意味无穷的内涵。但是，即便《画壁》只运用了序列 A，就足以拉大"杭州别驾朱鏊"条与它的艺术差距。

为了实现奇正相生、虚实相映的叙事效果，蒲松龄经常在某一序列中嵌入相关序列，或者用以实现叙事空间的腾挪转换、延伸拓展，或者用以安排故事情节发展变幻莫测的走向，或者另起一端接入他人之事以勾连更为丰富的叙事情景。从他运用该种序列的具体情况来看，尽管嵌入序列笼罩在首序之下，但并不意味着嵌入序列的表达功能一定比首序弱小。一些作品的嵌入序列可以传递出某种特殊信息，或者导致一些重要表征、叙事氛围的形成。"当重要事件持续不断地嵌入成为重要事件起因的日常的、平庸的事件中时，可能会产生某种效果。比方，它可能是宿命论的一种表现。人类对抗世界的软弱无力的表现，或一种存在主义人生观的表现。"[①] 如《柳生》的首序是"周生卜婚—柳生代为谋划—周生娶得妻子"，嵌入序列有多个，其中两个如下：

序列 A
- a_1 周生江西遇寇被掳，匪首要将女儿嫁给他；（可能性出现）
- a_2 周生先拒婚后允婚；（采取行动）
- a_3 周生娶得妻子；（结果出现）

序列 B
- b_1 柳生让周生结识一名兵卒；（可能性出现）
- b_2 柳生代周生邀兵卒饮酒、临行赠马；（采取行动，结交兵卒）
- b_3 兵卒报答饯行馈马之谊，义释周生。（结果出现，受到回报）

该篇首序"周生卜婚—柳生代为谋划—周生娶得妻子"所规划的是周生的人生大事。仅就首序来看，这是一个普通得不能再普通的陈旧故事，一个普通的媒婆就能行使柳生的角色职能，为周生谋划娶到一位门当户对的、容貌美丽的妻子，故事也能带给读者对周生美梦成真的赞叹与艳羡。然而，插入的序列改变了故事的平淡无奇。序列 A 的 a_3 中周生在洞房花烛后得知自己的妻子就是当年柳

---

① [荷]米克·巴尔. 叙事学：叙事理论导论 [M]. 谭君强, 译. 北京：中国社会科学出版社，1995：22.

生"请月老系绳"选中的衣衫褴褛若丐者的女儿，不禁万分感慨。当年，柳生对周生的婚姻做出预判时，周生非常气愤地说："缘相交好，遂谋隐密，何相戏之甚也！仆即式微，犹是世裔，何至下昏于市侩？"然而，若干年后柳生预言竟然成真。周生与命中注定的女子结合使嵌入序列 A 的结果和首序的结果融为一体：无论周生的人生经历了怎样的变化，命运都不会改变，令人不得不叹服冥冥中自有难逃的定数。周生娶妻这一结果的出现在某种程度上又受到序列 B 的强调和巩固。没有序列 A，就不会有首序的结果出现；没有序列 B，则周生的命运变数增加，能否平安回乡就难以确定。虽然 b_3 这个结果距离 b_1、b_2 多年之后才出现，但它的出现早已被 b_1、b_2 促成定势。序列 A、B 都是在周生不知情或者不情愿的情况下，最终都按照柳生预言的那样，水到渠成地走到了预期的结局。在小说叙事中，读者能看到柳生的法术奇异、判断力超乎常人之处，也能体会到命运一旦圈定了人物的人生轨迹，确定他在何时何地经历怎样的事情，无论人物在不在意、愿不愿意，都会有意无意地按照命运划定的线路前行，不可抗拒，也无可逃避！

《聊斋志异》中偶遇型、果报型、仙入凡世型的作品都在某些叙事序列中嵌入了其他的叙事序列。蒲松龄娴熟地运用镶嵌式序列，编织出了错综交织的叙事线条，让情节结构变得复杂难测，惊人耳目。镶嵌式叙事序列在某一事件的叙述过程中插入叙述其他事件，与张竹坡评点《金瓶梅》提出的"趁窝和泥"的叙事技巧有类似之处。张竹坡《金瓶梅》十九回回评说：

> 上文自十四回至此，总是瓶儿文字。内穿插他人，如敬济等，皆是趁窝和泥。此回乃是正经写瓶儿归西门庆氏也，乃先于卷首将花园等项题明盖完。此犹娶瓶儿传内事，却接叙金莲、敬济一事，妙绝。《金瓶》文字，其穿插处，篇篇如是。后生家学之，便会自做太吏公也。①

---

① [明]兰陵笑笑生. 金瓶梅 [M]. [清]张道深, 评. 王汝梅, 李昭恂, 于凤树, 点校. 济南：齐鲁书社，1991：268.

这段话针对的小说情节是李瓶儿嫁给西门庆。这一事件由花子虚去世、李瓶儿嫁给蒋竹山、西门庆毒打蒋竹山、李瓶儿赶走蒋竹山、李瓶儿改嫁西门庆等一系列环节构成，这就是张竹坡所说的"正经写瓶儿归西门庆氏"。在叙述这一主要事件的过程中，还插入了潘金莲、陈敬济等人的事，以及西门庆结交官员的种种事情，张竹坡称为"趁窝和泥"。在张竹坡看来，"李瓶儿嫁给西门庆"这件主要的事情就是"窝"，潘金莲、陈敬济等人的事以及结交官员的事，就是在这个"窝"内和的"泥"。这些"泥"未必与"窝"有必然的、不可分割的关系。《金瓶梅》意在通过一个家庭向外辐射，牵扯写整个社会，需要将家庭中某一人物的活动与家庭中的其他人、与家庭之外的人联系起来，所叙的家庭琐事时时透出社会生活的影子。对李瓶儿改嫁给西门庆这件事而言，西门庆结交官府等事件完全可以不写，而一旦写出，就为核心事件序列的骨架增添了血肉、肌肤、毫发，不但使作品内容变得丰富饱满，而且增加了故事的生活气息，强化了其艺术真实性。张竹坡所说的"后生家学之，便会自做太史公"，真正的含义不是说如此叙事便能成为史家名手，而是说以此法创作的作品具有与《史记》同样的"实录"价值（在此，"实录"可以理解为"生活真实"）。

从上文可知，《聊斋志异》镶嵌式序列不仅注重"正经文字"与嵌入序列事件的内在逻辑关系，而且会有意识地增强嵌入序列的事件的叙事功能。章回小说因为文字繁多，运用"趁窝和泥"的手法可以不疾不徐、从容不迫，能够借助小事件、小场景反映大事件、大社会。文言小说篇幅短小，讲究言简意赅、言约意丰，蒲松龄要想提高艺术表现力，必须有"惜墨如金"的自觉意识，充分发挥每一件事的叙事功用。

四、并进分叙：并列式复合序列

两种或两种以上的复杂故事情节，也许发生在同一时空内，也许发生在不同的时空内。只要构成这些故事情节的具体事件的衔接关系相似，或具体事件的属性相类，这些故事情节就构成并列关系。若这类事件被作者自觉地剪辑在一篇作品之内叙述出来，则可认为叙述不同故事情节所使用的基本序列带有作者某种叙事意图，由此便形成并列式复合序列。

如果简单地从事件发生的自然时序和文本叙述的叙事时序来看，适用并列式复合序列的客观条件几乎不存在：在完全一致的现实时空内，两件或两件以上的不同事情绝无可能在发生、发展和结局的线条上完全平行，文本的一维线性结构也不可能给提供作者同时叙述两件或两件以上事情的机会。但是，从上述各个基本序列所表达的事件性质及它们之间的逻辑关系看，并列式复合序列的存在在某种意义上又是可能的。作者总是设法突破文本的线性结构，以巧妙的方式将并列关系的事件序列呈现给读者。

有的作家从说话艺术那儿获得启发，运用提示语与读者对话，以实现从这一事件的叙述转向另一共时事件的叙述。一般的情形是，叙述者在转换叙述内容、情节之前，常常使用"花开两朵，各表一枝"、"按下此话不说，单说……"等提转性话语，告知读者此后的叙述转入另一件或另一方面的事情，牵引读者的关注力一并转移。如果并列双方的行动都处于重要的位置，叙述者就必须错综叙述，兼顾两边。如《水浒传》"智劫生辰纲"一段，叙述梁中书、晁盖双方的事情：一方极力保护生辰纲，力求安全运到京师；一方则探听消息周密谋划，设法中途劫持生辰纲。双方以"生辰纲"为对称点，各自的行动均针对这一对称点但立场相反，成为逻辑上的并列关系。双方在叙事结构中不分轻重，只看哪一方最终能智高一筹，取得胜算。实际情况是，小说采取了交错叙述的方法，将头绪交代的一清二楚，纹丝不乱，确实没有偏废任何一方。小说先叙述梁中书购买寿礼、与夫人商议拜寿的事情，然后以"不说梁中书收买礼物玩器，选人上京去庆贺蔡太师寿辰，且说山东济州郓城县……"①为过渡转而叙述晁盖一方行动。待到晁盖一方商议劫持生辰纲的行动头绪交待周全以后，小说又以"话休絮繁，却说北京大名府梁中书，收买了十万贯庆贺生辰礼物完备……"②为提转，进而叙述梁中书一方的行动。这种彼此交错叙述并列事件的方式，既需要较大的篇幅容量，才能为叙述得清爽从容提供足够的艺术空间，又需要作者有高超的控制叙事内容与节奏的技巧。蒲松龄才力毕竟不同一般，在文言短篇有限的篇幅内，成功地运用

---

① ［明］罗贯中.《水浒全传》原本［M］.罗尔纲，考订.贵阳：贵州人民出版社，1989：153.
② ［明］罗贯中.《水浒全传》原本［M］.罗尔纲，考订.贵阳：贵州人民出版社，1989：177.

了这种错综叙述的方式。如《小谢》有三个主要人物，分别是陶望三、小谢和秋容；两条叙事脉络，分别是陶望三与小谢的情爱线和陶望三与秋容的情爱线。三个人每天耳厮鬓摩，相处一室，两条情爱线不可避免地交织在一起。蒲松龄时而写小谢淘气，时而叙秋容温婉，笔端有时凝注于秋容，有时聚焦于小谢，真正做到了左右交织、双线并进，使教书习字、日常家居、受难营救、还阳成亲等事件连接绵密、叙述周备，剪裁加工艺术高妙无双。而最类似《水浒传》"智夺生辰纲"的叙事策略与技巧的，当属《贾儿》中"买酒掺药杀狐"一节。在《贾儿》中，一方是狐妖馋酒，安排随从到街市买酒，一方是贾儿报仇，要利用这机会除掉作祟害人的狐妖，构成双方行动的事件序列具有并列关系。其核心叙事序列图式如下：

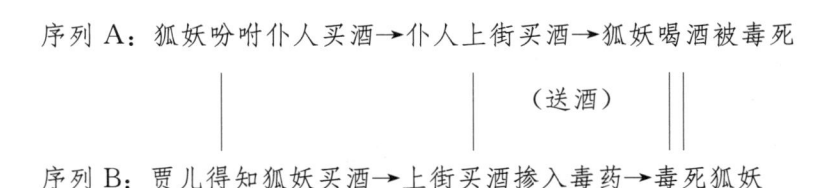

序列 A：狐妖吩咐仆人买酒→仆人上街买酒→狐妖喝酒被毒死

（送酒）

序列 B：贾儿得知狐妖买酒→上街买酒掺入毒药→毒死狐妖

贾儿在探寻狐狸洞穴时，得知了狐妖吩咐狐奴买酒的消息，于是尾随狐奴到了街市。贾儿在衣服下面系上了一根狐尾，假作与狐奴偶然相遇，骗得了狐奴的信任，并设法把装了毒药的酒慷慨地馈赠给对方，两条线索在此交织汇合。最后的结果是作祟的狐妖被毒死，只不过这结果全在贾儿意料之中，而在狐怪的意料之外。两条叙事线条齐头并进，而且完全摆脱了说话艺术的遗留套语。有意味的是，《贾儿》两条线与《水浒传》两条线在情绪氛围上有微妙的差异。《水浒传》梁中书、晁盖双方都很紧张：一方紧张是因为路上有强盗出没，唯恐生辰纲被劫；另一方紧张是因为事情紧急，需要周密策划避开官府的耳目才能成功。《贾儿》中双方却是一方紧张一方轻松：贾儿紧张是因为自己所做的事情不能透露半点风声，否则狐怪就会预先感知；狐狸轻松是因为根本没料到大难临头。后者两条线一紧张一轻松的情绪氛围的对立差异带来了审美张力，其妙处可与《水浒传》"智劫生辰纲"一节媲美。

还有一种方式也能帮助小说家叙事时兼顾双方，并成功使用并列式叙事序列。这种方式来自话本文体的遗留。一般认为，说书人为了招揽顾客、留住已经到场的听众，往往在正话之前讲述一些小故事；待顾客逐渐增多时，才开始讲述正话故事。先讲说的小故事称为"头回"或称"得胜头回"，"头回"是"说话"艺术的一部分，但并非正话的一部分。它与正话仅仅在故事性质、题材上相近或相同，叙事主题相同或相对而意图一致。这样，头回中的叙事序列便与正话中的叙事序列构成了并列关系。《聊斋志异》有些作品在一个篇目之下叙述两个或两个以上的故事，文本体例上接近话本，但故事与故事之间的关系与话本中头回与正话的关系又不尽相同。头回与正话是一次要一主要、一陪衬一主体的关系，呈现出前轻后重的葫芦式结构。《聊斋志异》中的相关作品合则为一篇，拆则成为几个独立的故事，没有轻重之分。如《狼三则》中前二则故事的叙事序列图式：

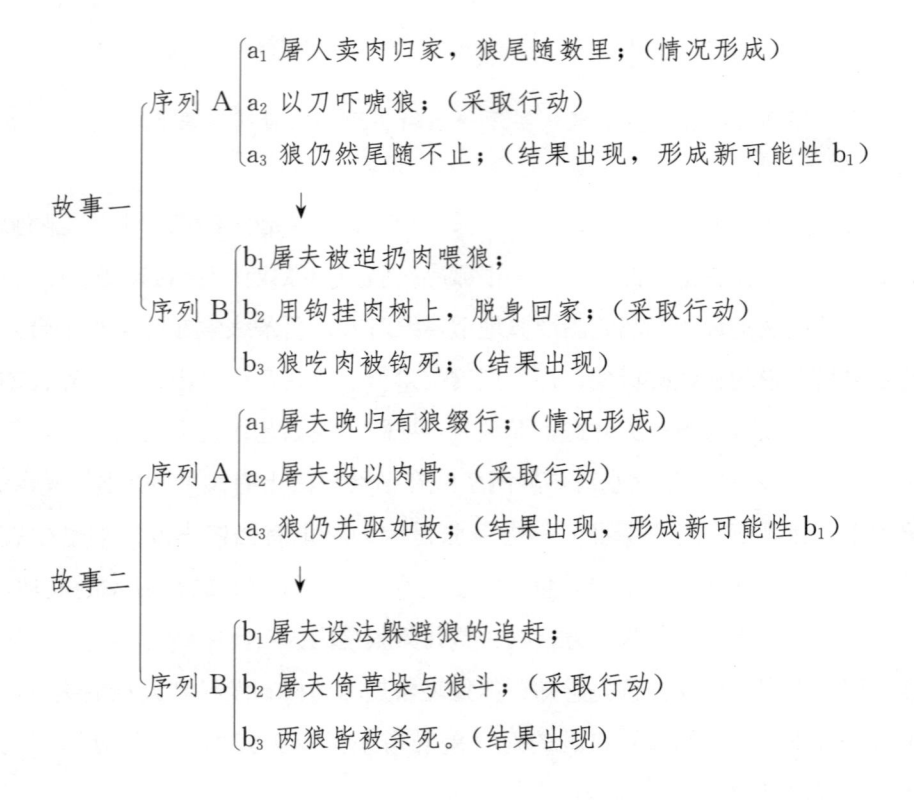

故事一
- 序列 A
  - a_1 屠人卖肉归家，狼尾随数里；（情况形成）
  - a_2 以刀吓唬狼；（采取行动）
  - a_3 狼仍然尾随不止；（结果出现，形成新可能性 b_1）
  ↓
- 序列 B
  - b_1 屠夫被迫扔肉喂狼；
  - b_2 用钩挂肉树上，脱身回家；（采取行动）
  - b_3 狼吃肉被钩死；（结果出现）

故事二
- 序列 A
  - a_1 屠夫晚归有狼缀行；（情况形成）
  - a_2 屠夫投以肉骨；（采取行动）
  - a_3 狼仍并驱如故；（结果出现，形成新可能性 b_1）
  ↓
- 序列 B
  - b_1 屠夫设法躲避狼的追赶；
  - b_2 屠夫倚草垛与狼斗；（采取行动）
  - b_3 两狼皆被杀死。（结果出现）

每个故事包含两个主要的基本序列,均采用连续式序列前后贯穿,故事与故事之间不相连属,有独立的情节结构,因为题材相近被作者采录到同一篇题之下。这两个故事的情节发展方式也如出一辙:屠夫最初因为畏惧隐忍退让,继而被逼无奈实施防卫;狼最初尾随得肉,最终因为贪得无厌送了性命。两则故事的叙事序列构成了典型的并列式复合序列。冯镇峦将这三篇故事中狼的结局概括为"以贪死、以诈死、恃爪牙而死"①,为我们从三则故事主题关联的角度判断其复合叙事序列属于并列式的类型提供了认知基点。此外《折狱》、《念秧》、《伏狐》等篇章,虽然每一篇之下的故事使用的叙事序列类型并不相同,但整篇使用的仍然是并列式序列。整体来说,这一类并列叙事序列的作品的艺术性并不强,也许蒲松龄只是随手写来,并没有深入思考如何借助于这种文本形式传达更深邃复杂的叙事意图,但他显然从话本的文体形式那儿取得了借鉴。

《聊斋志异》还使用了为蒲松龄所独创的、富有艺术表现力的并列式复合序列,其基础是两种观念:一种是宗教观念,一种是梦幻观念。在这种复合序列中,故事往往发生在不同性质的空间内,其空间分布的基本模式是:一件事情发生在阳间,一件事情发生在阴间;或者一件发生在现实世界,一件发生在梦幻世界。以宗教观念为基础创构的并列式叙事序列的代表作品为《僧孽》,讲述了张某被鬼使误捉至阴间、借机央求鬼卒带他观览地狱的故事。在地狱中,张某亲眼看到哥哥正遭受阴间的刑罚。张某以为哥哥已死,于是还阳后立即去探望哥哥。而在阳间,张某目睹了哥哥被病魔折磨的情形之后,更加惊骇不已。原来哥哥张僧在阳间"疮生股间,脓血崩溃,挂足壁上,宛然冥司倒悬状"。张某把阴间所见告诉了哥哥,哥哥自此戒荤酒,虔诵经咒忏悔,病体才慢慢痊愈。这篇小说的核心叙事序列图式如下:

阴间:张僧因为广募钱财供淫赌受罚──→被扎股穿绳倒悬 ╲
                                                                 持戒诵经而解脱
阳间:张僧居住在福兴寺生病──────→为解病痛而倒悬 ╱

---

① [清]蒲松龄. 聊斋志异:会校会注会评本[M]. 张友鹤,辑校. 上海:上海古籍出版社,1986:796.

小说在读者面前展示了两个世界，一个是真实的现实世界，一个是虚幻的阴间世界。张僧在现实世界遭受的折磨和痛苦，其魂魄同时在阴间遭受着，唯一的区别是苦罪来源不同：现实世界的来自病魔，阴间世界的来自刑罚。于是，张僧在阳间受罪的情形与其魂魄在阴间受罚的情形成为对方的互体镜像，两个世界发生的事情也互为因果：张僧在现实世界的淫赌导致其魂魄在阴间受刑，其魂魄在阴间所受的冥狱刑罚给阳间的张僧带来了万般苦楚。

支撑这一并列式叙事序列故事的基本观念是阴间冥狱观念、因果报应观念。阴间，又称阴司、阴府、冥界等，指人死后其鬼魂居住的地方。先秦时期，人们就确信人死后魂魄居住在另一个世界——"黄泉"，也称"幽都"。随着佛教的传入，十八层地狱观念改造了我国传统的阴间观念，并掺入因果报应、赏善罚恶的思想，将阴间受罚与人生作业联系起来，广为人们所接受。人们相信，十八层地狱中均有残酷的刑罚，大凡作有罪孽的人死后均要入地狱受惩罚，而受惩时间的长短、痛苦程度的深浅，取决于人生前作孽之多寡。这样的思想观念还影响了最初只宣扬善恶报应但并无地狱受苦观念的道教，后者也产生了地狱罚罪的思想观念。《太上老君戒经》提出"若在地狱，五痛无间"，并解释说："地狱受苦有时而息，此言无间，是时无休息也。五痛犹五苦也，明三塗报应如此。"① 足见地狱受刑、因果报应观念力量之强大。佛教还系统地指出了因果报应的时机与方式，按照《大般涅槃经》的说法，"业有三报：一现报，现作善恶之报，现受苦乐之报；二生报，或前生作业今生报，或今生作业来生报；三速报，眼前作业，目下受报"②。这些思想观念渗进古代小说领域，使古代小说充斥着大量因果报应的题材和宣扬因果报应的主题。《僧孽》叙述因果报应故事，但其题材处理与一般宣扬因果报应的小说明显不同。张僧所受的报应显然为"速报"，即"眼前作业，目下受报"，一般小说写"速报"往往灾祸及于身，并不同时及于魂魄，比如，不孝子被天雷劈死，获不义之财的人遭遇横祸。这些人死后，其魂魄也可能受到地域的惩罚，但那是他们死亡进入地狱之后的事情。而蒲松龄将"现世报

---

① 太上老君戒经 [M] //道藏辑要：卷拾. 巴蜀书社，1995：5.
② 季风. 梁启超讲国学 [M]. 北京：时代华文书局，2015：131.

应于身"与"死后报应于地狱"并置,加快了因果报应的速度,也强化了因果报应的力度,形成了现世报、地狱报对人们思想情感上的超限刺激,大有警戒世人放下屠刀、立地成佛的深意。小说中张僧听弟弟叙述阴间所见的情形后,"大骇,乃戒荤酒,虔诵经咒",即源于对这种报应方式的恐惧与敬畏,相信这一情节也会对崇信因果报应观念的人带来不可抗拒的暗示。《僧孽》仅仅二百余字,宣扬宗教思想的强烈程度却不亚于篇幅远胜于它的"三言"、"二拍"中的一些作品,如《李克让竟达空函 刘元普双生贵子》、《王大使威行部下 李参军冤报生前》、《满少卿饥附饱扬 焦文姬生仇死报》等。

建立在梦幻文化基础上的运用并列式序列的作品,艺术上与《僧孽》也有异曲同工之妙。《梦狼》一篇中,白翁在梦境中看到儿子官衙内豺狼成群,以人的尸首为食,而现实世界中他儿子为官贪暴,上下沆瀣一气,搜刮民脂民膏;梦境中金甲猛士用巨锤击落了他儿子的牙齿,现实世界中他儿子醉酒坠马跌落了门齿。不同的是《僧孽》叙述的两个空间共时发生的事情形态相似,而《梦狼》中虚幻梦境的事件与真实世界的事件异形同质,形成了隐喻关系,比《僧孽》就多了一重深层的隐喻意义。这一重隐喻关系使《梦狼》的主题比《僧孽》深刻复杂:《僧孽》仅仅宣扬了因果报应;《梦狼》不仅如此,还批判了黑暗的社会现实、腐朽的封建官场。

《梦狼》对梦境与现实关系的处理,正是蒲松龄突破传统梦境叙事、创新叙事艺术的反映。在蒲松龄之前,记梦小说已经大量涌现。小说所写的梦境一般具有三种叙事功能:一是沿承古代占梦术的观念,将梦境处理为对即将发生事件的预叙,并以后续发生的事件为验证,如白行简《三梦记》讲述的窦质梦至华岳祠下见一女巫迎路拜揖而应验的故事;二是以梦境暗示人生皆幻境,如《幽冥录》中"宋世焦湖庙"条中杨林梦中发达之事、沈既济《枕中记》中卢生的梦中经历等;三是表现人与人之间的心灵感应,如六朝志怪记梦,常常将梦作为连接阴阳两地的方式,安排鬼魂在梦中与生人随意交通,实则属于感应现象。而《梦狼》以梦境作为叙事修辞手段,将梦处理成与现实世界的共时隐喻关系,借此披露封建官僚的劣行劣性,拓展了梦境的叙事功能。《聊斋志异》还有一些作品以并列式序列安排梦境与现实关系的作品,其写梦也大有新意。如《成仙》将梦境与现实处理成虚实融混、亦真亦幻的关系，不仅有人生如梦的幻灭色彩，而且有梦即人生的超然意味；《王桂庵》梦境中描绘的芸娘的居住环境与她真实的居住环境惊人得一致，折射出王桂庵对芸娘用情之深、思念之切。

五、一脉贯通：串珠式复合序列

从叙事序列产生的内在逻辑上看，串珠式序列相对而言是一种以基本序列为基础上衍生出来的、书写难度最小的复合叙事序列。因为，情节最简单的叙事作品内容写一人一事，稍微复杂一些但情节组织相对容易的则写一人多事，对多人多事题材进行圆熟处理的难度就更大一些。唐代以前，绝大部分文言小说叙述的核心事件比较单一，中心人物常常只有一个，恰恰印证了上述推测。即便写一人多事，也有难易之分。简单的办法是将某人在不同的时空背景下的行动处理为类似的模式，使故事的内在结构形成某种一致性，无论外在环境如何变化，相关的人、事、物如何更替，主要人物的行动性质前后一脉贯通，小说内容的组织与安排就得心应手了。于是，串珠式复合序列就应运而生。

串珠式复合叙事序列的优点在于，构成它的各基本序列之间的界域相对明晰，其中包含的事件性质相类，体现的叙事意图也基本相同，既便于延伸情节线条、强化行为者的角色特征，也便于凸显隐伏在人物行动背后的内在品格。串珠式复合序列特别适合用来撰构游记式（游历式）的作品，许多文言小说乃至章回小说也乐于使用它。王度《古镜记》以"我"携带古镜的漫游历程为情节线索，叙述了"我"借助古镜辨识妖狐、番僧述异、铲除蛇妖、疗救民疾、杀死龟怪猿精、消灭鱼精鸡妖的一系列事件。这些事件以古镜识怪除妖的奇异功能为主线贯穿一体，形成了串珠式序列，脉络清楚，次序分明。在《西游记》、《镜花缘》、《水浒传》等作品中，我们都能发现串珠式复合序列的踪迹。《聊斋志异》中全篇使用串珠式序列的作品并不多，这也许受到了作品篇幅简短、人物活动空间狭窄（《聊斋志异》多数优秀作品所描绘的主人公生活，均局限在某一地甚至某一荒斋野寺、幽暗书屋之内）的制约，与作者追求叙事简约峻捷的文体风格也有一定关系。然而，串珠式复合序列拥有的长处，在蒲松龄的笔下一点都没减弱。如《三生》中叙事序列的简化图式为：

序列 A $\begin{cases} a_1 \text{ 刘孝廉一世为缙绅，多有败德行为;} \\ a_2 \text{ 死后，阴间稽查其恶迹，罚他转生为马，受尽鞭挞苦楚;} \\ a_3 \text{ 马（刘孝廉）非常郁愤，绝食三日而死;} \end{cases}$

序列 B $\begin{cases} b_1 \text{ 刘孝廉回到阴间;} \\ b_2 \text{ 因罚期未满，刘孝廉被罚转生为犬;} \\ b_3 \text{ 犬（刘孝廉）愤恨欲死，故意咬伤主人，被主人杖杀;} \end{cases}$

序列 C $\begin{cases} c_1 \text{ 刘孝廉回到阴间受到鞭笞刑罚;} \\ c_2 \text{ 刘孝廉被判转生为蛇，立志不伤生灵，只食草木;} \\ c_3 \text{ 蛇（刘孝廉）被车碾死，转生为人（刘孝廉）。} \end{cases}$

这是对传统串珠式结构的模式突破。一般串珠式作品喜欢将人物施行的数次性质相同的行动安排在同一性质的空间（拟实空间或者虚幻空间）内，借助人物行进经历衔接不断转换的故事发生的地点、场景与情境。而蒲松龄援佛家轮回转世的观念入小说，以刘孝廉死后为鬼、鬼生为畜生或复生为人的方式为串联线索，把一个人三生中的三种生存状态描述出来，从而将叙事时空处理为往生世界与现世世界、拟实空间与虚幻空间的自由连贯，蕴含着深沉的时空感、沧桑感。作者似乎在警示人们，世间存在着一种一世作恶三生受罚的惩善扬恶的主宰力量，一旦有人为非作歹，必将万劫难复。篇尾"异史氏曰"以议论方式点明了此篇劝善诫恶的主旨，提醒人们"贱者为善，如求花而种其树；贵者为善，如已花而培其本：种者可大，培者可久"，劝世委婉而又用心良苦。

《三生》虽然与《古镜记》同样运用了串珠式叙事序列，但是已经超越了后者满足于记述异闻、实录怪异的创作取向，在思想内容上具备有益世风、裨益教化的功能，在艺术上则容量丰富、故事曲折多变，具有使读者惊心动魄、触动内心的效果。如果不考虑小说蕴含的宗教迷信的荒诞性以及这种轮回受惩的虚幻性，单就小说以串珠式序列结构情节、通过客观叙述的方式以潜移默化地实现教谕世人的意图来说，作品的叙事是成功的。《连城》通过反复叙述乔生救助连城的行动，写出乔生对连城怀有的"感遇知音"式的深厚恋情；《石清虚》讲述了奇石四次得而复失、失而复得的历程，描绘了一个爱石如命近乎痴的有情有义的人物形象；《罗刹海市》以马骥游历经商为主线，叙述了他在海外异域的奇遇，隐喻或反衬社会现实，蕴含着对理想社会的追寻。这些作品均通篇使用了串珠式序列为主体结构序列。

有一些作品局部使用了串珠式复合叙事序列。如《霍女》一篇前半部分的叙事序列图式为：

$$序列\ A\begin{cases}a_1\ 霍女在路上行走，被朱大兴胁迫回家；\\ a_2\ 霍女食不厌精，极尽享乐能事；\\ a_3\ 霍女离开朱大兴；\end{cases}$$

$$序列\ B\begin{cases}b_1\ 霍女前往何姓人家，托言是朱大兴逃妾；\\ b_2\ 霍女仍穷奢极欲；\\ b_3\ 霍女离开何姓人家；\end{cases}$$

$$序列\ C\begin{cases}c_1\ 霍女投奔黄生；\\ c_2\ 霍女亲自操持家务，与黄生亲爱甚笃；\\ c_3\ 霍女为黄生娶妾，最终离开黄生。\end{cases}$$

在一般串珠式序列中，每一个基本序列的事件结构与性质都相同或相似，而此篇中蒲松龄借鉴民间文学故事经常使用的"三复叙事模式"，对串珠式序列稍微做了一点变动。"三复叙事模式"的一般惯例是，故事中人物角色追求目标达成的行动被反复叙述至三次，人物前两次行动常常面临一次比一次更严峻的考验，并且追求行动受阻；当转入第三次行动时，人物角色在外部力量的帮助下发生转机，顺利实现追求的目标。经过蒲松龄的改造，女子在序列 C 中的行为方式与序列 A、B 中相比发生了根本的转变，变"故作娇态、极尽享受，物质欲望一旦得不到满足便无情离去"为"亲自操持家务，甘于贫苦"。霍女为黄生娶妾后悄然离去，却对黄生仍怀有一片真情，帮助他过上了与朱大兴、何氏截然不同的生活。这样，形成了规整中有变化、顺畅中有跌宕的叙事风貌。女子这一行动方式的转变，与民间故事中第三次行动出现转机有所不同。在民间故事中，行动转机的出现往往借助某种力量得以实现，如有人提供了规则、宝物、法术的帮助，人物角色的意志力量突然爆发，聪明智慧发挥了关键作用，等等。但是，该女子行为方式的转变既没有外部力量促成，也没有内部情志为基础，甚至没有任何转变的征兆。她对朱大兴等富翁的态度和对黄生这样的贫苦人的态度，不由引人追问：该女子天生就有"生平于吝者则破之，于邪者则诳之"（女子语）的异秉？还是小说要传达类似《青梅》中"异史氏曰"抒发的"天生佳丽，固将以报名贤……独是青夫人能识英雄于尘埃"的感慨？也许，《霍女》要表达什么样的情感倾向是次要的，作者的真实用意就是要留下疑云弥漫的叙事空白，以引发读者的追问与沉思。

　　在串珠式复合序列中，各基本序列的事件性质相同或相似固然给作者的叙事构思提供了便利，却容易导致作品模式单一、意蕴贫乏和表达上趋于流滑。从上面谈到的作品来看，蒲松龄笔下的此类小说除了极少数作品情节略显简单之外，大部分还是各具特色、很有可读性的。它们虽然有相似的结构模式，但是叙事风貌、表达意蕴各有差异。这应该归于蒲松龄善于选取串联各个基本序列的结构要素，这些结构要素或者是人物、是物件、是某种信念或者某种细节，在关联各个基本序列的过程中发挥着枢纽作用，既能促进叙事流转顺畅，也能成为决定该篇作品特殊情貌的关键。《霍女》的结构要素是霍女所说的"妾生平于吝者则破之，于邪者则诳之也"的意识，非此不能诠释为何霍女对富者严苛无情而对贫者厚爱有加。《石清虚》的结构要素是那块奇石，石上凝聚着邢云飞的痴爱，让读者产生了"士重知己、人有情痴"的感慨。《罗刹海市》的表层结构要素是在海外异域的行踪，深层结构要素是异域世界与现实世界的异构同质，故而作品在形式上近似游历小说，而内容上则寄寓了作者怀才不遇的深沉感慨。

　　《聊斋志异》单独运用上述四种复合叙事序列之一的典型作品并不多见，绝大部分作品交错运用了其中的两种或多种叙事序列。像《白秋练》、《聂小倩》、《小翠》一类爱情题材的作品，《于去恶》、《叶生》、《宋生》一类科举题材的作品，《仇大娘》、《水莽草》、《江城》一类家庭生活题材的作品，都以某一题材的事情为主要内容，兼及叙述了广泛的社会生活，主要情节叙述得主线分明，又能与其他次要事件错综相合，谨然一体，成为短篇文言小说精品。这要归功于蒲松龄准确地认识到不同事件的衔接与组合在艺术表达上的独特功能，并且遵循小说创作的艺术规律组织调配了这些事件。清代冯镇峦《读聊斋杂说》中有这样一段话，让我们看到古代小说评点家对《聊斋志异》调配叙事序列所做的评价：

> 《聊斋》短篇，文字不似大篇出色，然其叙事简净，用笔明雅，譬诸游山者，才过一山，又问一山，当此之时，不无借径于小桥曲岸，浅水平沙，然而前山未远，魂魄方收，后山又来，耳目又费。虽不大为着意，然政不致遂败人意。①

冯镇峦将《聊斋志异》的短篇比作游山玩水欣赏风景中起到过渡衔接作用的"小桥曲岸，浅水平沙"，将篇幅较长的作品比作层峦叠嶂、排比而来的群山。在冯镇峦看来，这些短篇"叙事简净，用笔明雅"，也是优秀作品，然而不如"大篇出色"，因为后者叙事范围广、结构层次丰富。冯镇峦所说的"大篇"，当指《白秋练》、《聂小倩》一类叙事序列构成复杂、篇幅较长的作品。清代喻焜说："窃观《聊斋》，笔墨渊古，寄托遥深，其毫颠神妙，实有取不尽而恢弥广者。仁见仁，智见智，随其识趣，笔力所至，引而伸之，应不乏奇观层出，传作者苦心，开读者了悟。"② 这反映了包括蒲松龄在内的古代作家以及小说评论家虽然心中没有"复合叙事序列"这个概念，但是对衍生情节线条、丰富故事结构有较强的自觉意识，只是心到而言不到罢了。因为，蒲松龄并非简单追求叙事形式的作家，他善于将曲折起伏的故事情节、层次繁复的事件进程与丰富多样的思想内容熔为一炉，形成了独特的叙事风格。他所创立的文言短篇小说文体被后人称为"聊斋型"的文言短篇小说③、"聊斋体"文言短篇小说④，成为当时乃至后人效仿的叙事作品典范，催生了一批仿效之作。这些作品"皆志异，亦俱不脱《聊

---

① [清]冯镇峦. 读《聊斋》杂说 [M] // [清]蒲松龄. 聊斋志异：会校会注会评本. 张友鹤, 辑校. 上海：上海古籍出版社, 1986.
② [清]喻焜. 喻序 [M] // [清]蒲松龄. 聊斋志异：会校会注会评本. 张友鹤, 辑校. 上海：上海古籍出版社, 1986.
③ 张俊. 清代小说史 [M]. 杭州：浙江古籍出版社, 1997：330.
④ 李剑国, 陈洪. 中国小说通史：清代卷 [M]. 北京：高等教育出版社, 2007：1592.

斋》窠臼"①，艺术上却远逊《聊斋志异》。冯镇峦说："是书传后，效肇者纷如牛毛，真不自分量矣。无聊斋本领，而但说鬼说狐，侈陈怪异，笔墨既无可观，命意不解所谓。臃肿拳曲，徒多铺陈；道理晦涩，义无足称。"② 冯镇峦批评仿作文辞"臃肿拳曲，徒多铺陈"，拖沓软绵，不善于结构故事，以至以文害意；内容上"道理晦涩，义无足称"，思想混沌，不善于表情达意。一句话，就是这些仿作只关注与《聊斋志异》故事的形似，而忽略了追求与后者内在叙事机理的神似，因此未能将形式与内容很好地统一起来。

---

① 鲁迅. 中国小说史略 [M] //鲁迅. 鲁迅全集：第九卷. 北京：人民文学出版社，1996：212.
② [清]冯镇峦. 读《聊斋》杂说 [M] // [清]蒲松龄. 聊斋志异：会校会注会评本. 张友鹤，辑校. 上海：上海古籍出版社，1986.

第四章　叙事修辞：体丰意腴的独特生成

修辞有狭义、广义之别。狭义的修辞指的是"修饰文字词句，运用各种表现方式，使语言表达得准确、鲜明而生动有力"[①]。《易传·乾卦》云："修辞立其诚，所以居业也。"《辞源》解释为"修饰辞句"[②]。这儿所说的"修辞"都属于对微观的、局部的语用加以修饰，以增强语言的表现力。广义的修辞既包括调动各种表现方法增强文字词句的表现力，又包括使用其他手段增强语体感染力和文体表现力。成伟均等人编纂的《修辞通鉴》内容齐备，体制宏巨，不仅将微观的辞格运用、语义推敲作为研究的重点内容，而且兼顾宏观的语段组织、篇章构建、话语组织等整体表达的效果。[③] 他们所说的"修辞"属于广义的修辞。

西方叙事理论也使用"修辞"这一概念。布斯的《小说修辞学》通过对小说的人称、戏剧化叙述者与非戏剧化叙述者、评论、内心透视、观看者距离控制、场面与概述等修辞手法和技巧等现代小说技巧的研究，把修辞从语言层面上拓展延伸到叙事技巧和叙事策略领域，使叙事修辞学成为叙事理论研究的重要主题。韦恩·布斯所说的"修辞"包括了"小说中的修辞"，即狭义的修辞，是"公开的可辨认的手段（最极端的形式便是作家的评论）；也包括"作为修辞的小说"，

[①] 中国社科院语言研究所词典编辑室. 现代汉语词典 [M]. 北京：商务印书馆，2006：1532.
[②] 商务印书馆编辑部. 辞源 [M]. 北京：商务印书馆，1995：119.
[③] 成伟钧，唐仲扬，向宏业. 修辞通鉴 [M]. 北京：中国青年出版社，1991.

即"广义的修辞,整部作品的修辞方面被视作完整的交流活动"。[①] 这一观点将"叙事修辞"从指称作家为了与读者之间的交流而采用的种种手法和技巧扩展到指称小说叙事使用的全部手段,扩大了与传统语法学相对应的修辞学所谓的"修辞"的范围,拓展了修辞的视野边界,在小说叙事理论研究中影响甚大。我国也有学者在广义内涵上使用"叙事修辞"这一概念,如冀运鲁在论及叙事干预时说:"叙事干预渗透于小说方方面面,形式多种多样,可分为叙事形式干预、叙事内容干预、叙事修辞干预。前两项主要指叙述话语指点和叙述评论,而叙事修辞干预主要表现为对叙事结构的逻辑安排、叙事视角的选择和变换、叙事时间的变形等方面。"[②]

虽然我国古代小说理论没有明确提出"叙事修辞"这一概念,但是古代小说作家一直在自觉或不自觉地运用叙事修辞提高小说的艺术表现力。唐代以前的文言小说崇尚直录,作家不甚关注叙事修辞,其作品却具有令人瞩目的修辞效果。《幽冥录》载有"新鬼觅食"的故事,讲述的是新鬼向旧鬼请教如何获得世人供奉的故事。作品中的新鬼按照旧鬼所教的招数,极尽所能地作怪吓人,结果累得筋疲力尽,依然腹中空空如也。虽然作者在客观叙事中保持着冷静的中立立场,不对人物(鬼和人)行事作任何评价,全凭讲述的故事自然给读者造成真实存在的假象,但是从以鬼事反思人事的角度看,该篇使用了隐喻和反讽的手法,揭示出了人世反常的现象:诚朴出力的得不到回报,耍奸弄滑的反而受到敬畏。至唐代,传奇小说家自觉讲究篇章修辞,精心选择叙事技巧,"摛词布景,有翻空造微之趣。至纤若锦机,怪同鬼斧"[③],叙事委备,令人赞叹。宋明以降,话本、拟话本小说和章回小说的修辞意识逐渐增强,叙述者自觉运用各种手段调动读者参与对话,力图使读者按照作者的调控理解作品的叙事意图。如《三国演义》既善于运用全知叙事为读者提供大量信息,并借助于真实历史事件的引入使读者确信作者叙事的可靠性,发挥着"三国之盛衰治乱,人物之出处臧否,一开卷,千

---

① [美] W·C·布斯. 小说修辞学 [M]. 付礼军,译. 南宁:广西人民出版社,1987:428.
② 冀运鲁.《聊斋志异》的叙事修辞干预 [J]. 社会科学论坛,2008 (11):97-100.
③ [清] 金圣叹.《水浒传》序二 [M] // [清] 金圣叹全集·贯华堂第五才子书《水浒传》:上. 南京:江苏古籍出版社,1985.

百载之事豁然于心胸"① 的认识功能；又善于运用具体的辞格，如"三顾茅庐"、"三气周瑜"、"七擒孟获"用的是反复辞格，"蒋干盗书"、"割发代首"用的是反讽辞格。小说评点家也开始对叙事修辞现象给予关注。金圣叹盛赞《水浒传》"章有章法，句有句法，字有字法"②，评点聚焦所在，往往是小说的叙事修辞。他评"忠义"二字说："若使忠义而在水浒，忠义为天下之凶物、恶物乎哉？且水浒有忠义，国家无忠义哉？"③ 与小说的反讽意味契然相合；金圣叹所说的《水浒传》"略犯法"，如写"林冲买刀与杨志卖刀，唐牛儿与郓哥，郑屠夫肉铺与蒋门神快活林，瓦官寺试禅杖与蜈蚣岭试戒刀"④，实则谈论的是西方叙事修辞理论中所说的反复辞格。《聊斋志异》借鉴了前人小说在叙事修辞方面取得的成就，自觉加以运用并有所创新。

第一节　言约意幽的隐喻辞格

乔纳森·卡勒将小说看作表达意义的符号系统，并将小说符号分为三种功能各异的符号：映象型符号、索引型符号和基本符号。映象型符号与所指的事物之间是实物与图像、照片的关系；索引型符号所指事物之间有因果关系或者其他逻辑关系，如"烟"可以引指"火"，"车"可以代表一定的社会地位；基本符号所指事物之间的联系是人为的联系，符号被表达为一种有意义的形式，所指的事物和内涵丰富而复杂⑤。乔纳森·卡勒对符号的类型及其功能阐述显示，基本符号比映象型符号、索引型符号更容易构成"隐喻"这一叙事修辞辞格。基本符号作

---

① [清]金圣叹. 读第五才子书法 [M] // [清]金圣叹全集·贯华堂第五才子书《水浒传》：上. 南京：江苏古籍出版社，1985.
② [清]金圣叹.《水浒传》序二 [M] // [清]金圣叹全集·贯华堂第五才子书《水浒传》：上. 南京：江苏古籍出版社，1985.
③ [清]金圣叹. 读第五才子书法 [M] // [清]金圣叹全集·贯华堂第五才子书《水浒传》：上. 南京：江苏古籍出版社，1985.
④ [清]金圣叹. 读第五才子书法 [M] // [清]金圣叹全集·贯华堂第五才子书《水浒传》：上. 南京：江苏古籍出版社，1985.
⑤ [美]乔纳森·卡勒. 结构主义诗学 [M]. 盛宁，译. 北京：中国社会科学出版社，1991：40.

为有意味的符号，其所指的事物与内涵往往不是唯一的，当其所指的事物、内涵分为表层显性结构和深层隐性结构时，表层显性结构含义与深层隐性结构含义便构成了"同质异构"或"异质同构"关系，形成了隐喻修辞。叙述者使用隐喻以增加叙事深度，使读者在感受文本描绘的生动鲜活的表象世界同时，又能领略内蕴深广的意义世界的魅力。

构成《聊斋志异》作品主体的是写意小说，不是写实小说。写意小说使用的符号系统构筑的艺术世界不是现实世界的直接映像，而是现实世界的曲折反映：作品所写之人多为人世所无的花妖鬼狐，所造之境主要是虚妄怪诞的奇域异境。蒲松龄既然借此艺术世界以寄托"孤愤"，则所写之人、所造之境，实为别寓深意的喻体。《聊斋志异》就是借助这样的喻体系统，调动读者已有的社会、人生经验，引领读者由表入里地理解接受虚幻世界。正如蒲立德所说："此《山经》、《博物》之遗，《远游》、《天问》之意，非第如干宝《搜神》"①，是借"幻境"以写人世，藉虚妄而寓"真态"。可以说，广泛使用隐喻，别有寄托，是《聊斋志异》有别于以往那些仅在局部或部分篇目使用隐喻的文言小说的特异之处。总的来看，《聊斋志异》使用的隐喻叙事辞格主要有语句隐喻、意象隐喻、行动隐喻和整体隐喻四种。

一、语词隐喻

语词隐喻是以基本的语言单位传达隐蔽含义的叙事修辞方式。在叙事中，某一词语原本用于陈述甲事物的语词，被借来转述乙事物，该语词便具备了偏离常规的别样意味，从而使自身的能指与所指形成非一一映射的关系。在此情形下，人们会跳开"能指"去体会异于一般常规理解的"所指"。《画壁》以朱孝廉为聚焦者[2]，描写寺院墙上壁画中的散花垂髫天女"欲动，眼波横流"。"流"本为描

---

① [清]蒲立德. 跋 [M] // [清]蒲松龄. 聊斋志异：会校会注会评本. 张友鹤, 辑校. 上海：上海古籍出版社, 1986.
② 聚焦是"视觉"（即观察的人）和被看对象之间的联系。聚焦者即聚焦的主体，是诸成分被观察的视点，也是根据其感知确定方向的媒介。而被聚焦者则是聚焦者所感知的对象。（[以]里蒙-凯南. 叙事虚构作品 [M]. 姚锦清, 黄虹伟, 傅浩, 等, 译. 北京：生活·读书·新知三联书店, 1989：133.）

绘水之动态，此处被移来描绘静止画像的"眼波"。这一移用能引发读者异样的体味和联想：画像为静止，画像的"眼波"则没有流动之可能，故而"眼波横流"并非画中人的"眼波"动，而是喻指观画人的"心动"。联系老僧所说的"幻由人生"的话，"流"隐喻朱孝廉心动的用意就更加明显。叙述者（作者）还以"异史氏曰"的口吻说"人有淫心，是生亵境，人有亵心，是生怖境"，这是作者站在故事之外对叙事进行干涉，把"流"字的深隐意义点化给读者，以强调自己的叙事意图。《蛇人》中大青死后，养蛇人很希望找到一条合适的蛇来顶替大青的角色，作者使用了一个很有严肃意味的词语"思补其缺"来描述养蛇人的心理。此处用人世的"补缺"（前官出缺，来者继任）陈述养蛇人的选蛇行为，既赋予了蛇特有的人情味，还可以使读者感受到大青在养蛇人心中的地位。这一隐喻统摄全篇，把后继者写得同样有情感、有灵性，为"异史氏曰"将人与蛇对比评价作了合理的铺垫。

　　上述两例语词隐喻非常巧妙地实现了词语的嵌接，不仅喻体运用得自然流畅，不露痕迹，而且喻指隐藏得婉曲幽深，无论是形式还是内容都恰当地体现了隐喻的重要特点：所谓"隐喻"之"隐"，就是要含蓄深沉、耐人寻味。杨义说："隐喻避免直接地并列受喻者和施喻者（即喻指和喻体——作者注），而以词语间非逻辑、超逻辑的置换方式，使两个存在系统或行为系统相互干涉而发生意义的曲变。"[①]"避免直接地并列受喻者和施喻者"是叙事隐喻与一般修辞学意义上的"隐喻"辞格在运用方式上的最重要区别。《聊斋志异》遵循了这一规律，所用的隐喻叙事辞格往往言在此而意在彼，留给读者丰富的想象与思索的空间。《娇娜》中孔雪笠酒酣气热之际，眼中所见的娇娜"娇波流慧"、"细柳生姿"。这两个词语表层指娇娜风流态度、窈窕柔媚，深层却是隐指孔雪笠"为人蕴藉"风度下隐藏的意荡神摇，与《画壁》中用"眼波横流"描写之法同旨同趣。再如：《妖术》中于公以剑砍击怪物，"剑之皆中，其声不软"，以"软"声暗示所击非真正妖异，乃是异物变幻而成；《叶生》中以"黄钟长弃"隐喻叶生虽然有"文名"却屡遭的坎坷命运；《成仙》中以"杵臼交"来比喻二人友情亲密无间，彼此相得

---

　　① 杨义. 中国叙事学［M］. 北京：人民出版社，1997：26.

和谐这些隐喻均属于借助一个词语暗示两种事物之间存在某种相似性,巧妙暗示、婉转达意,形成了含蓄委婉、雅致隽永的话语风格。

　　语词隐喻不仅是一种语言(用)现象,而且是人类的认知方式之一。依据人们对客观世界的认知角度,可以将《聊斋志异》使用的语词修辞分为两类,分别是相似性隐喻和创造性隐喻。相似性隐喻是以相似为基础的隐喻,即喻体和喻指之间有一定的相似性,可以直接用来构成隐喻。《婴宁》中老媪介绍婴宁说:"年已十六,呆痴裁如婴儿。"以"婴儿"喻婴宁,不仅意味着婴宁有"婴儿"一般的不习礼数、不安世情的性格特点,还蕴含着婴宁"像婴孩一样"天真可爱、毫无心机的意味,这是以性情的相似性构成的隐喻修辞。《狐谐》写狐狸化为喜谈笑谑之语的女子,与客人谈笑时约定讲典骂狐,却运用拆字法将"狐"解为"右边一大瓜,左边一小犬",以此暗指左右两位客人,显得机智幽默,这是以空间位置的相似性来构成隐喻。座中有陈所闻、陈所见兄弟二人,以及名叫孙得言的人,狐女以"马生骡,是臣所见,骡生驹驹,乃臣所闻","龙王下诏求直谏,鳖也得言,龟也得言"的话,借助于词语谐音,在词表背后而隐伏着其他意思,实现以有限能指承担较丰富的所指功能,这是利用语音上的相似性构成隐喻。《水莽草》以"柏舟节"比喻夫妻的情感,借《诗经·柏舟》抒写的女子誓死不渝的感情来喻指夫妻之间情感的忠贞不贰,这是借助于情感性质的相似性来构成隐喻。

　　创造性隐喻是富有独创意义的隐喻,全凭作者的眼光、才情或机智加以构建。读者则依据叙事情境、上下文的联系,凭借自己积累的欣赏与理解经验对文本的独特语感进行推断,以确定文本中深隐的喻意。《仙人岛》中王勉将最得意的"一身剩有须眉在,小饮能令块垒消"的诗句吟诵出来后,云芳以"上句是孙行者离火云洞,下句是猪八戒过子母河"两句话评价王勉的诗句,其表层是对诗句内容的调侃,深层是对王勉的嘲谑,是对文人所谓"诗才"、"文名"的无情嘲讽。只有熟悉《西游记》相关故事情节的读者,才能理解云芳评价之语隐藏的隐喻意义。创造性隐喻还有一种别有意味的形式,那就是以否定的话语形式表达肯定的喜爱、赞美等情感,为行文增添一股活泼的生趣。婴宁见到王子服说的第一句话是"个儿郎目灼灼似贼",就是这种隐喻方式的运用。以"贼"来比喻见到自己就魂不守舍的王子服，折射出了婴宁嗔喜交织但碍于有婢女在身边，故意以反义话语来遮掩自己的复杂心态。当婢女以"目灼灼，贼腔未改"相调谑时，婴宁"又大笑"。作者将婴宁自言自语与婢女重叙结合起来，将婴宁性情摹写得摇曳多姿，使人物增添了别样的色彩。莲香骂桑生"田舍郎"（《莲香》）的话语中怨爱交织，与此意趣相同，何守奇对此评论说："语妙绝，久其思易妇也。"①

二、意象隐喻

"意象"即"融意之象"，是作者在小说中描绘的凝聚了其艺术心血的、富含情意神的客观事物的形象。作品中的意象借助语言想象而成，"是一种独特的审美复合体，既是有意义的表象，又是有表象的意义，它是双构的或多构的"②。叙述者所描述的"意象"在不同读者（接受者）心中构成的"虚拟形象"面貌各有差异，读者从"象"中所会之意也必然会有差等。可以说，在引起读者多义、多向心理反应方面，意象具有先天的优势，成为构建隐喻的重要手段。

《聊斋志异》有的意象喻意属于局部意象隐喻，即某一意象只在事件的某个环节或故事局部发挥隐喻作用，用以调动读者的情思、生活经验或理性来构建新的意蕴体系。《瞳人语》中方栋眼生翳疾，花园中的兰花也干枯而死。作者将人物的"双眼失明"与"枯死地兰花"意象并置，产生了新的视角和意义："兰花"由荣而枯容易引发读者对人由"明而盲"进程的联想，实现了"兰花"的生命与人的生机相互感应、互通映衬。这种以自然之物生命状态的变化与人的命运相通相系衍生的神秘感应，也贯穿在《橘树》中。"橘树"原本是自在之物，在屈原笔下成了"受命不迁"、"更壹志兮"贞士的象征，而在蒲松龄的笔下，"橘树"蕴含着特殊情思和崭新喻意。《橘树》中橘树的荣枯与刘公女儿的生活变迁相呼应，"橘树"这一意象就成了对人的命运的预叙和象征。何守奇看出了小说的这一层意图，他所说的"献橘表异，道士游戏三昧耳。乃橘初实而刘女始去，橘再

---

① [清]蒲松龄. 聊斋志异：会校会注会评本 [M]. 张友鹤，辑校. 上海：上海古籍出版社，1986：224.

② 杨义. 中国叙事学 [M]. 北京：人民出版社，1997：275.

实而刘女复来，岂真为女公子作祥瑞耶？何缘之巧也"①，就是从隐喻修辞的角度理解作品的特殊意蕴。《阿绣》中阿绣以舌舔黏的裹粉纸包，在一般人的眼中只是普通的纸包，在对阿绣怀有款款深情的刘子固眼中，却是包孕着阿绣生命气息密码的结晶体。"裹粉纸包"这一意象最早出现在刘子固对阿绣一见钟情的场合中，在二人成婚后再次出现，这是作品以复唱的形式赞美二人忠贞不渝的爱情，为故事增添了浓郁的诗意。

有时《聊斋志异》使用的是关涉全局全篇的意象隐喻，最为典型的是《婴宁》中婴宁的"笑"。婴宁的笑出自天真烂漫，如春花一般灿烂明艳，是她一派纯朴性情的流露。这笑既是婴宁流露情感的独特方式，也是王子服爱慕她、思念她的媒介。王子服在她的"笑"中惊喜交加，时而紧张，时而轻松。这"笑"贯穿于小说，使叙事节奏明快，语调轻松明朗。但这"笑"只能生存在婴宁生活的山野乡间，一旦进入社会礼制、规矩圈子内，这天真烂漫的笑便不能存在、不复存在。由山野自然走进人世（社会）、由天真纯情的笑到遵守世间礼数的"庄重"的这一转变，隐含着深刻的意义："笑"是人天性的象征，是对人生"真性情"的赞美，而"不笑"（庄重）则象征着社会礼教对人的压抑控制；由"笑"而"不笑"表面上看是生在山野乡村的婴宁社会化的结果，实际上是其纯真性情和心灵自由受到压抑的结果，是对婴宁生存状态转变的隐喻。"笑"的消失为小说罩上一种深刻的悲剧色彩，暗示了"真情"被禁锢的悲哀。从文本对"笑"意象的摹写及其喻指看，何守奇所说的"婴宁憨笑，一派天真，过于司花儿远矣，我正以其笑为全人"②，更能揭示出小说叙事的客观效果。总之，"笑"这一意象不仅能使读者看到婴宁的笑容、听到婴宁的笑声赏心悦目、怡神悦性，而且为小说增添了生命的本真气息和隽永的象征意味，小说的内涵也因此得以深化与升华。

得体地使用意象不仅能将深沉的意蕴赋予物象，还可将抽象的事物转化为具有催生情节功能和浓厚神思的媒介。"诗"作为一种文体具有抽象性，在《白秋

---

① [清]蒲松龄.聊斋志异：会校会注会评[M].张友鹤,辑校.上海：上海古籍出版社，1986：925.

② [清]蒲松龄.聊斋志异：会校会注会评本[M].张友鹤,辑校.上海：上海古籍出版社，1986：159.

练》中却成为维系生命、表达相互爱慕之情的依托之物，而且与慕生、秋练二人的恋情紧密交织，融入全篇进而推动了故事的进程。白秋练因为听到慕生吟诵诗歌而生爱慕之心，以致"于今结想，至绝眠餐"，慕生为她吟诵了王建的"罗衣叶叶"诗，她竟然遽然而愈；慕生因相思致病时，白秋练为他吟诵"杨柳千条尽向西"和《采莲子》等诗篇，慕生也"沉疴若失"。最令人惊奇的是，因为维系生命的湖水不能按时而至，白秋练干渴至死。慕生按白秋练指点的方法，将她浸在湖水中，并吟哦李白梦杜甫的有关诗篇，白秋练竟然起死回生。在这篇作品中，当"诗"激发白秋练对慕生的爱慕之心时，它仅仅是一种"抽象性质"的事物，仅具有一般的表层叙事功能；当"诗"具有了"治愈相思病"和"救死回生"功能时，已经超越了其恒常性功能，具备了深刻的象征意义和复杂的叙事功能。你可以认为"诗"不断催生新的叙事行为和故事情节，可以将它当作男女爱情的根本动力，可以将它看作生命的最终归宿，还可以将它当白、慕二人理想的生存状态。此外，《青娥》中的"小锄"、《神女》中的"珠花"等物件既是男女主人公的爱情媒介（帮助者），又是他们坚贞执着、互相珍爱的爱情象征，属于在布局全篇、勾连事件中起到重要作用的隐喻意象。这些具有全局作用的隐喻意象的使用，使小说具备了双层结构：一层是以拟写或虚构的方式展现的现实世界或虚幻世界的图景，一层是笼罩在这图景之上的浓郁的诗意。

三、行动隐喻

一旦小说作品为了发挥文字的抽象性、间接性的独特价值，将阅读者的目光从文字符号描述的人物的具体行动牵引向文字深处，进而体悟人物行动隐含的深刻社会意义和精神力量，就构成了行动隐喻。换言之，行动隐喻指的是小说通过对行为者的行为、动作的描述喻指一定的理性意义和精神品格。

《细侯》中与细侯情投意合的满生为奸商设计陷害，被长期囚禁在牢狱之中；细侯误信奸商的话，以为满生已死，被骗嫁给了奸商。当得知满生被囚禁滞留监牢的真相后，细侯极为怨毒凄厉，残忍地杀死了自己与奸商所生的儿子，投奔了满生。作者介入文本指责细侯"顾杀子而行，亦天下之忍人也"的同时，将故事结局安排为官府体察细侯的遭遇实情之后不加问罪，足见作者内心是同情细侯行为的。葛巾因为常大用对自己一往情深，就离开生长地曹州，追随对方远嫁到洛阳，并将花妖玉版介绍嫁给常大用的弟弟常大器。两家人夫妻恩爱，生下了儿子。当常大用对葛巾、玉版的来历身份表示怀疑时，葛巾、玉版毅然将与常氏兄弟所生的儿子弃掷地上，"儿堕地并没"。这两篇小说均叙述了女子"杀儿"情节，考虑到封建社会伦理有"不孝有三，无后为大"的观念，可以说细侯、葛巾等人的行为实则隐喻着对封建伦理思想、对男子忘恩负义、有负夫妻真情最为憎恨的抨击与抗争，表达了女子对所期待的真情近于绝望的震撼人心的坚守，是对封建社会男权体系根基的动摇。在维护、赞同女子对爱情的追求上，《聊斋志异》中还有一种富有积极和喜剧意味的行动象征（这是一种暗示）。《白秋练》中白母同情女儿受到相思的煎熬，将女儿亲自送到慕生处；《巧娘》中华姑治好了傅廉的天阉之病后，把他锁闭屋中，待自己新寡的女儿来时，私下嘱咐傅廉说："阴为吾婿，阳为吾子，可也"。无论是白母还是华姑，都是封建社会中的"家长"。青年男女建立在心灵相通、情投意合或自然欲望需要基础上的恋情私情，在与封建社会礼教、封建婚姻观念的斗争过程中，最起码得到了爱护女儿的同性家长的支持，取得了部分的胜利。借用当今女权批评的视点来看，这隐喻了女权对男权的斗争所取得的初步成果。

　　有的小说还以人物的特征性行动（比如在生活中一直执着追寻某种事物、境界的行为）为喻体，隐喻人生普遍的悲剧性生存状态，或者以深沉含蓄之笔表达对现实社会的否定。《叶生》、《司文郎》两篇中，主人公叶生、宋生的人生际遇和特征性行动有很多相似之处。二人的奋斗目标都是在乡试中取得晋身封建统治阶层最基本的功名，并为之奋斗不已。但是命运坎坷，文章憎命，时数限人，叶生"文章辞赋，冠绝当时"，但"所如不偶，困于场屋"；宋生也是"少负才名，不得志于场屋"。二人都是前生不得志，死后皆化作鬼魂继续参加"乡试"。所不同的是，叶生亲自上阵取得了功名，宋生则借朋友的身躯一抒科考之快意。从生前直到为鬼魂，宋生、叶生二人均对"科试"执着一念。他们身上有青年蒲松龄的影子，其遭遇实为作者自喻。青年时代的蒲松龄以县、府、道第一名声大振，但一生受困于乡试，故而功名蹭蹬、穷困潦倒。小说之所以对叶、宋二人寄予深切的同情，正因为蒲松龄与他们"同是天涯沦落人"。冯镇峦评点《叶生》说：

"此篇即聊斋自作小传，故言之心痛。"① 与他们不同的是，蒲松龄接受了妻子奉劝，追求功名的狂热之情有所降温。而叶、宋二人以生人、鬼魂两个时空中的身份相继参与实施"同一行为"，其执着举业的精神着实顽强。蒲松龄借助他们这一行为隐喻了人生的悲剧性存在状态，揭示人物行为隐含无限的辛酸和悲剧性。叶生在仕途上已经迈出了最初的一步，接受了乡荐，但他妻子所说的"君死已久，何复言贵"，一语惊醒梦中人，叶生"抚然惆怅，扑地而灭"。宋生借友人身躯一快心意的愿望未能实现，被选任梓潼宫司文郎，渴望能使"圣教昌明"，但也只是怀有美好的愿望而已。蒲松龄为人物安排这样的结局，向读者流露了内心的无奈与悲怆。撇开将这类作品视为聊斋先生自写小传的诠释，我们还可以从叶、宋二人的行动上看到更为隐蔽的隐喻意义，那就是封建文人的政治人格、主流人格的失落。"修齐治平"的理想已经被封建科举制度异化为"功名"，无论叶、松最终失败还是成功，他们的遭遇都缺少积极的批判现实的深刻意义和激励来者的精神力量。

《聊斋志异》中还有一些作品，作者创作时也许并未自觉地以人物行动来隐指丰富的含义，只是为了纪异述奇而已，但读者将故事叙述的奇异之事与某一时期特定的社会现象联系在一起时，会产生丰富的联想，体味到原非作者要表达的或者为作者未意识到的隐曲的深意。《姬生》中鄂氏家中祟狐，外甥姬生以为狐狸能幻变，必有合乎人性的心态，便决意引导它步入正途。姬生备足了饮食、钱物供狐取用，狐狸时而取用，时而归还所取的财物。姬生以为一片教导苦心已经奏效，孰料饮了狐狸回赠的美酒之后，竟然一时头脑发热去作窃贼，落得个教引狐狸不成反受狐狸戏弄的下场。这一故事的表层充满了具有反讽意味的喜剧色彩，而深层则隐含足以令人沉思的忧虑：姬生欲引导狐狸走向正途，是以启蒙者、教化者的姿态而出现的。然而，姬生的教化行为从一开始便潜伏着一味迁就被教化者的弱点，文化启蒙者、教化者自身降低了自己的品位，最终的结果是反

---

① [清]蒲松龄. 聊斋志异：会校会注会评本[M]. 张友鹤，辑校. 上海：上海古籍出版社，1986：84.

受被启蒙者、被教化者同化，正所谓"生欲引邪入正，而反为邪惑"①。小说深层所表现的是文化拯救者面临困难的悲哀，反映了明末清初之际文人的话语权及其影响力的弱化。作者以"异史氏"的口吻庆幸"幸亏姬生有凤根"，"凤根"即善根，有此才能保持住自己的德行，文人已经从占据文化优势的地位回降到退守心灵的地步。

四、空间隐喻

所谓空间隐喻，是凭借环境与环境、空间与空间之间的内在或外在关联，以一方揭示另一方的特质构成的隐喻。空间隐喻乃是《聊斋志异》中最为广泛、最为系统的叙事修辞手段，集中体现了作者的孤愤之情和忧世、讽世、劝世之心。鲁迅先生称蒲松龄笔下"花妖鬼怪，多具人情"，提醒我们不能把花妖鬼怪仅仅当作异物来看，也不能将花妖鬼怪生存活动的空间仅仅看作鬼地狐域，而应该视为是人生存的现实世界的异质同构体。余集指出，《聊斋志异》"恍惚幻妄，光怪陆离，皆其微旨所存"，并揣测该书"殆以三闾侘傺之思，寓化人解脱之意"。②称《聊斋志异》寓有"化人解脱之意"、蕴含"三闾侘傺之思"值得商榷，但是其建构的"恍惚幻妄，光怪陆离"的虚幻空间有隐喻深意是毫无疑问的，正所谓"穷诸幻境而反其真"③。

《聊斋志异》叙述了许多发生在阴间的故事。系统的阴间观念源自佛教思想，阴间是人死后的归宿和接受善恶报应的场所，也是生死轮回的必经之途。阴间有以阎王为首的官僚体系，掌握着对阳世人物生前所作所为的审判权，发挥道德法庭的作用。因而，阴间不是独立存在的空间体系，而是文化空间体系，是人间社会的镜像，可以用来折射现实社会。《席方平》中阴间官吏受尹氏鬼魂的贿赂，

---

① [清]蒲松龄.聊斋志异：会校会注会评本 [M].张友鹤，辑校.上海：上海古籍出版社，1986：1657.

② [清]余集.余序 [M] // [清]蒲松龄：聊斋志异：会校会注会评本.张友鹤，辑校.上海：上海古籍出版社，1986.

③ [清]余集.余序 [M] // [清]蒲松龄：聊斋志异：会校会注会评本.张友鹤，辑校.上海：上海古籍出版社，1986.

派鬼吏将尚在阳间生活的席方平的父亲折磨致死。席方平进入阴间为父亲申冤，得知阴间狱吏受贿虐待父亲，便到城隍衙门告状。孰料一路告下来，才知道原来下自鬼吏城隍，上至阎君冥王，无一不贪赃枉法、是非不辨、颠倒黑白。席方平在阴间的种种遭际，就是人世所有平民百姓在"八字衙门向南开，有理没钱莫进来"的社会现实中遭际的缩影。席方平最终依靠二郎神的力量洗雪了父亲的冤情，使冥王等一干官吏受到了相应的惩罚，这是人间百姓普遍社会心理的折射（身遭贪官虐吏压榨欺凌的百姓大多将实现公平正义的希望寄托在更有权势的清官或者英明的圣主身上）。故而，二郎神宣读的判词并非二郎神的判词，乃是作者借二郎神之手写下的酣畅淋漓的针对人间官僚系统的檄文。判词中的"斧敲斫，斫入木，妇子之皮骨皆空；鲸吞鱼，鱼食虾，蝼蚁之微生可怜"，一针见血地揭露了官吏贪暴横虐的本质；"金光盖地，因使阎摩殿上，尽是阴霾；铜臭冲天，遂教枉死城中，全无日月"，更是黑暗现实社会的形象写照。一言以蔽之，贪赃枉法、穷凶极恶的阴间官僚体系乃是人间封建官僚体系的隐喻。

《聊斋志异》以虚幻奇异事件系统实现隐喻功能的方式可以分为顺向隐喻和逆向隐喻两种。顺向隐喻以具备某些性质特点的虚幻奇异事件系统来暗示或象征同样具有此性质特点的现实世界事件系统，构成"同质异构"关系。《王十》中王十随诸鬼吏督办河工，目睹疏浚河道的人从水色赤浑、臭不可闻的奈河中挖出一具具枯骨腐尸；经过三昼夜劳作，疏浚河道的人也累死过半，成为沉浸在河中的鬼魂。从该篇"异史氏曰"可以看出，作者意在揭露官吏与商人沆瀣一气诬陷百姓贩卖私盐、残害无辜以牟取暴利的黑暗现实，为贫困百姓卖盐为生却遭到禁捕鸣不平，然而小说描绘的疏浚河工情状，客观上能引发读者对人世间治理水患的联想。蒲松龄生活的时代，从山东过境的黄河经常决堤，水灾泛滥。据史书记载，自康熙八年始，黄河中下游几乎年年决堤[1]，贪官污吏借督修河工之机敲诈盘剥百姓，任意追加徭役赋税。《王十》描述的疏浚奈河的惨状隐喻着现实社会中河水泛滥、官吏督修河工的悲惨景象。《梦狼》以"虎狼"比喻压榨民生、草菅人命的官吏衙役，冯镇峦对此有"知县衙门光景，白骨民膏脂也"的评语，但

---

[1] 沈起炜. 中国历史大事年表 [M]. 上海：上海辞书出版社，1986：481.

明伦对此有"尔俸尔禄,民膏民脂。下民易虐,上天难欺"①的评语,均揭明了《梦狼》中衙门对现实社会的隐喻意义。此外,《考弊司》叙述阴间虚肚鬼王索取贿赂竟然割生员腿肉的故事,《连琐》叙述鬼吏强逼女子为妾之事,都将批判的矛头指向黑暗腐朽的人间丑相。

  逆向隐喻是指用来作隐喻的虚幻奇异事件系统的性质与被隐喻的现实世界事件系统的性质相对立,二者构成"异质同构",前者是对后者的对比或映衬,由此凸显现实世界事件系统的本质。在《考城隍》中,作者为了增强叙事的可信度,使用了两个用以证明故事"属实"的叙事策略:一是点明主人公宋焘是"我"、"姊丈之祖",则"我"可以做故事的见证人。二是告诉读者,这个故事来自于宋焘小传中的一部分——"公有自记小传,惜乱后无存,此其略耳"。宋生被招入阴司应考,因为撰文中有"有心为善,虽善不赏,无心为恶,虽恶不罚"的精警文句受到考官的赏识被选任城隍。宋生请求侍奉老母终其天年,然后再赴阴间任职,而阴间则因为他的"仁孝之心"而应允这一请求。宋生之所以能够考中阴职,与他对善恶(即"仁"的问题)认识之深刻(善行须发自本心,否则不为真善;恶行若是出于不得已,也不能称为真恶;这正是以仁厚之心对待"善恶"现象)有密切关系,但根本原因在于阴间考官以"仁孝"为选任人才的标准。这一标准在一定程度上反映了作者的道德理想和科举观念,但明伦敏锐地认识到这篇小说蕴含的深意。他说:"《考城隍》,寓言也。自公卿以至牧令,皆当考之。考之何?以仁孝之德,赏罚之公而已矣。"②《义犬》中忠诚的狗为了守护主人遗金而饿死,《蛇人》中蛇有灵性、重情重义。作者由这些现象联想到人间朋友、亲人关系,借"异史氏"之口不无激愤地说:"蛇,蠢然一物也,乃恋恋有故人之意……独怪俨然而人也者,以十年把臂之交,数世蒙恩之主,辄思下井复投石焉;又不然,则药石相投,悍然不顾,且怒而仇焉者,亦羞此蛇也已。"可见,作者以犬蛇之事反衬人事、隐喻人与人之间忘恩负义、尔虞我诈的用意非

---

① [清]蒲松龄. 聊斋志异:会校会注会评本[M]. 张友鹤,辑校. 上海:上海古籍出版社,1986:1052-1053.

② [清]蒲松龄. 聊斋志异:会校会注会评本[M]. 张友鹤,辑校. 上海:上海古籍出版社,1986:3.

常明显。

第二节 疑波迭起的悬念辞格

悬念是叙述者利用控制叙事节奏、调节叙事信息流露等方面手段保持对阅读者阅读心理的影响与调控，以激发读者"欲知后事如何"的急切探求心理的修辞手段。这一修辞格在叙事作品中具有悠久的历史传承，最早可以上溯到先秦时期。现存最早的历史文献——殷商时期的甲骨卜辞乃是国家、朝廷对重大事件、重要举措的占卜记录。从结构上看，卜辞已经能有条不紊叙述占卜的整个过程和全部内容。由于承担此重大职责的官员秉承家传之学，因而无论是记叙文辞，还是解释相理（象理），往往带有故神其技的心态，悬念技巧就应运而生。完备的卜辞在结构上包括前辞、命辞、占辞和验辞等四部分，分别记录占卜的时间、主题、征兆和对兆辞的预叙给予印证的事件[①]。至于兆辞预言的事件为什么会发生，命辞与验辞有什么内在逻辑，叙述者（记录）者截留了与此相关的信息，目的在于使旁观者、阅读者心生神秘感和敬畏之心。

后世小说运用悬念的艺术有了一定的发展与提高，不再单纯依赖截留叙事信息制造悬念。《搜神记》中"李寄捕蛇"条先铺叙历年来大蛇为患害人的现实背景，描绘大蛇阴森可怖的形象，以烘托当地人胆怯畏惧的心理。在此背景下，李寄主动要求以身饲蛇，很容易引发读者对李寄的同情及对她生命的担忧，进而激起读者对李寄平安归来的预期。可见，该篇悬念的形成不是因为作者对叙事信息的调控和特意创设的叙事结构，而是因为故事内容。《幽冥录》的"庞阿"条在悬念创设与解悬方面构思比较巧妙。石氏女因对庞阿一见生情，前来与他相会。庞阿妻子出于妒忌派人绑了该女子送还其家，半路上女子化为烟气而灭。该女子仍然痴心不改，其后继续跟随庞阿，结果第二次被执，仍然化为烟气而灭。叙述者并不出面点明事情的真相，目的在于勾起读者的疑惑和追问。直至故事结尾，作者才点出谜底，原来这是一出"倩女离魂"式的情事。小说反复叙述同一性质

---

① 李圃. 甲骨文选注 [M]. 上海：上海古籍出版社，1989：8.

的事件，同时截留信息，延迟揭示真相，所设置的悬念比"李寄捕蛇"中的悬念更加自然巧妙、引人入胜。

《聊斋志异》的悬念不仅类型丰富，设置悬念的机制更加完备，而且解悬手段也趋于多样化，形成了独特的修辞艺术。蒲松龄一方面通过提供一个相对完整的事件系列，使读者被故事情节所吸引，另一方面又通过不太完整的叙事信息交代或者有裂痕、有延迟的叙事调控手段，激起读者的紧张心理以制造悬念，并在悬念解除后带给他们阅读的愉悦。英国当代小说家洛奇说："小说就是讲故事，讲故事无论使用什么手段——言语、电影、连环漫画——总是通过提出问题、延缓提供答案来吸引观众（读者）的兴趣。"[①] 从这个角度看，比起长篇小说，文言短篇小说在使用悬念辞格方面有较大难度。因为文言小说篇幅简短，叙事节奏快，作者刚刚成功设悬很快就进入解悬环节，悬念持续时间短暂，影响了悬念修辞的艺术效果。然而，蒲松龄对悬念的处理技巧显得相当娴熟，原因在于他能从多角度、多方位出发运用设悬的技巧，丰富了悬念修辞发挥其叙事功能的方式。

《聊斋志异》设置悬念的手段主要可以分为三种：（1）通过提出问题、摆出矛盾、强化信息创设悬念；（2）通过限知叙事策略、截留叙事信息，造成某种空白和暗示以创设悬念；（3）通过中断或悬置叙事事件进程、改变叙事节奏创设悬念。

一、通过提出问题、摆出矛盾、强化信息创设悬念

直接提出问题、摆明矛盾或突出叙事信息以引发读者的关注和追问，是小说设置悬念常见的基本方法。比如，话本小说的作者往往介入叙事文本，在矛盾冲突趋于剧烈、情节发展到关键的时刻，直接出面提醒听众（读者）关注后续的事件，常用的话语模式有"欲知后事如何，且听下回分解"，"这一去毕竟性命如何，请列位看官仔细听（看）来"等。蒲松龄对这一设置悬念的方式进行了艺术改造，在小说开篇就叙述双方矛盾冲突以引起读者的关注，促使读者自然而然受到矛盾冲突的激发而产生对事件结局、矛盾解决的关心和期待，而绝少介入作品

---

① ［英］戴维·洛奇. 小说的艺术［M］. 王峻岩，等，译. 北京：作家出版社，1998：14.

与读者直接对话。

　　蒲松龄运用这一方式设置悬念的代表性作品为《偷桃》。《偷桃》以"悬念—解悬"的叙事修辞构思了全篇，首先铺叙了演春艺人面临的矛盾处境：时值春节，寒冰未解，堂上官吏却要求艺人摘取鲜桃，这是一难；艺人寻思半晌，自己提出解决办法，"窃之天上"，这是二难（不但没解决第一难，反又益增其难）；艺人为偷桃向天际抛一绳，让其子援绳而上，这是三难。"三难"已经是悬念迭生，将气氛渲染得很足，强烈吸引着读者。然而作者"神其技、异其事"的匠心意犹未尽，在"三难"的层峦叠嶂上再起异峰，紧接着叙述了演春进程中的惊人变故：上天的绳梯遽然断落，艺人儿子的肢体纷纷断堕地上。这一变故将读者的紧张心理和追问心理激发到了极点。在众人的惋惜声中，作者"告知"作品中的"观众"及读者，艺人儿子并未死去，一切都是演春人出神入化的障眼戏法。然而，读者对演春人儿子失去生命的惋惜与痛心消逝了，所设悬念仍未彻底解除：绳子是凭借何种神奇的力量挂在天上的？断肢坠落到底是怎样的障眼法？孩子复活的奥秘何在？作者不仅不对此做出解答，反而继续吊起读者胃口："后闻白莲教，能为此术，意此其苗裔耶？"这篇小说仅有七八百字的篇幅，但在咫尺篇幅之内，故事容量不断得以扩展，其激疑探奇的叙事效果大有余音绕梁、三日不绝的功效。值得一提的是，小说站在"童时的我"第一人称视点叙述事件，既显得客观真实，又为故事蒙上了一层神奇的色彩，与使用悬念构篇的整体格调和谐一致。我们将《偷桃》与唐皇甫氏《原化记》（《太平广记》卷一九三）中"嘉兴绳技"的故事、清褚人获《坚瓠广集》中"上天取仙桃"（朱一玄将此二者看作《偷桃》一篇的本事或原型①）稍作比较，就可以发现后两者虽然包含"上天取仙桃"的内容，也有演艺者肢体断落的悬念，但是叙事平淡，不及《偷桃》这般悬念迭生、曲折精彩。

　　这让读者看到，蒲松龄善于为故事内容选择相称的悬念方式，使悬念与故事情节的发展融合为一体、协调变化。蒲松龄虽然没有介入小说直接设置悬念，却巧妙地利用悬念控制叙事节奏，彰明自己的叙事意图。在叙述故事中，蒲松龄将

---

① 朱一玄.《聊斋志异》资料汇编［M］.天津：南开大学出版社，2002：12-13.

矛盾充分展示出来，使读者与小说人物共同感受矛盾的压力、思考解决矛盾的方法，强化了悬念修辞的表达效果。《婴宁》中王子服对婴宁一见钟情，陷入焦灼的相思之中，以至于"肌革锐减"。从情节发展的这一刻起，读者开始关注人物遭际和故事的后续进展，心情为之一紧张，这是"一张"；吴生假意代他寻访，故事似乎出现了转机，这是"一弛"；吴生假话骗得了一时，却无法从根本上解决问题，这又是"一张"；后来王子服进山偶遇婴宁，这又是"一弛"。小说就这样张弛相间，不断激疑设悬，扣紧读者的心弦。比如小说叙述吴生为了宽慰王子服，故意欺骗王子服，说婴宁是自己姑姑的亲戚的女儿，此情节会使读者产生诸如吴生的谎言能顺利圆过去吗、能化解王子服的相思病吗、最终会以怎样的结果收场呢等新疑问。这些疑窦还没有得到解答，作者竟然又设置了王子服根据吴生所言前往寻找婴宁的情节，再次激起阅读者心中千层浪：吴生透露的婴宁的身份消息明明是假的，而王子服却信以为真，找寻不到结果会怎样？这一去竟然犹如神助，见到了婴宁，天底下哪有这么巧的事情？婴宁到底何人？一系列的疑问接踵而至，使故事情节愈生愈密，环环相扣。小说就是这样以悬念使叙事婉转多变，富有层次感和折进感，牵引着读者犹如走进万花世界，只见重重风景，美不胜收。

二、以限知叙事策略创设悬念

在一些作品中，蒲松龄放弃了全知全能叙事的权力，有意截留某些信息，留下叙事空白让读者去思索、想象，以限知叙事策略来设置悬念。这种悬念在"邂逅型"婚恋小说中运用得最为成功。

"邂逅型"婚恋小说具有较为稳定的故事情节结构模式：男子（大多是以书生）独守书斋，或离群索居，或进入荒野破宅；夜深人静之时，便有美女前来投怀送抱，留恋缠绵，而这女子往往是狐女或女鬼。当男女相见时，作者"掌握着"全部信息，"知晓"女子的真实身份，而男子则对女子的身份、来历一无所知。作者不急于点明女子的身份、来历，往往以男子为聚焦者"观察"、描写女子形象，从而截留了女子的有关信息，给故事留下了空白，以调动读者追问"这个女子是什么人，为何独自一人到书斋"等诸如此类的问题。读者在这一好奇心的引导下，自然关注情节或事件的后续进展情况。《聂小倩》写中年妇女、老年妇人、小倩月夜下对话，作者站在宁采臣的视角采用"戏剧化叙述"即"外聚焦"的方式，只叙述宁采臣听到她们的对话却不透露任何与她们身份相关的信息，自然引发读者对这些女子身份的追问。小说还叙述月夜中一位年轻的女子企图以色相引诱宁采臣，女子被拒绝后又拿出黄金诱惑宁采臣，被宁采臣掷出门外，在叙述过程中，作者一直截留此女子的有关信息，保持对读者疑惑追问心理的调控。直到女子对宁采臣产生钦佩之心，作者才让女子暴露自己为孤魂野鬼的身份，揭开了谜团，读者心中的悬疑也得以解除。《封三娘》中，范十一娘到水月寺游玩，封三娘主动和她搭话，二人就此相识。此后，二人情意相投，相聚恨少。在故事发展的过程中，封三娘说话闪烁其词，形迹颇为隐秘，其身世来历全由她自述。因为封三娘的神秘性影响着她讲述的可靠性，而作者又刻意隐藏了有关封三娘的信息，读者自然不满足这样的信息传递，会不由自主地追问：封三娘到底是什么人，为什么这么神秘？她为什么对范十一娘如此眷恋，还热心为她寻觅佳婿？值得寻味的是，当以范十一娘为叙述对象时，作者运用了全知叙事策略，把她的所作所为、所思所想都交代给读者；当以封三娘为叙述对象，作者使用了限知叙事策略，只在范十一娘耳目见闻的范围内写有关封三娘的言行，且对后者内心世界的描写多用推测之笔。例如，封三娘与范十一娘初识将别，作者使用"惘然"一词直接描绘出范十一娘的心态，却使用"凝眸欲涕"折射封三娘的心理活动。"凝眸欲涕"是范十一娘眼中多见的封三娘的神情。在二人水月寺中相识至分别互赠信物一节，如果将范十一娘改成第一人称"我"，并不影响叙事情境，悬念仍然存在，正说明作者严守为自己的讲述权力划出的边界，其用意就在于设置悬念。如果改变叙事视角，由作者将封三娘的所有信息包括内心活动都叙述出来，封三娘具有的神秘气息将会荡然无存，悬念则不解自破，作品就难以激发读者的期待心理与探疑心理。《王六郎》叙许姓渔人初次见到王六郎，《娇娜》叙孔雪笠初遇娇娜的哥哥，都运用了限知叙事策略制造悬念，以激起读者的追问和探究。

以限知叙事策略制造悬念的优点是自然巧妙、不留痕迹。读者跟随事件的发展自然而然地走进故事中去，不容易产生受作者调控的生硬感，相反，很易于主动相信作者所叙故事的"真实性",带着积极的心态感受人物的喜怒哀乐,关心人物的命运,也乐于关心情节的进展,以急切的心情去探知真相,以积极的想像弥补叙事空白。《聊斋志异》中凡是采用这种悬念方式的作品,留给读者的第一印象不仅是"奇异",还有"好奇"与"疑问"。可以说,蒲松龄放弃了在故事进程中的叙事干预,大量使用外在于故事的"异史氏曰"来表达对事件的看法、对人物的评价,表面上看起来对读者的控制力在减弱,实则转为使用更隐蔽的以悬念调控读者的方式,借此增强控制读者阅读心态的力度。不过,这种设置悬念方法偶尔一用,激发悬疑的效果非常明显,一旦大量使用,读者形成了阅读心理定势,其激发悬疑的效果则大为削弱。《聊斋志异》中"邂逅型"婚恋小说的开头模式具有较多的雷同之处,几篇读下来,读者就会早早识别出作者的限知叙事技巧,很难一直保持探知人物奥秘的急切心理。

三、以改变叙事节奏的方式制造悬念

改变叙事节奏的方式有很多种。比如:将故事置于"静止"的状态,转向对场景的细致描绘;将某一情节搁置一旁,转而叙述其他事件;放慢叙述的速度,形成事简文繁的文本形态。这些改变叙事节奏的做法用于事件发展的关键之处或人物命运的转折点上,就能造成悬念。

先看蒲松龄如何以悬置故事情节的方式制造悬念。所谓悬置是暂时中断对故事的叙述转向场景、情态描写,使故事发展被置于无可知或近似于停顿状态,从而形成一种悬而未决、悬而不决的状态,以便积蓄悬置势能,引发悬念心理反应。《九山王》开头以悠闲之笔从容叙述故事,自李氏暗生杀心之时起,故事的气氛趋于紧张。李氏设计用火药炸死狐狸无数,唯独狐叟得以逃脱。狐叟逃走时宣称"此奇惨之仇,无不报者",读者自然猜测老狐会以何种方式报这灭门之仇。就在读者疑云升起之际,作者却漫不经心地来了一句"年余无怪异",放弃了对狐叟这条故事线的叙述,随即讲述李氏在乱世之中遇到"南山翁"推算运数并接受其怂恿举兵造反之事,将"复仇"事件悬置起来。读者探知狐叟如何复仇的心理没能得到满足,故而保持着对这一故事线索的关注。直到故事末尾,作者通过李氏视角点出"始悟老翁即狐,盖以族灭报李也",悬念得以解除。读者在探求

的愿望得到满足的同时，不得不惊讶狐狸独特的复仇方式所蕴含的借刀杀人机巧，并对狐狸运筹之深远、设计之周密赞叹不已。《柳生》中柳生为周生预言命数，指着一个衣衫褴褛的人说这是周生未来的岳父；柳生又为周生引见结识一傅姓营卒，称"千金不能买此友"，并以周生的名义赠给傅姓营卒一匹骏马，以加深二人的交情。什么机缘能够促成衣衫褴褛人的女儿与周生的婚姻？傅姓营卒到底是一个怎样的人，为什么值得周生结交？小说没有随即介绍衣衫褴褛人、傅姓营卒的情况，自然没有立即对这些问题做出回答，于是把读者的目光引向了周生到江西途中发生的事情，形成了悬念。在周生逃难过程中，上述悬念依次解除。

再看《聊斋志异》改变叙事节奏构成的悬念。叙事节奏是叙事速度的标记。西方叙事理论中的"叙事节奏"是在素材（按照逻辑关系和时间顺序串联起来的一系列事件[①]）中诸事件的时间总量与描述事件使用的时间总量的对比中加以考察的。米克·巴尔根据素材时间与故事时间的长短对照关系，将叙事节奏分为省略、概略、场景、减缓、停顿五种。显然，完全按照这五种叙事节奏去考察《聊斋志异》改变叙事节奏设置悬念的方法显得有些繁琐，也没有必要。为此，我们把"叙事节奏"概念的内涵稍微做一点调整，以便于分析和陈述《聊斋志异》的悬念设置问题。我们所说的"叙事节奏"是在考察素材中诸事件经历的时长与叙述这些事件使用的文字数量（篇幅）、文本长度与其中涵盖的事件数量的比照关系的基础上，通过综合考量文字多寡与事件情态之间的关系加以定义的。一般来说，叙事节奏的快与慢与文字的数量的多与寡成反比，也与文本包含的事件数量成反比。此外，叙事节奏还与事态缓急有内在相关性：对处于紧急状态之中的事件做详细描述的，叙事节奏相对较慢；对处于普通状态中的事件叙述简略的，则叙事节奏相对较快。为了制造悬念而改变叙事节奏，一般是将紧张的事件、亟待解决的问题用细致的文笔来叙述，金圣叹称之为"写急事用缓笔"。金圣叹评点《水浒传》说："写急事不得多用笔，盖多用笔则其事缓也；独此书不然：写急事

[①] [荷] 米克·巴尔. 叙事学：叙事理论导论 [M]. 谭君强, 译. 北京：中国社会科学出版社, 1995: 18-19.

不肯少用笔,盖少用笔则急亦遂解也。"① 金圣叹准确地把握了《水浒传》叙述艺术的辩证性:用急笔、少笔写急事,固然可以加快叙事节奏,与事件的紧张程度相一致。但用缓笔、繁笔写急事,既能延长放大了事态之急,又能便于作者控制读者的阅读情绪,使读者产生替人物焦虑、担心等心理体验,有助于增强紧张气氛和创设悬念。"读书之乐,第一莫乐于替人担忧"②,读者在关注人物命运的焦虑中获得审美享受。

"写急事用缓笔"可以作两层意义理解。一是放慢节奏,将事情叙述得详实周备,也可称作是用"细笔",所谓"急杀人事,偏又写得细",写得细致,等于在同样时间单位内叙事的事件密度减少,而叙事内容密度增加,放缓了叙事节奏,以慢对急。二是以轻松的笔势叙述急事,常见的做法是将当事人(行为者)处理成两种人:一种是对急事、危险之事处之泰然、毫无焦虑心态的;一种是心急如焚、心惧似死的人。二者形成对比,以此制造悬念。

相对而言,放慢节奏适用于篇幅较长的小说,因其篇幅长,能为叙事留下足够回旋的余地。《钟生》一篇就是在有限的篇幅内,较为成功地运用了这一方法设置悬念。钟生鞭打毛驴受惊狂奔,将一王子撞入河中淹死,随即按道士的指点,驰向东南寻求解厄之法。钟生见到一位老人,哀求他施以援手。老人因为他误杀王子而拒绝相助,而王府行牌搜查,情势十分危急。读者在此情境中自然会替人物的安危着急:果真能按道士说的解除灾难吗?究竟用什么方法解厄呢?小说并未立刻给出答案,而是故意放慢节奏,写老人半夜来询问钟生家庭情况。得知钟生妻子亡去时,老人说:"吾谋济矣。"老人究竟用什么方法帮助钟生解除困厄,小说继续卖起了关子转而叙述老人与钟生谈论婚姻之事。老人欲将外甥女嫁给钟生,口称"姊夫道术颇神,但久不与人事矣。合卺后,自与甥女筹之,必合有计"。继而叙述钟生成婚之事,叙婚后生活琐事,叙夫妻二人对话,叙钟生与妻子如何历尽艰辛到岳父修道之所,叙二人曲折与父相见,都详尽而细致。按一

---

① [清]金圣叹.金圣叹全集·贯华堂第五才子书《水浒传》:下[M].南京:江苏古籍出版社,1985:78.

② [清]金圣叹.《水浒传》序二[M]//[清]金圣叹.金圣叹全集·贯华堂第五才子书《水浒传》:上.南京:江苏古籍出版社,1985.

般叙事理论的观点，描写是对情节的悬置，虽然用语不多，却是放慢节奏的标志。叙述愈缓，读者的心情愈急，也愈显出"解厄"之困难。小说利用放慢节奏的方式将悬念一直保持到结尾处，才简略叙述了岳父如何帮他们解除困厄。冯镇峦评点此篇两次使用了"小曲折"一词①，即指作者控制叙事节奏，使故事缓急相生，时沉时起，给读者留下重重担忧。

所谓"急事故用轻松之笔述之"来制造悬念，指作者有意突出一方的轻松心态，同时借助这一行为者的心态衬托出其他人物内心的忧惧、焦虑，在张弛映衬中渲染紧张气氛，使读者感觉似决而难决、似解而难解，直到事件结果出现，心情才得以放松。《小翠》一篇有两处使用了这一方法。一处是小翠扮作宰相，身边的婢女假扮相府虞侯，故意扬言说："我谒侍御王，宁谒给谏王耶。"王侍御得知后"急赴承迎"才知道是儿媳妇在开玩笑。当时王侍御夫妇紧张得"终夜不寝"，生怕给政敌留下把柄。而小翠则唯有憨笑，不置一词。小翠之所以轻松自如，是因为她胸有成竹。明白就里的小翠轻松自如的心态与其公婆的心虚形成对比，烘托了紧张气氛。还有一处是小翠与丈夫游戏，用高粱秸、黄布袱幻作衮服旒冕，被公公的政敌王给谏撞见，王给谏将衮服旒冕拿去面呈皇上。面临灭族之灾的王侍御夫妇吓得面色如土，操杖厉骂，小翠则非常镇定，"任其诟厉"。当公公持斧破门时，她竟然指责公公说："欲杀妇以灭口耶？"王侍御夫妇愈是惊惧焦急，小翠愈是清醒镇定，小说在双方心态对比之中又一次设置悬念。第一次用此法构成的悬念刚刚得以解悬，读者又面临这一悬念，心中不由追问："此前轻易躲过灾难，这次又将如何？"当悬完全解除后，读者在一轻松一紧张的对比中感受到了喜剧性效果，紧张的心情才舒缓下来，享受到轻松愉悦。

总之，善于设悬、巧妙解悬是蒲松龄的小说引人入胜的重要原因。蒲松龄深谙小说创设悬念的规律，非常准确地把握了奇异的客观内容与引发读者心理反应的效果之间的统一关系。他没有一味追求故事的怪诞离奇和情节的奇异曲折，而是在故事情节"奇、怪、异"甚至是寻常态的基础上巧设悬念，让读者时而紧张

---

① ［清］蒲松龄. 聊斋志异：会校会注会评本［M］. 张友鹤，辑校. 上海：上海古籍出版社，1986：10.

地屏住呼吸,时而放松如释重负,从而扭转了单纯以"奇异怪诞"取胜的志怪述异小说的艺术取向。

第三节 寓庄于谐的反讽辞格

反讽是小说常用的叙事修辞,甚至被认为是叙事文学具普遍意义的修辞手段。克林思·布鲁克斯认为,反讽是诗学的结构原则之一,是"语境对一个陈述语的明显的歪曲","在某些语境中,这句话的意思恰巧与它字面意义相反,这是最明显的一种反讽——讽刺"。[①] 在克林思·布鲁克斯看来,作者的叙述文本是一种表意系统,不仅具有表层意义即话语表层组合所传达出来的意义,还具有深层意义。深层意义是作者特意创设的需要表达的真正意义,或者是读者透过表层意义认识体会到的别样意义。一旦这两层意义之间存在偏离、对立、矛盾等关系,就产生了反讽。正如美国乔纳森·卡勒所主张的,反讽来自叙述文本的字面意义和读者所认识到的深层意义之间的差异,为了构成反讽辞格,作者必须考虑到确有一批读者会按照字面去理解意义,否则,表面意义与读者所认识到的意义之间就没有差别,也就没有反讽游戏的空间了。[②] 先秦时期,史家以实录笔法记录史实,往往无意中运用了富有戏剧性和揶揄效果的反讽修辞。据《左传》所载,信奉君子仁义信条的宋襄公率军与楚军作战,言称"寡人虽亡国之余,不鼓不成列",主张"君子不重伤,不擒二毛"。[③] 这一主张与当时敌我对峙的情境形成强烈反差,也与战争参与者对战争胜利结果的期待相悖逆。结果宋军大败,宋襄公也在战斗中身受重伤,最终不治身亡。明清时期的小说大量使用反讽叙事修辞,以达到委婉多讽、含蓄深沉的叙事效果,而以《儒林外史》、《聊斋志异》等作品为最。

---

① [美]威廉·K·维姆萨特:象征与隐喻 [M]//中国社会科学院外国文学研究所外国文学研究资料丛书编辑委员会. 新批评文集. 北京:中国社会科学出版社,1988:335.

② [美]乔纳森·卡勒. 结构主义诗学 [M]. 盛宁,译. 北京:中国社会科学出版社,1991:229.

③ 《春秋左氏传》注疏 [M] // [晋]杜预,注. [唐]孔颖达,等,正义. [清]阮元,校刻. 十三经注疏. 北京:中华书局,1982:1814.

一、《聊斋志异》反讽修辞的性质

《聊斋志异》的反讽叙事修辞可以从积极、消极两个层面去理解。积极的反讽是就作者运用这一层面而言的。作者通过一定的话语组合形式自觉设置情境，调控读者的阅读接受，让读者领悟到话语表层意义与深层意义的对比或差异，由此形成的反讽是积极的。《沂水秀才》中沂水秀才对两位美人以及她们抛来的写有书法的丝巾（私密的贴身丝巾在古代小说里经常作为传情的信物，或作为性的挑逗与暗示）视若无睹，急不可耐地将美人拿出的一锭白金掇纳袖中。在人们的印象中，"阿堵物"在正统文士的眼中是俗气的、非雅致的，庄重雅正的文士喜好才艺而轻视钱财，倜傥风流的文士欣赏美色而轻视钱财。而作为文士的沂水秀才，既领悟不到美人借丝巾传递的浓情蜜意，也不懂得欣赏近在咫尺的绝色美女，反而贪恋钱财，其行为与社会对他的角色期待出现了反差。为了使读者清晰地感受故事的戏剧性、讽刺性，作者直接介入小说进行评论，"丽人在坐，投以芳泽，置不顾，而金是取，是乞儿相"。从叙事策略的角度看，作者走进作品对人物加以评述，容易破坏反讽婉而有力的艺术效果，蒲松龄的叙事介入证明，此处他特意运用了"反讽"修辞。但明伦对沂水秀才行为举止的评价更是刺多于讽："以此试秀才，其术最善。特恐更有俗者，并金巾而内之，奈何？"[①]

消极的反讽是从读者接受这一层面而言的。作品的传播与接受常常存在作者意在此而读者意在彼的情况，如作者意在褒扬人物，或寄以同情，而读者却可以从作品中体会到贬斥或看出滑稽，这种差异也可以视为反讽，是消极反讽。《青娥》叙事本意在于宣扬只要情志坚定就可以得到佳人的青睐、坚韧执着就可以修成仙人的观念，但实际上小说叙述语话层面传达的意味与作者的叙事意图并不一致。作品称霍桓"遗生最幼，聪惠绝人。十一岁以神童入泮"。就是这样一位聪慧神童，对人情事理一无无知，年已十三岁"尚不能辨叔伯甥舅"，此足以令人质问作者所下的"聪慧"断语依据何在。最有意思的是，霍桓见到青娥"只觉爱

[①] [清]蒲松龄. 聊斋志异：会校会注会评本[M]. 张友鹤, 辑校. 上海：上海古籍出版社, 1986: 906.

之极，而不能言"，未识长幼之序却先识男女之情，可见其聪慧神智根本没有用在世务、世事上。冯镇峦的点评最为幽默，"十一岁孩子惜玉怜香如此，成人后定能向绮罗丛中做功夫者"①，含蓄地嘲讽了"以神童入泮"的滑稽性，读者对此自然会心一笑。这种品味解读的结果是读者体悟到的，尽管与作者的主观叙事意图不尽相合，却别有一番新意与情趣。

二、《聊斋志异》的反讽方式

（一）以行为方式与目标的相悖构成反讽

在《聊斋志异》一些作品中，作者尽力与事件、人物保持一定的距离，以客观的、中立的方式展现人物的行为方式与其追求的目标之间存在的悖谬，构成反讽修辞。这种反讽修辞客观地摹画出人物追求目标的虔诚痴迷的态度、异常坚定的意志和极为执着的信念，也客观地点出人物追求目标的虚妄不实、意义荒诞和价值虚空。读者根据人物付出的努力、代价与所追求的目标之间的非等价关系，能认识到人物行为深刻的悲剧性，生发出对人物的同情悲悯或者对自我的反省。《金世成》中，金世成一向行为不检点，出家为僧不潜心礼佛、修养身性，反而以"啖不洁"为美，"犬羊遗秽于前，则伏啖之"。就是这样一个秽污佛门的人，愚妇愚民对他"执弟子礼者以千万计"。官府囚禁了金世成，责令他修缮圣庙（孔庙），信徒们为了解救他，纷纷慷慨解囊，募金捐物的热情远远高过缴纳被酷吏逼催的赋税的热情。对此，刘瀛珍评论说：

  酷吏追呼，虽可腰缠万贯，犹或焚香而咒之诅之；至妖道淫僧，谬托仙佛，逼勒修刱，顷刻亿万，而人犹私心窃喜，自以为能结善缘。然则金钱之集，岂惟捷于酷吏，抑亦巧于酷吏矣。尝见富家累巨万，乞丐者索一文而吝弗与；及见人募化则不惜倾囊。窃意其财必悖人之财，而后出以供木雕泥塑

---

①　[清]蒲松龄.聊斋志异：会校会注会评本[M].张友鹤，辑校.上海：上海古籍出版社，1986：930.

之用，为黄冠秃发之所也，岂不悲哉！①

这一副怪世相，可以看作是金世成抓住了俗众盲目崇拜弱点的结果（他假作痴狂、啖污食秽，目的就是惊骇俗众），也可以看作是俗众乐于为其所骇而顶礼膜拜的结果。礼佛原本是庄严的、神圣的信仰行为，俗众对污秽的金世成的膜拜却是狂热的、痴迷的、非理性的，俗众的愚昧与麻木便在庄重的礼佛追求与荒谬的崇拜方式的反差之间被含蓄地点染出来，构成了具有的浓厚悲剧意味的反讽，令人在喷饭之余生出一派悲哀怜悯的情怀。《叶生》中，叶生在世时挣扎在科场，然而所遇不偶，屡战而屡败。叶生死后仍然未能彻悟一切，其魂魄继续参加科考，以证明生前科试失败的原因在于命运多舛，而不是自己性喜"文战"。如果粗略读来，读者容易形成这样的印象：作者赞叹叶生热衷科试的执着精神，也希望读者同情叶生的凄婉境况。然而稍作思索，读者就会意识到，既然叶生认为导致自己科试失败原因不是热衷"文战"而是命运，偏偏要以不断参加"文战"的行动加以证实，岂不是知其不可为而为之！人物的行动与所追求的目标之间存在着不可调和的悖论，叶生由此陷入了逻辑怪圈。这一反讽叙事蕴含着对叶生一生不幸遭逢、穷困落魄的深切同情，既是替"天下之昂藏沦落如叶生其人者"喊出的郁怒不平的呼号，又在充满压抑气氛和悲剧色彩的同时，蕴含着嘲讽与悲叹——哀其不幸，悲其不悟。《司文郎》中为"造物所忌"以致困顿终身的宋生，《于去恶》中的"烧文稿吞灰以代读"的于去恶，《王子安》小说中在醉梦中接到高中科试的喜报、以醉境与幻境为真实而遭受狐狸戏弄的王子安，都身处作者设置的反讽修辞圈子里。他们身上均有叶生的影子，也有蒲松龄自己的影子。

（二）以话语交流错位构成反讽

所谓话语交流错位，是指发话者授意在此而受话者解意在彼，两者构成差异对照，传达出别样的意味。在这一反讽修辞中，作家介入叙事的成分更少，往往通过巧妙的暗示或单纯描写发话者和受话者二人的对话，来实现表层含义和深层

---

① [清]蒲松龄. 聊斋志异：会校会注会评本 [M]. 张友鹤，辑校. 上海：上海古籍出版社，1986：131-132.

含义的对立统一。话语交流错位反讽的戏剧性多于讽刺性，往往具有浓郁的喜剧色彩。如《驱怪》叙述某邑乡绅派家仆带财物邀请徐远公（徐远公弃儒学道，颇会驱魔避邪的道术），但不明说为了何事。作者不断以"礼遇甚恭，然终不道其所以致"、"言辞闪烁"、"仆人仓皇撤肴器"等话语描述情状，暗示乡绅"必有难为而不可言之事"。其实，到底为了何事，邀请人心中有数，徐远公则一无所知，徐远公在懵懵懂懂、糊里糊涂之间行了一次驱怪术。正是这样的交流错位，带来了徐远公驱怪行为的莽撞、紧张和悬念，使读者对故事出人意料的结果哑然失笑。《婴宁》中王子服与婴宁在后果园相会，拿出了自己珍藏的二人初次相遇时婴宁遗落的花朵，这朵早已干枯的花引发了一番非常有趣的对话：

> 生俟其笑歇，乃出袖中花示之。女接之曰："枯矣！何留之？"曰："此上元妹子所遗，故存之。"问："存之何益？"曰："以示相爱不忘。自上元相遇，凝思成病，自分化为异物；不图得见颜色，幸垂怜悯。"女曰："此大细事，至戚何所靳惜？待郎行时，园中花，当唤老奴来，折一巨捆负送之。"生曰："妹子痴耶？"女曰："何便是痴？"生曰："我非爱花，爱拈花之人耳。"女曰："葭莩之情，爱何待言。"生曰："我所为爱，非瓜葛之爱，乃夫妻之爱。"女曰："有以异乎？"曰："夜共枕席耳。"女俯首思良久，曰："我不惯与生人睡。"

王子服以花示爱，婴宁却将王子服"爱你"理解为"爱花"，将"恋人之爱"理解为"亲戚之爱"，误解了王子服所说的"爱"的含义。王子服不得已，只得申明"我所谓爱，非瓜葛之爱，乃夫妻之爱"，并说出希望与婴宁"夜共枕席"这句极富挑逗性的话。出人意料的是，婴宁继续以错位（错解、歧解）应之——"我不惯与生人睡"。对话双方的两次错位交流，丰富了对话内蕴，增强了叙事的趣味性，使读者既可感受到婴宁天真烂漫，又能体味到王子服怀有一颗热切之心却苦于不被对方理解接受的焦灼和窘态。

（三）人物认识与读者解读的错位构成反讽

蒲松龄关注人物的生活遭际、德行品性和穷通顺逆，除了借助故事传递对人物的爱憎臧否之外，还善于安排合适的情境、契机让人物进行自我评价，或者谈人生体会，与故事反映的人物思想性格形成呼应。由于视角与立场的差异，小说中人物对自己的认识与评价往往与故事留给读者的印象存在反差、错位，于是产生了反讽效果。《三生》中刘孝廉清楚记得自己的三生历程：一世托生为马，不堪主仆虐待之苦，愤怒不食而死；二世被罚转生为犬，咬噬主人被打死；三世再被罚作蛇，被车辗轧而死。透过这三世惨报，读者能充分感受刘姓罪孽之深重，也能认识到一旦犯有恶行、道德有亏，想脱胎换骨重新做人着实不易。然而，经受三世之苦的刘孝廉的体会却是"乘马必厚其障泥，股夹之刑，胜于鞭楚"。三生转世、生死轮回的磨难换来的是刘孝廉至为浅陋、微不足道的反思与体会，其本性的迷茫不觉、可叹可悲由此透露出来。这一反讽揭露了人物的滑稽性，带有犀利的嘲讽意味。

　　受到作者所提供的活动舞台、活动情境的限制，人物无论对自己还是对他人的评价都具有一定的"遮蔽性"。特别在对自身处境、位置缺乏清晰认知的情况下，人物根本无法对自我做出合乎实情的评价。读者利用叙事文本揭示前因后果、告知头绪背景的自足性，不仅能知晓人物的一切行事，而且透过遮蔽洞烛表象之下隐含的真相。于是，读者的解读评价与人物的自我评价之间出现错位，由此构成反讽修辞。王子安在痛饮大醉里听到的"中进士矣"，"汝忘之耶？三场毕矣"，"汝殿试翰林，长班在此"等话，遂信以为真，循惯例要家人给报信人"赏钱十千"。王子安呼喊长班数十声没得到回应，便搥床大怒，呵斥长班。狐狸化身的"长班"反唇相讥，骂王子安"措大无赖，向与而戏耳，而真骂"。王子安没有意识到自己陷入了醉境，依然沉浸在中举为官的幻觉中。其实，读者从小说开端的"困于场屋。入闱后，期望甚切。近放榜时，痛饮大醉，卧轨内室"等话语中，早已经看出王子安深陷幻想的旋涡，以醉为实、以幻为真。这里的反讽除了蕴含着对满怀渴望却深受失败煎熬的文人的嘲讽，还多了几分悲悯哀怜之情。王子安清醒过后，嘲笑自己"昔人为鬼揶揄，吾今为狐奚落"，流露出的自嘲勇气可嘉，却依然对科举功名充满幻想，其痴迷不悟、百折不悔的悲剧色彩更加浓郁。

（四）以人物言行与德才的反差构成反讽

一旦人物言语蕴含的思想情感、价值取向与其行为反映的思想情感、价值取向之间存在疏离、反差或对比，就会形成一股揭露人性的反讽力量，蒲松龄常常借助这股力量含蓄而有力地表达对人性的评判。《孙必振》中孙必振渡江遇到大风雪，同船的人十分恐惧。这时，一位金甲神手持书写着"孙必振"字样的金牌出现在众人面前，众人以为孙必振犯了天谴，便将孙必振推置小舟中，结果是"前船沦覆，众人尽没。"这一短小故事中反讽辞格的内在理路构成比较为复杂：如果上天真要惩处有罪之人，那么众人谴责孙必振的话恰与自己的行动形成悖反，则犯有罪过应遭天谴的反而是众人，因为众人在危急之际将孙必振推置小舟，任其生灭，正是缺乏仁义的做法。对此，但明伦评说得很深刻，"金字牌下示人，是明使诸人推置小船，然即此推置之心，舟中人皆当全覆也"[①]。小说通过这一微妙悖逆的情节揭示了命运不可逃的怪圈和众人的无情无义，讽刺之意深沉，不露痕迹。《佟客》中喜爱击剑、常慷慨自负的董生在佟客面前吹嘘自己的本事与志向，以忠臣孝子自许。面对这个喜欢雄谈自吹、以勇毅自许的人，佟客用幻术假作强盗殴打董生的父亲，对他加以考验，董生竟"皇然不知所主"。在佟生的假意宽慰和妻子牵衣哭泣劝阻下，董生前往救助父亲的"壮念顿消"，缩在家中不敢出头。在这篇作品中，董生的豪言壮语与他的萎缩行径对比鲜明，作者借此对他言过其实的性格给予了辛辣的嘲讽。

当人物在故事表现出的德行与该人物扮演的社会角色应具备的德行相反、相逆时，也会形成反讽，这种反讽常被蒲松龄用在文士身上。按照封建社会的礼教规范和道德伦理的要求，文人士子自读书始就受到儒家的德谕教化，应当"以德立身"，遵礼守制，但是《聊斋志异》中许多文人士子缺乏儒家伦理道德规范代言人、受诲人的风范，一言一行投射出一股世俗气息，甚至不乏丑陋龌龊之处。《娇娜》中的孔雪笠是孔圣人地后裔，"为人蕴藉"，以此身份和以此为人，孔生应当具有高尚的道德修养、高远的人生理想。但从小说叙事看，无论就德行品性

---

① [清]蒲松龄. 聊斋志异：会校会注会评本[M]. 张友鹤, 辑校. 上海：上海古籍出版社，1986：1198.

而言还是就学识、谈吐而言，孔生实在缺乏孔圣后人的内在德兴与外在风范，倒是在追求女色方面显得颇有勇气。皇甫少年招来父亲豢养的香奴奏乐以助酒兴，孔生借酒意凝视不已；见到温柔美丽的娇娜，孔生则贪恋她的芳泽，完全不顾剜肉治疮的疼痛；娶娇娜为妻的愿望落空后，孔生随即移情，娶松姨为妻。依文末"异史氏"的说法，该作品意在称扬异性之间的知音之交，但读者能敏锐判断出孔生的德行品行与其身份实不相称。《劳山道士》中，王生身为儒生却不能专心业儒，赴劳山学道又不能忍受学道的艰辛，刚刚学会了一件小小的法术就回家炫耀以至当场碰壁；《僧死》中的和尚本应潜心净修、四大皆空，但死后却不忘钱财，其鬼魂怀抱藏钱的佛像而笑；《放蝶》中的王进士身为朝廷命官，责令犯有罪行的百姓捉蝴蝶上缴以抵罪，供自己在公堂上放飞以自娱。这些作品都利用人物的言行、德操与其承担的社会角色应该具有的道德水准之间的反差构成反讽修辞。

（五）以词语巧用构成反讽

从叙事文本的字表含义与深层意义二者关系来看，以词语巧用构成的反讽，最合乎乔纳森·卡勒对反讽的定义。卡勒认为，对反讽的领会要有一种期待，使读者能感受出词句表层意义所反应的逼真性与他架构文本的逼真性之间存在着不和谐之处。[①] 因此，使用词语反讽时，作者必须保证：读者只从字面上理解，可以清楚地把握故事内容，即读者可以依据词语表层意义来建构故事；如果深入到词语背后，读者仍然可以建构叙事文本的内蕴以及深层的故事。《曾友于》中，曾氏兄弟六人分别名"孝、忠、信、悌、仁、义"，除了曾悌重兄弟情谊，其余兄弟多不讲兄弟情义，彼此仇视，争斗不休。例如：曾友于的母亲张夫人是妾室，去世后正室所生的曾孝、曾忠却不为庶母服丧，孝道不存；曾孝妻子亡故，侧室所生的曾仁、曾义却奏乐为乐，仁义亦失；他们的德行与姓名用字蕴含的"孝、忠、信、仁、义"道德内涵相去甚远，形成了反讽。读者如果仅仅把他们的名字用字当作指称人物的符号，可以构建出清晰完整的故事；如果透过字表审视它们代表的伦理规范，仍然可以获得完成的叙事意义系统。作者始终站在局外

---

① [美]乔纳森·卡勒. 结构主义诗学 [M]. 盛宁，译：北京：中国社会科学出版社，1991：230.

客观叙事，以人物自身的行动、言语来说明一切，留给读者去评判人物的善恶是非，体味反讽修辞的叙事效应。以姓名用字的含义与人物行动蕴含的品性之间的差异创设反讽的小说还有《马介甫》。《马介甫》中的杨万石、杨万钟兄弟，其名用字甚为响亮，隐有对官禄的祈愿（孟子云："万钟于我何加焉？"），但二人竟然对一悍妇束手无策，以致父亲遭受辱斥，自身也受尽折磨，名字的蕴涵成为对他们德行的幽默嘲讽。

还有一种语词反讽构成与上述情况不同。小说陈叙事件或描绘人物的语句形式，其字面意义完整清楚，但读者需要补充解释，方可体会到其深层反讽意蕴。《三朝元老》中为投降流寇的原明朝宰相拟了一匾一联，匾额上书写"三朝元老"，对联是"一二三四五六七；孝弟忠信礼义廉"。"三朝元老"字面为褒扬，但其深层含义须根据有关历史知识加以补充说明才能明晰：既然是"故明相"，那么清人入主中原时，此人应该还活着且做官，明清易代之际又降过流寇，则明朝、流寇政权、清朝三期为广义的"三朝"，原来匾额题辞的意图在于讥讽此公既降叛贼又降清廷的毫无民族气节和人格尊严的丑行。从字面看，对联也是赞扬，但是根据文化背景补充尚未表述出来的内容是上联忘了"八"，下联漏了"耻"，喻指是"王八无耻"。这样的反讽寓辛辣于深婉之中，极其犀利。《仙岛》中也用了类似的反讽手法来批评王勉自视甚高、自以为是的个性。心高气傲的王勉在仙人岛上吟诵自己的诗句"一身剩有须眉在，小饮能令块垒消"，芳云用了"上句是孙行者离火云洞，下句是猪八戒过子母河"两句话加以品评。但明伦称赞云芳的评语是"绝妙品评"。两句均是语词反讽，读者需了解《西游记》的相关故事内容，调动自己的阅读经验参与理解，才能发出会心的微笑。

《聊斋志异》运用反讽修辞构建了作品意义与作者意图的差别机制，读者透过文字表层可以品味到曲折复杂的内涵，充分领略其"曲径通幽"的妙处。这些反讽辞格在一定程度上把话语权、解读权让给了读者，使作者的叙事意图控制在有分寸的显露状态之中，在拉开作者与叙事距离的同时提升了小说的表意功能、审美功能，增强了读者对小说的信任度。

第四节　复现强化的反复辞格

普通修辞学领域中的"反复辞格"是为了"突出某个意思，强调某种情感，特意重复某一语言部分"①，侧重于语词、语句的复现式运用。叙事学领域中的"反复修辞"是为了渲染环境氛围，突出行动者的特征行为，强化事件意义和叙事主题，有意识反复使用某种叙事元素。这些叙事元素包括性质形同或相近的事件、相同的序列模式或结构模式、代表性行为或习惯性动作等。这一手段在民间文学、章回小说中得到了广泛的运用，民间文学寻宝故事的"三复式"作品、《水浒传》"三打祝家庄"、《西游记》"三打白骨精"均属于反复叙事。金圣叹评点总结出的《水浒传》使用的"正犯法"、"略犯法"，以及"犯"与"避"即重复与变化的辩证关系②，实质上谈论的就是《水浒传》以不同方式叙述性质相同的事件的反复修辞。《聊斋志异》将反复出现的叙事要素作为连接故事内部、故事与故事之间的纽带，加强了小说在思想情志、叙事意图、叙事策略等方面的联系，为寄托作者的思想情志奠定了坚实的叙事基础。从事件与事件、事件与文本的关系看，《聊斋志异》的反复叙事可以分为两种情况：一种是单一文本内的反复叙事，称为"同文反复"；一种是不同文本内的反复叙事，称为"异文反复"。

一、同文反复

"同文反复"指在同一文本内反复叙事，即同一事件或性质相同的事件在某一篇作品内多次被叙述。同文反复往往着眼于相同事件在故事不同发展环节中具备的不同叙事功能，以反复叙述形式引起读者关注，或者起到有节奏地控制叙事和制造悬念的作用，主要表现为以下几种情形。

（一）同一事件由不同的叙述者讲述

虽然某一事件在某篇作品中可能只发生一次，但是作者安排不同的叙述者从

---

① 成伟钧，唐仲扬，向宏业. 修辞通鉴 [M]. 北京：中国青年出版社，1991. 616.
② [清] 金圣叹. 读第五才子书法 [M] // [清] 金圣叹. 金圣叹全集·贯华堂第五才子书《水浒传》：上. 南京：江苏古籍出版社，1985.

不同视角、不同侧面、不同出发点与着眼点，或者以不同的叙述节奏讲述出来，就构成了反复修辞。这些叙述者可以是作者，可以是故事中的人物（包括在这一事件中作为行动者的人物），也可以是故事外的其他人。《巩仙》中巩仙用钱财买通中贵人，进入王府花园游览。在游览过程中，道人猛然推了中贵人一下，一件奇异的事情发生了。紧接着小说从不同人的视角出发，转变叙述角度描述了这一事件：在中贵人看来，自己"身堕楼外，有细葛绷腰，悬于空际；下视，则高深晕目，葛隐隐作断声"；而在闻声而来的太监眼中，看到的是中贵人"去地绝远"，想上楼去解救，则"细葛不堪用力"；欲罢不能，欲救也不能。作品从不同人物的视角出发两次叙述同一事件，两次叙述的功能和意图各不相同。以中贵人为视角叙述，披露了中贵人紧张恐惧的心态，同时制造了悬念：道人为什么将他推至这种绝境？结果会怎样？以太监为视角叙述，则是为了使读者确信中贵人身处的危境并非幻境，而是实境，起到证"虚"为"实"的作用。正当众人救援措施准备停当时，作者出面进行第三次叙述，这次由"虚"返"实"："葛崩然自绝，去地乃不咫耳"，一股轻松幽默的意趣沛然流出，众人"相与失笑"，气氛由紧张变为松弛，同时悬念解除：原来这是道人借幻术对贵人略施惩罚。三次反复叙事，奇幻与真实相互交织，虚实映衬，在小小篇幅中演绎了曲折多变的故事。

《素秋》的反复叙事也如此。素秋被丈夫欺骗送给韩奎、半路上遇到蟒蛇的事件，在作品中被叙述了三次。一次由作者叙述，具体经过是：众人在黑暗中看到一巨灯前来，以为可以问路，到近前一看，原来是巨蟒"两目如灯"；众人大骇而散；等到天亮再看，素秋已经不知去向。作者的叙述交待了素秋脱离了丈夫的控制，同时隐下伏笔，设置引发读者关注素秋去向的悬念。第二次由韩奎在公堂上讲述。韩奎仅以"言及遇蟒之变"作为申诉理由，被官府视为荒诞而受到责罚，是十分简省的复叙。这一叙事引起了下文，推进了事件也催生了波澜。第三次由素秋讲叙。素秋回家后告诉众人（小说也借素秋之口告诉读者），路上所见的巨蟒是自己用幻术变化出来的。这一叙述补足了事件的裂痕，又解除了悬念。

（二）同一主体多次经历性质、功能相同的事件

一个人实施两次或两次以上相同的行为，或者耳闻目睹某一行动主体多次实施性质、功能、历程相同或相近的行动，不仅在小说中屡见不鲜，就是在现实生

活中也不算稀奇。比如：出于生活实际的需要或现实条件的局限，一日三餐定时定点，甚至吃的食物种类、口味都相差无几；受外在力量的控制，必须遵照有支配权一方的要求，不断重复做某件事情；行动主体有坚韧的意志毅力、强烈的追求渴望，为了实现目标百折不挠，经常重复追寻行动。《聊斋志异》往往借助诸如此类的事件，把人物对现实世界的态度或者现实世界左右人物的力量展示出来。《梓潼令》讲述了常大忠两次做梦：第一次是在候补京城期间；第二次是在丁艰候补期间。常大忠在两次梦中均见到了文昌君，且抽到"梓潼令"的签条，果真先后两次就任梓潼县令。作者以反复叙事手段揭示了不可名状的神秘力量。

　　在蒲松龄的笔下，对同一行为主体发出的几次行动的描述是有差别的。有时候，小说重在描述同一行动主体重复几次实施的相同性质、模式的行为，不太在意这些行为之间存在的差别，这时的反复叙事旨在强调行为者的某种倾向和态度。《武技》中少年尼僧应李超的要求与之较量，但看在与李超的师傅憨和尚相识（或同门）的份上，对他谦让再三。然而，尼僧越是谦让越是强化了李超的好胜心。此处的反复修辞具备双重职能：既是映衬双方心态的手段，又是推动事件发展的必要手段。经过几次反复，故事积蓄足以促使情节发生急转的力量：争强好勇的李超在刹那间被少年僧尼以骈指击倒在地。

　　有时候，小说对同一行为的反复叙述，情节内容方面有较大的差异。此时被反复叙述的事件往往呈递进上升的态势，在不断铺叙、渲染的复写中，叙事的发展节奏和叙事的情境氛围逐渐趋于紧张，呈现出微妙的对照关系。《妖术》中于公三次与妖物搏斗，对手的面目一次比一次狰狞，身形一次比一次高大，力量也一次比一次强大。作者对三次事件的叙述由概要叙述逐渐转向详尽叙述，讲述节奏一次比一次趋于缓慢，在双方不断变化的力量对照中让读者感受到愈来愈紧张的气氛；而三次搏斗的胜利则充分展现了于公"少任侠，奇拳勇"的主体特征，以及他镇定理智、勇敢机敏的性格特点。如果简省此处的反复叙事，改为叙述于公只需施行一次除妖行动故事便告以结束，则很难实现这样的叙事效果。这种反复叙事在《于江》中也被运用，同样起到了推进情节、反映人物性格意志的作用。

（三）不同主体经历性质、功能相同的事件

这种反复叙事讲述的是两个或两个以上的事件，其性质、功能没有本质的差异或变化，但行为主体有了变化。《白秋练》两次叙述了以吟诵诗歌治疗相思病的事情。一次是白秋练因爱恋慕生相思成疾，母亲把她送来与慕生相会；白秋练要求慕生吟诵三遍王建的"罗衣叶叶"的诗作，慕生刚刚吟诵两遍，白秋练竟然披衣而起，疾病全消。另一次是慕生告别白秋练回家后，也相思成疾，巫医并用却毫不见效；白秋练得知此事前来看望慕生，为他吟诵了"杨柳千条尽向西"的诗作，慕生亦一跃而起，沉疴若失。这一反复修辞包含的两个事件除了吟诗人和聆听人的角色对象互换之外，其性质、功能完全相同。经过反复叙写，小说的核心意象——"诗"意象的价值就凸显出来并得以强化，读者由此意识到，此篇中的"诗"不仅是文化的，而且是生命的；慕生、白秋练二人在"诗"的世界里心意相通、情动于衷，其生命也焕发了诗的光彩。《霍女》中朱大兴、何姓世家、黄生三人均遇到美人投怀送抱，也属于不同行为主体经历同一事件。小说对这一事件的三次叙述有相同之处，不同的是朱、何二人均竭尽财力供霍女享用，黄生却得到霍女协助操劳持家，治产娶妻。如此反复，则于常情之中见出反常，展示了霍女性情丰富复杂的一面。这一反复叙事修辞与金圣叹所说的"略犯法"、"犯"中有"避"的叙事谋略相近。但明伦对此评价说："只是'吝则破之，邪则诳之'两语为一篇主脑，而叙次描摹，皆极精致。"[1]

二、异文反复

《聊斋志异》中的很多作品在事件功能、人物形象（或类型）、序列模式等叙事元素上具有趋同倾向，由此构成了不同文本之间的"反复叙事"。如果说，同文反复修辞侧重于对叙事元素的功能激发和技巧运用，折射出蒲松龄在文言小说的有限形态格局内努力拓展叙事功能所耗费的艺术心血的话，那么异文反复修辞则让读者看到作者在创作取向、题材选择、叙事构思等方面具有的特点，甚至可

---

[1] [清]蒲松龄. 聊斋志异：会校会注会评本 [M]. 张友鹤，辑校. 上海：上海古籍出版社，1986：1097.

以感受到小说叙事折射出来的社会文化观念、社会心理特征等。《聊斋志异》不同文本之间的反复叙事修辞，可以简略地分为以下两种基本类型。

（一）情节复现型

各篇章使用的事件序列模式相近，贯穿全篇的故事基本主线没有根本区别，构成叙事序列的事件在性质上也非常相似，这样的叙事模式在不同的篇目间反复呈现，构成了情节复现型反复。例如，《聊斋志异》果报型小说大都遵循因果报应的观念模式：无论是现世报、还是来世报，都叙述人物行善而得善果，作恶则得恶果。就事件顺序而言，小说往往先叙述人物引起或承担的行动，然后叙述由这一行动带给人物的善果或恶果。稍微复杂一点的反复往往叙述人物遭受的数次果报，用以颂扬人物美德善行，或者强化惊心动魄、催人胆寒的惩处效应。如果是作恶的人受到恶报，则往往以此人悔改作结。《邵女》叙述金氏处心积虑虐待丈夫的小妾邵女，遭到了现世报。金氏患有头疼病，每当病痛发作时，就需要邵女以针刺穴才能缓解自己的病痛。经过多次"患病—针刺"的折磨，金氏在知晓自己所造的罪孽后，性情发生了很大的变化，"弥日忏悔，临下亦无戾色"。《刘孝廉》中刘孝廉因为前世行为秽污，接连三生转世，皆被罚投胎为畜生，这是来世报。安排这样的叙事模式，不仅流露出作者融贯在作品中的"善有善果、恶有恶结"的以德性为中心的构思原则，而且反映了作者殷勤劝世、庄严戒世的良苦用心。借用高珩的话说，是欲实现作者期待的以"孔子之所不语者"、"辅功令教化之所不及"[①] 的修辞效果。余集直接将之比附为释氏说法，"悯众生之颠倒，借因果为筏喻，刀山剑树，牛鬼蛇神，罔非说法，开觉有情"[②]。再如，《聊斋志异》中叙述男女之间爱情故事的小说《吕无病》、《红玉》、《连琐》等，也具有相似的叙事模式和事件衔接序列。如果将这类作品中男性人物的生活境况和思想情志与蒲松龄大半生远离家庭担任塾师的辛酸孤独的生活经历联系起来，读者可以体会故事背后隐藏的作家曲折复杂的心态。郭英德对《聊斋志异》爱情题材作了

---

① [清]高珩. 高序 [M] // [清]蒲松龄. 聊斋志异：会校会注会评本. 张友鹤，辑校. 上海：上海古籍出版社，1986.

② [清]余集. 余序 [M] // [清]蒲松龄. 聊斋志异：会校会注会评本. 张友鹤，辑校. 上海：上海古籍出版社，1986.

分析，指出"在《聊斋志异》中，我们可以看到这样的一种屡见不鲜的叙事模式：清贫文人怀才不遇，落泊潦倒，不合时宜，浪迹萍踪，但正是他们受到年青美貌、谲慧机敏的女郎的赏识，乃至主动追求，自觉献身"。这些作品使用异文反复修辞充分写出了"落魄文人的个体生命价值受到社会的贬抑或冷落，却得到女性的赞赏和肯定，实质上是作家的自我欣赏、自我肯定"[1]。至于《聊斋志异》中多篇小说都反复叙述了文人举子参加科试特别是参加乡试的相似历程，包括从考试前到考试后的全过程展现。这些文人举子不仅参加科试的结局相同——大多铩羽而归，应试者在考试前和考试后的心态也大致相同：考前踌躇满志，以为稳操胜券；考后垂头丧气，犹如大病未愈。这些反复出现的文士参加科考失败的情节中，埋藏着蒲松龄一生经历的影子，已经为学界所公认。

（二）形象复现型

相同类型的人物形象多次在不同的小说文本出现，构成反复修辞可以称为"形象复现型反复"。《聊斋志异》塑造了大批的妇女形象。依据其德行品性，可以将她们划分为性格鲜明的、有代表性的两大类型。一类是作者所旌扬的"贤妻良母"。她们甘心于相夫教子，不仅孝敬公婆，疼爱子女，而且温柔多情，体贴人意，更是善于持家治产，为丈夫解除后顾之忧。《细柳》、《张鸿渐》、《神女》、《黄英》、《陈云栖》、《仇大娘》等小说中的已婚女子，或多或少地都拥有这些优点及长处。一类是受作者批判谴责的悍妇、妒妇、淫妇。她们或者不孝敬公婆，或者不守妇道，或者荒于持家而虐夫妒夫。这些人物要么在作者安排的果报叙事模式中躬身自省，幡然醒悟，获得新生，如《邵女》中的金氏；要么走向毁灭，如《金生色》中的木氏、《马介甫》中的严氏。其实，家庭和睦，互不嫉妒，忠于夫妻爱情，是任何一个时代的人都应该遵守的道德伦理规范，蒲松龄对悍妇、恶妇进行批判，本无可厚非。但关键是如果我们将这类妇女放在一起考察，我们会发现，蒲松龄是以男性为中心、为出发点的视角来规范约束自己笔下的妇女的。透过蒲松龄的封建思想意识，我们甚至可以推测说，也许正是因为现实生活中缺少前一种妇女，蒲松龄才对后一种妇女形象大加批判。《聊斋志异》还描绘

---

[1] 郭英德. 蒲松龄文化心态发微 [J]. 文史哲, 1990 (2): 3-12.

了许多热衷于文战却屡屡受挫的文士举子形象，作者一方面借他们坎坷的遭遇、不平的经历反映社会的黑暗和对人才的埋没，揭露封建社会科举制度对文人士子心灵的戕害；一方面借以自喻，让读者看到蒲松龄自己作为知识分子在封建社会中孜孜不倦而又痛苦无奈的追求。由此可见，形象复现型反复辞格的运用，凸显了某一类人的群体形象，使这类人物的思想性格类型特点更加鲜明，而且在某种程度上成为作者某种细微的文化心态的代言人。

第五章　人物中心移位与群体特征

"文学就是人学"这句话，用在小说这一文学体裁上也许更合适。小说与其他文学体裁的关键区别，就是小说以塑造人物形象为中心，通过对人物的行动、言语、外貌、心理和细节的描写塑造人物形象，揭示人物的思想性格、个性特点。虽然西方理论界在相继发布上帝之死、人道主义之死、悲剧之死的宣言之后，又发出了"人物之死的呼声"，宣称"依据对人的传统观念构成的、曾经被视为人物标志的各种特征，都遭到了许多现代小说家的否认"，[①] 但是这丝毫不能阻止作家"手里拿着笔，进入了为方便起见可以称为'灵感'的一种反常的精神状态，来努力创造人物"，并将主要热情"专注在人的身上，他为了便于描写人要作大量牺牲，包括故事、情节、形式，以及附带的美"[②]。可见，关注"人"、反映"人"的生存状态和情感世界是小说叙事的核心艺术取向，"不管人们以什么方式看待文学，是将书籍看作文学艺术的自主作品，作为个人或集团的产物，作为交流的对象，还是作为符号系统的一种特殊形式，人们都无法逃脱文

---

① ［以］里蒙-凯南. 叙事虚构作品［M］. 姚锦清, 黄虹伟, 傅浩, 等, 译. 北京：生活·读书·新知三联书店, 1989：52 - 53.

② ［英］爱·摩·福斯特. 小说面面观：小说中的人物［M］//吕同六. 20 世纪世界小说理论经典：上. 北京：华夏出版社 1995：132 - 133.

学是由人所作、为人而写、并且通常都是写人的这样一个明显的事实"①。在如何认识小说中的人物、人物在叙事中的作用如何等问题上，中外文艺理论家、小说家有不同的回答。蒲松龄以自己出色的人物形象塑造的实绩，向我们展示了他心中的"人"在他虚构的艺术空间中拥有的独特地位和文化价值。

第一节 《聊斋志异》人物考察取向

以劝善惩恶、裨益风化为标准创作小说，或者为尺度去评判小说的价值，推重小说"补史之阙"的认识功能，是我国古代小说创作者、评论者的传统做法。从魏晋到唐代，小说作品的道德评价色彩渐趋浓郁，善恶褒贬的倾向日益明晰。刘肃称自己的《大唐世说新语序》"起自国初，迄于大历，事关政教，言涉文词，道可师模，志将存古"②，将此书"事关政教"的政谕教化功能置于"言涉文词"的艺术功能之前。《南柯太守传》"稽神语怪，事涉非经"，其作者李公佐介入文本中，声明创作目的是警醒"窃位著生，冀将为戒。后之君子，幸以南柯为偶然，无以名位骄于天壤间云"③。这种作者介入文本点明主旨、强化小说教化作用的做法，是唐代传奇的惯例。宋明以来，小说家、评论者乃至刻书商均着意宣扬小说的道德教化功能和讽世劝诫作用，忽视甚至完全摒弃小说的娱乐功能。曾慥认为小说"小道可观，圣人之训也"，有"资治体，助名教，供谈笑，广见闻"④的功能，其中只有"供谈笑"涉及小说的娱乐功能，其余均与小说的教育功能和认识功能密切相关。明代兼善堂刻印小说把劝善惩恶功能作为选刻小说的

---

① ［荷］米克·巴尔. 叙事学：叙事理论导论 [M]. 谭君强译. 北京：中国社会科学出版社，1995：40.

② ［唐］刘肃.《大唐世说新语》序 [M] //丁锡根. 中国历代小说序跋集. 北京：人民文学出版社，1996：282.

③ ［唐］李公佐. 南柯太守传 [M] //卞孝萱，周群. 唐宋传奇经典. 上海：上海书店出版社 2000：66.

④ ［宋］曾慥.《类说》序 [M] //丁锡根. 中国历代小说序跋集. 北京：人民文学出版社，1996：1779.

重要标准，宣称"非警世劝俗之语，不敢滥入"①。

而作者如果想把创作中对小说道德教化、有益治世的教育与政治功能的预期变为实现了的功能，就不仅要善于讲述娱人耳目的故事，塑造出承载伦理价值的、能感动读者的艺术形象，而且要将小说中的人物品性与现实生活中的人物品性对应起来加以描绘。唯有如此，作者才能使读者将阅读兴趣聚焦在人物形象与现实人物的道德共性上，保证小说蕴含的写善人以劝善、写恶人以警恶的教诲价值为读者所接受。在这一点上，小说评论家从道德品性方面去认识和评价人物，或者将小说人物与现实生活中的同类人物关联加以评价分析，就是明证。例如：金圣叹评《水浒传》称，"林冲自然是上上人物，写得只是太狠。看他算得到，把得牢，做得彻，都使人怕"，"他（吴用）奸猾便与宋江一般，只是比宋江却心地端正"，"吴用与宋江差处，只是吴用却肯明白说自家是智多星，宋江定要说自己志成质朴"②；东吴弄珠客指出，《金瓶梅》"借西门庆以描画世之大净，应伯爵以描画世之小丑，诸淫妇以描画世之丑婆净婆，令人读之汗下"③。由此可知，我国古代小说中的人物在作者、读者的眼中，不仅是行动的实施者、承受者，而且是道德伦理的承载者、受约者。

西方小说理论着重考察人物在情节发展中的功能，把人物的思想性格置于次要地位，这一倾向的理论渊源是亚里斯多德的文艺思想。亚里斯多德说："最重要的是情节，即事件的安排；因为悲剧所模仿的不是人，而是人的行动、生活、幸福……悲剧的目的不在于模仿人的品质，而在于模仿某个行动；剧中人物的品质是由他们的'性格'决定的，而他们的幸福与不幸，则取决于他们的行动。"④亚里斯多德将情节（由行动构成）置于至高无上的地位，因此，行动也就具有了非同一般的价值。在他看来，"悲剧没有行动则不成为悲剧，但是没有性格，仍

---

① [明] 兼善堂.《警世通言》识语 [M] //丁锡根. 中国历代小说序跋集. 北京：人民文学出版社，1996：777.

② [清] 金圣叹. 读第五才子书法 [M] // [清] 金圣叹. 金圣叹全集·贯华堂第五才子书《水浒传》：上. 南京：江苏古籍出版社，1985.

③ [明] 弄珠客.《金瓶梅》序 [M] //丁锡根. 中国历代小说序跋集. 北京：人民文学出版社，1996：1079.

④ [古希腊] 亚里斯多德. 诗学 [M] //伍蠡甫. 西方文论选读. 上海：上海译文出版社 1990：59.

不失为悲剧"①。前有亚里斯多德的影响,后有结构主义理论导向,西方现代叙事学理论也主张小说的意义主要蕴藏在事件关系、情节结构、叙述视角等方面,而故事中的人仅仅是承担事件的"行动符号"。西方叙事理论将小说人物称为"行为者",而"行为者将根据他们与所引起或者经历的事件序列的关系而加以对待"②,而不是根据人物的善恶品性来对待。西方叙事学更为感兴趣的是在人物外显行动背后隐含的共性,"行为者的类别我们称之为一个行动元。是共同具有一定特征的一类行为者。所共有的特征与作为整体的素材的目的论有关。这样,一个行动元就是其成员与构成素材原则的目的论方面有相同关系的一类行为者。"③ 从这一视角出发,格雷马斯结合语义学的研究成果,把叙事作品中的人物划分为三组彼此对立的行动者:主体与客体、发送者与接受者、帮助者与反对者。④ 这一划分完全将人物视为纯粹的行动符号,只关心人物推进事件进程的叙事功能,不顾及人物的心理、情感、道德,不仅泯灭了不同人物在性质相同的行动中表现出来的个性、思想、情志乃至文化的差异,而且消除了不同人物构成的同一类型故事在文学价值、文本意蕴方面的多样性与丰富性。虽然米克·巴尔力图对叙事学忽略人物内心的做法加以修正,从行动者和人物两个视角来评价小说人物,比如他认为作为行为者,小说人物仅对情节的进展发生作用;而作为人物,小说对其形象的描绘塑造,应该关注人物心理和意识形态等因素⑤。但是,他在分析"人物"的角色特征时,并没有彻底摆脱对人物思想性格、个性特点的轻视。他所说的"人物"指"具有产生角色效果的显著的特征的行为者"⑥,仍然从小说中人物与现实中同类型人物的映射关系、人物行为的合逻辑性和可信

---

① [古希腊]亚里斯多德. 诗学 [M] //伍蠡甫. 西方文论选读. 上海:上海译文出版社 1990:59.
② [荷]米克·巴尔. 叙事学:叙事理论导论 [M]. 谭君强译. 北京:中国社会科学出版社,1995:27.
③ [荷]米克·巴尔. 叙事学:叙事理论导论 [M]. 谭君强译. 北京:中国社会科学出版社,1995:28.
④ 罗钢. 叙事学导论 [M]. 昆明:云南人民出版社,1994:102-104.
⑤ [荷]米克·巴尔. 叙事学:叙事理论导论 [M]. 谭君强,译. 北京:中国社会科学出版社,1995:40-41.
⑥ [荷]米克·巴尔. 叙事学:叙事理论导论 [M]. 谭君强,译. 北京:中国社会科学出版社,1995:90.

度、如何发现并形成对人物的整体形象等角度入手①，侧重分析"人物"的"行动"因素。即便有些西方叙事学理论家对过于重视人物行动因素的倾向提出了不满，如华莱士·马丁批评叙事理论研究者将太多的注意力放在了"仅仅是整体情节或布局的一个功能"的静态人物类型上，却很少留意那些"存在原因不仅仅是它为完成情节布局所必需，他或她也'活动'在其他一些领域而不是仅在我们正在阅读的领域之内"②的动态人物，但是华莱士·马丁的这番话难以撼动西方文艺理论所持的人物只是"行动者"的根深蒂固的观念。

其实，运用西方叙事学理论指导分析《聊斋志异》的人物形象，是一个有益的新视角，不仅能而且确实催生了富有创新价值的研究成果。尽管如此，我们却不能完全照抄照搬西方叙事理论，因为不加辨析地"只管拿来"（鲁迅语）将大大削弱《聊斋志异》中人物形象的艺术感染力甚至是文学史意义。我们认为，对《聊斋志异》这样的作品，将研究重点放在人物的精神、思想、性格上比放在人物对行动情节的作用上更有意义。蒲松龄称《聊斋志异》主要描述人们身边发生的奇事，"人非化外，事或奇于断发之乡；睫在眉前，怪有过于飞头之国"，而自己著成"孤愤之书"的目的在于"永托旷怀"，寻求向知音倾诉心声，以消解人生的落寞与悲愤，所谓"知我者，其在黑林青塞间"③。蒲松龄重视借人物形象反映社会现实、展示人生际遇、书写个性情志。因此，考察《聊斋志异》的人物角色，重点在于分析什么样的人做了什么事，这些事折射出人物怎样的性格特征和思想情怀。

第二节　《聊斋志异》的人物中心转移

如果大致勾勒一下中国古代小说（文言的和通俗的）的人物形象的群体变化

---

① ［荷］米克·巴尔. 叙事学：叙事理论导论［M］. 谭君强，译. 北京：中国社会科学出版社，1995：91-94.
② ［美］华莱士·马丁. 当代叙事学［M］. 伍晓明，译. 北京：北京大学出版社，1990：144.
③ ［清］蒲松龄. 聊斋自志［M］//［清］蒲松龄. 聊斋志异：会校会注会评本. 张友鹤，辑校. 上海：上海古籍出版社，1986.

历程,就可以发现,受社会生活、文化思想的制约,在创作者和阅读者的审美情趣、艺术素养、文化心态等诸因素的筛选和交互影响下,某一时期的小说主要人物的社会身份、角色特征往往具有某种趋同性、一致性。换言之,人物群体"角色"(在社会中承担的身份、地位和文化功能等)的分布具有向某一社会层次的人群集中的倾向。这一倾向不会一成不变,随着时代思潮的变化、文学观念的嬗变而转换,我们将这种人物群像的转换称为"人物中心转移"。

一、清代以前的小说人物中心

受小说文体渊源和作家创作情趣与取向的影响,汉魏六朝时期小说的人物中心分布大致可以分为三种状态。

其一,尚未与史传完全分离的作品中的人物。鲁迅先生《中国小说史略》所载现存汉代小说名目[①],除去其中记博物地理、述荒外异物的《十洲记》、《神异经》等小说之外,以写人叙事为主的小说有《汉武帝故事》(题班固著)、《汉武帝内传》(题班固著)、《飞燕外传》(题汉河东都尉伶玄子于著)等,学界称为杂史小说。这些小说的主要人物群体是帝王妃后、公卿将相。作品讲述了这些人物所做的或经历的事情,或者叙述发生在他们身边的有特殊意义或重大影响的事件。据此可以断言,小说作者即使不是史官,也是对帝王将相的掌故、逸事非常熟悉或者给予较多关注的人,将这些事情综记下来,可以显扬自己的史才,借小说创作"以备史官之阙"[②]。

其二,以《世说新语》为代表的志人作品中的人物。这类作品往往记述上流社会人物的言语行状,人物主体是具有较高社会地位的士(贵)族人士,一般为有学识、重雅致、尚风神的官员、文士。《世说新语》描写这些人物的才情风度、德行品第,文笔隽永蕴藉,颇得魏晋士人神韵风采。宋代高似孙对刘孝标注此书

---

① 鲁迅.中国小说史略[M]//鲁迅.鲁迅全集:第九卷.北京:人民文学出版社,1996:32-39.
② [唐]李德裕.《次柳氏旧闻》序[M]//丁锡根.中国历代小说序跋集.北京:人民文学出版社,1996:287.

援引的书籍作了统计,"只如晋氏一朝史及晋诸公列传谱录文章,凡一百六十六家"①。依照当时注重门阀品第、严士庶之别的风气,庶族出身的官吏即便有隽语逸事,也很难被史书收录,寻常百姓人家更不可能撰有谱牒。清人钱谦益指出,《世说新语》具有双重性质,"习其读则说,闻其传则史"②。故而就总体而言,魏晋以前小说模仿史书叙事模式,为帝王将相、宦达名流作"别传"的意味浓厚,断定其人物中心处于社会上层合情合理。

其三,以《搜神记》为代表的志怪小说中的人物。这类作品受宗教思想、神怪思维的影响,以叙述奇异诡谲的事件为主,人物经常只作为承担行动的纯指称性符号,大多缺乏个性,身份角色呈现散点分布的状态。干宝自称《搜神记》可以"游心寓目",但目的在于"发神道之不诬",正如明胡震亨所评,"令升构门闱之奇,爰撷史传杂说,参所知见,冀扩人于耳目之外。顾世局故常,适以说怪视之","盖以其尝为史官,即怪亦可证信耳"。③ 由于《搜神记》不以塑造日常中的人物为中心,严格来说,这类作品尚未形成人物中心。

至唐传奇,小说人物中心发生了变化。唐传奇有以帝王后妃、将相名流为核心人物的作品,如陈鸿的《长恨歌传》、薛用弱的《王维》、牛僧孺的《郭元振》等,但人物中心呈现出整体向中下层人士移动的趋势,下层官员、士人举子、侠义豪杰、商人僧侣、歌女舞伎等形形色色的人物进入作品。但是,正如鲁迅先生所说,"传奇者流,盖源出于志怪……其间虽亦或托讽喻以纾牢愁,谈祸福以寓惩劝,而大归则究在文采与意想,与昔之传鬼神、明因果而外无他意者,甚异其趣矣"④。传奇作者醉心于自己的文笔才华,带着自我欣赏的心态立足于道德评价去塑造人物,塑造得比较成功的人物角色大多是官吏、文人、歌伎、侠女等。此外,唐传奇的众多名篇都是以"进士—女子(妓女)"为母题的,如《李娃

---

① [宋]高似孙. 题《世说新语》[M]//丁锡根. 中国历代小说序跋集. 北京:人民文学出版社,1996:264.

② [清]钱谦益. 牧斋初学集·卷二十[M]. 四部丛刊本.

③ [明]胡震亨. 《搜神记》序[M]//丁锡根. 中国历代小说序跋集. 北京:人民文学出版社,1996:253.

④ 鲁迅. 中国小说史略[M]//鲁迅. 鲁迅全集:第九卷. 北京:人民文学出版社,1996:70-71.

传》、《霍小玉传》、《莺莺传》、《柳毅传》等。因此,唐传奇作家属意的人物形象主体是士子、妓女、侠士等,这一点可以从传奇作者对前代小说的改编中得到证实。《枕中记》的故事本事来自《幽冥录》"焦湖庙祝"条,后者主人公的身份是生意人,沈既济改编时把主人公的身份改为应试的举子。可见,尽管唐传奇的人物中心已经向下移位,但吸引作者兴趣的主体人物角色还是官员、文士,而不是中下层的普通民众。

将人物中心进一步下移至普通的市民阶层,乃在宋明时期。随着市民阶层逐渐壮大,市民对文化生活的需求也高涨起来。为了满足这一现实需要,顺应市民阶层的审美情趣,从讲唱文学发展而来的话本、拟话本,将市民生活作为主要题材,将市民阶层作为人物塑造的主体对象,带着市民的审美趣味叙述故事、描绘人物,不仅将人物写得栩栩如生,与现实生活中的人物十分相肖,而且反映了市民阶层的思想观念、人生情怀和价值取向。宋明时期的话本、拟话本作家更乐于向身边社会生活寻找题材,以平等之心描写市民生存状态的原貌。明代凌蒙初主张小说创作应该直接面向现实生活,从普通人身边的生活选取素材。他说:"今之人但知耳目之外牛鬼蛇神之为奇,而不知耳目之内日用起居,其为谲诡幻怪非可以常理测者固多也。则所谓必向耳目之外索谲诡幻怪以为奇,赘也。"[①] 一般市民百姓也喜欢听说身边的故事,正如无碍居士所说,"村夫稚子,里妇估儿,以甲是乙非为喜怒,以前因后果为劝惩,以道听途说为学问,而通俗演义一种,遂足以佐经书师专之穷"[②]。自此,小说不再是只供文人赏玩之物,成为广受市民阶层欣赏接受的消遣性作品,由"文备众体"、富有"诗人气"[③] 的雅文学转为贴近民众的俗文学。

---

① [明]凌濛初.《拍案惊奇》序 [M] // [明]凌濛初.拍案惊奇.章培恒,整理.王古鲁,注释.上海:上海古籍出版社,1985.

② [明]无碍居士.《警世通言》序 [M] // 丁锡根.中国历代小说序跋集.北京:人民文学出版社,1996:776.

③ 杨义.中国古典小说史论 [M].北京:中国社会科学出版社,1995:206.

二、《聊斋志异》的人物中心转移

在蒲松龄手中,小说人物中心实现了第三次转移。《聊斋志异》中功能性人物[①]的群体结构显示,《聊斋志异》人物主体进一步向下转移,主要表现为以下几个方面。

(一)人物所处社会圈层的下移

唐代以前,小说中功能性的、具有个体意志性格的人物大多为帝王后妃、官宦名流或者世家贵胄。他们生活在封建社会的上层,掌握着经济、政治、文化等方面的特权。唐传奇中,官场新贵、文人名士成为小说关注的重要对象,人物角色的社会地位呈现整体性下降,但仍然处于接近封建社会政治、文化权利中心的社会圈层。至宋明时期,市民逐渐走入小说中心,通俗小说成为反映市民生活的重要阵地。在蒲松龄笔下,小说人物再一次移向社会底层,处于封建社会政治、文化圈层边缘的人物成为《聊斋志异》的故事主体。据初步统计,《聊斋志异》中的文士和女子两类人物角色共占功能性人物人数的59%,市民、农民所占比例达18%,官吏仅占总人数的9%。其功能性人物的角色身份构成情况如下表所示。

社会角色	文士	女性	官吏(退居官员)	地主及世家子弟	市民、农民、手工业者、商人、游侠	僧道、术士等	无赖
人数	107	118	32	19	66	16	18
比例	28%	31%	9%	5%	18%	4%	5%

可以说,蒲松龄塑造的人物形象主体是文人士子和女子这两类人物角色。《聊斋志异》中的文人士子,绝大多数是中小地主子弟、没落世家子弟和农村贫

---

① 西方叙事理论认为,并非所有的人物在行动中都发挥同样的作用。米克·巴尔说:"在某些素材中,有些行动者在素材结构中并无功能性成分,因为他们没有引起或经历功能性事件。这一类型的行为者可以不予考虑。"([荷]米克·巴尔.叙事学:叙事理论导论[M].谭君强,译.北京:中国社会科学出版社,1995:27.)比如,对于诸如仅承担开门、关门职责的守门人,或者仅起到旁观、见证、记录、讲述作用的人,由于他们不引发新的行动,带来新事件产生的可能性,故而认为他们只具有一般性的符号功能。

寒人家子弟，只有少数是官宦子弟或显贵世家子弟，通过科举一战成功而成为新贵的人更是少见；大部分文人士子在求取功名的道路上饱受失意挫折之苦，其追求功名的步伐仅仅止于乡试，便再难有跃进拔擢的机会；文士处于封建主流文化的最低圈层，不再是封建社会主流文化代言人。他们的言谈举止、学问修养无法充分证明他们接受过封建正统的文化教育，相反，他们受到非主流文化的影响比较深重。《聊斋志异》中的女子包括已婚的妇女和未婚的少女，其中人间女子大多数是农民或者小地主的妻女；花妖狐怪等女性大多是凭自身修炼的小妖，势单力薄，社会地位也很卑微；鬼女则多是不为阴间关注、经常受到欺辱的孤魂野鬼；仙子除了少数是所谓的公主如云萝公主、西湖主的女儿以及嫦娥等地位比较尊贵的人物之外，大多数是游离于道教神仙体系之外的散仙。无论是妖女、鬼女还是仙女，都具有与世间普通女子同样的生活追求、同样的情感世界，她们身上笼罩的既非令人倍感阴森可怖的妖气、鬼气，也非神秘圣洁的仙气，而是人间世俗男女的"人气"。实际上，《聊斋志异》的人物中心已经移到封建社会的最底层。

（二）人物居住区域的外移

通衢大都往往是一定区域内的政治中心、经济中心、文化中心；随着规模的降低，城镇的中心地位及影响力也在逐渐降低；农村则处于社会政治、经济、文化的边缘地带；这些地位和影响力不同的社会空间往往决定了小说人物的社会身份、地位，因此生活空间的变化也是人物中心转移的标志性要素。在许多文言小说中，功能性人物大多生活在作为区域政治中心、经济中心的城镇之中，农村乡野只是他们偶尔经过的地方。他们偶尔将农村乡野作为调节生活、放松心情的场所，但很少将这儿作为日常生活的栖息地。除了高倡俗尘、隐逸全志的隐士之外，更是鲜有人将乡野农村作为人生归宿。而《聊斋志异》拟实空间中的人物绝大多数生活在县邑以下的乡野村落，有的甚至生活在荒山野岭、古寺萧斋；远离喧嚣的闹市、繁华的都邑，既不接触繁华的商业经济，也绝少接触封建社会官员；少数人拥有自己的田产，可以凭微薄的地租过着比较平稳却不富裕的日子，绝大多数人连恒产都没有，缺少固定的经济来源以维持生活；社会关系非常简单，迎来送往的也多是普通百姓，与官员、豪强、乡绅常有种种难以调和的矛盾冲突。与那些以商业中心、政治中心为生存空间的人物角色相比，《聊斋志异》中的人物演绎的完全是另一种性质的生活。

《聊斋志异》虚幻空间中的人物的生活栖居地也非常偏僻。花妖狐怪要么生活在野地荒山、枯草洞穴，要么借居人境，而借居地往往在远离热闹与繁华的农村而非城镇。仙女的生活有两种基本形态：一是来到人间与凡人爱恋结婚，生育子女（这些仙子多数与七仙女相似，嫁给的是董永之类的男子）；二是生活在仙界，凡间男子前来与之相恋成亲（这种环境下的仙子，除少数如《西湖主》中的公主地位尊贵者，多数生活在既远离天界又远离人寰的幽僻绝远之地，或者是人迹罕至的荒山野洞，或者是海水环抱的孤岛）。至于鬼女，她们没有生活在阴间村落，而是游散地生活在坟墓之中，有的甚至连坟墓这样的栖身之所都没有，只能接受狐妖或其他强势妖魔的控制，沦为后者害人的媒介或驱使的奴隶。

蒲松龄将人物角色安置在这样的生活空间中，与他本人的生活经历有密切关系。除了到县城、州府、省城参加例行考试和乡试之外，蒲松龄在农村度过了绝大部分时光。农村是他生活的地方，也是他倾注热情与关怀的地方。为了服务农民生活，他编写了有关农业种植、教育子弟的用书，以及宣扬孝道伦理的戏曲，包括《农桑经》、《日用俗字》、《聊斋俚曲》等。蒲松龄对农民的热爱和关怀还通过小说表现出来：他欣赏机智勇敢的于江，称赞于江"农家者流，乃有此英物耶？义烈发于血诚，非直勇也，智亦异焉"；他赞美舍身为义、勇毅果敢的田七郎，"使荆卿能尔，则千载无遗恨矣。苟有其人，可以补天纲之漏；世道茫茫，恨七郎少也"，热切希望有更多像田七郎这样的人维护人间正义；他企望诚实朴质的农人过上美好生活，在《蕙芳》中借"异史氏曰"说出对农民的祝愿："马生其名混，其业褻，蕙芳奚取哉？于此见仙人之贵朴讷诚笃也。"对乡村中丑陋的现象和品德败坏的人，蒲松龄讲述他们因为犯有恶行受到阴间惩处、来世或者现世报应的故事，对他们的恶劣脾性毫不留情地给予批判，如《刘姓》、《马介甫》、《仇大娘》等。蒲松龄以扬善与惩恶的双重方式表达对农村下层人民生存状态的真挚同情和古道热肠。

（三）人物行动主题的转移

随着人物角色所处的社会圈层下移和生活区域的变化，《聊斋志异》围绕人物铺展的生活画面、讲述的惯常事件也发生着合乎人物身份更迭的变化。以帝王将相为主体的小说，可以将叙事的重点题材定位在与人物有密切关系的历史重大事件或者涉及国计民生的重要事件上；以文人才士为主体的小说，可以将叙事的重点题材定位表现人物的才华气质的事件上或者风流韵事上；以生活在农村中的人物为主体叙事，所关注的事件不可能是叱咤风云、震动山河的壮举，更多是家庭伦理、夫妻关系、日常起居、柴米油盐等种种琐事，以此表现发生在农村的一幕幕男欢女爱、人情世故和世态炎凉的场景。

在《聊斋志异》对人物角色的描写中，我们可以感受到一种趋向，那就是对爱情婚姻中的各色男女，蒲松龄既没有将笔墨完全集中在他们花前月下的卿卿我我，也没有刻意渲染他们追求理想爱情的勇毅执着，而是将青年男女对爱情的追求与他们的生活琐事、自然欲望结合起来，使荡气回肠、缠绵婉转的爱情故事萦绕着一股浓郁的世俗烟火气。就在这贴近生活、看似平常的人和事之中，蒲松龄将人物塑造得富有个性、逼真可信又可亲。正所谓于"耳目之内日，用起居"，"刻镂物情，曲尽世态"[①]，使"花妖狐魅，多具人情"。对文人士子，蒲松龄很少展现他们富有文采的高谈阔论和激烈的忠君爱国情怀，而是叙述他们对人生并不高远而又非常切实的，往往是迫在眉睫的物质生活需要，关心着他们的挣扎与追求、悲哀与无奈，从而将文人士子从封建政治人格、伦理人格的圣坛上拉回现实生活。《聊斋志异》中官吏不再动辄口称为民施政、造福于民，不再具有道义至上的情怀，也不再拥有封建民众所期盼的不畏强暴、维护正义的政治品质。只有少数官吏以自己的才干、智慧为民申冤，或者爱惜人才，奖掖青年；绝大多数官吏浑浑噩噩，贪赃枉法。总体来看，上述人物的精神世界平凡而朴实，甚至略显灰色，显露了他们在社会生活中最真实的一面。

要之，蒲松龄笔下的人物中心转移代表了文言小说新的动向，标记着文言小说由"雅"向"俗"的靠拢和融会。一般来说，小说雅俗问题涉及两个层面的问题。一是语言形式问题。就整体情况来看，说文言小说雅、白话小说俗，应

[①] [清]蒲立德. 跋[M]//[清]蒲松龄. 聊斋志异：会校会注会评本. 张友鹤，辑校. 上海：上海古籍出版社，1986.

该没有大问题。二是题材内容问题。在这个层面上,白话小说未必就俗,文言小说未必就雅。《聊斋志异》的语言简洁传神,雅静富赡,显然是雅的;但从内容上看,《聊斋志异》流露出的人生态度、审美情趣、社会生活形态更切近普通民众,却又是"俗"的。比如:蒲松龄所描写的爱情不是在理性控制下的"礼教之上"的纯洁之恋,与明清才子佳人小说中的男女爱情有区别;也不是以知音至上、生死相许的爱情,与后来的《红楼梦》中的男女爱情也大有不同。实际上,《聊斋志异》与《金瓶梅》的雅俗取向有相似之处。《金瓶梅》是以通俗语言形式写市民生活反映世情,《聊斋志异》是以文言形式写普通民众反映世情,从而将文言小说从宋代文言小说具有浓郁的书卷气、枯燥平实的笔记式叙事中解放出来,从明代传奇那一味求怪求奇的氛围中出来,并将之改造为具有通俗内容、典雅话语的文学形式。这种雅俗相融的美学取向是以人物、题材向话本、拟话本的趋同为表现形式的,在某种程度上又是以牺牲文言小说的文体特征为代价的。

第三节 《聊斋志异》文士人格的移位

文士在儒家文化的教诲熏陶下,逐渐形成了以"忠孝节义"为核心伦理规范的群体人格特征,与封建社会的主流文化取向一致、和谐共生。但是,在一定历史条件下和在特定的时代环境中,文士人格与封建社会主流文化要求的主导人格会存在偏差。文学作品中的文士人格是社会生活中文士人格的镜像,在不同时代中不同作家的笔下,文士人格表现出来的整体风貌也各不相同,偏差现象同样会存在。《聊斋志异》中的文士除了不参加农业劳动之外,其日常起居与普通百姓无异,甚至其人生理想和品位也与后者相近。与魏晋时期志人小说中淡然渊雅、神韵沛然的豪门右族人士和社会名流圈中的文士相比,《聊斋志异》的文士从理想和精神的天国降到了食性欲望的俗众世界;与唐代传奇中那些意气风发、在科举仕途上充满自信的文士相比,他们缺乏"天生我材必有用"式的精神气度。总而言之,其群体人格发生了巨大移位。

一、文士人格移位的群体表现

(一) 由尚学识修养转向重科举制艺

自周代以来,儒士接受的教育内容十分丰富。春秋战国时期,文士要接受"礼、乐、射、御、书、数"六艺教育。汉唐以后,文士以博学强记相推重,其学识修养主要集中在以下几个方面:一是儒家经典与策论、传统文化思想与社会礼仪知识;二是诗词歌赋等文学知识与才能;三是琴棋书画等展示风雅气质的多方面知识和才能。"学富五车"、"满腹经纶"是社会对文士、文士对自身的热切期许,也是文士占据文化优势、引以为豪的知识基础。而在蒲松龄的笔下,文士的人格修养、学识追求让位于对时文才艺的宣扬、对科举制艺的追求。

在《聊斋志异》中,无论故交还是新知,只要身怀进入科场博取功名的才艺,文士们就会互相器重,惺惺相惜,引以为同道、同志。《素秋》中俞恂九非常聪慧,"试作一艺,老宿不能及之",俞慎便极力劝他参加童子试。《褚生》中已是鬼魂的褚生与陈孝廉志趣相同,"情好款密",为了帮助陈孝廉科试取得成功,竟然宁愿延迟转世投生,也要附魂在陈孝廉身上代为捉刀。《司文郎》叙述了文士一见如故、十分投缘的故事,与宋生刚刚结识的王平子看到宋生能即席口占,破股精当,便"以此益重宋"。宋生对他作文提出了"命笔时,无求必得之念,而尚有冀幸得之心,即此,已落下乘"的批评意见,王平子"大悦,师事之"。可见文士初逢即视对方为知音并由此投缘互重的基础是他们有制艺作文的才华,以及在科举仕途上志同道合。有些作品介绍人物背景信息时,直接对人物的才华做出评价,如《叶生》开篇云:"莱阳叶生者,失其名字,文章词赋,冠绝当时。"但从小说核心事件来看,这"冠绝当时"主要指叶生所做的应试文章,而不是词赋。还有一些篇什标榜某某文士为"名士",如《瞳人语》写方栋"颇有才名",却没有标明他们被称为"名士"的原因。从小说对方栋"佻脱不持仪节"人品的评价及对其行为的描述可以看出,方栋有"才名"并非因为道德高尚,也不是因为饱读诗书、学问过人而出名,恐怕主要原因还是"制艺应举"的才华。

蒲松龄对这些文士人格特点的感情是复杂而矛盾的。他一方面赞扬他们的制艺才能和八股文章，叹服他们对人生充满理想、对科试功名孜孜以求，另一方面对他们的遭际怀有浓厚的无奈与悲哀，甚至带有深切的同情和尖锐的批判。《安期岛》中的王勉"有才思，屡冠文场"，以此自重，"心气颇高"。在仙人岛上，他卖弄诗才，被云芳以戏拟的方式加以调侃；他卖弄自视为冠军之作的时文，被绿云以类比的方式嘲弄；桓翁考较他的对联功底，被绿云抢先对出下联。就这样，王勉处处自以为甚高，却处处碰壁，受尽了讥讽嘲笑。经过几番挫折后，王勉由自诩"才名略可听闻"而至"意兴索然"，由"意兴索然"而至"望洋堪羞"。其实，制艺冠绝一时，名声大振，正是作者青年时以县、府、道三个"第一"补博士弟子员亲身经历的辉煌。蒲松龄能够将王勉作为讽刺讥笑的对象，既表现出他对文士人格这一变化的困惑彷徨，也反映了他敢于自我剖析、自我批判的精神与勇气。

（二）由"心怀天下"转为"关注自我"

封建主流文化视野下的文士人格还有一个重要方面，就是要求文士，有舍我其谁的承担社会道义的使命感、责任感，有敢于抗争逆境、与邪恶势力做斗争的浩然正气。曾子的"士不可以不弘毅，任重而道远，仁以为己任，不亦重乎？死而后已，不亦远乎"[①]，孟子的"富贵不能淫，贫贱不能移，威武不能屈"[②]，都旨在弘扬坚忍不拔、刚强不屈的"士"的主体人格与核心精神。在此基础上，文士应该追求心忧天下甚于心忧自己的命运、尊崇道义甚于关注自己的人生荣辱，所谓"先天下之忧而忧，后天下之乐而乐"[③]。而在《聊斋志异》中，天道正义、社会风气、民生疾苦已经淡出文士人生追求的视野中心，不再是他们孜孜不倦、呕心沥血追求的重要目标。从《聊斋志异》中的文士对科举（主要是乡试一关）的态度上，我们可以看出他们人生关注重心的转变。

《聊斋志异》中的文士一旦科举之路顺利，则意气风发，深感自得。《封三

---

① 《论语》注疏[M]//[魏]何晏，集解.[宋]邢昺，疏.[清]阮元，校刻.十三经注疏.北京：中华书局.1982：2487.
② 《孟子》注疏[M]//[汉]赵岐，注.[宋]孙奭，疏.廖名春，刘佑平，整理.北京：北京大学出版社，2000：193.
③ [北宋]范仲淹.岳阳楼记[M]//[清]吴楚材，吴调侯.古文观止.宋晶如，注译.北京：中国书店，1982：411.

娘》中孟安仁高中甲科、官封翰林之后所做的唯一一件大事，就是拜见岳父范公，"执子婿礼"。孟安仁的行为值得琢磨：孟生此前的身份为布衣，家中贫寒，范公夫妇反对他和范十一娘的婚事；现在既然金榜题名，则以中举为官为资本，让范公"体面地"接纳自己这样一个有才有势的人做女婿，炫耀之心隐然可见。由于科举成功往往带来社会地位的提高，更能使亲友乐于巴结攀附自己，《聊斋志异》中文人便把中举为官作为重要的人生目标，进而影响了妻子也非常看重丈夫科试的成败。凤仙将自己形象幻化在铜镜中，以此鼓励丈夫刻苦攻读，希望丈夫一战成功，"为床头人扬眉吐气"（《凤仙》）。而一旦科考失败，文士们则垂头丧气，如丧考妣。《聊斋志异》中那些关于文士参加科考以憧憬成功为始而以遭遇失败为终的作品，描绘了一幅幅文士在场屋受挫之后的惨怛之状。《素秋》中俞士忱（后与俞慎结为昆弟，遂更名为俞忱）最初不愿意在科试道路上挣扎，受俞慎屡次落第的感触，毅然参加童子试，"邑、郡、道皆第一"。第二年与俞慎"并为郡、邑冠军"。自此后兄弟二人名声大振，远近人家纷纷前来论婚，仰慕的文士争录他们的文章诵读研习。俞忱踌躇满志，"自觉第二人不屑居也"。可是放榜后，二人都被黜落，俞忱失望至极，乃至"失色，酒盏倾堕，身扑案下"。对于文士这种心态，蒲松龄在《王子安》中有非常犀利的描绘："作一得意想，则顷刻而楼阁具成；作一失意想，则瞬息而骸骨已朽。……忽然而飞骑传人，报条无我，此际神色猝变，嗒然若死，似饵毒之蝇，弄之亦不觉也。……如此情况，当局者痛苦欲死，而自旁观者视之，其可笑孰甚焉。"要之，参加科试的成败得失已经成为主宰文士心灵的重要因素，儒家的穷达兼善的圣人之训则被他们远远抛到了脑后。

与关心自我生存状态相反，《聊斋志异》中文士缺乏政治理想追求，社会责任感正在消解。文士们经常坦言对声望功名、利禄富贵的思慕，关心文章是否为文宗欣赏，以及能否在科考诸关口上披荆斩棘最终获得成功。与之形成鲜明对照的是，他们绝少谈及国家大计、政治理想和救世抱负。在这点上，《聊斋志异》中的文士与唐代传奇中的文士有很大差异。唐传奇中的文士热衷功名利禄，固然有追求光耀门庭、仕途显达的个人的动机和目的，但是尚不乏建功立业、报效朝廷的壮志。《枕中记》中卢生的一段话很具有代表性。他说："士之生世，当建功树名,出将入相,列鼎而食,选声而听,使族益昌而家益肥,然后可以言适乎。"① 卢生将"建功树名,出将入相"放在了首位,将个人享受和家族威望置于后,这反映出唐代文人把科举当作实现自己的政治抱负、人生理想的方式,而不仅仅是获得高官厚禄、炫耀自我的途径。《聊斋志异》中文士则将人生追求的最高目标定位为顺利通过科试获取功名以荣身贵亲,而不是为官之后为民造福、忠君报国。《聊斋志异》有一个很有深意的故事模式,那就是在故事的中心事件结束后,往往概要交待此人物后来的际遇,无外乎高中科举、位居某官,或其子其孙考中进士,官至某职云云,故事至此戛然而止。这种模式构成了文士的人生终结模式:虽然走上了仕途,但是不再有所追求、有所作为;虽然登上了政治舞台,但是没有社会民众所期待的政治生活。如果说对举子们人生追求的描写还有蒲松龄自身经历的影子和思想上的局限,不足以充分说明《聊斋志异》中文士的价值取向,那么由举子晋身为官吏的文士,他们的政治作为应该能够说明问题。《聊斋志异》中除了施愚山等少数官员清正廉洁、有识力智慧,能够为民解难,多数官吏昏聩无能、残暴贪虐。《冤狱》中的县令仅仅凭依道听途说的玩笑之词,便将朱生和邻人之妻严刑逼供,迫使朱生伏法认罪;王太常、王给谏都是进士出身,在皇帝身边为官,但二人明争暗斗,尔虞我诈,所为之事没有一件涉及国计民生、勤政为民;《续黄粱》叙述曾孝廉梦中为官的所作所为,反映了高级官员一心为己、无意治政的心态。

可知,"达则兼济天下,穷则独善其身"这一调节个人政治命运和道德修养之间关系的文人品格,在蒲松龄笔下的文士心中已经滑到了边缘,成为被漠视的、退隐到幕后的文化精神。

(三)由重义轻利演为趋利重财

先秦以孔子为代表的儒家学派,为后世文士确立了堪称圭臬的儒家义利观。孔子谈论"利"说:"耕者,馁在其中矣。学也,禄在其中矣!"② 又说:"三年

---

① [唐]沈既济. 枕中记 [M] // 卞孝萱,周群. 唐宋传奇经典. 上海:上海书店出版社,1999:13.
② 《论语》注疏 [M] // [魏]何晏,集解. [宋]邢昺,疏. [清]阮元,校刻. 十三经注疏. 北京:中华书局. 1982:2518.

学,不至于谷,不易得也。"① 儒家所说的"利"是天下之利、为民之利,是强调济天下、为苍生的"大利",是以"道义"为前提的"利"。历代儒家均主张"利"要服从"道"和"义",孔子所说的"富与贵,是人之所欲也;不以其道得之,不处也。贫与贱,是人之所恶也;不以其道得之,不去也"②,即所谓"不义而富且贵,于我如浮云焉"③。儒家甚至将对"利"的倾向态度与个人道德修养联系起来,将纯粹地追求"利"看作是与仁义对立的事物。所谓"君子喻于义,小人喻于利"④,所谓"君子贤其贤,亲其亲;小人乐其乐,利其利"⑤,均强调"道义"对君子的物质欲望的统摄作用。因此,"一箪食,一瓢饮,在陋巷,人不堪其忧,回也不改其乐"⑥式的好学尚道、不重物质享受的行为和品格大受称赞。

而《聊斋志异》中的文士身处生活贫困、生财无术的境地中,所持的儒家义利观与自身物质生活的需求发生了冲突,致使他们对高远的精神气格的追求逐渐转变为对具体的物质生活的追求,渴望金钱、弃儒从商已经成了文士们毫不避讳的话题。《聊斋志异》有些篇目书写得比较含蓄,尽力作客观叙述,不对文士的人格品性做出评价,但我们仍然可以看出文士对金钱、财物的依赖性。万福幼习儒业,"家少有而运殊蹇",为避徭役逃至济南,结识了狐女,"凡日用所需,无不仰给于狐"(《狐谐》)。作者对他的行为虽然未评一字,但身为男子谋生乏术、依赖狐女过活而不知羞的实情,恐怕是传统文士难以忍受的,万福却怡然自得而

---

① 《论语》注疏 [M] // [魏] 何晏, 集解. [宋] 邢昺, 疏. [清] 阮元, 校刻. 十三经注疏. 北京: 中华书局. 1982:2487.
② 《论语》注疏 [M] // [魏] 何晏, 集解. [宋] 邢昺, 疏. [清] 阮元, 校刻. 十三经注疏. 北京: 中华书局. 1982:2471.
③ 《论语》注疏 [M] // [魏] 何晏, 集解. [宋] 邢昺, 疏. [清] 阮元, 校刻. 十三经注疏. 北京: 中华书局. 1982:2482.
④ 《论语》注疏 [M] // [魏] 何晏, 集解. [宋] 邢昺, 疏. [清] 阮元, 校刻. 十三经注疏. 北京: 中华书局. 1982:2471.
⑤ 《礼记》注疏 [M] // [魏] 郑玄, 注. [唐] 孔颖达, 疏. [清] 阮元, 校刻. 十三经注疏. 北京: 中华书局. 1982:1673.
⑥ 《论语》注疏 [M] // [魏] 何晏, 集解. [宋] 邢昺, 疏. [清] 阮元, 校刻. 十三经注疏. 北京: 中华书局. 1982:2478.

不自羞，可悲又可叹。乔生称连城"吾知己也"，似乎二人纯为心灵相通、情谊相关，没有沾染一丝世俗之气。但是细心的读者会注意到，作者安排乔生在连城假借父亲名义"赠金以奉灯火"之后说出这句话，很容易使人联想到连城"赠以金钱"才是乔生视她为知己的首要因素（《乔生》）。有些作品直接点明文士对金钱赤裸裸的要求，《雨钱》中秀才遇到一位"殊博洽"的狐仙，不把他当作良师慧友以增进见闻，而把他看作可以"立致金钱"的异士，直言不讳向他"求财"，引起了狐仙的反感。狐仙不无讥讽地说："便如秀才意，只会寻梁上君子交好得，老夫不能承命。"沂水秀才更是两眼紧盯钱财，一身俗气。两位美人进入他书斋，分别送给他书法、白金，沂水秀才弃书法不顾而径直拿起白金。沂水秀才的行动有丰富的隐喻内涵："琴棋书画"是雅事，是文士文雅生活的重要内容，置书法于不顾，象征着文士不再追求风雅；只取钱财，隐喻着文士人格在向世俗重金钱的观念迈进。作者也尖刻地批评说："丽人在坐，投以芳泽，置不顾，而金是取，是乞儿相。"[①] 在《丑狐》、《武孝廉》等作品中，蒲松龄还辛辣地讽刺了穆生和武孝廉重钱财美色、见利忘义的丑陋行为。作者通过对文士种种求财重财行为的叙述，让我们看到了文士人格趋利避义的人格趋向。

  文人重利思想还表现在《聊斋志异》的文人对商业活动的接受与认可上。自秦汉以来，封建王朝大多提倡全力务本，重视农业生产，抑制商业发展。汉代将商人列为"异类"，另立户籍为市籍。唐代规定工商杂类人员及子弟不得进入士人行列，不得参加科举考试。这些政策与儒家"义利观"相互结合，深刻地左右着文士对商业生活及商人的态度评价。《焦湖庙祝》被改编为《枕中记》故事时，故事的主人公身份角色由商人变为文人，恰好流露出唐代文人对商业活动的疏远排斥，蕴含着文人自持清高不愿言商的价值取向。宋明以降，商业活动日益发达，商人地位不断提高。归有光谈及当时商业、商人地位的提高对官宦的影响时指出，"古者四民异业，至于后世，而士与农商常相混。今新安多大族，而其地在山谷之间，无平原旷野可以耕田。故虽士大夫之家，皆以畜贾游于四方"[②]。

---

  ① [清]蒲松龄. 聊斋志异：会校会注会评本[M]. 张友鹤，辑校. 上海：上海古籍出版社，1986：906.

  ② [明]归有光. 白庵程翁八十寿序[M] // [清]薛熙. 明文在. 长春：吉林人民出版社，1998：327.

整个社会包括思想界对商业的看法也发生了变化，王阳明提出"四民异业同道"的观点说："古者四民异业而同道。其尽心焉，一也；士以修治，民以具养，工以利器，商以通货……其归要在于有益于人生之道，则其一而已。"① 在新的商业价值观、商业活动观的推动下，文人对商业活动逐渐产生了兴趣，"吴人以织作为业，即士大夫家，多以纺识求利，其俗勤啬好殖，以故富庶"②。何良俊说："由今日而观之，吴松士大夫工商，不可谓不众多。"③

受晚明以来新兴商业观念的影响，再加上父亲有弃儒从商的经历，蒲松龄也创作了文人经商并小有成就的故事，但他笔下的文士对商业的情感态度却复杂微妙，其参与商业活动的具体过程也有独特之处。《刘夫人》、《罗刹海市》、《白练秋》等作品具有代表性，从中可以看出文人从商活动的全过程及其特点。首先，文士受他者启发进入商业领域。《刘夫人》没有将经商意识的萌发处理成廉生的自觉，而是让一个女鬼刘夫人来行使启发功能。刘夫人对商业的态度是廉生对商业态度的隐喻，或者说是蒲松龄的经商意识的隐喻。经商谋利在文人那儿是不光彩的，走科举仕途才是光宗耀祖的正途，廉生内心滋生的经商谋生意识与他接受的儒家思想传统形成了对立冲突，借助"他者启发"这一叙事手段可以回避这一对立冲突，以获得世人对他们选择经商的宽容。《罗刹海市》中马骥从商也是受了他者（父亲）的劝说。马骥的父亲让儿子踏入封建文人的必走的科考路途（马骥十四岁入郡庠即知名），这是商人向文人、士人靠拢的努力，显示了商业活动的价值仍需要通过培养成功的文士来印证。但马骥的父亲深刻地看到，在经济活动日趋活跃、社会物质需求不断增长的现实生活中，文人在经济上难以得到保障，一旦科考仕途不顺，就会陷入贫寒不堪的境地。因此他劝儿子说："数卷书，饥不可煮，寒不可衣。吾儿可仍继父贾。"

其次，文人参与商业活动中具有非主体性。经营什么商品、如何经营，文士都不善于自主决定也无法自主决定，《聊斋志异》文士具体的经商活动呈现出两个特点。一个是文人没有经商才干，全凭他人的指点或者好的机遇在经营中获

---

① [明]王阳明. 王阳明全集 [M]. 吴光，钱明，董平，等，编校. 上海：上海古籍出版社，1993：941.
② [明]于慎行. 谷山笔麈 [M]. 吕景琳点校. 北京：中华书局，1997：39.
③ [明]何良俊. 四有斋丛说 [M]. 北京：中华书局，1997：108.

利。廉生的经商活动从何时动身外出、确定交易时间、贩卖何种货物到选择出行方向、把握获利时机都由刘夫人指点或做主。《白练秋》中慕生为了证明自己与白练秋的相爱不会影响商业经营，做了一宗盈利的买卖，得到了父亲的赞赏，不过这一成功是凭借白练秋对行情的准确预测才得以实现的。显然，廉生也好，慕生也好，仅仅是刘夫人、白练秋经营才干的代言人，是她们经商才干控制下的"提线木偶"。文人的这种经商叙事模式反映，文人缺乏参加商业活动的自信，有严重的依赖感和忧虑感。二是文人在从事以营利为目的的商业活动过程中，时刻不忘读书仕进的念头，保持了文人化的生活方式。廉生在外行商"嗜读，操筹不忘书卷，所与游，皆文士"，一旦获利则感到心满意足，心思立刻回转到读书仕进上；慕生经商途中不忘吟哦诗篇，与白秋练均以诗歌作为治疗相思疾苦的良药：这些都不是商人的生活方式，而是文人的生活方式。马骥到了海外异域国度之后，没有参与具体的商业交易，而是做了官并入宫成为驸马，以幻想的方式实现了他在自己的国度未能实现的愿望。但明伦评价受父命弃儒从商的慕生说："聪慧喜读，自是佳儿。使之去而学贾，人皆曰可惜，我独曰可喜；先生也必曰可喜。先生之喜，喜其学贾而乃得遇秋练；我之喜，喜其学贾而乃得读斯文。"[①]但明伦将自己与蒲松龄对人物的情感倾向做了对比后指出，蒲松龄对笔下包括慕生在内的恋爱男女给予的热情和赞美合乎常理常情，不足为奇，自己对慕生的欣赏才称得上别具慧眼。姑且承认但明伦眼中的慕生所具有的优点能够被故事确证，这正说明，蒲松龄不可能为笔下的文人在举业之外找到一条新的贴近现实且具有实践价值的生活之路。对文士从商一事，蒲松龄始终带有首鼠两端的心态。

最后，文人从商的最终结局不同于一般的商人。大多数文士既没有像范蠡那样通过经商富甲一方，也没有终生从商的思想准备。在经历了一段经商生活后，他们往往选择回归诗书传家的传统，重新回到科场上拼杀，或者教导子孙辈走习读经书、参加科试的道路。《刘夫人》一篇没有提供足够的信息可以证明廉生是选择了继续行商终此一生，还是自此后便过上富裕的日子，只是告诉读者他受乡

---

① ［清］蒲松龄. 聊斋志异：会校会注会评本［M］. 张友鹤，辑校. 上海：上海古籍出版社，1986：1482.

荐作了一名有威望的人,"数世皆素封焉",其行商而富似乎真的是"天既富之"。但有一点可以肯定的是,廉生最起码没有彻底走上商人的道路。慕生、马骥经商的结局如何,小说也没有提供明确的信息。做这样的叙事安排,蒲松龄要么只是为了表明经商是文人生活的一种可能的选择,要么是站在文人角度写"儒商",对文人经商怀有陌生感,连他自己都无法为文人经商安排一条最佳终结之路。

从上述《聊斋志异》所叙的文人经商故事可以看出,封建文人正放下"万般皆下品,唯有读书高"式的清高向商业利益、金钱物质趋向和靠拢,具有跟进社会商业发展变化的意识,但是让他们完全放下儒业和文人的架子,并不是一件轻而易举的事。因为,暂时改变具体行为相对容易一些,而变革思想观念则艰难许多。

二、文士人格移位的文化诱因

《聊斋志异》中文士人格的移位,是封建文人自我意识觉醒、人格走向独立的表现,也是在明代以来启蒙主义思潮和个性解放意识的影响下文人品格移位的延续。中晚明以来关于人的主体意识的思想观念,从其哲学基础来看,有回归世俗、面向现世的特点;从其理想人格来看,表现为从以圣人品格为典范人格转向了以日常生活中普通人的品格为典范人格。换句话说,圣人不再是超乎众人的人,就是众人自身,从而把封建主流文化系统中需要砥志砺节、外修内省才能达到的圣人境界降低到普通人的高度。李贽对民众普遍存在的物质欲望的合理性给予了充分肯定。他说:"自有知识以至今日,均之耕田而食,买地而种,架屋而求安,读书而求科第,居官而求尊显,博求风水以求福荫子孙。种种日常,皆为自己身家计虑,无一厘为他人谋者。"[①] 所以,人人都有私心和追求,特别是对物质的欲望和追求,所谓"服田者,私有秋之获而后治田必力;居家者,私积仓之获而后治家必力;为学者,私进取之获而后举业之治也必力"[②]。这股承认现世物质追求的合理性、承认"穿衣吃饭,即是人伦物理"的思潮,引起了封建文

---

① [明]李贽. 德业儒臣后论 [M] // [明]李贽:李贽文集. 北京:社会科学文献出版社,2000:626.
② [明]李贽. 德业儒臣后论 [M] // [明]李贽:李贽文集. 北京:社会科学文献出版社,2000:626.

人生活态度的变化。长期以来被儒家人格规范约束压抑的物质欲望得到了松绑，文人在生活方面如衣食男女、声色犬马等爱好向普通人趋同，不再戴着庄严的道学面具。《聊斋志异》中的文士人格，正处于封建文化的理想人格向世俗人格、精神意义大于现实意义的人格向现实意义上的人格转变过程之中。其实，儒家文化所倡导的文士主导人格、理想人格，未必就是现实中文士已经实现了的人格，最起码可以说，未必是完全实现了的人格。历代士人可以标举它，作为人生追求的人格信条，社会话语权威也按照这样的人格规范来约束士人的品行道德。但是在现实生活中，文人的人格追求和表现则可能完全是另一种面目，那就是与百姓日常起居没有明显的高下之分。从这个意义上讲，蒲松龄笔下的文士人格移位，也许并不是移位，而是还原了现实生活中的文士人格修养的真实面目。

第四节 《聊斋志异》女性形象的新变

《聊斋志异》最引人注目的艺术成就之一是塑造了富有新思想、新个性、新追求的女子群体形象。对这些具有追求爱情婚姻自主、个性独立乃至人生自由的反封建思想的女子，研究者给予了热情赞扬。马瑞芳说："蒲松龄的天才和灵性尤其表现在他为闺阁立传。""聊斋写女性，虽亦践古法，却又多出新意，可谓海涵地负，玉振金声，绚烂多姿，煞是迷人。"[1]《聊斋志异》研究领域引进女权主义批评方法后，研究者对《聊斋志异》的女性形象有了新的看法。徐大军认为，《聊斋志异》的女性在感情生活、家庭生活和社会生活中依然背负着传统的重荷，"即使在她们的反抗中，亦时时晃动着男权意识的精神锁链。她们是那个社会中男权意识制造出来的形象"，"这些女性形象也未能表现女性本真意义上的情感和欲望……他（蒲松龄）的妇女观没有反封建礼教的意识，也很难体现民主主义的萌芽"。[2] 马瑞芳认为《聊斋志异》"相当作品却是以男权话语创造爱情乌托邦。爱情女主角通过作者主观意志过滤，按其人生理想和道德准则进行个人化加工，

---

[1] 马瑞芳. 幽冥人生：蒲松龄和《聊斋志异》[M]. 北京：生活·读书·新知三联书店，1994：141.
[2] 徐大军. 男权意识视野中的女性——聊斋志异中女性形象扫描[J]. 蒲松龄研究，2001（4）：68-75.

最终扭曲成'蒲松龄式'女性形象"①。

可是，若换个角度思考，我们会产生这样的疑问：《聊斋志异》产生于以男权为核心的封建社会，作者带有浓厚的男权意识，是否就不可能具有维护女子权益的反封建思想的意识成分？作品中的女子形象虽然受男性话语系统的左右，是男性话语的产物，但是否就不可能（最起码在客观上）具有冲击男权的价值而仅仅是被扭曲的形象？这些问题值得进一步讨论。因为封建社会中欺凌压迫女子的不仅是某一个具体的男子，还有以男性为中心的男权话语系统——封建文化。但是，女子要冲破封建文化樊篱，遭遇的最初的和最直接的阻力往往来自具体的男性。《聊斋志异》的女性形象是足以与男子抗争的相对独立的富有个性的个体，还是完全由男性话语塑造出来的逆来顺受的"观念奴隶"，不仅关系到这些女性是否具有反封建精神，还关系到《聊斋志异》是否具有反封建思想，值得深入探讨。

一、《聊斋志异》的女权倾向

女权解放是一个逐渐提升的进程，纯粹的或者说绝对的女权别说在封建社会里，就是在今天乃至将来也很难实现。封建社会的女权解放往往处于自发的、个体化的状态，更表现为一个漫长而艰难的过程。尽管蒲松龄生活的时代是明清交替之际和封建社会走向衰落的时期，但是千百年来滋生蔓延沉淀的封建文化思想仍然具有强大的势力和广泛的影响力，颠覆这样强大的封建男权文化体系，在作品中塑造出具有完全独立意识、彻底摆脱男权话语影响的反封建女性形象，这不是深受封建思想观念熏陶、"在男权社会中浸润日深，其男权意识亦是根深蒂固"②的蒲松龄所能够做到的。但是，蒲松龄不是反对男权文化的思想家，也不是向封建社会宣战的斗士，不等于他没有反对男权文化的意识，也不意味着他笔下的女性人物没有追求人格独立、个性觉醒的意识和行动。无论从作品本身看，

---

① 马瑞芳.《聊斋志异》的男权话语和爱情乌托邦 [J]. 文史哲，2000 (4)：73-79.
② 徐大军. 男权意识视野中的女性——聊斋志异中女性形象扫描 [J]. 蒲松龄研究，2001 (4)：68-75.

还是从蒲松龄的思想心态看,《聊斋志异》都继承了以往小说塑造女性新形象的传统,在一定程度上反映了当时的女子对个性尊严、青春爱情、聪明才智和群体价值的追求,具有不可否认的反抗男权的意识和消解男权的价值。

从我国古代小说人物塑造艺术的发展历程看,在表现女性的人格魅力和生命尊严方面,《聊斋志异》比以前的同类作品具有更加自觉的意识,反映的程度也更为深刻。魏晋小说人物描写的总体特点是粗疏简陋,只有"人物"而没有"个性"。其中,《世说新语》以男性为核心,人物的生活方式、思想情志也都是男性的;《搜神记》塑造了一位胆略过人的传奇性女子李寄的形象,但这样的女性形象为数不多,多数女性还只是一个简单的符号。至唐代,传奇大量描写女性,塑造了大批直至今日还深受人们喜爱的女性形象,这些人物思想感情丰富深刻,反封建的意识逐渐觉醒,如霍小玉(《霍小玉传》)、红拂(《虬髯客》)、红线女(《红线女》)等。这些女子身上具有的可贵品质和个性,反映了唐代女权伸张取得的成果。宋明以来的长篇小说中,女性观念出现倒退,《三国演义》、《水浒传》等小说站在男性中心立场,极力贬低女子形象和价值,女子要么被写成男性政治斗争的牺牲品,如貂蝉、孙尚香;要么被写成江湖义气的交换物或被丑化,如扈三娘、顾大嫂;要么被视为淫逸、放纵情欲的贱人,如潘金莲、李瓶儿。这种极端张扬男性无视女性尊严的做法在宋明短篇小说特别是白话小说里受到了冲击,作品对女性解放所持的开放观念比唐传奇有了提高。在宋明话本、拟话本中,女性在爱情追求上更为大胆,"守贞守节"、"从一而终"的观念有所改变,"强化了女性守贞守节纯出自然、纯属因情而发的因素,使女性守贞守节成为忠于爱情,不惜为对方牺牲的表现,冲破了传统男尊女卑贞节观念的束缚"[①]。在此观念变革的基础上,产生了嫁人四次(一次嫁给仇人,两次嫁给恶徒,一次嫁给德士)却受到官方旌扬建起贞节牌坊的蔡瑞虹这一女性形象(《醒世恒言·蔡瑞虹忍辱报仇》)。此时的小说还着力表现女子在诗词歌赋、谋略才识、经营理家方面的才干,甚至"不仅要在观念上、地位上使她们平等,而且要在生理上、情欲上使

---

① 黄瑞珍. 从"三言"中的女性看冯梦龙的妇女观 [M] //张宏生. 明清文学与性别研究. 南京:江苏古籍出版社,2002:119-220.

她们平等，矫女子失节论之正"①。这些尊重女性、伸张女权的意识有的是作者自觉表现出来的，有的是通过作品反映出来的。这使我们认识到，即使在严厉约束女子天性的宋明王朝，女性追求个性解放和平等自由的反男权意识依然会以各种形式表现出来。

蒲松龄正是在这样的文学传统下汇集了前人塑造女子形象的艺术经验的精华，运以自己的才思，融入独特的思想情感，创造了比前人笔下更富有追求自我独立与个性解放自觉意识的女性形象。可以说，蒲松龄是清代以前文言小说塑造个性化、有尊严、求独立的女性形象艺术经验的总结者和集大成者。在蒲松龄笔下，有大胆追求男女相悦、守护现世幸福的少女，有多才多艺、聪慧过人的才女，有坚强勇毅、情义并重的侠女，有深谙家政、治家有方的人才，有善经营为自己争得在家庭生活中与丈夫平等相待的经营人才，还有富有人格理想和热爱诗意人生的女子。这些女子在那个没有为她们生命健康成长、个性自由发展、才能平等展示、理想展翅飞翔提供平等空间的社会里，大胆地演奏她们生命中辉煌的振聋发聩的乐章，其争取自由生存空间的执着和热情足以为女权张本。

二、《聊斋志异》对男权的冲击与消解

《聊斋志异》维护女性生命价值和尊严，讴歌女性的人格美、真情美、价值美，反映女权对男权的冲击和消解的方式是多种多样的。

（一）凸显女性追求爱情的主动性，赋予她们新的爱情观

封建社会的男权文化对女子生命的最残忍、最直接的欺辱和禁锢不是剥夺了女性公平参与政治生活、经济生活、文化生活的权利和机会，而是压抑扭曲女性的正常生命欲望和她们对恋爱婚姻的追求。封建伦理纲常赋予了男人更多的情感放纵、生理放纵的权利：男人可以有三妻四妾，游戏于烟花柳巷；丈夫在妻子死后可以恩赐式地将妾提升为妻，美其名曰"扶正"；也可以另娶娇妻，雅其名曰"续弦"：这一切给男性的特权都是建立在对女性欲望的压抑和支配的基础上的。

---

① 曹亦冰. 从"二拍"女性形象看明代后期女性文化的演变[M]//张宏生. 明清文学与性别研究. 南京：江苏古籍出版社，2002：223.

而女子一旦主动对男子产生爱情或者欲望,便会被视为"淫逸",甚至背上"七出"第二条的罪名;女子在丈夫死后要为夫守寡,明清的男权话语制造出的压抑着深受男权话语毒害的女性灵魂的贞节牌坊便是明证。因此,追求真诚自由的爱情和幸福自主的婚姻,甚至要求与男子具有平等的性生活权利,就成了女性反抗男性话语统治、冲击和消解男权文化系统最基础的也是最有普遍意义的行为选择。这种选择具有生命本体和性别本色的意味,因此,以对自由爱恋的追求来反映女子反抗封建思想观念冲击封建制度,借以揭露男权文化对女性的压迫和摧残,成为古代有进步思想倾向的作家的创作传统。《聊斋志异》在描写女性冲击封建礼教樊篱、追求爱情自由和伸张自然欲望的曲折、执着和壮烈程度超越了唐传奇、话本、拟话本等作品,学界对此论述颇多,在此不复赘言。只就以下两点进行探讨:一是《聊斋志异》女性比以往作品中的女子追求爱情的行为更为积极主动,维护爱情的行为也更为执着与刚烈;二是《聊斋志异》女性的爱情观念有了崭新的变化。

在前代小说中,女子反抗封建势力阻挠自己的爱情婚姻之所以成功,往往因为女子的行为、品性符合封建婚姻观念或伦理道德对女子的要求或规范。李娃具有不同一般歌伎的见识和特异的"相夫"方式,其德行之效足以帮助丈夫实现功成名就的梦想,顺利踏上仕途。有时,封建教化力量、家长管教也难以做到这一点,所以李娃不仅受到以刺史荥阳公为代表的封建家庭所赏识接纳,而且使作者白行简毫不吝啬溢美之词,盛赞她"倡荡之姬,节行如此,虽古先烈女,不能逾也"[①]。而女子的反抗行动一旦失败或美好的爱情走向破灭,女性要么激烈抗争、殉情而死,要么无奈地接受男性负心的事实,如杜十娘、莺莺等女子。《聊斋志异》中女子有了支配自我的独立意识和自主化的选择权,在情爱行为上往往占据主动位置,有时不拘礼教甚至到了放纵的地步。在爱恋过程中,《聊斋志异》女性带着强烈的自主意识和支配欲望,可以因值得爱而去爱,也可以因不值得爱而毅然放弃。鸦头为了呵护爱情、获得幸福不惜与母亲断绝亲情(《鸦头》);阿霞鄙弃为了与自己燕好相守却无情休了结发妻子的陈生(《阿霞》);温姬鄙夷并离

[①] 汪辟疆. 唐人小说 [M]. 上海:上海古籍出版社,1978:106.

开风仪秀美、胸无点墨的嘉平公子（《嘉平公子》）：这反映《聊斋志异》的女性对爱情的追求不是盲目的，更不是迷失理性的。《霍女》中霍氏的行为简直就是对男性中心主义的嘲讽。她先后自主选择三个男子为夫：最初使朱大兴穷极财力侍奉她，导致朱大兴将家产挥霍殆尽；继而又想诱惑何氏，因有人劝阻何氏拒纳，霍氏意图而未能达到；最后帮穷秀才经营家庭生活，为他谋划娶妻后孑然离去。霍氏说的"妾生平于吝者则破之，于邪者则诳之"，是对男性道德的批判，也是对女性权利的张扬。作者以"异史氏"的口吻评价说："其女仙耶？三易其主为不贞；然为吝者破其悭，为淫者速其荡，女非无心者也。""非无心者"透露出，蒲氏在一定程度上是认同霍氏行为的，只是受当时社会环境的约束，不好深说明扬而已。白秋练因爱慕酷爱读书的慕生相思成疾，她母亲竟然亲自将女儿送到慕生身边，以纾解女儿的相思之病（《白秋练》）。白秋练母亲的行为表明，冲击传统的封建婚姻观念的人不仅限于年轻的恋爱女子，女性家长和女儿在一定情境下结成了联盟，孕育着群体女权意识觉醒的萌芽。当爱情遭受来自外部的阻力或者面对男子的负心时，《聊斋志异》中女性反抗阻碍和抨击男子的方式往往异常激烈而残虐，为前世小说所未能写或未敢写。比如，鸦头与母亲断绝母女关系一向被人们认为是反抗的剧烈形式，但是我们忽略了鸦头的弑母意识：作为狐女，她早知道儿子有拗筋，却在儿子杀死外婆、大姨之后才挑断他的拗筋，她的弑母潜意识借儿子之手转化为现实的行动。再如，葛巾在受到丈夫猜忌之后，和妹妹玉版同时举起各自的儿子"逐掷"常氏兄弟，"儿堕地并无"（《葛巾》）；细侯得知自己被骗真相后，竟然杀死了她与富人所生的儿子，投奔当初的爱人（《细侯》）。掷儿杀子是激愤至极的反应，是违背母性和人伦常情的行为，但这种反常行为恰恰折射出女性在争取爱情方面付出代价的惨烈程度，背后隐喻着冲击甚至颠覆男权的思想观念的意蕴。封建社会是建立嫡长子继承制基础之上的，血缘制、宗法制是维护封建社会、封建制度的伦理保障，故而宣扬"不孝有三，无后为大"。"儿子"是传宗接代的种子，隐喻封建社会的根基，葛巾、玉版、细侯杀死了"儿子"，即隐喻从根本上动摇了封建社会及其宗法思想，是对父权、夫权的终极反抗与消解。

（二）提供新的爱情发生机制和恋爱模式

历代小说所提供的青年男女自由恋爱的模式不外乎三种，即一见钟情式、才子佳人式和感恩图报式。这三种模式均将封建思想对爱情婚姻的价值标尺与伦理要求放在首位，把男女两性相悦的自然情感与欲望埋葬在社会伦理规范之下，并不顾及和尊重青年男女合理的生理需要和生命本体的自然要求。而蒲氏无畏于"存天理，灭人欲"的封建教诲，在创作上富有冲破禁锢的勇气。他笔下的男女相爱的基础有了新变化，两性相悦成了爱情萌生重要的前提条件。《莲香》中，莲香指责鬼女李氏是为了害死书生以求二人在地下长相聚，李女说："不然。两鬼相逢，并无乐处。如乐也，泉下少年郎岂少哉！"这番话直以"乐"为追求爱情的条件和目的，敢于冒天下之大不韪，可以说代表了《聊斋志异》中大多数女子的心声。由本性欲望的驱动引发真诚的爱情，直到两情长相守，是《聊斋志异》常见的男女恋爱模式。《巧娘》中傅廉天生有缺残不能行人道，女鬼巧娘主动投怀送抱，发现无法行云雨之乐，竟然痛哭着叹息命苦；狐妖华姑治愈了傅廉的先天残疾后把他关进屋子，不让他和巧娘会面，目的是让傅廉与自己的女儿结为夫妇（又一个女性家长帮助女儿追求男子）。巧娘将生理的享受放在首位，而傅生也因获得了性功能与二女相爱深厚。相反，女子若对男子毫无兴趣，或觉得对方了无情趣，便会离开男子而去，爱情自然无从生发。如《双狐》中两个狐女主动走进书斋挑逗焦生，焦生以名士自居，毫无"怜香惜玉"的意思。狐女给出上联，约定焦生对出下联便不再相扰。焦生凝思竟无所得，狐女失望之余自己对出下联离去。小说嘲讽了道学先生的僵化呆板、了无生趣。与女子的自觉主动相反，在这样的爱情模式里，男子有时显得被动、怯懦、猥琐，人格呈现出弱化、阴柔化、顺从化等女性化的倾向。

以发自心底的对生命欲望的渴求为引子，进而生出相爱的真情，女子可以为爱而死，可以为爱而生，在《连琐》、《莲香》、《连城》等篇章中的女子身上，洋溢着一派杜丽娘式爱情的浪漫气息。这些作品将女子对生命的热爱、对爱情的执着推崇到了相当的高度，其中蕴含的爱情观不仅传递出对女性自然欲望的尊重，也传递出解放封建社会对女子欲望禁锢的呐喊。也许因为这一点，蒲松龄对女子欲望的描写才显得开放而不淫秽，纯净本真而不粗俗，与晚明以来的专以描写性欲、性行为为能事的小说自有本质差别。

（三）描写女性"文士化"的生活方式

这是《聊斋志异》提倡男女平等、尊重女性人格的又一重要方式。封建社会女性享受生活（特别是文化生活）的方式与机会受到很多限制。女性的生活被圈定在家庭，社会功能被限定为"相夫教子"，其文化生活规定为读"女戒"、"闺训"、七夕斗巧等；而男子可以饮酒结社，吟诗作赋，参加各种社会交往活动。蒲松龄尽自己最大的努力把女性生活特别是文化生活推向更广阔的空间，为女子平等享受生活提供了更为丰富的舞台，丰富了女性的文化人格。

在蒲松龄笔下，有文化、懂诗文、富才情不再是名门闺秀的特权，从超乎人世的境外仙域到深窈的幽冥地狱，上至名门望族、下至商户农家，擅长诗词歌赋、琴棋书画的女子比比皆是。她们有的以诗、音乐传情，抒爱恋则缠绵浓密，写身世则悲感凄凉，感国运则沉着悲慨（《连琐》、《林四娘》）；有的学识渊博，才艺足以傲视男子，振扬巾帼风采，如以深邃的见识嘲笑自视甚高的王勉的云芳（《仙人岛》），雅爱琴艺、妙解音律的宦娘、绿衣少女（《宦娘》、《绿衣女》）；有的以诗文为生命存在的内在动力，如白秋练因诗文爱慕慕生，而王建的"罗衣叶叶"之作竟然可以治愈她的相思病，诗歌可以使她死而复生，成为她生命存在和精神延续的方式；有的以自己的才干争取到了与男子最起码在家庭生活中的平等权利，如小二凭自己的经营才干发家致富，在家中与丈夫饮酒猜枚，互度俚曲，竟览史书，完全是男子的生活方式。① 这些女子身上普遍有着对文化和文化生活的渴求，闪烁着人生的诗意诗情风采，马瑞芳称之为"华夏雅士风采"，并认为"留仙常将女性置于深邃的华夏文化氛围之中"。②

正是这些处于"华夏文化氛围之中"、具有"华夏雅士风采"的女性代表着当时各阶层的女子努力向传统男性文化系统渗透，开拓着妇女文化生活的新天地，力争取得在文化上与男子的分享权、对等权（尚未达到对立的程度，但已经是莫大的进步）。这是妇女关于包括文化生活权利、文化生存空间在内的文化意

---

① 马瑞芳.《聊斋志异》的男权话语和爱情乌托邦[J]. 文史哲, 2000 (4)：73-79.
② 马瑞芳. 幽冥人生：蒲松龄和《聊斋志异》[M]. 北京：生活·读书·新知三联书店, 1994：153.

识的觉醒，比之单纯的自由恋爱、自主婚姻意识的觉醒具有更深广的思想价值和现实意义。文化意识的觉醒、女权渗透进男权文化系统，是女性冲破男权文化愚昧、走向自我解放、全面进入社会生活的前奏。在这一点上，蒲松龄表现出了超乎前人的卓识，也开启了《红楼梦》宣扬女性文化的先声。

（四）赋予女子特异的人格和才干

《大戴礼记》释"男子"说："男者，任也。子者，孳也。男子者，言任天地之道，而长万物之义也，故谓之丈夫。"而释"妇"说："女者，如也。子者，孳也。女子者，言如男子之教，而长其义理者也，故谓之妇人。妇人，伏于人者也。"①《白虎通》说："夫者，扶也，扶以人道者也；妇者，服也，服于家事，事人者也。"② 明代陈继儒说："丈夫有德便是才。女子无才便是德。"③ 这些具有代表性的男性话语，足以表明封建社会主流文化对女性的社会角色的暗示与期待，希望女子形成附庸型的人格个性，除了谨守妇道、勤劳持家之外，放弃一切才干见识。

《聊斋志异》大胆突破上述封建文化对女子的妇德教诲，赋予女子独立的人格、过人的才干和超凡的见识，在虚构的艺术空间了提高了女性的社会地位、性别地位。小二（《小二》）、黄英（《黄英》）富有经济才干，善于经营置产，为男子所不及；商三官（《商三官》）、张氏妇（《张氏妇》）智勇双全，不畏强暴，报了家仇，保持了清白之身。富有政治识力、政治才能的小翠设计处置了公公的政敌，大有举重若轻、运筹帷幄的风范（《小翠》）；"有文才，可以在制艺文上超过男子；有治国才干，可以在吏治上不逊须眉"④ 的颜氏竟高中进士，干出了一番有声有色的事业（《颜氏》）。但明伦评她们"其才其识，足愧须眉"⑤。蒲松龄赞扬她们"使天下冠儒冠、称丈夫者，皆愧死"。在作者弘扬女性才智的思想观念的主导下，《聊斋志异》按照一定的人生理想、人格理想对女性人物加以

---

① 黄怀信，孔德立，周海生.《大戴礼记》会校集注 [M]. 西安：三秦出版社，2004：1382-1384.
② [清] 陈立.《白虎通》疏证 [M]. 吴则虞，点校. 北京：中华书局，1994：491.
③ [明] 张岱. 琅嬛文集 [M]. 云告，点校. 长沙：岳麓书社，1985：278.
④ 马瑞芳. 幽冥人生：蒲松龄和《聊斋志异》[M]. 北京：生活·读书·新知三联书店，1994：148.
⑤ [清] 蒲松龄. 聊斋志异：会校会注会评本 [M]. 张友鹤，辑校. 上海：上海古籍出版社，1986：372.

诗意化和审美化的描绘，塑造了一些具有深刻的象征意味、浓郁的浪漫色彩和独特的文化气质的女性形象。乔女感于孟生的知音，在孟生死后"临哭尽哀"，然后尽心为孟生抚养孤儿，振兴家业，死后却不担当任何名分（《乔女》）。有人将她的行为与战国时期的赵平原君、魏信陵君救弱抗强的事迹相提并论，稿本无名指乙评说："伟哉乔女！岂可以巾帼丈夫与林生颠倒语哉！按平原为赵公子食邑，当急秦邯郸时，尽散家财，得士三千人，又数贻书魏公子无忌，共败秦虎狼兵，而日之慷慨，视此何如女乎？"①"异史氏"也对乔女赞叹说："知己之感，许之以身，此烈男子所为也。彼女子何知，而奇伟若此。"仇大娘不计前嫌，在娘家发生变故后惩治恶徒，教管幼弟，治家有方，最终全家团圆（《仇大娘》）。何镇峦引《陇西行》评价说："'健妇持门户，犹胜一丈夫'。读仇大娘事，信然。"②这些女性颇具解困济贫、功成不居的鲁仲连式的风范，而这正是李白等人推崇的伟岸人格。③马子才酷爱菊花，自诩安贫乐道，视养菊、鬻菊为俗事；黄英则抱着"自食其力不为贪，贩花为业不为俗，人固不可苟求富，然亦不必务为贫也"的人生态度，坦然种菊卖菊，恬然自得（《黄英》）。其"清者自清，浊者自浊"、恬淡自然的生活情致隐然带有陶渊明的遗风，在封建文化背景下有这样的人生态度与情怀的女性可谓凤毛麟角。在黄英的适性自然与马子才的故作姿态对照中，女子的精神境界和人格魅力得以彰显。婴宁身上则凝聚着浓厚的哲理意味：她无心为美而拥有天下至美，不刻意为情而举手投足充满真情，一派天真烂漫，如璞玉一般不假雕饰，很有"大象无形，大音希声"的风神。蒲氏称"我婴宁殆隐于笑者"大有深意。杜贵晨将婴宁与《庄子·大宗师》中"其为物也，无不将也，无不迎也，无不毁也，无不成也，其名为'撄宁'。'撄宁'者也，撄而后成者也"的话联系起来，认为婴宁即为'撄宁'的谐音，"既是对道的静态写照，又

---

① ［清］蒲松龄. 聊斋志异：会校会注会评本［M］. 张友鹤, 辑校. 上海：上海古籍出版社，1986：1286.

② ［清］蒲松龄. 聊斋志异：会校会注会评本［M］. 张友鹤, 辑校. 上海：上海古籍出版社，1986：1401.

③ 李白赞鲁仲连的诗歌颇多，如《古风》（十）赞曰："齐有倜傥生，鲁连特高妙……意轻千金赠，顾向平原笑。"《赠崔郎中宗之（时谪官金陵）》赞曰："鲁连逃千金，珪组岂可酬。"并时常流露出对鲁仲连的追慕之情，如"齐心戴朝恩，不惜微躯捐。所冀旄头灭，功成追鲁连。"（《在水军宴赠幕府诸侍御》）

是对道的动态描绘"①,"婴宁的笑无疑是美的。这种赞美的态度在潜意识上也许带有男子欣赏女性的嫌疑,但其根本还是对人之个性生而自由的肯定"②。

此外,《聊斋志异》还反映了女子在经济上追求自立的意识,小二、蕙芳(《蕙芳》)、云萝公主(《云萝公主》)、黄英或多或少都怀有这样的意识或愿望。结合上述分析,我们完全有理由说,《聊斋志异》在更为深广的现实基础上展现了女性多方面的才能和优秀品格,触及到了女性在政治生活、经济生活、文化生活等多领域内的思想启蒙和个性觉醒等重大女权问题。很多问题也许蒲松龄还没有自觉地、深刻地认识到,却以艺术家的直觉与敏感为我们形象地展现了这些问题。从这个角度看,我们也许会对《聊斋志异》的现实主义倾向认识的更为深刻和透彻。有些作品还通过女性遭际批判了男性对女性的欺凌与霸权,《素秋》"在人与鱼精的关系中,鱼精化成的女子素秋自择婚姻,虽然其间有以牺牲婢女为代价等情节,但仍是以谴责男子纳妾、女性婚姻不自由、父兄的男性权威,尤其是女性为嫁为人妻后可被丈夫任意转卖等人间实有的种种罪恶与不公"③,其中也蕴含着为女性权利张本的元素。

三、《聊斋志异》冲击男权的基础与动因

《聊斋志异》这些伸张女权的思想倾向,有着丰富的社会现实、文化文学渊源和作者的思想感情基础。

(一)社会现实基础

自晚明时期以降,妇女特别是南方妇女广泛参加社会经济活动,一些妇女缫丝织绢的收入甚至超过了男子的劳动收入。徐珂《清稗类钞·豪奢类》"汪太太奢侈"条记载,清初有一女子,其丈夫汪石公是两淮八大总商之一。汪太太在丈

---

① 杜贵晨. 人类困境的永久象征——婴宁的文化解读 [M] //杜贵晨. 传统文化与古典小说. 保定:河北大学出版社. 2001:442.

② 杜贵晨. 人类困境的永久象征——婴宁的文化解读 [M] //杜贵晨. 传统文化与古典小说. 保定:河北大学出版社. 2001:444.

③ 李丽丹. 男权、罪感与狂欢:《聊斋》异类婚恋叙事的时间意识 [J]. 社会科学论坛(学术评论卷),2009 (11):53-63.

夫去世后主持内外事务，和其他商人一起承建仿西湖园林风景的亭台楼阁，迎接乾隆御驾南巡，"唯中少一池，太太独出数万金，夜集工匠，赶造三仙池一方。池夜成而翌日驾至，高宗大赞赏，赐珍物，由是而太太之名益著"①。以汪氏为代表的妇女在经济活动上展示出的才干和取得的成就为女性的人格自立、自我价值提升打下了坚实的基础。

明清交替期间，强傲骨气、讲究民族大义等可贵的人格在一些女性身上也有所体现，如李香君、柳如是等。她们虽然身为歌伎，但是耻于与贪卑污浊的奸佞和丧失民族气节的降奴为伍，义不侍奉清人。李香君的事迹被孔尚任谱写为《桃花扇》，一时间广为敷演。近代陈寅恪赞柳如是说："其孤怀遗恨，有可以令人感泣不能自已者也。夫三户亡秦之志，九章哀郢之辞，即发自当日之士大夫，犹应珍惜引申以表彰我民族独立之精神，自由之思想。何况出于婉娈倚门之少女，绸缪鼓瑟之小妇。"②据《清诗纪事》记载，1654 年清兵攻占辰州时，一位名为杜小英的女子被一曹姓蒋军掠去。为了避免受辱，她设法拖延数日，实在无法躲过，遂假借为母作挽歌，写了十首绝命诗后自尽身亡。在诗序里，杜小英讲述了自己之所以没在被俘时自杀，是因为"忍以一片丹心，投之荒山水野中，遂无知者"。其中，第十首充满了不屈不挠、宁死以全民族节气的情志，诗云："图史当年强解亲，杀身自古欲成仁。簪缨虽愧奇男子，犹胜王朝共事臣。"③杜小英在诗中表达了对投降清廷的明王朝遗臣的鄙视，为自己的生命及尊严的存在价值找到了更为广阔的政治空间。这些女性的光彩人格不仅影响士林，也成为女子的楷模，激励了女性的人格觉醒，展示了女性新的生命价值。而"承认女子是独立自主，有行使权力自由，有才智能力的个体，可说是女权意识抬头的反映"④。蒲松龄目睹了易代之际民生凋敝的社会现实，看到了人民包括女子在内苦苦挣扎在痛苦之中，加上他自己也生活在贫困而不得志之中，他在感情上和普通人民是相

---

① 徐珂. 清稗类钞：第七册 [M]. 北京：中华书局，1986：3272.
② 陈寅恪. 柳如是别传：上 [M]. 北京：生活·读书·新知三联书店，2002：4.
③ 钱仲联. 清诗纪事：卷 22 [M]. 南京：江苏古籍出版社，1987：15534 – 15535.
④ 黄瑞珍. 从"三言"中的女性看冯梦龙的女性观 [M] //张宏生. 明清文学与性别研究. 南京：江苏古籍出版社，2002：218.

通的，怀有对美好生活的憧憬和向往。他同样希望天下有情意的女子能够过上幸福美满的婚姻家庭生活，有骨气女子的生命价值和人格光芒不被现实的黑暗所淹没，当他以现实主义的创作视角来反映女性生活时，小说成了他书写理想、展示女性风采的舞台。考虑到《聊斋志异》的很多创作素材来自于民间，蒲松龄收集素材的范围较广，一些在民间传说、民间故事基础上的剪裁、润色和改造而创作的，反映女子人格与尊严的作品，在一定程度上也反映了普通民众的女性观。

（二）文化与文学渊源

社会文化与文学传统则是《聊斋志异》歌颂女性的又一重要渊源。随着王氏心学的传播，晚明时期的启蒙思潮中出现了一股"妇女解放"的新观念，许多知识分子站在维护女性生命价值的立场上，抨击了传统文化对女性的摧残和禁锢。李贽为弘扬女性的价值与尊严而呐喊，在《答以女人学道为见短书》中写道："谓人有男女则可，谓见有男女则可乎？谓见有长短则可，谓男子之见尽长，女子之见尽短，又岂可乎！"[①] 与这一新的女性观念相呼应，"三言"、"二拍"等小说承认女性对生命欲望追求合理性，宣扬女子的经济才干，赞美女性的善良本性和美德，提高了女性人物形象在文学作品中的地位。明清逐鹿之际，时值动荡年代，儒家礼教对女子的禁锢客观上有所弛缓。清初三大思想家顾炎武、王夫之、黄宗羲在儒学内部发动了一场批判运动，矛头主要指向"存天理，灭人欲"，肯定人的生命欲望，流露出对女子命运的同情。有清确立统治权后，尽管通过刊行儒学经典、科举试儒学经义等手段措施极力恢复程朱理学在思想界的统治地位，但是程朱理学一统天下的局面不可能迅速恢复，明晚以来关于妇女解放的思想观念和文学作品反映出的新趋向的影响不可能在短时期内消除殆尽。《聊斋志异》在对女性欲望和男女相悦之情的描写上，在反映女性经济才干方面，显然受了"三言"、"二拍"的启发和影响，或多或少地交织着晚明以来有关妇女解放思想观念的余绪。

（三）蒲松龄的思想情怀

由个人生活经历生成的蒲松龄的文化心态及思想情怀，是《聊斋志异》伸张

---

① [明]李贽. 焚书·续焚书 [M]. 北京：中华书局，1975：59.

女权的内在动因。蒲松龄的一生可以归结为两大核心行动、主题行动：其一，自少年以县、府、道三个第一补博士弟子员起，一生大半时光热衷"文战"，始终偃蹇不得志。五十岁时，妻子对他说："君勿须复尔！倘命应通显，今已台阁矣。山林自有乐地，何必以肉鼓吹为快哉？"① 蒲松龄对功名的热望才有所降温。其二，以塾师的身份在毕家设帐三十年，过了漫长的孤独寂寞的日子。这两大行动酿就了他复杂的文化心态。在科试上，蒲松龄屡受挫折，高蹈仕途的幻想始终难以轻易幻灭，而一些文名、才气远逊于他的文士纷纷取得功名，使自视甚高的蒲松龄产生了"大道如青天，我独不得出"的苦闷激愤与失望彷徨。在生活上，蒲松龄历经三十年的私塾坐馆生涯，家中的一切都依仗妻子刘氏操持，而蒲家生口繁重，经济不宽裕，持家甚为不易。受到孤独寂寞煎熬之苦的蒲松龄对刘氏充满了敬重和感激。1713 年，刘氏染病去世后，蒲松龄含泪写了六首七律、一首七绝和一首五言古诗悼念妻子。三年后过刘氏墓，蒲松龄又写了两首五言古诗抒写对妻子的怀恋之情。在妻子身上，蒲松龄看到了勤劳持家、上孝敬长辈、下教养子女的传统美德，也感觉到了自己面对人生困顿挫折的无能与无奈。怀着对妻子的感激佩服，蒲松龄既带着浓厚的封建礼教意识去鼓吹封建文化为女子设定的"美德"，又带有欣赏和赞叹的心态去观察和审视女子群体并发现了女性的人格魅力和才智力量。在欣赏女性的眼光中，他把自己的人生理想、人格理想或多或少的投射到《聊斋志异》的女性形象上去。于是我们可以理解，为什么他的笔下出现了超乎男子的富有远见见识、智慧才干的女性，出现了经营有方、致富家庭的女性，出现了热情奔放、富有才情的女性。

当然，笔者并不否认蒲松龄在伦理思想和审美观念上具有很多局限性。蒲松龄生长在男权文化土壤之中，站在男权话语立场对现实女性和理想女性进行了形象感性的叙述，而不是理性的反思和批判；他在以男性为中心的社会中和男权文化空间内为女子生命本体存在开拓了一片领地，却未能站在解构和颠覆男权话语的立场上创造女性新天地。这决定了他的作品对女性的尊重和偏见并存，进步思

---

① [清]蒲松龄. 述刘氏行实 [M] // [清]蒲松龄. 蒲松龄集. 路大荒，整理. 上海：上海古籍出版社，1986：251.

想的火花和落后的文化意识共生。但这丝毫抵消不了《聊斋志异》在弘扬女性、伸张女权方面的进步意义。与稍后出现的大量仿作相比，与后出的"反聊斋"小说《阅微草堂笔记》相比较，《聊斋志异》显然具有更开放、更革新的妇女观，在后世《红楼梦》中许多女子形象的身上，我们可以隐约识辨出《聊斋志异》女性的痕迹。《聊斋志异》对女子个性的张扬和对男性阴柔化、气格趋弱的整体形象的描绘，为《红楼梦》构造如同母权社会一般的贾府、确立女性崇拜意识和赞扬女性人格美做了先导性的准备。

第五节　《聊斋志异》、《镜花缘》文士形象比较

　　《聊斋志异》与《镜花缘》均以塑造个性特异、光彩照人的女性群象而广受欢迎。胡适先生高度评价《镜花缘》的思想价值，认为"几千年来，中国的妇女问题，没有一个人能写得这样深刻，这样忠厚，这样怨而不怒，《镜花缘》里的女儿国一段是永远的不朽的文学"①。鲁迅先生称《聊斋志异》"使花妖鬼狐，多具人情，和易可亲，忘为异类"，将其塑造女子形象的笔法概括得简洁传神，成为经典论断。其实，这两部小说的男性形象特别是文士形象，也传达着深刻丰富的社会文化内涵。但由于学界对小说女性形象研究格外垂青，客观上淡化了对小说男性形象的关注，尤其对其中的文士形象及蕴含的人格精神的审视的重视程度不够。笔者不揣孤陋，拟针对小说文士形象所表现出的人格特征作比较分析，以探求文士形象背后隐含的文化意蕴。

一、蒲李笔下文士形象简况

　　与作者浓墨重彩尽心描绘大量女性形象形成反差的是，《镜花缘》中的有名有姓、有较为完整的事迹可寻的文士屈指可数。花费笔墨较多、出场频繁的仅有唐敖、唐敏、多九公数人。唐敖、唐敏兄弟都是秀才，二人情趣却迥然不同：唐敏素来功名心淡，自觉学业不精，满足于居家课读的安闲生活；而唐敖则功名心

----
①　胡适.《镜花缘》的引论[M]//胡适.胡适文存：第二卷.上海：亚东图书馆，1924：167.

盛，虽然秉性好游导致学业分心，历经科场都是铩羽而归，但是这丝毫消磨不了他汲汲于功名的人生理想。唐敖高中探花后，因为遭受谗毁黜落了功名而气恼至极，才滋生出绝尘弃世的心意。多九公原本也是读书人出身，因为功名不就，弃学掌舵。他"儒巾久已不戴"，但"为人老诚，满腹才学"，也属文士行列，是唐敖游历异国的路上竞谈博闻、显露才学的最佳"对手"。《镜花缘》中还有在某个异域国度出现的文士，有些是因为躲避宦海风波、政治迫害而流落到海外的文士及其后代，如流落玄股国的唐敖业师尹元等；有些是异域国度的原住民，如黑齿国"为人忠厚，教读有方"的卢老秀才等。

像唐敖、多九公这样远渡海外经商谋生，在游历中不忘增广见闻、热衷谈学炫才的，在小说中并不多见。《镜花缘》中大部分文士社会生活比较单一，要么以教书谋生，要么通过劳动糊口，很少有勤于修身、发奋读书的。这些文士形象大多比较单薄，属于静态性格类型，即人物一出场其性格特征就被完全勾勒出来并定型，在情节展开的过程中绝少有变化。即使有所变化，也因为受小说随行踪转换和故事结构的制约，变化显得突兀，缺乏一定的内在合理性，甚至人物性格前后有抵牾之处。从叙事功能看，这些文士不处在叙事的中心位置，多数人物在某一场合中出现后，就随故事空间转换而退场，纯属剧情需要而安排的昙花一现的角色。唐敖、多九公的核心叙事功能是成为读者领略域外国度奇异风光和民情风俗、见识种种怪奇之事、怪异之人的"耳目"，作为游历体小说贯穿情节、连结人物的叙事线索和故事的旁观者而存在。

相比之下，《聊斋志异》中的文士不仅数量繁多，而且形象鲜明，有的血肉丰满、个性特异，成为极具深刻代表意义的人物典型。蒲松龄笔下的文士形象类型丰富多样，其中有立志苦读、在科场中挣扎的文士力求有所成，有在家庭生活、商业生活中奔波的文士，有诚恳勤谨、终得厚报的文士；有身处爱恋中缠绵忘情的文士，也有薄情寡义、浪荡无行的文士。小说展现的文士生活面非常广阔，爱情、婚姻、政治、经商、科举、才艺、性情、交游、复仇等无所不及。在写法上，虽然塑造的人物大多具有静态性格，却能将文士的喜怒哀乐、悲欢离合叙述得情味深厚，如饱受阳世阴间折磨而九死不悔的席方平，痴情一片最终赢得芳心的孙子楚以及困顿科场，死后高中的叶生。蒲松龄在有限的艺术空间里，将人物塑造得不违生活真实，也合乎艺术规律。在叙事功能上，与《镜花缘》中唐敖、多九公更多作为串珠贯线的作用不同，也与在其他一些短暂出场、完成叙事功能就退场的文士不同，《聊斋志异》中的文士大多是故事主角，他们或者有作者的影子，或者寄寓着作者的感慨、情志和追求，作为叙事中心人物被精细描画。

《聊斋志异》与《镜花缘》文士形象的上述差异，根源在于作者的艺术情趣、创作心态、人生经历的差异。据胡适先生考证，李汝珍生于乾隆中叶（约1763年），卒于道光十年前后（约1830年），正是乾嘉学风渐次兴盛、海内士大夫大谈考据之学的时期。李汝珍年轻时聪颖好学，受其父亲不求仕进、乐于读书的影响，对时文并不感兴趣。在海州寓居期间，李汝珍与当地的文士凌廷堪、许乔林、许桂林等师友交游甚密，声气相和，在训诂、音韵、算学等学问上用心颇多。李汝珍一生仕途未达，也有感于世事炎凉和生活坎坷，但是不像蒲松龄那样因科举失意、人生潦倒而满怀强烈的郁愤不平，所以在他的笔下，文士生活往往以博闻广识、博采百家为核心。作为一个有思想、有学识、有才干的学者，李汝珍也耳闻目睹了封建社会末期的官场弊病、世态人情、民生疾苦，但是他生活在清朝的稳定期，既没有经历蒲松龄时代政权交替之际的社会动荡，也没有蒲松龄那般"门庭之凄寂，则冷淡如僧；笔墨之耕耘，则萧条似钵"凄苦身世，故而书写感慨的方式显得平淡温和。这些反映在作品中，李汝珍大多借域外异闻和谪仙女子才情以展示渊博的学识，曲折委婉地表达社会理想与人生感慨，并非带着强烈的情感针砭时弊，更非借他人际遇消自己之块垒。故而，《镜花缘》具有独特的轻松诙谐的笔调和反讽调笑的意味。

二、蒲李笔下文士群体的人格共性

《聊斋志异》与《镜花缘》的文士最突出的也是最深刻的一点，就是与前代文士相比，他们的人格悄然地发生了某种变异。在这些文士身上，传统文士应该具备的核心精神已经退隐，封建社会主流思想——儒家思想规范下的文士所应具有的独特的人格魅力也不复存在。于是，他们成为传统文士人格与精神渐趋式微、走向末路的写照。

(一)政治理想的变异:"内圣外王"被悬置

儒家思想为封建传统文士确立的政治理想是:胸怀强烈的责任感和使命感,用具体的社会行为和执政措施实现自己的政治理想,为君分忧、为民请命。但是《镜花缘》和《聊斋志异》中的文士似乎淡忘了作为儒家信徒应具有高远的政治理想、弘毅的胸怀气魄、坚韧的人生态度。他们不再放眼国家与社会、责任与民生,个人的生存状态、个体的心性情志成为他们聚焦的中心。《镜花缘》中唐敖的理想不过是考中功名,虽然高中入仕是封建文人实现政治抱负的前提,但是我们看不出他有什么更高远的政治抱负。唐敖喜欢游玩影响了他的政治理想的实现,而高中后的仕途挫折轻易地浇灭了他从政的热情。《聊斋志异》中多数文士费尽苦心追求的,不是施政为民、勤政为国,而是高中乡试,获得晋身的资格和机会。其中也有文士由举子、进士晋身为官吏,但只有施愚山等少数官员保持清正廉洁、为民解难的品性,多数文士变得昏聩无能、残暴贪虐。而个人理想一旦受挫,往往带给文人致命的打击。叶生郁闷而死(《叶生》),贾奉雉悲观厌世(《贾奉雉》),唐敖求仙弃仕,均与儒家对文士为了理想宁可牺牲小我的要求相距甚远。儒家向来有"用行舍藏"的选择。孔子说"天下有道则现,无道则隐。邦有道,贫且贱焉,耻也;邦无道,富且贵焉,耻也"[1]。他赞赏颜渊说:"用之则行,舍之则藏,唯我与尔有是夫!"[2] 所谓"用行"就是很好地为社会现实服务,而"舍藏"则相反,包括与现实社会妥协、坚持个人信仰两种选择[3]。儒家更提倡文士处于困境时能坚守信仰,然而,这两部小说中的文士在仕途失意后大多放弃了自己初衷,未能坚守自己的追求。唐敖功名被黜后放弃了政治理想,将希望寄托在女儿身上,与《聊斋志异》中死后为鬼魂也要参加科试的叶生、褚生具有同样的悲剧性。《聊斋志异》的失意文人很少有努力践行自己的政治理想与人生抱负的。这反映了文士在科举制度的诱惑折磨中逐渐丧失了清醒的自我,人

---

[1] 《论语》注疏 [M] // [魏]何晏,集解. [宋]邢昺,疏. [清]阮元,校刻. 十三经注疏. 北京:中华书局. 1982:2487.

[2] 《论语》注疏 [M] // [魏]何晏,集解. [宋]邢昺,疏. [清]阮元,校刻. 十三经注疏. 北京:中华书局. 1982:2482.

[3] 成复旺. 中国古代的人学与美学 [M]. 北京:中国人民大学出版社,1992:50.

生理想完全被异化了。他们不独将政治理想深埋在心灵的最隐秘的潜意识淤泥中，连儒家"达则兼济天下，穷则独善其身"这一调节个人政治命运和道德修养之间关系的价值选择都抛到了人生选择的边缘，将之当作退隐了的被漠视、被遗忘的文化精神，尘封严实。

（二）人格重心的转移：道德砥砺边缘化

"儒家以仁义孝悌为本的人本论，落实到个人，就成为儒家的人格论。"[①] 在此基础上，儒家确立了以道德修养为立身之本的理想人格。有人指出，儒家有两类理想人格：一是圣王人格；二是君子人格。后者是做人的一般范型，体现在重义轻利的品性、安贫乐道的风范、自强不息的精神、坦荡宽容的胸襟等方面[②]。孔子主张君子"志于道，据于德，依于仁，游于艺"[③]，孟子则主张依凭"浩然之气"铸就刚直廓大、坚强弘毅的情操气节，均传递了对君子人格的肯定。而《聊斋志异》和《镜花缘》中的文士很少具有孔孟提倡的让人仰视的精神风貌、道德品性。《聊斋志异》中文人道德堕落现象很多：有贪恋女色、用情不专的人（桑生等），有放荡无形、人格卑下的人（霍生等），有痴迷科举、营私舞弊的人（《考弊司》中割肉秀才等），有贪婪残酷、搜刮民脂的人（《梦狼》中白甲等）。《镜花缘》中，唐敖、多九公在海外游历中经常炫耀异闻，显露学识，吹嘘见闻，有被黑齿国女子追问得落荒而逃的尴尬经历。两面国人头戴"浩然巾"，露出的一张脸"和颜悦色，满面谦恭光景，令人不觉可亲可爱，与别处迥然不同"，然而"浩然巾"下掩藏的是"一张恶脸，鼠眼鹰鼻，满面横肉"。一旦被人识破真相，他们则会"把扫帚眉一皱，血盆口一张，伸出一条长舌，喷出一股毒气，霎时阴风惨惨，雾漫漫"。浩然巾据说由孟浩然创制，戴者有一派文士的风度。李汝珍意在影射封建文人笑里藏奸的丑相，故他笔下的"浩然巾"成了这些人士表里不一、虚善实恶的反讽。这两部小说缺乏在道德上足以垂范世人、在节操上能够表率士林的文士。其实，儒家非常注重人的道德品性的后天锤炼，并不强求每

---

① 成复旺. 中国古代的人学与美学 [M]. 北京：中国人民大学出版社，1992：38.
② 郭广银. 论儒家理想人格及其现代价值 [J]. 江海学刊，1996（4）：91-95.
③ 《论语》注疏 [M] // [魏] 何晏，集解. [宋] 邢昺，疏. [清] 阮元，校刻. 十三经注疏. 北京：中华书局. 1982：2481.

个人从出生之日始或者踏进社会时就身具完美的君子品性，孟子所言的人有仁义礼智"四端"，也不是认定人生来就具有君子风范，而是启发士人确信锤炼道德修养有先天的条件和基础，所以他推崇"动心忍性、增益其所不能"的砥砺磨炼和"养吾浩然之气"的涵养。这两部小说中的文士绝少在道德修养上下功夫。多九公作为仕途失意的知识分子，没有退而修身，而是做起了生意，长期的漂洋生涯带给他丰富的生活经验和厚实的知识储备，同时也悄悄改变了他的道德观。对深目国两手生眼的现象，多九公解释说："大约他因近来人心不测，非上古可比。正面看人，竟难捉摸，所以把眼生手上，取其四路八方都可查看，易于防范，就如眼观六路，耳听八方，无非小心谨慎之意。"① 这番高论似乎意在讽世，实则不仅有"度君子之腹"的意味，还使我们认识到，在多九公的眼里，挽救世风的关键不在于教化民众，而在于巧妙防范。显然，这与一般文人自觉承当教化民风责任、虽百折而不悔的积极态度大不相同，有违孔子的"修文德"、孟子的"申之以孝悌之义"的精神。卞滨的曾祖卞华曾是饱学的文士，但挥金如土，耗尽了家产，这与儒家提倡的"好德胜过好色（声色犬马）"的训条格格不入；尹元为了在异国立足糊口，用黑漆涂身制造假血统身份，与对传统文人忠厚诚信的人格要求相左；白民国的文士喜欢炫耀学问，却满口白字，令人绝倒，把文士谦虚好学、业精勤进的追求丢在了脑后。与道德追求行为的弱化形成对照，文士们以奇巧为博学、以小技为炫耀，如唐敖等人为了得到歧舌国的音韵学煞费苦心，一旦琢磨出奥秘后就惊喜异常。《聊斋志异》中大多数文士也不注重道德修养：《劳山道士》中的王生求仙学道，受不了砍柴的劳累，吃不下学道的清苦，稍微学了点雕虫小技便心生邪念；《娇娜》中的孔雪笠是圣人后裔，但是每见到绝色女子便心生爱意，在和松娘结婚后，还念念不忘娇娜，真应了圣训"吾未见好德如好色者"。由此可见，文士们已经将传统文人重德行的人格追求推到了心灵底层、生活边缘，君子人格似乎成了隔世神话。儒家向来有所谓"三不朽"的说法，即"大上有立德，其次有立功，其次有立言"②，《镜花缘》和《聊斋志异》的文士

---

① [清]李汝珍. 镜花缘[M]. 上海：上海古籍出版社，2007：65-66.
② 《春秋左氏传》注疏[M]//[晋]杜预，注.[唐]孔颖达，等，正义.[清]阮元，校刻. 十三经注疏. 北京：中华书局. 1982：1979.

已然将儒家传统的最高理想（立德）遗忘殆尽。

（三）文士风范的隐退：社会生活世俗化

文士风范是随着时代的变迁不断发展变化的封建知识分子的群体特征。先秦士人主要特征为人格独立、性格刚毅，为了理想宁愿忍受磨难，甚至可以舍生取义。魏晋文士个性意识大为觉醒，个体的才情、风度、神韵甚至容貌成了文士们追求的人格核心，谈玄理、尚清隽甚至成为一时的风尚，华夏雅士风范在某种意义上讲就是被魏晋风度确立起来的。唐至宋际，文士风范出现了新的变化，由诗韵风流、才情四溢逐渐转为质朴厚重、端正方直，文士的浪漫才情被立足于现实的社会责任感所取代。封建主流文化宣扬的文人人格虽经历史的淘洗，时代风貌不同，但他们骨子里追求雅致生活、高雅情趣应该是不变的，即在家庭生活中以琴棋书画为伴，在社交场合中则喜欢诗酒论道。

而在《聊斋志异》、《镜花缘》中，文士的人生取向和生活方式越来越向普通民众趋同。面对生活中的风波磨难、立身存命的生存危机，他们和普通人一样，很难保持心灵的平和宁静，缺乏对待穷达出处的超迈旷远的精神。《聊斋志异》的文士在生活的压力下，有的为了摆脱贫困艰难的处境而发愤苦读，如《胡四娘》中的程孝思、《细柳》中的长福等。有的则赤裸裸地流露出对金钱的占有欲望，如《丑狐》生活清贫中的穆生，接受了丑狐馈赠的金银，便与狐妖结为夫妇；当丑狐馈赠钱物逐渐减少时，穆生就请道士行法术驱狐，活脱一副认钱为亲的嘴脸。"异史氏"谴责他说："邪物之来，杀之亦壮；而既受其德，即鬼物亦不可负。既贵而杀赵孟，则贤豪非之矣。……观其见金色心喜，其亦利之所在，丧心辱行而不惜者欤？伤哉贪人，卒取残败！"《镜花缘》中唐敖的业师尹元原本是一个正直的文士，在奸臣当道受到谗毁之时，他惟恐被害，逃到海外假冒玄股国民以捕鱼为生；黑齿国卢秀才一辈子酷爱读书，但功名之路一直坎坷不顺，落得个"肩不能担，手不能提"的结果。为了生计，只好以教书为业：他们的经历与选择正是皓首穷经却无谋生本领、为了生存不得不放弃人生理想的封建文人的写照。

文士们向世俗生活趋近，逐渐退去传统人格魅力的另一个表征是，经商为他们所认可接受，并且成为他们不可缺少的社会活动和物质财富的来源，渴望金钱、弃儒从商成了两部小说中的文士不避讳言利的重要标志。汉代以来，历代王朝均重农抑商，提倡全力务本，如汉代将商人户籍列为市籍，唐代规定商人子弟不得参加科举考试。这些政策与儒家"义利观"结合，深刻地左右着文士对商业生活及商人的态度及评价，使社会上形成了"经商是卑贱的行业"的观念。但是这两部小说中的文士们对商业活动并不歧视。相反，他们能够审时度势，潜心经商。多九公作为落魄的读书人，经商已经多年，只是因为做海船生意折了本，才替人看船管舵为生。唐敖一经林之洋劝说，不仅随即准备了货物贩卖盈利，而且谈起生意来头头是道，贩卖的花盆在长人国获利颇丰。这两个人对经商一事并没有觉得有什么丢人之处或不自在的地方，特别是唐敖在白民国自称是商贾，不是书生，"因贸易多年，所有读的几句书久已忘了"。可见，文士们对经商已经可以坦然接受。最令人称奇的是，在淑士国士农工商都需读书，博得一领青衫。在此，李汝珍透露出了他的理想：文士与商人的文化品位没有高低之分；相形之下，文士是从事农工商的最低资历，似乎社会地位还略低于后三者。《聊斋志异》也叙述了一些文人弃儒从商的故事，《刘夫人》、《罗刹海市》、《白练秋》的篇目中的文士行商活动具有一定的代表性。与唐敖和多九公经商相比，虽然这些文士参与商业活动的具体过程也有所不同（如经商中念念不忘读书与功名），对商业的情感态度比较复杂微妙，但是其经商行为透露出他们与传统文人的立身方式之间的差异。

（四）男子性格特征的矮化："须眉难敌巾帼"

封建社会中女子作为男子的附庸而存在，"三从四德"、"无才便是德"、"夫贵妻荣"、"女为悦己者容"等都是男性维护男权统治和男性社会主角地位的伦理话语。即使历史上曾出现女性统治者，如汉代、宋代、清代都曾有太后掌权的时期，唐代武则天还做了女皇，所谓的特权也仅仅属于这些少数位尊权重的女人。女性群体被统治、被教化的境况以及作为文化弱势、政治弱势的地位并没有得到改变。因此，古典小说中文士身边的女性，大多被塑造为读书添香的红粉知己、温柔可人的恋人、相夫教子的良母，在社会生活、家庭生活中完全处于被动地位，属于隐藏于公共生活幕后的人物角色。有些女性甚至成为文士的牺牲品，如《棒打薄情郎》中的金玉奴、《水浒传》中的阎婆惜等。但是《镜花缘》的女子有一国之君武则天以及才情出众的上官婉儿、唐闺臣等人，《聊斋志异》的女子有经济上颇具才干、治家有见识的小二、仇大娘等人，以及温柔多情且大胆执着的鸦头、神女等人。在这些女子面前，文士们往往失去了大丈夫应有的胸襟和勇于承担责任的气概。在女性的才华与人格的对比下，男子显得黯然失色、软弱怯懦、猥琐不堪，普遍表现出了性格特征矮化的倾向。

以《镜花缘》为例。尽管李汝珍将"德、言、功、容"四行作为对女子的要求，认为女子行为要遵从传统儒家的祖训，"非礼勿视、非礼勿听、非礼勿言、非礼勿动"（七十一回），但是落实到具体人物身上，他并没有以此为枷锁约束女子的言行举止，把女性形象处理成男性的附庸。以唐闺臣为代表的百名才女，在科考中取得的成功和在诗才、音韵、酒令、射覆、音律、对弈等方面展现出的才华，足以让自视甚高的唐敖、博学多识的多九公相形见绌。在女儿国中，女子掌管政权，文士则成了她们的统治对象和陪衬。唐敖沿途遇到的故友后代，往往是女子在外劳动、射猎、经营，独力支撑着家庭，如不避艰险、为母报仇、侍奉祖父的骆红蕖，涉险入海、采拾海参为母滋补身体的廉锦枫。男子则缩在家中读书，过着与传统文士在外承担社会责任迥然相异的生活，如廉锦枫的弟弟廉亮。这些原本属于男子的责任，被移到女子身上，就有了隐喻意味，让读者看到男性（包括文士）的主体性格被剥夺或被消解，其一家之主心骨、在外承担社会责任的主体性趋于萎缩。

《聊斋志异》中对文士的揶揄与批判比《镜花缘》走得更远。在社会生活方面，女性在家庭乃至社会生活中的地位更加重要，男性所不能达到的理想目标，在女性那儿却可以完美实现。因此，在精于经济、勤于持家、善于审时度势的女子面前，文士们显得见识浅短、软弱无能。有的文士在科考中屡考屡败，穷困于场屋之中，而其妻子女扮男装前去应试，竟顺利高中进士，丈夫却毫不羞愧地享受妻子的胜利果实，如顺天某生之于颜氏（《颜氏》）；有的文士读书没有出路，又无谋生之一技之长，妻子却才智过人，营生有道，把家业操持得井井有条，生活富足，文士就在妻子的劳动成果里泯灭了男性主体意识，如《小二》的丁生；有的文士面对遭人压榨、杀戮等飞来横祸束手无策、优柔寡断，而其家庭中的女性却能毅然外出寻求复仇的办法与机会，文士的怯懦无能就在与女性惨烈的复仇方式的对比中凸显出来，如《商三官》中的商臣、商礼；有的文士面对女子热烈的爱恋、大胆的追求，显得胆怯、畏缩，完全没有男子追求女性的主动与执着，如《白秋练》中的慕生：这些文士缺乏男子汉的阳刚之气，失去了传统文士在经世致用方面的话语号召力和文化影响力。

三、文士人格衰微的文化因素

上述文士传统人格精神的消解和没落，既是长期以来封建文人饱受儒家圣贤人格教化压抑的结果，也是社会生活不断变革的自然产物。自汉唐以来，封建文士一直处于儒家圣贤人格的教诲之下，但儒家的圣贤人格由"外在的典范成为内在的人性，直至被抬举到宇宙本体的高度"[①]，"外在的理想成了内在的本性复归，趋达圣贤的方法也由模糊的'克己'演化为明确的'灭人欲'的自我否定"[②]，这不仅使文士追慕圣贤的道路充满艰辛且目标高不可及，而且使儒家的人格理想显得过于虚幻且文士历经砥砺未必能达成所愿。故而绝大多数文士对此不抱乐观态度，要么在传统文化精神高压下，扭曲成为分裂人格；要么干脆跌落到地面，形成"泯然众人"的世俗人格。

明代中叶以降，在扬弃儒家传统思想与理论基础上发展起来的阳明心学，将百姓饮食男女的需求看作"天理"，对世人包括文士的生活态度影响至大。王阳明说："圣人气象何由认得？自己良知原与圣人一般，若体认得自己良知明白，则圣人气象不在圣人而在我矣。"[③] 阳明心学主张的"良知良能，愚夫愚妇与圣人同"[④] 将先贤确立的几乎高不可攀的圣贤人格理想从天国中拉到了人间，把封建主流文化系统中需要砥志砺节、外修内省才能达到的圣人境界降低到了普通人的高度。王阳明甚至说："若问异端，与愚夫愚妇同的，便是同德，与愚夫愚妇

---

① 刘广明，王志跃. 中国传统人格批判 [M]. 南京：江苏人民出版社：1995：17.
② 刘广明，王志跃. 中国传统人格批判 [M]. 南京：江苏人民出版社：1995：32.
③ [明] 王守仁. 传习录：中 [M] // [明] 王阳明. 王阳明全集. 吴光，钱明，董平，等，编校. 上海：上海古籍出版社，1992：59.
④ [明] 王守仁. 传习录：中 [M] // [明] 王阳明. 王阳明全集. 吴光，钱明，董平，等，编校. 上海：上海古籍出版社，1992：49.

异的，便是异端。"① 王氏心学思想引发了封建文士的价值理想、人生情趣、生活方式等诸方面的大变化："高雅之士"混迹于民间，混同于民众，自视甚高的封建文人终于与普通大众"平起平坐"了。一旦从虚幻的理想走进现实，绝大多数为科举取士、读书富贵所诱惑的封建文士由于长期自闭于书斋，社会适应能力差，持家营生乏术。生活的艰辛苦难消磨了他们的英雄豪气，科场上的蹭蹬失意消解着他们的文化优越感。尤其是晚明以来，商业的发达带来了财富的积聚，商人地位不断提高，对身处困境、言义不言利的文士同样有致命的诱惑。在李汝珍生活的时代，封建社会走向末期，中外贸易活动逐渐频繁，手工业技术达到了新的高度，国内商业活动更加频繁，封建经济内部的资本主义再次萌生出来。在这种时代大背景下，文士丢开传统的人格精神走向新变，合情合理。

值得注意的是，女性在社会生活中的作用日益显得重要。自宋代起，儒家礼教对女性的道德约束比以往更为严格甚至残酷。特别是明清时期，上至朝廷下至民间，均对女性道德提出了苛刻的要求，所谓"三纲五常"、"三从四德"的德性标准丝毫未见宽松，而讲求节烈已经成为封建政治话语专为女性设下的另一个文化陷阱。然而女性在社会生活中焕发出的光彩，即便在封建文化重重的压制下，也未消磨殆尽。明朝中后期，吴越一带纺织业发达，女性以出色的智慧与辛勤的劳动生产的精美织品，推动了江南经济的发展。明正德《松江府志·风俗志》记载："俗务纺织，不止乡落，虽城中亦然。里媪晨抱纱入市，易木棉以归，明旦复抱纱以出，无顷刻闲，织者率日成一匹，有通宵不寐者。"② 女性在纺织和其他经济领域的贡献甚至超越了男子从事农业生产对家庭的贡献。明清时期的晋商家庭，男子常年在外行商坐贾，女性在家操持家务，教养儿女，应对乡里，与经商的丈夫互为补充，使家庭（家族）兴旺发达，她们在家庭生活与社会生活中磨炼而成的才干往往令男子相形见绌。山西介休富商冀国定去世后，子女教养及商业、家政都落在妻子马氏一个人身上。由于她善于经营，其经商行为很快成为当

---

① ［明］王守仁. 传习录：下［M］// ［明］王阳明. 王阳明全集. 吴光，钱明，董平，等，编校. 上海：上海古籍出版社，1992：107.
② 刘正刚，侯俊云. 明清女性职业的商业化倾向［J］. 社会科学辑刊，2005（3）. 122 – 126.

地商人的效仿楷模。①

　　这两部小说作者的敏锐性在于，不是着眼于纯粹的理想人格塑造文士形象，而是着眼于现实的视野反映生活的真实，并带着可贵的勇气、锐利的目光看待并描绘出了儒家圣贤人格理想没落和新变的一面。当然，这两部小说中文士的传统人格精神的没落也透露出进步的信息：一方面，让我们看到文士从伪圣的光环中走出来，长期以来被约束压抑的物质欲望得到了松绑，他们不再戴着道学的庄严面具，其生活与存在真正地成为自然本色的人的生活与存在，小说借此显示了文士的人性向自然健康的回归；另一方面，随着社会思想的进步、社会观念的变化，文士们走出以往科举为唯一出路的陷阱，参与商业活动，是符合社会发展总体趋向的，尽管文人经商带有很大的自发成分，但毕竟传递出了文人涉足商品经济的新意味。

第六节　《聊斋志异》、《镜花缘》女性形象异同

　　小说的"人物创造可能是把传统中固有的人物类型、观察到的人物和作家的自我不同程度地糅合在一起"。②《聊斋志异》、《镜花缘》的作者一为清代初期的文人，一为清代中期的文人。虽然他们的生活年代相距较远，人生境况、审美情趣也大有不同，但他们同属封建社会的落拓文士，深受封建伦理文化和思想观念的浸染。面对同一文学传统和历代小说艺术积淀的营养，他们不约而同地选择了独具特色、特征鲜明的女性群体作为艺术表现的主体。深入探求两个女子形象群体之间的共性与差别，既可以充分领略两位作家的才华与匠心，又能透过文本深刻审视作家心灵世界，感受这些女性形象蕴含的同与不同的文化意蕴。

一、《聊斋志异》、《镜花缘》女性形象共性

　　康熙十八年（1679），《聊斋志异》初具规模，最初以抄本形式在同好之间流

---

① 张正明，张舒. 明清晋商家族中的女性 [J]. 五台山，2007 (9)：22-24.
② [美] 韦勒克，[美] 沃伦. 文学理论 [M]. 刘象愚，邢培明，陈圣生，等，译. 南京：江苏教育出版社，2005：95.

传。《镜花缘》约成稿于嘉庆二十二年（1817），次年于苏州开版刊刻。两部作品相隔近一个半世纪。两位作者在创作中融入了独特的人生情趣与生活热情，将一片深情赋予女性人物（以下分别称两部小说中的女性为"聊斋女子"和"镜花女子"），这些女性便拥有了许多共同的群体特征。

（一）共性之一：容貌艳丽，优雅动人

儒家女诫的"四德"对女性"容"的要求是，行为端庄稳重、谦卑持礼，不能轻浮随便、体态不端。而小说家对女子"容"的关注与儒家伦理大相异趣，往往将女性定格在花容月貌、神态优雅上。"聊斋女子"只有少数外貌平常，绝大多数天生丽质、光艳照人，如"翠凤明珰，容华绝世"的狐女（《狐嫁女》）、"拈花微笑，樱唇欲动，眼波将流"的画中人（《画壁》）、"弱态生娇，秋波流慧，人间无其丽也"的青凤（《青凤》）等。由于大多数女子容貌昳丽、风神秀美，以致蒲松龄使用"套话"描绘女子容貌，如写眼神经常差遣"眼波将流"、"秋波频顾"等熟语；画形容则频频使用"人间无其丽"、"人间罕有其俦"等语词。"镜花女子"是天上仙子受贬谪而转生，作者更是不吝笔墨描绘她们俊俏的容貌与令人赞叹的风姿，其笔下有"品貌秀丽，聪慧异常"的林宛如，有"眼含秋水，唇似涂朱，体度端庄，十分艳丽"的尹红萸，有"妖同艳雪，慧比灵珠"的董端家五女，还有"神凝镜水，光照琪花"的掌仲家四女。文笔有时简练写神，有时细腻繁富，此外，对廉锦枫、颜紫绡、易紫菱等女子，作品均一一描绘了她们的面容、装束和神情。

从写法上看，蒲松龄往往以形貌勾勒为表，风韵点染为里，以寥寥数语写出女子曼妙迷人的娇姿和秀润风流的神韵。李汝珍则时以精工细致的笔法将女性的容貌、情态、装束尽数写出。应该说，蒲、李二人描绘女子形象的笔法各有所妙。蒲氏雅净传神的文笔很切合文言小说的体式特点，李氏浅易晓畅的文笔则富有通俗小说的美学特色。但若论文辞丰富、形神兼备，恐怕李氏要稍逊一筹。李汝珍经常仅用数语写出群像，如描写蒋家六女用了"丽品疑仙，颖思入慧"寥寥八字，而描写孟家八女竟然只用"妖艳异常"四字，导致人物面容趋同、个性全无。

(二) 共性之二：才华横溢，才艺出众

蒲、李二人的艺术卓识在于透过这些焕发着青春气息的美丽面容，深刻地挖掘了这些女子在个性、才干、品格、作为等方面的美质。两部作品女性的美质主要表现在以下方面。

一是诗情洋溢、学识富赡。"聊斋女子"的代表人物有颜氏、林四娘、白秋练等。颜氏自幼跟随父亲饱读诗书，女扮男装赴试竟然高中进士，让天下文士为之羞赧。林四娘、公孙九娘等女子均能有感而发，吟诗作赋，寄托对人生、社会和历史的深沉感慨，读之令人顿生无限悲凉。更令人惊奇的是痴爱诗歌的白秋练，不仅以诗为媒恋上慕生，而且以诗为生命，聆听杜甫诗篇竟能死而复生。"镜花女子"的代表人物有上官婉儿、史探幽等。上官婉儿两次展示了过人的诗才，一次是与武则天吟诗赌酒，一次是与群臣掣签做诗，均才思敏捷、口吐珠玑。当然，"镜花女子"最让世人惊叹的是她们的琳琅满目的学识与才艺。黎红薇、卢紫萱与多久公讨论学问，竟将自以为学问渊博的多九公、唐敖逼问得落荒而逃。李汝珍还用了整整25回的文字，以恢宏的场景、多变的文笔叙述才女们谈论学问、辨正经史、展示技艺的过程，全面展现她们富赡的学识和惊人的才艺。

二是武艺超群、侠肝义胆。蒲、李二人还塑造了一些身怀绝技、有侠士风范的女子。"聊斋女子"中的侠女武艺近乎神技，在父母无子的情况下承担了男子的责任——替父报仇（《侠女》），与为国杀敌的花木兰形成了互补性的女子形象。如果说侠女替父复仇是因自己没有兄弟而做出的迫不得已的选择，那么商三官因为兄弟怯懦无能而承担起复仇大任，则令人慨叹不已了。在父亲被豪强纵容家奴打死后，商三官断然推掉婚事，寻求机会潜入豪强家中杀死了仇人，然后自尽身亡（《商三官》）。商三官勇毅刚强的品格远远胜过身为男子汉的两个兄长，因此作者热情地赞美道："家有女豫让而不知，则兄之为丈夫者可知矣。然三官之为人，即萧萧易水，亦将羞而不流，况碌碌与世浮沉者耶！"、"镜花女子"这类代表人物有徐丽蓉、魏紫樱等人：徐丽蓉擅长弹弓，一个人面对数十强人毫不畏惧，专挑身长体壮的打，打得强人四散奔逃；宰玉蟾也是不畏强势、愈强愈勇的女子，余承志、文芸等男子与她相比，不仅武艺不济，而且武德也让人鄙视

（英雄传奇中的男性豪杰向来不会合力欺负一个女子，而余承志等人竟然数人合力围攻宰玉蟾）。《镜花缘》的"泣红亭碑"上列出了这些武艺高强的女子的绰号：余丽蓉为"神弹子"，宰玉蟾为"女英雄"，颜紫绡号"女中侠"，魏紫樱是"小猎户"。从她们的武艺来看，这些绰号并非溢美之词。骆红蕖的绰号为"小杨香"，杨香为晋代女子，与老虎搏斗救下了父亲，其事迹见《二十四孝图》。作者为她取这一绰号，目的在于赞扬她有至孝之情且行为勇毅。

三是明澈事理、见识深远。"聊斋女子"有慧眼识英雄于风尘之中的张家二女儿（《姊妹易嫁》），敏锐而深刻地洞察官场黑暗的方氏（《张鸿渐》）等。"镜花女子"中的唐小山决意到海外寻找父亲，林之洋劝她参加女科考试后再去，她懂大义而识大体，宁愿舍弃参加女科考也要先到海外寻父。颜紫绡对如何营救被捕的宋素考虑周到，极具见识。卢紫萱把辅佐阴若花视为千载难逢的际遇，感到异常高兴。她说："我们同心协力，各矢忠诚……辅佐他为一国贤君，自己也落个女名臣的美号，日后史册流芳，岂非千秋佳话。"[①] 话语中流露的竟是政治家的胸襟气度与理想抱负。

可以说，两部作品的女性人物具备多方面的学问才干、技艺才能，即便一些封建社会文人雅士的学问才识也难越其右。她们与封建主流文化视域下的女德修养为首、词气谦卑、孝敬恭顺至上的女子形象形成了强烈反差，蕴含着作者对女子的期待和褒扬，折射出文学领域中女性文化的新走向。

（三）共性之三：男性文化观照下的虚构人物

明清时期当政者对社会教化、道德伦理尤为重视，像"聊斋女子"、"镜花女子"这样突破封建礼教规范的女子在现实中绝非主流，加之蒲、李二人所处的时代尚不具备产生女性解放思想观念与文化思潮的现实基础，因此，这两部作品中的女子在很大程度上是作家想象虚构的产物，寄托着作者的情意与思绪。

学者们普遍认定蒲松龄在这些女子身上实现了自我满足、情感补偿，如马瑞芳认为蒲松龄"以男权话语创造出情爱乌托邦"[②]。但需要注意的是，"聊斋女

---

① [清]李汝珍.镜花缘[M].上海：上海古籍出版社，2005：318.
② 马瑞芳.《聊斋志异》的男权话语和情爱乌托邦[J].文史哲，2000（4）：73-79.

子"绝非全部凭空捏造,她们的人格特性是社会现实生活中女子的人格特性投射的影像。清初王应奎《柳南续笔》(卷一)载,一个女子偶见吴江叶元礼,竟相思成疾以至撒手人寰,而叶元礼也不畏俗礼前去吊唁,王士禛曾有诗吟咏此事,此足见子女即便主动对男子生出情思,社会也会给予较多的宽容。还有一些女子学诗习赋以侍奉男子,世人更加偏爱略懂诗书琴艺的女子。王士禛谈广陵民间"养瘦马"的习俗,"其保姆教训,严闺门,习礼法……至于趋侍嫡长,退让侪辈,极其进退浅深,不失常度,不致憨戆起争,费男子心神,故纳侍者类于广陵觅之"①。一些地方缙绅文士追美逐艳的风气盛极一时,沈德符《万历野获编》载:"缙绅羁官都下,及士子卒业辟雍,久客无聊,多买本京妇女,以伴寂寥。"②蒲松龄生在明亡前三年,淄川近靠京畿,即便经过战乱这股风气恐怕难以迅疾消散,而蒲松龄曾经任县令幕僚,对歌舞声色的官僚生活、对文士与歌妓女游乐交往的习气定不会陌生。因而,"聊斋女子"即使不合乎现实女性的真实生存状态,也不是完全出于作者的臆造,而是作者心灵涌动的情思、社会现实的生活和封建男子的集体意识三方合力的产物。

与《聊斋志异》创作心态备受关注形成了反差,李汝珍塑造百名才女的创作心态问题一直未受到足够的关注。主要有两个方面的原因:一是自胡适指出《镜花缘》谈论的是"中国的妇女问题"后,学界一般沿此路做深入研究或展开论争,创作心态的问题反而被湮没了;二是《镜花缘》中对《红楼梦》叙事模式的模拟,包括仙子转世、双关手法、诗谶等,引导读者更倾向于追问才女的命运,而忽视了作者真正的心态动机。在笔者看来,《镜花缘》第一回、第四十八回虽然带有《红楼梦》中宝玉入太虚幻境的一些话语痕迹,但与后者有本质的不同。《红楼梦》中"千红一窟"、"万艳同悲"的双关语与太虚幻境"厚地高天,堪叹古今情不尽;痴男怨女,可怜风月债难偿"的楹联以及各支曲子的悲剧基调构成了系列隐喻话语,与小说思想主旨有遥相呼应的关系。而《镜花缘》的"薄命岩"、"红颜洞"、"泣红"、"万斛愁"、"哀萃芳"是相对零散的双关话语,与才女

---

① 陈宝良. 明代社会生活史 [M]. 北京:中国社会科学出版社,2004:171.
② [明]沈德符. 万历野获编:卷23 [M]. 北京:中华书局,2004:597.

的命运和小说前后内容缺少整体相关性,难以构成隐喻的话语系统。《红亭碑记》载:"主人自言穷探野史,尝有所见,惜湮没无闻,而哀群芳之不传,因笔志之。或纪其沉鱼落雁之妍,或言其锦心绣口之丽。"① 可见作者哀叹的不是才女的命运,而是才女的"沉鱼落雁之妍"、"锦心绣口之丽"。从小说的内容看,除了"沉鱼落雁之妍"属于女性人物自身,"锦心绣口之丽"则绝大部分属于作者。李汝珍在答许乔林的信中说:"《镜花缘》虽已脱稿,因书中酒令,有双声叠韵一门……因所飞之句,皆眼前之书,不足动人。今拟所飞之句,一百人要一百部书,不准雷同,庶与才女二字,方觉名实相符,方能壮观。"② 此中大有"语不惊人死不休"的意味,颇能显出作者用心所在,即在作品中比拼学识的不是才女们,而是李汝珍与自己一较学问的高低。李汝珍这种不顾人物性格发展的内在逻辑处处显露学问、把人物当作作家代言人的做法,在性质上和蒲松龄一样,都是以男性文化为观照女性、改塑女子形象。

蒲、李二人的这种创作心态有其优势所在:以男子心理需求为核心构建女子形象,往往能超乎现实生活能够提供的活动范围和性情范型,使女性形象一改封建社会男性话语权统治下的弱势群体、柔性群体的角色特征,在生活方式、才干学问、社会作为乃至精神气度等多方面彰显出与男子(文士)的相似之处,形成强烈的反传统的冲击力和审美上的新奇感;其劣势是在男性文化关照模式支配下,女性人物性格形成及发展的内在逻辑不鲜明,其闪耀着光彩的人格性情或有作者伪饰的成分。

二、《聊斋志异》、《镜花缘》女性形象差异

(一)以家庭为中心与以"女科"为目标的人生追求的对照

"聊斋女子"基本上可以分为两个阵营。一个阵营的构成主体是未婚或寡居的女子。她们经常主动向男子投怀送抱,也不拒绝陌生男子的求爱示好。《胡四姐》中,尚生独居清斋,狐妖胡四姐主动前来相会,与尚生"穷极狎昵",还将

---

① [清]李汝珍:镜花缘[M].上海:上海古籍出版社,2005:223.
② 孙佳讯.《镜花缘》公案辨疑[M].济南:齐鲁书社,1984:18-19.

妹妹四姐引来，与尚生"备尽欢好"。这类女子不在乎男子是风流蕴藉、重情重义的文士，还是无德无行的浪子，基本上是爱其一点不顾及其他。比如云翠仙看穿了梁有才是个"寡福，又荡无行，轻薄之心，还易翻覆"的男子，但仍听从母亲的意见嫁给了他（《云翠仙》）。另一个阵营的构成主体是家庭妇女。她们竭尽才智为丈夫、恋人支撑起门户。有的女子与丈夫同心同德，孝敬父母，如《水莽草》中的寇三娘、《珊瑚》中的珊瑚；有的女子身为小妾，甘心侍奉丈夫和嫡妻，如《邵九娘》中的邵九娘。更重要的是，"聊斋女子"在治理家业、管教家人方面的才干大多胜过丈夫，在经济上为家庭做出了巨大贡献。如辛十四娘整日勤俭持家，日夜纺绩，家里钱财有盈余就投在扑满里。这种操劳与节俭在她死后还给丈夫带来了余泽：当年的扑满装满了钱财，冯生借此摆脱了经济困境，重新过上了富裕的日子（《辛十四娘》）。小二、刘夫人、白练秋、黄英等都是此类人物。金生奎归纳了《聊斋志异》"得福型"故事中的女主人公为男主人公带来的世俗人生之幸福：（1）操持家务，养老育幼；（2）招财致富，光耀家族；（3）助夫读书，功名得就；（4）生子传宗，家业延绵；（5）预知吉凶，得避灾祸；（6）点化引见，得道成仙。① 除了第（6）福带有弃世厌俗的浪漫色彩之外，其余五福均为现实生活中的世俗男子所渴盼的，《聊斋志异》对女性的"生活味"的期待心态于此可见一斑。换句话说，在"聊斋女子"的心中，情爱、婚姻、家庭的分量最重。

而"镜花女子"天生有股"仙气"，超出一般尘俗之上。她们缺少"聊斋女子"拥有的世俗化的爱恋和家庭，其人生追求以参加"女科考试"为重心，与"聊斋女子"关注日常生活的情怀大不一样。百名才女的引领式人物唐小山在出场时与他的叔叔有一番谈论女科举的对话。唐小山认为国家开科考文应男女并重、分科进行，所谓"男有男科，女有女科"。在她看来，既然有女皇帝，自然该有女秀才、女丞相以做辅；如果没有女科，女子读书就毫无价值。作者将唐小山的议论作为百名才女行事的纲领性，为才女们确定了根本的人生方向。沿着这

---

① 金生奎. 世俗欲望：在想象中走向圆满（续）——《聊斋志异》中"得福型"叙事模式的特点及表达功能 [J]. 蒲松龄研究，2006（3）：22-33.

样的思路,"镜花女子"被描绘成参加女科考的天生才女。唐小山放弃读书学习女工,"只觉毫无意味,不如吟诗作赋有趣",于是仍旧读书。林婉如立志读书习字,所临摹的字"笔笔藏锋,字字秀挺,不但与帖无异,内有几字竟高出原帖之上"。唐敖赞叹说:"如此天资,若非宿慧,安能如此。此等人若令读书,何患不是奇才!"[①] 当百名才女汇聚一处后,女科考试占据了她们的心灵。小说第六十六回写小春和婉如考试后一夜难眠,"彼此思前想后,不是这个长吁,就是那个短叹。一时想到得中乐处,忽又大笑起来;及至转而一想,猛然想到落第苦处,不觉又哽咽起来。登时无穷心事,都堆胸前,立也不好,坐也不好,不知怎样才好"[②]。这些文字与《儒林外史》、《聊斋志异》描写文人士子参加科考种种情态的文字有异曲同工之妙。

(二)女(母)性的世俗群体与男性化雅士群体的反差

如果以封建礼教的伦理道德考量"聊斋女子"的行为举止,她们多数人会被打入淫逸放荡的行列。有些"聊斋女子"的情爱表达全然不是现实中女子的真实方式,但她们对爱情、情爱的主动追求却符合女子的情感发展、生理诉求的一般特点。她们的情爱除了具有浓郁的原始情绪意味之外,还掺杂了微妙的妒性,如《凤阳士人》中的妻子在梦中目睹丈夫与丽人调情,情绪激动,竟然达到"手颤心摇、念不如出门窜沟壑以死"的程度。有些妒意来自女子情爱的自私性,特别当这股浓烈的醋意来自深夜私会的女子时,故事的生活气息、民间喜剧的意味就更浓了,如莲香与女鬼李氏、小谢与秋容、舜华与张鸿渐妻子等女性之间的醋意。

有些"聊斋女子"将对丈夫的爱化为一腔真情投射在孩子身上,甚至以同样的感情对待丈夫前妻的孩子或兄弟的孩子,表现出了伟大而深沉的母爱。细柳督促丈夫前妻的儿子勤奋读书,走上了仕途。但明伦赞扬她说:"细柳诚智矣,诚细心矣。顾其理家政于高之在生与其备衣冠于高之将死,亦奚足异;所难者,其

---

① [清]李汝珍. 镜花缘 [M]. 上海:上海古籍出版社,2005:25.
② [清]李汝珍. 镜花缘 [M]. 上海:上海古籍出版社,2005:306-307.

教子耳。福非前室之遗孤，而女抚养周至者乎？"① 可以说，追求两性相悦，反映了女子青春情怀的涌动；而尽心抚育孩子，则显露出女子的醇厚母性：前者有其生命需要为基础，后者符合社会的一般伦理，更具生活气息。所以说，"聊斋女子"立足在坚实的现实生活的土壤上，属于世俗群体。

而"镜花女子"则属于雅士群体，主要表现在以下一些方面。（1）博学多识、才艺过人是女子生活的重要基础，谈论学问、竞比才艺是女子交往的主要方式。李汝珍治学上喜好多方涉猎，被许桂林誉为"博学多能"，他将自己的学问追求移植到"镜花女子"身上。学识技艺不仅帮助才女们顺利通过女科考试，而且成为她们的交流利器：她们的谈话看似谦虚温和，实则借谈论学问一争高下。（2）行为举止文雅化、生活方式文士化。"镜花女子"待人接物温婉有礼，谈吐应对词气谦和，行为举止端庄大方，有大家闺秀风范，绝没有"聊斋女子"的私奔、妒忌、恶语等"不端行为"。小说赞扬她们说："个个花能蕴藉，玉有精神，于那娉婷斌媚之中，无不带着一团书卷秀气，虽非国色天香，却是斌斌儒雅。"②（3）日常起居去生活化。除了畅谈学问、竞技百家、参加"女科"、参与兴唐反周聚义之外，"镜花女子"无须考虑生活杂事，缺少一个女子的正常生活行为。比如，她们没有对爱情的呼唤和爱情的萌动，婚姻均听从媒妁之言、父母之命，成家后也没有将婚姻、家庭纳入自己的日常关注重心。从这点上来看，李汝珍将她们描述成有青春年华而没有青春情感、身为女子而匮乏女性（母性）的人，滤去了人间气息，强化了人物的文人雅气。

（三）个性的丰富性与性格的群体性的对置

"聊斋女子"性格呈现出多样性、差异性，存在鲜明的两极对立倾向：善的与恶的、孝的和不孝的、多情的与冷漠的、温柔的与暴戾的、性情冶荡的与用情专一的、貌美无异才的与有异才而貌相一般。比如：寇三娘、婴宁等是温婉顺承、善良真诚的女子，江城、黎氏属于性情暴戾、薄情寡义的女子，温姬、阿绣

---

① [清] 蒲松龄. 聊斋志异：会校会注会评本 [M]. 张友鹤, 辑校. 上海：上海古籍出版社, 1986：1025.
② [清] 李汝珍. 镜花缘 [M]. 上海：上海古籍出版社, 2005：306.

属于貌美无异才的女子，乔女、吕无病属于有异才而相貌平常的女子，陈云栖、云芳、程四姐属于孝顺公婆的女子。还有一些女子具有多重性格因素，如追求幸福的鸦头勇于抗争，果断带王生逃离母亲掌控，但是母亲前来捉她时，她迎跪哀啼没有反抗，露出了顺从怯懦的一面。鸦头对母亲逼迫自己出卖色相深为不满，心有怨恨，但当儿子杀死自己的母亲后，她又厉声斥骂"忤逆儿！何得此为"，流露出复杂的情怀。细侯痴心等待王生前来为己赎身，一往情深、善良真诚，但后来为追寻王生竟然杀死了自己的儿子，暴露出她暗隐的戾气与残忍。如此对立的性格因素竟然能集于一人身上，让人不得不赞叹作者体味人情的深刻敏锐、艺术眼光的透辟犀利。

而"镜花女子"的主导性格具有一致性、趋同性，个性鲜明、形象饱满的人物比较少，只有唐小山、颜紫绡、阴若花寥寥数人。唐小山的人生轨迹有两条基本线路：一是在随林之洋远赴海外寻父的旅途中亲见泣红亭石碑碑文，预先得知女榜，并在百谷仙子等仙子点化下悟到自己的本性，最终回归仙境；二是读书求学，实现参加女科考试而高中的人生目标。前一条线路的延伸，主要用以表现唐小山关爱父亲的孝敬之情、海外寻亲的胆略勇毅、历经艰险而毫不畏惧等性格，以完成与"谪仙"因缘叙事结构的呼应，为百名才女回归仙界作铺叙；后一条线路则主要用以展现唐小山与众才女的共性。颜紫绡活泼开朗，武艺高超，单纯善良，也很有主见。第五十九回叙述唐小山等得知宋素被捕的消息，宋良箴、唐闺臣等人都惊慌失色，束手无策。颜紫绡沉着冷静、思考周密，启发大家解决问题。除此之外，百名才女中的绝大多数个性均不甚分明，相反她们的集体特征却很鲜明而集中，主要体现性情温婉、才华出众、孝道仁义、贞节忠义等几个有限的方面。

这种人物性格的构成格局与作者的某些叙事方法、叙事策略有密切关系。李汝珍要借对话显扬才女的学问才艺，对话内容便疏离了人物内心，言语的个性化被冲淡了；小说叙事头绪太多，包括仙凡两界的因果叙事、兴唐反周的政治叙事、宣扬忠孝的伦理叙事等，事件与事件之间缺乏内在联系，难以成为人物性格的成长与展示的载体，无怪乎有人称《镜花缘》主宰女性人物言行的不是她们的思想性格，而是作者的才学。而"聊斋女子"身上也刻有蒲松龄的自足心态，我们却不能据此断言她们是作者的代言人，因为，她们在按照"自己的方式"言语着、行动着。两部小说这一方面的差异，正应了韦勒克说的话："这些'活生生的人物'与小说家的自我有什么关系呢？那似乎是：小说家笔下的人物越是为数众多和各具性格，小说家自己的'个性'就越不鲜明。"①

三、《聊斋志异》、《镜花缘》女性形象之异探因

两位作者所展现的女子性格的某些共性，可以从文学创作中表现女性的传统甚至社会现实找到根源。先秦流传下来的原始神话中有女娲这一崇高神圣的女性，这是对母系氏族时期的遥远回忆，折射出女性在文化史上的重要地位。魏晋以降，大量的女子被写入小说成为主角，她们或者温柔善良、深明大义，对爱情婚姻一片忠贞，或者身怀绝技、侠肝义胆。她们面容娟秀，才智超群，个性鲜明，是古代小说人物画廊中最富魅力的风景。作为深受文学传统滋养的敏感作家，蒲、李二人以前代文学创作的女性形象塑造艺术经验为借鉴，以历史史实和生活现实为基础，塑造出美貌动人、才干过人的女子形象，自然在情理之中。而两部小说女性群体性格的巨大差异，则应该归因于蒲李二人所处时代的社会文化的不同、生活经历的不同以及他们创作心境的微妙区别。

（一）外部与内部社会文化的差异

外部社会文化是作家面对的文化，它直接影响作家的思想，进而间接约束作家对人物类型的选择和人物性格的塑造。内部社会文化是作品艺术空间具有的社会文化，它检验着小说人物言语表达与行动方式的合理性。蒲、李二人笔下的女性群体，一个世俗性强、一个文士化强，关键原因在于作者、女性人物面对的不同的社会文化。

明代中叶以后，小说界兴起了一股宣扬男女之情、情胜于理的小说创作潮流。冯梦龙高唱"我欲立情教，教诲诸众生"，撰著"事专男女"的《情史》使"善读者，可以广情；不善读者，亦不至于导欲"②。在走高格调一路的作家笔

---

① ［美］韦勒克，［美］沃伦.文学理论［M］.刘象愚，邢培明，陈圣生，等，译.南京：江苏教育出版社，2005：96.

② ［明］龙子犹.《情史》序［M］//［明］冯梦龙.情史.南京：凤凰出版社，2001.

下，男女之情的传达符合传统伦理，含蓄真诚而醇厚雅正；而在走世俗化一路的作家笔下，男女之情则表现得缠绵热烈。这些小说创作的流风所及直至清代初期，其时统治者关注的焦点集中在稳定政权、统一政教和缓解民族矛盾等方面，尚未能在文学特别是小说领域提出类似明初那样对小说加以禁锢的律令措施。在这种情况下，蒲松龄描写了为数不少的热情大胆、敢于冲破世俗的女性，是文学流变的自然延续，也能为社会文化空间所接受。《聊斋志异》能在王士禛、高珩等高官间传布，并得到他们的题辞作序，正反映出当时社会主流文化尚未排斥小说中"男女大防、诲盗诲淫"等现象。就小说内部而言，一方面如果剔除人物身上的仙妖鬼怪异质，"聊斋女子"绝大多数是普通人家女儿，生活在远离封建文化集中地的村镇、乡野、山林等，缺少对封建女诫畏若神灵的虔诚；另一方面，一些女子主动与男子欢爱的行为往往发生在夜间的荒宅、古寺或僻静的书房中，形成了对生活真实场景的疏离与过滤，女子可以暂时抛开封建礼教，上演一幕幕旖旎香软的情爱剧。内外文化因素的交织，使蒲松龄笔下的女子对男女之情的本能要求多一些，情感表达显得热烈执着而非含蓄羞赧。

随着清王朝中央集权体系的巩固，封建政权对社会文化的控制力日益增强，混杂着政治高压的文字狱、借醇厚民心为由的禁毁书籍等措施扭转了文人的著书立说的价值取向，文人治学由指点江山的风气一变为朴实厚重的风气，治学方法由玄谈理气心性一变为推重训诂考订，乾嘉学派由此形成。李汝珍在海州生活期间的授业老师凌廷堪，是乾嘉学派中扬州学派重要人物，人称"淹贯百家，精于三礼、天文、律算、音韵之学"，他无所不窥、涉猎广泛的治学风格对李汝珍影响甚深。李汝珍的治学偏好和学识素养促使他在小说中介绍各种学问技艺，让百名才女成为最佳的炫学代言人，其笔下的才女们自然就染上了浓郁的文人气息。而在《镜花缘》的艺术空间内，才女们大多生在官宦之家、书香门第，多有深厚的家学渊源。她们自幼受到渗透了传统礼教对女子"德容言功"多方面要求的良好的家庭教育，将"忠孝节义"作为重要的道德准则，在待人接物、举止言谈等方面温文尔雅、文质彬彬，自然不会像"聊斋女子"那样将男女欢好挂在嘴边，更毋庸行动上大胆追求了。

（二）作者生活经历的影响

如果说"聊斋女子"的某些特性，如对男子的无私奉献、一往情深等，可以归因为蒲松龄"在两性关系上的顽强心理动机和潜意识渴望"[1] 和"千百年男权社会形成的男子中心男子享乐意识"[2]，而有一些特性如以婚姻家庭为重心、以日常生活为中心的人生旨趣，则无法归因于上述创作心理，只能从蒲松龄生活状态和人生经历寻求根源。蒲松龄与兄弟相处并不十分融洽，而自己要么远离家乡为同乡孙蕙做宾幕，要么长期在毕家做西席，抚养儿女、照顾家庭等全靠妻子刘氏。蒲松龄忍受着长期独居生活的煎熬，对刘氏为家庭付出的辛劳心存感激，对未能尽享天伦之乐和兄弟情疏感到伤怀。可以说，对"家"的呼唤远胜于对远离现实世界的"桃花源"的呼唤，所以他将家庭生活作为小说的主体内容和重要场景，而女性是家庭这一艺术空间不可或缺的构成要素，这就注定"聊斋女子"不可能摆脱一般家庭的平凡生活。此外不能忽视的是，由于长期生活在乡村，蒲松龄成长为一个重视现世生活、扎根于现实世界的乡土知识分子。他著有《日用俗字》帮助乡亲纠正日常用字的错讹；因为"居家要务，外惟农而内惟桑"而编写《农桑经》；他编写《珊瑚》、《张诚》等小曲，《禳妒咒》、《墙头记》等牌子戏，主题皆为宣扬孝道、劝善戒恶、讲求和睦。蒲箬说父亲蒲松龄的"《省身语录》、《历字文》、《农桑经》、《日用俗字》……之属，种种编辑，亦足以补益身心而取资于日用"[3]。所以，我们完全可以理解蒲松龄何以将重心放在家庭生活上而不是文士般的优雅生活上。因此，尽管少数"聊斋女子"也富有风神优雅的才情，堪与文士风流唱和，但那毕竟是少数，大多数女性需要处理家庭生活的种种事务，身上自然就多了世俗味。

而李汝珍的生活状况则与蒲松龄大不同。李汝珍在《镜花缘》中提及"两唐书"作者的生存状态和创作境况，认为后晋刘昫在战乱频仍的时代编撰《旧唐书》，辛苦异常，缺少闲情逸致；而欧阳修、宋祁等人被《新唐书》闹了十七年，

---

[1] 马瑞芳.《聊斋志异》的男权话语和情爱乌托邦 [J]. 文史哲，2000（4）：73-79.
[2] 董国炎. 明清时期小说思潮 [M]. 太原：山西人民出版社，2004：424-429.
[3] [清]蒲箬等. 祭父文 [M]//朱一玄.《聊斋志异》资料汇编. 天津：南开大学出版社，2002：280.

心血耗费殆尽。言下之意是，自己在优雅闲适的生活中从容不迫地创作了《镜花缘》，用小说中的话说是"心有余闲，涉笔成趣。每于长夏余冬，灯前月夕，以文为戏"①。他还借小说介绍自己的生活状态说："恰喜欣逢圣世，喜戴尧天。官无催科之扰，家无徭役之劳，玉烛长调，金瓯永奠；读了些四库奇书，享了些半生清福。"② 生活在富裕悠闲中的李汝珍难以体会蒲松龄为交纳赋税而忧劳的心情，更体会不到蒲氏汲汲于功名的郁愤情绪和念念于富足的迫切心愿。当李汝珍带着重意尚趣、轻松闲雅的心态创作小说时，常常不由自主地将文士风度迁移到女性人物身上，把封建社会为文人学士所具备的渊博学识、多样杂艺也赋予女性人物。没了日常琐事和家庭生活的牵绊，李汝珍笔下的女子便多了超然的文雅气息。

（三）创作观念和审美情趣的差异

自《金瓶梅》对男女情色做了畸形描写，将人的原始欲望和兽性彻底暴露出来之后，许多小说步其后尘，以描绘男女情事为能事。即便像"三言"、"二拍"中以淫报为主题的作品，也夹杂了一些有挑逗性的甚至猥亵的暗示与描写，客观上起到了宣扬男女情色的作用。明末清初，小说领域还出现了以淫秽之笔写男女情欲的艳情小说，将笔墨聚焦在感官刺激上，形成以艳情为美、以淫俗为尚的恶俗趣味。这种创作习性对蒲松龄诗歌、小说的创作均有一定的负面影响。

在应同乡孙蕙的邀请赴宝应作宾幕时，蒲松龄目睹了官宦们声色歌舞、歌姬成群的富贵生活，写了一些散发着浓郁香艳气息的诗篇，如"垂肩鞶袖拥琵琶，冉冉香飘绣带斜"（《树百宴歌妓善琵琶，戏赠五首》）、"五斗淋浪公子醉，雏妓扶上镂金床"（《戏酬孙树百》）、"曼声发娇吟，入耳沁心脾"（《听青霞吟诗》）等。在此前后，蒲松龄收集了一些事关男女的鬼狐故事素材，创作了《莲香》、《巧娘》两篇③狐妖、鬼女共事一男的富有情色暗示与挑逗的作品。蒲松龄不是严格恪守儒家礼教的道学家，其骨子里有一般文人共有的对女性的赏玩心态，故而受到明代中叶以来写男女情色作品的习气感染，刻画了媚态动人、情怀热烈甚

---

① ［清］李汝珍. 镜花缘 [M]. 上海：上海古籍出版社，2005：480.
② ［清］李汝珍. 镜花缘 [M]. 上海：上海古籍出版社，2005：480.
③ 袁世硕，徐仲伟. 蒲松龄评传 [M]. 南京：南京大学出版社，2000：32.

至略显放浪的女性形象。

　　与蒲松龄乐于描绘眉目传情、话语挑逗的温软场景相比，李汝珍则没有沾染明清之际小说中那股津津乐道男女情事的习气。《镜花缘》只有一处写到男女情事，那就是第三十六回中对女儿国主强迫林之洋为妃，想成就鸾凤合和的好事描述。那段文字侧重于林之洋心理活动的展现，而不刻意渲染男女共处一室的场景，有"情"的煎熬而无"色"的暧昧，不仅视觉上显得雅净，而且渗透着"冷意"，不像《聊斋志异》中写男女共处时洋溢着一股"暖意"。在其他地方，李汝珍除了借人物的口吻郑重谈论男女婚姻，更无一笔涉及男女私情，更毋庸说展现人物的自然欲望。以庄重的态度、雅净的文笔刻画女子形象，是李汝珍儒家文学观念影响下的美学倾向所决定的。自先秦孔子评价"诗三百"，一言以蔽之为"思无邪"，后世儒者论诗谈文多以此为圭臬，崇尚温柔敦厚、有益教化的创作思想和文学观念。李汝珍以高雅的文士操行砥砺自己，朋友石文煜赞扬他有"慷慨磊落之节概"、"澄心渺虑之神"，能够"黼黻皇猷，敦谕风俗"①，他创作《镜花缘》便遵循了儒家文学传统，"所叙虽近琐细，要归于正，淫词秽语，概所不录"，着力刻画女子的"金玉其质"与"冰雪为心"。②

　　这方面的差异带来了二人文化取向的分歧，虽然他们骨子里都认定男性文化比女性文化更具优势。蒲松龄对女性的关注重心和赏玩态度导引他采取了男外女内的社会分工、女为悦己者容的情爱角色的文化取向，在传统女性家庭角色观念的圈子内写出女子过人的才干、热烈的情爱。而李汝珍则采取了以文士生活为范型的文化取向来重塑女子形象，虽然未能为女性寻找到一条真正属于她们自己的路，但是用与男子同样的文化标尺揄扬女性，即使不能据此说李汝珍有宣扬妇女解放的思想观点，也须承认这是不自觉的女性解放的先声。蒲、李二人对女性的文化取向正构成了封建文化的女性理想的两个互补性侧面：从日常生活需要的角度，要求女子成为男子解除后顾之忧的助手，所谓孝道持家、相夫教子以为男子的事业或社会生活提供有力的支持；从精神家园的需要方面，要求女性堪做男子

---

① 孙佳讯.《镜花缘》公案辨疑 [M]. 济南：齐鲁书社，1984：13.
② [清] 李汝珍. 镜花缘 [M]. 上海：上海古籍出版社，2005：1.

文雅多识、优雅情趣的对话者，所谓红袖添香、鲜花解语以慰藉和消释男子心灵的焦灼与寂寞。

　　基于上述对"聊斋女子"、"镜花女子"在群体性格上的同与异的分析与认识，我们将《聊斋志异》、《镜花缘》与《金瓶梅》、《红楼梦》等作品按照创作时间关联起来，似乎可以发现明代中叶以来小说对女性形象的刻画所走的一条衍变线路，即表现重心从展现女性的生命欲望逐渐走向展现女子的生命情怀与才干品性并重，进而转为关注女性的命运遭际和主体意识；美学特色由浮艳俚俗逐渐演变为雅俗并存、庄谐互融；对女性的态度由带有猥亵色彩的鄙视，变为带有男性臆想和美质欣赏的双重心态，进而变为对女性人生价值的尊重。蒲、李二人以富有个性的对女子形象的描绘丰富了这一衍变的内涵与深度。

第六章　叙事情境：多重视角与叙事介入

"所谓叙事，指的是具有以下两个特征的文学作品，即存在一个故事和一个故事的叙述者。"[①] 这一定义若能可靠地揭示"叙事"的内涵，则内在地决定了叙述者与故事之间存在着天然的、难以割裂的关系。叙述者要么是故事的参与者，要么是故事的旁观者，要么是故事的听闻者。《聊斋志异》的"叙述者"[②]与故事之间，就存在着种种复杂微妙的关系。《地震》中记载的康熙年间发生的地震灾害为蒲松龄所亲历亲见，这儿的"我"身处故事之中，又是叙述者；《偷桃》虽然标称演春为"我"亲眼所见，这儿的"我"是故事的旁观者，不是故事的叙述者；《狐梦》点明了故事的来源，在文末称"康熙二十一年腊月十九日，毕子细述其异"，则显示叙述者有两个，一个在故事之内，一个是故事的记录者蒲松龄；可以确定的是，《胡四娘》、《阿绣》等篇章的叙述者在故事之外。西方叙事理论将这些有关叙述者与故事的关系问题，包括以怎样的立场讲述故事、话语形式有什么特点、叙述采用的人称等，整合在"叙事角度"的话题下加以精细研究。罗钢对相关研究成果作了全景式的总结，列举了英美理论界划分的互有交

[①] 罗钢. 叙事学导论 [M]. 昆明：云南人民出版社，1994：158.

[②] 为行文方便，本章将讲述故事的主体一概称为"叙述者"，不区分使用西方叙事理论所区别的"作者"、"隐含作者"、"叙述者"等概念。

错、差异细微的数十种叙事角度类型①。在罗钢看来，西方叙事理论使用的"叙事角度"这一概念宽泛而复杂，作为批评术语有欠精确。为了避免歧义和偏颇，他借用奥地利学者斯坦泽提出的"叙事情境"概念并加以修正，用来阐明叙述者与故事之间的种种复杂关系②。基于《聊斋志异》中叙述者与故事存在的多样关系，笔者借鉴罗钢的思路与框架，适当吸收西方叙事理论中有关叙事角度的理论、观点，对《聊斋志异》的叙事情境加以分析。

第一节 《聊斋志异》叙事情境简析

罗钢将小说叙事情境为三大类型，分别是第一人称叙事情境、作者叙事情境和人物叙事情境，而这些叙事情境涉及叙事方式、叙事角度和叙事人称等三种要素③，在《聊斋志异》中均有应用和体现。

一、《聊斋志异》的作者叙事情境

作者叙事情境的基本特征是，"叙述者外在于人物的世界，叙述者的世界存在于一个与小说人物世界不同的层面，叙述者采取的是外聚焦"④。这一叙事情境指称的作者与故事的关系，包含了布鲁克斯、沃伦等人所说的"作者—观察者角度"和"全知作者的角度"，其叙事人称为第三人称。

作者叙事情境中的叙述者掌握着很大的自由权和话语权。在处理自身与故事的关系方面，叙述者既可以让自己置身于故事边缘，以旁观者的身份叙述故事：或者采取客观冷静的"展示"方式，或者采用带有主观色彩的"讲述"⑤方式。也可以"身处"故事中心，将一切复杂的情节、错综的头绪甚至隐秘的信息毫无

---

① 罗钢. 叙事学导论 [M]. 昆明：云南人民出版社，1994：159－161.
② 罗钢. 叙事学导论 [M]. 昆明：云南人民出版社，1994：162－163.
③ 罗钢. 叙事学导论 [M]. 昆明：云南人民出版社，1994：163－166.
④ 罗钢. 叙事学导论 [M]. 昆明：云南人民出版社，1994：163.
⑤ "讲述"或"展示"在叙事理论的视野下有特殊的内涵。热奈特将关注这个问题的第一人归于柏拉图。柏拉图在《国家篇》第3卷中提出两个对立的叙述语式，其一是诗人"以自己的名义讲话，而不想使我们相信讲话的不是他"（柏拉图称之为纯叙事）；其二正相反，"他竭力造成不是他在讲话的错（见下页）

保留地呈现在读者面前，或者根据叙述需要有意识地截留某些信息。《胡四娘》中的故事可以分为三个相互连贯而又相对独立的事件系列。(1) 胡四娘嫁给家中赤贫、没有功名的程思孝，为兄弟姊妹瞧不起，"群公子鄙不与同食，必仆咸揶揄焉"，偏偏神巫说她是"真贵人"，由此益受讥讽。她二姐宣称："程郎如作贵官，当抉我眸子去！"唯有父亲的爱妾李氏对他们夫妻二人照顾有加。(2) 程思孝励志苦读，经过一番波折后中举，任翰林庶吉士，众亲友对四娘夫妻态度剧变，前倨而后恭。(3) 程思孝为官清正，乐善好施，不计前嫌帮助妻子的兄弟姊妹。叙述者无论叙述程四娘受尽白眼，还是叙述程思孝高中后备受青睐，还是叙述程思孝夫妻对亲友不计前嫌施以援手，都扮演站在一旁边的观察者、见证者，履行将见闻转述给读者的职责，不掺入丝毫属于"自己"的感受与评价，人物的品性、事件的价值则完全通过人物的言行、事件的性质解释和印证。《娇娜》中的叙述者明显活跃多了，经常难以控制表达欲望，走进故事之中评点人物和事件。在小说开头，叙述者对孔生作了先入为主的评价，称他"为人蕴藉，工诗……落拓不得归"；孔生娶松娘为妻之后，叙述者又站出来评价松娘，赞她美貌贤德，"事姑孝；艳色贤名，声闻遐迩"；孔生救了娇娜，两家生活在一处，叙述者再次发声，羡慕他们"棋酒谈宴，若一家然"。经过多次现身在故事中传递对人物、事件的评价之后，叙述者仍然意犹未尽，在故事结束之后通过"异史氏"的话倾吐自己的心曲，"余于孔生，不羡其得艳妻，而羡其得腻友也。观其

（接上页）觉"，若是口头表述的话语，则是某个人物讲的，这就是柏拉图所谓的模仿或 mimésis. 热奈特将作品特有的模仿要素归结为柏拉图在其理论中已隐约提到的两个方面：一是叙述信息量大（叙事更展开，或更详尽），二是信息提供者即叙述者不介入（或尽可能少地介入）（[法] 热拉尔·热奈特. 叙事话语·新叙事话语 [M]. 王文融, 译. 北京：中国社会科学出版社, 1990：108—111.）。韦恩·布斯称之为"艺术的'显示'和非艺术的'讲述'"。（[美] W·C·布斯. 小说修辞学 [M]. 付礼军, 译. 南宁：广西人民出版社, 1987：11.）现代叙事理论分别称为"讲述"（telling）和"展示"（showing），二者之间有三点区别：一是就其与所描述的对象距离而言，前者距离远，后者距离近；二是就传达的叙事信息而言，前者较少，后者较多；三是前者介入文本的痕迹鲜明，后者不介入或很少介入文本（罗钢. 叙事学导论 [M]. 昆明：云南人民出版社, 1994：189 - 191.）。笔者使用的"讲述"或"展示"，在某些段落中其内涵属于叙事理论的范畴，在某些段落中则为一般词义。"讲述"的一般词义与"叙述"、"陈述"相同或相近，"展示"的一般词义与"展现"、"呈现"、"表现"相近。文中"讲述"或"展示"的内涵所指凭语境判定，不一一做区别说明。

容可以忘饥，听其声可以解颐。得此良友，时一谈宴，则'色授魂与'，尤胜于'颠倒衣裳'矣"。

在处理自身与人物的关系方面，叙述者可以叙述某一人物所看到的，可以模仿故事中的某一人物进行对话，也可以自由进入、走出人物内心，披露人物隐藏颇深的思想情感。在《僧孽》中，叙述者先是借助张某的眼睛观看冥狱，将他哥哥在阴间受刑的情状展现出来："扎骨穿绳而倒悬之，号痛欲绝"。然后同样通过张某的眼睛，将"看到"的阳间情景描绘出来：他活在人世的哥哥"疮生股间，脓血崩溃，挂足壁上，宛然冥司倒悬状"。《小谢》中陶望三从静观小谢、秋容两个女鬼的行动而心有所动，到不胜其扰，再到与二女鬼融洽相处、渐生爱意。叙述者不仅可以随意走进陶望三"内心"掌握他的所想所感，将他的情感变化历程叙述得细腻可感，还能自如地得知小谢、秋容的欢喜、悲伤、嫉妒、绝望等情感的波动与心态的变化。与《僧孽》这样纯粹借助人物"眼睛"观察故事中的人与事的作品相比，《小谢》的叙事更加委婉曲折，情味也更加深永。

由此可见，同样运用作者叙事情景，当叙述者与故事存在着距离远近的差异、与人物存在着亲疏关系的区别的时候，《聊斋志异》中不同的故事呈现出的话语面貌、作品的文本形态和作者叙述意图的实现程度等方面也会有明显的不同。所以，下面主要从中立型叙事角度、编辑型叙事角度、戏剧性叙事角度三种亚类型入手，考察《聊斋志异》运用作者叙事情境的具体情形。

(一) 中立型叙事角度

中立型叙事角度与其他叙事角度的差异，主要体现在叙述者使用的叙述方式和对所叙故事及人物的态度上。使用中立型叙事角度的作品留给读者的印象是，叙述者仿佛不发一言地站在一旁，见证着整个故事的发展历程；叙述文本以描写外在的、容易为人感知的现象为主要内容。《快刀》讲述了一个囚犯但求速死的故事：

明末济属多盗，邑各置兵，捕得辄杀之。章丘盗尤多。有一兵佩刀甚利，杀辄导窾。一日捕盗十余名，押赴市曹。内一盗识兵，逡巡告曰："闻君刀最快，斩首无二割。求杀我！"兵曰："诺。其谨依我，无离也。"盗从之刑处，出刀挥之，豁然头落。数步之外犹圆转，而大赞曰："好快刀！"

这则短小的故事大部分文字用来作概要介绍和简约叙事，叙述者非常吝啬自己的情感倾向，只使用了"逡巡"、"豁然"、"数步之外犹圆转"寥寥几个词语描绘情状。故事中的人物"不动情、不动心"，折射出叙述者的平静淡定，从而拉远了叙述者与故事的距离。可以说，叙述者将自己置身于故事之外，客观冷静地陈述事件、勾画人物，叙述话语主要采用不掺入叙述者情感色彩的展示方式，是中立型叙事角度的特色之一。

中立型叙事角度的另一特色是，叙述者侧重于描写人物的言语、动作、表情和事件进展所处的空间场景上，一般不走进人物内心，透露他们的心理活动。即便偶尔涉及人物的内心世界，往往吉光片羽式地一带而过，不对人物的心理活动作细致的描写和深入的表现。如《丐僧》：

> 济南一僧，不知何许人。赤足衣百衲，日于芙蓉、明湖诸馆，诵经抄募。与以酒食钱粟皆弗受，叩所需又不答。终日未尝见其餐饭。或劝之曰："师既不茹荤酒，当募山村僻巷中，何日日往来于膻闹之场？"僧合眸讽诵，睫毛长指许，若不闻。少旋又语之，僧遽张目厉声曰："要如此化！"又诵不已。久之自出而去，或从其后，固诘其必如此之故，走不应。叩之数四，又厉声曰："非汝所知！老僧要如此化！"积数日，忽出南城，卧道侧如僵，三日不动。居民恐其饿死，贻累近郭，因集劝他徙。欲饭饭之，欲钱钱之，僧冥然不动，群摇而语之。僧怒，于衲中出短刀，自剖其腹，以手入内理肠于道，而气随绝。众骇告郡，槁葬之。异日为犬所穴，席见；踏之似空，发视之，席封如故，犹空茧然。

该丐僧行径怪异，有三点令人费解：一是"日于芙蓉、明湖诸馆，诵经抄募"，不接受俗众的饭食布施，终日不进餐；二是声称"要如此化"，其目的在于感化众生，却又不向民众宣佛布道；三是众人好心相劝，僧人反而心生怒气，用短刀剖腹身亡。叙述者既没有透露相关信息或解释僧人这样做的原因，也没有通过心理描写传递僧人如此行事的真实意图，更没披露这种化人方式的玄妙之处。文本中有一些针对次要人物的心理描写，如"居民恐其饿死，贻累近郭，因集劝他徙"、"众骇告郡，蒿葬之"，均属于概要式写法，简单而不深透。对故事做这样的叙述处理，可以给读者留下客观真实的印象，反映出叙述者为尊重客观叙事而不超越视角界线所做的努力。

叙述者力求将自己的观点隐藏在事件背后，一般不在故事中有意识地透漏自己的思想观点，绝少公开发表自己对事件、人物的评价，这是中立型叙事角度的又一特点。在这儿，"中立"不仅意味着叙述者保证所叙事件的客观性、真实性，还意味着叙述者保持公允的立场，不以自己的思想观点左右人物、影响读者。如《水灾》：

> 康熙二十一年，山东旱，自春徂夏，赤地千里。六月十三日小雨，始种粟。十八日大雨后，乃种豆。一日，石门庄有老叟，暮见二羊斗山上，告村人曰："大水至矣！"遂携家搬迁。村人共笑之。无何，雨暴注，平地水深数尺，居庐尽没。一农人弃其两儿，与妻扶老母奔避高阜。下视村中，汇为泽国，并不复念及两儿。水落归家。一村尽成墟墓，入己门，则一屋独存，见两儿尚并坐床头，嬉笑无恙。咸叹谓夫妇孝感所致。此六月二十二日事。

这则故事旨在赞美孝子，宣扬孝情，关键情节是农人和妻子扶着老母亲到高地躲避洪水。叙述者完全可以详细描写农人及妻子选择弃儿救母的行动以及心理活动，正面赞美夫妻二人舍儿救母的举动，或挺身而出与读者交流自己对夫妻二人的评价。但是，叙述者仅仅交代了一句话"一农人弃其两儿，与妻扶老母奔避高阜"，文中有一处流露出对夫妻二人行为的看法，使用的是间接引语，借众人之口赞扬他们的孝情，"咸叹谓夫妇孝感所致"。自始至终，叙述者没有对读者正面表露出自己对人物、事件的态度与看法。

当然，中立是相对的，纯粹的客观立场是难以完全实现的，因为叙事作为叙述者自觉的、有意识的行为，本身就带有主观性。这儿的"中立"、"客观"指的是叙述者尽力通过事件、人物自身引发读者的思考、体验和感受，把判断的权力交给读者。如《孙必振》：

孙必振渡江，值大风雷，舟船荡摇，同舟大恐。忽见金甲神立云中，手持金字牌下示；诸人共仰视之，上书"孙必振"三字，甚真。众谓孙："必汝有犯天谴，请自为一舟，勿相累。"孙尚无言，众不待其肯可，视旁有小舟，共推置其上。孙既登舟，回首，则前舟覆矣。

虽然叙述者没有提供更多的有关孙必振的信息，如他为人处事有何特点、做过什么亏心事或有什么善举，也没有对众人在大风浪里把孙必振推到小船上的行为作评价，但是，作品先有金甲神举出金牌暗示"孙必振"的命运，再以众人说孙必振"犯有天谴"的话为呼应，读者被叙述者一步步地引向"神灵判决"的联想之路，其叙事意图顺利得以实现。

（二）编辑型叙事视角

弗里德曼将叙事视角分为八种不同的类型，其中一种为编辑型全知叙事视角。编辑型叙事视角的叙述者"常常站出来，发表有关道德、人生哲理等方面的议论"，也可以"直接展示人物的思想、知觉和情感"。[①] 编辑型叙事视角与中立型叙事视角同属全知叙事，但二者区别很大。中立型叙事视角中仅存有外在于故事的叙述者的"眼光"，并将该"眼光"、"看到"的客观世界、事件展现或陈述出来。而编辑型叙事视角中，不仅存在叙述者的"眼光"，还存在叙述者的"声音"，即叙述者对故事世界中的事件、人物的立场、观点。换句话说，叙述者有了评价、宣讲等传递思想、渗透情感的自由度，可以更多地运用"讲述"而非"展示"的话语方式叙述故事，这为带着强烈的主观情怀创作小说的蒲松龄提供了最佳的视角。

《聊斋志异》中经常流露出对人物、事件的情感倾向和是非评判，刻写出叙述者不在场但其声音在场的痕迹。叙述者最抢眼的存在是直接走进故事发表议论。如《崔猛》一篇开头：

崔猛字勿猛，建昌世家子。性刚毅，幼在塾中，诸童稍有所犯，辄奋拳

[①] 申丹. 叙述学与小说文体学研究 [M]. 北京：北京大学出版社，2001：192-193.

殴击，师屡戒不悛，名、字皆先生所赐也。至十六七，强武绝伦。又能持长竿跃登夏屋。喜雪不平，以是乡人共服之，求诉禀白者盈阶满室。崔抑强扶弱，不避怨嫌；稍逆之，石杖交加，支体为残。每盛怒，无敢劝者。惟事母孝，母至则解。母谴责备至，崔唯唯听命，出门辄忘。

这段文字不仅写出了崔猛的多重品性特点，如刚毅勇猛、自尊心强，抑强扶弱、富有正义感，孝敬母亲、顺承恭敬等，还点出了崔猛其他方面的一些特点，如武艺高强、遇事难以自控、屡次闯祸却屡教不改等。这些性格特点不仅陆续通过崔猛的行为表现出来，而且影响了故事情节的发生、发展乃至结果。像这种叙述者在小说开头评价人物特点，继而以人物行动印证叙述者的评价，借助人物性格调控情节及其进展节奏的作品，在《聊斋志异》中比比皆是。

《聊斋志异》叙述者对人物、事件进行议论和评价的基本立场是扬善贬恶，尤其乐于导人向善。例如，在反映文人士子科场道路坎坷、命运偃蹇的作品《叶生》中，叙述者怀着"同是天涯沦落人"的惺惺相惜之情，赞扬淮阳叶生"文章词赋，冠绝当时"，同情他"所遇不偶，困于名场"、"文章憎命，及放榜时，依然铩羽"的不幸遭际；在以女子奉亲持家、相夫教子为题材的作品《小二》中，叙述者盛赞小二"为人灵巧，善居积，经纪过于男子"；在《细侯》中，叙述者对细侯杀死自己与商人所生的孩子回到心爱的人身边一事，既有所嘉许也颇有微词，认为细侯"破镜重归，盟心不改，义实可嘉。然必杀子而行，未免太忍"；在《阿霞》中，对景生杀害妻子谋取阿霞一事，则愤怒地加以无情的痛斥，"人之无良，舍其旧而新是谋，卒之卵覆而鸟亦飞，天之所报亦惨"。这些作品的叙述者直接点明人物性情、处事等特点，容易使读者形成先入为主的印象，并易于依据此印象去解析人物言行隐藏的原因、意义和价值。即便叙述者在故事完结之后阐明自己的立场、看法或感受，也很注重引发读者明辨是非、剖析善恶相关的联想。因此，叙述者介入文本阐明立场的行为不仅让我们看到其调控故事的欲望，也让我们感受其干涉读者阅读行为的倾向。

有时叙述者将自己的立场传达得比较含蓄隐蔽，但若仔细品味文本，仍然可以辨认出叙述者在绘景、叙事、写人的文笔中蕴藏的情感指向。如对阴间考弊司府衙的描绘：

> 言次，已入城郭。至一府署，廨宇不甚弘敞，惟一堂高广，堂下两碣东西立，绿书大于栲栳，一云"孝弟忠信"，一云"礼义廉耻"。躇阶而进，见堂上一匾，大书"考弊司"。楹间，板雕翠色一联云："曰校、曰序、曰庠，两字德行阴教化；上士、中士、下士，一堂礼乐鬼门生。"（《考弊司》）

石刻大字与两楹对联在字面上标举儒家伦理思想，宣扬考弊司对礼教以及教化"鬼众"的推崇，这是"不可靠"描述。真实的情况是，考弊司司主"虚肚鬼王"要求凡初次拜见他的人（鬼）必须按照旧例献上一块从大腿上割下的肉。闻人生得知自己前世为虚度鬼王的祖父行辈，欲替秀才求情豁免割肉奉进，被虚肚鬼王断然拒绝。考弊司府衙前的这些刻字与楹联的字面含义与虚肚鬼王徇私舞弊、贪婪残忍的行径形成叙事反讽。这是叙述者刻意安排的，蕴含着叙述者对虚肚鬼王这种贪墨无耻行径的犀利嘲讽。

叙述者的"声音"还可以交融在人物的"声音"之中，或者被人物所"遮挡"，形成"混响"式叙事。在《于去恶》中，于去恶向陶圣俞介绍阴间任用帘官须经考试选拔的缘由说：

> 此上帝慎重之意，无论鸟吏鳖官，皆考之。能文者以内帘用，不通者不得与焉。盖阴之有诸神，犹阳之有守令也。得志诸公，目不睹坟典，不过少年持敲门砖，猎取功名，门既开则弃去，再司簿书十数年，即文学士，胸中尚有字耶！阳世所以陋劣幸进，而英雄失志者，惟少此一考耳。

阴间举行选拔士子的科考之前，先要举行选拔帘官的考试，这纯粹是子虚乌有之事。然而，这虚构之事、虚幻之语并非毫无意义。蒲松龄认为自己的科举功名之路止于乡试，与帘官识文眼力低、衡文不公平有至为关键的关系。于去恶对阴间选用帘官的公正慎重之举的赞扬，以及对阳间得志诸公以读书为敲门砖、一旦功名成就一变而成胸无点墨与两眼昏黑的庸才的批评，既是叙述者的立场、观点表达，也是作者一腔孤愤的宣泄。类似的人物声音与叙述者声音的混响，在《何仙》、《张鸿渐》、《叶生》、《诸生》中均可见到。在这些作品中，叙述者借普通人、鬼魂之口倾诉着天下失意文人（也包括蒲松龄自己）的悲辛与郁愤。

编辑型叙事视角的叙述者还具有不受任何视角约束的全视野自由叙事的能力，不仅掌握与故事相关的任何信息，谙熟故事的一切背景信息甚至专门领域的知识，并根据叙事需要自由地将呈现给读者；还知晓故事世界任何一个角落发生的事件、存在的现象，能自由进入人物内心世界，将其细密甚至隐秘的心理透露给读者。《白秋练》是一篇人妖相恋题材的小说，其中有这样一些情节：（1）慕生从商闲暇之余吟诵诗文，白秋练常于窗外聆听，生出爱慕之情；（2）白秋练思慕慕生，久而成疾，她的母亲亲自把她送到慕生身边；（3）慕生吟诵诗歌治愈了白秋练的疾病，二人亲热爱悦，相约厮守一生；（4）父亲怀疑慕生召妓，呵斥慕生；（5）白秋练得知慕生相思成疾，前往慕生家中为他吟诗疗疾；（6）白秋练告知母亲身份秘密，央求慕生向道士求书一个"免"字，以化解危难。在（1）中，叙述者写道："生乘父出，执卷哦诗，音节铿锵。辄见窗影憧憧，似有人窃听之，而亦未之异也。"这儿，"看"的行为属于慕生，"讲"的行为属于叙述者，即"眼光"是人物的，而"声音"是叙述者的。在以后的情节中，叙述者就接管了叙述中的权力，不再借助人物的眼光观察一切，"看"和"讲"全部收到叙述者那里，在此后的五个情节环节中，我们可以辨认出叙述者的视线的变化：在（1）（3）（5）（6）中，叙述者的眼光聚焦在慕、白二人身上，讲述二人所做的事和所说的话；在（2）中，叙述者的眼光分出一部分，投射在白练秋的母亲身上；在（4）中，叙述者则将慕生的父亲置于聚焦的中心，成为父子对话的主导方。在这些主干情节上，叙述者还依次穿插着透露每一个登场人物的心理活动，包括慕生暗怀的父亲允婚的期待、因白母送来秋练而生的窃喜、被父亲拒绝的忧虑，以及慕生的父亲对白秋练的鄙薄、对慕生的愤怒与怀疑。这些心理描写用笔不多，却能使我们感受到叙述者展示的自由度。可见，在《聊斋志异》一些篇章中，自由的、无所不在、无所不知的编辑型视角的叙述者能够替代人物讲述一切，不仅能够讲述人物所有的经历，还能讲述按情理只有当事人才能看到的场景、知晓的事情和体验的情感。

《聊斋志异》包含丰富的仙妖鬼狐题材，作者建构的艺术空间从现实世界延伸到虚幻空间，因此与一般写实性小说中的叙述者相比，它的编辑型叙事视角叙述者的笔触更加无拘无束，包罗万象。人物在拟实空间里活动，叙述者就跟着人物游走在拟实空间；人物在虚幻空间里生活，叙述者就追随着人物来到虚幻空间；人物在拟实空间、虚幻空间之间穿梭（有时还会受到一定条件的限制），叙述者同样来往自由，不受任何条件的约束。《续黄粱》的叙述者不仅"看到"新贵曾孝廉与同年一起游览禅寺，"听到"他与星相术士一番关于富贵的对话，而且深入曾孝廉的梦中，知晓他梦中二十年为官路上随着个人欲望的急剧膨胀而做下的种种丑恶之事，包括贪墨枉法、排挤能臣、任人唯亲、沉迷女色、荼毒生灵等。这一梦境，其实是曾孝廉藏心灵深处的潜意识的形象化显现。不仅如此，叙述者还讲述了曾孝廉在梦中一生作恶多端而被带入阴间，遭受下油锅、上刀山、入火海、灌金汁的酷刑，记录了他转世为女子的悲惨经历。在这篇小说中，叙述者不需要使用特别的手段，也不需要做专门的交代，就能自由地追随曾孝廉的行踪和心路，把"自己的一切见闻"记录在案，拟实空间与虚幻空间的界限、现实中的短暂一觉与梦境中的二十年的时间反差、一次为鬼与两世为人的阴阳两隔，对叙述者没有形成任何阻碍。

　　《聊斋志异》还有两类使用编辑型叙事视角的特殊作品。一类是《小翠》、《婴宁》、《侠女》等。叙述者的全知全觉只用于小说核心人物身上，或者用于将眼光聚焦在核心人物身上的人物。对这样的人物，叙述者不仅描写其言行、表情，而且深入其内心世界揭示其心理历程；对其他人物，叙述者只描写其言行、外貌，不进入他们的内心世界，由此形成具有有限视域的全知叙事。《小翠》在小翠假冒冢宰身份宣扬拜见王侍御、幻化皇冕龙袍戏弄王给谏、闷蒸元丰治愈他的痴病、摔碎价值千金的玉瓶等情节中，叙述者极少表现小翠的心理活动，读者只能凭文本中"女惟憨笑"、"女在内含笑而告"、"女坦笑不惊"等数句情状描写推测、感受她的心情。至于小翠为什么这么做、有什么目的，叙述者整个事件过程中不作任何交代和提示，直到结果出现，留给读者的疑惑、悬念才得到解答。叙述者似乎有意识地撇开小翠的心灵世界，反而用了较多笔墨写她公婆的心理活动。小翠公婆关注的焦点是痴憨无知的儿子、花样频出的儿媳妇，小翠这些令人费解的行为、做法，让他们时而焦虑，时而惊惧，时而喜出望外，时而暴怒难耐。叙述者不是不能行使对小翠全知叙事的权力，而是自觉把权力收拢起来，不透露小翠的想法用意，把读者也变成了与小翠公婆一样的旁观者，与他们一道经历复杂的心情变化。《婴宁》对婴宁的有限叙述、对王子服的全知叙述，《侠女》对侠女的有限叙述、对顾生的全知叙述，都能带来类似的叙事效果。申丹建议使用弗里德曼的"选择性的全知"这一术语来描述这种特定的全知叙述，"即全知叙述者采用自己的眼光来叙事，但仅透视某一主要人物的内心活动"[①]。需要补充说明的是，这种叙事方式有时不限于透视主要人物，《小翠》中叙述者透视的便是陪衬性人物王侍御夫妇。

还有一类是《新郎》、《采薇翁》、《武技》等作品。这些作品比较特殊，使用了外视角，但叙述者没有将人物的所有信息揭示出来。《新郎》中新郎尾随"新娘"回其娘家居住半年多才得以回家，事情发生得突然，结束得也突然，男子和读者始终不知道假冒新娘的女子是何身份，也不知道该女子假冒新娘的用意何在。《武技》中的少年僧尼对李超的师门传承心中有数，但叙述者故意让他隐约其辞，不肯尽言。僧尼的再三谦让并未打消李超的好胜念头，在二人竞技中，僧尼"骈五指下削其股，李觉膝下如中刀斧，蹶仆不能起"。李超的授艺师傅得知此事，也只说了"汝大卤莽! 惹他何为？幸先以我名告之，不然，股已断矣"几句话。至于僧尼的师承来历、去向何方，对读者、李超来说仍是一个谜。这样的叙事不是限知叙事：限知叙事是受视角的局限，聚焦者无从获得某种信息，或者视线所限，看不到某种现象，自然无法"叙述"；在这些作品中，叙述者可以"掌握"并透露人物的相关信息，但有意识地做了截留，使读者借助叙述者眼光观察人物、探求人物信息的追溯心理受到阻隔，没有迎合读者的阅读期待，留有余念。

（三）戏剧式叙事视角

"戏剧式叙事视角"这一概念也是弗里德曼提出的。申丹认为戏剧式叙事视角是"读者就像观看戏剧一样仅看到人物的外部言行，而无从了解人物内心的思

[①] 申丹. 叙述学与小说文体学研究[M]. 北京：北京大学出版社，2001：198.

想活动"①。罗钢将之归为作者叙事情境的一个具体类型,指出"戏剧式"的叙述者"将自己的描述仅限于人物的对话和行动,毫不涉及人物的所想所感,毫不涉及人物的内心世界"②。罗钢还概括了"戏剧式"视角的一般特征,"除采用外部聚焦外,叙述只提供人物的对话和动作,人物的外貌和环境的描写尽可能简略;没有任何人物内心活动的披露。……小说可以描写一个人物望着窗外——一个客观的行为,但对此时人物的感受和想法却守口如瓶,读者只能通过人物的对话和行为来推测他们的心理活动"③。

受获取资料渠道的局限,笔者既没机会阅读弗里德曼的原著《小说中的视角》,也没有机会研读到中译本,对弗里德曼所说的"戏剧式视角"的原初所指无从得知。笔者以为,既然译者将弗里德曼提出的叙事学术语译为"戏剧式",则中文"戏剧式"一词的内涵能够折射出弗里德曼这一叙事学术语的原初内涵。中文的"戏剧式"包含两重含义:(1)"像戏剧表演一样"。戏剧表演属于直接"陈述",即不经过叙述者转述,由人物以表演行为"讲述"自己的故事,读者只能观察到人物的表情、行为,聆听到人物的对话、独白。根据这一特点,"戏剧化"叙事视角应该就是申丹、罗钢等所描述的那样,其叙事特征也如他们所言。(2)能带来戏剧化的效果。正如王平先生所说:"所谓戏剧式叙事视角,是指叙述者隐藏在故事中人物和事件的背后,使读者几乎无法感知他的存在。它主要依赖于人物的对话、行动以构成某种戏剧性场面,再加上非常简练的描写与叙述报道,给读者以十分客观的印象。"④"戏剧式叙事视角还有另外一种形式,即小说中的人物所知道的情况与叙述者相一致。叙述者只是把人物之间的误会客观地讲出来,至于造成误会的原因,不仅人物不得而知,就连叙述者也无从知晓,从而造成悬念,取得极为强烈的戏剧效果。"⑤(着重号为笔者所加)

如果依照申丹、罗钢的解释,那么,判断"戏剧式"叙事的根本尺度是看叙

---

① 申丹. 叙述学与小说文体学研究 [M]. 北京:北京大学出版社,2001:197.
② 罗钢. 叙事学导论 [M]. 昆明:云南人民出版社,1994:198.
③ 罗钢. 叙事学导论 [M]. 昆明:云南人民出版社,1994:184.
④ 王平. 中国古代小说叙事研究 [M]. 石家庄:河北人民出版社,2001:89.
⑤ 王平. 中国古代小说叙事研究 [M]. 石家庄:河北人民出版社,2001:97.

述者是否披露了人物的内心世界。以此为标准衡量《聊斋志异》，只有极少数作品通篇使用了戏剧式叙事视角，比如《杨疤眼》、《小猎犬》、《保住》，以及《禽侠》所附的"济南有营卒"条。这些作品篇幅短小，话语风格、叙事方式与使用中立型叙事视角的作品相近，殊难区别。《保住》为篇幅较长者：

> 吴藩未叛时，尝谕将士：有独力能擒一虎者，优以廪禄，号"打虎将"。将中一人，名保住，健捷如猱。邸中建高楼，梁木初架。住沿楼角而登，顷刻至颠，立脊檩上，疾趋而行，凡三四返；已乃踊身跃下，直立挺然。王有爱姬善琵琶，所御琵琶，以暖玉为牙柱，抱之一室生温。姬宝藏，非王手谕不出示人。一夕宴集，客请一观其异。王适惰，期以翼日。时住在侧，曰："不奉王命，臣能取之。"王使人驰告府中，内外戒备，然后遣之。住逾十数重垣，始达姬院。见灯辉室中，而门扃锢，不得入。廊下有鹦鹉宿架上，住乃作猫子叫，既而学鹦鹉鸣，疾呼"猫来"。摆扑之声且急，闻姬云："绿奴，可急视，鹦鹉被扑杀矣！"住隐身暗处。俄一女子挑灯出，身甫离门，住已塞入。见姬守琵琶在几上，住携趋出。姬愕呼"寇至"，防者尽起。见住抱琵琶走，逐之不及，攒矢如雨。住跃登树上，墙下故有大槐三十余章，住穿行树杪，如鸟移枝；树尽登屋，屋尽登楼；飞奔殿阁，不啻翅翎，瞥然间不知所在。客方饮，住抱琵琶飞落筵前，门扃如故，鸡犬无声。

叙述者以外视角观察保住，没有对保住的武艺才能下断语，保持了叙事的中立。其中描写保住再三地疾趋登楼、迅即跃下的行动使用的一些词语，流露出叙述者的欣赏眼光，与中立型叙事视角相异。小说涉及吴三桂的心理，仅用了一个词"惰"来写，对保住的内心活动没有做一丝一毫的描写。叙述者讲述保住突破重重戒备，一路飞檐走壁、登树越梢，从箭雨中全身而退一节，尤能见出保住轻功卓越、胆大心细、勇谋兼备。"门扃如故，鸡犬无声"与《三国演义》"温酒斩华雄"一段中的"云长提华雄之头，置于地上。其酒尚温"的结语相类，暗含赞美之情。叙述者的情感倾向均隐藏在人物、事件背后，人物的武艺超群等特点均通过人物言语、行动展现出来，属于戏剧式视角。

如果按照王平先生对戏剧式叙事视角的阐释,强调叙事的戏剧性效果,那么《聊斋志异》中使用此种叙事视角的作品还有《驱怪》、《佟客》、《种梨》等。《驱怪》中的长山徐远公略懂道术,在当地颇有名气。有一家势显赫的乡绅准备礼物诚挚地邀请他,却不言明为何热忱相邀。徐远公问仆人,仆人也说不知道什么原因。叙述者在两方之间施加了张力:乡绅对徐远公盛宴款待、礼遇甚恭,然而始终不明言邀他来的目的,徐远公则百般设法消解疑云,却只能得到对方含糊其辞的回应。叙述者的一些话语隐藏着值得琢磨的信息。比如:主人"言辞闪烁",不一会"托故竟去";园中景色"颇佳胜,而竹树蒙翳,景物阴森,杂花丛丛,半没草莱";阁楼覆板之上悬挂蛛网,似久无人住却安排徐远公住宿;诸仆仓皇撤下杯盘,放下蜡烛"遽返身去",再也不露面。这一切似隐似彰的话语表达,把徐远公被蒙在鼓里,令读者心中疑窦丛生。叙述者间或将笔触伸至徐远公的内心,对乡绅及其仆人只展现外在行动、话语,有节奏地调控信息的透露,渐渐强化了紧张的氛围。戏剧性的一幕在夜深人静的时候出现了:一个兽首人身、双目如炬的怪物闯进阁中觅食,好像要吃掉徐远公;徐远公毛发猬立,惊惧之中突然起身用被子蒙住怪物的头;怪物出其不意,惊慌地向外逃窜,徐远公也在恐惧之余慌忙外逃。一场原本就不乏危险的驱怪行动,徐远公在懵里懵懂的状态中就完成了。令人忍俊不禁的是,第二天徐远公对主人发怒,称自己"不惯作驱怪术",因为事先不知道受邀驱怪,没有随身携带驱怪法宝"如意钩",以至于冒险如此。徐远公十分巧妙地用这一番话掩饰自己的狼狈不堪,颇有"打肿脸充胖子"的意味。

《佟客》、《种梨》叙事的戏剧性与《驱怪》有所不同。《佟客》中董生希望佟客将异术传授给自己,佟客称必须忠臣孝子才有资格接受异术,董生便毅然以忠臣孝子自许。当天夜静更深时分,董生突然听到父亲被人拷打,逼父亲交出自己接受处罚。董生先是捉戈欲往,佟客劝他说:"此去恐无生理,宜审万全。"于是,董生转为惶然,再加上妻子牵衣哭泣哀告,心中壮念顿消。最后,叙述者道出真相:适才董父受拷打是佟客以异术变幻而成,用以考验董生是否真的为忠臣孝子。至此,董生以忠臣孝子自诩的夸夸之言与他面对父亲遭难而救父意志不坚决、萎缩自私的行动构成了鲜明的对比,其言行反差之大、心念转变之快速,促成了戏剧性的叙事效果。《种梨》以卖梨人吝啬不肯施舍为起因，以卖梨人贪看道士作法种梨、最终连梨带车均有损失为结局，透露出"怕什么偏偏就来什么"的幽默意味，算是叙述者设置的让卖梨人承受一个小小惩罚的"圈套"。但明伦点评说："已物而借他人表散，吝啬者每每如是。""皆已物也，人代劳耳。一市灿然，除佣保而外，以乡人而笑乡人者，问有多少？道士何沾沾计较乡人，特借以警天下吝惜者耳！"① 但明伦从中读出了双重的戏剧性：一是卖梨人因其吝啬反失其梨；二是众人皆笑卖梨人，岂不知自己也常处在类似境况之中扮演着"卖梨人"的角色。

如果不严格要求作品通篇严守界限，只有描写人物言行才能称其为戏剧式叙事视角，降低其格次，只要作品针对某一主要人物专写其言行不描述其心理，或者对某一聚焦者而言，他只看到人物的行为、听到人物的话语，就能目为使用了戏剧式叙事视角的话，那么《聊斋志异》中还有《聂小倩》、《婴宁》、《口技》、《凤仙》、《贾儿》等作品的局部使用了戏剧性叙事视角。《聂小倩》中宁采臣夜宿寺院，听到屋舍北面有谈话声，于是起身伏在北墙石窗下向外窥视，看见院中有人在月下闲话：

妇曰："小倩何久不来？"媪曰："殆好至矣。"妇曰："将无向姥姥有怨言否？"曰："不闻，但意似戚戚。"妇曰："婢子不宜好相识！"言未已，有十七八女子来，仿佛艳绝。媪笑曰："背地不言人，我两个正谈道，小妖婢悄来无迹响，幸不訾着短处。"又曰："小娘子端好是画中人，遮莫老身是男子，也被摄魂去。"女曰："姥姥不相誉，更阿谁道好？"妇人女子又不知何言。

叙述者借助宁采臣角度"看到"的这一幕，仅对人物的对话及极为简约的行动进行描写，若非"笑声"可以被宁采臣"听到"，估计绝不会透露出人物的一

---

① [清]蒲松龄. 聊斋志异：会校会注会评本 [M]. 张友鹤, 辑校. 上海：上海古籍出版社，1986：36.

丝情绪。这样的叙述方式符合人物所处的情境：在夜间月下、远距离的情况下，叙述者可以借助宁采臣的"耳"描述人物的对话，却无法借助宁采臣的"眼"细致刻人物的面部表情；也符合人物视角的叙事需要：宁采臣不可能感知到他所见到的人物的心理活动，叙述者自然也不能加以描写。这样的视角安排切合生活情理，具有真实感，只是笔法显得平淡无奇。较为出彩的是《婴宁》中的一段：

生俟其笑歇，乃出袖中花示之。女接之曰："枯矣！何留之？"曰："此上元妹子所遗，故存之。"问："存之何意？"曰："以示相爱不忘也。自上元相遇，凝思成疾，自分化为异物；不图得见颜色，幸垂怜悯。"女曰："此大细事。至戚何所靳惜？待郎行时，园中花，当唤老奴来，折一巨捆负送之。"生曰："妹子痴耶？"女曰："何便是痴？"生曰："我非爱花，爱拈花之人耳。"女曰："葭莩之情，爱何待言。"生曰："我所为爱，非瓜葛之爱，乃夫妻之爱。"女曰："有以异乎？"曰："夜共枕席耳。"女俯思良久，曰："我不惯与生人睡。"

这段文本绝大部分由人物对话构成，只有"女俯首思良久"折射出人物的心理活动。之所以特别拈出这段人物对话，是因为叙述者讲述的这一幕，符合上文从两个层面对"戏剧式叙事视角"的具体形态做出的认定。叙述者在此使用了外视角，以人物话语为表现中心，类似演员在舞台上的对话表演情景，自然属于"戏剧式叙事"。另一方面，王子服满怀迫切的爱恋之情与婴宁对话，话中饱含情意，乃至有挑逗之意，可是婴宁在小说中以"痴"著称，对王子服的情爱暗示毫无特殊感觉，以惯常的方式理解（在王子服看来竟是"曲解"）回应对方。王子服口中之"情"为情爱之"情"，婴宁口中"情"为亲情之"情"，形成了巧妙而合理的错位。王子服明确告诉婴宁，自己所说的"爱"是二人之间"夜共枕席"的夫妻之爱，婴宁以自己的理解回应说："我不惯与生人睡。"王子服越是急于表白心意，婴宁则越"显得漫不经心"，二人情怀急切与心情悠然构成了迥然而具有幽默色彩的反差，极富戏剧性效果。读到此处，读者往往因双方对话内隐的诙谐有趣而哑然失笑。但明伦对此评论说："若有知，若无知，似有情，似无情。

语语离奇，笔笔变幻，因痴成巧，文亦如之。"① 甚是得当。

二、第一人称叙事情境

米克·巴尔说："只要有语言，就有一个说话人在讲此语言；只要这些语言表达构成叙述本文，就存在讲述者，一个叙述主体。从语法观点来看，这总是一个'第一人称'。"② 他还认为，叙述者的"第一人称"（无论是隐含的还是显性的）与文本中使用的以"我"、"自己"为标志的第一人称是有区别的，前者属于"一个可以看作是处在他所叙述的故事'上面'或高于这个故事的叙述者，和他所属的那个叙述层次一样，是'超故事的'"，而后者属于故事层面里的人物。③ 米克·巴尔话中的最后一个"第一人称"不是指"表达出构成本文的语言符号的那个行为者"④，而是指叙述者在文本中以"我"、"自己"为话语标志的叙事人称，即那个属于"故事层面"的自称为"我"的讲述着他人或自我故事的人物。

"在清代中叶之前，第一人称叙事视角仅仅在文言小说中偶尔有之。"⑤ 《聊斋志异》中有四篇使用了"第一人称"叙事情境的作品，分别是《偷桃》、《地震》、《上仙》和《绛妃》，已数难能可贵。罗钢将第一人称叙事情境的基本特征概括为，"叙述者存在于虚构的小说世界中。第一人称叙述者就像其他人物一样，也是小说这个虚构世界中的一个人物，人物的世界与叙述者的世界是完全统一的"⑥。就《聊斋志异》这四篇作品而言，罗钢对其特征的概括表述值得商榷。

《偷桃》讲述了童时的"我"在春节期间赴郡试途中，观看了一场以渐趋紧张惊心动魄为始、以激动人心令人叹绝为终的变戏法的故事。小说里有"童时赴

---

① ［清］蒲松龄. 聊斋志异：会校会注会评本［M］. 张友鹤，辑校. 上海：上海古籍出版社，1986：153.
② ［荷］米克·巴尔. 叙事学：叙事理论导论［M］. 谭君强，译. 北京：中国社会科学出版社，2003：141.
③ ［以］里蒙-凯南. 叙事虚构作品［M］. 姚锦清，黄虹伟，傅浩，等，译. 北京：生活·读书·新知三联书店，1989：170.
④ ［荷］米克·巴尔. 叙事学：叙事理论导论［M］. 谭君强，译. 北京：中国社会科学出版社，2003：139.
⑤ 王平. 中国古代小说叙事研究［M］. 石家庄：河北人民出版社，2001：84.
⑥ 罗钢. 叙事学导论［M］. 昆明：云南人民出版社，1994：163.

郡试"、"时方稚"等话语,提醒我们这篇作品中的叙述者为年幼之时的"我",从文本叙述的口吻来看似乎确实如此。首先,"余"看到四位官员均穿着赤色官府,因年幼无知,对官员服制不明,所以"亦不解为何官"。其次,"余"作为旁观者,只看到众人拥堵、演春艺人表演戏法,听到人声喧杂以及演春艺人与官员的对话,但是无从知道演春艺人的真正想法。再次,"余"年幼不辨玄奥,只能将眼中所见如实道来,将演春艺人技艺的高妙真实可靠地呈献给读者。最后,"余"没有看穿这一戏法的虚假性,极力保持幼年的叙述口吻,

有人据此下了断语,认为本篇的叙述者是"童年的我",因为文本内含的叙述视角和讲话口吻都与童年的"我"的眼光特点和话语方式相符。这样的"叙述自我"处在故事层面之内,合乎罗钢所说的"人物的世界与叙述者的世界是完全统一的"。因此,讲述故事的"自我"与经历"故事"的自我,也即西方叙事理论所区别的"叙述自我"与"经验自我"是合而为一的。其实不然!当我们身处某一年龄阶段时,我们讲述自己的故事总是直接称"我";当我们用某一年龄段的名词来限定"我"时,我们往往已经走出了这一年龄段,或者只能站在幻想的角度预设这一年龄段。正如史蒂文·康纳所说:"在我们处于生活之中时,我们只能部分地认识它;当我们试图认识生活时,我们其实已经不再处于那段生活的经历之中了。"[①] 文中有"童时赴郡试","时方稚,亦不解其何官"等话语,显然不是过去的"我"对自己的指称。这提醒我们,在"童年的我"之外,还有一个视"我"为"童时"、"方稚"的叙述者"我",与文本中的"余"不是同一个"我"。于是,这段文本"潜存两种不同的叙事眼光:一种是叙述者'我'从现在的角度追忆往事的眼光,另一种是被追忆的'我'过去正在经历事件时的眼光"[②],此篇小说也就有了两个叙述者。一个是指称幼年时"余"的"我",这个"我"站在当下追忆童年的"余"经历的往事;一个是童年时的"余",这个"余"讲述自己亲眼所见的演春人的变戏法。前者属于第一叙述层面上的"叙述自我",这个"叙述自我"没有讲述自己在当下经历的事,故而没有形成与自己

---

① [英] 史蒂文·康纳. 后现代主义文化——当代理论导引 [M]. 严忠志,译. 北京:商务印书馆,2007:3.

② 申丹. 叙述学与小说文体学研究 [M]. 北京:北京大学出版社,2001:201.

对应的"经验自我"。后者属于第二层叙述层面上的"我",这个"我"既是第二叙述层面的故事中叙述者,即"叙述自我",又是承担旁观者、感受者的那个"余",即"经验自我"。只有在第二叙事层面中,"第一人称叙述者就像其他人物一样,也是小说这个虚构世界中的一个人物,人物的世界与叙述者的世界是完全统一的。"换句话说,只有"叙述自我"与"经验自我"重合时,两个"自我"才属于同一个虚构世界。

《上仙》、《地震》中的"我"与《偷桃》中的"我"有所不同。在《偷桃》中,"叙述自我"与"经验自我"是分离的,而在《上仙》、《地震》中,"叙述自我"与"经验自我"是重合的。此外,根据"我"与故事的距离关系划分,第一人称事情境中的"我"有两种存在方式:一种是"我"处在故事的边缘,作为旁观者、见证者而存在,作用是将"我"的见闻讲述出来或将见到的人物展现出来。在这种情形下,"我"不能"直接表现作品中其他人物的内心世界"[①],否则就跨越了叙事视角的界限,成为另一种眼光和语调。另一种是"我"是故事中的核心人物,处于叙述聚焦的中心,这一"我"是"主人公类型","叙事主要局限于主人公自我的思想感情"[②]。《偷桃》中的"我"属于第一种情形,《地震》中的"我"则兼具两种身份,《上仙》中的"我"主要属于处于故事核心中的人。以《上仙》为例,从"癸亥三月,与高季文赴稷下,同居逆旅"至"更漏向尽矣",采用限知视角叙述"余"和友人在济南慕名访探善"长桑之术"的南郭梁氏所见;从"言未已,闻室中细细繁响,如蝙蝠飞鸣"起,叙述请来上仙后,"余"听到的梁氏与上仙的对话:

> 方凝听间,忽案上若堕巨石,声甚厉。妇转身曰:"几惊怖煞人!"便闻案上作叹咤声,似一健叟。妇以蕉扇隔小座。座上大言曰:"有缘哉!有缘哉!"抗声让坐,又似拱手为礼。已而问客:"何所谕教?"高振美尊念东先生意,问:"见菩萨否?"答云:"南海是我熟径,如何不见!""阎罗亦更代

---

① 罗钢. 叙事学导论 [M]. 昆明:云南人民出版社,1994:199.
② 罗钢. 叙事学导论 [M]. 昆明:云南人民出版社,1994:200.

否?"曰:"与阳世等耳。""阎罗何姓?"曰:"姓曹。"已乃为季文求药。曰:"归当夜祀茶水,我与大士处讨药奉赠,何恙不已。"

"余"虽然处在事件的边缘,但一切都是"我"亲眼所见、亲耳所闻之事。从他们的对话中,"余"不仅能判断上仙"似一健叟",而且能感觉到"又似拱手为礼",情境感、临场感十分鲜明。

《绛妃》是四篇中最奇特的作品。前三篇构成故事的核心事件是"我"的真实见闻、亲身经历,即便这见闻、经历是虚构,也可以将事件视为虚构中的"真实"。而《绛妃》属于写意性小说,构成故事的核心事件是梦中经历的事,如果这梦是叙述者的生活真实,核心事件则属于真实中的"虚构"。小说主要有三个情节:(1)叙述者"我"、"馆于毕刺史公之绰然堂",一天游览疲倦入眠休息,做了一个梦;(2)梦中,两个女郎邀请"我"至绛妃仙府,"我"应绛妃之请撰写讨伐封氏的檄文;(3)醒来后,"我"补足"强半遗忘"的檄文。情节(1)(3)可以视为核心事件的序言与尾声,不在叙述者关注的中心,情节(2)才是这篇作品的关键。情节(2)的重要事件及其隐含的叙事意蕴有以下几点。其一,"我"受邀而至的仙府"殿阁高接云汉",接见"我"的人"降阶出,环佩锵然,状若贵嫔"。这一事件表明"我"受到礼贤下士般的隆遇。其二,贵妃设宴招待"我",在"我"屡次请命下,方告知邀请"我"来的目的,这透露出,贵妃不以地位的尊贵命令"我"行事,对"我"尊重有加。其三,贵妃是花神,因为屡受封家女子摧残,借"我"之力撰写檄文加以讨伐,可见"我"虽然仅仅是一个塾师,但文才颇受仙人赏识。其四,"我"撰写檄文时,贵妃在殿上赐笔札,侍姬们有的拭案拂坐,有的磨墨濡毫,有的折纸为范,大有众星捧月的架势。其五,"我"略写一两句,侍姬们便围拥观看;才一脱稿,就争着拿去呈给绛妃观赏,"我"谦虚地说:"妃展阅一过,颇谓不疵,遂复送余归。"

王平先生将《绛妃》与唐代张鷟的《游仙窟》作了比较:"《游仙窟》是叙述者'余'恍忽之中来到了神仙窟,《绛妃》则是叙述者'余'在梦中被请到了花神的宫殿之内。《游仙窟》讲述了叙述者'余'的艳遇,《绛妃》讲述了叙述者受到的恩宠。""《游仙窟》在国内久已失传,清末才从日本传抄回来,因此很难断定蒲松龄是否曾看到过《游仙窟》，但二者叙事视角极为相似，却是事实，这是一个很值得玩味的现象。"① 值得玩味的不仅是《绛妃》与前代小说之间存在的叙事结构的相似性，还有它的叙述者在异度空间受到的待遇和自我表现。从《绛妃》中讲述的"我"梦中所经历、感受的一切中，读者能看到"我"的身上有多重身影的复叠：有唐代李肇《唐国史补》中以及明代冯梦龙《李谪仙醉草吓蛮书》中赋诗作文时享受贵妃捧砚、力士脱靴待遇的李白的影子，有《梦游天姥吟留别》中受到众仙相迎尊崇的李白的影子，还有元代辛文房《唐才子传》中"对客操觚，顷刻而就，文不加点，满座大惊"② 并受到都督闫公叹赏的王勃的影子。这一切，渗透着作为失意文人的蒲松龄孤芳自赏、不甘落拓的狷介性格，折射出传统文人著书立说的微妙心态——在展示着自己的才华的同时，蒲松龄也倾泻一泓幽微深隐的自我情志。

《偷桃》、《地震》、《上仙》、《绛妃》虽然都使用了第一人称叙述视角，但沾染的叙述者自我色彩的浓淡有所不同。四篇作品中的叙述者"我"不能完全等同于作者，但是将《地震》、《上仙》、《绛妃》中的"我"约略认定为作者蒲松龄，应该差误不大。《偷桃》中的"我"没有显露出独特的自我特点，"我"仅仅带着惊诧神秘的心情观看了一场变戏法，最出彩的人物不是小说中的"我"，而是演春艺人。《地震》中的"我"经历了一场地震，有惊慌失措，也有平静之后静观他人获得的愉悦轻松，表述得比较平实可信，属于成人化的眼光观察记录的结果。在《上仙》中，讲述故事的"我"与经历事情的"我"处在同一个虚构的故事层面中，"叙述自我"同时又是"经验自我"。《绛妃》中"我"是带有思想情志的、非客观性的"我"，最出彩的人物是为绛妃撰构檄文的"我"。在前三篇的叙事中，"展示"成分大于"讲述"成分，而后者的叙事中"讲述"成分大于"展示"成分，渗透的意蕴成为作者思想情志的独白性表达。

可见，蒲松龄努力尝试着使用第一人称，以改善自己的作品大量使用第三人称叙事口吻的单调局面，只是技法还不够成熟，故事情节不够曲折复杂。蒲松龄

---

① 王平. 中国古代小说叙事研究 [M]. 石家庄：河北人民出版社，2001：83.
② [元] 辛文房. 唐才子传 [M]. 周本淳，校正. 南京：江苏古籍出版社，1987：6.

如果能自觉地认识到第一人称叙事具有两种不同的叙事眼光,"一为叙述者'我'目前追忆往事的眼光,另一为被追忆的'我'过去正在经历事件时的眼光"[①]。这两种眼光可体现出"我"、"在不同时期对事件的不同看法或对事件的不同认识程度,它们之间的对比常常是成熟与幼稚、了解事情的真相与被蒙在鼓里之间的对比"[②],那么,以他坎坷曲折的人生经历、对社会的深刻洞察力以及艺术表现力,定能创作出思想内涵更加深邃、故事情节更加丰富的作品。

三、人物叙事情境

热奈特在《叙事话语·新叙事话语》中使用"聚焦"(focalization)一词替代一般叙事理论所用的"视角"、"视野"等术语,并将聚焦模式划分三种:(1)"零聚焦"或"无聚焦",即无固定视角的全知叙述,其特点是叙述者说出来的比任何一个人物知道的都多,可用"叙述者>人物"这一公式来表示;(2)"内聚焦",其特点为叙述者仅说出某个人物知道的情况,可用"叙述者=人物"这一公式来表示;(3)外聚焦,其特点是叙述者所说的比人物所知的少,可用"叙述者<人物"这一公式来表示[③]。人物叙事情境属于第二种,为了保证讲述的内容不超越某个人物的所见所闻,叙述者放弃了自己的眼光,转用小说中一位人物或某几位人物的眼光观察事物,有的时候甚至将讲述权也转交给人物。《聊斋志异》中不乏这样的作品。这些作品使用第三人称叙事,大致可以分为两种情形:一种是主体上采用了人物叙事情境,在局部使用了外聚焦;还有一种是局部采用了人物叙事情境,大部分使用了作者叙事情境。

《聊斋志异》中以人物叙事视角为主体的作品较少,仅有《三生》、《咬鬼》、《小猎犬》等寥寥数篇。《三生》先使用了作者叙事情境,由外在于故事的叙述者介绍刘孝廉其人,讲述他六十二岁辞世见到阎罗王的事情。从刘孝廉"觑冥王盏中茶色清彻"起,叙述视角就被移交给了刘孝廉这一人物。一户"门限甚高,不

---

① 申丹. 叙述学与小说文体学研究[M]. 北京:北京大学出版社,2001:187.
② 申丹. 叙述学与小说文体学研究[M]. 北京:北京大学出版社,2001:187.
③ [法]热拉尔·热奈特. 叙事话语·新叙事话语[M]. 王文融,译. 北京:中国社会科学出版社,1990:127-129.

可逾"的人家，转瞬之间已经卧在槽枥之间、伏在草丛之中，而所处的幽室黑暗不见天日，这是刘孝廉亲身经历、亲眼看到的；其他人物的话语"骊马生驹矣，牝也"，车辆路过的声音，都是刘孝廉亲耳听到的；阎王、鬼卒的神情、行为，也都是借刘孝廉的"眼睛"转写出来的。在这儿，外在的叙述者隐起身来，让人物走到了前台，充当叙述者的代言人。在描写人物的内心世界方面，叙述者也放弃了全知全能的叙事口吻，乐于从人物的立场出发，尽量让表现人物心理活动的话语及其蕴含的态度、倾向符合人物的身份。如投胎转生为马后，刘孝廉"心甚明了，但不能言。觉大馁，不得已，就牝马求乳"；再次受罚转生为狗，"见便液亦知秽，然嗅之而香，但立念不食耳"；第三次受罚投生为蛇，"每思自尽不可，害人而死又不可，欲求一善死之策而未得也。"人物的所有感受、想法均真切可感，符合刘孝廉没有喝下迷魂汤而保持了本性的实情。这儿，选用人物视角而非外在的全知视角讲述刘孝廉三生经历的故事是有优势的。刘孝廉死后魂魄进入阴间，经历投胎为马、狗、蛇三生，又转生为人，除了他自己和阎王、鬼卒外，并无第三方可作见证。讲述这一故事只能有三种选择，要么是阎王、鬼卒，要么是全知全能的外在叙述者，要么是刘孝廉自己。如果要使因果报应不爽、罪孽深重果报也越深重的叙事意图深入人心，那么，安排人物讲述亲身经历最具可信度。如果转为阎罗或鬼卒讲述，叙事就缺乏较高的可信度；如果改为作者叙事情境，则难以获得"切肤之痛，感同身受"的效果。

《咬鬼》与《三生》类似，也是在开头以外聚焦的方式点出故事由沈麟生转述而来之后，紧跟着就把叙述视角交给了人物。沈麟生的朋友某翁在夏日白天睡觉，朦胧中看到一个女子拉开门帘走了进来。关于这个女子的衣着、年龄、脸色、神情、动作等，均由某翁进行观察，作者的职能仿佛仅仅是把某翁看到的现象用文字记录下来。看到妇人后的感受和心理活动，也是从某翁的角度写出，没有掺杂作者或者其他叙述者的声音。当女子伏在某翁身上时，那种明明感觉到受压却手足俱软的无助感，想要呼号求人帮助却无法出声的恐惧感，以及女子贴面带来的那股阴冷，都是人物的切实"感受"，而不是叙述者将他人的感觉强加给人物。某翁情急之下张嘴就咬，女子负痛离身；听到庭外夫人到来的声音后，某翁急呼有鬼，一松口女子便飘忽遁去。这儿的"庭外忽闻夫人声"掺入了两种成分:"听"的成分属于人物,"夫人"的称呼属于人物之外的叙述者。因为,故事是作者听沈麟生讲的,沈麟生应该从某翁那儿得知此事,某翁对沈麟生提到自己的妻子,按礼节不应该自称"夫人"。所以,"夫人"的称呼要么来自作者,要么来自沈麟生。作品最后又转入了作者叙事情境,"翁述其异,且言有血证焉"使用了间接引语,转变了叙事情境。"翁乃大吐。过数日,口中尚有余臭云"等语句,已经完全是全知叙述者描绘人物情状的口吻。

这种以人物叙事情境为主、作者叙事情境为辅,二者有时交错存在的叙事方式,除了与作者调控叙事视角的艺术经验有关,主要与人物叙事情境自身的一些局限性有关。在人物叙事视角中,人物作为观察者、感受者、思考者存在于故事之中,而叙述故事的话语建构的真正主体是作者,这意味着人物始终置于作者的审视之下,在人物视角之外还存在一个作者视角。例如刘孝廉"讲述"自己三生经历,必然有一个"记录者"或者"旁听者"站在一旁。当这个"记录者"、"旁听者"将眼光投向刘孝廉时,必须从刘孝廉的视角转为自身的视角,外在的叙述者就会暂时现身,打断内在的人物叙述者的话语流。此外,人物叙事视角的作品中,人物只能"说出"自己的所见、所闻和所感,读者跟随着人物的眼光观看世界、感受世界,所有的场面仿佛在读者面前直接展开。这样,读者就难以通过人物反观人物,"严格意义上的内聚焦就是叙述者完全用聚焦人物的眼光来替代自己的眼光,这自然意味着叙述者无法用第三人称来指涉聚焦人物"[①]。一旦出现对承担观察者的人物的指称,就容易出现视角越界。比如,《小猎犬》以山右卫中堂观看到的小武士猎杀蚊蝇的场景为主要内容,凡小武士骑马、搜寻、捕杀、进献、散去等行动,都是以人物的视角叙述出来。而涉及有关卫中堂的背景信息如"山右卫中堂为诸生时,假斋僧院",卫中堂的行动如"公醒转侧,压于腰底",就流露出作者叙事情境的痕迹。因为,称呼人物使用"山右卫中堂",属于作者叙述者的口吻,而非人物自称;人物可以自叙醒来后转侧的行动,但"压于腰底"的叙述在"公觉有物"之前,只能属于作者叙事的眼光和口吻。

而作为作者叙事情境的一种调节或补充手段,在局部使用人物叙事情境可以

[①] 申丹. 叙述学与小说文体学研究[M]. 北京:北京大学出版社,2001:198.

产生特殊的叙事效果。《聊斋志异》那些以婚恋为主要题材的作品,当描写孤身独处的年轻书生遭遇美貌女子时,往往借书生的眼睛观察对方,自然形成了人物视角。例如:

> 见女郎自母房中出,年约十八九,秀曼都雅,世罕其匹,见生不甚避,而意凛如也。(《侠女》)
> 一夕独坐凝思,一女子翩然入。生意其莲,承逆与语。觌面殊非,年仅十五六,髽袖垂髫,风流秀曼,行步之间,若还若往。(《莲香》)
> 生见游女如云,乘兴独游。有女郎携婢,拈梅花一枝,容华绝代,笑容可掬。生注目不移,竟忘顾忌。(《婴宁》)

这三例使用了提示性语词"见"、"觌面",表明了人物眼光的聚焦指向,女子的俏丽面容、窈窕身姿就刻印在书生的眼中了。读者可以有理由认定,"秀曼都雅","髽袖垂髫,风流秀曼,行步之间,若还若往","容华绝代,笑容可掬"隐藏着青年男子的欣赏心态、欢欣之情,而不是作者观感的流露。再如:

> 杨于畏……夜闻白杨萧萧,声如涛涌。夜阑秉烛,方复凄断,忽墙外有人吟曰:"玄夜凄风却倒吹,流萤惹草复沾帏。"反复吟诵,其声哀楚。听之,细婉似女子。(《连琐》)
> 一夕独卧酒楼上,忽闻楼下踏蹴声,惊起悚听。声渐近,循梯而上,步步繁响。(《双灯》)

这是未见其人、先闻其声的写法。在夜间并且有墙相隔的情况下,杨于畏听到却看不到反复吟哦诗句的墙外人,只能根据声音推测吟诗人的身份,文本以"细婉似女子"传递了杨于畏的非确定性的感受和结论,保持了人物的叙事视角。假如直接点明吟诗人的身份、特点,就属于另一个叙述角度,反而容易破坏视角转换的流畅感。《双灯》中魏运旺独卧在酒楼上,看不见楼下来人,但是可以耳听声息。"声渐近,循梯而上,步步繁响"是从魏运旺的角度写出的,带来一股神秘感，渲染了紧张的氛围。直至人到近前，才转为魏运旺眼中所见——"无何，双婢挑灯，已至榻下。后一年少书生，导一女郎，近榻微笑"。有人对这种写法作了高度概括，指出"这类作品把凡人放在故事世界的前台，作正面叙述描写，而把主人公——非现实性人物放在后台，在凡人（大多为世俗男子）的视域中显示他们的特点。……这样，这种特定的叙述角度形成了一种以特定男性视域为限制的叙事视角"[①]。

有时文本中不出现提示性的话语，读者也能根据情境判断出哪些从人物视角写出，哪些从作者视角写出。例如：

媪止客，急唤："三娘，可将好茶一杯来。"俄有少女，捧茶自棚后出。年约十四五，姿容艳绝，指环臂钏，晶莹鉴影。（《水莽草》）

逾夕，果偕四姐来。年方及笄，荷粉露垂，杏花烟润，嫣然含笑，媚丽欲绝。（《胡四姐》）

忽一少女抱一猫至，年可十二三，雏发未燥，而艳媚入骨。（《狐梦》）

这三段文本随着人物的出场直接描绘女子的美丽容貌，没有提供读者确定聚焦者的标示性话语。《水莽草》中老妇人招来寇三娘奉茶，目的是以其美貌迷惑祝生饮下水莽草毒茶，攫取替身。胡三姐称妹妹胡四姐貌美胜过自己，尚生"长跽哀请"，胡三姐答应带妹妹来与尚生相见。这样的故事情境决定了在故事之内将眼光聚焦在寇三娘、胡四姐容貌上的，只能是祝生、尚生。当然，这也许是外在于故事的叙述者"观察"到的女子容貌。不管怎样，描写两位女子容貌的内容，最起码应该视为人物眼光与作者眼光的重合观察的结果。《狐梦》以毕怡庵的口吻叙述梦境，少女"雏发未燥，而艳媚入骨"自然也是他眼中所见，这儿明显使用了人物视角。

蒲松龄笔下的人物视角不仅能凝聚着聚焦者的"情人眼里出西施"般的美妙

[①] 张守荣. 主观情思的艺术奇葩——析《聊斋志异》的男性叙事视角[J]. 青岛大学师范学院学报，2005（1）：68-72.

视觉享受，还能作为试金石考验人物的意志、欲望。《劳山道士》中王生一心慕道学仙，却不肯忍受每天上山砍柴的辛劳，暗暗生出回家的念头。一天傍晚，王生目睹了师傅与客人饮酒的情形，为师傅及客人玄妙的法术所陶醉：

> 师乃剪纸如镜粘壁间，俄顷月明辉室，光鉴毫芒。……俄一客曰："蒙赐月明之照，乃尔寂饮，何不呼嫦娥来？"乃以箸掷月中。见一美人自光中出，初不盈尺，至地遂与人等。纤腰秀项，翩翩作"霓裳舞"。已而歌曰："仙仙乎！而还乎！而幽我于广寒乎！"其声清越，烈如箫管。歌毕，盘旋而起，跃登几上，惊顾之间，已复为箸。三人大笑。又一客曰："今宵最乐，然不胜酒力矣。其饯我于月宫可乎？"三人移席，渐入月中。（《劳山道士》）

作者没有介入叙事，完全从王生及众门徒亲眼所见的角度描绘场景、记录对话，演绎着仙家凭借法术而致的随心适意的自由与快乐。这对好逸恶劳、修道不诚的王生来说，无疑是莫大的诱惑。因为目睹了师傅及仙客不仅能随心所欲地享受口腹之福，还能幻化出美女歌舞助兴，王生已经动摇的意志暂时坚定下来，"王窃欣慕，归念遂息"。《佟客》中佟客以一番幻术让董生听到隔壁传来的声音：

> 更既深，忽闻隔院纷拏。隔院为生父居，心惊疑。近壁凝听，但闻人作怒声曰："教汝子速出即刑，便赦汝！"少顷，似加榜掠，呻吟不绝者，真其父也。

隔壁居住着老父亲，嘈杂的声音自然引起董生的关注，"心惊疑"是他关切之情的自然流露。由于只能听到声音看不到场景，所以文本用"似"揭示董生根据声音做出的具有非确定性的判断；从不绝于耳的呻吟声里，董生确认是父亲在经受拷打。这一确认的结果让一向慷慨自负、自称忠臣孝子的董生只是"捉戈欲起"而不是"拔剑跃身"，含蓄而巧妙地将董生貌似豪壮勇武实则胆小怯懦的性格呈现在读者面前。

在《聊斋志异》中，人物叙事情境还有一重妙用，那就是作者经常将它与景物描写结合起来，形成具有流动感的画面。借助人物视角描写的景物随着人物的行踪与眼光的流动不断呈现出来，犹如画卷慢慢展开。如《西湖主》中陈弼教误闯西湖主花园一段：

> 茂林中隐有殿阁，谓是兰若。近临之，粉垣围沓，溪水横流，朱门半启，石桥通焉。攀扉一望，则台榭环云，拟于上苑，又疑是贵家园亭。逡巡而入，横藤碍路，香花扑人。过数折曲栏，又是别一院宇，垂杨数十株，高拂朱檐。山鸟一鸣，则花片乱飞；深巷微风，则榆钱自落。怡目快心，殆非人世。穿过小亭，有秋千一架，上与云齐，而罥索沉沉，杳无人迹。因疑地近闺阁，悝怯未敢深入。

一般来说，对某一特定空间内诸构成要素进行描摹刻画，往往使用"展示"这一话语方式，其内容具有很强的空间性。如此一来，叙事的时间性减弱，需要叙述者暂时悬置故事情节或放缓情节进展的步伐。尽管一些西方叙事理论学家认为专门就某一空间精细刻画是有价值的，"在某些现实主义小说中，对空间的描写是以极为精确的方式进行的。在这样的描写中，重要的是真实性要清晰可见；空间必须类似于真实的世界，这样，发生在其中的事件才是说得通的"[①]，但是相当一批读者面对大段的空间描写，尤其面对景物描写，会产生一种文体错位的幻觉。《西湖主》的这段文字却别有新意味。其一，陈弼教在匆忙的行进中观看景物，景物通过人物的动态视角呈现在文本中，移步换景的节奏很快，消除了冗长的静态景物描写带来的沉闷感。其二，这段风景描写有显豁的语义内容。殿阁、朱门、台榭、朱檐等勾画出建筑的壮丽辉煌，成为富贵豪门的转喻；垂杨、山花、榆钱、小亭、秋千连缀出带有女性色彩的场所，暗示着在此出现的女子不同寻常的身份。其三，也是很重要的一点，这段景物描写在一定程度上淡化了陈

---

① [荷]米克·巴尔. 叙事学：叙事理论导论[M]. 谭君强, 译. 北京：中国社会科学出版社, 2003：113.

弼教的落拓感，为陈弼教再次遇见公主提供了空间转换契机，也为偶遇型故事的发生提供了合乎情理的空间，引出了一段人仙婚恋的佳话。

当以人物视角描绘的风景成为人物心情投射的对象，染上了独特的情感色彩、潜伏着人物的心理变化时，读者一面跟随人物一路观赏风景，一面"观察"、感受人物的心理世界，受到潜移默化的感染。《青娥》中，霍桓入山寻找王姓老人，却再也找不到曾经到过的山村，小说写道：

> 乃与仆分上山头，以瞻里落；而山径崎岖，苦不可复骑，跋履而上，昧色笼烟矣。踯躅四望，更无村落。方将下山，而归路已迷。心中燥火如烧。荒箐间，冥堕绝壁。幸数尺下有一线荒台，坠卧其上，阔仅容身。下视黑不见底。惧极不敢少动。又幸崖边皆生小树，约体如栏。移时，见足傍有小洞口，心窃喜，以背着石，蝠行而入。意稍稳，冀天明可以呼救。少顷，深处有光如星点。渐近之，约三四里许，忽睹廊舍，并无釭烛，而光明若昼。（《青娥》）

山路崎岖难以骑马行走，霍桓觉得苦；四望不见村落，又迷失了道路，在孤立惶恐中，霍桓的心情从"苦"转为焦躁；坠到荒山绝壁的一线荒台上后，恐惧感占据了霍桓的内心；两边的小树给他带来了一丝安慰，小洞口更是让他欣喜不已；当霍桓忽然看到光明如昼的廊舍时，内心的惊喜可想而知。这段文字将"讲述"与"展示"两种话语方式交汇在一起使用，把景物描写与人物行踪结合起来，和谐地反映了情节延伸的时间特性和人物经历的空间特性。这种写法，既写出了山中从暮色笼罩至黑夜间的景物特征，又描绘了霍桓复杂多样的心理变化，由此带给读者身临其境般的移步换景的视觉真实感，也带给读者仿佛亲身感受的心理真实感，具有强烈的"临场性"。

米克·巴尔将聚焦分为两类，"当聚焦与一个作为行为者参与到素材中的人物结合时，我们可以将其归为内在式（internal）聚焦。这样，我们可以用外在式（external）聚焦这一术语表明一个处于素材之外的无名的行为者在起到聚焦者的作用"①。人物叙事情境使用的视角属于内聚焦。罗钢指出,无论中国还是西方,古典小说都偏向采用外部聚焦,内部聚焦的运用凤毛麟角,也是不自觉的②。如果从中国古代小说叙事视角运用的整体状况看,事实确实如此。如果从《聊斋志异》运用的上述人物视角来看,罗钢的结论可以稍做修正。《聊斋志异》不仅善于使用以某一个人物视角为叙事出发点的固定视角,而且还善于使用多重视角和流动视角。与固定视角仅仅以故事中的某一个人物为聚焦者叙述故事不同,多重视角、流动视角依附在多个人物身上。前者通过两个或两个以上人物的眼光观察同一个人物、事件或场景,小说往往使用反复这一叙事修辞,揭示出不同人物对同一聚焦对象的不同感受,使被叙述的对象呈现出多面性、立体感。例如:

> 少顷,一青衣吏奔白:"荷叶满塘矣!"一座尽惊。推窗眺瞩,果见弥望青葱,间以菡萏。转瞬间,万枝千朵,一齐都开,朔风吹面,荷香沁脑。群以为异。遣吏人荡舟采莲,遥见吏人入花深处;少间返棹,白手来见。官诘之。吏曰:"小人乘舟去,见花在远际,渐至北岸,又转遥遥在南荡中。"(《寒月芙蕖》)

济南道人在湖水边亭中以仙术设宴招待济南司道诸官员,不动声色地幻化出夏季盛开的菡萏。青衣吏人看到"荷叶满塘",急忙进来禀告;众人不仅看到弥望青葱的满湖荷叶,目睹了万枝千朵同时盛开的壮丽景观,还闻到了芳馨沁脑的荷香。两个人物视角的叠加,衬托出济南道人法术的高超玄妙,仿佛真有回天转地之功,颠倒时令之术。然而,奉命采莲空手而回的吏人观察到的现象让众人回到现实中,"小人乘舟去,见花在远际,渐至北岸,又转遥遥在南荡中"。这些荷花可望而不可即,可欣赏不可亵玩,都是道人的幻术所致。设若不以多重人物视角叙事,不仅将会淡化道士展示法术造成的奇幻与真切相得益彰的效果,而且将

---

① [荷] 米克·巴尔. 叙事学:叙事理论导论 [M]. 谭君强,译. 北京:中国社会科学出版社,2003:120.

② 罗钢. 叙事学导论 [M]. 昆明:云南人民出版社,1994:188.

使故事失去多彩的吸引力——故事情节原本非常简单，多重视角的运用强化了它炫目的晕光。

类似的作品还有《凤阳士人》、《梦狼》等。《凤阳士人》分别从士人、妻子、妻弟的角度讲述了各自在同一夜晚所做的梦，士人与妻子的梦境全同，妻弟的梦与姐姐、姐夫的梦部分内容相同：弟弟仅梦见姐姐哭泣着前来诉说委屈，在激愤之中投石砸向姐夫。故事不稀奇，奇在三人竟然不可思议进入了同一个梦境，这种惊奇的效果唯有多重视角的叙事才能实现。但明伦叹赏说："翘盼綦切，离思萦怀，梦中遭逢，皆因结想而成幻境，事所必然，无足怪者。特三人同梦，又有白骡证之，斯为异耳。"①

使用流动视角的作品有《罗刹海市》、《田七郎》、《柳生》等，以《罗刹海市》中的流动视角蕴含的叙事意蕴较为深刻复杂，富有哲理性。在《罗刹海市》中，从马骥的角度看，大罗刹国被誉为英俊美丽的人长得丑陋不堪，且官位越尊贵的人相貌越丑；从大罗刹国人的角度看，被誉为"美丰姿，少倜傥"马骥长相怪异，以致"街衢人望见之，噪奔跌踬，如逢怪物"。在中原人与大罗刹国人相互审视、互评美丑的眼光之下，隐伏的不仅有两个国度的审美差异与文化差异，而且有作者的叙事意图。作者的叙事意图不是以"中原审美标准"为标准，褒扬大罗刹国不因人相貌丑陋就褫夺其为官权利的"不拘一格用人才"的政治机制，而是以大罗刹国只凭相貌美丑（他们所谓的"美"正是中原所谓的"丑"）为标准的用人机制的反常性。在这一叙事意图下，大罗刹国的"以丑为美"才具有隐喻意义，指向作者所处的现实社会：有才华、有学识的人受到排挤压抑，出路狭隘；不学无术、投机钻营的人反倒容易横行上游、平步青云。所以作者借"异史氏"的口感慨地说："花面逢迎，世情如鬼。嗜痂之癖，举世一辙。……彼陵阳痴子，将抱连城玉向何处哭也？呜呼！显荣富贵，当于蜃楼海市中求之耳！"

---

① ［清］蒲松龄. 聊斋志异：会校会注会评本［M］. 张友鹤，辑校. 上海：上海古籍出版社，1986：190.

第二节 《聊斋志异》的叙事转换

叙事转换是西方叙事理论经常提到的一个话题。热奈特分析了柏拉图对《荷马史诗》中的一段非对话体的改写与原文的差异,认为"柏拉图剔减了多余的信息以及状语和'描绘'成分,如'长着一头秀发',尤其是'沿着海浪轻轻拍打的沙滩',使文字简洁凝炼"①,同时着重剖析了将"模仿"话语转换为"叙事化"话语对叙事效果的复杂影响。米克·巴尔在分析不同故事层面的更迭情况时指出,"从一个叙述层次向另一个叙述层次的过渡,从原则上讲行为实现的是靠吸引读者注意这一转变的叙述"②。米克·巴尔所说的"转变"主要指最高的故事层、次故事层甚至再次故事层之间的叙事层面的变化。受他们的启发,笔者提出"叙事转换"一词,并在超越故事层之间的关系、叙述语式之间的关系上加以使用,用它来描述叙述行为复杂多样的变化、衔接与交错等情形。一般来说,除非作者刻意使用单一的叙事角度,且能自始至终保持不变的叙述立场,维护单一叙述主体的地位,否则,叙事转换就成为不可避免的选择。《聊斋志异》文体形态与话语方式复杂多样,叙述者与故事的关系各有不同,不同作品之间固然需要频繁地进行叙事转换,就是一篇作品之内为了延伸情节线索、揭示故事意义、表现人物心态或拓展艺术空间,作者也经常运用叙事转换以避免单一的叙述方式一贯到底。叙事转换涉及的内容比较复杂。这种变化可以是叙述主体的改变,比如由外聚焦式的叙述者为叙述主体转向内聚焦式的叙述者为叙述主体,叙述人称在第一人称、第二人称、第三人称之间的交换;也可以是话语方式的改变,比如"讲述"与"展示"的交错使用,或者直接引语、间接引语、自由直接引语、自由间接引语的交织运用;也可以是叙事视角的转变,比如由外视角过渡为内视角,由全知叙事转为限知叙事、戏剧式叙事;可以是叙述声音的改变,作者声

---

① [法]热拉尔·热奈特. 叙事话语·新叙事话语 [M]. 王文融, 译. 北京: 中国社会科学出版社, 1990: 110.

② [荷]米克·巴尔. 叙事学: 叙事理论导论 [M]. 谭君强, 译. 北京: 中国社会科学出版社, 2003: 168.

音、外在于故事的叙述者声音、内在于故事的叙述者声音三者间的轮换均有不同的叙事意义、话语内涵和叙事功能；还可以是叙事时空的转变，一件事情发生在某个时间、某种情境中，而其发展、结局则在另一个时间、另一种情境中。限于篇幅，笔者主要针对一篇之内的叙事视角、叙述声音这两个层面的变化来探讨《聊斋志异》的叙事转换问题。

一、叙事视角与叙述声音

（一）叙事视角

故事与叙述者的关系是叙事学理论研究的核心主题之一。米克·巴尔将"叙述者"定义为"语言的主体在构成本文的语言中表达其自身的个人"，并将之划分为外在叙述者和人物叙述者[①]。米克·巴尔看来，"只有叙述者在讲述，即说出可以被称为叙述文的语言（因为它表现出一个故事）"，而叙述者叙述故事时持有的角度，观察世界能够延伸的范围与界域，叙述话语中表现出的与叙述对象的距离远近，这种种问题都被归结为叙事视角问题。艾布拉姆斯在《文学批评术语词典》中将叙事视角（point of view）定义为"叙述故事的方法——作者所采用的方式或观点，读者由此得知构成一部虚构作品的叙述中的人物、行动、情境和事件"[②]。正如托多罗夫所说，"构成故事环境的各种事实从来不是以它们自身出现，而总是根据某种眼光、某个观察点呈现在我们面前的"[③]。

一般来说，叙事视角一般分为全知视角、限知视角和纯客观视角三类，其功能各有不同。全知视角的叙述者俯视着故事世界，掌握一切信息，仿佛无所不在、无所不知，不仅可以"看到"故事中一切外在现象，如空间及其构成要素（包括景物）、人物的言语与行动，还能"看到"一切的隐秘事件与人物的心理世界。全知视角可以带给叙述者极大的讲述自由，为其顺利建构文本话语系统提供

[①] ［荷］米克·巴尔. 叙事学：叙事理论导论［M］. 谭君强，译. 北京：中国社会科学出版社，2003：138-142.

[②] 苏琴琴，刘洪祥. 热奈特叙事视角理论看《围城》的叙事视角艺术［J］. 广东工业大学学报（社会科学版），2011（12）：51-54.

[③] ［法］托多罗夫. 文学作品分析［M］//张寅德. 叙事学研究. 北京：中国社会科学出版社，1989：65.

了便利。《王成》开篇写道："王成,平原故家子。性最懒,生涯日落,惟剩破屋数间,与妻卧牛衣中,交谪不堪。"叙述者似乎在建构故事话语之前,就已经熟悉王成的身份、性格、家世与生活状态,以简要的话语将这些信息传达给读者。然后,叙述者叙述了王成路上捡到金钗归还老太太的事情,不仅记录他们的对话,还能展示他们的心理活动,如王成内心的"逡巡"、"踌躇"。其间,叙述者不失时机地透露了三条相关信息:(1)王成的祖父为衡府仪宾,家中很多故物的款式与这支金钗的款式相同;(2)王成性格耿介,不贪人钱财;(3)王成曾听说自己的祖父有个狐妻。这三条信息促成了情节的转折,保证了叙述的可靠度。第一条与第二条互为印证,成为王成与老太太认亲恰当而可信的媒介,第二条则成为王成得到老太太赞赏并说出"先夫遗泽"的契机与由头。如果不以全知视角向读者透露的这些信息,故事的后续情节就会显得生硬而不合情理。如果安排小说中的老太太行使叙述权,那么按情理她只能讲述第一条信息而不能讲述后两条信息,否则就形成不可靠叙事。如果安排王成讲述这三条信息,只有两个选择:要么另外再安排一个人物与王成对话,在对话中传递信息,这会导致情节枝蔓繁杂;要么让王成自言自语,与读者对话,这会影响情节的流畅性。上文分析的作者叙事情境、中立型叙事视角、编辑型叙事视角均属于全知视角。

限知视角的叙述者受视界的制约,只能部分地观察、感知周围世界,掌握有限的信息。上文分析的第一人称叙事情境、人物叙事情境中的叙事视角均属于限知视角。值得注意的是,应该将叙述者的限知视角运用与叙事中的信息截留区别开来。限知视角的叙述者"不能"全面展现作品中叙述的事件、描述的人物,只能讲述出"他"看到的、听到的、读到的和想到的。对超出视界的内容,"他"无法讲述。如果一定要讲述出来,要么就说谎(这会破坏"他"叙述的可靠性),要么就虚构(这会让"他"放弃自己的立场)。从某种意义上说,限知叙事视角对故事内容的表现属于"所叙即能知"、"未叙即无知"。而"叙事信息截留"指的是叙述者掌握故事中人物、事件的情况,却故意控制相关信息的传递,以实现特殊的叙事意图、叙事效果,比如制造悬念或误会、调控读者阅读理解的走向。《侠女》中,读者通过"年约十八九,秀曼都雅,世罕其匹,见生不甚避,而意凛如"的描写,对侠女的年龄、相貌、性情略有了解。至于她姓啥名谁、从何处来、所为何事，叙述者没透露，读者也就一无所知。侠女以剑术杀死了与顾生来往密切的娈童；顾生对侠女心存爱慕，希望和她结为夫妻被拒绝；侠女与顾生有床笫之欢，以至怀孕生子，却拒绝与顾生私相授受：这一切与作品虚构的那个封建社会里的礼教格格不入，惊世骇俗却又神秘不可思议，读者被叙述者引导着走入迷雾和悬念之中。直到故事快结束时，叙述者才将这一切谜底揭开。原来，侠女为了报奸人陷害父亲之仇，隐姓埋名来到此地，隐忍三年完成了自己的志愿；与顾生缠绵生子则是她特立独行的报恩方式——让顾家香火传世。可见，叙述者掌握侠女的一切情况，完全可以在她出场时就呈献给读者，但是在小说开端，叙述者偏偏截留了这些信息。这样的叙事结构安排，其用意正在于保持叙事特别是保持人物的神秘感，激发读者的好奇意识和追问心理，为叙事增添起伏的波澜，带来出人意料的新奇感。如果将叙述视角改为以顾生为聚焦主体的人物视角，女侠隐秘的身世经历、出人意料的行为举止隐藏的原因等内容，在女侠没有自己言明的情形下，顾生就无从得知，也无法叙述，从而形成限知视角。换句话说，信息截留是叙述者知而不言的自由权利，而限知视角是叙述者无从而知、进而无法言说的天然约束。

纯客观视角一般仅着眼于世界现象的展示，不对故事背后的隐含意义做出诠释，也不透露叙述者对故事、人物所持的立场、态度。《聊斋志异》运用的纯客观叙事，一方面将读者的阅读感受与叙述者的主观态度隔离起来，使读者在一定程度上与叙述者的倾向有所疏远，给予读者较大的自主判断力和自由度；另一方面借助人物的眼光形成直接感知般的情境性，容易促成读者在心理上形成在场感。然而，《聊斋志异》运用这一叙述视角，并非出于作者对不同叙事视角的叙述功能的理性认识和自觉选择，而是故事情境和人物关系双重作用的结果。《口技》开端以全知视角介绍女医简况，至"至夜许，忽闻帘声"处转入纯客观叙事，只叙述人物的对话而不涉及人物的神情、心态。对话描写如下：

女在内曰："九姑来耶？"一女子答云："来矣。"又曰："腊梅从九姑耶？"似一婢答云："来矣。"三人絮语间杂，刺刺不休。俄闻帘钩复动，女曰："六姑至矣。"乱言曰："春梅亦抱小郎子来耶？"一女曰："拗哥子！呜呜不睡，定要从娘子来。身如百钧重，负累煞人！"旋闻女子殷勤声，九姑问讯声，六姑寒暄声，二婢慰劳声，小儿喜笑声，一齐嘈杂。即闻女子笑曰："小郎君亦大好耍，远迢迢抱猫儿来。"既而声渐疏，帘又响，满室俱譁，曰："四姑来何迟也？"有一小女子细声答曰："路有千里且溢，与阿姑走尔许时始至。阿姑行且缓。"遂各各道温凉声，并移坐声，唤添坐声，参差并作，喧繁满室，食顷始定。

聚焦神女们对话的可能是外在的叙述者，也可能是在场的人物。如果蒲松龄有意安排外在于故事的叙述者作为聚焦者，那么，这些话语描述属于纯客观叙事。如果蒲松龄仅仅安排站在屋外的人物为聚焦者，则由于女医以及她声称请来的神女们处于室内，众人处于室外，彼此不能觌面，自然只能闻其声而不能见其容，那么，这段文本便属于限知叙事。这种两可的叙事视角状态的存在，是叙述者眼光与人物眼光交混的结果，而导致交混的关键在于，屋内的"神女们"是口技模拟的产物，并非虚构的艺术空间里存在的人物，而且屋舍隔离了在场人物的观察眼光。如果此篇中所称的"神女"出现在众人面前，众人亲见了他们对话的场景，则该段叙事将失去其"复调"色彩，事件的真实性立刻水落石出。在"九姑之声清以越，六姑之声缓以苍，四姑之声娇以婉，以及三婢之声，各有态响，听之了了可辨"这几句中，蕴含着聆听者对神女们话语特征的敏锐分辨力，作者没能坚守纯客观的视角，使用了外在于故事的叙述者的声音。可以确认，从"群讶以为真神"起，叙事再次转入全知视角。

"叙述者"及其叙事视角地位与功能的确立，改变了以往作者对叙事文本的意义建构与阐释的最终决定权，促使读者从多维角度解读叙事作品的意义。在较长的历史时期内，人们一向以为虚构的叙事作品蕴含的思想是窥探作者思想的窗口，特别是那些使用第一人称的叙事作品，人们更容易将叙述者"我"判定为文本作者。随着对叙事视角的细致分析及对其功能的分化，这种混淆与误识逐渐被澄清。

（二）叙述声音

叙事学理论认为，对"叙事视角"的分析与探讨仅仅解决了"谁看"的问题，即观察人物、事件与情境的立足点问题，但是没有解决"谁说"的问题，即叙事话语中蕴含的感受、观点、立场，以及对客观世界的描述方式、话语倾向属于"谁"的问题。这就是热奈特所说的，在"通过选择（或不选择）一个限制性'视点'调节信息的第二种方式"这个问题上，"混淆了谁看和谁说的问题"[①]。米克·巴尔认为，视点或叙述视角"都在一点上显得含混不清，这就是它们没有对视觉（通过它诸成分被表现出来）与表现那一视觉的声音的本体之间做出明确区分。说得更简单些，就是没有对谁看与谁说作区分"[②]。细读《聊斋志异》可以发现，作品确实存在"看"与"说"分离的现象。如：

> 丁亥年七月初六日，苏州大雪。百姓惶骇，共祷诸大王之庙。大王忽附人而言曰："如今称老爷者皆增一大字；其以我神为小，消不得一大字也？"众悚然，齐呼"大老爷"，雪立止。由此观之，神亦喜谄，宜乎治下部者之得车多矣。异史氏曰："世风之变也，下者益谄，上者益骄。即康熙四十余年中，称谓之不古，甚可笑也。举人称爷，二十年始；进士称老爷，三十年始；司、院称大老爷，二十五年始。……今之大，谁大之？初由于小人之谄，而因得贵倨者之悦，居之不疑，而纷纷者遂遍天下矣。窃意数年以后，称爷者必进而老，称老者必进而大，但不知大上造何尊称？匪夷所思已！"（《夏雪》）

这篇作品运用了全知叙事视角，"说话人"有两个：一个是外在的叙述者，"看到"并向读者讲述了苏州百姓祈神止雪、庙神明示百姓称自己为"大老爷"这一故事，还走进作品发出讽刺性的议论，"由此观之，神亦喜谄，宜乎治下部者之得车多矣"；另一个是"异史氏"，针对庙神梦示百姓称自己为"大老爷"一事也发了一番议论，强化了叙述者话语的讽刺性。虽然叙述者与"异史氏"对庙

---

① [法]热拉尔·热奈特. 叙事话语·新叙事话语[M]. 王文融，译. 北京：中国社会科学出版社，1990：126.

② [荷]米克·巴尔. 叙事学：叙事理论导论[M]. 谭君强，译. 北京：中国社会科学出版社，2003：114-115.

神喜好百姓称自己为"大老爷"一事的讽刺态度是一致的，但是二者批评用意所在大有不同。叙述者的批评针对的是庙神，"异史氏"的批评却指向人事，这样的差异即是由"谁说"带来的差异。

由此可见，将"谁看"和"谁说"区别开来有利于理解故事内涵、把握叙事意图、深化对叙事作品的解读。叙事理论将"谁看"称为叙事眼光（叙事视角），"谁说"称为叙述声音。叙事学界对叙事视角的研究较为深透，但在叙述声音这一问题上还存在较多的争议。正如费伦所说："声音是经常使用却极少得到准确定义的诸多批评术语之一（类似的术语有性别、主题、文体、反讽、多元主义等）。这个术语迄今还没有一个得到普遍公认的内涵，对构成声音的因素也没有清晰的理解，更不用说解释是什么使一种声音比另一种声音更有效了。"①

首先，叙述声音的内涵值得进一步探讨。在论述有关叙述声音的问题时，学人往往直接使用这一术语，很少对其内涵做出具体界定，例如，"作品中的话语究竟源自何处，或者换句话说，作品中的声音来自何方"②，"聚焦与叙述的关系，简单地说就是'听'和'说'的关系……只要有语言，就有发出语言的人，主要这些语言构成一个叙事文本，那就意味着必然存在一个叙述主体"③，这些表述在过于宽泛的意义上使用"叙述声音"这一概念，很容易使人误认为只要是作品中的话语就能代表着一种声音。西方叙事理论对这一术语也常常含糊其辞，扩大其适用范围。里蒙-凯南在谈论有关"隐含的作者"的问题时说："如果要始终坚持把隐含的作者和真实作者、叙述者区别开，就必须把隐含的作者的概念非人格化，最好是把隐含的作者看作一整套隐含于作品中的规范，而不是讲话人或声音（即主体）。"④既然称声音即"主体"，则"声音"中蕴含着发出者的立场、态度和价值观等，但就上下文来看，里蒙-凯南所说的"声音（即主体）"恐怕

---

① [美]詹姆斯·费伦. 作为修辞的叙事：技巧、读者、伦理、意识形态[M]. 陈永国，译. 北京：北京大学出版社，2002：19.

② 谭君强. 论叙事作品中的叙述声音与叙述者[J]. 云南民族大学学报（哲学社会科学版），2007(9)：124-127.

③ 罗钢. 叙事学导论[M]. 昆明：云南人民出版社，1994：217.

④ [以]里蒙-凯南. 叙事虚构作品[M]. 姚锦清，黄虹伟，傅浩，等，译. 北京：生活·读书·新知三联书店，1989：159.

还是指叙事文本虚构的交际场合中的在场人物。詹姆斯·费伦归纳了"叙述声音"的四项特征：(1) 声音既是一种社会现象，也是一种个体现象；(2) 声音是说话者的风格、语气和价值的综合；(3) 一个叙述者的声音可以包含在作者的声音之内，从而创造了巴赫金所说的"双声"话语，重要的是，作者声音的存在不必由他或她的直接陈述来标识，而可以在叙述者的语言中通过某种手法——或通过行为结构等非语言线索——表示出来，以传达作者与叙述者之间价值观或判断上的差异；(4) 声音存在于文体和人物之间的空间中，把社会价值和个性赋予声音，就是把声音从文体的领域移向人物的领域[1]。在这四项特征之中，对界定叙述声音内涵最具启发性的是"声音是说话者的风格、语气和价值的综合"。结合热奈特所说的"谬误和患难的声音不可能与知识和智慧的声音等同，这就是说，帕西发尔伪声音不可能与古尔纳曼茨的声音等同。……主人公的'我想'可以写作'我懂得'，'我发现'，'我猜测'，'我感到'，'我知道'，'我真感到'，'我想起'，'我已作出这个结论'，'我明白'等等，就是说可以和叙述者的'我知道'相吻合"[2]，我们可以将叙述声音与一般的叙述话语区别开来：叙述话语呈现的是在某一特定时空中发生的事件或其系列，这些事件以某种特定的逻辑、情理和方式组合起来构成故事；叙述声音是叙述话语中蕴含的叙述者的认识体会、立场观点、价值判断、话语风格的综合，而不是具体的话语形态或话语成分。

其次，对"叙述声音的主体是谁"（即声音的来源）的认定也存在较大的争议。有一种观点认为叙述声音是作者的声音。韦恩·布斯将作品中的"人为性"作为作者声音存在的线索，他说："无论我们关于讲述故事的自然技法的概念是怎样的，每当作者把所谓真实生活中没人能知道的东西讲述给我们时，人为性就会清楚地出现。"[3] 他花了大量篇幅列举了作者声音在作品中的具体表现，包括可靠议论的运用，提供事实、画面或概述，塑造信念，把个别事物与既定规范相

---

[1] [美]詹姆斯·费伦. 作为修辞的叙事：技巧、读者、伦理、意识形态[M]. 陈永国，译. 北京：北京大学出版社，2002：19-21.

[2] [法]热拉尔·热奈特. 叙事话语·新叙事话语[M]. 王文融，译. 北京：中国社会科学出版社，1990：179-180.

[3] [美]W·C·布斯. 小说修辞学[M]. 华明，胡晓苏，周宪，译. 北京：北京大学出版社，1986：5.

联系，升华事件的意义，概括整部作品的意义，控制情绪，以及直接评论作品本身等。① 我国有些研究者也持这一观点，认为"'叙述声音'不是'叙述者'的声音，也不是'隐含作者'的声音，而是'作者'本人的'声音'。……我们把作者参与文学生产过程并保留在叙述文本中的所有痕迹称作'叙述声音'"②。还有一种观点主张叙述声音是叙述者的声音。里蒙-凯南说："叙述者如果过于外露，那么他被完全信赖的可能也就微乎其微。这是由于他的阐释、评价和归纳并不总是与隐含作者的标准尺度相吻合。"③ 所谓叙述者"外露"指的是叙述者独立于隐含作者之外，在作品中表达自身的立场、态度、倾向性，即叙述者在叙事文本中显露出自己的声音，并"靠循环论证的方式被界说为本文的叙述'声音'或'讲话人'"④。里蒙-凯南认为叙述者的声音可以以某种方式呈现出可感知度，并引述了查特曼为叙述者声音的可感知度排定的从低到高的顺序：背景的描写、人物的识别、时间性的概述、人物的定论、关于人物想说未说的内容报道、评论⑤。谭君强认为，真实叙事作品中的叙述声音属于真实作者，而叙事虚构作品中的叙述声音不能视为与作者的声音完全等同，其中"叙述声音指的是叙事作品中，以故事讲述所呈现的言语声音。通过作品中叙述者的讲述，人们可以听到出自于其中的声音。……叙述声音制约着叙述过程与所叙述的事件、场景、人物等，因而，叙述声音实际上涉及的就是作品的叙述主体，即叙述者"⑥。赵毅衡甚至认为，"作者不可能直接进入叙述，必须由叙述者代言，叙述文本的任何部分，任何语言，都是叙述者的声音。叙述者既是作品中的一个人物，他就拥有自

---

① [美]W·C·布斯. 小说修辞学 [M]. 华明，胡晓苏，周宪，译. 北京：北京大学出版社，1986：196-228.

② 王兴旺. "叙述声音"辨析 [J]. 浙江工业大学学报（社会科学版），2009 (12)：408-412.

③ [以] 里蒙-凯南. 叙事虚构作品 [M]. 姚锦清，黄虹伟，傅浩，等，译. 北京：生活·读书·新知三联书店，1989：182.

④ [以] 里蒙-凯南. 叙事虚构作品 [M]. 姚锦清，黄虹伟，傅浩，等，译. 北京：生活·读书·新知三联书店，1989：157.

⑤ [以] 里蒙-凯南. 叙事虚构作品 [M]. 姚锦清，黄虹伟，傅浩，等，译. 北京：生活·读书·新知三联书店，1989：174-177.

⑥ 谭君强. 论叙事作品中的叙述声音与叙述者 [J]. 云南民族大学学报（哲学社会科学版），2007 (9)：124-127.

己的主体性，就不能等同于作者，他的话就不能自然而然当做作者的话"[①]。

"小说无可避免地是一种'修辞'形式，即它必然包含着从隐含作者到读者群体之间的交流，而它用以保证效果的各种不同方法也不可能脱离基调、态度、隐含的评价，以及隐含读者、叙述者、人物和读者之间的各种不同程度的态度距离这些问题来理解。"[②] 在笔者看来，只要发出的话语带有立场观点、价值判断、话语风格（甚至使用某些特定类型词语、文句），都可以视为一种"声音"，无论作者还是人物都不例外。因为热奈特说："在自由间接引语中，人物的话语由叙述者讲述，或不如说人物借叙述者之口讲话，这时两个主体混在一起，在即时话语中，叙述者消失了，被人物所取代。"[③] 热奈特所说的"叙述者消失了，被人物所取代"，并非意味着作品没有叙述者，而是叙述者将自己与人物合而为一，人物成了叙述者，或者说作品中没有"异故事"的叙述者，仅剩下"同故事"的叙述者。[④] 那么，是否可以这样理解，在这种话语情境下人物也有自己的"声音"，否则人物就会失去证实自身在虚构艺术空间的存在价值和独立性的资格，成为纯粹的提线木偶。兰瑟给"叙述声音"定义是，"在叙事诗学（即叙事学）里，'声音'……是指叙事中的讲述者（teller），以区别于叙事中的作者和非叙述性人物"[⑤]。这一界定为我们区分人物的叙述声音和人物的一般性话语提供了启发：人物所说的话语如果仅具有交际功能、表达功能而不具备叙述功能，此人物为非叙述性人物，其话语则不具备"声音"。如：

---

① 赵毅衡. 苦恼的叙述者 [M]. 北京：十月文艺出版社，1994：26 - 27.

② [美] 华莱士·马丁. 当代叙事学 [M]. 伍晓明，译. 北京：北京大学出版社，1990：10.

③ [法] 热拉尔·热奈特. 叙事话语·新叙事话语 [M]. 王文融，译. 北京：中国社会科学出版社，1990：118.

④ 热奈特提出，要把两种类型的叙事区分开来，一类是叙述者不在他讲的故事中出现（例如荷马与《伊利昂纪》或福楼拜与《情感教育》），另一类是叙述者作为人物在他讲的故事中出现（例如《吉尔·布拉斯》或《呼啸山庄》）。出于明显的理由，他把第一类称作异故事，把第二类称作同故事。（[法] 热拉尔·热奈特. 叙事话语·新叙事话语 [M]. 王文融，译. 北京：中国社会科学出版社，1990：172.）里蒙-凯南引述说，超故事和故事内的叙述者可能在他叙述的故事里出现或不出现。不参与故事的叙述者叫作"异故事的"，参与故事的叙述者，至少就他的"自我"的某些表现而言，是"同故事的"。（[以] 里蒙-凯南. 叙事虚构作品 [M]. 姚锦清，黄虹伟，傅浩，等，译. 北京：生活·读书·新知三联书店，1989：171.）

⑤ 王兴旺. "叙述声音"辨析 [J]. 浙江工业大学学报（社会科学版），2009 (12)：408 - 412.

生喜，拜曰："犬马齿二十有二，尚少良配。惠以眷好，固佳；但何处得翁之家人而告诉也？"叟曰："君但住北村中，相待月余，自有来者，止求不惮烦耳。"生恐其言不信，要之曰："实告翁：仆故家徒四壁，恐后日不如所望，中道之弃，人所难堪。即无姻好，亦不敢不守季路之诺，即何妨质言之也？"叟笑曰："君欲老夫旦旦耶？我稔知君贫。此订非专为君，慰娘孤而无依，相托已久，不忍听其流落，故以奉君子耳。何见疑！"（《薛慰娘》）

所谓叙事，应该是事情"发生"在叙述话语之前。此处的人物对话各自表达了自己的想法，纯粹出于彼此间信息交流的需要，是叙述者安排故事进程的一个必备环节，自身就是故事的一部分，而非"叙事"。在这儿，人物及其对话是故事流的有机成分，因此人物不是讲述故事的人，异故事的叙述者才是叙事推手。虽然丰玉桂、老翁的即时话语里蕴含着他们各自的立场判断和情感倾向，但不足以成为他们声音存在的依据。若人物的话语仅仅具有叙述功能，缺少属于人物的立场观点、价值判断和话语风格，也不能认为其中有人物的"声音"。如《牛成章》：

忠泣诉父名，主人怅然若失。久之，问："而母无恙乎？"忠又不敢谓父死，婉应曰："我父六年前，经商不返，母醮而去。幸有伯母抚育，不然，葬沟渎久矣。"主人惨然曰："我即是汝父也。"于是握手悲哀。又导入参其后母。后母姬，年三十余，无出，得忠喜，设宴寝门。

牛忠在流浪途中结识的典当铺店主，其形貌与死去的父亲非常相像，姓名也相符。经过多日观察，牛忠确定此人就是他的父亲，疑惑的是父亲却不认识自己。于是，他以同乡的名义卖身给店主做雇佣，借与店主闲谈的机会中讲述了自己父亲的经历以试探对方，由此唤醒了店主的记忆，于是父子相认。牛忠所说的话具有叙事功能，但没有立场看法、价值判断，话语的个人特征不明，因此没有牛忠的叙述声音。《梅女》中老妪所说的话则不同：

俄暗室中一老妪出,大骂曰:"贪鄙贼!坏我家钱树子!三十贯索要偿也!"以杖击某,中颅。某抱首而哀曰:"此顾氏,我妻也!少年而殒,方切哀痛,不图为鬼不贞。于姥乎何与?"妪怒曰:"汝本浙江一无赖贼,买得条乌角带,鼻骨倒竖矣!汝居官有何黑白?袖有三百钱便而翁也!神怒人怨,死期已迫。汝父母代哀冥司,愿以爱媳入青楼,代汝偿贪债,不知耶?"言已又击,某宛转哀鸣。

老妪叙述的典吏以金钱买得小吏职位、唯钱是亲而颠倒黑白的龌龊事,以及其死去的父母爱子心切将身为鬼魂的儿媳典入冥间青楼为儿偿债的丑事,蕴含着老妪对典吏的价值判断和情感倾向。这些事情与前文所述的典吏为了满足贪图钱财的欲望、诬陷害死梅女相关联,勾勒出了典吏的丑恶嘴脸。老妪所叙的事情并非展开当前故事的必需成分,目的在于强化典吏的卑鄙人格,以激起读者的憎恶之情和正义感,因此,这是一种叙述声音。或许有人说,叙述者在这儿安排人物代替自己发言,实际上还是叙述者的口吻和声音。既然人物能够代替叙述者说话,人物就有了自主权和主体性,老妪作为叙述者讲述的故事,包含了她自己的声音。

二、《聊斋志异》叙事视角转变

任何一种叙事视角的功能都具有两面性。全知叙事可以提供给读者全景式的视野,使他们轻易就能获得丰富的信息以满足自己的好奇心、探求欲望,但是全知叙事在调控故事进程、影响读者阅读、维护叙事意图的同时,也降低了读者的审美预期,容易弱化读者欣赏作品的激动愉悦;限知叙事对设置悬念、形成陌生化、营造神秘氛围大有神益,但是限知视角不能交代聚焦者耳目之外的信息,轻则妨碍故事进程,导致叙事顾此失彼,重则阻滞读者对故事、人物的理解与判断;纯客观叙事可以凸显读者的主体性,使阅读活动避免受到叙述者的单向调控,但过于强调叙述者的隐蔽性,容易遮蔽叙事意图、故事意义、人物品性,形成基于文本抑制的诠释障碍。因此,作家们往往运用多样化的叙事视角,因为对叙事视角的选择，既"可表明作者和叙述者对叙事的介入程度及对人物和事件主观和客观的态度与评价"[①]，又可见出作者组织叙事的匠心所在。《聊斋志异》大多数作品中存在叙事视角的转换，有些是出于故事发展的必然要求，有些则透露出作者刻意安排的痕迹，而后者正反映了蒲松龄对叙事视角选用的艺术自觉性。

（一）全知视角与限知视角的转换

在《聊斋志异》中，这两种叙事视角的转换呈现出某种规律性。小说常常从全知叙事开始，在一定的情境变化、情节转折中，引发视角的转换，在局部使用限知叙事或者将二者交织在一处；待相应的情境迁逝后，或情节再次发生变化时，重新回到全知叙事，形成了"全知视角—限知视角—全知视角"的转换模式。

其一，当全知化信息"报道"后，奇异人物出现时，叙事由全知叙事转向限知视角；当奇异人物进入叙事情境且站稳脚跟后，限知视角再次转为全知视角。《聊斋志异》作品开头的惯例是以简约之笔点出主要人物或与主要人物关联紧密的人物的背景资料（类似报道中的人物简介），但这只是引子或铺垫，为了等待在特定时刻、特定情境下出现的那个不请自至的奇异人物。这一人物对读者来说是陌生的（刚刚出场），对先行出现的人物来说也是陌生的（初次相逢），为了保持"陌生感"，作者常常转入人物视角，以限知叙事的方式将奇特人物推到读者眼前。例如：

> 尚生，泰山人，独居清斋。会值秋夜，银河高耿，明月在天，徘徊花阴，颇存遐想。忽一女子逾垣来，笑曰："秀才何思之深？"生就视，容华若仙。……一夜，与生促膝灯幕，生爱之，瞩盼不转。女笑曰："眈眈视妾何为？"曰："我视卿如红叶碧桃，虽竟夜视，不为厌也。"三姐曰："妾陋质，遂蒙青盼如此，若见吾家四妹，不知如何颠倒。"生益倾动，恨不一见颜色，长跽哀请。逾夕果偕四姐来。年方及笄，荷粉露垂，杏花烟润，嫣然含笑，

[①] 王雅丽，管淑红. 小说叙事的评价研究——以海明威的短篇小说《在异乡》为例[J]. 外语与外语教学，2006 (12): 9-12.

媚丽欲绝。(《胡四姐》)

尚生的籍贯是无关紧要的琐碎信息,写入文本是因为需要为人物的存在安排一个可征信的空间,仿佛叙述者不仅知道这个"人"家乡何处,还熟悉他现在"独居清斋"的生活处境。待陌生女子出场后,聚焦权力由叙述者移交给了尚生。作品先述尚生听见的女子笑语,再描绘尚生眼中所见的女子"容华若仙"。如果不是女子自道,尚生恐怕不知道如何称呼对方。于是,限知叙事的功能显露出来:一切都以尚生的视界为限,把女子置于突兀神秘之中。待胡三姐与尚生有一番缠绵后,转为全知叙事,氛围由新鲜神秘变为温馨和乐。类似的转换在小说中还有一次:胡四姐出场时,小说仍然使用了以人物为聚焦者的限知视角,给视觉上带来惊艳新奇的冲击。

这样的叙事视角转换几乎成为定律,不仅出现在《聊斋志异》的艳遇型异物恋故事里,而且出现在其他类型的故事如惊悚类故事里。《尸变》先以全知视角讲述背景性情节:阳信某翁在路边开设旅店,几位贩货车夫经常住宿在店里;一天旅店客满,无法安排车夫住在客房;车夫们坚决要住下来,某翁安排他们在停尸室歇息。当夜间车夫们就寝后,奇异人物出现时,叙述者从车夫视角出发描述发生的一切,转向限知视角:

忽闻床上察察有声。急开目,则灵前灯火照视甚了:女尸已揭衾起;俄而下,渐入卧室。面淡金色,生绢抹额。俯近榻前,遍吹卧客者三。客大惧,恐将及己,潜引被覆首,闭息忍咽以听之。未几,女果来,吹之如诸客。觉出房去,即闻纸衾声。出首微窥,见僵卧犹初矣。

看到女尸吹气取人性命的情景,车夫一路劳顿之后刚得安息的舒心适意刹那间被驱赶一空,一股阴森恐怖的气氛弥漫在屋子里。假如没有这一叙述视角转换,仍然保持原有的全知视角告知读者一切,则这特殊的叙事效果不复存在。在女尸抱树僵硬后,小说又折回全知叙事视角,叙事节奏、紧张气氛都趋于舒缓。

其二,人物走进(接近)陌生的、变异的空间,由全知视角转为限知视角;

人物走出（远离）陌生的、变异的空间，限知视角转为全知视角。这种情形下的视角转换，不单可以引发读者对空间的陌生感，还能强化空间的奇异特性、彰显人物性情。如《考城隍》叙述宋公沿着生疏的道路来到一座城郭前时，小说由全知视角转入了限知视角。但是小说只描述了宋公能见到的情境、能听到的话语，如"移时入府廨，宫室壮丽。上坐十余官，都不知何人，惟关壮缪可识。檐下设几、墩各二，先有一秀才坐其末，公便与连肩"。面对这种情形，估计宋公也会暗自追问这是什么官衙、举行怎样的考试、为什么关羽在场为考官等诸如此类的问题，读者对此更容易心生疑窦，这也许就是作者希望达成的叙事效果。再如《狐嫁女》中，叙述者交代了殷天官的家境、性格之后，以他和友人的戏言为引子，安排他来到狐妖居住的荒宅，借他的视线呈现月下荒宅的情形：

  遂入，见长莎蔽径，蒿艾如麻。时值上弦，幸月色昏黄，门户可辨。摩挲数进，始抵后楼。登月台，光洁可爱，遂止焉。西望月明，惟衔山一线耳。坐良久，更无少异，窃笑传言之讹。席地枕石，卧看牛女。一更向尽，恍惚欲寐。楼下有履声，籍籍而上。假寐睨之，见一青衣人挑莲灯，猝见公，惊而却退。语后人曰："有生人在。"下问："谁也？"答云："不识。"俄一老翁上，就公谛视，曰："此殷尚书，其睡已酣。但办吾事，相公倜傥，或不叱怪。"乃相率入楼，楼门尽辟。移时，往来者益众。楼上灯辉如昼。公稍稍转侧，作嚏咳。翁闻公醒，乃出跪而言曰："小人有箕帚女，今夜于归。不意有触贵人，望勿深罪。"

从人物视角出发描绘的月夜风景清幽雅致，文字中流动着悠闲自在的情调，与"有胆略"形成了呼应。而听到荒宅之中传来人的脚步声，殷天官不仅没有惊慌失措，反倒镇定地"假寐睨之"以探究竟。随着神秘人物的出现，场景变得热闹起来，殷天官对此处之泰然，其"有胆略"的性格得以强化。待到殷天官咳嗽一声假装醒来时，叙述者对人物性格的渲染结束，将叙事重点转向新的情节、人物，全知叙事又一次浮现到幕前。类似的作品还有《青凤》、《西湖主》、《伍秋月》等。

其三，当强化故事情节的神异性时，全知视角转变为限知视角；当揭示故事真相时，限知视角转为全知视角。这一情境下的叙事视角转换将故事放在"目光"的焦点上。《妖术》讲述术士预言生病的仆人没有妨害、健康的于公却性命堪忧的事情使用了全知视角。于公拒绝拿出钱财请术士纾难，结果，令人惊悚的事情接踵而来：三种怪物连续现身，意图伤害于公，取他的性命。在描绘于公与怪物搏斗的情形时，叙述者主要采用了人物为聚焦主体的限知叙事；当一切危机过去，于公意识到这是术士作怪害人时，叙述者转用全知视角讲述此后发生的事，故事情节的奇异性也随视角的转换而消失。《成仙》中，成仙招周生一同修仙。而周生贪恋少妻，不肯应允。为了点化周生，成仙以仙家方术与周生互换身躯，并设法使周生大悟觉醒，立志修仙。小说叙述的周生决意修仙之前的种种事情，均使用全知视角，充分揭示了世道浑浊、官场黑暗、人生多难的残酷现实；而成生以仙术送周生回乡一节，则使用了限知叙事，披露出隐藏在生活表象之下的无情真相：

  觉无几时，里居已在望中。成坐候路侧，俾自归。周强之不得，因踽踽至家门。叩不能应，思欲越墙，觉身飘似叶，一跃已过。凡逾数重垣，始抵卧室，灯烛荧然，内人未寝，哝哝与人语。舐窗一窥，则妻与一厮仆同杯饮，状甚狎亵。

这段叙述中虚实相混，而虚与实过渡自然，毫无拼接痕迹。其中，"所行殊非旧途"、"觉无几时"、"觉身飘似叶，一跃已过"全是周生回乡历程中的真切感觉；妻子与厮仆在深夜饮酒淫乐的狎亵情状，都是周生亲眼所见。周生抓住妻子拷问出真相后，杀死了妻子和奴仆，与成生一同返回修仙的处所。随着从家到修仙之所的空间变化，小说转为全知叙事：周生蓦然醒来，发现自己仍然身在卧榻。读者这才明白，刚刚发生的周生怒气冲天、愤而杀人的一幕，竟然是南柯一梦。这种似幻实真、真幻融混的叙事效果是全知叙事难以达到的。叙述者还以全知视角披露了梦中事件的实质：梦境可以视为假，梦中发生的事情却为真，周生的妻子、奴仆就在当晚被杀身亡，使周生确认了自己"梦者兄以为真，真者乃以为梦"的人生体验的错位。

此外，有的作品还以突转为契机，由全知视角转向限知视角。突转可能意味着人物的命运发生意料不到的转变，也可能是情境、状态突然有了某种新变化。《聊斋志异》利用突转引发的叙事视角由全知向限知的转换，大多巧妙顺畅，没有因为叙事视角的转换给读者造成故事延展的凝滞感。《叶生》先以全知视角叙述：县令丁乘鹤赏识叶生的文才，解职后希望叶生跟随自己身边，但是叶生此时病魔缠身，"服药百裹，殊罔所效"，无法随丁公同行。数日后，叶生突然登门说："以犬马病，劳夫子久待，万虑不宁。今幸可从杖履。"此后，叙叶生受聘为丁公儿子的塾师，发誓要以自己的才力助公子成就科举功名以证明"使天下人知半生沦落，非战之罪也"；叙在叶生的倾心指教下，丁公的儿子功成名就；叙丁公为叶生纳粟获取监生资格，叶生领乡荐；叙丁公劝叶生回乡探视，预祝他"奋迹云霄，锦还为快"：一切事件均从丁公的角度叙述出来，由此形成了限知视角。待叶生回乡探家时，叙事视角转为全知视角：叶生得中功名，荣耀回乡，谁知妻子见到他"掷具骇走"；原来，叶生已死多年，因家中贫困灵柩淹滞未能下葬，高中功名的是叶生的鬼魂。小说使用限知视角叙述叶生病重身亡后发生的一切，不仅瞒过了欣赏小说的读者，瞒过了小说中的人物丁公，还瞒过了当事人叶生，叙事之奇幻恍惚令人惊叹。而读者在惊叹之余，又不禁为叶生的迷惘生出无限的悲悯与同情。《辛十四娘》中的辛十四娘在丈夫含冤入狱后，有一系列异常的行为表现：(1) 出金购买良家女儿禄儿，"与同寝食，抚爱异于群小"；(2) 听说丈夫被判决绞刑，"坦然若不介意"；(3) 临近秋决时候，才"皇皇躁动，昼去夕来，无停履。每于寂所，于邑悲哀，至损眠食"；(4) 派出的狐婢后与她交谈一番，辛十四娘"出则笑色满容，料理门户如平时"；(5) 第二天，丈夫冯生希望与她话别永诀，辛十四娘"漫应之，亦不怆恻，殊落落置之"。叙述者只叙述辛十四娘的行动，不透露她内心的想法，也不对其行为做出解释，因此引发了家人的误会——"家人窃议其忍"，在读者面前布满疑云，悬念顿生。冯生安然出狱之后，叙述者方以全知视角叙事道出原委，解除了众人的质疑，也化解了悬念。

希普莱说："全知视点（有时也称为上帝的视点）的主要缺陷在于失去了对情景的接近感，失去了生动性和某种亲切感。这些明显的缺点，可以通过限制叙述者上帝似的力量来克服。"① 由上述蒲松龄使用的全知视角与限知视角之间的转换带来的艺术效果看，将二者合理调配加以运用，确能达到功能互补、相得益彰的叙事效果。

（二）普通全知视角与纯客观视角的转换

纯客观视角属于全知视角中特殊的一种，与普通全知视角的主要差异是：在普通全知视角中，叙述者经常介入叙事，走进故事表明自己的态度、看法，甚至有意识地调控故事的进展、读者的阅读，表现出较为强势的支配倾向。而在纯客观视角中，叙述者摆出一副"不在场"缺席姿态，或者尽可能隐蔽、掩盖自己的声音，以故事及人物"证明"故事的意义、人物的思想性格等。从全知视角转向纯客观叙事，可以降低叙述者对读者的操纵力度，留下叙事空白特别是"意义空白"，让读者用自己的诠释、理解加以填补。《夜叉国》中，徐姓商人携带与夜叉所生的长子徐彪逃离夜叉国回到了中土，徐彪长大后决定去夜叉国寻找母亲、弟弟和妹妹。叙述者先讲述徐姓商人以海涛险恶为由劝阻徐彪寻亲；接着叙述徐彪颠簸半月有余才行至夜叉国，以此衬托徐彪寻找母亲、弟弟、妹妹的迫切心情和勇毅性格；继而叙述他们母子相见、母子们回到中土与徐姓商人相聚，将一片深厚的天伦之情渗透在字里行间：这是叙述者利用全知视角的权力调配话语、安排场景、设置人物角色，无声地影响着读者对文本的理解与接受。最后，叙述者转而以纯客观视角为这历经波折终得聚首的一家人设置了令人歆羡的结局：

  弟曰豹，妹曰夜儿，俱强有力。彪耻不知书，教弟读，豹最慧，经史一过辄了。又不欲操儒业，仍使挽强弩，驰怒马，登武进士第，聘阿游击女，夜儿以异种无与为婚。会标下袁守备失偶，强妻之。夜儿开百石弓，百余步射小鸟，无虚落。袁每征辄与妻俱，历任同知将军，奇勋半出于闺门。豹三十四岁挂印，母尝从之南征，每临巨敌，辄擐甲执锐，为子接应，见者莫不辟易。诏封男爵。豹代母疏辞，封夫人。

---

① 王先霈，王又平. 文学理论批评术语汇释［M］. 北京：高等教育出版社，2006：373.

这段文字偶尔涉及人物的心理,如"彪耻不知书,教弟读","会标下袁夺备失偶,强妻之",个别地方还出现了叙述者的声音——"奇勋半出于闺门"。叙述者在整体上保持置身事外的立场,平静地将这一切交代给读者。至于叙述者借此要表达的是对徐姓商人子女建功立业、光宗耀祖的赞叹之情,还是祝福之意,全凭读者揣摩。

由全知视角转向纯客观视角,往往在小说的结尾。一方面,在此前的全知叙事中,叙述者已经比较充分地介入了叙事,比如,在故事开端叙述者流露出自己的观点、在叙述中随时发出自己的声音、借人物之口或引述他人的话流露自己的看法,在结尾处淡出故事,做一个冷静的叙述者,也是较为合适的变换叙事方式的选择;另一方面,故事结局属于情节收束阶段,一般没有精彩动人之处可陈,叙述者顺势下坡,从故事中隐身而退,合情合理。《青梅》中,青梅认定张生是德行高尚的人,值得托付终身;劝说小姐阿喜与张生议婚不成,于是毛遂自荐。在小姐的帮助下,青梅顺利嫁给张生,过上了幸福生活。此后,阿喜小姐家中遭遇变故,青梅顾念旧恩,促成阿喜与丈夫的婚事,尊其为夫人,而自己甘愿居妾位。在叙述这些情节时,叙述者借人物之口盛赞张生有"不苟合,礼也;必告父母,孝也;不轻然诺,信也"三德;在阿喜准备饮药而死时,叙述者安排父亲托梦告知后悔阻挡她与张生婚事;叙述者还以"讲述"的方式告知读者青梅对阿喜的恭谨态度,以及阿喜心里的惭愧不安。总的来说,在关键的情节上以及人物的重要行动处,叙述者均以种种合乎自己叙事意图的方式参与并调控着叙事。而该篇结尾写道:

> 三年,张行取入都,过庵,以五百金为尼寿。尼不受。固强之,乃受二百金,起大士祠,建王夫人碑。后张仕至侍郎。程夫人举二子一女,王夫人四子一女。张上书陈情,俱封夫人。

这段叙述文本足以表明,叙述者以为,以自身拥有的美好德行,青梅应当享受丈夫富贵、儿女成群、身受诰封的美好人生,所以没有必要介入文本表露自己的评价。翻开《聊斋志异》我们可以看到,许多篇章结尾都有这样的视角转换,即在核心故事结束后以纯客观的态度将人物及其家人的最终结局陈述出来。如《促织》结尾写道:"后岁余,成子精神复旧,自言:'身化促织,轻捷善斗,今始苏耳。'抚军亦厚赉成。不数岁,田百顷,楼阁万椽,牛羊蹄躈各千计。一出门,裘马过世家焉。"类似的还有《封三娘》、《花姑子》、《莲花公主》、《惠芳》等。

　　以全知视角掌控故事核心事件的叙述过程,以纯客观视角完结故事,成为《聊斋志异》作品的惯用方式。这种做法的优势是,既可获得叙事的丰富变化,又可使故事结束得干脆利索;而其劣势是收束方式的雷同,反映出作者在故事结尾处理上还缺少较高的谋略和才力。相比之下,由纯客观叙述转为全知叙述的视角转换,一般都被作者安排在小说的开端,典型的作品很少,仅有《公孙九娘》、《促织》等作品勉强可称得上由纯客观视角转为全知视角。如:

　　于七一案,连坐被诛者,栖霞、莱阳两县最多。一日俘数百人,尽戮于演武场中。碧血满地,白骨撑天。上官慈悲,捐给棺木,济城工肆,材木一空。以故伏刑东鬼,多葬南郊。甲寅间,有莱阳生至稷下,有亲友二三人,亦在诛数,因市楮帛,酹莫榛墟。(《公孙九娘》)

　　从"于七一案"至"尽戮于演武场中"的前两句中,叙述者保持了客观冷静的叙事态度,然而现实的惨状让叙述者"气结于胸",忍不住要发出自己的声音:"碧血"从苌弘化碧的典故中来,隐含着褒奖;"白骨撑天"蕴含着同情;而用于描述杀戮于七一案连坐者的上官的"慈悲"一词,与这两者相悖,属于反讽的调子。《促织》开篇同样仅有"宣德间,宫中尚促织之戏,岁征民间。此物故非西产"聊聊寥寥几句持客观叙事的口吻,此后转入对围绕促织而发生的各种事件、各色人物行动及其心理的叙述。其中,不乏叙述者强有力的介入声音,如"邑有成名者,操童子业,久不售。为人迂讷,遂为猾胥报充里正役,百计营谋不能脱。不终岁,薄产累尽。会征促织,成不敢敛户口,而又无所赔偿,忧闷欲死",点出成名迂讷怯懦的性格特点,借以批评胥吏狡黠欺善的卑劣行径。

　　按照一般逻辑,应该还有限知视角与纯客观视角的转换,但《聊斋志异》运用这一转换的作品绝少,只有《驱怪》使用的叙事视角转换勉强近之。《驱怪》起首几句,简要介绍徐远公的简单行历及学习法术的情况,叙述者没有掺入自己的声音,也没有直接对徐远公法力强弱做出评价,仅以"远近多耳其名"暗示徐远公驱妖捉怪的实力。故而"某邑一巨公,具币,致诚款书,招之以骑。"自徐远公问送信仆人"招某何意"起,作品转入限知视角,最后转入全知视角(对此,前文已做论析,可参照)。

由上可见,蒲松龄最擅长处理的还是全知视角与限知视角之间的转换,很少尝试纯客观视角与限知视角之间的转换。这倒不是说,是否善于处理哪种视角转换将决定着作品的艺术性高低。作品的艺术性通过多种因素综合体现出来,叙事视角的转换仅仅是增强作品艺术性的一个手段。能否真正有助于提升小说的艺术水平,还得看叙事视角转换是否得当。如果处理不好,容易形成不可靠叙事,反而破坏了叙事效果。《聊斋志异》中《西湖主》、《蛇人》等作品,特别善于处理叙事视角的转换,巧妙地消除转换过程中之间可能引发种种有碍叙事效果的因素。在《蛇人》中,叙述蛇人驯蛇、寻蛇、弄蛇行为时,使用全知叙事;一旦叙述蛇人见到二青,则追随人物看蛇的眼光,自然转入人物视角进行限知叙事。其中"二青含哺之,宛似主人之让客者","小青径出,因与交首吐舌,似相告语","二蛇垂头,似相领受"等处,一切均从蛇人的视角来看,也均从蛇人的感知来写,将眼光与声音汇集在人物身上,可见,蒲松龄有意识地严守了叙事视角的界限。在《西湖主》中,陈弼教被锁在西湖主的花园中成为视角转换的枢纽,从"复寻故径,则重门扃锢矣"起至"返身急去"止这一段中,滞留花园中的陈弼教对外界一无所知,一切都凭婢女通传消息,也很好地保持了限知视角的界限。

三、《聊斋志异》声音转移

《聊斋志异》中存在大量的叙述声音来源转移的现象,具体表现为作者声音与叙述者声音的转移、叙述者声音与人物声音的转移、作者声音与人物声音的转移。叙述声音的来源不同,蕴含的话语意义和具备的话语功能也各不相同;发出声音的主体不同,意味着叙述者传递的观点、意义、价值、信仰等发生了变化:或者坚持前述故事隐含的方向,或者向另一个方向转折。

（一）作者声音与叙述者声音的转换

　　《聊斋志异》中"异史氏"这一角色，一般被学界当作是蒲松龄的代言人；"异史氏曰"中蕴含的思想、观点、立场或情感倾向，也被学界视为蒲松龄的思想、观点、立场或情感倾向。换句话说，"异史氏"的声音就是作者的声音，正如郑铁生所说的，"对'异史氏曰'形式虽异功效却相似的分析，越来越清楚地看出蒲松龄'发愤著书'的创作动机了，不管他说鬼谈狐采奇记异，但目的都是为了表达叙事主体的思想之旨"[①]。依据蒲松龄的人生经历、思想倾向与"异史氏曰"中思想情感的一致性、吻合度判定二者的身份重合，不仅符合"社会—历史"批评的逻辑理路，而且有较高的可信度。然而，"有较高的可信度"不等于确凿无疑。在叙事学视域下，我们还需要厘清一个问题，那就是只有确认"异史氏曰"不属于隐性作者、叙述者的声音，才能确认"异史氏曰"的发声者就是作者。

　　"隐含作者"是韦恩·布斯提出的一个概念，用来指称作者的"第二自我"，即在作品中现身代表作者行使各种复杂功能的替身。布斯指出，作者在写作时"不是创造一个理想的、非个性的'一般人'，而是一个'他自己'的隐含的替身，不同于我们在其他人的作品中遇到的那些隐含的作者。对于某些小说家来说，的确，他们写作时似乎是发现或创造他们自己"[②]。一部作品的隐含作者与作者并不完全等同，"我们必须说各种替身，因为不管一位作者怎样试图一贯真诚，他的不同作品都将含有不同的替身，即不同思想规范组成的理想"[③]。《叶生》的隐含作者是对那些呕心沥血蹒跚于科举路上、渴望功成名就却屡遭波折的文士怀有深切的同情的人，以及对他们的人生理想的幻灭深感悲凉的"人"；《王子安》的隐含作者是对热衷功名的文士怀有嘲讽的"人"；《娇娜》的隐含作者是对孔生与娇娜彼此怀有深情却未能结为夫妻而感遗憾的人，也是为孔生诚挚不

[①] 郑铁生.《聊斋志异》"异史氏曰"叙事形式的探析[J]. 蒲松龄研究，2001(4)：40-55.
[②] [美]W·C·布斯. 小说修辞学[M]. 华明，胡晓苏，周宪，译. 北京：北京大学出版社，1986：80.
[③] [美]W·C·布斯. 小说修辞学[M]. 华明，胡晓苏，周宪，译. 北京：北京大学出版社，1986：80-81.

改、舍身救友的行为满怀赞叹的"人";《仇大娘》的隐含作者是对治身理家富有卓识才干、大有功成不居风范的女子怀有敬佩与仰慕之心的"人";《画皮》的隐含作者是对貌美如花、狠如蛇蝎的女子给予辛辣批判的人;上述作品的隐含作者流露出来爱憎好恶之情与蒲松龄的思想情感相通而不尽相同。

与隐含作者一样,《聊斋志异》作品中的"异史氏"也是作者的"第二自我",但这"第二自我"与隐含作者并不重合。"异史氏曰"传递的声音,不属于该篇作品的隐含作者,原因有二。其一,"异史氏"蕴含的立场往往偏离甚至背离隐含作者的立场。《公孙九娘》的隐含作者心中蕴含一股郁愤之情,感慨于于七一案"碧血满地,白骨撑天",怜爱着受到牵累无故而死的身世悲苦的公孙九娘。该篇的"异史氏"却为莱阳生抱屈,因为莱阳生有负公孙九娘迁移骸骨的嘱托而受到公孙九娘的误解,却苦于得不到再次向公孙九娘倾诉衷肠、表白心迹的机会。可见,该篇中异史氏的情感倾向与隐含作者的情感倾向存在较大的偏向。类似的作品在《聊斋志异》中数见不鲜。其二,隐含作者是叙事理论家根据作品的叙述与话语逆推出来的一个虚拟的角色,而"异史氏"属于聊斋先生自道。里蒙-凯南说:"隐含的作者应该被看作是读者从本文的全部成分中综合推断出来的构想物。"是叙述文本创造了隐含作者,而不是隐含作者创造了叙事文本,隐含作者在叙事文本中没有"独立声音"。因此,可以断定"异史氏曰"并非隐含作者的声音。

相比于隐含作者,除了创造文本的唯一主体作者之外,叙述者(讲述故事的人)在作品中具有更强的存在感。叙述者仿佛是站在人物身边观察着故事进展和一切场景的"人物",如《狐谐》的叙述者站在虚构的故事世界之外,"眼看着"万福与狐女生活在一起,以及狐女与众人戏谑笑言、委婉多讽的场景,把这一切记录下来告知读者。有的作品中只有一个叙述者,如《念秧》中叙述了两个故事:一个是同乡王子巽被念秧者欺骗钱财的故事;一个是吴安仁遭逢念秧者却在狐友帮助下全身而退反获美妻的故事。两个故事性质相近,发生在不同时间、不同地方,结果截然相反,由同一个旁观的叙述者讲述给读者。有的作品则有两个甚至两个以上的叙述者,如《山魈》第一叙述层讲述了孙太白所叙述的其曾祖秋叶遇鬼的事情,这个故事的叙述者站在故事之外;第二叙述层的叙述者是孙太白，按情理，似乎是第一叙述层的叙述者从孙太白这儿得知这一故事，然后转叙给读者。此外，从故事传播的角度看，还隐含着一位叙述者，那就是向孙太白讲述其曾祖遭遇的这件事的人，或者是其曾祖本人，或者是其他人。

叙述者在文本中有属于自己的独立声音。《土地夫人》的叙述者身处故事之外，却走进文本发了一通议论，"土地虽小亦神也，岂有任妇自奔者？不知何物淫昏，遂使千古下谓此村有污贱不谨之神"。叙述者声音蕴含的思想观念与"异史氏曰"蕴含的思想观念同样存在差异或矛盾，如《王六郎》的叙述者对水鬼王六郎宁愿舍弃转生机会不忍伤害妇人及其孩子的行为颇有叹赏之意，对许姓渔人与王六郎人鬼相异却结为挚友的事情也很欣赏，还特别点出王六郎担任招远县邬镇土地期间，对百姓所求无不灵验。而该作品篇末的"异史氏曰"只谈论许、王之间的友情，以此引发出对身处富贵者如何对待平民的一番议论。假如将"异史氏曰"传达的是叙述者的声音，那么本文有两个叙述者，而且意见完全不合辙，叙事文本的内在意义被割裂。因此，只能说，"异史氏曰"是作者声音的载体。

《聊斋志异》中最常见的是叙述者声音向作者（异史氏）声音的转换，有少数篇章属于作者（异史氏）声音向叙述者声音的移交。一般的叙事结构是：叙述者在故事进程中利用隐喻暗示、话语选用、场景描写或介入议论等手段，将自己的情感倾向、思想观点、价值观念或隐或显地传递出来；在故事结束后，将话语权交给"异史氏"及作者。有时，"异史氏曰"具有强化叙述者声音的功能，如《江城》中，叙述者讲述了江城的种种悍戾凶狠的行径：无缘无故地发怒，"反眼若不相识，词舌嘲啁，常聒于耳"；丈夫一旦辩解、回击，"女益怒，挞逐出户，阖其扉"；自己的父母去世，江城也不前往吊唁，"惟日隔壁噪骂，故使翁姑闻"；等等。在叙述过程中，叙述者没有流露出对江城的谴责倾向，而将夫妻二人的矛盾归为前世因缘所致，带着一种宽容的态度看待江城的悍虐。至篇尾，叙述者将声音移交给"异史氏"（作者）；"异史氏曰"针对人生果报展开议论，流露出"观自在愿力宏大"、将"盂中水洒大千世界"的愿望，与叙述者的情感倾向保持一致。有时，"异史氏曰"则将叙述者声音中的某部分"音调"加以强化。如《鬼哭》大致可以分为三个部分：（1）讲述谢迁之变的事情，叙述者称谢迁之类为"群丑",居住的宅院为"贼窟",将其置于自己的对立面,蕴含着批判指责的态度;(2)叙述王皥迪听到满庭鬼哭,王学使仗剑大言威吓,叙述者选用了"百声嗤嗤,笑之以鼻"作为群鬼对他的回应,隐含着嘲笑讥讽的成分;(3)叙述王学使设水陆道场飨祀群鬼,鬼怪从此销声匿迹,叙述者议论说:"岂钹铙钟鼓,焰口瑜伽,果有益耶?"在这三个部分里,叙述者声音蕴含的情感、评价的指向对象各有不同,声音调子不统一。该篇的"异史氏曰"对王学使欲借自己煊赫威势震慑鬼魂的行为给予无情的嘲讽,指出"邪怪之物,惟德可以已之",暗指他有权势而无德性。这一声音转换强化了叙述者对王学使的嘲讽,将作品主题从各种声音混杂的漩涡里挽救出来。

作者声音向叙述者声音的转换往往意味着作品结构的整合。在《念秧》开端,"异史氏"直言念秧之害,告知读者"人情鬼蜮,所在皆然;南北冲衢,其害尤烈。……随机设阱,情状不一;俗以其言辞浸润,名曰'念秧'。今北途多有之,遭其害者尤众"。以此引领全篇,讲述了两件关于念秧的故事。叙述者在文中现身,并申明自的立场说:"何意吴生所遇,即王子巽连天呼苦之人,不亦快哉!旨哉古言:'骑者善堕'。"这样看来,作者声音不单有统领全篇的结构功能,还有"立主脑"的揭橥主题的作用。还有部分"异史氏曰"用在作品的中段,"形成'文眼',统驭'连株体叙事'的结构"[①]。

(二)叙述者声音与人物声音的转换

在《聊斋志异》中,叙述者声音很容易被辨识出来,如《斫蟒》中叙述者发声说:"噫!农人中乃有悌弟如此哉!或言:'蟒不为害,乃德义所感。'信然!"但是,人物声音殊难辨别。如:

果有妇人抱婴儿来,及河而堕。儿抛岸上,扬手掷足而啼。妇沉浮者屡矣,忽淋淋攀岸以出,藉地少息,抱儿径去。当妇溺时,意良不忍,思欲奔救;转念是所以代六郎者,故止不救。及妇自出,疑其言不验。抵暮,渔旧处,少年复至,曰:"今又聚首,且不言别矣。"问其故。曰:"女子已相代

[①] 郑铁生.《聊斋志异》"异史氏曰"叙事形式的探析[J]. 蒲松龄研究,2001(4):40-55.

矣；仆怜其抱中儿，代弟一人，遂残二命，故舍之。更代不知何期。或吾两人之缘未尽耶？"许感叹曰："此仁人之心，可以通上帝矣。"(《王六郎》)

王六郎所说的"今又聚首，且不言别"，属于故事流的组成成分；"或吾两人之缘未尽"既可以理解为王六郎满怀恻隐之心的谦逊，也可以理解为王六郎在诉说自己的命运观，因此，可以认定是王六郎的"声音"。以自由间接引语发出的声音则处于两难选择的地步，如《劳山道士》中的"王效其作为，去墙数尺，奔而入；头触硬壁，蓦然而踣。妻扶视之，额上坟起如巨卵焉。妻挪揄之。王渐忿，骂老道士之无良而已"，其中，"骂老道士之无良"就难以确定是叙述者的声音还是人物的声音；若是叙述者声音，则人物属于代言，使叙述者的声音与人物的话语合为一体。

有些作品中的人物声音是响亮的。在《蛇人》中，蛇人前往寻找二青，叮嘱说："原君引之来，可还引之去。更嘱一言：深山不乏食饮，勿扰行人，以犯天谴。"二蛇垂头而听，"似相领受"，"此后行人如常，不知二蛇何往也"。这里，人物声音发挥了其功能，禁咒了二青对行人的危害。《库官》中张华东夜宿驿亭，有自称库官的老叟告知他有"二万三千五百金"的库银；待张华东南巡回来领受时，库银已经拨为辽东兵饷，张华东惊讶不解。老叟说："人世禄命，皆有额数，锱铢不能增损。"人物话语成为"大人此行，应得之数已得矣，又何求"的情理依据，所持立场非常明确。

叙述者将声音移交给人物，意味着叙述者对故事和读者阅读行为的调控力度在减弱，甚至放弃自我表达以凸显人物的见识。在《宫梦弼》中，叙述者先点出柳芳华为人"慷慨好客，座上常百人；急人之急，千金不靳"的特点。当柳家陷入没落贫困时，柳芳华生前所交朋友无一伸出援手，妻子让儿子柳和前往欠自家钱财的富裕人家求助，这时叙述者退隐至幕后，让柳和说出"昔之交我者为我财耳，使儿驷马高车，假千金亦即匪难。如此景象，谁犹念曩恩，忆故好"的话，以揭露人与人之间的交往"富贵时趋之若鹜、贫贱时避之不及"的丑陋世相。柳和身处家庭变故之中，由富而贫的生活遭际带来的个中滋味感受最为深切，小说借助人物之口评论浇薄的世风、披露炎凉的世态，比叙述者站出来发声更容易为读者所信服。

叙述者现身对事件、人物做出有倾向性的叙述，或者直接予以评论，与人物以自己的声音发表看法有着不同的叙述功能。首先，叙述者在故事中掺入的情感态度、观点立场的成分越多，叙事话语的"讲述"色彩就越浓；人物声音越是鲜明响亮，叙事话语的"展示"色彩就越浓。如《宫梦弼》的开端：

> 柳芳华，保定人，财雄一乡，慷慨好客，座上常百人。急人之急，千金不靳。宾友假贷常不还。惟一客宫梦弼，陕人，生平无所乞请，每至辄经岁，词旨清洒，柳与寝处时最多。……后十余年家渐虚，不能供多客之求，于是客渐稀；然十数人彻宵谈宴，犹是常也。年既暮，日益落，尚割亩得直，以备鸡黍。和亦挥霍，学父结小友，柳不之禁。

这段文字为概要叙述话语，涵盖的时间跨度长；所叙的事件繁多但大多是日常反复发生的事件；叙事节奏快，只有对事件的陈述而缺少对事件的渲染。为了将笔墨迅速转向柳家破落之后发生的种种事情，形成叙事内容与情感指向的对比，叙述者加强了叙述话语的"讲述"性。在将声音移交给人物后，叙事话语"讲述"色彩大为淡化，"展示"意味趋于明显。仍以《宫梦弼》为例：

> 妪念女若渴，以告刘媪，媪果与俱至和家，凡启十余关，始达女所。女着帔顶髻，珠翠绮绮，散香气扑人；嘤咛一声，大小婢媪奔入满侧，移金椅床，置双夹膝。慧婢瀹茗，各以隐语道寒暄，相视泪荧。至晚，除室安二媪，衾褥温软，并昔年富时所未经。居三五日，女意殷渥。媪辄引空处，泣白前非。女曰："我子母有何过不忘？但郎忿不解，防他闻也。"每和至，便走匿。一日方促膝，和遽入，见之，怒诟曰："何物村妪，敢引身与娘子接坐！宜撮鬓毛令尽！"刘媪急进曰："此老身瓜葛，王嫂卖花者，幸勿罪责。"和乃上手谢过。即坐曰："姥来数日，我大忙，未得展叙。黄家老畜产尚在否？"笑云："都佳，但是贫不可过。官人大富贵，何不一念翁婿情也？"和击桌曰："曩年非姥怜赐一瓯粥，更何得旋乡土！今欲得而寝处之，何念

焉!"言致忿际,辄顿足起骂。女恚曰:"彼即不仁,是我父母,我迢迢远来,手皲瘃,足趾皆穿,亦自谓无负郎君。何乃对子骂父,使人难堪?"和始敛怒,起身去。

柳和发掘宫梦弼藏金后一夜暴富,府第壮丽深窈,妻子服饰华美,家中婢女环绕。然而,"己所不欲,勿施于人",柳和把自己贫贱时所受的屈辱冷落迁怒到家境由富裕变贫困的岳父母身上。从本篇前半部分看,柳和值得同情,世人应受谴责;从后半部分这一段柳和的自我表演看,柳和转变为应受谴责的人,而黄氏夫妻值得同情。叙述者没有直接表露对柳和为人处事的方式的看法,而让人物以自身的行为、话语彰明其思想性格,在叙述中渗透着反讽。

其次,将声音交付给人物,可以拉远作品的思想倾向与作者的思想倾向的距离,使后者保持一定的客观性、超然性。现在我们已经认同,作品蕴含的某些思想倾向属于叙述者,不能完全视之为作者的思想倾向。但是,在我国传统的"纪实"、"实录"等小说创作观念的影响下,人们容易认定二者实质上是一回事。若将话语权移交给人物,由人物对社会生活、人生百态作出判断、评价,人们很有可能认为这些判断、评价蕴含的思想情感仅仅属于作品中的人物,为作者远离价值判断的漩涡提供了回旋的余地。在《于去恶》、《司文郎》等批判科举害人误人、将矛头指向帘官的作品中,叙述者出面干预叙事的情况较少,人物声音从叙事背景中浮现出来,振聋发聩。于去恶认为,冥司中那些已有功名、官职在身的鬼官,并不能直接担任帘官,因为"得志诸公,目不睹坟典,不过少年持敲门砖,猎取功名,门既开则弃去";而阳间科场昏昧,"所以陋劣幸进,而英雄失志者,惟少此一考"。于去恶这一番关于阴阳选考官的议论带有明显的隐喻意义,批判的矛头指向了现实中的科举考试。《司文郎》中文章高妙的人落第、文章低劣的人中榜,善于以鼻辨文的盲僧慨叹对此说:"仆虽盲于目,而不盲于鼻;帘中人并鼻盲矣!"蒲松龄身处科举考试的圈层中,失败后的愤怒郁闷阻挡不了他继续去前行的脚步,因此,他的一些怨怒、讽刺和针砭之语,将是一把回旋刀,在批评考官的同时也会给自己带来伤害。上述对帘官的评价如果作者声音传达出来,定会给作者的社会生活带来负面影响;而经人物声音发出,则与作者隔远了一层。这种叙事策略在艳遇型故事中也常见，且非常有效地阻止了读者将"艳遇书生"与作者等同起来的想法，在一定程度上使蒲松龄避免了遭受社会对他的"文人无行"的非议①。

（三）作者声音与人物声音的转换

从《聊斋志异》作品的结构方式看，蕴含作者声音的语段相对独立，一般位于在文首、文末，与人物话语的文本距离较远（相比之下，叙述者话语与人物话语的距离较近，二者时常交织在一起），难以直接与人物话语产生交接转换。因此，《聊斋志异》中仅有个别篇章中存在作者声音与人物声音之间发生直接移交的情形。《三生》使用间接引语陈述刘孝廉劝人的话——"乘马必厚其障泥；股夹之刑，胜于鞭楚也"，反映了三生受罚的冥报留给刘孝廉最深刻的记忆是转生为马遭受的两踝夹击的痛苦，与文本蕴含的道德倾向大不相合。作者声音蕴含在篇末的"异史氏曰"之中：

> 毛角之俦，乃有王公大人在其中。所以然者，王公大人之内，原未必无毛角者在其中也。故贱者为善，如求花而种其树；贵者为善，如已花而培其本：种者可大，培者可久。不然，且将负盐车，受羁靮，与之为马。不然，且将啖便液，受烹割，与之为犬。又不然，且将披鳞介，葬鹤鹳，与之为蛇。（《三生》）

该篇宣扬了因果报应的思想，虽然有封建迷信与伦理说教的性质，但是或多或少地包含了一些合理的道德伦理观念，比如扬善惩恶的观念、对世人的良苦劝诫与警示。从维护作品思想情感倾向的一致性和文本结构的有机性角度看，人物声音应该服从小说主题的需要，比如因为其言行顺应小说的主导思想而受到赞美，或者与作品宣扬的思想观念相悖而受到鞭笞。在此，作者声音的作用就显得尤其重要：他发出的杂音有可能削弱作品的感染力、说服力，也可能将读者引向

---

① 李大勇，许继青.《聊斋志异》的叙事声音转移论析[J]. 连云港师范高等专科学校学报，2017（3）：16-21.

歧途——除非他设置了特殊的叙事机制，有信心将读者对作品思想的阐释、接受引导到他希望的方向上。《三生》中的"异史氏曰"脱离了文本的思想倾向，将议论重心放在王公大臣们身上，虽然有一定的批判性，却游离了小说主旨。关于"贱者为善，如求花而种其树；贵者为善，如已花而培其本：种者可大，培者可久"的一段议论与小说主题有内在联系，调侃意味偏重，也许可以理解为作者不希望以自己的议论方式左右读者对小说的主旨的理解把握。此篇的"异史氏曰"既没有完善叙事结构的重要功能，又缺乏话语表达的艺术性，近似画蛇添足。

《武孝廉》文末的"异史氏曰"与人物狐妖的话语间隔了一段简要的叙事，"即唾石面。石觉森寒如浇冰水，喉中习习作痒，呕出，则丸药如故。妇拾之，忿然径出，追之已杳。石中夜旧症复作，血嗽不止，半载而卒"。这丝毫不影响读者对人物声音与作者声音转换的辨认。妇人骂石孝廉说："虺蝮之行，而豺狼之性，必不可以久居！曩时啖药，乞赐还也！"话语中蕴含着强烈的憎恶，不仅将潜伏在前述事件中石孝廉的人格品行明朗化，还包含着对石孝廉不仁不义行径的谴责。作者的声音流露的思想倾向与小说中的主旨大不相同。作者借"异史氏"之口说："石孝廉，翩翩若书生，或言其折节能下士，语人如恐伤。壮年殂谢，士林悼之。至闻其负狐妇一事，则与李十郎何以少异？"这几句话赞美石孝廉风度翩翩，为人谦和有礼，不肯以话语伤人。如此一来，小说中石孝廉喜新厌旧、忘恩负义、残忍欲杀的行为与现实中的石孝廉行为产生悖误，成为不可靠叙事。"异史氏"的话显然削弱了小说主题的意义。

由此可见，这些作品在处理作者声音与人物声音转移的问题上，衔接不够自然圆熟，叙述技巧比较生疏。联系上文所论的《聊斋志异》在纯客观视角与限知视角的转换中存在的症结，可以说，在继承前代叙事经验、技巧并加以成熟运用方面，蒲松龄做得非常到位；在突破以往小说善于使用全知视角、早期小说喜欢使用纯客观视角的叙述艺术束缚走向创新方面，蒲松龄的创作技巧还有存在较大的提升空间。

第三节 《聊斋志异》的叙事介入

"叙事介入"与"叙事干预"是两个边界时而清晰、时而模糊的叙事学术语。叙事学研究者对它们有时做明确的区分,有时将二者纠缠在一起。叙事介入指叙述者(话语信息的提供者)在故事中的显现,热奈特称为"叙述主体的介入"[①],或"叙事话语对叙事的'入侵'"[②]。"叙事干预"可以称作叙述者干预,"一般通过叙述者对人物、事件甚至文本本身进行评论的方式来进行。这种干预超越了对本文中的行为者与环境的界定与事件的描述。在评论中,叙述者解释叙事成分的意义,进行价值判断,涉及超越于人物活动范围的领域,以及评论他或她自身的叙述"[③]。由此看来,"叙事介入"作为叙述者的身影、声音在叙事作品中"显现"的中立性色彩较为鲜明,而"叙事干预"蕴含的意识形态倾向较为鲜明。韦恩·布斯所说的"叙事介入"与"叙事干预"并无明显的差异,他将"人为性"视为"故事讲述者最明显的人为技法之一",指出"无论我们关于讲述故事的自然技法的概念是怎样的,每当作者把所谓真实生活中没人能知道的东西讲述给我们时,人为性就会清楚地出现"[④]。韦恩·布斯发现,作者无可避免地或者主动在叙述文本中留下一些试图控制、操纵和影响阅读的技巧、证据或迹象,"虽然作者在一定程度上选择他的伪装,但是他永远不能选择消失不见"[⑤],就是所谓的"作者的声音"("作者声音"只是一种隐喻的用法)。韦恩·布斯有时把"作者声音"称作"作者干预",有时则把"作者声音"称作"介入",比如,他认为

---

① [法]热拉尔·热奈特. 叙事话语·新叙事话语 [M]. 王文融,译. 北京:中国社会科学出版社,1990:111.

② [法]热拉尔·热奈特. 叙事话语·新叙事话语 [M]. 王文融,译. 北京:中国社会科学出版社,1990:183.

③ 谭君强. 叙事理论与审美文化 [M]. 北京:中国社会科学出版社,2008:76.

④ [美]W·C·布斯. 小说修辞学 [M]. 华明,胡晓苏,周宪,译. 北京:北京大学出版社,1986:5.

⑤ [美]W·C·布斯. 小说修辞学 [M]. 华明,胡晓苏,周宪,译. 北京:北京大学出版社,1986:23.

作者在叙事作品中显露自己的那些不经过中介性的评价、新思想引进、内心观察等，就是"作者的一种介入"①。普林斯的《叙述学词典》也泯灭了"叙事干预"和"叙事介入"二者的界线："介入性叙述者用他或她自己的声音对被呈现的情景与事件、表述或其语境等作出评价。"②

笔者倾向于选择"叙事介入"以指称叙事作品中存在的刻有作者或叙述者声音印痕的现象。不仅因为"叙事介入"一词具有的中性色彩，不像"叙事干预"那样容易导致读者的误解（干预常常使人联想到作者、叙述者的强烈控制欲望），而且因为"叙事介入"涵盖的叙事话语现象广泛，不像"叙事干预"那样常常以议论式的话语形式出现在小说中。最广泛意义上的叙事介入是指作者及其代言人叙述者所有建构文本的语用行为，包括故事情节的组织安排、叙述的事件与刻画的人物的选择组合、直接在作品中阐明立场与观点、使用富有作者个性色彩或独特风格的话语等等。换言之，作者建构作品话语体系的过程就是介入叙事的过程。韦恩·布斯分析了作者在作品中留下的种种痕迹之后，强调"作者的判断，对于那些知道如何去找的人来说，总是存在的，总是明显的"③。

本节对《聊斋志异》的叙事介入，将范围稍做限定，主要围绕作者（叙述者）在叙事作品中流露出的那些与中立叙事有明显对比性的话语表达、声音特征进行讨论。这些话语表达、声音特征主要包括议论（对事件的、人物的、作品的评论）、解释（包括在作品中的注解）、印证（包括列举同故事的、异故事的材料）、暗示与反讽性等话语方式与内容。

一、《聊斋志异》叙事介入的方式

一般来说，叙述者的声音在作品中越强烈，其介入叙事的痕迹就越鲜明。按照叙事声音的强度变化，查特曼将叙述者分为缺席的叙述者、隐蔽的叙述者、公

---

① [美]W·C·布斯. 小说修辞学[M]. 华明，胡晓苏，周宪，译. 北京：北京大学出版社，1986：19-20.
② [美]杰拉德·普林斯. 叙述学词典[M]. 乔国强，李孝娣，译. 上海：上海译文出版社，2011：108.
③ [美]W·C·布斯. 小说修辞学[M]. 华明，胡晓苏，周宪，译. 北京：北京大学出版社，1986：23.

开的叙述者三类,其中"缺席的叙述者"是指"在叙事作品中几乎难以发现叙述者的身影,也难觉察出叙述声音,在这种类型中,最极端的情形是将人物语言和语言化的思想直接记录下来,甚至连'他说'、'他想'这样最简短的陈述也一概省略,几乎不留一点叙述的痕迹"[①]。缺席的叙述者介入故事的成分最少,传递的叙述者声音最弱,因此,不在讨论的范围之内。《聊斋志异》中的绝大部分作品使用了第三叙述人称,而第三人称叙述者可以简单地划分为四种类型,即"全知全能的第三人称叙述者,有选择的全知叙述者,采用意识中心说的第三人称叙述者和客观的第三人称叙述者"[②],这四种类型的叙述者在作品中的介入程度由强到弱、由主观化向客观化过渡的发展。其中第四种"客观的第三人称叙述者"就是查特曼所说的"缺席的叙述者"。综合考虑各种因素,此节主要针对《聊斋志异》中隐蔽的叙述者、公开的叙述者的叙事介入进行分析,也据此将《聊斋志异》的叙事介入方式分为两种,分别是隐性介入和显性介入。

(一)隐性介入

在叙事作品中,隐性介入通常表现为叙述者声音与人物声音交织融混在一起,形成类似复调的叙事声音。表现在文本构成上,或者为传递叙述者的情感倾向、思想与价值观念的话语与作品的叙述话语交错出现,或者为叙述者的情感倾向、思想与价值观念淹没在貌似客观中立的叙事话语中。

当叙述者声音隐藏在人物话语中时,叙述者的倾向性表达得相对隐秘,其介入行为巧妙而隐蔽地影响着故事情节。《画壁》蕴含着宗教观念和特殊的人生态度,为了能让读者清晰地捕获到这些思想内涵,且期待故事能以一种心理暗示的方式说服读者换一种眼光看待男女爱恋的柔情蜜意,叙述者借助故事中的人物老僧之口,点明壁画中的拈花人"螺髻翘然,不复垂髫"的变相背后隐藏的原因是"幻由人生"。这既是老僧对世事的体悟,也是作者要传递的哲思,使小说中的人物"朱气结而不扬,孟心骇叹而无主"。《李司鉴》中李司鉴打死了妻子,作者一改公案小说的惯常情节设置,舍弃了升堂审案、刑讯取供、侦缉访拿等老旧套

---

① 罗钢. 叙事学导论 [M]. 昆明:云南人民出版社,1994:218.
② 周苹. 第三人称叙述者及其在文本中的介入 [J]. 黑龙江社会科学,2005 (2):104 - 106.

路，凭借神灵的神秘力量控制人物心智，使李司鉴自述所犯的罪愆。李司鉴讲述了自己所做的三件卑劣之事，包括听信奸人颠倒是非、骗人钱财和奸淫妇女，并当众说出神灵对自己的三种处罚：割耳、割指、割肾。李司鉴的话语蕴含着三重声音：一是人物声音，接受神灵的惩处意味着当事人认识到自己罪孽深重；二是叙述者声音，在叙述李司鉴受神灵驱使挥刀自我惩处的事件上，叙述者似乎保持旁观者的中立态度，但是选择让人物受制于神灵自述其罪的叙述方式，反映了叙述者对人物的罪行评价倾向，似乎在警醒世人：任何罪恶都无法欺瞒神灵，"恶有恶报"的因果报应丝毫不爽；三是神灵"声音"，被叙述者"借来"披露李司鉴的隐秘罪行，行使惩恶扬善的权力。

有些作品中人物话语虽然没有交混叙述者的主观倾向，但是对故事进程、情节走向起到了关键作用，也是叙述者隐蔽地介入故事的一种方式。《婴宁》中吴生欺骗王子服说，已经探听到与王子服仅有一面之缘的女子的消息，并告诉王子服说这个女子是自己姑姑的女儿、王子服的姨妹。此处，吴生用的是缓兵之计，目的在于缓解王子服相思成疾的苦楚，就其本质而言，他的属于"不可靠叙述"。然而，这"不可靠叙述"竟然神奇地成为对婴宁的身份以及此后发生的故事的可靠预叙，话语性质在反转之间带来了"无心插柳柳成荫"式的叙述效果。令人惊奇的是，不单吴生的话语，就是王子服的内心独白，也被作者驱使作为推动情节延伸的媒介。吴生因为谎言难圆，告别之后便不肯前来探望王子服；王子服由悒悒不欢生出怨恨，怒气填胸，继而转思"三十里非遥，何必仰息他人"。这一间接心理独白催生了王子服的行动，他"怀梅袖中，负气自往"，前往吴生所说的地方找寻那个让自己一见钟情的女子。为了吴生信口雌黄所说的一个不存在的地方、一个凭空捏造身份的人，任性地前去找寻，肯定不会有什么结果，然而，故事的发展出乎意料，王子服的找寻竟然成为一场浪漫而温馨的爱情之旅。一次歪打正着的谎言，一次歪打正着式的奇遇，这绝非一般的生活情理所能解释的，只能归结为作者特意使用了"巧合"这一叙事技巧，让人物话语充当了故事进展的动力。在《狐联》、《张鸿渐》、《陈云栖》等篇章中，都可以看到这一叙事介入手段。

在那些与故事叙述交织融混的叙事介入中，叙述者的踪迹若隐若现，似乎没有刻意突出介入作用的迹象，因此故事发展显得顺畅自然，丝毫不受叙事介入的阻滞。《花姑子》中，安幼舆的野外迷路并非纯粹的、自然发生的事件，而是叙述者特意安排的"奇遇"，以此作为安幼舆对花姑子一见钟情的引子。此后，叙述者讲述了两个关键情节：一个是安幼舆相思成疾、花姑子前来探视疗疾，二人倾吐心声；一个是安幼舆找寻花姑子未果，却为蛇精所害，花姑子的父亲苦苦哀告，乞求阎罗放安幼舆复生。这两个情节足以使读者相信，安、花二人的爱情之花定能结出幸福之果。然而，花姑子说的"屡屡夜奔固不可，常谐伉俪亦不能"以及花父的怒斥阻隔提醒读者意识到，叙述者在其中埋藏了线索，暗示安幼舆与花姑子二人虽情深义重，却终将好事难谐。在故事尾声处，花姑子对安幼舆说出"妾不能终事，实所哀惨。……男与女，岁后当相寄耳"的话，眼含热泪而去。叙述者没有描绘安幼舆面对心爱之人决然离去之后的情感波动，反以客观冷静的口吻叙述了安幼舆治病的过程。读者似乎可以据此断定，安幼舆已经割舍了这份深情，平静地接受了命运的安排。然而，如果细审文本，我们就会发现上述判断有偏差：花姑子托老妪送来孩子，安幼舆"抱归，竟不复娶"。其中，"竟"字蕴藏着叙述者对安幼舆用情之深的叹赏，揭开了叙述者退隐幕后却不肯放弃话语权的秘密。

　　费伦指出，"叙事与抒情诗之间的重要区别在于，叙事要求有对人物（和叙述者）的内部判断"①。而内部判断的实现不一定非要通过叙述者的口吻才能达成，构成故事的时间、空间等要素，叙述者选择的在场人物、处理素材的手段等，均可以成为读者辨识叙事作品内部判断的线索。《考城隍》中的宋焘进入阴间参加考试，辨认出座上考官中有关壮缪（关羽死后被刘禅追封为"壮缪侯"）。"关壮缪（关羽）"是一个象征性符号，投射出渴望忠勇、正直、正义的社会心理，叙述者利用传统的社会文化中关羽这一人物寄寓的民众的思想情感倾向，形成了特定的伦理判断导向。而宋焘文所写的"有心为善，虽善不赏。无心为恶，虽恶不罚"的文句受到诸神（考官）的赞叹，则与"关壮缪"隐喻的社会文化心态相呼应，能够唤起读者对现实社会中科举考试的公平、公正的反思与考量，叙

---

① [美]詹姆斯·费伦. 作为修辞的叙事：技巧、读者、伦理、意识形态 [M]. 陈永国，译. 北京：北京大学出版社，2002：8.

述者的隐性介入所希望达到的效果正在于此。

《聊斋志异》中，还有一种独特的隐性介入方式，这种方式与话本、拟话本安排故事结构的方式相类似，即一篇作品之中讲述两个或两个以上的故事，有时采用叙述者的口吻，有时采用作者的口吻，有时采用异故事的第三方的口吻。如《跳神》一篇包含两则故事：一则是济南一带巫师祈神治病跳"商羊舞"，请来祖宗神灵歆享供品，有人对此嬉笑腹议，结果受到神灵剥去衣裤的惩罚；另一则是满洲妇女"严妆、骑假虎、假马、执长兵"，在榻上起舞"跳虎神"，有男子在外窥视，被长兵破窗刺中帽子。这两则故事知识性较强，告知读者两地跳舞娱神方式虽然不同，但都要求人们对神灵、祖宗还有敬畏之心。在《局诈》、《放蝶》、《医术》、《狼》等作品中，不同故事的组合、衔接往往隐藏着叙述者有意强化了的叙事意图，或者衍生出单篇故事难以包蕴的叙事意义。《局诈》中有三则故事，前两则叙述了诈骗者为了获取钱财而设局欺诈的事情，其中设局人利用被骗者热衷官位、谋求富贵、崇拜权势的心理，精心布置，步步为营，不断诱惑被骗者心甘情愿地走入挖好的陷阱；第三则叙述了诈骗者为了骗取稀世古琴而设局赚人的故事，其中骗琴者计议久长，心思缜密，先后运用了以礼下贤士般的诚恳情怀打动对方、以情趣相同的知音情怀感动对方、以高妙琴技震撼对方等手段，让受骗者逐渐放弃戒备心理，最终上当受骗。前两则故事中的诈骗属于"俗骗"，后一则故事中的诈骗可以称作"雅骗"，正如小说中所说，"天下之骗机多端，若道士，骗中之风雅者"，"雅骗"比"俗骗"更具迷惑性和欺骗性。《放蝶》将不同官员所做的同样荒唐的事情并置叙述，以点见面地描绘出昏庸官员的丑陋群像，使叙述意图和故事内涵在两则故事的彼此映衬之下浮现出来，强化了作品的讽刺性。这类作品往往简单地并列叙述不同故事，或者凭借故事在题材、情节结构形式、事件性质等内在联系结构成篇，或者用"异史氏曰"勾连前后两则故事，或者在篇末归总上文、加强故事之间的联系。比如，《狼》中的三则故事完结后，叙述者出面说出"三事皆出于屠；则屠人之残，杀狼亦可用也"一句话，在对屠夫有所微词的前提下赞扬他们的杀狼机巧，将三则故事的关联要素点了出来。有了这句话，三则故事关联一体，作品的结构就显得相对紧凑了许多。如果没有这句话的勾连，作品就会主题涣散，结构松散，成为三则故事的简单堆垒。

（二）显性介入

一旦读者能从小说文本中轻易识辨出哪些是一般叙述话语，哪些是从一般叙事话语中突兀而出的成分，或者能判断出哪些话语传达了人物的思想情感，哪些话语是作者、叙述者声音载体，就说明叙事中的作者声音、叙述者声音趋于响亮，叙事介入就成了公开的行为。

最容易识别的是那些直接对人物、事件做出议论与评价的介入。《沂水秀才》中两位温婉多情的美女深夜来到沂水秀才书斋，竟然没能诱发沂水秀才浪漫风流的情怀。沂水秀才置美女于不顾，径直将美女带来的白银抢入怀中。对这一毫无情趣的庸俗行为，叙述者忍不住评价说："丽人在坐，投以芳泽，置不顾，而金是取，是乞儿相也，尚可耐哉！"而作者似乎对叙述者的批评态度还不满意，干脆走进小说借"异史氏"之口发言，罗列了"市井人作文语"、"秀才装名士"等近二十种令人难以忍受的世俗相，借此强化对沂水秀才的辛辣嘲讽。

《聊斋志异》中对人物、事件做出评价的话语，经常出现在作品的开端与结尾。开端的议论、评价暗示着情节走向，或者与后续情节相悖。《老饕》的开篇写道："邢德，泽州人，绿林之杰也，能挽强弩，发连矢，称一时绝技。而生平落拓，不利营谋，出门辄亏其资。两京大贾往往喜与邢俱，途中恃以无恐。""绿林之杰"、"一时绝技"都是叙述者的声音，将邢德这一绿林好汉的超人绝技凸显出来，以开篇的强力蓄势与出人意料的故事结果的反差，将反讽的意蕴隐伏在叙事中。作品结尾的议论、评价往往点明故事的意义、人物的品性，深化或升华作品主旨。《阿霞》中祖德厚重、少有重名的景生为了迎娶阿霞这一新欢，横生借口将十年朝夕相伴的结发妻子休回娘家。结果是景生不仅没能抱得美人归，反而因德行有亏被冥司削去桂籍，致使命中注定的功名离他而去，最终生活在穷困潦倒之中。小说结尾处叙述者评论说："噫！人之无良，舍其旧而新是谋，卒之卵覆而鸟亦飞，天之所报亦惨矣！"这番话语有两个作用：一是批评了景生喜新厌旧的无德行为；二是提醒读者关注因果报应的力量。

暂时搁置对某些事件的叙述，转而介绍背景性信息，或者对情节走向、人物关系、隐含问题等做出解释，也是显性叙事介入的方式之一。《鸽异》开篇介绍了鸽子的种类、与名目："鸽类甚繁：晋有坤星，鲁有鹤秀，黔有腋蝶，梁有翻跳,越有诸尖,皆异种也。又有靴头、点子、大白、黑石、夫妇雀、花狗眼之类,名不可屈以指,惟好事者能辨之也。"这一做法淡化了叙事色彩,把博物体文本与记异体文本嫁接在一起,形成了文体的杂糅,或者说造成了文体的越界。《萧七》中徐继长思慕狐女萧七的六姐,然而百般设谋,最终也未能一亲芳泽。叙述者安排萧七说明其中原委:徐继长与六姐前世相爱,受父母的阻拦而未能结为夫妻;徐继长在病死前流露出抚摸六姐的肌肤心愿,六姐应允但因他事耽搁没能及时前往探视,致使徐继长抱憾而终。徐继长与六姐的今生因缘只能止于"一扪肌肤"竟然有如此深远的渊源,这不由得让读者惊讶于爱情的巨大力量,更感慨命运之神的不可违逆。叙述者借人物之口补充叙述徐继长与六姐前世因缘的信息时,不仅暂时悬置了故事情节,而且放缓了故事发展的节奏。

有时,为了保持核心故事的中心地位,又保证故事各情节环节能够衔接顺畅,叙述者常把一些非关键的、与核心故事相关的事件与人物做简单而概要的交代,以加快故事进程。具体做法是以寥寥几句话或者较短的篇幅叙述较长时段内发生的一系列事件。如《小二》:

> 一女小二,绝慧美,赵珍爱之。年六岁,使与兄长春,并从师读,凡五年而熟五经焉。同窗丁生,字紫陌,长于女三岁,文采风流,颇相倾爱,私以意告母,求婚赵氏。赵期以女字大家,故弗许。未几,赵惑于白莲教,徐鸿儒既反,一家俱陷为贼。小二知书善解,凡纸兵豆马之术,一见辄精。小女子师事徐者六人,惟二称最,因得尽传其术。赵以女故,大得委任。时丁年十八,游滕泮矣,而不肯论婚,意不忘小二也,潜亡去,投徐麾下。

小二从六岁起跟随塾师读书,叙述者仅用了"凡五年而熟五经焉"八个字概述了她五年的读书生活;而从"未几"至"大得委任"止,讲述了四年之间发生的事情,叙述文本稍长一些,但也仅区区不到百字的篇幅。这部分文本叙述速度非常快,叙述者节约了笔墨,目的是详细叙述丁生奉劝小二及二人设计逃亡等事件,以吸引读者把阅读注意力放在那些被细致描述的故事情节上,把理解聚焦在戏剧化的场景上。

单一的叙事介入满足不了多样叙事的需求，《聊斋志异》经常综合运用多种显性介入方式，从不同侧面揭示叙事的意义、表现人物的性情和披露作者的思想情感。如《斫蟒》：

> 胡田村胡姓者，兄弟采樵，深入幽谷。遇巨蟒，兄在前，为所吞，弟初骇欲奔；见兄被噬，遂奋怒出樵斧，斫蟒首。首伤而吞不已。然头虽已没，幸肩际不能下。弟急极无计，乃两手持兄足力与蟒争，竟曳兄出。……噫！农人中，乃有悌弟如此哉！或言："蟒不为害，乃德义所感。"信然！

对弟弟奋力砍伤蟒蛇救出哥哥的勇敢行为，一般人会认为这是弟弟在危机时刻出于手足情深而做出的本能选择。小说结尾有三句议论性话语，其声音来自三方，为读者深刻认识弟弟的行为提供了多重视角。"农人中，乃有悌弟如此哉"一句来自叙述者，热情赞扬弟弟对哥哥的关爱之心。叙述者特别强调"农人"身份，则隐暗含将弟弟的为人与具有另一种身份的人（比如那些深受儒家孝悌教化的人）做对比的深意，其微妙意味虽难以明言，但也足以促人深思。"蟒不为害，乃德义所感"来自旁观者或小说之外的人物，表现的是局外人的立场或社会的评价，升华了弟弟救兄行动的伦理价值和宗教意义。"信然"则混合了叙述者、作者的声音，一声而两评，既赞扬弟弟的救兄义举，又赞同"或曰"者的看法，强化了叙事主旨。

二、《聊斋志异》叙事介入时机

形式主义与结构主义的文艺理论以及当代西方叙事理论认为，叙事本文是一个脱离作者仍然能够证明自身意义的系统，具有本身自治、自足和独立于外部世界的"世界"与"法则"，进而主张消除作者对作品的介入和控制，因为"'客观的'或'非人格化的'或'戏剧式的'叙述方法自然要高于任何允许作者或他的可靠叙述人直接出现的方法"[1]。为了将作者痕迹从小说中彻底清除干净，叙事

---

[1] [美] W·C·布斯. 小说修辞学 [M]. 华明, 胡晓苏, 周宪, 译. 北京：北京大学出版社, 1986：10.

理论家从作品中抽象出"隐性作者"、"叙述者"等角色身份,作为作者的代言人在作品中践行话语建构行为。尽管韦恩·布斯用排除法——列举了将作者的痕迹从小说中剔除后对小说叙事的消极影响,但是反对作者介入故事甚至反对叙述者介入叙事的主张始终音调高亢。在笔者看来,叙事介入不是决定小说艺术高下的关键因素,仅仅是帮助作者完成创作意图、落实某种叙事策略的手段,必须接受客观、公正的评价。为此,除了以理性、冷静的态度考察叙事介入方式之外,还应该考察叙事介入的时机。总的来说,《聊斋志异》善于选择使用叙事介入的时机,对丰富作品主题、塑造人物形象、推动故事情节乃至完善作品结构发挥了积极作用。当然,也存在一些不适当之处,对叙事造成了消极影响。

(一)"故事前"介入

在故事发生之前(在文本开头而不是故事的开端)的叙事介入,往往影响后续发生的故事整体,《聊斋志异》中这种介入主要有两种情形:一种是夹叙夹议的话语介入,主要表现在多数作品开头介绍人物的姓名、籍贯、家世,对人物的主导性格下断语;二是介绍与故事相关的背景知识。

以夹叙夹议的话语方式介入叙事是蒲松龄绝大多数作品的叙事惯例,其渊源是史传叙事。应该说,在故事发生之前向读者呈现主要人物的背景信息,有助于读者对人物形成作者所期待的先入为主的印象,便于读者在故事中按照人物主导性格、情感倾向、价值观念等理解、评价人物的言语、行为,形成对故事意蕴与叙事意义的总体性诠释与把握。《陆判》的叙述者落笔即以权威的口吻介绍陵阳朱尔旦,称他性格豪放、读书勤奋但头脑迟钝。讲述虽然显得有些生硬,但是推介的人物具备的这三个特点在故事中的功用各有不同:豪放性格促成了朱尔旦与陆判相识、相交、相知;读书勤奋为朱尔旦博得了读者的欣赏与同情;头脑迟钝为陆判答谢朱尔旦这一知音准备了先在条件。《丁前溪》开头写丁前溪"富有钱谷,游侠好义,慕郭解之为人",故事基本围绕人物的这一特点展开:丁前溪外出逃亡受到杨姓人家的热情款待,付钱给对方被拒绝;当杨姓人家陷入贫困到丁府求助时,丁前溪对杨家不仅照顾周到,急其所急,还帮助杨姓人家过上了富裕生活。该篇"异史氏"所说的"然一饭之德不忘,丁其有焉",再次复现了丁前溪的性格。当然,小说开头展现的人物性格也有负面的,《瞳人语》中方栋颇有才名,行为佻脱,不持仪节,"每陌上见游女,辄轻薄尾缀之"。接下来发生的事情让他为自己的轻佻无礼付出了代价,好在他忏悔及时,勤力诵读《光明经》以化解罪孽,保全了一只眼睛,逃脱了双目失明的厄运。这些作品中的人物出场就具备的性格和惯常行动预言着故事的性质及发展历程,而故事的进展则在一定程度上印证着人物的性格。

在故事开始之前介绍背景性知识的作品有《水莽草》、《造畜》、《念秧》、《青蛙神》、《晚霞》等。在这些作品中,叙述者以平静的口吻、中立的态度陈述背景性知识,读者很难觉察到叙述者在其中渗透的情感倾向。《水莽草》开篇将水莽草的毒性、水莽鬼的由来作了简要说明,特别提示楚中桃花江一带的诡异"现实"。这些内容貌似可有可无,然而,"水莽鬼"是贯穿整个故事情节的核心意象,因此这番介绍既可以解除小说题目带来的疑惑,又渲染了魔幻阴森的氛围,暗示着不寻常事件的发生。《造畜》开篇的闲话与故事的距离更远一些。叙述者先介绍了蒙害他人的伎俩"投美饵,绐之食之,则人迷罔,相从而去"以及江北江南对它不同的称呼,然后才说出本篇重点叙述的"变人为畜"的昧术"造畜"。这样的社会背景介绍作为暗示手段激起读者的特定心理反应,足以让人们胆战心惊,仿佛随时随地都身处危险之中。可见,借助陈述背景知识,叙述者可以隐性地设置悬念,或者为故事铺垫背景。

(二)"故事中"介入

"故事中"介入即在故事进行中的叙事介入,其功能往往随着情节的发展变化而变化,难以用简要的话语加以概括。《王六郎》中许姓渔人面对落水的妇人,产生了救与不救的激烈纠结。最终,期待鬼友王六郎能顺利转生为人的友情战胜了对落水妇人的同情,他没有伸出援救之手。出乎意料的是,落水妇人安然无恙。随后,没能获得替代的鬼魂王六郎向许姓渔人解释说,自己怜悯孩子舍弃了寻求替代的机会。此时,叙述者借渔人的口评价说:"此仁人之心,可以通上帝矣。"这一评价话语既是对王六郎行为意义的升华,又预言了故事的走向,王六郎的仁心果然感动天帝,被天帝任命为招远县邬镇土地神。《王成》中,王成祖父的狐妻盼咐他贩卖葛布至京都,并叮嘱说:"宜勤勿惰,宜急勿缓,迟之一日,悔之已晚!"在贩卖途中,王成遭遇了一场大雨,叙述者对他作了分析与评价兼有的描述：生平没经历过风霜，受不了风雨兼程的艰苦；阴雨绵绵，行走困难，心生畏惧。叙述者这一介入叙述紧紧围绕王成懒惰的性格，对后续故事没有什么影响，主要用以印证小说开篇所点明的人物性格。

在《续黄粱》故事发展过程中，叙述者多次介入，发挥着多样化的作用。其一，以"气益高"、"心气殊高"写出曾孝廉的踌躇满志、意气张扬，与他历经梦幻后"不觉丧气而返。台阁之想由此淡焉"形成对比，揭示出梦境在他心灵上引发的深刻感触。其二，曾孝廉梦中得做高官，叙述者评价他的居第"绘栋雕榱，穷极壮丽"，受赠的女乐"皆是好女子，其尤者为袅袅，为仙仙，二人尤蒙宠顾"，对官员则从"恩怨了了，颇快心意"，从多个方面展现了曾孝廉小人得志的卑污心态。其三，曾孝廉飞扬跋扈，胡作非为，被阴间罚灌金汁，叙述者以"生时患此物之韩币少，是时患此物之多也"写出他遭受的恶报之惨烈。其四，以老僧为代言人，问曾孝廉："宰相之占验否？"让曾孝廉感悟到僧人的神异非凡，惊醒了他的富贵梦。

总体来看，《聊斋志异》的"故事中"介入的细部刻画功能胜过其推进故事的功能，能在一定程度上修补故事发展的细节，为故事的主干增枝添叶，为使叙事灵活多变，不至于枯燥乏味。

（三）"故事后"介入

"故事后"介入即作者、叙述者在故事的尾声部分出面发声。这些介入或者与上文形成复调，在不同的层次上复现部分或全部叙事主题；或者评价事件乃至作品本身，引发更深层次的思考；或者介绍故事来源，形成关于故事的可靠性报道。《聂小倩》中的宁采臣"性慷爽，廉隅自重"，"生平无二色"。在核心故事结束后，叙述者安排宁采臣"登进士第"、两个儿子"皆仕进有声"的美满人生，作为对宁采臣谨奉礼教、重情重义高尚人品的回报。《贾儿》中尚是小孩子的贾儿杀死蛊惑母亲的狐妖后，其父亲夸赞说："我儿，讨狐之陈平也。"叙述者也呼应性地陈述了贾儿"后贵至总戎"，这一介入叙述隐含着父亲对贾儿赞扬的认可，也赋予了"我儿，讨狐之陈平也"声音以双重性内涵。

《聊斋志异》叙述者的"故事后"介入发出的议论、评价往往针对整个故事，虽然大多只有两三句，但立场鲜明、辞气激切，语义效果往往为其他介入形式难以匹敌。《狐梦》中"我"听闻朋友毕怡庵在梦中与温婉多情的狐女有一段艳遇，而该狐女十分敬仰蒲松龄，于是发出感慨说："有狐若此，则聊斋笔墨有光荣矣。"这一介入不仅将作者感慨知音的兴奋与自得情怀表露无遗，而且与狐女请毕怡庵代烦聊斋先生为自己作小传等情节一道，构成解读作品内涵的信息链条，为小说灌注了一股浓郁的元小说气息。魁星被民间视为吉祥之星，但是郓城张济宇遇见魁星"竟落拓无成，家亦雕落，骨肉相继死"（《魁星》）。作者对此感慨万千，发出了"彼魁星者，何以不为福而为祸"的急切追问，激发着人们的思考，也唤起了读者对人物命运的深切同情。在《梦狼》结尾，作者的情感益加外放，"呜呼！官自以为廉，而骂其贪者载道焉。此又纵狼而不自知者矣"。

《聊斋志异》中在结尾处点明故事来源以介入叙述的作品也不在少数。《聊斋志异》有些故事来自同题材的叙事作品，蒲松龄据此作了改编或另创新作。如《考城隍》结尾写道："公有自记小传，惜乱后无存，此其略耳。"如果这话语来自蒲松龄，那么毫无疑问，《考城隍》是宋生自传的缩减版；如果这话语来自叙述者，就强化了故事的可靠性。《莲香》的篇尾叙事介入说："有刘生子敬，其中表亲，出同社王子章所撰《桑生传》，约万余言，得卒读。此其崖略耳。"与《考城隍》的篇尾叙事介入有相近的话语形式和叙事功能。有些故事则是来自作者的见闻，如《胡四姐》结尾说："尚生乃友人李文玉之戚好，尝亲见之。"则该篇故事素材应该得自人物"尚生"，而李文玉生活中实有其人，形成了叙事的外证实因素，增强了故事的可信度。照此推测，《祝翁》的故事应该来自祝翁的弟妇。该篇在结尾写道："康熙二十一年，翁弟妇佣于毕刺史之家，言之甚悉。"有些"故事后"介入透露的故事来源信息，纯属作者的叙事策略，目的是就是让读者确信作者虚构的故事曾经"真实地发生过"。如《老饕》一篇最后说："此与刘东山事盖仿佛焉。"故意勾引读者生出互文性的联想，在作品的相互印证中获得一股真实感。《白于玉》中说："葛母年五十余，或见之，犹似二十许人。"仿佛葛母就生活在附近，作者随时都能得知有关葛母的消息。

（四）"异故事"介入

这里的"异故事"指的是不同的故事，而非热奈特等人所说的"不在故事之内"的"异故事"。"异故事"介入意味着一篇作品中讲述的两个或两个以上的故事有主有次，次要故事与主要故事之间存在衬托、对照、引申等关系，并产生影响、制约等作用，作者、叙述者往往利用它们调控核心故事的进程。

从这类作品的实情看，次要故事或者是相对独立的故事，在文本形式上表现为与主要故事一前一后，并列出现；或者从属于主要故事，是叙述者在主要故事的进程中插入叙述的其他故事，表现在文本形式上，主要故事包蕴次要故事。当次要故事与主要故事属于并列关系时，次要故事对主要故事的介入属于意念上的介入，叙述者往往利用两个故事的性质关系，无声无息地影响着读者的阅读判断。在此，重点分析次要故事从属于主要故事时，前者作为叙事介入的因素对后者的影响力。

《聊斋志异》次要故事介入主要故事的代表性故事为"梦境故事"，由此形成独特的"梦叙"技巧与策略。《田七郎》在叙述武承休喜爱交游、结交认识的都是知名人士的故事里，插入了武承休梦中发生的事：有人告诉他，田七郎是一个患难与共、值得结交的人。醒来后，武承休按照梦中人的提醒，诚心诚意地结交田七郎。最终，田七郎对他以死相报，验证了梦中人的断语。《姊妹易嫁》的店主先后做过两次与毛生科考相关的梦：第一次梦见神灵告知自己，毛生将高中解元；第二次梦见神灵告知自己，阴司革除了毛生的功名。两次梦中发生的事情均对主要故事的进程和人物命运产生了影响：第一次梦中预言助长了毛生的自负，使他生出了富贵后休妻另娶的心思，而这心思导致了店主第二次梦境的来到；第二次梦中神示令毛生心生悔惧，幡然醒悟，最终高中"贤书第一"。

将两种"异故事"介入加以综合运用的是《梦狼》一篇。《梦狼》中有五个核心情节：(1) 白翁长子白甲贪赃无法，鱼肉百姓，受到惩罚。(2) 白翁梦中见到自己的儿子化为虎，而儿子官衙中恶狼遍布。(3) 白甲赴京任职途中被杀，被神灵救活。(4) 李匡久手下差役利用其清正威名谋取钱财。(5) 邑宰杨公手下差役利用杨公的凛然性格弱点所在，枉法谋取私利。情节 (2) 和 (3) 从属于情节 (1)，情节 (4)(5) 与情节 (1) 属于并列层面，但是情节 (4)(5) 构成的是次要故事。情节 (2)(3) 中的事件、人物是情节 (1) 中事件、人物的隐喻和映射，情节 (4)(5) 为烘托关系，用以引导读者对人物的进行评判，进而把握作者的情感指向。构成这几个情节的有的是虚幻事件，有的是现实事件，"作为叙事成分有机地组合在一起,而胶合的纽带则是'异史氏曰'对封建社会规律性的认识,其警拔、其概括、其深刻,犹如篇中'文眼',统驭着叙事,叙事又烘托着'文眼',构成了小说独具一格的章法"①。

此外,《聊斋志异》还使用了"故事外"介入。在这儿,"故事外"介入有非常明确的所指,即以"异史氏"的口吻对叙述的介入。"异史氏曰"是"故事外"介入的话语标志,将之称为"故事外"介入的理由有二:其一,"异史氏"实为作者的自称,而除了第一人称的真实叙事外,"异史氏"一般都置身事外,不进入故事;其二,"异史氏"虽然在文本之中,"异史氏"大多在故事结束后出面讲话,其立足点"在故事之外"。下文对"异史氏曰"的"故事外"介入做专门论述。

三、"异史氏曰"的介入功能

《聊斋志异》中带有"异史氏曰"的作品共计 197 篇,学界对此作了深入研究:或者研究其类型差异、风格特点;或者关注其思想内容、对表现作品主题的作用;或者分析源承、论其优劣。对《聊斋志异》以"异史氏曰"的方式传达作者声音的做法,学界褒贬不一。有人高度评价"异史氏曰"的价值与功能,认为"作者借助'异史氏曰'的论赞,把文言小说提升到抒写人生理想抱负、感慨命运际遇、寄托情志、针砭时弊的高度"②。有人认为,《聊斋志异》正因有了"异史氏曰"才脱颖而出,成为短篇小说的佼佼者,达到古代短篇小说创作之巅。这些评价忽视了小说故事本体和叙事文本在成就小说艺术方面具备的潜质和自足性,对"异史氏曰"不乏溢美之词。有人则极力贬低"异史氏曰"的价值与功能,认为"末尾都有用'异史氏曰'开端的评论和赞语。按说,小说的主题和意图总该在正文的字里行间随时流露表现清楚,《聊斋》作品本来也正是这样的。那么,这些'异史氏曰'的段落虽然师承了《史记》'太史公曰'的做法,其实

---

① 郑铁生.《聊斋志异》"异史氏曰"叙事形式的探析 [J]. 蒲松龄研究,2001(4):40-55.
② 刘尚云.《聊斋志异》"异史氏曰"叙事艺术论略 [J]. 山东师范大学学报(人文社会科学版),2009(6):93-96.

是不必要的蛇足"①。上述对"异史氏曰"的褒贬之词主要针对其蕴含的思想内容。马振方总结出"异史氏曰"具有"言出肺腑，激情灼人；言简意赅，文理并茂；画龙点睛，发人深思；锦上添花，相得益彰；借题发挥，痛快淋漓；嬉笑怒骂，皆成文章"等特点，其中除了"言简意赅，文理并茂；嬉笑怒骂，皆成文章"涉及"异史氏曰"的艺术特色与风格外，其余均属于"异史氏曰"在思想情感方面具有的特征。如在"言出肺腑，激情灼人"方面，马振方指出，"异史氏曰"的一些"议论极剀切，又极痛快，激情横溢，热烈灼人，与其说是议论，毋宁说是抒情，熔二者于一炉，乃情、理之合璧"。在"锦上添花，相得益彰"方面，马振方认为"异史氏曰"与正文内容相应，思想相关，"成为正文的有力补充，如锦上又添一花，相互辉映，相得益彰，不仅加强了作品的思想内容，艺术上也有所创造，独具一格"②。相比之下，郑铁生对"异史氏曰"的评析较为全面与客观。他指出，《聊斋志异》中评论性的"异史氏曰"卒章显志，"从特殊的叙事当中，引出社会普遍现象中存在的问题，针砭时弊，导人向善，则是值得可圈可点的文字"；有真知灼见的"异史氏曰"偏少，倾向于说教的甚至是平庸的带有封建意识的劣见卑识的偏多；那些处于篇中的"异史氏曰"、"常常在小说叙事章法中形成'文眼'，即使两个或三个不同的小故事环绕着它铺叙开来，又深刻地表达了叙事主体的思想内核"；那些以"叙事为辅、议论为主"的"异史氏曰"对认识叙事主体的创作动机还是很有作用。③

　　可见，学界对"异史氏曰"蕴含的思想内容、流露的情感倾向和具备的艺术特色关注颇多，对其叙事功能尚未做细致深入的分析与研究。笔者拟对这一问题略加论述，以期抛砖引玉。大体上看，"异史氏曰"的叙事功能大致可以概括为提领功能、升华功能、关联功能、辐射功能、对照功能、评价功能等积极功能，此外，还有耗散功能这一消极功能。

---

　　① 于在春.整部头《聊斋志异》普通话翻译［M］.济南：山东文艺出版社，1991：前言.
　　② 马振方."异史氏曰"艺术谈［M］//周先慎.《聊斋志异》艺术欣赏.北京：北京大学出版社，1986：188-202.
　　③ 郑铁生.《聊斋志异》"异史氏曰"叙事形式的探析［J］.蒲松龄研究，2001（4）：40-55.

(一) 提领功能

在所有包含"异史氏曰"的作品中,《念秧》最为独特。其他篇章的"异史氏曰"要么处在作品的中间位置,要么处在作品的末尾,只有《念秧》的"异史氏曰"处在作品的开头。这一位置使《念秧》的"异史氏曰"具备其他篇章中的"异史氏曰"所不具备的叙事功能——提领功能,即总起全篇,奠定作品的主题基调,引发读者的阅读行动和反应。《念秧》的"异史氏"先以总括之笔点出社会现实的一般特点是"人情鬼蜮,所在皆然;南北冲衢,其害尤烈",将读者的目光引向人性黑暗的一面。继而描绘了"念秧"害人伎俩的隐蔽性,"萍水相逢,甘言如醴,其来也渐,其入也深。误认倾盖之交,遂罹丧资之祸。随机设阱,情状不一"。其中蕴含着作者对险恶的世俗人情的强烈不满,也渗透了作者警醒世人的一片热忱。

这种在故事之前的介入叙述破空而来,其好处在于其中蕴含着作者的立场与观点,能暗示作品的故事情节和叙事主题。有这样的事前"警示"为提醒,读者阅读时可以"按图索骥",自觉辨识念秧浸濡式的骗人机诈在故事中的蛛丝马迹。其弊处在于先于故事之前点破奥秘,不利于激发读者对故事的悬念期待,限制了叙事的自由。

有些作品的开头虽然没有冠以"异史氏曰"的名目,但行文的风格、陈述与议论相结合的方式及其具备的叙事功能,均与《念秧》中的"异史氏曰"相同,在某种意味上,也可以约略视为"异史氏曰"。这类作品有《张氏妇》、《盗户》等。《张氏妇》开端写道:"凡大兵所至,其害甚于盗贼,盖盗贼人犹得而仇之,兵则人所不敢仇也。其少异于盗者,特不敢轻于杀人耳。"将"大兵"与"盗贼"对照,指出二者除了在"轻于杀人"有区别,害民伤民的行径与本质并无二致。下文即叙述大兵企图奸淫张姓妇人反被她机智杀死的故事,其中大兵残害百姓的行为性质与开端作者的议论评价保持一致。耐人寻味的是,故事发生在"甲寅岁,三藩作反"之际,抢劫百姓、奸淫妇女的是"南征之士",据此可知这是作者将对清王朝纵兵烧杀抢掠的怒气深藏在貌似冷静的叙述之中。本篇末尾的"异史氏曰"旨在赞扬张氏妇"巧计六出,不失身于悍兵。贤哉妇乎,慧而能贞",与开篇批判大兵的话语分属两种立场,也许是作者为了避祸全身选择的叙事策略,其根本主旨蕴藏在开篇的那段文字之中。

(二)升华功能

由于怀有强烈的思想情感和带着"发愤著书"的动机创作《聊斋志异》,当蒲松龄抒写自我思想情志的心情过于迫切时,往往忽略了一个基本事实,即作家的任何叙事行为都隐含着某种思想观念、价值观念。蒲松龄完全可以运用更为巧妙的方式预设作品的思想主题,潜在地左右读者对作品主旨的判断,然而受自己强烈的爱憎情怀影响,他往往走进作品直接发表对故事、人物的看法,干预作品主题思想的传达。如《红玉》故事线索有三条:其一是红玉与冯生相爱、为冯生操劳持家;其二是地方豪绅宋氏与冯家的矛盾冲突;其三是虬髯客勇担道义,替冯生杀死宋氏父子,以匕首警示县令释放冯生。这三条故事线蕴含这两个相对独立而有内在联系的思想主题:一是赞美红玉对冯生一片真情,拥有仁厚侠义之心;一是批判当政者泯灭天良,与豪绅沆瀣一气,残害百姓。篇尾"异史氏"评论说:"其子贤,其父德,故其报之也侠。非特人侠,狐亦侠也。遇亦奇矣!然官宰悠悠,竖人毛发,刀震震入木,何惜不略移床上半尺许哉?使苏子美读之,必浮白曰:'惜乎击之不中!'"这段话赞美冯氏父子因为其贤德而得到侠客的鼎力相助,也赞美红玉身为女子却有英雄侠士的风范,更指责批判鱼肉乡里、贪赃枉法的地方豪绅和官吏,可以说其蕴含的思想情感与作品自身昭示的思想主题有相当高的吻合度,是典型的以议论话语阐明作品主旨的写法。尤其是"然官宰悠悠,竖人毛发,刀震震入木,何惜不略移床上半尺许哉?使苏子美读之,必浮白曰:'惜乎击之不中!'"数句话,侧重发掘小说中蕴含的封建社会中下层民众与封建官员的对立,将批判的重点指向贪官污吏,从而在冯生、红玉二人的爱情故事里,凸显了除暴安良、铲除污吏的音调,丰富了也深化了小说的主题。《连城》叙述一对恋爱的青年男女历经重重阻碍、穿越阴阳两世,最终战胜封建阻力结为夫妇的故事,为源自心灵深处的坚贞爱情献上了一曲赞歌。该篇"异史氏曰"理智地指出,乔生之所以深爱连城,并非因为连城对乔生的粲然一笑"仅倾心于峨眉之一笑也。悲夫",而是因为乔生视连城为知音,"此知希之贵,贤豪所以感结而不能自已也",从而将男女恋情上升到寻觅知音、以真情回馈知己的高度。《僧术》"异史氏曰"中的"岂冥中亦开捐纳之科耶"中的"亦",暗射社会现实中存在着捐纳获取功名的黑幕,把小说反映阴间弊端的主题提升为批判现实的主题。《胭脂》中的"异史氏曰"则"从他的人民性立场出发,言不遮饰,肝肺大开,鲜明表达了他的社会理念与政治态度"[1]。

其他如《石清虚》的"异史氏曰"将人与石之间的深情类比为"士为知己者死",深化了小说因爱成痴的主旨。《周生》中周生在朝拜碧霞元君的祝词中写有狎谑语,触怒了神灵遭到报应,周生及其妻子、仆人先后死去。"异史氏曰"对此议论说:"恣情纵笔,辄洒洒自快,此文客之常也。然淫嫚之词,何敢以告神明哉!狂生无知,冥谴其所应尔。"同时又为周生的夫人及仆人鸣冤,希望神灵应该对首犯、从犯有区别地加以惩处,不能一律褫夺其性命。这一观点很有新意,避免了单一宣讲因果报应的流弊。含有类似叙事功能的"异史氏曰"的作品还有《向杲》、《马介甫》、《佟客》等,数量颇多。就这一点来说,认为"异史氏曰""把文言小说提升到抒写人生理想抱负、感慨命运际遇、寄托情志、针砭时弊的高度"[2],还是很有道理的。

(三)关联功能

起到关联叙事作用的"异史氏曰",有的处于小说文本尾部,往往针对故事、人物发出感慨、议论之后再做延伸,把笔触指向社会现实、人情世故或相类故事;有的处于小说文本中间,前面是核心叙事层,讲述该作品的核心故事,其后是非核心叙事层,讲述该作品的次要故事;《聊斋志异》中有近30篇作品的"异史氏曰"的文本位置、叙事功能属于此类,约占含有"异史氏曰"作品总数的六分之一。

这样的"异史氏曰"在关联叙事方面具体作用有两个。一个作用是收束上文,引发作者的联想与体验。如《阿宝》中的孙子楚爱慕阿宝,情至深处近乎痴呆,"异史氏"即围绕"痴"及其表现展开评说,指出"性痴则其志凝,故书痴者文必工,艺痴者技必良"等所含的"痴"都不是真痴,而那些"粉花荡产,卢雉倾家"的人才是真痴。这番议论引发了作者对"痴"的复杂感受与体会,专门

---

[1] 夏春豪.《聊斋志异》"异史氏曰"略论[J]. 青海师专学报,2002(4):19-23.
[2] 刘尚云.《聊斋志异》"异史氏曰"叙事艺术论略[J]. 山东师范大学学报(人文社会科学版),2009(6):93-96.

拈出窖镪食贫、对客辄夸儿慧、爱儿不忍教读、窃赴饮会、赚人赌、倩人作文、欺父兄、父子账目太清等十种"真痴"行为。《刘姓》中因李翠石对人际纠纷有劝解、劝诫之功,"异史氏"赞扬他说:"李翠石……醇谨,喜为善,未尝以富自豪,抑然诚笃君子也。观其解纷劝善,其生平可知矣。"紧接着,作者故布疑云说:"古云:'为富不仁。'吾不知翠石先仁而后富者耶?抑先富而后仁者耶?"在叙事中渗透着调侃的口吻和独特的思考视角。《金和尚》中的"异史氏"更是以"和尚"为话头,杜撰出发泄一肚皮讥讽的嘲弄和尚的"高论",即:"口中说法,座上参禅,是谓'和样';鞋香楚地,笠重吴天,是谓'和撞';鼓钲锽聒,笙管敖曹,是谓'和唱';狗苟钻缘,蝇营淫赌,是谓'和幛'。金也者,'尚'耶?'样'耶?'唱'耶?'撞'耶?抑地狱之'幛'耶?"

另一个作用是勾连两个或者两个以上的情节关联甚少或没有联系而在某一方面有相似点或相关点的故事,形成连株体。如《梦狼》面对封建社会官吏盘剥和欺压百姓、如狼似虎的现实,"异史氏曰"直接介入大发感慨说:"窃叹天下之官虎而吏狼者,比比也。即官不为虎,而吏且将为狼,况有猛于虎者耶!"紧接着叙述了社会现实中发生的真实的事情,分别是邹平"居官颇廉明"李匡九、"性刚鲠"的邑宰杨公治下的吏役残害百姓、贪暴异常的故事。"这又恰好印证了'异史氏曰'所言'即官不为虎,而吏且将为狼'的社会现象。前后两部分,一虚一实,前后呼应,而'异史氏曰'对封建社会规律性的精辟凝练的概括和认识,有如篇中'文眼',统驭着叙事,犹如胶合的纽带将前后叙事成分有机地组合在一起,构成了小说独具一格的章法",即"连株体"叙事章法。[①]再如《梅女》中,典史受小偷贿赂为他开脱罪行,诬陷梅女与小偷私通,梅女愤而自杀。典史所犯的深重罪孽致使他的妻子在阴间沦为青楼娼妓,卖身为典史赎罪。"异史氏"认为居官卑微的人更加贪婪大概是人之常情,但是,"三百(依上文当为'五百'——笔者注)诬奸,夜气之牿亡尽矣",并惊叹典史遭受"夺嘉偶,入青楼,卒用暴死"的报应,令人感到了神灵的可畏。紧接在"异史氏曰"之后,作

[①] 刘尚云.《聊斋志异》"异史氏曰"叙事艺术论略[M]. 山东师范大学学报(人文社会科学版),2009(6):93-96.

品叙述了贝丘典史的故事：

> 康熙甲子，贝丘典史最贪诈，民咸怨之。忽其妻被狡者诱与偕亡。或代悬招状云："某官因自己不慎，走失夫人一名。身无余物，止有红绫七尺，包裹元宝一枚，翘边细纹，并无阙坏。"亦风流之小报也。

这则故事与梅女故事的关联之处在于：主角都是典史，均贪得无厌，敲诈民财，毁坏民生；二人都受到了妻子离散的惩处。故事人物身份相同，故事情节的性质具有一定的相似性，连接它们的枢纽就是本篇中的作者以"异史氏"的口吻介入叙述的一段话。

然而，对"异史氏曰"介入叙述构成连株体的章法结构功能需要仔细甄别。《梦狼》、《梅女》因其中的"异史氏曰"有承上启下的关联功能而成为紧凑型的连株体，而有些作品属于松散型的连株体。《胭脂》中胭脂父亲被杀一案中的宿介、王氏能够昭雪冤情，功在施愚山的心怀谨慎、明察秋毫，文中的"异史氏"就此呼吁说："听讼之不可以不慎也！"而在"异史氏曰"之后，作者叙述了施愚山奖掖书生、怜惜人才的事情，借以赞美他的风雅倜傥、仁厚风范。前后两个故事在性质、题材上没有相似性，仅凭"施愚山"这一人物勾连，前后关系不甚紧密。有的篇目在文本中使用了"异史氏曰"，并不意味着这篇作品就是连株体，衡量是否为连株体的关键在于"异史氏曰"具备怎样的功能。《佟客》在文本中部使用的"异史氏曰"先承上文谈论对忠孝的看法，剖析董生的行为背后隐藏的深层原因，指出"古来臣子而不能死君父者，其初岂遂无提戈壮往时哉，要皆一转念误之"，揭露了人性的弱点所在。而此后的故事叙述了男子发现妻子红杏出墙后，原本怒气冲天要休掉妻子，但却因贪恋美色，忍气吞声留下了妻子。此篇"异史氏曰"的功能是针对主要故事抒发感慨，帮助读者理解董生故事的叙事主旨，而非关联次要故事与主要故事，故而该篇并非"连株体"。

（四）辐射功能

"异史氏曰"的辐射功能主要表现为，作者以故事或者故事的某一构成因素，比如人物、情节、细节、时空等为触发点，对其他事件、人物发出议论、感慨，形成了小说主旨的晕轮效应。《蛇人》叙述了蛇人与其豢养的大青、二青间情谊深厚、心意相通的故事，小说中的蛇仿佛有人性，能听懂并接受蛇人的忠告。"异史氏"赞美说："蛇，蠢然一物耳，乃恋恋有故人之意，且其从谏也如转圜。"紧接着，"异史氏"以蛇懂人语、通人意为引子，延伸开去议论人性，批判了"独怪俨然而人也者，以十年把臂之交，数世蒙恩之主，转思下井复投石焉；又不然则药石相投，悍然不顾，且怒而仇焉者"的卑劣人性。这样的延伸议论没有扣紧故事，却别有深意，促人深思。还有的"异史氏曰"表面上议论故事中的事件或人物，实则将矛头指向现实社会，巧妙地运用"言在此而意在彼"的叙事谋略，使批判现实的语气显得委婉，但批判现实的力量更加坚韧深沉、柔韧绵长。《伍秋月》中，王鼎见到兄长受到欺凌，义愤填膺，杀死了阴间的官使，"异史氏"表面上讨论阴司刑罚问题，实则倾斜自己对差役的痛恨之情，"余欲上言定律，'凡杀公役者，罪减平人三等'。盖此辈无有不可杀者也。故能诛锄蠹役者，即为循良；即稍苛之，不可谓虐"。《向杲》中"异史氏"一面为那些舍生酬志的壮士抱有惋惜之情，一面赞叹仙家方术的神奇，"借人之杀以为生，仙人之术亦神哉"。最后所说的"使怨者常为人，恨不令暂作虎"这句话流露了作者的微妙心理，似乎作者期待受冤屈者都能化身为虎，为自己伸张正义。这些议论的"辐射"在一定程度上拓展了作品内涵，仿佛作者另辟蹊径，把读者带入出人意想的艺术空间。

　　有些作品中的"异史氏曰"衍生的议论或内容，有意把读者引向文本之外的文本，在无意中带着读者玩起了"互文性"阐释的解读游戏。《续黄粱》中的"异史氏"先就曾孝廉的梦境大谈"真"与"幻"的陆离变化对人生的警示，言明"梦固为妄，想亦非真。彼以虚作，神以幻报"，然后以"黄粱将熟"为线索勾联了唐代沈既济的《枕中记》，以"当以附之邯郸之后"勾联了汤显祖的写梦名剧《邯郸记》。在笔者看来，《聊斋志异》的潜在读者群或者说作者所期待的读者群为封建文人士子，对文人士子来说，《枕中记》、《邯郸记》并非陌生的或者难得一见的作品，三者在题材、内容乃至主旨方面均有千丝万缕的联系。将三者关联起来，很容易引发读者的联想，甚至推动读者对不同文本做引证性阅读，从而实现不同作品之间的互文性阐释。《王者》的"异史氏曰"以"红线金合，以傲贪婪，良亦快异"将作品与唐代传奇《红线女》关联起来，也具有此功能。这种互文式的连缀在更广阔的艺术天地里和历史渊源的长河里展现作品的题材意义和书写价值，获得了久远绵长的历史传承感，作者乃至作品的思想情感抒写得深沉而厚重。

（五）映衬功能

依据使用的表达方式，可以将《聊斋志异》中的"异史氏曰"大致分为三类：议论性文本、叙事性文本和议论、叙议兼备文本。其中，叙事性文本叙述的故事往往与正文的核心故事形成对比、衬托等关系，要么彰显核心故事的叙事意义，要么有助于人物性格塑造，要么与核心故事形成反差对比。这种情况下，"异史氏曰"具备了映衬的叙事介入功能。《嘉平公子》的嘉平公子看上去风度翩翩，潇洒英俊，实际上空疏不学，撰文时白字连篇。该篇的"异史氏曰"叙述了《耳录》记载的一个简短的故事，也与使用白字有关：在路旁卖茶水的人竟然在招牌上写着"施'恭'结缘"的字样，令人捧腹不已。《种梨》中的卖梨人因为吝啬受到道士仙术的惩罚，一车梨被道士以仙术分给众人品尝，"异史氏曰"则描述了家庭富裕的人对家人、亲友斤斤计较、悭吝无比的丑事，与种梨人的所作所为互为衬托，深刻地展现了自私冷漠的人性。《韩方》中枉死鬼赴阴都投状，以谋求被岳帝举荐而得到重用，却在沿途殃害百姓以索取祭品糊口。"异史氏"看出了枉死鬼殃害百姓行为的背后隐含的荒谬之处：枉死鬼的目的是赶往阴都，以谋求重用；而为了尽快得到阴间职位，枉死鬼作祟祸害百姓，索取祭品。枉死鬼的行动与目的产生了内在矛盾，构成了悖论，使故事极具反讽性。该篇"异史氏曰"也讲述了两个具有反讽意蕴的故事。一个非常简短：开科考的名目是"不求闻达科"，而参加科考的人竟骑着骏马飞驰前往应试。这里，所开科试名目蕴含的人生旨趣与人物追求闻达的激切心情、迫切行为产生了悖逆，讽刺的笑声洋溢于笔端。一个相对曲折些：官员逼迫百姓交捐献粮食，立了一个非常动听的名目"乐输"；为了让百姓按时足数缴纳"乐输"，"各州县如数取盈，甚费敲扑"，于此可见官员既想获得盘剥百姓的实利又想获得百姓拥戴的廉政美名的虚伪性。当唐太史问那些没有完成"乐输"的人因何被抓，他们回答说："官捉吾等赴城，比追乐输耳。"农人被逮捕及其缘由是对官员绝妙的辛辣嘲讽。

"异史氏曰"的映衬功能与关联功能都建立在两则或两则以上的故事并置的基础上,二者的不同点在于:具有映衬功能的"异史氏曰"涉及的两则或两则以上的故事,其一为核心故事,其他故事则附属于"异史氏曰"文本内,非核心故事文本缺少独立性;而具备"关联功能"的"异史氏曰"涉及的两则或两则以上的故事,一则为主要故事,其他为次要故事,且次要故事不从属于"异史氏曰"文本,其文本具有相对独立性。

(六)评价功能

具备评价功能的"异史氏曰"的主要内容、主题是表达作者对人物、事件的品质、价值、意义的认识和看法。赞美人物的品德性情、精神境界的有:

> 知己之感,许之以身,此烈男子之所为也。彼女子何知,而奇伟如是?若遇九方皋,直牡视之矣。(《乔女》)

> 家有女豫让而不知,则兄之为丈夫者可知矣。然三官之为人,即萧萧易水,亦将羞而不流,况碌碌与世浮沉者耶!愿天下闺中人,买丝绣之,其功德当不减于奉壮缪也。(《商三官》)

> 农家者流,乃有此英物耶!义烈发于血诚,非直勇也。智亦异焉。(《于江》)

这些评价均以小说的故事情节、人物言行为佐证,如乔女为知音孟生抚孤治家、商三官隐姓埋名设巧记为父报仇、于江机智而勇毅铲除祸害母亲的狐妖,很容易获得读者的认可与共鸣。还有评价事件、故事的:

> 余于孔生,不羡其得艳妻,而羡其得腻友也。观其容,可以疗饥;听其声,可以解颐。得此良友,时一谈宴,则"色授魂与",尤胜于"颠倒衣裳"矣。(《娇娜》)

> 余听此事至终,涕凡数堕。十余岁童子,斧薪助兄,慨然曰:"王览固再见乎!"于是一堕。至虎衔诚去,不禁狂呼曰:"天道愦愦如此!"于是一堕。及兄弟猝遇,则喜而亦堕。转增一兄,又益一悲,则为别驾堕。一门团圞,惊出不意,喜出不意,无从之涕,则为翁堕也。不知后世亦有善涕如某

者乎?(《张诚》)

　　黄狸黑狸,得鼠者雄。此非空言也。假令翻被狂喊之后,隐其骇惧,公然以怪之绝为己能,则人将谓徐生真神人不可及矣。(《驱怪》)

这些属于作者面对故事有感而发,有的纯粹属于创作中或者创作后自读欣赏活动中的动情动意的产物。无论对人对事,"异史氏"均满怀热情,对良人美事不吝惜赞美之词,对奸佞浪子也毫不曲加伪饰。还有一些"异史氏曰"蕴含着作者对待世事的审美性眼光和心境态度,表现出一种超越式的情怀。如:

　　青山白云人,遂以醉死,世尽惜之,而未必不自以为快也。植此种于庭中,如见良友,如见丽人,不可不物色之也。(《黄英》)

　　怀之专一,鬼神可通,偏反者亦不可谓无情也。少府寂寞,以花当夫人;况真能解语,何必力穷其原哉?惜常生之未达也!(《葛巾》)

在这些议论中,"异史氏"不是站在理性思辨的立场表达对故事、人物的看法,而是以感性的、体悟式的心情看待人和事。前者有弥合生死、旷达怡情的情怀,后者则隐含着情志相合、心灵知音而不计人妖之辨的爱情观念,折射出作者洒脱豁达的风神气度,增强了小说的抒情色彩。

《聊斋志异》还有一些"异史氏曰"传递了冗余信息,成为干扰作者叙事意图的"杂音"、"噪音",甚至削弱了核心故事、主要故事表现出来的意义[①]。如《犬奸》原本题材庸俗,话题污秽,而"异史氏"津津乐道其事,更以自己的名义郑重其事地写了判词,旨趣不高。《陆判》中的"异史氏"对鬼神帮助换头的说法不仅没有提出质疑,而且大为羡慕地说:"明季至今,为岁不远,陵阳陆公犹存乎?尚有灵焉否也?为之执鞭,所忻慕焉。"《侠女》的"异史氏"则谈论"人必室有侠女,而后可以畜孪童也。不然,尔爱其艾豭,彼爱尔娄猪矣",与《侠女》的故事情节、人物塑造和思想内容相去甚远。当然,不能简单地以"异

---

① 尚也然.《聊斋志异》"异史氏曰"的叙事功能简析[J].品位·经典,2018(2):38-41.

史氏曰"蕴含的思想内容是否健康来衡量其叙事功能或价值优劣,衡量"异史氏曰"介入叙述后对叙事主旨、叙事效果是否起到耗散等消极作用的关键标准,不是其的思想观点是否积极健康,而是它与核心故事、主要故事是否存在内在的叙事文理关系。如《李伯言》中的"异史氏曰"宣扬的是封建迷信思想、善恶果报观念,所谓"阴司之刑惨于阳世,责亦苛于阳世。然关说不行,则受残酷者不怨也",其主旨是陈腐落后的,但是这段议论针对故事中的情节而发,包含对阴间不容一己之私的公正执法的赞叹,且能写出对人世间官吏贪赃枉法的不满,所以"异史氏"发出感慨:"谁谓夜台无天日哉?第恨无火烧临民之堂廨耳!"虽然此篇中的"异史氏曰"思想内容陈腐不堪,但是点明了作品主题且有所拓展,所起的不是耗散叙事意图的消极作用,而是强化事件意义的积极作用。此外,"异史氏曰"揭示叙事意图的心情太过急切,在一定程度上也影响了小说的艺术表现力与感染力,因为"主题还必须深蕴在故事中间。如果主题或思想过于显露,小说就沦为阐述某种概念的论文了。……主题是某种强烈打动小说家而读者也会感到其影响的东西,但它却埋藏得很深"[1]。

---

① [英]伊·鲍温. 小说家的技巧 [M] //吕同六. 20世纪世界小说理论经典:上. 北京:华夏出版社,1995:587.

参考文献

一、著作

1. 胡适. 胡适文存：第二卷［M］. 上海：亚东图书馆，1924.

2. ［西汉］司马迁. 史记［M］.［唐］张守节，正义. 北京：中华书局，1962.

3. ［东汉］班固. 汉书［M］. 颜师古，注. 北京：中华书局，1964.

4. ［明］李贽. 焚书·续焚书［M］. 北京：中华书局，1975.

5. ［东晋］干宝. 搜神记［M］. 北京：中华书局，1978.

6. 汪辟疆. 唐人小说［M］. 上海：上海古籍出版社，1978.

7. ［德］黑格尔. 美学：卷一［M］. 朱光潜，译. 北京：商务印书馆，1979.

8. 路大荒. 蒲松龄年谱［M］. 济南齐鲁书社，1980.

9. 袁珂. 山海经校注［M］. 上海：上海古籍出版社，1980.

10. ［宋］洪迈. 夷坚志［M］. 何卓，点校. 北京：中华书局，1981.

11. 李厚基，韩海明. 人鬼狐妖的艺术世界［M］. 天津：天津人民出版社，1982.

12. ［清］阮元. 十三经注疏［M］. 北京：中华书局. 1982.

13. ［清］吴楚材，吴调侯. 古文观止［M］. 宋晶如，注译. 北京：中国书店，1982.

14. ［唐］李冗. 独异志［M］. 北京：中华书局，1983.

15. ［宋］刘斧. 青琐高议［M］. 上海：上海古籍出版社，1983.

16. 王凯符. 古代文章学概论［M］. 武汉：武汉大学出版社，1983.

17. 郭箴一. 中国小说略［M］. 上海：上海书店，1984.

18. ［清］贾茗. 女聊斋志异［M］. 济南：齐鲁书社，1984.

19. 孙佳讯.《镜花缘》公案辨疑［M］. 济南：齐鲁书社，1984.

20. ［清］金圣叹. 贯华堂第五才子书水浒传：上［M］. 南京：江苏古籍出版社，1985.

21. ［清］金圣叹. 贯华堂第五才子书水浒传：下［M］. 南京：江苏古籍出版社，1985.

22. 侯忠义. 中国文言小说参考资料［M］. 北京：北京大学出版社，1985.

23. ［明］张岱. 琅嬛文集［M］. 云告，点校. 长沙：岳麓书社，1985.

24. 杨伯峻. 列子集释［M］. 北京：中华书局，1985.

25. 马振方.《聊斋》艺术论［M］. 上海：上海文艺出版社，1986.

26. 马瑞芳. 蒲松龄评传［M］. 北京：人民文学出版社，1986.

27. ［清］蒲松龄. 蒲松龄集［M］. 上海：上海古籍出版社，1986.

28. ［清］蒲松龄. 聊斋志异：会校会注会评本［M］. 张友鹤，辑校. 上海：上海古籍出版社，1986.

29. 沈起炜. 中国历史大事年表［M］. 上海：上海辞书出版社，1986.

30. ［清］徐珂. 清稗类钞［M］. 北京：中华书局，1986.

31. 周先慎.《聊斋志异》艺术欣赏［M］. 北京：北京大学出版社，1986.

32. ［美］阿拉伯姆. 简明外国文学辞典［M］. 长沙：湖南人民出版社，1987.

33. ［美］W·C·布斯. 小说修辞学［M］. 付礼军，译. 南宁：广西人民出版社，1987.

34. ［美］W·C·布斯. 小说修辞学［M］. 华明，胡晓苏，周宪，译. 北京：北京大学出版社，1987.

35. 伍蠡甫，胡经之，译. 西方文艺理论名著选［M］. 北京：北京大学出版

社，1987.

36. 钱仲联. 清诗纪事 [M]. 南京：江苏古籍出版社，1987.

37. [元] 辛文房. 唐才子传 [M]. 周本淳，校正. 南京：江苏古籍出版社，1987.

38. [南朝宋] 刘义庆. 幽冥录 [M]. 郑晚晴，辑注. 北京：文化艺术出版社，1988.

39. 王定天. 中国小说形式系统 [M]. 北京：学林出版社，1988.

40. 张寅德. 叙述学研究 [M]. 北京：中国社会科学出版社，1989.

41. 侯忠义. 汉魏六朝小说史 [M]. 沈阳：春风文艺出版社，1989.

42. [以] 里蒙-凯南. 叙事虚构作品 [M]. 姚锦清，黄虹伟，傅浩，等，译. 北京：生活·读书·新知三联书店，1989.

43. 李圃. 甲骨文选注 [M]. 上海：上海古籍出版社，1989.

44. [明] 罗贯中. 《水浒全传》原本 [M]. 罗尔纲，考订. 贵阳：贵州人民出版社，1989.

45. 侯忠义. 中国文言小说史稿 [M]. 北京：北京大学出版社，1990.

46. [美] 华莱士·马丁：当代叙事学 [M]. 伍晓明，译. 北京：北京大学出版社，1990.

47. [法] 克里斯蒂安·麦茨. 电影涵义论文集 [M]. 北京：中国社会科学出版社，1990.

48. 李华年. 新序全译 [M]. 贵阳：贵州人民出版社，1990.

49. 礼记正义·曲礼上 [M]. [东汉] 郑玄，注. [唐] 孔颖达，疏. 上海：上海古籍出版社，1990.

50. [法] 热拉尔·热奈特. 叙事话语·新叙事话语 [M]. 王文融，译. 北京：中国社会科学出版社，1990.

51. 何建章. 战国策注释 [M]. 北京：中华书局，1990.

52. [古希腊] 亚里斯多德. 诗学 [M] //伍蠡甫. 西方文论选读. 上海：上海译文出版社，1990.

53. 成伟钧，唐仲扬，向宏业. 修辞通鉴 [M]. 北京：中国青年出版

社，1991.

54. 董乃斌. 中国古典小说的文体独立［M］. 北京：中国社会科学出版社，1991.

55. ［明］兰陵笑笑生. 金瓶梅［M］. ［清］张道深，评. 王汝梅，李昭恂，于凤树，点校. 济南：齐鲁书社：1991.

56. ［美］乔纳森•卡勒. 结构主义诗学［M］. 盛宁，译. 北京：中国社会科学出版社，1991.

57. 王钟陵. 中国前期文化—心理研究［M］. 重庆：重庆出版社，1991.

58. 于在春. 整部头《聊斋志异》普通话翻译［M］. 山东文艺出版社，1991.

59. 陈洪. 中国小说理论史［M］. 合肥：安徽文艺出版社，1992.

60. 成复旺. 中国古代的人学与美学［M］. 北京：中国人民大学出版社，1992.

61. 傅腾霄. 小说技巧［M］. 北京：中国青年出版社，1992.

62. ［明］王阳明. 王阳明全集［M］. 吴光，钱明，董平，等，编校. 上海：上海古籍出版社，1992.

63. 徐岱. 小说叙事学［M］. 北京：中国社会科学出版社，1992.

64. ［明］王阳明. 王阳明全集［M］. 吴光，钱明，董平，等，编校. 上海：上海古籍出版社，1993.

65. 朱纪敦.《聊斋志异》名篇索隐［M］. 郑州：中州出版社，1993.

66. ［清］陈立. 白虎通疏证［M］. 吴则虞，点校. 北京：中华书局，1994.

67. 马瑞芳. 幽冥人生：蒲松龄和《聊斋志异》［M］. 北京：生活•读书•新知三联书店，1994.

68. 石昌渝. 中国小说源流论［M］. 北京：生活•读书•新知三联书店，1994.

69. 赵毅衡. 苦恼的叙述者：中国小说的叙述形式与中国文化［M］. 北京：北京十月文艺出版社，1994.

70. 刘广明，王志跃. 中国传统人格批判［M］. 南京：江苏人民出版社，1995.

71. 吕同六. 20世纪世界小说理论经典 [M]. 北京. 华夏出版社, 1995.

72. 商务印书馆编辑部. 辞源 [M]. 北京：商务印书馆, 1995.

73. 杨伯峻. 春秋左传注 [M]. 北京：中华书局, 1995.

74. 杨义. 中国古典小说史论 [M]. 北京：中国社会科学出版社, 1995.

75. 丁锡根. 中国历代小说序跋集 [M]. 北京：人民文学出版社, 1996.

76. 鲁迅. 鲁迅全集：第九卷 [M]. 北京：人民文学出版社, 1996.

77. 宁稼雨. 中国文言小说总目提要 [M]. 济南：齐鲁书社, 1996.

78. 杨义. 中国古典小说史论 [M]. 北京：中国社会科学出版社, 1996.

79. [明] 何良俊. 四有斋丛说 [M]. 北京：北京中华书局, 1997.

80. 欧阳健. 中国神怪小说通史 [M]. 南京：江苏教育出版社, 1997.

81. 吴礼权. 中国笔记小说史 [M]. 北京：商务印书馆, 1997.

82. 杨义. 中国叙事学 [M]. 北京：人民文学出版社, 1997.

83. 张炯, 邓绍基, 樊骏. 中华文学通史 [M]. 北京：华艺出版社, 1997.

84. 张俊. 清代小说史 [M]. 杭州：浙江古籍出版社, 1997.

85. [明] 于慎行. 谷山笔麈 [M]. 吕景琳, 点校. 北京：中华书局, 1997.

86. [英] 戴维·洛奇. 小说的艺术 [M]. 王峻岩, 等, 译. 北京：作家出版社, 1998.

87. [清] 蒲松龄. 蒲松龄全集 [M]. 盛伟, 编. 上海：学林出版社, 1998.

88. 林辰. 神怪小说史 [M]. 杭州：浙江古籍出版社, 1998.

89. [梁] 萧统. 昭明文选 [M]. [唐] 李善, 注. 长春：吉林人民出版社, 1998.

90. [清] 薛熙. 明文在 [M]. 长春：吉林人民出版社, 1998.

91. 赵毅衡. 当说者被说的时候：比较叙述学导论 [M]. 北京：中国人民大学出版社, 1998.

92. 卞孝萱, 周群. 唐宋传奇经典 [M]. 北京：人民文学出版社, 1999.

93. 林岗. 明清之际小说评点学研究 [M]. 北京：北京大学出版社, 1999.

94. 罗钢. 叙事学导论 [M]. 昆明：云南人民出版社, 1999.

95. 马振方. 小说艺术论 [M]. 北京：北京大学出版社, 1999.

96. 齐裕焜. 中国古代小说流变史 [M]. 兰州：敦煌文艺出版社, 1999.

97. 盛源，北婴. 名家解读《柳斋志异》[M]. 济南：山东人民出版社，1999.

98. 王先霈，王又平. 文学理论批评术语汇释 [M]. 北京：高等教育出版社，2006.

99. 陈大康. 明代小说史 [M]. 上海：上海文艺出版社，2000.

100. [明] 李贽. 李贽文集 [M]. 北京：社会科学文献出版社，2000.

101. 林辰. 中国小说的发展源流 [M]. 沈阳：辽宁教育出版社，2000.

102.《孟子》注疏 [M]. [汉] 赵岐，注. [宋] 孙奭，疏. 廖名春，刘佑平，整理. 北京：北京大学出版社，2000.

103. [清] 蒲松龄. 聊斋志异：全校会注集评 [M]. 任笃行，辑校. 济南：齐鲁书社，2000.

104. 束定芳. 隐喻学研究 [M]. 上海：上海外语教育出版社，2000.

105. 袁世硕，徐仲伟. 蒲松龄评传 [M]. 南京：南京大学出版社，2000.

106. 杜贵晨. 传统文化与古典小说 [M]. 保定：河北大学出版社. 2001.

107. [明] 胡应麟. 少室山房笔丛 [M]. 上海：上海书店出版社，2001.

108. [明] 冯梦龙. 情史 [M]. 南京：凤凰出版社，2001.

109. 申丹. 叙述学与小说文体学研究 [M]. 北京：北京大学出版社，2001.

110. 王平. 中国古代小说叙事研究 [M]. 石家庄：河北人民出版社，2001.

111. 陈文新. 文言小说审美发展史 [M]. 武汉：武汉大学出版社，2002.

112. 陈寅恪. 柳如是别传 [M]. 北京：生活·读书·新知三联书店，2002.

113. 罗小东. 话本小说叙事研究 [M]. 北京：学苑出版社，2002.

114. [美] 詹姆斯·费伦. 作为修辞的叙事：技巧、读者、伦理、意识形态 [M]. 陈永国，译. 北京：北京大学出版社，2002.

115. 张宏生. 明清文学与性别研究 [M]. 南京：江苏古籍出版社，2002.

116. 朱一玄. 聊斋志异资料汇编 [M]. 天津：南开大学出版社，2002.

117. 段启明，汪龙麟. 清代文学研究 [M]. 北京：北京出版社，2003.

118. [晋] 葛洪. 神仙传 [M]. 呼和浩特：内蒙古人民出版社，2003.

119. 李建军. 小说修辞研究 [M]. 北京：中国人民大学出版社，2003.

120. 孟昭连，宁宗一. 中国小说艺术史 [M]. 杭州：浙江古籍出版社，2003

121. [英] 迈克·克朗. 文化地理学 [M]. 杨淑华, 译. 南京: 南京大学出版社, 2003.

122. [荷] 米克·巴尔. 叙事学: 叙事理论导论 [M]. 谭君强, 译. 北京: 中国社会科学出版社, 2003.

123. [美] 米勒. 解读叙事 [M]. 申丹, 译. 北京: 北京大学出版社, 2003.

124. 吴培显. 当代小说叙事话语范式初探 [M]. 长沙: 湖南师范大学出版社, 2003.

125. 陈宝良. 明代社会生活史 [M]. 北京: 中国社会科学出版社, 2004.

126. 董国炎. 明清时期小说思潮 [M]. 太原: 山西人民出版社, 2004.

127. [美] 厄尔·迈纳. 比较诗学 [M]. 北京: 中央编译出版社, 2004.

128. 黄怀信, 孔德立, 周海生. 《大戴礼记》会校集注 [M]. 西安: 三秦出版社, 2004.

129. [明] 沈德符. 万历野获编: 卷23 [M]. 北京: 中华书局, 2004.

130. [清] 李汝珍. 镜花缘 [M]. 上海: 上海古籍出版社, 2005.

131. 马蹄疾. 水浒资料汇编 [M]. 北京: 中华书局, 2005.

132. [美] 韦勒克, [美] 沃伦. 文学理论 [M]. 刘象愚, 邢培明, 陈圣生, 等, 译. 南京: 江苏教育出版社, 2005.

133. [晋] 葛洪. 西京杂记 [M]. 周天游, 校注. 西安: 三秦出版社, 2006.

134. 钟锡南. 金圣叹文学批评理论研究 [M]. 上海: 上海古籍出版社, 2006.

135. 中国社科院语研究所词典编辑室. 现代汉语词典 [M]. 北京: 商务印书馆, 2006.

136. 陈文新. 文言小说审美发展史 [M]. 武汉: 武汉大学出版社, 2007.

137. [清] 纪晓岚. 阅微草堂笔记 [M]. 南京: 凤凰传媒集团凤凰出版社, 2007.

138. 金鑫荣. 明清讽刺小说研究 [M]. 南京: 凤凰出版社, 2007.

139. 王水照. 历代文话 [M]. 上海: 复旦大学出版社, 2007.

140. 李剑国, 陈洪. 中国小说通史·清代卷 [M]. 北京: 高等教育出版

社，2007.

141. 刘勇强. 中国古代小说史论［M］. 北京：北京大学出版社，2007.

142. 上海古籍出版社. 宋元笔记小说大观［M］. 上海：上海古籍出版社，2007.

143. 钱钟书. 管锥编：第二卷［M］. 北京：生活·读书·新知三联书店，2007.

144. 周海波. 传媒时代的文学［M］. 北京：人民文学出版社，2007：262.

145. ［英］史蒂文·康纳. 后现代主义文化：当代理论导引［M］. 严忠志，译. 北京：商务印书馆，2007：3.

146. 谭君强. 叙事理论与审美文化［M］. 北京：中国社会科学出版社，2008.

147. 黄霖，李桂奎，韩晓，等. 古代小说叙事三维论［M］. 上海：上海书店出版社，2009.

148. 申丹，王丽亚. 西方叙事学：经典与后经典［M］. 北京：北京大学出版社，2010.

149. ［美］杰拉德·普林斯. 叙述学词典［M］. 乔国强，李孝娣，译. 上海：上海译文出版社，2011.

150. 毛诗·小雅·北山：卷十三［M］. ［汉］毛亨，传. ［汉］郑玄，笺. 庆长中古活字本. 东京大学东洋文化研究所藏.

151. ［清］钱谦益. 牧斋初学集：卷二十［M］. 四部丛刊本.

二、学术论文

1. 刘欣中. 略谈《聊斋志异》的讽刺艺术［J］. 河北师范大学学报（哲学社会科学版），1982（2）：88-92.

2. 张晋.《聊斋志异》的情节结构［J］. 齐鲁学刊，1983（3）：77-81.

3. 吴九成. 论《聊斋志异》的时空描写［J］. 蒲松龄研究，1986：168-184.

4. 张稔穰. 论《聊斋志异》情节的内在逻辑［J］. 蒲松龄研究，1986：143-158.

5. 李永祥：论《聊斋志异》情爱小说的结构模式 [J]. 蒲松龄研究, 1989 (1)：24 - 39.

6. 郭英德. 蒲松龄文化心态发微 [J]. 文史哲, 1990 (2)：3 - 12.

7. 安国梁.《聊斋志异》反讽艺术谈 [J]. 郑州大学学报（哲学社会科学版）, 1990 (3)：32 - 37.

8. 杨义.《聊斋志异》的叙事特征 [J]. 江淮论坛, 1992 (3)：89 - 99.

9. 张载轩. 谈《聊斋志异》的文体 [J]. 蒲松龄研究, 1993 (Z2)：46 - 50.

10. 安国梁. 论《聊斋志异》精神再生型故事 [J]. 中国文学研究, 1993 (4)：46 - 50.

11. 安国梁.《聊斋志异》的"难题求婚型"叙事模式 [J]. 十堰大学学报（社科版）, 1994 (2)：27 - 31.

12. 张永华.《聊斋志异》的修辞艺术初探 [J]. 蒲松龄研究, 1994 (2)：52 - 58.

13. 刘书成. 论中国古代小说的时空模糊叙事构架 [J]. 西北师范大学学报（社科版）, 1995 (5)：24 - 30.

14. 郭广银. 论儒家理想人格及其现代价值 [J]. 江海学刊, 1996 (4)：91 - 95.

15. 许振东.《聊斋志异》的契约型结构及意义分析 [J]. 蒲松龄研究, 1996 (4)：55 - 71.

16. 孙逊, 潘建国. 唐传奇文体考 [J]. 文学遗产, 1996 (6)：34 - 49.

17. [美] 杨瑞.《聊斋志异》中的母亲原型 [J]. 文史哲, 1997 (1)：88 - 93.

18. 李延贺. 论《聊斋志异》中的"男性叙事视点" [J]. 社会科学辑刊, 1997 (2)：136 - 138.

19. 李桂奎. 论《聊斋志异》的灯前月下时空 [J]. 蒲松龄研究, 1998 (3)：55 - 65.

20. 王平. 论《聊斋志异》的叙事角度 [J]. 淄博学院学报, 1999 (4)：67 - 71.

21. 杜贵晨. 人类困境的永久象征——《婴宁》的文化解读 [J]. 文学评论,

1999 (5)：125-128.

22. 王平. "用传奇法而以志怪"质疑——兼论《聊斋志异》叙事的基本特征 [J]. 蒲松龄研究, 2000 (C1)：98-109.

23. 马瑞芳. 《聊斋志异》的男权话语和爱情乌托邦 [J]. 文史哲, 2000 (4)：73-79.

24. 王平. 二十世纪《聊斋志异》研究述评 [J]. 文学遗产, 2001 (3)：127-135.

25. 徐大军. 男权意识视野中的女性——聊斋志异中女性形象扫描 [J]. 蒲松龄研究, 2001 (4)：68-75.

26. 郑铁生. 《聊斋志异》"异史氏曰"叙事形式的探析 [J]. 蒲松龄研究, 2001 (4)：40-55.

27. 丁峰山. 诗情·诗韵·诗骨——《聊斋志异》立意诗化作品探析 [J]. 宁夏大学学报（人文社会科学版），2002 (3)：69-72.

28. 夏春豪. 《聊斋志异》"异史氏曰"略论 [J]. 青海师专学报, 2002 (4)：19-23.

29. 潘峰，张伟. 由注重情节之奇到追求人物之真——《聊斋志异》对唐传奇叙事重心的切换 [J]. 临沂师范学院学报, 2003 (2)：86-89.

30. 刘希庆. 论《左传》中的顺叙和倒叙 [J]. 北京城市学院学报, 2003 (3)：71-75.

31. 吴建勤. 中国古典小说的预叙叙事 [J]. 江淮论坛, 2004 (6)：135-139.

32. 蒋玉斌. 《聊斋志异》的反复叙事策略简论 [J]. 西南民族大学学报（人文社科版），2004 (6)：152-155.

33. 张守荣. 主观情思的艺术奇葩——析《聊斋志异》的男性叙事视角 [J]. 青岛大学师范学院学报, 2005 (1)：68-72.

34. 周苹. 第三人称叙述者及其在文本中的介入 [J]. 黑龙江社会科学, 2005 (2)：104-106.

35. 刘正刚，侯俊云. 明清女性职业的商业化倾向 [J]. 社会科学辑刊, 2005

(3): 122-126.

36. 刘绍信. 《聊斋志异》叙事模式研究刍议 [J]. 黑龙江社会科学, 2006 (2): 104-107.

37. 陈才训, 时世平. 古典小说预叙发达的文化解读 [J]. 西华师范大学学报 (哲学社会科学版), 2006 (2): 26-30.

38. 金生奎. 世俗欲望: 在想象中走向圆满——《聊斋志异》中"得福型"叙事模式的特点及表达功能 [J]. 蒲松龄研究, 《蒲松龄研究》, 2006 (2): 45-49.

39. 金生奎. 世俗欲望: 在想象中走向圆满（续）——《聊斋志异》中"得福型"叙事模式的特点及表达功能 [J]. 蒲松龄研究, 2006 (3): 22-33.

40. 刘绍信. 《聊斋志异》评论干预的方式考察 [J]. 北方论丛, 2006 (3): 20-24.

41. 杨海波. 论《聊斋志异》的叙事角色和叙事视角 [J]. 陇东学院学报（社会科学版）, 2006 (3): 6-10.

42. 尚继武. 《聊斋志异》复合叙事序列论析 [J]. 海南大学学报（人文社会科学版）, 2006 (3): 334-335.

43. 王雅丽, 管淑红. 小说叙事的评价研究——以海明威的短篇小说《在异乡》为例 [J]. 外语与外语教学, 2006 (12): 9-12.

44. 谭君强. 论叙事作品中的叙述声音与叙述者 [J]. 云南民族大学学报（哲学社会科学版）, 2007 (9): 124-127.

45. 张正明, 张舒. 明清晋商家族中的女性 [J]. 五台山, 2007 (9): 22-24.

46. 王修志. 《聊斋志异》叙事修辞解构 [J]. 文学教育（上）, 2007 (10): 84-88.

47. 尚继武. 《聊斋志异》叙事序列与文体形态简析 [J]. 湖南科技师范学院学报, 2008 (1): 33-35.

48. 王桂妹. 于"抵抗处"求"和解"——《聊斋志异》的分裂性情爱叙事 [J]. 西南大学学报（社会科学版）, 2008 (4): 171-174.

49. 张守荣. 解析《聊斋志异》的叙事语言艺术 [J]. 六盘水师范高等专科学校学报, 2008 (5): 5-8.

50. 臧国书:《聊斋志异》死亡叙事的价值追求与审美理想 [J]. 曲靖师范学院学报, 2008 (5): 49-53.

51. 冀运鲁.《聊斋志异》的叙事修辞干预 [J]. 社会科学论坛, 2008 (11): 97-100.

52. 房艳艳. 从佛经的时间观看《聊斋志异》叙事时间构建 [J]. 浙江海洋学院学报 (人文科学版), 2009 (3): 43-46.

53. 刘尚云.《聊斋志异》对比叙事的反讽修辞 [J]. 当代修辞学, 2009 (4): 80-82.

54. 刘尚云.《聊斋志异》"异史氏曰"叙事艺术论略 [J]. 山东师范大学学报 (人文社会科学版), 2009 (6): 93-96.

55. 尚继武.《聊斋志异》空间叙事艺术论析 [J]. 江汉论坛, 2009 (7): 114-117.

56. 陈德志. 隐喻与悖论: 空间、空间形式与空间叙事学 [J]. 江西社会科学, 2009 (9): 63-67.

57. 李丽丹. 男权、罪感与狂欢——《聊斋》异类婚恋叙事的时间意识 [J]. 社会科学论坛·学术评论卷, 2009 (11): 53-63.

58. 王兴旺. "叙述声音"辨析 [J]. 浙江工业大学学报 (社会科学版), 2009 (12): 408-412.

59. 尚继武. 唐宋时期小说虚实观论析 [J]. 广西社会科学, 2010 (2): 115-119.

60. 冀运鲁, 王政《聊斋志异》的干预叙事与主体意识——以《婴宁》为中心的分析 [J]. 北京工业大学学报 (社会科学版), 2010 (5): 71-76.

61. 崔磊.《聊斋志异》中的信仰民俗描写 [J]. 蒙古民族大学学报, 2011 (3): 5-7.

62. 苏琴琴, 刘洪祥. 热奈特叙事视角理论看《围城》的叙事视角艺术 [J]. 广东工业大学学报 (社会科学版), 2011 (12): 51-54.

63. 尚继武. 明清时期小说尚虚观念的新变［J］. 名作欣赏，2011（23）：76-79.

64. 尚继武. 史学视界批评的内涵特征及原旨探求［J］. 文艺批评，2012（6）：120-125.

65. 倪爱珍. 中国叙事传统中预叙的发生及流变［J］. 文艺评论，2013（7）：27-31.

66. 张爱莲. 管窥《聊斋志异》节日描写的艺术功效［J］. 蒲松龄研究，2013（3）：50-58.

67. 曾丽容.《聊斋志异》的空间建构与情爱叙事［J］. 学术交流，2014（1）：157-160.

68. 尚继武. 古代小说史学视界批评的思维模式［J］. 江西科技师范大学学报，2014（2）：114-119.

69. 姜克滨. 论《聊斋志异》预叙叙事［J］. 聊斋志异研究，2014（2）：60-69.

70. 郭皓政.《聊斋志异》中的海南：历史记忆与象征叙事［J］. 海南大学学报（人文社会科学版），2014（3）：50-55.

后　记

夏夜、流水、鸣蝉；乡亲、笑语、旱烟。

打麦场上听鬼狐，兴奋惊惧联翩。

　　世人皆有梦想，这梦想走向未来。我似乎没有什么梦想，有的只是蓦然回首。文首戏拟的半阕《西江月》所描绘的，就是我童年生活景象之一；其中"兴奋惊惧联翩"，就是我初次接触"鬼狐故事"真切的体验。村里有两位老人擅长讲"鬼狐故事"：一位是我的庄邻，早年走南闯北讨生活，见多识广，颇具民间艺人的天赋；一位是我的外祖，喜欢读点闲书，听点小曲，有点乡村知识分子的模样。老庄邻讲故事，全然一派说书人的范儿：要打开一片场子，架起一张小桌，抓一把油煎的"知了猴"（"知了猴"即"蝉蛹"，由我等痴迷听书的三五村童前一天夜间捉来奉上），粗瓷小碗注上浊酒，咂一口酒拈一只"知了猴"，然后如受众星拥簇一般开讲。外祖讲故事，只要一张藤躺椅，一壶清茶，找个僻静的地方，点燃艾草、薄荷草拧成的驱蚊香，对着我一个人慢条斯理地讲。老庄邻眉飞色舞，说唱兼具，声情并茂，听得我们时而捧腹不止，时而毛骨悚然；外祖则冷静得多，从开讲至吩咐我回家睡觉，一直躺在藤椅上，偶尔半起身抿口茶水。外祖经常冒出一句"一时时月"，接着就是一阵稀奇古怪的话，听得我茫茫然然，他不得不停下来，用我能听得懂的话再讲一遍。如今，老庄邻已然仙去，外祖也已作古。当年的打麦场热闹不再，我也鲜有机会在夏夜重游旧地了。

一个偶然的机会读到《聊斋志异》，我才明白两位老人的故事均源自该书（外祖说的"一时时月"，其实是"异史氏曰"）。蒲松龄是山东人，我的祖辈也生活在山东，我便以鲁人自居，加之童年对聊斋故事的记忆，自然对《聊斋志异》油然生出一股亲切感。到江南求学，在陈桂声先生主讲的文学史课上对《聊斋志异》及蒲松龄有了较为全面的了解。告别大学校园之际，涂师小马先生题词赠别，词曰："常忆东吴时节。枫叶颠狂顽颉。荏苒三春飘，春再樱花空烈。空烈。空烈。留待尚君攀折。"一片殷切情意嘱我再次负笈东吴。因种种缘故，终未能如涂师所望。自此，再无梦想，只在工作、生活、闲暇之余，研读《聊斋志异》以自娱，零零星星地积累了一些文字，聊以留住往昔的片段时光。

转瞬已届知天命之年，闲坐静思，无端有"日暮乡关何处是，长安不见使人愁"的悲感。祖辈因动荡饥荒，遂远离乡土；父辈为生活所累，常携妻小辗转于苏鲁两地；自己因求学、工作，更是数次卜居迁移。如此一来，故乡遥不可及，家乡也变动不居。远离大陆多年的余光中回想起故乡，在《听听那冷雨》中倾诉说："不能扑进她怀里，被她的裾边扫一扫吧，也算是安慰孺慕之情。"我将零星的文字集聚一处，将回忆定格在书卷中，也算是被远逝的童年、慈祥的外祖和梦中的故乡的"裾边扫一扫"吧！

在以《聊斋志异》为秉烛之友的日子里，承蒙南京大学张宏生教授、苏州大学陈桂声教授、连云港师范高等专科学校陈留生教授殷切教诲与悉心指点（此让我倍感"三生有幸"），得到了山东蒲松龄纪念馆王清平女士的热忱相助以及《明清小说研究》《江汉论坛》《文艺评论》《蒲松龄研究》等期刊提供刊发相关成果的机会，承受着朋友的热情激励和家人付出的辛劳。付梓前，承连云港社科规划办将研究立为社科基金项目，同事王林教授、张伶女士精心校阅书稿并提出了许多切中肯綮的修改意见，南京大学出版社金鑫荣社长、李亭、郭艳娟编辑鼎力相助，拙作才得以顺利问世。而我钦慕已久的山东大学王平教授，不责我以相请之唐突，慨然为拙作撰写序言，提携之情，令我感动。师长、同事、朋友、家人的深情厚谊，当铭记不忘！

书中引用、借鉴了先贤时达的研究成果、学术观点，因篇幅所限，无法一一道谢，请允许一并致以诚挚的谢意！

岁值丁酉，序属荷月。尚继武志。

图书在版编目(CIP)数据

《聊斋志异》叙事艺术研究/尚继武著.—南京：南京大学出版社，2018.8
　　ISBN 978－7－305－20809－6

　　Ⅰ.①聊… Ⅱ.①尚… Ⅲ.①《聊斋志异》—叙事文学—文学研究 Ⅳ.①I242.1

中国版本图书馆 CIP 数据核字(2018)第 181610 号

出版发行	南京大学出版社
社　　址	南京市汉口路 22 号　邮　编 210093
出 版 人	金鑫荣
书　　名	《聊斋志异》叙事艺术研究
著　　者	尚继武
责任编辑	郭艳娟　李晨远
照　　排	南京紫藤制版印务中心
印　　刷	江苏凤凰通达印刷有限公司
开　　本	718×1000　1/16　印张 25　字数 392 千
版　　次	2018 年 8 月第 1 版　2018 年 8 月第 1 次印刷
ISBN	978－7－305－20809－6
定　　价	80.00 元
网　　址	http://www.njupco.com
官方微博	http://weibo.com/njupco
官方微信	njupress
销售咨询	(025)83594756

＊ 版权所有，侵权必究
＊ 凡购买南大版图书，如有印装质量问题，请与所购
　图书销售部门联系调换